中国现当代文学作品精品导读

上 册

范钦林 靳新来 赵江荣 / 主编

上海教育出版社
SHANGHAI EDUCATIONAL
PUBLISHING HOUSE

目 录

小说编

诗歌编

散文编

戏剧编

小说编

狂人日记

鲁　迅

　　某君昆仲①，今隐其名，皆余昔日在中学校时良友；分隔多年，消息渐阙。日前偶闻其一大病；适归故乡，迂道往访，则仅晤一人，言病者其弟也。劳君远道来视，然已早愈，赴某地候补②矣。因大笑，出示日记二册，谓可见当日病状，不妨献诸旧友。持归阅一过，知所患盖"迫害狂"之类。语颇错杂无伦次，又多荒唐之言；亦不著月日，惟墨色字体不一，知非一时所书。间亦有略具联络者，今撮录一篇，以供医家研究。记中语误，一字不易；惟人名虽皆村人，不为世间所知，无关大体，然亦悉易去。至于书名，则本人愈后所题，不复改也。七年四月二日识。

一

　　今天晚上，很好的月光。

　　我不见他，已是三十多年；今天见了，精神分外爽快。才知道以前的三十多年，全是发昏；然而须十分小心。不然，那赵家的狗，何以看我两眼呢？

　　我怕得有理。

二

　　今天全没月光，我知道不妙。早上小心出门，赵贵翁的眼色便怪：似乎怕我，似乎想害我。还有七八个人，交头接耳的议论我，又怕我看见。一路上的人，都是如此。其中最凶的一个人，张着嘴，对我笑了一笑；我便从头直冷到脚跟，晓得他们布置，都已妥当了。

　　我可不怕，仍旧走我的路。前面一伙小孩子，也在那里议论我；眼色也同赵贵翁一样，脸色也都铁青。我想我同小孩子有什么仇，他也这样。忍不住大声说，"你告诉我！"他们可就跑了。

　　我想：我同赵贵翁有什么仇，同路上的人又有什么仇；只有廿年以前，把古久先生的陈年流水簿子③，踹了一脚，古久先生很不高兴。赵贵翁虽然不认识他，一定也听到风声，代抱不平；约定路上的人，同我作冤对。但是小孩子呢？那时候，他们还没有出世，何以今天也睁着怪眼睛，似乎怕我，似乎想害我。这真教我怕，教我纳罕而且伤心。

　　我明白了。这是他们娘老子教的！

三

　　晚上总是睡不着。凡事须得研究，才会明白。

---

　　①　昆仲：称他人兄弟的敬词。

　　②　候补：清代官制，通过科举或捐纳等途径取得官衔，但还没有实际职务的中下级官员，由吏部抽签分发到某部或某省，听候委用，称为候补。

　　③　古久先生的陈年流水簿子：这里比喻我国封建主义统治的长久历史。

他们——也有给知县打枷过的，也有给绅士掌过嘴的，也有衙役占了他妻子的，也有老子娘被债主逼死的；他们那时候的脸色，全没有昨天这么怕，也没这么凶。

最奇怪的是昨天街上的那个女人，打他儿子，嘴里说道，"老子呀！我要咬你几口才出气！"他眼睛却看着我。我出了一惊，遮掩不住；那青面獠牙的一伙人，便都哄笑起来。陈老五赶上前，硬把我拖回家中了。

拖我回家，家里的人都装作不认识我；他们的眼色，也全同别人一样。进了书房，便反扣上门，宛然是关了一只鸡鸭。这一件事，越教我猜不出底细。

前几天，狼子村的佃户来告荒，对我大哥说，他们村里的一个大恶人，给大家打死了；几个人便挖出他的心肝来，用油煎炒了吃，可以壮壮胆子。我插了一句嘴，佃户和大哥便都看我几眼。今天才晓得他们的眼光，全同外面的那伙人一模一样。

想起来，我从顶上直冷到脚跟。

他们会吃人，就未必不会吃我。

你看那女人"咬你几口"的话，和一伙青面獠牙人的笑，和前天佃户的话，明明是暗号。我看出他话中全是毒，笑中全是刀。他们的牙齿，全是白厉厉的排着，这就是吃人的家伙。

照我自己想，虽然不是恶人，自从踹了古家的簿子，可就难说了。他们似乎别有心思，我全猜不出。况且他们一翻脸，便说人是恶人。我还记得大哥教我做论，无论怎样好人，翻他几句，他便打上几个圈；原谅坏人几句，他便说"翻天妙手，与众不同"。我那里猜得到他们的心思，究竟怎样；况且是要吃的时候。

凡事总须研究，才会明白。古来时常吃人，我也还记得，可是不甚清楚。我翻开历史一查，这历史没有年代，歪歪斜斜的每叶上都写着"仁义道德"几个字。我横竖睡不着，仔细看了半夜，才从字缝里看出字来，满本都写着两个字是"吃人"！

书上写着这许多字，佃户说了这许多话，却都笑吟吟的睁着怪眼睛看我。

我也是人，他们想要吃我了！

四

早上，我静坐了一会。陈老五送进饭来，一碗菜，一碗蒸鱼；这鱼的眼睛，白而且硬，张着嘴，同那一伙想吃人的人一样。吃了几筷，滑溜溜的不知是鱼是人，便把他兜肚连肠的吐出。

我说："老五，对大哥说，我闷得慌，想到园里走走。"老五不答应，走了；停一会，可就来开了门。

我也不动，研究他们如何摆布我；知道他们一定不肯放松。果然！我大哥引了一个老头子，慢慢走来；他满眼凶光，怕我看出，只是低头向着地，从眼镜横边暗暗看我。大哥说，"今天你仿佛很好。"我说，"是的。"大哥说，"今天请何先生来，给你诊一诊。"我说"可以！"其实我岂不知道这老头子是刽子手扮的！无非借了看脉这名目，揣一揣肥瘠；因这功劳，也分一片肉吃。我也不怕；虽然不吃人，胆子却比他们还壮。伸出两个拳头，看他如何下手。老头子坐着，闭了眼睛，摸了好一会，呆了好一会；便张开他鬼眼睛说，"不要乱想。静静的养几天，就好了。"

不要乱想，静静的养！养肥了，他们是自然可以多吃；我有什么好处，怎么会"好了"？他们这群人，又想吃人，又是鬼鬼祟祟，想法子遮掩，不敢直捷下手，真要令我笑死，我忍不住，便放声大笑起来，十分快活。自己晓得这笑声里面，有的是义勇和正气。老头子和大哥，都失了色，被我这勇气正气镇压住了。

但是我有勇气，他们便越想吃我，沾光一点这勇气。老头子跨出门，走不多远，便低声对大哥说道，"赶紧吃罢！"大哥点点头。原来也有你！这一件大发见，虽似意外，也在意中：合伙吃我的人，便是我的哥哥！

吃人的是我哥哥！

我是吃人的人的兄弟！

我自己被人吃了，可仍然是吃人的人的兄弟！

五

这几天是退一步想：假使那老头子不是刽子手扮的，真是医生，也仍然是吃人的人。他们的祖师李时珍做的"本草什么"①上，明明写着人肉可以煎吃；他还能说自己不吃人么？

至于我家大哥，也毫不冤枉他。他对我讲书的时候，亲口说过可以"易子而食"②；又一回偶然议论起一个不好的人，他便说不但该杀，还当"食肉寝皮"③。我那时年纪还小，心跳了好半天。前天狼子村佃户来说吃心肝的事，他也毫不奇怪，不住的点头。可见心思是同从前一样狠。既然可以"易子而食"，便什么都易得，什么人都吃得。我从前单听他讲道理，也胡涂过去；现在晓得他讲道理的时候，不但唇边还抹着人油，而且心里满装着吃人的意思。

六

黑漆漆的，不知是日是夜。赵家的狗又叫起来了。

狮子似的凶心，兔子的怯弱，狐狸的狡猾，……

七

我晓得他们的方法，直捷杀了，是不肯的，而且也不敢，怕有祸祟。所以他们大家联络，布满了罗网，逼我自戕。试看前几天街上男女的样子，和这几天我大哥的作为，便足可悟出八九分了。最好是解下腰带，挂在梁上，自己紧紧勒死；他们没有杀人的罪名，又偿了心愿，自然都欢天喜地的发出一种呜呜咽咽的笑声。否则惊吓忧愁死了，虽则略瘦，也还可以首肯几下。

他们是只会吃死肉的！——记得什么书上说，有一种东西，叫"海乙那"④的，眼光和样子都很难

---

① "本草什么"：指《本草纲目》，明代医学家李时珍（1518—1593）的药物学著作，共五十二卷。该书曾经提到唐代陈藏器《本草拾遗》中以人肉医治痨的记载，并表示了异议。这里说李时珍的书"明明写着人肉可以煎吃"，当是"狂人"的"记中语误"。

② "易子而食"：语见《左传》宣公十五年，是宋将华元对楚将子反叙说宋国都城被楚军围困时的惨状："敝邑易子而食，析骸而爨。"

③ "食肉寝皮"：语出《左传》襄公二十一年，晋国州绰对齐庄公说："然二子者，譬于禽兽，臣食其肉而寝处其皮矣。"（按："二子"指齐国的殖绰和郭最，他们曾被州绰俘虏过。）

④ "海乙那"：英语 hyena 的音译，即鬣狗（又名土狼），一种食肉兽，常跟在狮虎等猛兽之后，以它们吃剩的兽类的残尸为食。

看;时常吃死肉,连极大的骨头,都细细嚼烂,咽下肚子去,想起来也教人害怕。"海乙那"是狼的亲眷,狼是狗的本家。前天赵家的狗,看我几眼,可见他也同谋,早已接洽。老头子眼看着地,岂能瞒得我过。

最可怜的是我的大哥,他也是人,何以毫不害怕;而且合伙吃我呢? 还是历来惯了,不以为非呢? 还是丧了良心,明知故犯呢?

我诅咒吃人的人,先从他起头;要劝转吃人的人,也先从他下手。

八

其实这种道理,到了现在,他们也该早已懂得,⋯⋯

忽然来了一个人;年纪不过二十左右,相貌是不很看得清楚,满面笑容,对了我点头,他的笑也不像真笑。我便问他,"吃人的事,对么?"他仍然笑着说,"不是荒年,怎么会吃人。"我立刻就晓得,他也是一伙,喜欢吃人的;便自勇气百倍,偏要问他。

"对么?"

"这等事问他什么。你真会⋯⋯说笑话。⋯⋯今天天气很好。"

天气是好,月色也很亮了。可是我要问你,"对么?"

他不以为然了。含含胡胡的答道,"不⋯⋯"

"不对? 他们何以竟吃!"

"没有的事⋯⋯"

"没有的事? 狼子村现吃;还有书上都写着,通红斩新!"

他便变了脸,铁一般青。睁着眼说,"有许有的,这是从来如此⋯⋯"

"从来如此,便对么?"

"我不同你讲这些道理;总之你不该说,你说便是你错!"

我直跳起来,张开眼,这人便不见了。全身出了一大片汗。他的年纪,比我大哥小得远,居然也是一伙;这一定是他娘老子先教的。还怕已经教给他儿子了;所以连小孩子,也都恶狠狠的看我。

九

自己想吃人,又怕被别人吃了,都用着疑心极深的眼光,面面相觑。⋯⋯

去了这心思,放心做事走路吃饭睡觉,何等舒服。这只是一条门槛,一个关头。他们可是父子兄弟夫妇朋友师生仇敌和各不相识的人,都结成一伙,互相劝勉,互相牵掣,死也不肯跨过这一步。

十

大清早,去寻我大哥;他立在堂门外看天,我便走到他背后,拦住门,格外沉静,格外和气的对他说,

"大哥,我有话告诉你。"

"你说就是,"他赶紧回过脸来,点点头。

"我只有几句话,可是说不出来。大哥,大约当初野蛮的人,都吃过一点人。后来因为心思不同,

有的不吃人了,一味要好,便变了人,变了真的人。有的却还吃,——也同虫子一样,有的变了鱼鸟猴子,一直变到人。有的不要好,至今还是虫子。这吃人的人比不吃人的人,何等惭愧。怕比虫子的惭愧猴子,还差得很远很远。

易牙①蒸了他儿子,给桀纣吃,还是一直从前的事。谁晓得从盘古开辟天地以后,一直吃到易牙的儿子;从易牙的儿子,一直吃到徐锡林②;从徐锡林,又一直吃到狼子村捉住的人。去年城里杀了犯人,还有一个生痨病的人,用馒头蘸着血舐。

他们要吃我,你一个人,原也无法可想;然而又何必入伙。吃人的人,什么事做不出;他们会吃我,也会吃你,一伙里面,也会自吃。但只要转一步,只要立刻改了,也就人人太平。虽然从来如此,我们今天也可以格外要好,说是不能!大哥,我相信你能说,前天佃户要减租,你说过不能。"

当初,他还只是冷笑,随后眼光便凶狠起来,一到说破他们的隐情,那就满脸都变成青色了。大门外立着一伙人,赵贵翁和他的狗,也在里面,都探头探脑的挨进来。有的是看不出面貌,似乎用布蒙着;有的是仍旧青面獠牙,抿着嘴笑。我认识他们是一伙,都是吃人的人。可是也晓得他们心思很不一样,一种是以为从来如此,应该吃的;一种是知道不该吃,可是仍然要吃,又怕别人说破他,所以听了我的话,越发气愤不过,可是抿着嘴冷笑。

这时候,大哥也忽然显出凶相,高声喝道,

"都出去!疯子有什么好看!"

这时候,我又懂得一件他们的巧妙了。他们岂但不肯改,而且早已布置;预备下一个疯子名目罩上我。将来吃了,不但太平无事,怕还会有人见情。佃户说的大家吃了一个恶人,正是这个方法。这是他们的老谱!

陈老五也气愤愤的直走进来。如何按得住我的口,我偏要对这伙人说,

"你们可以改了,从真心改起!要晓得将来容不得吃人的人,活在世上。

你们要不改,自己也会吃尽。即使生得多,也会给真的人除灭了,同猎人打完狼子一样!——同虫子一样!"

那一伙人,都被陈老五赶走了。大哥也不知那里去了。陈老五劝我回屋子里去。屋里面全是黑沉沉的。横梁和椽子都在头上发抖;抖了一会,就大起来,堆在我身上。

万分沉重,动弹不得;他的意思是要我死。我晓得他的沉重是假的,便挣扎出来,出了一身汗。可是偏要说,

"你们立刻改了,从真心改起!你们要晓得将来是容不得吃人的人,……"

十一

太阳也不出,门也不开,日日是两顿饭。

---

① 易牙:春秋时齐国人,善于调味。据《管子·小称》:"夫易牙以调和事公(按:指齐桓公),公曰'惟蒸婴儿之未尝',于是蒸其首子而献之公。"桀、纣各为我国夏朝和商朝的最后一代君主,易牙和他们不是同时代人。这里说的"易牙蒸了他儿子,给桀纣吃",也是"狂人""语颇错杂无伦次"的表现。

② 徐锡林:隐指徐锡麟(1873—1907),字伯荪,浙江绍兴人,清末革命团体光复会的重要成员。一九〇七年与秋瑾准备在浙、皖两省同时起义。七月六日,他以安徽巡警处会办兼巡警学堂监督身份为掩护,乘学堂举行毕业典礼之机刺死安徽巡抚恩铭,率领学生攻占军械局,弹尽被捕,当日惨遭杀害,心肝被恩铭的卫队挖出炒食。

我捏起筷子，便想起我大哥；晓得妹子死掉的缘故，也全在他。那时我妹子才五岁，可爱可怜的样子，还在眼前。母亲哭个不住，他却劝母亲不要哭；大约因为自己吃了，哭起来不免有点过意不去。如果还能过意不去，……

妹子是被大哥吃了，母亲知道没有，我可不得而知。

母亲想也知道；不过哭的时候，却并没说明，大约也以为应当的了。记得我四五岁时，坐在堂前乘凉，大哥说爷娘生病，做儿子的须割下一片肉来，煮熟了请他吃①，才算好人；母亲也没有说不行。一片吃得，整个的自然也吃得。但是那天的哭法，现在想起来，实在还教人伤心，这真是奇极的事！

十二

不能想了。

四千年来时时吃人的地方，今天才明白，我也在其中混了多年；大哥正管着家务，妹子恰恰死了，他未必不和在饭菜里，暗暗给我们吃。

我未必无意之中，不吃了我妹子的几片肉，现在也轮到我自己，……

有了四千年吃人履历的我，当初虽然不知道，现在明白，难见真的人！

十三

没有吃过人的孩子，或者还有？

救救孩子……

一九一八年四月

（选自 1918 年 5 月 15 日《新青年》第 4 卷第 5 期）

赏析

　　鲁迅(1881—1936)，原名周樟寿，后改名周树人，字豫才，浙江绍兴人，中国现代文学家、思想家，中国现代文学的奠基人。主要作品有小说集《呐喊》《彷徨》《故事新编》，散文集《野草》《朝花夕拾》，杂文集《热风》《坟》《华盖集》《而已集》《南腔北调集》《伪自由书》等17 册，学术著作《中国小说史略》等。鲁迅的作品迄今已被译成 50 多种文字，在世界各地拥有广大读者。

　　《狂人日记》是中国现代文学史上第一篇用现代体式创作的白话短篇小说，它以"表现的深切和格式的特别"，标志着五四新文学创作的伟大开端。

　　谈及该小说的写作起因，鲁迅说："偶阅通鉴，乃悟中国人尚是食人民族。"小说"意在暴露家族制度和礼教的弊害"。对这一主题的表达，作品是多层次展开的。先是通过狂人的切身感受展示出礼教"吃人"的社会普遍性，又从家庭内部着眼透视礼教所依附的基

---

　　① 指"割股疗亲"，即割取自己的股肉煎药，以医治父母的重病。这是封建社会的一种愚孝行为。《宋史·选举志一》："上以孝取人，则勇者割股，怯者庐墓。"

础——家族制度,更借助狂人的联想揭示出"吃人"传统的历史深远。最后通过狂人的自省和否定,不仅表现出反传统的深刻和彻底,还代表整个民族对"吃人"罪恶进行了真诚忏悔。在"仁义道德"等纲常名教的束缚下,整个社会构成一个"吃人"的罗网:人人是被吃者,但同时也参与吃人。狂人迫切地向社会发出警告:"要晓得将来容不得吃人的人,活在世上",热烈呼唤"真的人"的出现。他寄希望于未来,发出"救救孩子"的呼喊。

狂人是一个从传统文化肌体中脱离出来初步具有现代人格思想的精神界战士,他的狂言诳语,反映出人的觉醒和呐喊。知识者的觉醒程度是与他在中国当时社会上的孤立程度成正比例发展的——《狂人日记》的整个情节构思都建立在这样一个思想基础上。狂人越是深刻地感到礼教的吃人本质,越是极力反抗,周围的人越是把他视为一个不可理解的"疯子"。而当他完全失望于一己行动,无可奈何地顺应现实时,他也就"病愈"了,赴某地候补做官。这一结局暗示出启蒙的艰难,也蕴含着作者对启蒙的怀疑。小说充满了尖锐而深刻的理性批判精神,表现出鲁迅"忧愤深广",旨在改造社会和人生的人道主义情怀。

《狂人日记》突破了传统手法,采用了象征主义创作方法,使作品思想丰富深邃而含蓄蕴藉。日记体格式有利于展现主人公的心理认知与情感流动,深沉而激越的情调充溢全篇。白话语言简练峭拔,富有审美张力。

（靳新来）

思考题

1. 为什么说《狂人日记》标志着五四新文学创作的伟大开端?

2. 你对《狂人日记》的"忧愤深广"是如何理解的?

3. 一个具有现代人格思想的精神界战士,被社会视为"狂人""疯子"。这反映出怎样的社会现实?《狂人日记》的构思与鲁迅本人的生活经历和体验有怎样的联系?

参考文献

1. 王晓明　现代中国最苦痛的灵魂,《鲁迅研究的历史批判》,河北教育出版社,2001。
2. 李今　文本·历史与主题——《狂人日记》再细读,《文学评论》,2008(3)。
3. 李欧梵　《铁屋中的呐喊》,河北教育出版社,2001。

在酒楼上

鲁　迅

我从北地向东南旅行，绕道访了我的家乡，就到 S 城。这城离我的故乡不过三十里，坐了小船，小半天可到，我曾在这里的学校里当过一年的教员。深冬雪后，风景凄清，懒散和怀旧的心绪联结起来，我竟暂寓在 S 城的洛思旅馆里了；这旅馆是先前所没有的。城圈本不大，寻访了几个以为可以会见的旧同事，一个也不在，早不知散到那里去了；经过学校的门口，也改换了名称和模样，于我很生疏。不到两个时辰，我的意兴早已索然，颇悔此来为多事了。

我的旅馆是租房不卖饭的，饭菜必须另外叫来，但又无味，入口如嚼泥土。窗外只有渍痕斑驳的墙壁，帖着枯死的莓苔，上面是铅色的天，白皑皑的绝无精采，而且微雪又飞舞起来了。我午餐本没有饱，又没有可以消遣的事情，便很自然的想到先前有一家熟识的小酒楼，叫一石居的，算来离旅馆并不远。我于是立即锁了房门，出街向那酒楼去。其实也无非想姑且逃避客中的无聊，并不专为买醉。一石居是在的，狭小阴湿的店面和破旧的招牌都依旧；但从掌柜以至堂倌却已没有一个熟人，我在这一石居中也完全成了生客。然而我终于跨上那走熟的屋角的扶梯去了，由此径到小楼上。上面也依然是五张小板桌，独有原是木棂的后窗却换嵌了玻璃。

"一斤绍酒。——菜？十个油豆腐，辣酱要多！"

我一面说给跟我上来的堂倌听，一面向后窗走，就在靠窗的一张桌旁坐下了。楼上"空空如也"，任我拣得最好的坐位，可以眺望楼下的废园。这园大概是不属于酒家的，我先前也曾眺望过许多回，有时也在雪天里。但现在从惯于北方的眼睛看来，却很值得惊异了：几株老梅竟斗雪开着满树的繁花，仿佛毫不以深冬为意；倒塌的亭子边还有一株山茶树，从暗绿的密叶里显出十几朵红花来，赫赫的在雪中明得如火，愤怒而且傲慢，如蔑视游人的甘心于远行。我这时又忽地想到这里积雪的滋润，著物不去，晶莹有光，不比朔雪的粉一样干，大风一吹，便飞得满空如烟雾。……

"客人，酒。……"

堂倌懒懒的说着，放下杯、筷、酒壶和碗碟，酒到了。我转脸向了板桌，排好器具，斟出酒来，觉得北方固不是我的旧乡，但南来又只能算一个客子，无论那边的干雪怎样纷飞，这里的柔雪又怎样的依恋，于我都没有什么关系了。我略带些哀愁，然而很舒服的呷一口酒。酒味很纯正；油豆腐也煮得十分好，可惜辣酱太淡薄，本来 S 城人是不懂得吃辣的。

大概是因为正在下午的缘故罢，这虽说是酒楼，却毫无酒楼气，我已经喝下三杯酒去了，而我以外还是四张空板桌。我看着废园，渐渐的感到孤独，但又不愿有别的酒客上来。偶然听得楼梯上脚步响，便不由的有些懊恼，待到看见是堂倌，才又安心了，这样的又喝了两杯酒。

我想，这回定是酒客了，因为听得那脚步声比堂倌的要缓得多。约略料他走完了楼梯的时候，我便害怕似的抬头去看这无干的同伴，同时也就吃惊的站起来：我不料在这里意外的遇见朋友了，——假如他现在还许我称他为朋友。那上来的分明是我的旧同窗，也是做教员时代的旧同事，面貌虽然有些改易，但一见也就认识，独有行动却变得格外迟缓，很不像当年敏捷精悍的吕纬甫了。

"阿！纬甫是你么？我万想不到会在这里遇见你。"

"阿阿，是你？我也万想不到。……"

我就邀他同坐，但他似乎略略踌蹰之后，方才坐下来。我在先很以为奇，接着便有些悲伤，而且不快了。细看他相貌，也还是乱蓬蓬的须发；苍白的长方脸，然而衰瘦了。神气很沉静，或者却是颓唐；又浓又黑的眉毛底下的眼睛也失了精采，但当他缓缓的四顾的时候，却对废园忽地闪出我在学校时代常常看见的射人的光来。

"我们，"我高兴的，然而颇不自然的说，"我们这一别，怕有十年了罢。我早知道你在济南，可是实在懒得太难，终于没有写一封信。……"

"彼此都一样。可是现在我在太原了，已经两年多，和我的母亲。我回来接她的时候，知道你早搬走了，搬得很干净。"

"你在太原做什么呢？"我问。

"教书，在一个同乡的家里。"

"这以前呢？"

"这以前么？"他从衣袋里掏出一支烟卷，点了火衔在嘴里，看着喷出的烟霭，沉思似的说，"无非做了些无聊的事情，等于什么也没有做。"

他问我别后的景况，我一面告诉他一个大概；一面叫堂倌先取杯筷来，使他先喝着我的酒，然后再去添二斤。其间还点菜，我们先前原是毫不客气的，但此刻却推让起来了，终于说不清那一样是谁点的，就从堂倌的口头报告上指定了四样菜：茴香豆、冻肉、油豆腐、青鱼干。

"我一回来，就想到我可笑。"他一手擎着烟卷，一只手扶着酒杯，似笑非笑的向我说。"我在少年时，看见蜂子或蝇子停在一个地方，给什么来一吓，即刻飞去了，但是飞了一个小圈子，便又回来停在原地点，便以为这实在很可笑，也可怜。可不料现在我自己也飞回来了，不过绕了一点小圈子。又不料你也回来了。你不能飞得更远些么？"

"这难说，大约也不外乎绕点小圈子罢。"我也似笑非笑的说。"但是你为什么飞回来的呢？"

"也还是为了无聊的事。"他一口喝干了一杯酒，吸几口烟，眼睛略为张大了。"无聊的。但是我们就谈谈罢。——"

堂倌搬上新添的酒菜来，排满了一桌，楼上又添了烟气和油豆腐的热气，仿佛热闹起来了；楼外的雪也越加纷纷的下。

"你也许本来知道，"他接着说，"我曾经有一个小兄弟，是三岁上死掉的，就葬在这乡下。我连他的模样都记不清楚了，但听母亲说，是一个很可爱念的孩子，和我也很相投，至今她提起来还似乎要下泪。今年春天，一个堂兄就来了一封信，说他的坟边渐渐的浸了水，不久怕要陷入河里去了，须得赶紧去设法。母亲一知道就很着急，几乎几夜睡不着，——她又自己能看信的。然而我能有什么法子呢？没有钱，没有工夫，当时什么法也没有。

"一直挨到现在，趁着年假的闲空，我才得回南给他来迁葬。"他又喝干一杯酒，看着窗外，说，"这在那边那里能如此呢？积雪里会有花，雪地下会不冻。就在前天，我在城里买了一口小棺材，——因为我豫料那地下的应该早已朽烂了，——带着棉絮和被褥，雇了四个土工，下乡迁葬去。我当时忽而很高兴，愿意掘一回坟，愿意一见我那曾经和我很亲睦的小兄弟的骨殖：这些事我生平都没有经历过。到得坟地，果然，河水只是咬进来，离坟已不到二尺远。可怜的坟，两年没有培土，也平下去了。我站在雪中，决然的指着他对土工说，'掘开来！'我实在是一个庸人，我这时觉得我的声音有些希奇，这命令也是一个在我一生中最为伟大的命令。但土工们却毫不骇怪，就动手掘下去了，待到掘着圹穴，我便过去看，果然，棺木已经快要烂尽了，只剩下一堆木丝和小木片。我的心颤动着，自去拨开这些，很小心的，要看一看我的小兄弟。然而出乎意外！被褥，衣服，骨骼，什么也没有。我想，这些都消尽了，向来听说最难烂的是头发，也许还有罢。我便伏下去，在该是枕头所在的泥土里仔仔细细的看，也没有。踪影全无！"

我忽而看见他眼圈微红了，但立即知道是有了酒意。他不很吃菜，单是把酒不停的喝，早喝了一斤多，神情和举动都活泼起来，渐近于先前所见的吕纬甫了。我叫堂倌再添二斤酒，然后回转身，也拿着酒杯，正对面默默的听着。

"其实，这本已可以不必再迁，只要平了土，卖掉棺材，就此完事了的。我去卖棺材虽然有些离奇，但只要价钱极便宜，原铺子就许要，至少总可以捞回几文酒钱来。但我不这样，我仍然铺好被褥，用棉花裹了些他先前身体所在的地方的泥土，包起来，装在新棺材里，运到我父亲埋着的坟地上，在他坟旁埋掉了。因为外面用砖墩，昨天又忙了我大半天：监工。但这样总算完结了一件事，足够去骗骗我的母亲，使她安心些。——阿阿，你这样的看我；你怪我何以和先前太不相同了么？是的，我也还记得我们同到城隍庙里去拔掉神象的胡子的时候，连日议论些改革中国的方法以至于打起来的时候。但我现在就是这样了，敷敷衍衍，模模胡胡。我有时自己也想到，倘若先前的朋友看见我，怕会不认我做朋友了。——然而我现在就是这样。"

他又掏出一支烟卷来，衔在嘴里，点了火。

"看你的神情，你似乎还有些期望我，——我现在自然麻木得多了，但是有些事也还看得出。这使我很感激，然而也使我很不安：怕我终于辜负了至今还对我怀着好意的老朋友。……"他忽而停住了，吸几口烟，才又慢慢的说，"正在今天，刚在我到这一石居来之前，也就做了一件无聊事，然而也是我自己愿意做的。我先前的东边的邻居叫长富，是一个船户。他有一个女儿叫阿顺，你那时到我家里来，也许见过的，但你一定没有留心，因为那时她还小。后来她也长得并不好看，不过平常的瘦瘦的瓜子脸，黄脸皮；独有眼睛非常大，睫毛也很长，眼白青得如夜的晴天，而且是北方的无风的晴天，这里的就没有那么明净了。她很能干，十多岁没了母亲，招呼两个小弟妹都靠她；又得服侍父亲，事事都周到；也经济，家计倒渐渐的稳当起来了。邻居几乎没有一个不夸奖她，连长富也时常说些感激的话。这一次我动身回来的时候，我的母亲又记得她了，老年人记性真长久。她说她曾经知道顺姑因为看见谁的头上戴着红的剪绒花，自己也想有一朵，弄不到，哭了，哭了小半夜，就挨了她父亲的一顿打，后来眼眶还红肿了两三天。这种剪绒花是外省的东西，Ｓ城里买不出，她那里想得到手呢？趁我这一次回南的便，便叫我买两朵去送她。

"我对于这差使倒并不以为烦厌，反而很喜欢；为阿顺，我实在还有些愿意出力的意思的。前年，我回来接我母亲的时候，有一天，长富正在家，不知怎的我和他闲谈起来了。他便要请我吃点心，荞麦粉，并且告诉我所加的是白糖。你想，家里能有白糖的船户，可见决不是一个穷船户了，所以他也吃得很阔绰。我被劝不过，答应了，但要求只要用小碗。他也很识世故，便嘱咐阿顺说，'他们文人，是不会吃东西的。你就用小碗，多加糖！'然而等到冲好端来的时候，仍然使我吃一吓，是一大碗，足够我吃一天。但是和长富吃的一碗比起来，我的也确乎算小碗。我生平没有吃过荞麦粉，这回一尝，实在不可口，却是非常甜。我漫然的吃了几口，就想不吃了，然而在无意中，忽而瞥见阿顺远远的站在屋角里，就使我立即消失了放下碗筷的勇气。我看她的神情，是怕惧而且希望，大约怕自己冲得不好，愿我们吃得有味。我知道如果剩下大半碗来，一定要使她很失望，而且很抱歉。我于是同时决心，放开喉咙灌下去了，几乎吃得和长富一样快。我由此才知道硬吃的苦痛，我只记得还做孩子时候的吃尽一碗拌着驱除蛔虫药粉的沙糖才有这样难。然而我毫不抱怨，因为她过来收拾空碗时候的忍着的得意的笑容，已尽够赔偿我的苦痛而有余了。所以我这一夜虽然饱胀得睡不稳，又做了一大串恶梦，也还是祝她一生幸福，愿世界为她变好。然而这些意思不过是我那些旧日的梦的痕迹，即刻就自笑，接着也就忘却了。

"我先前并不知道她曾经为了一朵剪绒花挨打，但因为母亲一说起，便也记得了荞麦粉的事，意外的勤快起来了。我先在太原城里搜求了一遍，都没有；一直到济南……"

窗外沙沙的一阵响，许多积雪从被他压弯了的一枝山茶树上溜下去了，树枝笔挺的伸直，更显出乌油油的肥叶和血红的花来。天空的铅色来得更浓；小鸟雀啾唧的叫着，大概黄昏将近，地面又全罩了雪，寻不出什么食粮，都赶早回巢来休息了。

"一直到了济南"，他向窗外看了一回，转身干一杯酒，又吸几口烟，接着说，"我才买到剪绒花。我也不知道使她挨打的是不是这一种，总之是绒做的罢了。我也不知道她喜欢深色还是浅色，就买了一朵大红的，一朵粉红的，都带到这里来。

"就是今天午后，我一吃完饭，便去看长富，我为此特地耽搁了一天。他的家倒还在，只是看去很有些晦气色了，但这恐怕不过是我自己的感觉。他的儿子和第二个女儿——阿昭，都站在门口，大了。阿昭长得全不像她姊姊，简直像一个鬼，但是看见我走向她家，便飞奔的逃进屋里去。我就问那小子，知道长富不在家。'你的大姊呢？'他立刻瞪起眼睛，连声问我寻她什么事，而且恶狠狠的似乎就要扑过来，咬我。我就退走了，我现在是敷敷衍衍……。

"你不知道，我可是比先前更怕去访人了。因为我已经深知道自己之讨厌，连自己也讨厌，又何必明知故犯的去使人暗暗地不快呢。然而这回的差使是不能不办妥的，所以想了一想，终于回到就在斜对门的柴店里。店主的母亲，老发奶奶，倒也还在，而且也还认识我，居然将我邀进店里坐去了。我们寒暄几句之后，我就说明了回到S城和寻长富的缘故。不料她就叹息说：

"'可惜顺姑没有福气戴这剪绒花了。'

"她于是详细的告诉我，说是'大约从去年春天以来，她就见得黄瘦，后来忽而时时流泪了，问她缘故又不说；有时还整夜的哭，哭得长富也忍不住生气，骂她年纪大了，发了疯。可是一到秋初，起先不过小伤风，终于躺倒了，从此就起不来。直到咽气的前几天，才肯对长富说，她早就像她母亲一样，不时的吐血和流夜汗。但是瞒着，怕他因此要担心。有一夜，她的伯伯长庚又来硬借钱，——这是常有的事，——她不给，长庚就说：你不要骄气，你的男人比我还不如！她就发了愁，又怕羞，不好问，只好哭。长富赶紧将她的男人怎样的挣气说给她听，那里还来得及？况且她也不信，反而说：好在我已经这样，什么也不要紧了。'

"她还说，'如果她的男人真比长庚不如，那就真可怕呵！比不上一个偷鸡贼，那是什么东西呢？

然而他来送殓的时候,我是亲眼看见他的,衣服很干净,人也体面,还眼泪汪汪的说,自己撑了半世船,苦熬苦省的积起钱来聘了一个女人,偏偏又死掉了。可见他实在是一个好人,长庚说的全是谎。只可惜顺姑竟会相信那样的贼骨头,白送了性命。——但这也不能去怪谁,只能怪顺姑自己没有这一份好福气。'

"那倒也罢,我的事情又完了。但是剪绒花怎么办呢? 好,我就托她送了阿昭。这阿昭一见我就飞跑,大约将我当作一只狼或是什么,我实在不愿意去送她。——但是我也就送她了,对母亲只要说阿顺见了喜欢的了不得就是。这些无聊的事算什么? 只要模模胡胡。模模胡胡的过了新年,仍旧教我的'子曰诗云'去。"

"你教的是'子曰诗云'么?"我觉得奇异,便问。

"自然。你还以为教的是 ABCD 么? 我先是两个学生,一个读《诗经》,一个读《孟子》;新近又添了一个,女的,读《女儿经》。连算学也不教,不是我不教,他们不要教。"

"我实在料不到你倒去教这类的书,……"

"他们的老子要他们读这些;我是别人,无乎不可的。这些无聊的事算什么? 只要随随便便,……"

他满脸已经绯红,似乎很有些醉,但眼光却又消沉下去了。我微微的叹息,一时没有话可说。楼梯上一阵乱响,拥上几个酒客来;当头的是矮子,拥肿的圆脸;第二个是长的,在脸上很惹眼的显出一个红鼻子;此后还有人,一叠连的走得小楼都发抖。我转眼去看吕纬甫,他也正转眼来看我,我就叫堂倌算酒账。

"你借此还可以支持生活么?"我一面准备走,一面问。

"是的。——我每月有二十元,也不大能够敷衍。"

"那么,你以后豫备怎么办呢?"

"以后? ——我不知道。你看我们那时豫定的事可有一件如意? 我现在什么也不知道,连明天怎样也不知道,连后一分后一秒。……"

堂倌送上账来,交给我,他也不像初到时候的谦虚了,只向我看了一看,便吸烟,听凭我付了账。

我们一同走出店门,他所住的旅店和我的方向正相反,就在门口分别了。我独自向着自己的旅馆走,寒风和雪片扑在脸上,倒觉得很爽快;见天色已是黄昏,和屋宇和街道都织在不一定的纯白的罗网里。

一九二四年二月一六日

(选自 1924 年 5 月 10 日《小说月报》第 15 卷第 5 期)

赏析

《在酒楼上》是鲁迅以知识分子为题材的小说中颇有代表性的一篇,被誉为"最富鲁迅气氛"的小说。小说通过叙述者"我"与吕纬甫在"一石居"酒楼上的对话来表现五四后知识分子内心的孤寂与彷徨。

小说采用了"对话体"的形式,把两个有着相似经历的知识分子安排在一起,其实是让叙述者"我"通过眼前的吕纬甫折射出自己的形象。这样布局,加强了小说的冲突性。"我"是一个漫无目的的漂泊者,在孤独无聊中意外地与吕纬甫相遇,忍不住地对他探询,想从"过去"中寻得几许安慰与希望,但是吕纬甫和他的故事使"我"失望。吕纬甫当初战士的英姿荡然无存,只是以"敷敷衍衍""模模胡胡"的态度对待现实,吕纬甫也很想从"我"那里寻得几分理解与宽容,但是"我"的"期望"与"惊异"的眼光使他深感自责。这实际上是鲁迅自身思想中的一次对话。小说中的吕纬甫放弃了原有的反传统立场,由激进而消沉,陷入世俗温情中不能自拔,这实际上是鲁迅在人生困境中极易产生的思想的一个方面。而小说中的"我"抵御了这种世俗温情的诱惑,在彷徨中奋起。这表明鲁迅在对自我思想的审视和批判中认识了自我,战胜了自我,重新开始了新的求索。

小说"对话"式的独特叙述方式形成了作品的"复调性":各自独立但彼此对立的声音平等对话而互动共生,造成意蕴内涵的多义性和开放性。这正是鲁迅小说的魅力所在。小说中的景物描写精彩传神,不仅烘托了环境和氛围,而且移情入景,含蓄地展示了人物的情感世界,深化了小说的题旨。

(靳新来)

思考题

1. 试谈小说中"我"与吕纬甫两个人物的异同及其关系,小说是怎样通过两人的对话来表现主题的?

2. 这篇小说被誉为"最富鲁迅气氛的小说"。试结合文本的具体描写,谈谈你对"鲁迅气氛"的理解。

参考文献

1. 钱理群 "最富鲁迅气氛的小说"——读《在酒楼上》、《孤独者》及其他,《鲁迅作品十五讲》,北京大学出版社,2003。

2. 严家炎 复调小说:鲁迅的突出贡献,《中国现代文学研究丛刊》,2001(3)。

3. 张直心 梦中的女孩——鲁迅《在酒楼上》细读,《中国现代文学研究丛刊》,2005(4)。

铸　剑

鲁　迅

一

眉间尺刚和他的母亲睡下，老鼠便出来咬锅盖，使他听得发烦。他轻轻地叱了几声，最初还有些效验，后来是简直不理他了，格支格支地径自咬。他又不敢大声赶，怕惊醒了白天做得劳乏，晚上一躺就睡着了的母亲。

许多时光之后，平静了；他也想睡去。忽然，扑通一声，惊得他又睁开眼。同时听到沙沙地响，是爪子抓着瓦器的声音。

"好！该死！"他想着，心里非常高兴，一面就轻轻地坐起来。

他跨下床，借着月光走向门背后，摸到钻火家伙，点上松明，向水瓮里一照。果然，一匹很大的老鼠落在那里面了；但是，存水已经不多，爬不出来，只沿着水瓮内壁，抓着，团团地转圈子。

"活该！"他一想到夜夜咬家具，闹得他不能安稳睡觉的便是它们，很觉得畅快。他将松明插在土墙的小孔里，赏玩着；然而那圆睁的小眼睛，又使他发生了憎恨，伸手抽出一根芦柴，将它直按到水底去。过了一会，才放手，那老鼠也随着浮了上来，还是抓着瓮壁转圈子。只是抓劲已经没有先前似的有力，眼睛也淹在水里面，单露出一点尖尖的通红的小鼻子，咻咻地急促地喘气。

他近来很有点不大喜欢红鼻子的人。但这回见了这尖尖的小红鼻子，却忽然觉得它可怜了，就又用那芦柴，伸到它的肚下去，老鼠抓着，歇了一回力，便沿着芦干爬了上来。待到他看见全身，——湿淋淋的黑毛，大的肚子，蚯蚓似的尾巴，——便又觉得可恨可憎得很，慌忙将芦柴一抖，扑通一声，老鼠又落在水瓮里，他接着就用芦柴在它头上捣了几下，叫它赶快沉下去。

换了六回松明之后，那老鼠已经不能动弹，不过沉沉浮浮在水中间，有时还向水面微微一跳。眉间尺又觉得很可怜，随即折断芦柴，好容易将它夹了出来，放在地面上。老鼠先是丝毫不动，后来才有一点呼吸；又许多时，四只脚运动了，一翻身，似乎要站起来逃走。这使眉间尺大吃一惊，不觉提起左脚，一脚踏下去。只听得吱的一声，他蹲下去仔细看时，只见口角上微有鲜血，大概是死掉了。

他又觉得很可怜，仿佛自己作了大恶似的，非常难受。他蹲着，呆看着，站不起来。

"尺儿，你在做什么？"他的母亲已经醒来了，在床上问。

"老鼠……。"他慌忙站起，回转身去，却只答了两个字。

"是的，老鼠。这我知道。可是你在做什么？杀它呢，还是在救它？"

他没有回答。松明烧尽了；他默默地立在暗中，渐看见月光的皎洁。

"唉！"他的母亲叹息说，"一交子时，你就是十六岁了，性情还是那样，不冷不热地，一点也不变。看来，你的父亲的仇是没有人报的了。"

他看见他的母亲坐在灰白色的月影中，仿佛身体都在颤动；低微的声音里，含着无限的悲哀，使他冷得毛骨悚然，而一转眼间，又觉得热血在全身中忽然腾沸。

"父亲的仇？父亲有什么仇呢？"他前进几步，惊急地问。

"有的。还要你去报。我早想告诉你的了；只因为你太小，没有说。现在你已经成人了，却还是那样的性情。这教我怎么办呢？你似的性情，能行大事的么？"

"能。说罢，母亲。我要改过……。"

"自然。我也只得说。你必须改过……。那么，走过来罢。"

他走去；他的母亲端坐在床上，在暗白的月影里，两眼发出闪闪的光芒。

"听哪！"她严肃地说，"你的父亲原是一个铸剑的名工，天下第一。他的工具，我早已都卖掉了来救了穷了，你已经看不见一点遗迹；但他是一个世上无二的铸剑的名工。二十年前，王妃生下了一块铁，听说是抱了一回铁柱之后受孕的，是一块纯青透明的铁。大王知道是异宝，便决计用来铸一把剑，想用它保国，用它杀敌，用它防身。不幸你的父亲那时偏偏入了选，便将铁捧回家里来，日日夜夜地锻炼，费了整三年的精神，炼成两把剑。

"当最末次开炉的那一日，是怎样地骇人的景象呵！哗拉拉地腾上一道白气的时候，地面也觉得动摇。那白气到天半便变成白云，罩住了这处所，渐渐现出绯红颜色，映得一切都如桃花。我家的漆黑的炉子里，是躺着通红的两把剑。你父亲用井华水慢慢地滴下去，那剑嘶嘶地吼着，慢慢转成青色了。这样地七日七夜，就看不见了剑，仔细看时，却还在炉底里，纯青的，透明的，正像两条冰。

"大欢喜的光采，便从你父亲的眼睛里四射出来；他取起剑，拂拭着，拂拭着。然而悲惨的皱纹，却也从他的眉头和嘴角出现了。他将那两把剑分装在两个匣子里。

"'你只要看这几天的景象，就明白无论是谁，都知道剑已炼就的了。'他悄悄地对我说。'一到明天，我必须去献给大王。但献剑的一天，也就是我命尽的日子。怕我们从此要长别了。'

"'你……。'我很骇异，猜不透他的意思，不知怎么说的好。我只是这样地说：'你这回有了这么大的功劳……。'

"'唉！你怎么知道呢！'他说。'大王是向来善于猜疑，又极残忍的。这回我给他炼成了世间无二的剑，他一定要杀掉我，免得我再去给别人炼剑，来和他匹敌，或者超过他。'

"我掉泪了。

"'你不要悲哀。这是无法逃避的。眼泪决不能洗掉运命。我可是早已有准备在这里了！'他的眼里忽然发出电火似的光芒，将一个剑匣放在我膝上。'这是雄剑。'他说。'你收着。明天，我只将这雌剑献给大王去。倘若我一去竟不回来了呢，那是我一定不再在人间了。你不是怀孕已经五六个月了么？不要悲哀；待生了孩子，好好地抚养。一到成人之后，你便交给他这雄剑，教他砍在大王的颈子上，给我报仇！'"

"那天父亲回来了没有呢？"眉间尺赶紧问。

"没有回来！"她冷静地说。"我四处打听，也杳无消息。后来听得人说，第一个用血来饲你父亲自己炼成的剑的人，就是他自己——你的父亲。还怕他鬼魂作怪，将他的身首分埋在前门和后苑了！"

眉间尺忽然全身都如烧着猛火，自己觉得每一枝毛发上都仿佛闪出火星来。他的双拳，在暗中捏得格格地作响。

他的母亲站起了，揭去床头的木板，下床点了松明，到门背后取过一把锄，交给眉间尺道："掘下去！"

眉间尺心跳着，但很沉静的一锄一锄轻轻地掘下去。掘出来的都是黄土，约到五尺多深，土色有些不同了，似乎是烂掉的材木。

"看罢！要小心！"他的母亲说。

眉间尺伏在掘开的洞穴旁边，伸手下去，谨慎小心地撮开烂树，待到指尖一冷，有如触着冰雪的时候，那纯青透明的剑也出现了。他看清了剑靶，捏着，提了出来。

窗外的星月和屋里的松明似乎都骤然失了光辉，惟有青光充塞宇内。那剑便溶在这青光中，看去好像一无所有。眉间尺凝神细视，这才仿佛看见长五尺余，却并不见得怎样锋利，剑口反而有些浑圆，正如一片韭叶。

"你从此要改变你的优柔的性情，用这剑报仇去！"他的母亲说。

"我已经改变了我的优柔的性情，要用这剑报仇去！"

"但愿如此。你穿了青衣，背上这剑，衣剑一色，谁也看不分明的。衣服我已经做在这里，明天就上你的路去罢。不要记念我！"她向床后的破衣箱一指，说。

眉间尺取出新衣，试去一穿，长短正很合式。他便重行迭好，裹了剑，放在枕边，沉静地躺下。他觉得自己已经改变了优柔的性情；他决心要并无心事一般，倒头便睡，清晨醒来，毫不改变常态，从容地去寻他不共戴天的仇雠。

但他醒着。他翻来复去，总想坐起来。他听到他母亲的失望的轻轻的长叹。他听到最初的鸡鸣；他知道已交子时，自己是上了十六岁了。

二

当眉间尺肿着眼眶，头也不回的跨出门外，穿着青衣，背着青剑，迈开大步，径奔城中的时候，东方还没有露出阳光。杉树林的每一片叶尖，都挂着露珠，其中隐藏着夜气。但是，待到走到树林的那一头，露珠里却闪出各样的光辉，渐渐幻成晓色了。远望前面，便依稀看见灰黑色的城墙和雉堞。

和挑葱卖菜的一同混入城里，街市上已经很热闹。男人们一排一排的呆站着；女人们也时时从门里探出头来。她们大半也肿着眼眶；蓬着头；黄黄的脸，连脂粉也不及涂抹。

眉间尺预觉到将有巨变降临，他们便都是焦躁而忍耐地等候着这巨变的。

他径自向前走；一个孩子突然跑过来，几乎碰着他背上的剑尖，使他吓出了一身汗。转出北方，离王宫不远，人们就挤得密密层层，都伸着脖子。人丛中还有女人和孩子哭嚷的声音。他怕那看不见的雄剑伤了人，不敢挤进去；然而人们却又在背后拥上来。他只得宛转地退避；面前只看见人们的背脊和伸长的脖子。

忽然，前面的人们都陆续跪倒了；远远地有两匹马并着跑过来。此后是拿着木棍，戈，刀，弓弩，旌旗的武人，走得满路黄尘滚滚。又来了一辆四匹马拉的大车，上面坐着一队人，有的打钟击鼓，有的嘴上吹着不知道叫什么名目的劳什子。此后又是车，里面的人都穿画衣，不是老头子，便是矮胖子，个个满脸油汗。接着又是一队拿刀枪剑戟的骑士。跪着的人们便都伏下去了。这时眉间尺正看见一辆黄盖的大车驰来，正中坐着一个画衣的胖子，花白胡子，小脑袋；腰间还依稀看见佩着和他背上一样的青剑。

他不觉全身一冷，但立刻又灼热起来，像是猛火焚烧着。他一面伸手向肩头捏住剑柄，一面提起脚，便从伏着的人们的脖子的空处跨出去。

但他只走得五六步，就跌了一个倒栽葱，因为有人突然捏住了他的一只脚。这一跌又正压在一个干瘪脸的少年身上；他正怕剑尖伤了他，吃惊地起来看的时候，肋下就挨了很重的两拳。他也不暇计较，再望路上，不但黄盖车已经走过，连拥护的骑士也过去了一大阵了。

路旁的一切人们也都爬起来。干瘪脸的少年却还扭住了眉间尺的衣领，不肯放手，说被他压坏了贵重的丹田，必须保险，倘若不到八十岁便死掉了，就得抵命。闲人们又即刻围上来，呆看着，但谁也不开口；后来有人从旁笑骂了几句，却全是附和干瘪脸少年的。眉间尺遇到了这样的敌人，真是怒不得，笑不得，只觉得无聊，却又脱身不得。这样地经过了煮熟一锅小米的时光，眉间尺早已焦躁得浑身发火，看的人却仍不见减，还是津津有味似的。

前面的人圈子动摇了，挤进一个黑色的人来，黑须黑眼睛，瘦得如铁。他并不言语，只向眉间尺冷冷地一笑，一面举手轻轻地一拨干瘪脸少年的下巴，并且看定了他的脸。那少年也向他看了一会，不觉慢慢地松了手，溜走了；那人也就溜走了；看的人们也都无聊地走散。只有几个人还来问眉间尺的年纪，住址，家里可有姊姊。眉间尺都不理他们。

他向南走着；心里想，城市中这么热闹，容易误伤，还不如在南门外等候他回来，给父亲报仇罢，那地方是地旷人稀，实在很便于施展。这时满城都议论着国王的游山，仪仗，威严，自己得见国王的荣耀，以及俯伏得有怎么低，应该采作国民的模范等等，很像蜜蜂的排衙。直至将近南门，这才渐渐地冷静。

他走出城外，坐在一株大桑树下，取出两个馒头来充了饥；吃着的时候忽然记起母亲来，不觉眼鼻一酸，然而此后倒也没有什么。周围是一步一步地静下去了，他至于很分明地听到自己的呼吸。

天色愈暗，他也愈不安，尽目力望着前方，毫不见有国王回来的影子。上城卖菜的村人，一个个挑着空担出城回家去了。

人迹绝了许久之后，忽然从城里闪出那一个黑色的人来。

"走罢，眉间尺！国王在捉你了！"他说，声音好像鸱鸮。

眉间尺浑身一颤，中了魔似的，立即跟着他走；后来是飞奔。他站定了喘息许多时，才明白已经到了杉树林边。后面远处有银白的条纹，是月亮已从那边出现；前面却仅有两点燐火一般的那黑色人的眼光。

"你怎么认识我？……"他极其惶骇地问。

"哈哈！我一向认识你。"那人的声音说。"我知道你背着雄剑，要给你的父亲报仇，我也知道你报不成。岂但报不成；今天已经有人告密，你的仇人早从东门还宫，下令捕拿你了。"

眉间尺不觉伤心起来。

"唉唉，母亲的叹息是无怪的。"他低声说。

"但她只知道一半。她不知道我要给你报仇。"

"你么？你肯给我报仇么，义士？"

"阿，你不要用这称呼来冤枉我。"

"那么,你同情于我们孤儿寡妇? ……"

"唉,孩子,你再不要提这些受了污辱的名称。"他严冷地说,"仗义,同情,那些东西,先前曾经干净过,现在却都成了放鬼债的资本。我的心里全没有你所谓的那些。我只不过要给你报仇!"

"好。但你怎么给我报仇呢?"

"只要你给我两件东西。"两粒燐火下的声音说。"那两什么? 你听着:一是你的剑,二是你的头!"

眉间尺虽然觉得奇怪,有些狐疑,却并不吃惊。他一时开不得口。

"你不要疑心我将骗取你的性命和宝贝。"暗中的声音又严冷地说。"这事全由你。你信我,我便去;你不信,我便住。"

"但你为什么给我去报仇的呢? 你认识我的父亲么?"

"我一向认识你的父亲,也如一向认识你一样。但我要报仇,却并不为此。聪明的孩子,告诉你罢。你还不知道么,我怎么地善于报仇。你的就是我的;他也就是我。我的魂灵上是有这么多的,人我所加的伤,我已经憎恶了我自己!"

暗中的声音刚刚停止,眉间尺便举手向肩头抽取青色的剑,顺手从后项窝向前一削,头颅坠在地面的青苔上,一面将剑交给黑色人。

"呵呵!"他一手接剑,一手捏着头发,提起眉间尺的头来,对着那热的死掉的嘴唇,接吻两次,并且冷冷地尖利地笑。

笑声即刻散布在杉树林中,深处随着有一群燐火似的眼光闪动,倏忽临近,听到咻咻的饿狼的喘息。第一口撕尽了眉间尺的青衣,第二口便身体全都不见了,血痕也顷刻舔尽,只微微听得咀嚼骨头的声音。

最先头的一匹大狼就向黑色人扑过来。他用青剑一挥,狼头便坠在地面的青苔上。别的狼们第一口撕尽了它的皮,第二口便身体全都不见了,血痕也顷刻舔尽,只微微听得咀嚼骨头的声音。

他已经掣起地上的青衣,包了眉间尺的头,和青剑都背在背脊上,回转身,在暗中向王城扬长地走去。

狼们站定了,耸着肩,伸出舌头,咻咻地喘着,放着绿的眼光看他扬长地走。

他在暗中向王城扬长地走去,发出尖利的声音唱着歌:

> 哈哈爱兮爱乎爱乎!
>
> 爱青剑兮一个仇人自屠。
>
> 夥颐连翩兮多少一夫。
>
> 一夫爱青剑兮呜呼不孤。
>
> 头换头兮两个仇人自屠。
>
> 一夫则无兮爱乎呜呼!
>
> 爱乎呜呼兮呜呼阿呼,
>
> 阿呼呜呼兮呜呼呜呼!

三

游山并不能使国王觉得有趣;加上了路上将有刺客的密报,更使他扫兴而还。那夜他很生气,说是连第九个妃子的头发,也没有昨天那样的黑得好看了。幸而她撒娇坐在他的御膝上,特别扭了七十多回,这才使龙眉之间的皱纹渐渐地舒展。

午后,国王一起身,就又有些不高兴,待到用过午膳,简直现出怒容来。

"唉唉!无聊!"他打一个大呵欠之后,高声说。

上自王后,下至弄臣,看见这情形,都不觉手足无措。白须老臣的讲道,矮胖侏儒的打诨,王是早已听厌了的;近来便是走索、缘竿、抛丸、倒立、吞刀、吐火等等奇妙的把戏,也都看得毫无意味。他常常要发怒;一发怒,便按着青剑,总想寻点小错处,杀掉几个人。

偷空在宫外闲游的两个小宦官,刚刚回来,一看见宫里面大家的愁苦的情形,便知道又是照例的祸事临头了,一个吓得面如土色;一个却像是大有把握一般,不慌不忙,跑到国王的面前,俯伏着,说道:

"奴才刚才访得一个异人,很有异术,可以给大王解闷,因此特来奏闻。"

"什么?!"王说。他的话是一向很短的。

"那是一个黑瘦的,乞丐似的男子。穿一身青衣,背着一个圆圆的青包裹;嘴里唱着胡诌的歌。人问他。他说善于玩把戏,空前绝后,举世无双,人们从来就没有看见过;一见之后,便即解烦释闷,天下太平。但大家要他玩,他却又不肯。说是第一须有一条金龙,第二须有一个金鼎。……"

"金龙?我是的。金鼎?我有。"

"奴才也正是这样想。……"

"传进来!"

话声未绝,四个武士便跟着那小宦官疾趋而出。上自王后,下至弄臣,个个喜形于色。他们都愿意这把戏玩得解愁释闷,天下太平;即使玩不成,这回也有了那乞丐似的黑瘦男子来受祸,他们只要能挨到传了进来的时候就好了。

并不要许多工夫,就望见六个人向金阶趋进。先头是宦官,后面是四个武士,中间夹着一个黑色人。待到近来时,那人的衣服却是青的,须、眉、头发都黑;瘦得颧骨、眼圈骨、眉棱骨都高高地突出来。他恭敬地跪着俯伏下去时,果然看见背上有一个圆圆的小包袱,青色布,上面还画上一些暗红色的花纹。

"奏来!"王暴躁地说。他见他家伙简单,以为他未必会玩什么好把戏。

"臣名叫宴之敖者;生长汶汶乡。少无职业;晚遇明师,教臣把戏,是一个孩子的头。这把戏一个人玩不起来,必须在金龙之前,摆一个金鼎,注满清水,用兽炭煎熬。于是放下孩子的头去,一到水沸,这头便随波上下,跳舞百端,且发妙音,欢喜歌唱。这歌舞为一人所见,便解愁释闷,为万民所见,便天下太平。"

"玩来!"王大声命令说。

并不要许多工夫,一个煮牛的大金鼎便摆在殿外,注满水,下面堆了兽炭,点起火来。那黑色人站在旁边,见炭火一红,便解下包袱,打开,两手捧出孩子的头来,高高举起。那头是秀眉长眼,皓齿红唇;脸带笑容;头发蓬松,正如青烟一阵。黑色人捧着向四面转了一圈,便伸手擎到鼎上,动着嘴唇说了几句不知什么话,随即将手一松,只听得扑通一声,坠入水中去了。水花同时溅起,足有五尺多高,此后是一切平静。

许多工夫，还无动静。国王首先暴躁起来，接着是王后和妃子，大臣，宦官们也都有些焦急，矮胖的侏儒们则已经开始冷笑了。王一见他们的冷笑，便觉自己受愚，回顾武士，想命令他们就将那欺君的莽民掷入牛鼎里去煮杀。

但同时就听得水沸声；炭火也正旺，映着那黑色人变成红黑，如铁的烧到微红。王刚又回过脸来，他已经伸起两手向天，眼光向着无物，舞蹈着，忽地发出尖利的声音唱起歌来：

> 哈哈爱兮爱乎爱乎爱乎！
>
> 爱兮血兮兮谁乎独无。
>
> 民萌冥行兮一夫壶卢。
>
> 彼用百头颅，千头颅兮用万头颅！
>
> 我用一头颅兮而无万夫。
>
> 爱一头颅兮血乎呜呼！
>
> 血乎呜呼兮呜呼阿呼，
>
> 阿呼呜呼兮呜呼呜呼！

随着歌声，水就从鼎口涌起，上尖下广，像一座小山，但自水尖至鼎底，不住地回旋运动。那头即随水上上下下，转着圈子，一面又滴溜溜自己翻筋斗，人们还可以隐约看见他玩得高兴的笑容。过了些时，突然变了逆水的游泳，打旋子夹着穿梭，激得水花向四面飞溅，满庭洒下一阵热雨来。一个侏儒忽然叫了一声，用手摸着自己的鼻子。他不幸被热水烫了一下，又不耐痛，终于免不得出声叫苦了。

黑色人的歌声才停，那头也就在水中央停住，面向王殿，颜色转成端庄。这样的有十余瞬息之久，才慢慢地上下抖动；从抖动加速而为起伏的游泳，但不很快，态度很雍容。绕着水边一高一低地游了三匝，忽然睁大眼睛，漆黑的眼珠显得格外精彩，同时也开口唱起歌来：

> 王泽流兮浩洋洋；
>
> 克服怨敌，怨敌克服兮，赫兮强！
>
> 宇宙有穷止兮万寿无疆。
>
> 幸我来也兮青其光！
>
> 青其光兮永不相忘。
>
> 异处异处兮堂哉皇！
>
> 堂哉皇哉兮嗳嗳唷，
>
> 嗟来归来，嗟来陪来兮青其光！

头忽然升到水的尖端停住；翻了几个筋斗之后，上下升降起来，眼珠向着左右瞥视，十分秀媚，嘴里仍然唱着歌：

> 阿呼呜呼兮呜呼呜呼，
>
> 爱乎呜呼兮呜呼阿呼！
>
> 血一头颅兮爱乎呜呼。
>
> 我用一头颅兮而无万夫！
>
> 彼用百头颅，千头颅……

唱到这里，是沉下去的时候，但不再浮上来了；歌词也不能辨别。涌起的水，也随着歌声的微弱，渐渐低落，像退潮一般，终至到鼎口以下，在远处什么也看不见。

"怎了？"等了一会，王不耐烦地问。

"大王，"那黑色人半跪着说。"他正在鼎底里作最神奇的团圆舞，不临近是看不见的。臣也没有法术使他上来，因为作团圆舞必须在鼎底里。"

王站起身，跨下金阶，冒着炎热立在鼎边，探头去看。只见水平如镜，那头仰面躺在水中间，两眼正看着他的脸。待到王的眼光射到他脸上时，他便嫣然一笑。这一笑使王觉得似曾相识，却又一时记不起是谁来。刚在惊疑，黑色人已经擎出了背着的青色的剑，只一挥，闪电般从后项窝直劈下去，扑通一声，王的头就落在鼎里了。

仇人相见，本来格外眼明，况且是相逢狭路。王头刚到水面，眉间尺的头便迎上来，很命在他耳轮上咬了一口。鼎水即刻沸涌，澎湃有声；两头即在水中死战。约有二十回合，王头受了五个伤，眉间尺的头上却有七处。王又狡猾，总是设法绕到他的敌人的后面去。眉间尺偶一疏忽，终于被他咬住了后项窝，无法转身。这一回王的头可是咬定不放了，他只是连连蚕食进去；连鼎外面也仿佛听到孩子的失声叫痛的声音。

上自王后，下至弄臣，骇得凝结着的神色也应声活动起来，似乎感到暗无天日的悲哀，皮肤上都一粒一粒地起粟；然而又夹着秘密的欢喜，瞪了眼，像是等候着什么似的。

黑色人也仿佛有些惊慌，但是面不改色。他从从容容地伸开那捏着看不见的青剑的臂膊，如一段枯枝；伸长颈子，如在细看鼎底。臂膊忽然一弯，青剑便蓦地从他后面劈下，剑到头落，坠入鼎中，溯的一声，雪白的水花向着空中同时四射。

他的头一入水，即刻直奔王头，一口咬住了王的鼻子，几乎要咬下来。王忍不住叫一声"阿唷"，将嘴一张，眉间尺的头便乘机挣脱了，一转脸倒将王的下巴拼死劲咬住。他们不但都不放，还用全力上下一撕，撕得王头再也合不上嘴。于是他们就如饿鸡啄米一般，一顿乱咬，咬得王头眼歪鼻塌，满脸鳞伤。先前还会在鼎里面四处乱滚，后来只能躺着呻吟，到底是一声不响，只有出气，没有进气了。

黑色人和眉间尺的头也慢慢地住了嘴，离开王头，沿鼎壁游了一匝，看他可是装死还是真死。待到知道了王头确已断气，便四目相视，微微一笑，随即合上眼睛，仰面向天，沉到水底里去了。

四

烟消火灭；水波不兴。特别的寂静倒使殿上殿下的人们警醒。他们中的一个首先叫了一声，大家也立刻迭连惊叫起来；一个迈开腿向金鼎走去，大家便争先恐后地拥上去了。有挤在后面的，只能从人脖子的空隙间向里面窥探。

热气还炙得人脸上发烧。鼎里的水却一平如镜，上面浮着一层油，照出许多人脸孔：王后，王妃，武士，老臣，侏儒，太监。……

"阿呀，天哪！咱们大王的头还在里面哪，唉唉唉！"第六个妃子忽然发狂似的哭嚷起来。

上自王后，下至弄臣，也都恍然大悟，仓皇散开，急得手足无措，各自转了四五个圈子。一个最有谋略的老臣独又上前，伸手向鼎边一摸，然而浑身一抖，立刻缩了回来，伸出两个指头，放在口边吹个不住。

大家定了定神，便在殿门外商议打捞办法。约略费去了煮熟三锅小米的工夫，总算得到一种结果，是：到大厨房去调集了铁丝勺子，命武士协力捞起来。

器具不久就调集了，铁丝勺，漏勺，金盘，擦桌布，都放在鼎旁边。武士们便搊起衣袖，有用铁丝勺的，有用漏勺的，一齐恭行打捞。有勺子相触的声音，有勺子刮着金鼎的声音；水是随着勺子的搅动而旋绕着。好一会，一个武士的脸色忽而很端庄了，极小心地两手慢慢举起了勺子，水滴从勺孔中珠子一般漏下，勺里面便显出雪白的头骨来。大家惊叫了一声；他便将头骨倒在金盘里。

"阿呀！我的大王呀！"王后，妃子，老臣，以至太监之类，都放声哭起来。但不久就陆续停止了，因为武士又捞起了一个同样的头骨。

他们泪眼模胡地四顾，只见武士们满脸油汗，还在打捞。此后捞出来的是一团糟的白头发和黑头发；还有几勺很短的东西，似乎是白胡须和黑胡须。此后又是一个头骨。此后是三枝簪。

直到鼎里面只剩下清汤，才始住手；将捞出的物件分盛了三金盘：一盘头骨，一盘须发，一盘簪。

"咱们大王只有一个头。那一个是咱们大王的呢？"第九个妃子焦急地问。

"是呵……。"老臣们都面面相觑。

"如果皮肉没有煮烂，那就容易辨别了。"一个侏儒跪着说。

大家只得平心静气，去细看那头骨，但是黑白大小，都差不多，连那孩子的头，也无从分辨。王后说王的右额上有一个疤，是做太子时候跌伤的，怕骨上也有痕迹。果然，侏儒在一个头骨上发见了；大家正在欢喜的时候，另外的一个侏儒却又在较黄的头骨的右额上看出相仿的瘢痕来。

"我有法子。"第三个王妃得意地说，"咱们大王的龙准是很高的。"

太监们即刻动手研究鼻准骨，有一个确也似乎比较地高，但究竟相差无几；最可惜的是右额上却并无跌伤的瘢痕。

"况且，"老臣们向太监说，"大王的后枕骨是这么尖的么？"

"奴才们向来就没有留心看过大王的后枕骨……。"

王后和妃子们也各自回想起来，有的说是尖的，有的说是平的。叫梳头太监来问的时候，却一句话也不说。

当夜便开了一个王公大臣会议，想决定那一个是王的头，但结果还同白天一样。并且连须发也发生了问题。白的自然是王的，然而因为花白，所以黑的也很难处置。讨论了小半夜，只将几根红色的胡子选出；接着因为第九个王妃抗议，说她确曾看见王有几根通黄的胡子，现在怎么能知道决没有一根红的呢。于是也只好重行归并，作为疑案了。

到后半夜，还是毫无结果。大家却居然一面打呵欠，一面继续讨论，直到第二次鸡鸣，这才决定了一个最慎重妥善的办法，是：只能将三个头骨都和王的身体放在金棺里落葬。

七天之后是落葬的日期，合城很热闹。城里的人民，远处的人民，都奔来瞻仰国王的"大出丧"。天一亮，道上已经挤满了男男女女；中间还夹着许多祭桌。待到上午，清道的骑士才缓辔而来。又过了不少工夫，才看见仪仗，什么旌旗，木棍，戈戟，弓弩，黄钺之类；此后是四辆鼓吹车。再后面是黄盖随着路的不平而起伏着，并且渐渐近来了，于是现出灵车，上载金棺，棺里面藏着三个头和一个身体。

百姓都跪下去，祭桌便一列一列地在人丛中出现。几个义民很忠愤，咽着泪，怕那两个大逆不道的逆贼的魂灵，此时也和王一同享受祭礼，然而也无法可施。

此后是王后和许多王妃的车。百姓看她们，她们也看百姓，但哭着。此后是大臣，太监，侏儒等辈，都装着哀戚的颜色。只是百姓已经不看他们，连行列也挤得乱七八糟，不成样子了。

一九二六年十月作

赏析

《铸剑》脱胎于《列异传》这本中国古代小说，也见于《搜神记》等其他典籍，鲁迅把这些材料综合起来，进行了改造和创造而完成了这篇小说。它是鲁迅离京南下，在厦门和广州时写的。在经历了"女师大学潮"和"三一八惨案"之后，目睹了封建军阀和帝国主义的凶残和暴虐，鲁迅认为应该"抽刃而起，以血偿血"，这种精神就体现在了作品中。

《铸剑》的主题是复仇。围绕这一主题，小说塑造了两个复仇者的形象：眉间尺与"黑色人"宴之敖者。眉间尺是为父报仇，有报仇的强烈意志和愿望，但他的性格优柔，难当复仇大任。"黑色人"则是一个历经沧桑的斗士，有着令人战栗的冷峻，专门为一切遭受苦难的弱者复仇。鲁迅极力歌颂和认同他，以自己为原型加以刻画（"宴之敖"本是鲁迅的笔名），这一形象明显地带有鲁迅自我人格痕迹。而少年眉间尺则是鲁迅性格的另一侧面。从眉间尺到宴之敖者，从某种程度上说，鲁迅写出了自我人格发展的一段历史。小说通过"黑色人"帮助眉间尺复仇的故事，讴歌以直报怨的复仇精神，赞美在复仇中表现和成长起来的健全理想的人格。

《铸剑》中鲁迅歌颂复仇，又质疑着复仇。小说结尾"辨头""三头并葬""大出丧"等情节的安排，包含着对宴之敖者乃至作者自身的清醒的自嘲。悲壮的与嘲讽的，小说中两种调子——崇高的与荒谬的——相互纠缠、渗透，表现了作者深广的忧愤和内心的矛盾痛苦。

在艺术特征上，《铸剑》最明显的特点是具有奇特的丰富的想象力，从而形成了诡奇、荒诞的艺术风格。

（靳新来）

思考题

1. 这篇小说名为《铸剑》，但是真正描写"铸剑"的情节只占第一节中的一部分。鲁迅这样为小说命名有何用意？

2. 从眉间尺到宴之敖者，在某种程度上说，鲁迅写出了自我人格发展的一段历史。对此谈谈你的认识和理解。

3. 重点阅读小说中关于"铸剑开炉""以头相搏"的场面描写，谈谈你对鲁迅的语言风格新的体认。

参考文献

1. 钱理群　诡奇、荒诞的背后：鲁迅的另一类小说——读《铸剑》及其他，《鲁迅作品十五讲》，北京大学出版社，2003。

2. 乐黛云　复仇与记忆，《中国比较文学》，2011(1)。

3. 郑家建　《历史向自由的诗意敞开》，上海三联书店，2005。

沉　沦

郁达夫

一

他近来觉得孤冷得可怜。

他的早熟的性情,竟把他挤到与世人绝不相容的境地去,世人与他的中间介在的那一道屏障,愈筑愈高了。

天气一天一天的清凉起来,他的学校开学之后,已经快半个月了。那一天正是九月的二十二日。

晴天一碧,万里无云,终古常新的皎日,依旧在她的轨道上,一程一程的在那里行走。从南方吹来的微风,同醒酒的琼浆一般,带着一种香气,一阵阵的拂上面来。在黄苍未熟的稻田中间,在弯曲同白线似的乡间的官道上面,他一个人手里捧了本六寸长的 Wordsworth① 的诗集,尽在那里缓缓的独步。在这大平原内,四面并无人影:不知从何处飞来的一声两声的远吠声,悠悠扬扬的传到他的耳膜上来。他眼睛离开了书,同做梦似的向有犬吠声的地方看去,但看见了一丛杂树,几处人家,同鱼鳞似的屋瓦上,有一层薄薄的蜃气楼,同轻纱似的在那里飘荡。

"Oh, you serene gossamer! you beautiful gossamer!"②

这样的叫了一声,他的眼睛里就涌出了两行清泪来,他自己也不知道是什么缘故。

呆呆的看了好久,他忽然觉得背上有一阵紫色的气息吹来,息索的一响,道旁的一枝小草竟把他的梦境打破了。他回转头来一看,那枝小草还是颠摇不已,一阵带着紫罗兰气息的和风,温微微的喷到他那苍白的脸上来。在这清和的早秋的世界里,在这澄清透明的以太(Ether)中,他的身体觉得同陶醉似的酥软起来。他好像是睡在慈母怀里的样子。他好像是梦到了桃花源里的样子。他好像是在南欧的海岸,躺在情人膝上,在那里贪午睡的样子。

他看看四边,觉得周围的草木,都在那里对他微笑。看看苍空,觉得悠久无穷的大自然,微微的在那里点头。一动也不动的向天看了一会,他觉得天空中有一群小天神,背上插着了翅膀,肩上挂着了弓箭,在那里跳舞。他觉得乐极了。便不知不觉开了口,自言自语的说:

"这里就是你的避难所。世间的一般庸人都在那里妒忌你,轻笑你,愚弄你;只有这大自然,这终古常新的苍空皎日,这晚夏的微风,这初秋的清气,还是你的朋友,还是你的慈母,还是你的情人;你也不必再到世上去与那些轻薄的男女共处去,你就在这大自然的怀里,这纯朴的乡间终老了罢。"

这样的说了一遍,他觉得自家可怜起来,好象有万千哀怨,横亘在胸中,一口说不出来的样子。含了一双清泪,他的眼睛又看到他手里的书上去。

　　Behold her, single in the field,

---

①　英国诗人(1770—1850),现在普遍译为华兹华斯。
②　英语:"啊,你这平静的轻纱! 你这优美的轻纱!"

You solitary Highland lass!

Reaping and singing by herself;

Stop here, or gently pass!

Alone she cuts, and binds the grain,

And sings a melancholy strain;

Oh, listen! for the vale profound,

Is overflowing with the sound.

看了这一节之后，他又忽然翻过一张来，脱头脱脑的看到那第三节去。

Will no one tell me what she sings?

Perhaps the plaintive numbers flow

For old, unhappy, far-off things,

And battle long ago:

Or is it some more humble lay,

Familiar matter of today?

Some natural sorrow, loss, or pain,

That has been and may be again!

这也是他近来的一种习惯，看书的时候，并没有次序的。几百页的大书，更可不必说了，就是几十页的小册子，如爱美生的《自然论》（Emerson's *On Nature*），沙罗的《逍遥游》（Thoreau's *Excursion*）之类，也没有完完全全从头至尾的读完一篇过。当他起初翻开一册书来看的时候，读了四行五行或一页二页，他每被那一本书感动，恨不得要一口气把那一本书吞下肚子里去的样子，到读了三页四页之后，他又生起一种怜惜的心来，他心里似乎说：

"像这样的奇书，不应该一口气就把他念完，要留着细细儿的咀嚼才好。一下子就念完了之后，我的热望也就不得不消灭，那时候我就没有好望，没有梦想了，怎么使得呢？"

他的脑里虽然有这样的想头，其实他的心里早有一些儿厌倦起来，到了这时候，他总把那本书收过一边，不再看下去。过几天或者过几个钟头之后，他又用了满腔的热忱，同初读那一本书的时候一样的，去读另外的书去；几日前或者几点钟前那样的感动他的那一本书，就不得不被他遗忘了。

放大了声音把渭迟渥斯①的那两节诗读了一遍之后，他忽然想把这一首诗用中国文翻译出来。

《孤寂的高原刈稻者》

他想想看，"The solitary reaper"诗题只有如此的译法。

你看那个女孩儿，她只一个人在田里，

你看那边的那个高原的女孩儿，她只一个人，冷清清地！

她一边刈稻，一边在那儿唱着不已；

她忽儿停了，忽儿又过去了，轻盈体态，风光细腻！

她一个人，刈了，又重把稻儿捆起，

---

① 即华兹华斯。

她唱的山歌,颇有些儿悲凉的情味:

听呀听呀! 这幽谷深深,

全充满了她的歌唱的清音。

有人能说否,她唱的究竟是什么?

或者她那万千的痴话

是唱的前代的哀歌,

或者是前朝的战事,千兵万马;

或者是些坊间的俗曲,

便是目前的家常闲说?

或者是些天然的哀怨,必然的丧苦,自然的悲楚,

这些事虽是过去的回思,将来想亦必有人指诉。

他一口气译了出来之后,忽又觉得无聊起来,便自嘲自骂的说道:

"这算是什么东西呀,岂不同教会里的赞美歌一样的乏味么? 英国诗是英国诗,中国诗是中国诗,又何必译来对去呢!"

这样的说了一句,他不知不觉便微微儿的笑起来。向四边一看,太阳已经打斜了;大平原的彼岸,西边的地平线上,有一座高山浮在那里,饱受了一天残照,山的周围酝酿成一层朦朦胧胧的岚气,反射出一种紫不紫红不红的颜色来。

他正在那里出神呆看的时候,喀的咳嗽了一声,他的背后忽然来了一个农夫。回头一看,他就把他脸上的笑容改装成一副忧郁的面色,好象他的笑容是怕被人看见的样子。

二

他的忧郁症愈闹愈甚了。

他觉得学校里的教科书,真同嚼蜡一般,毫无半点生趣。天气清朗的时候,他每捧了一本爱读的文学书,跑到人迹罕至的山腰水畔,去贪那孤寂的深味去。在万籁俱寂的瞬间,在水天相映的地方,他看看草木虫鱼,看看白云碧落,便觉得自家是一个孤高傲世的贤人,一个超然独立的隐者。有时在山中遇着一个农夫,他便把自己当作了 Zarathustra①,把 Zarathustra 所说的话,也在心里对那农夫讲了。他的 megalomania 也同他的 hypochondria 成了正比例,一天一天的增加起来。在这样的时候,也难怪他不愿意上学校去,去作那同机械一样的工夫去。他竟有连续四五天不上学校去听讲的时候。

有时候他到学校里去,他每觉得众人都在那里凝视他的样子。他避来避去想避他的同学,然而无论到了什么地方,他的同学的眼光,总好象怀了恶意,射在他背脊上的样子。

上课的时候,他虽然坐在全班学生的中间,然而总觉得孤独得很:在稠人广众之中感得的这种孤独,倒比一个人在冷清的地方感得的那种孤独还更难受。看看他的同学看,一个个都是兴高采烈的

---

① 为尼采著《查拉图斯特拉如是说》一书之主人公。

在那里听先生的讲义，只有他一个人身体虽然坐在讲堂里头，心思却同飞云逝电一般，在那里作无边无际的空想。

好容易下课的钟声响了！先生退去之后，他的同学说笑的说笑，谈天的谈天，个个都同春来的燕雀似的，在那里作乐；只有他一个人锁了愁眉，舌根好象被千钧的巨石锤住的样子，兀的不作一声。他也很希望他的同学来对他讲些闲话，然而他的同学却都自家管自家的去寻欢作乐去，一见了他那一副愁容，没有一个不抱头奔散的，因此他愈加怨他的同学了。

"他们都是日本人，他们都是我的仇敌，我总有一天来复仇，我总要复他们的仇。"

一到了悲愤的时候，他总这样的想的，然而到了安静之后，他又不得不嘲骂自家说：

"他们都是日本人，他们对你当然是没有同情的，因为你想得他们的同情，所以你怨他们，这岂不是你自家的错误么？"

他的同学中的好事者，有时候也有人来向他说笑的，他心里虽然非常感激，想同那一个人谈几句知心的话，然而口中总说不出什么话来；所以有几个解他的意人，也不得不同他疏远了。

他的同学日本人在那里欢笑的时候，他总疑他们是在那里笑他，他就一霎时的红起脸来。他们在那里谈天的时候，若有偶然看他一眼的人，他又忽然红起脸来，以为他们是在那里讲他。他同他同学中间的距离，一天一天的远背起来。他的同学都以为他是爱孤独的人，所以谁也不敢来近他的身。

有一天放课之后，他挟了书包回到他的旅馆里来，有三个日本学生同他同路的。将要到他寄寓的旅馆的时候，前面忽然来了两个穿红裙的女学生。在这一区市外的地方，从没有女学生看见的，所以他一见了这两个女子，呼吸就紧缩起来。他们四个人同那两个女子擦过的时候，他的三个日本人的同学都问她们说：

"你们上哪儿去？"

那两个女学生就作起娇声来回答说：

"不知道！"

"不知道！"

那三个日本学生都高声笑起来，好象是很得意的样子；只有他一个人似乎是他自家同她们讲了话似的，匆匆跑回旅馆里来。进了他自家的房，把书包用力的向席上一丢，他就在席上躺下了——日本室内都铺的席子，坐也席地而坐，睡也睡在席上的——他的胸前还在那里乱跳；用了一只手枕着头，一只手按着胸口，他便自嘲自骂的说：

"You coward fellow, you are too coward!①

"你既然怕羞，何以又要后悔？

"既要后悔，何以当时你又没有那样的胆量，不同她们去讲一句话？

"Oh, coward, coward!"②

说到这里，他忽然想起刚才那两女学生的眼波来了。

那两双活泼泼的眼睛！

---

① 英语："你这懦夫，你太怯懦！"
② 英语："啊，怯懦，怯懦！"

那两双眼睛里,确有惊喜的意思含在里头。然而再仔细想了一想,他又忽然叫起来说:

"呆人呆人,她们虽有意思,与你有什么相干? 她们所送的秋波,不是单送给那三个日本人的么? 唉! 唉! 她们已经知道了,已经知道我是支那人了,否则她们何以不来看我一眼呢! 复仇复仇,我总要复她们的仇。"

说到这里,他那火热的颊上忽然滚了几颗冰冷的眼泪下来。他是伤心到极点了。这一天晚上,他记的日记说:

> 我何苦要到日本来,我何苦要求学问。既然到了日本,那自然不得不被他们日本人轻侮的。中国呀中国! 你怎么不富强起来。我不能再隐忍过去了。
>
> 故乡岂不有明媚的山河,故乡岂不有如花的美女? 我何苦要到这东海的岛国里来!
>
> 到日本来倒也罢了,我何苦又要进这该死的高等学校。他们留了五个月学回去的人,岂不在那里享荣华安乐么? 这五六年的岁月,教我怎么能捱得过去。受尽了千辛万苦,积了十数年的学识,我回国去,难道定能比他们来胡闹的留学生更强么?
>
> 人生百岁,年少的时候,只有七八年的光景,这最佳最美的七八年,我就不得不在这无情的岛国里虚度过去,可怜我今年已经是二十一了。
>
> 槁木的二十一岁!
>
> 死灰的二十一岁!
>
> 我真还不如变了矿物质的好,我大约没有开花的日子了。
>
> 知识我也不要,名誉我也不要,我只要一个能安慰我体谅我的"心"。一副白热的心肠! 从这一副心肠里生出来的同情!
>
> 从同情而来的爱情!
>
> 我所要求的就是爱情!
>
> 若有一个美人,能理解我的苦楚,她要我死,我也肯的。
>
> 若有一个妇人,无论她是美是丑,能真心真意的爱我,我也愿意为她死的。
>
> 我所要求的就是异性的爱情!
>
> 苍天呀苍天,我并不要知识,我并不要名誉,我也不要那些无用的金钱,你若能赐我一个伊甸园内的"伊扶"①,使她的肉体与心灵全归我有,我就心满意足了。

三

他的故乡,是富春江上的一个小市,去杭州水程不过八九十里。这一条江水,发源安徽,贯流全浙,江形曲折,风景常新:唐朝有一个诗人赞这条江水说"一川如画"。他十四岁的时候,请了一位先生写了这四个字,贴在他的书斋里,因为他的书斋的小窗,是朝着江面的。虽则这书斋结构不大,然而风雨晦明,春秋朝夕的风景,也还抵得过滕王高阁。在这小小的书斋里过了十几个春秋,他才跟了他的哥哥到日本来留学。

---

① "伊扶"即夏娃。

31

他三岁时候就丧了父亲，那时候他家里困苦得不堪。好容易他长兄在日本 W 大学卒了业，回到北京，考了一个进士，分发在法部当差，不上两年，武昌的革命起来了。那时候他已在县立小学堂卒了业，正在那里换来换去的换中学堂。他家里的人都怪他无恒性，说他的心思太活；然而依他自己讲来，他以为他一个人同别的学生不同，不能按部就班的同他们同在一处求学的。所以他进了 K 府中学之后，不上半年又忽然转到 H 府中学来；在 H 府中学住了三个月，革命就起来了。H 府中学停学之后，他依旧只能回到他那小小的书斋里来。第二年的春天，正是他十七岁的时候，他就进了 H 大学的预科。这大学是在杭州城外，本来是美国长老会捐钱创办的，所以学校里浸润了一种专制的弊风，学生的自由，几乎被压缩得同针眼儿一般的小。礼拜三的晚上有什么祈祷会，礼拜日非但不准出去游玩，并且在家里看别的书也不准的，除了唱赞美诗祈祷之外，只许看新旧约书；每天早晨从九点钟到九点二十分，定要去做礼拜，不去做礼拜，就要扣分数记过。他虽然非常爱那学校近旁的山水景物，然而他的心里，总有些反抗的意思，因为他是一个爱自由的人，对那些迷信的管束，怎么也不甘心服从的。住不上半年，那大学里的厨子，托了校长的势，竟打起学生来。学生中间有几个不服的，便去告诉校长，校长反说学生不是。他看看这些情形，实在是太无道理了，就立刻去告了退，仍复回家，到那小小的书斋里去。那时候已经是六月初了。

在家里住了三个多月，秋风吹到富春江上，两岸的绿树就快凋落的时候，他又坐了帆船，下富春江，上杭州去。却好那时候石牌楼的 W 中学正在那里招插班生，他进去见了校长 M 氏，把他的经历说给了 M 氏夫妻听，M 氏就许他插入最高的班里去。这 W 中学原来也是一个教会学校，校长 M 氏，也是一个糊涂的美国宣教师；他看看这学校的内容倒比 H 大学不如了。与一位很卑鄙的教务长——原来这一位先生就是 H 大学的卒业生——闹了一场，第二年的春天，他就出来了。出了 W 中学，他看看杭州的学校都不能如他的意，所以他就打算不再进别的学校去。

正是这个时候，他的长兄也在北京被人排斥了。原来他的长兄为人正直得很，在部里办事，铁面无私，并且比一般部内的人物又多了一些学识，所以部内上下都忌惮他。有一天，某次长的私人来问他要一个位置，他执意不肯，因此次长就同他闹起意见来，过了几天，他就辞了部里的职，改到司法界去做司法官了。他的二兄，那时候正在绍兴军队里作军官，这一位二兄，军人习气颇深，挥金如土，专喜结交侠少。他们弟兄三人，到这时候都不能如意之所为，所以那一小市镇里的闲人都说他们的风水破了。

他回家之后，便镇日镇夜的蛰居在他那小小的书斋里。他父祖及他长兄所藏的书籍，就作了他的良师益友。他的日记上面，一天一天的记起诗来。有时候他也用了华丽的文章做起小说来；小说里就把他自己当作了一个多情的勇士，把他邻近的一家寡妇的两个女儿，当作了贵族的苗裔，把他故乡的风物，全编作了田园的清景；有兴的时候，他还把他自家的小说，用单纯的外国文翻译起来；他的幻想愈演愈大了，他的忧郁症的根苗，大概也就在这时候培养成功的。

在家里住了半年，到了七月中旬，他接到他长兄的来信说：

"院内近有派予赴日本考察司法事务之意，予已许院长以东行，大约此事不日可见命令，渡日之先，拟返里小住。三弟居家，断非上策，此次当偕赴日本也。"

他接到了这一封信之后，心中日日盼他长兄南来，到了九月下旬，他的兄嫂才自北京到家。住了一月，他就同他的长兄长嫂同到日本去了。

到了日本之后,他的 dreams of the romantic age① 尚未醒悟,模模糊糊的过了半载,他就考入东京第一高等学校里去了。这正是他十九岁的秋天。

第一高等学校将开学的时候,他的长兄接到了院长的命令,要他回去。他的长兄便把他寄托在一家日本人的家里,几天之后,他的长兄长嫂和他的新生的侄女儿就回国去了。

东京的第一高等学校里有一班预备班,是为中国学生特设的。

在这预科里预备一年,卒业之后才能入各地高等学校的正科,与日本学生同学。他考入预科的时候,本来填的是文科,后来将在预科卒业的时候,他的长兄定要他改到医科去,他当时亦没有什么主见,就听了他长兄的话把文科改了。

预科卒业之后,他听说 N 市的高等学校是最新的,并且 N 市是日本产美人的地方,所以他就要求到 N 市的高等学校去。

四

他的二十岁的八月二十九日的晚上,他一个人从东京的中央车站乘了夜行车到 N 市去。

那一天大约刚是旧历的初三四的样子,同天鹅绒似的又蓝又紫的天空里,洒满了一天星斗。半痕新月,斜挂在西天角上,却似仙女的蛾眉,未加翠黛的样子。他一个人靠着了三等车的车窗,默默的在那里数窗外人家的灯火。火车在暗黑的夜气中间,一程一程的进去,那大都市的星星灯火,也一点一点的朦胧起来,他的胸中忽然生了万千哀感,他的眼睛里就忽然觉得热起来了。

"Sentimental,too sentimental!"②

这样的叫了一声,把眼睛揩了一下,他反而自家笑起自家来。

"你也没有情人留在东京,你也没有弟兄知己住在东京,你的眼泪究竟是为谁洒的呀! 或者是对于你过去的生活的伤感,或者是对你二年间的生活的余情,然而你平时不是说不爱东京的么?

"唉,一年人住岂无情。

"黄莺住久浑相识,欲别频啼四五声!"

胡思乱想的寻思了一会,他又忽然想到初次赴新大陆去的清教徒身上去。

"那些十字架下的流人,离开他故乡海岸的时候,大约也是悲壮淋漓,同我一样的。"

火车过了横滨,他的感情方才渐渐儿的平静起来。呆呆的坐了一忽,他就取了一张明信片出来,垫在海涅(Heine)的诗集上,用铅笔写了一首诗寄他东京的朋友。

　　蛾眉月上柳梢初,又向天涯别故居。

　　四壁旗亭争赌酒,六街灯火远随车。

　　乱离年少无多泪,行李家贫只旧书。

　　夜后芦根秋水长,凭君南浦觅双鱼。

在朦胧的电灯光里,静悄悄的坐了一会,他又把海涅的诗集翻开来看了。

　　Lebet wohl,ihr glatten Saele,

---

① 浪漫时代的幻想。
② "伤感,太伤感了!"

Glatte Herren, glatte, Frauen!

Auf die Berge will ich steigen,

Lacend auf euch niederschauen!

　　　Heine's Harzreise

浮薄的尘寰,

无情的男女,

你看那隐隐的青山,

我欲乘风飞去,

且住且住,

我将从那绝顶的高峰,

笑看你终归何处。

　　单调的轮声,一声声连连续续的飞到他的耳膜上来,不上三十分钟,他竟被这催眠的车轮声引诱到梦幻的仙境里去了。

　　早晨五点钟的时候,天空渐渐儿的明亮起来。在车窗里向外一望,他只见一线青天还被夜色包住在那里。探头出去一望,一层薄雾,笼罩着一幅天然的画图,他心里想了一想:

　　"原来今天又是清秋的好天气,我的福分,真可算不薄了。"

　　过了一个钟头,火车就到了 N 市的停车场。

　　下了火车,在车站上遇见了一个日本学生;他看看那学生的制帽上也有两条白线,便知道他也是高等学校的学生。他走上前去,对那学生脱了一脱帽,问他说:

　　"第 X 高等学校是在什么地方?"

　　那学生回答说:

　　"我们一路去吧。"

　　他就跟了那学生跑出火车站来;在火车站的前头,乘了电车。

　　早晨还早得很,N 市的店家都还未曾起来。他同那日本学生坐了电车,经过了几条冷清的街巷,就在鹤舞公园前面下了车。他问那日本学生说:

　　"学校还远得很么?"

　　"还有二里多路。"

　　穿过了公园,走到稻田中间的细路上的时候,他看看太阳已经起来了。稻上的露滴,还同明珠似的挂在那里。前面有一丛树林,树林荫里,疏疏落落的看得见几椽农舍。有两三条烟囱筒子,突出在农舍的上面,隐隐约约的浮在清晨的空气里。一缕两缕的青烟,同炉香似的在那里浮动,他知道农家已在那里炊早饭了。

　　到学校近边的一家旅馆去一问,他一礼拜前头寄出的几件行李,已经到在那里。原来那一家人家是住过中国留学生的,所以主人待他也很殷勤。在那一家旅馆里住下了之后,他觉得前途好象有许多欢乐在那里等他的样子。

　　他的前途的希望,在第一天的晚上,就不得不被目前的实情嘲弄了。原来他的故里,也是一个小小的市镇。到了东京之后,在人山人海的中间,他虽然时常觉得孤独,然而东京的都市生活,同他幼时的习惯尚无十分龃龉的地方。如今到了这 N 市的乡下之后,他的旅馆,是一家孤立的人家,四面并无邻舍,左首门外便是一条如发的大道,前后都是稻田,西面是一方池水,并且因为学校还没有开课,别的学生还没有到来,这一家宽旷的旅馆里,只住了他一个客人。白天倒还可以支吾过去,一到了晚上,他开窗一望,四面都是沉沉的黑影,并且因 N 市的附近是一大平原,所以望眼连天,四面并无遮障之处,远远里有一点灯火,明灭无常,森然有些鬼气。天花板里,又有许多虫鼠,息栗索落的在那里争食。窗外有几株梧桐,微风动叶,飒飒的响得不已,因为他住在二层楼上,所以梧桐的叶战声,近在他的耳边。他觉得害怕起来,几乎要哭出来了。他对于都市的怀乡病(nostalgia),从未有比那一晚更甚的。

学校开了课,他朋友也渐渐儿的多起来。感受性非常强烈的他的性情,也同天空大地丛林野水融和了。不上半年,他竟变成了一个大自然的宠儿,一刻也离不了那天然的野趣了。

他的学校是在 N 市外,刚才说过 N 市的附近是一大平原,所以四边的地平线,界限广大得很。那时候日本的工业还没有十分发达,人口也还没有增加得同目下一样,所以他的学校的近边,还多是丛林空地,小阜低冈。除了几家与学生做买卖的文房具店及菜馆之外,附近并没有居民。荒野的中间,只有几家为学生而设的旅馆,同晓天的星影一般,散缀在麦田瓜地的中央。晚饭毕后,披了黑呢的缦斗(斗蓬),拿了爱读的书,在迟迟不落的夕照中间散步逍遥,是非常快乐的。他的田园趣味,大约也是在这 Idyllic Wanderings① 的中间养成的。

在生活竞争并不十分猛烈,逍遥自在,同古时代一样的时候;在风气纯良,不与市井小人同处,清闲雅淡的地方;过日子正如做梦一般。他到了 N 市之后,转瞬之间,已经有半载多了。

熏风日夜的吹来,草色渐渐儿的绿起来。旅馆近旁麦田里的麦穗,也一寸一寸的长起来了。草木虫鱼都化育起来,他的从始祖传来的苦闷也一日一日的增长起来,他每天早晨,在被窝里犯的罪恶,也一次一次的加起来了。

他本来是一个非常爱高尚爱洁净的人,然而一到了这邪念发生的时候,他的智力也无用了,他的良心也麻痹了,他从小服膺的"身体发肤""不敢毁伤"的圣训,也不能顾全了。他犯了罪之后,每深自痛悔,切齿的说,下次总不再犯了,然而到了第二天的那个时候,种种幻想,又活泼泼的到他的眼前来。他平时所看见的"伊扶"的遗类,都赤裸裸的来引诱他。中年以后的 madam② 的形体,在他的脑里,比处女更有挑发他情动的地方。他苦闷一场,恶斗一场,终究不得不做她们的俘虏。这样的一次成了两次,两次之后就成了习惯了。他犯罪之后,每到图书馆里去翻出医书来看,医书上都千篇一律的说,于身体最有害的就是这一种犯罪。从此之后,他的恐惧心也一天一天的增加起来。有一天他不知道从什么地方得来的消息,好象是一本书上说,俄国近代文学的创设者 Gogol③ 也犯这一宗病,他到死竟没有改过来,他想到了 Gogol 心里就宽了一宽,因为这《死了的灵魂》④的著者,也是同他一样的。然而这不过自家对自家的宽慰而已,他的胸里,总有一种非常的忧虑存在那里。

因为他是非常爱洁净的,所以他每天总要去洗澡一次,因为他是非常爱惜身体的,所以他每天总

---

① 田园诗般的徘徊。

② 夫人。

③ 果戈里。

④ 即《死魂灵》。

要去吃几个生鸡子和牛乳；然而他去洗澡或吃牛乳鸡子的时候，他总觉得惭愧得很，因为这都是他的犯罪的证据。

他觉得身体一天一天的衰弱起来，记忆力也一天一天的减退了。他又渐渐儿的生了一种怕见人面的心，见了妇女的时候，他觉得更加难受。学校的教科书，他渐渐的嫌恶起来，法国自然派的小说和中国那几本有名的诲淫小说，他念了又念，几乎记熟了。

有时候他忽然做出一首好诗来，他自家便喜欢得非常，以为他的脑力还没有破坏。那时候他每对着自家起誓说：

"我的脑力还可以使得，还能做得出这样的诗，我以后决不再犯罪了。过去的事实是没法，我以后总不再犯罪了。若从此自新，我的脑力还是很可以的。"

然而，到了紧迫的时候，他的誓言又忘了。

每礼拜四五，或每月的二十六七的时候，他索性尽意的贪起欢来。他的心里想，自下礼拜一或下月初一起，我总不犯罪了。有时候正合到礼拜六或月底的晚上，去剃头洗澡去，以为这就是改过自新的记号，然而过几天，他又不得不吃鸡子和牛乳了。

他的自责心同恐惧心，竟一日也不使他安闲，他的忧郁症也从此厉害起来了。这样的状态继续了一二个月，他的学校里就放了暑假。暑假的两个月内，他受的苦闷，更甚于平时；到了学校开课的时候，他的两颊的颧骨更高起来，他的青灰色的眼窝更大起来，他的一双灵活的瞳人，变了同死鱼的眼睛一样了。

五

秋天又到了。浩浩的苍空，一天一天的高起来。他的旅馆旁边的稻田，都带起黄金色来。朝夕的凉风，同刀也似的刺到人的心骨里去，大约秋冬的佳日，来也不远了。

一礼拜前的有一天午后，他拿了一本 Wordsworth 的诗集，在田塍路上逍遥漫步了半天。从那一天以后，他的循环性的忧郁症，尚未离他的身过。前几天在路上遇着的那两个女学生，常在他的脑里，不使他安静：想起那一天的事情，他还是一个人要红起脸来。

他近来无论上什么地方去，总觉得有坐立难安的样子。他上学校去的时候，觉得他的日本同学都似在那里排斥他。他的几个中国同学，也许久不去寻访了，因为去寻访了回来，他心里反觉得空虚。他的几个中国同学，怎么也不能理解他的心理。他去寻访的时候，总想得些同情回来的，然而谈了几句之后，他又不得不自悔寻访错了。有时候讲得投机，他就任了一时的热意，把他的内外的生活都讲了出来，然而到了归途，他又自悔失言，心理的责备，倒反比不去访友的时候更加厉害。他的几个中国朋友，因此都说他是染了神经病。他听了这话之后，对了那几个中国同学，也同对日本学生一样，起了一种复仇的心。他同的几个中国同学，一日一日的疏远起来。虽在路上，或在学校里遇见的时候，他同那几个中国同学，也不点头招呼。中国留学生开会的时候，他当然是不去出席的。因此他同他的几个同胞，竟宛然成了两家仇敌。

他的中国同学的里边，也有一个很奇怪的人：因为他自家的结婚有些道德上的罪恶，所以他专喜讲人的丑事，以掩己之不善，说他是神经病，也是这一位同学说的。

他交游离绝之后，孤冷得几乎到将死的地步，幸而他住的旅馆里，还有一个主人的女儿，可以牵引他的心,否则他真只能自杀了。他旅馆的主人的女儿,今年正是十七岁,长方的脸儿,眼睛大得很,笑起来的时候,面上有两颗笑靥,嘴里有一颗金牙看得出来,因为她的笑容是非常可爱,所以她也时常在那里笑的。

他心里虽然非常爱她,然而她送饭来或来替他铺被的时候,他总装出一种兀不可犯的样子来。他心里虽想对她讲几句话,然而一见了她,他总不能开口。她进他房里来的时候,他的呼吸竟急促到吐气不出的地步。他在她的面前实在是受苦不起了,所以近来她进他的房里来的时候,他每不得不跑出房外去。然而他思慕她的心情,却一天一天的浓厚起来。有一天礼拜六的晚上,旅馆里的学生,都上 N 市去行乐去了。他因为经济困难,所以吃了晚饭,上西面池上去走了一回,就回来了。

回家来坐了一会,他觉得那空旷的二层楼上,只有他一个人在家。静悄悄的坐了不耐烦起来的时候,他又想跑出外面去。然而要跑出外面去,不得不由主人的房门口经过,因为主人和他女儿的房,就在大门的边上。他记得刚才进来的时候,主人和他的女儿正在那儿吃饭。他一想到经过她面前的时候的苦楚,就把跑出外面去的心思丢了。

拿出一本 G.Gissing① 的小说来读了三四页之后,静寂的空气里,忽然传了几声煞煞的泼水声音过来。他静静儿的听了一听,呼吸又一霎时的急了起来,面色也涨红了。迟疑了一会,他就轻轻的开了房门,拖鞋也不拖,幽手幽脚的走下扶梯去。轻轻的开了便所的门,他尽兀兀的站在便所的玻璃窗口偷看。原来他旅馆里的浴室,就在便所的间壁,从便所的玻璃窗里看去,浴室里的动静了了可见。他起初以为看一看就可以走的,然而到了一看之后,他竟同被钉子钉住的一样,动也不能动了。

那一双雪样的乳峰!

那一双肥白的大腿!

这全身的曲线!

呼气也不呼,仔仔细细的看了一会,他面上的筋肉都发起痉来。愈看愈颤得厉害,他那发颤的前额部竟同玻璃窗冲击了一下。被蒸气包住的那赤裸裸的"伊扶"便发了娇声问说:

"是谁呀……"

他一声也不响,急忙跳出了便所,就三脚两步的跑上楼上去了。

他跑到了房里,面上同火烧的一样,口也干渴了。一边他自家打自家的嘴巴,一边就把他的被窝拿出来睡了。他在被窝里翻来复去,总睡不着,便立起了两耳,听起楼下的动静来。他听听泼水的声音也息了,浴室的门开了之后,他听见她的脚步声好象是走上楼来的样子。用被包着了头,他心里的耳朵明明告诉他说:

"她已经立在门外了。"

他觉得全身的血液都往上奔注的样子。心里怕得非常,羞得非常,也喜欢得非常,然而若有人问他,他无论如何,总不肯承认说,这时候他是喜欢的。

他屏住了气息,尖着了两耳听了一会,觉得门外并无动静,又故意咳嗽了一声,门外亦无声响。他正在那里疑惑的时候,忽听见她的声音,在楼下同她的父亲在那里说话。他手里捏了一把冷汗,拼命想听出她的话来,然而无论如何总听不清楚。停了一会,她的父亲高声的笑了起来,他把被蒙头的

---

① 吉辛,英国 19 世纪小说家。

一罩，咬紧了牙齿说：

"她告诉了他了！她告诉了他了！"

这一天的晚上，他一睡也不曾睡着。第二天的早晨，天亮的时候，他就惊心吊胆的走下楼来。洗了手面，刷了牙，趁主人和他的女儿还没有起来之先，他就同逃也似的出了那个旅馆，跑到外面来。

官道上的沙尘，染了朝露，还未曾干着。太阳已经起来了。他不问皂白，一直的往东走去。远远有一个农夫，拖了一车野菜慢慢的走来。那农夫同他擦过的时候，忽然对他说：

"你早啊！"

他倒惊了一跳，那清瘦的脸上又起了一层红潮，胸前又乱跳起来，他心里想：

"难道这农夫也知道了么？"

无头无脑的跑了好久，他回转头来看看他的学校，已经远得很了。太阳也升高了。他摸摸表看，那银饼大的表也不在身边。从太阳的角度看起来，大约已经是九点钟前后的样子。他虽然觉得饥饿得很，然而无论如何，总不愿意再回到那旅馆里去，同主人和他的女儿相见。想去买些零食充一充饥，然而他摸摸自家的袋看，袋里只剩了一角二分钱在那里。他到一家乡下的杂货店内，尽那一角二分钱，买了些零碎的食物，想去寻一处无人看见的地方去吃去。走到了一处两路交叉的十字路口，他朝南一望，只见与他的去路横交的那一条自北趋南的路上，行人稀少得很。那一条路是向南斜低下去的，两面更有高壁在那里，他知道这路是从一条小山中开辟出来的。他刚才走来的那条大道，便是这山的岭脊，十字路当作了中心，与岭脊上的那条大道相交的横路，是两边低斜下去的。在十字路口迟疑了一会，他就取了那一条向南斜下的路走去。走尽了两面的高壁，他的去路就穿入大平原去，直通到彼岸的市内。平原的彼岸有一簇深林，划在碧空的心里，他心里想：

"这大约就是Ａ神宫了。"

他走尽了两面的高壁，向左手斜面上一望，见沿高壁的那山面上有一道女墙，围住着几间茅舍，茅舍的门上悬着了"香雪海"三字的一方匾额。他离开了正路，走上几步，到那女墙的门前，顺手的向门一推，那两扇柴门竟自开了。他就随随便便的踏了进去：门内有一条曲径，自门口通过了斜面，直达到山上去的。曲径的两旁，有许多苍老的梅树种在那里，他知道这就是梅林了。顺了那一条曲径，往北的从斜面上走到山顶的时候，一片同图画似的平地，展开在他的眼前。这园自从山脚上起，跨有朝南的半山斜面，同顶上的一块平地，布置得非常幽雅。

山顶平地的西面是千仞的绝壁，与隔岸的绝壁相对峙，两壁的中间，便是他刚走过的那一条自北趋南的通路。背临着了那绝壁，有一间楼屋，几间平屋造在那里。因为这几间屋，门窗都闭在那里，他所以知道这定是为梅花开日，卖酒食用的。楼屋的前面，有一块草地，草地中间，有几方白石，围成了一个花园，圈子里，卧着一枝老梅。那草地的南尽头，山顶的平地正要向南斜下去的地方，有一块石碑立在那里，系记这梅林的历史的。他在碑前的草地上坐下之后，就把买来的零食拿出来吃了。

吃了之后，他兀兀的在草地上坐了一会。四面并无人声，远远的树枝上时有一声两声的鸟鸣声飞来。他仰起头来看看澄清的碧空，同那皎洁的日轮，觉得四面的树枝房屋，小草飞禽，都一样的在和平的太阳光里受大自然的化育。他那昨天晚上的犯罪的记忆，正同远海的帆影一般，不知消失到哪里去了。

这梅林的平地上和斜面上，又来又去的曲径很多。他站起来走来走去的走了一会，方晓得斜面上梅树的中间，更有一间平屋造在那里。从这一间房屋往东走去几步，有眼古井，埋在松叶堆中。他摇摇井上的唧筒看：呷呷的响了几声，却抽不起水来。他心里想：

"这园大约只有梅花开的时候开放一下，平时总没有人住的。"

想到这里，他又自言自语的说：

"既然空在这里，我何妨去问园主人去借住借住。"

想定了主意，他就跑下山来。打算去寻园主人去。他将走到门口的时候，却好遇见一个五十来岁的农夫走进园来。他对那农夫道歉之后，就问他说：

"这园是谁的，你可知道么？"

"这园是我经管的。"

"你住在什么地方的？"

"我住在路的那面的。"

一边这样的说，一边那农民指着道路西边的一间小屋给他看。他向西一看，果然在西边的高壁尽头的地方，有一间小屋在那里。他点了点头，又问说：

"你可以把园内的那间楼屋租给我住么？"

"可是可以的，你只一个人么？"

"我只一个人。"

"那你可不必搬来的。"

"这是什么缘故呢？"

"你们学校的学生，已经有几次搬来过了，大约都因为冷静不过，住不上十天就搬走的。"

"我可同别人不同，你但能租给我，我是不怕冷静的。"

"这样岂有不租的道理，你想什么时候搬来？"

"就是今天午后吧。"

"可以的，可以的。"

"请你替我扫一扫干净，免得搬来之后着忙。"

"可以可以。再会！"

"再会！"

六

搬进了山上梅园之后，他的忧郁症（Hypochondria）又变起形状来了。

他同他的北京的长兄，为了一些儿细事，竟生起龃龉来。他发了一封长长的信，寄到北京，同他的长兄绝了交。

那一封信发出之后，他呆呆的在楼前草地上想了许多时候。他自家想想看，他便是世界上最不幸的人了。其实这一次的决裂，是发始于他的。同室操戈，事更甚于他姓之相争，自此之后，他恨他的长兄竟同蛇蝎一样。他被他人欺侮的时候，每把他长兄拿出来作比：

"自家的弟兄尚且如此，何况他人呢！"

他每达到这一个结论的时候，必尽把他长兄待他苛刻的事情，细细回想出来。把各种过去的事迹列举出来之后，就把他长兄判决是一个恶人，他自家是一个善人。他又把自家的好处列举出来，把他所受的苦处夸大的细数起来。他证明得自家是一个世界上最苦的人的时候，他的眼泪就同瀑布似的流下来。他在那里哭的时候，空中好象有一种柔和的声音对他说：

"啊吓，哭的是么？那真是冤屈了你了。象你这样的善人，受世人的那样的虐待，这可是真冤屈了你了。罢了罢了，这也是天命，你别再哭了，怕伤害了你的身体！"

他心里一听到这一种声音，就舒畅起来。他觉得悲苦的中间，也有无穷的甘味在那里。

他因为想复他长兄的仇，所以就把所学的医科丢弃了，改入文科里去。他的意思，以为医科是他长兄要他改的，仍旧改回文科，就是对他长兄宣战的一种明示。并且他由医科改入文科，在高等学校须迟卒业一年。他心里想，迟卒业一年，就是早死一岁，你若因此迟了一年，就到死可以对你长兄含一种敌意。因为他恐怕一二年之后，他们兄弟两人的感情，仍旧和好起来；所以这一次的转科，便是帮他永久敌视他长兄的一个手段。

气候渐渐儿的寒冷起来，他搬上山来之后，已经有一个月了。几日来天气阴郁，灰色的层云，天天挂在空中。寒冷的北风吹来的时候，梅林的树叶已将凋落起来。

初搬来的时候，他卖了些旧书，买了许多炊饭的器具，自家烧了一个月饭，因为天冷了，他也懒得烧了。他每天的伙食，就一切包给了山脚下的园丁家包办，他近来只同退院的闲僧一样，除了怨人骂己之外，更没有别的事了。

有一天早晨，他侵早的起来，把朝东的窗门开了之后，他看见前面的地平线上有几缕红云，在那里浮荡。东天半角，反照出一种银红的灰色。因为昨天下了一天微雨，所以他看了这清新的旭日，比平日更添了几分欢喜。他走到山的斜面上，从那古井里汲了水，洗了手面之后，觉得满身的气力，一霎时回复转来的样子。他便跑上楼去，拿了一本黄仲则①的诗集下来，一边高声朗读，一边尽在那梅林的曲径里，跑来跑去的跑圈子。不多一会，太阳起来了。

从他住的山顶向南方看去，眼下看得出一大平原。平原里的稻田都尚未收割起。金黄的谷色，以绀碧的天空作了背景，反映着一天太阳的晨光，那风景正同看密来（Millet）②的田园清画一般。

他觉得自家好象已经变了几千年前的原始基督教徒的样子，对了这自然的默示，他不觉笑起自家的气量狭小起来。

"饶赦了！饶赦了！你们世人得罪于我的地方，我都饶赦了你们罢！来，你们来，都来同我讲和罢！"

手里拿着了那一本诗集，眼里浮着了两泓清泪，正对了那平原的秋色呆呆的立在那里想这些事情的时候，他忽听见他的近边，有两人在那里低声的说：

"今晚上你一定要来的哩！"

这分明是男子的声音。

"我是非常想来的，但是恐怕……"

---

① 清代诗人。
② 法国 19 世纪画家，现在普遍译为米勒。

他听了这娇滴滴的女子的声音之后,好象是被电气贯穿了的样子,觉得自家的血液循环都停止了。原来他的身边有一丛长大的苇草生在那里,他立在苇草的右面,那一对男女,大约是在苇草的左面,所以他们两个还不晓得隔着苇草,有人站在那里。那男人又说:

"你心真好,请你今晚来吧,我们到如今还没在被窝里××。"

"…………"

他忽然听见两人的嘴唇,咂咂的好象在那里吮吸的样子。他正同偷了食的野狗一样,就惊心吊胆的把身子屈倒去听了。

"你去死罢,你去死罢,你怎么会下流到这样的地步。"

他心里虽然如此的在那里痛骂自己,然而他那一双尖着的耳朵却一言半语也不愿意遗漏,用了全副精神在那里听着。

地上的落叶索息索息的响了一下。

解衣带的声音。

男人嘶嘶的吐了几口气。

舌尖吮吸的声音。

女人半轻半重,断断续续的说:

"你!……你!……你快……快××罢。……别……别……别被人……被人看见了。"

他的面色,一霎时的变了灰色了。他的眼睛同火也似的红了起来。他的上颚骨同下颚骨呷呷的发起颤来。他再也站不住了,他想跑开去,但是他的两只脚,总不听他的话。他苦闷了一场,听听两人出去了之后,就同落水的猫狗一样,回到楼上房里去,拿出被窝来睡了。

七

他饭也不吃,一直在被窝里睡到午后四点钟的时候才起来。那时候夕阳洒满了远近。平原的彼岸的树林里,有一带苍烟,悠悠扬扬的笼罩在那里。他跟跟跄跄的走下了山,上了那一条自北趋南的大道,穿过了那平原,无头无绪的尽是向南走去。走尽了平原,他已经到了 A 神宫前的电车停留处了。那时候恰好从南面有一乘电车到来,他不知不觉就乘了上去,既不知道他究竟为什么要乘电车,也不知道这电车是往什么地方去的。

走了十五六分钟,电车停了,开车的教他换车,他就换了一乘车。走了二三十分钟,电车又停了,他听见说是终点了,他就走了下来。他的前面就是筑港了。

前面一片汪洋的大海,横在午后的太阳光里,在那里微笑。超海而南有一发青山,隐隐的浮在透明的空气里。西边是一脉长堤,直驰到海湾的心里去。堤外有一处灯台,同巨人似的立在那里。几艘空船和几只舢板,轻轻的在系着的地方浮荡。海中近岸的地方,有许多浮标,饱受了斜阳,红红的浮在那里。远处风来,带着几句单调的话声,既听不清楚是什么话,也不知道是从哪里来的。

他在岸边上走来走去走了一会,忽听见那一边传过了一阵击磬的声来。他跑过去一看,原来是为唤渡船而发的。他立了一会,看有一只小火轮从对岸过来了。跟着了一个四五十岁的工人,他也进了那只小火轮去坐下了。

渡到东岸之后,上前走了几步,他看见靠岸有一家大庄子在那里。大门开得很大,庭内的假山花

草,布置得楚楚可爱。他不问是非,就踱了进去。走不上几步,他忽听得前面家中有女人的娇声叫他说:

"请进来吓!"

他不觉惊了一头,就呆呆的站住了。他心里想:

"这大约就是卖酒食的人家,但是我听见说,这样的地方,总有妓女在那里的。"

一想到这里,他的精神就抖擞起来,好象是一桶冷水浇上身来的样子。他的面色立时变了。要想进去又不能进去,要想出来又不得出来;可怜他那同兔儿似的小胆,同猿猴似的淫心,竟把他陷到一个大大的难境里去了。

"进来吓! 请进来吓!"里面又娇滴滴的叫了起来,带着笑声。

"可恶东西,你们竟敢欺我胆小么?"

这样的怒了一下,他的面色更同火也似的烧了起来。咬紧了牙齿,把脚在地上轻轻的蹬了一蹬,他就捏了两个拳头向前进去,好象是对了那几个年轻的侍女宣战的样子。但是他那青一阵红一阵的面色,和他的面上微微儿在那里振动的筋肉,他总隐藏不过。他走到那几个侍女的面前的时候,几乎要同小孩似的哭出来了。

"请上来!"

"请上来!"

他硬了头皮,跟了一个十七八岁的侍女走上楼去,那时候他的精神已经有些镇静下来了。走了几步,经过一条暗暗的夹道的时候,一阵恼人的粉花香气,同日本女人特有的一种肉的香味,和头发上的香油气息合作了一处,扑上他的鼻孔里来。他立刻觉得头晕起来,眼睛里看见了几颗火星,向后面跌也似的退了一步。他再定睛一看,只见他的前面黑暗暗的中间,有一长圆形的女人的粉面,堆着了微笑在那里问他说:

"你! 你还是上靠海的地方去呢,还是怎样?"

他觉得女人口里吐出来的气息,也热和和的喷上他的面来。他不知不觉把这气息深深的吸了一口。他的意识感觉到他这行为的时候,他的面色又立刻红了起来。他不得已只能含含糊糊的答应她说:

"上靠海的房间里去。"

进了一间靠海的小房间,那侍女便问他要什么菜。他就回答说:

"随便拿几样来吧。"

"酒要不要?"

"要的。"

那侍女出去之后,他就站起来推开了纸窗,从外边放了一阵空气进来。因为房里的空气沉浊得很,他刚才在夹道中闻过的那一阵女人的香味,还剩在那里,他实在是被这一阵气味压迫不过了。

一湾大海,静静的浮在他的面前。外边好象是起了微风的样子,一片一片的海浪,受了阳光的返照,同金鱼的鱼鳞似的在那里微动。他立在窗前看了一会,低声的吟了一句诗出来:

"夕阳红上海边楼。"

他向西一望,见太阳离西南的地平线只有一丈多高了。呆呆的看了一会,他的心思怎么也离不开刚才的那个侍女。她的口里的头上的面上的和身体上的那一种香味,怎么也不容他的心思去想别的东西。他才知道他想吟诗的心是假的,想女人的肉体的心是真的了。

停了一会,那侍女把酒菜搬了进来,跪坐在他的面前,亲亲热热的替他上酒。他心里想仔仔细细的看她一看,把他的心里的苦闷都告诉她,然而他的眼睛怎么也不敢平视她一眼,他的舌根怎么也不能摇动一摇动。他不过同哑子一样,偷看看她那搁在膝上一双纤嫩的白手,同衣缝里露出来的一条粉红的围裙角。

原来日本的妇人都不穿裤子,身上贴肉只围着一条短短的围裙。外边就是一件长袖的衣服,衣服上也没有纽扣,腰里只缚着一条一尺多宽的带子,后面结着一个方结。她们走路的时候,前面的衣服每一步一步的掀开来,所以红色的围裙,同肥白的腿肉,每能偷看。这是日本女子特别的美处,他在路上遇见女子的时候,注意的就是这些地方。他切齿的痛骂自己,畜生! 狗贼! 卑怯的人! 也便是这个时候。

他看了那侍女的围裙角,心里便乱跳起来。愈想同她说话,他觉得愈讲不出话来。大约那侍女是看得不耐烦起来了,便轻轻的问他说:

“你府上是什么地方?”

一听了这一句话,他那清瘦苍白的面上,又起了一层红色;含含糊糊的回答了一声,他呐呐的总说不出话来。可怜他又站在断头台上了。

原来日本人轻视中国人,同我们轻视猪狗一样。日本人都叫中国人作“支那人”,这“支那人”三字,在日本,比我们骂人的“贱贼”还更难听,如今在一个如花的少女前头,他不得不自认说“我是支那人”了。

“中国呀中国,你怎么不强大起来!”

他全身发起痉来,他的眼泪又快滚下来了。

那侍女看他发颤发得厉害,就想让他一个人在那里喝酒,好教他把精神安静安静,所以对他说:

“酒就快没有了,我再去拿一瓶来吧。”

停了一会,他听得那侍女的脚步声又走上楼来。他以为她是上他这里来的,所以就把衣服整了一整,姿势改了一改。但是他被她欺了。她原来是领了两三个另外的客人,上间壁的那一间房间里去的。那两三个客人都在那里对那侍女取笑,那侍女也娇滴滴的说:

“别胡闹了,间壁还有客人在那里。”

他听了就立刻发起怒来。他心里骂他们说:

“狗才! 俗物! 你们都敢来欺侮我么? 复仇复仇,我总要复你们的仇。世间哪里有真心的女子! 那侍女的负心东西,你竟敢把我丢了么? 罢了罢了,我再也不爱女人了,我再也不爱女人了。我就爱我的祖国,我就把我的祖国当作了情人吧。”

他马上就想跑回去发愤用功。但是他的心里,却很羡慕那间壁的几个俗物。他的心里,还有一处地方在那里盼望那个侍女再回到他这里来。

他按住了怒,默默的喝干了几杯酒,觉得身上热起来。打开了窗门,他看看太阳就快要下山去了。又连饮了几杯,他觉得他面前的海景都朦胧起来。西面堤外的那灯台的黑影,长大了许多。一层茫茫的薄雾,把海天融混作一处。在这一层浑沌不明的薄纱影里,西方的将落不落的太阳,好象在那里惜别的样子。他看了一会,不知道是什么缘故,只觉得好笑。呵呵的笑了一回,他用手擦擦自

家那火热的双颊,便自言自语的说:

"醉了醉了!"

那侍女果然进来了。见他红了脸,立在窗口在那里痴笑,便问他说:

"窗开了这样大,你不冷的么?"

"不冷不冷,这样好的落照,谁舍得不看呢?"

"你真是一个诗人呀! 酒拿来了。"

"诗人! 我本来是一个诗人。你去把纸笔拿了来,我马上写一首诗给你看看。"

那侍女出去了之后,他自家觉得奇怪起来。他心里想:

"我怎么会变了这样大胆的?"

痛饮了几杯新拿来的热酒,他更觉得快活起来,又禁不得呵呵的笑了一阵。他听见间壁房间里的那几个俗物,高声的唱起日本歌来,他也放大了嗓子唱着说:

> 醉拍栏杆酒意寒,江湖牢落又冬残。
>
> 剧怜鹦鹉中州骨,未拜长沙太傅官。
>
> 一饭千金图报易,五噫儿辈出关难。
>
> 茫茫烟水回头望,也为神州泪暗弹。

高声的念了几遍,他就在席上醉倒了。

八

一醉醒来,他看见自家睡在一条红绸的被里,被上有一种奇怪的香气。这一间房间也不很大,但已不是白天的那一间房间了。房中挂着一盏十烛光的电灯,枕头边上摆着了一壶茶,两只杯子。他倒了二三杯茶,喝了之后,就跟跟跄跄的走到房外去。他开了门,却好白天的那侍女也跑过来了。她问他说:

"你! 你醒了么?"

他点了一点头,笑微微的回答说:

"醒了。厕所是在什么地方的?"

"我领你去吧。"

他就跟了她去。他走过日间的那道夹道的时候,电灯点得明亮得很。远近有许多歌唱的声音,三弦的声音,大笑的声音,传到他的耳朵里来。白天的情节,他都想了出来。一想到酒醉之后,他对那侍女说的那些话的时候,他觉得面上又发起烧来。

从厕所回到房里之后,他问那侍女说:

"这被是你的么?"

侍女笑着说:

"是的。"

"现在是什么时候了?"

"大约是八点四十五分的样子。"

"你去开了账来罢!"

"是。"

他付清了账，又拿了一张纸币给那侍女，他的手不觉微颤起来。那侍女说：

"我是不要的。"

他知道她是嫌少了。他的面色又涨红了，袋里摸来摸去，只有一张纸币了，他就拿了出来给她说：

"你别嫌少了，请你收了吧。"

他的手震动得更加厉害。他的话声也颤动起来了。那侍女对他看了一眼，就低声的说：

"谢谢！"

他一直的跑下了楼，套上了皮鞋，就走到外面来。

外面冷得非常，这一天，大约是旧历的初八九的样子。半轮寒月，高挂在天空的左半边。淡青的圆形天盖里，也有几点疏星，散在那里。

他在海边上走了一会，看看远岸的渔灯，同鬼火似的在那里招引他。细浪中间，映着了银色的月光，好象是山鬼的眼波，在那里开闭的样子。不知是什么道理，他忽想跳入海里去死了。

他摸摸身边看，乘电车的钱也没有了。想想白天的事情看，他又不得不痛骂自己。

"我怎么会走上那样的地方去的，我已经变了一个最下等的人了。悔也无及，悔也无及。我就在这里死了吧。我所求的爱情，大约是求不到了。没有爱情的生涯，岂不同死灰一样么？唉，这干燥的生涯，这干燥的生涯。世上的人又都在那里仇视我，欺侮我，连我自家的亲兄弟，自家的手足，都在那里挤我出去到这世界外去。我将何以为生，我又何必生存在这多苦的世界里呢！"

想到这里，他的眼泪就连连续续的滴下来。他那灰白的面色，竟同死人没有分别了。他也不举起手来揩揩眼泪，月光射到他的面上，两条泪线倒变了叶上的朝露一样放起光来。他回转头来，看看他自家的那又瘦又长的影子，不觉心痛起来。

"可怜你这清影，跟了我二十一年，如今这大海就是你的葬身地了。我的身子，虽然被人家欺辱，我可不该累你这瘦弱到这地步的。影子呀影子，你饶了我罢！"

他向西面一看，那灯台的光，一霎变了红一霎变了绿的，在那里尽它的本职。那绿的光射到海面上的时候，海面就现出一条淡青的路来。再向西天一看，他只见西方青苍苍的天底下，有一颗明星，在那里摇动。

"那一颗摇摇不定的明星的底下，就是我的故国。也就是我的生地。我在那一颗星的底下，也曾送过十八个秋冬，我的乡土呵，我如今再也不能见你的面了。"

他一边走着，一边尽在那里自伤自悼的想这些伤心的哀话。

走了一会，再向那西方的明星看了一眼，他的眼泪便同骤雨似的落下来。他觉得四边的景物，都模糊起来。把眼泪揩了一下，立住了脚，长叹了一声，他便断断续续的说：

"祖国呀祖国！我的死是你害我的！

"你快富起来，强起来吧！

"你还有许多儿女在那里受苦呢！"

一九二一年五月九日改作

（原载小说集《沉沦》，1921 年 10 月 15 日上海泰东图书局初版）

赏析

郁达夫(1896—1945)，原名郁文，字达夫，浙江富阳人，中国现代著名的小说家、散文家和诗人。他是"创造社"的主要发起人之一，从 1921 年发表处女作《沉沦》后，一生共创作了小说约 50 篇以及大量的诗歌、散文，总计 500 多万字。主要作品有小说《春风沉醉的晚上》(1923)、《迟桂花》(1932)，散文集《屐痕处处》(1934)、《达夫游记》(1938)等。

《沉沦》不仅是作者早期小说的压卷之作，同时也代表了五四时期的创造社影响下浪漫派小说创作的特色和成就。

小说主人公"他"是一位时代的"零余者"，早在国内就患上了时代忧郁症，为寻找新路而求学东瀛。身处异国，弱国子民处处感受到民族的歧视，得不到正常的爱情，便转而寻求病态的性欲的排遣，最后不堪忍受而投海自杀。小说将主人公的性苦闷与国家、民族的命运联系起来，通过对主人公身在异国备受歧视而最终沉沦的悲剧的描写，曲折而强烈地表达了一代青年要求自由解放、渴望祖国富强的心声。作品以青年人心理、生理的病态来透视社会的黑暗，其中病态的性欲描写，不无过当之处，但绝不是追求感官刺激，而是为了表现严肃主题，而且是对虚伪的传统道德和国人矫饰习气的一种挑战和反拨，对现代小说也是一种道德、心理范畴上的开拓。郭沫若就高度评价说："他那大胆的自我暴露，对于深藏在千年万年的背甲里面的士大夫的虚伪，完全是一种暴风雨式的闪击。"

郁达夫虔信法朗士"文学作品都是作家的自叙传"这一断语。《沉沦》明显地取材于郁达夫自己的经历，富有"自叙体"色彩，开创了现代抒情小说新文体。小说重抒情，轻叙事，情节淡化，结构散漫。是不足，也算特色。全篇充斥着心灵的叫嚣、直白的抒情，但也不乏景物的渲染，尤其开头、结尾两处，情景交融，相得益彰，具有强烈的艺术感染力，对不无粗糙的结构和语言，也算是一种弥补。

(靳新来)

思考题

1. 简析《沉沦》的时代心理内涵与艺术个性。

2. 如何理解《沉沦》中的变态性心理描写?

参考文献

1. 赵园　郁达夫"自我写真"的浪漫主义小说，《论小说十家》，浙江文艺出版社，1986。

2. 王晓初　心境小说：郁达夫早期小说的叙述形式及意义，《中国现代文学研究丛刊》，1993(2)。

3. 沈庆利　文化震惊与文化恋母——从异国文化视角重读郁达夫的《沉沦》，《天津师范大学学报(社会科学版)》，2002(2)。

缀网劳蛛

许地山

"我像蜘蛛，
　　命运就是我底网。"
我把网结好，
　　还住在中央。

呀，我底网甚时节受了损伤！
　　这一坏，教我怎地生长？
生的巨灵说："补缀补缀罢，
　　世间没有一个不破的网。"

我再结网时，
　　要结在玳瑁梁栋
　　珠玑帘栊；
或结在断井颓垣
　　荒烟蔓草中呢？
生的巨灵按手在我头上说：
　　"自己选择去罢，
　　你所在的地方无不兴隆、亨通。"

虽然，我再结的网还是像从前那么脆弱，
　　敌不过外力冲撞；
我网底形式还要像从前那么整齐——
　　平行的丝连成八角、十二角的形状吗？
他把"生的万花筒"交给我，说：
　　"望里看罢，
　　你爱怎样，就结成怎样。"

呀，万花筒里等等的形状和颜色
　　仍与从前没有什么差别！
求你再把第二个给我，

47

我好谨慎地选择。

"咄咄！贪得而无智的小虫！

自而今回溯到濛鸿，

从没有人说过里面有个形式与前相同。

去罢，生的结构都由这几十颗'彩琉璃屑'幻成种种，

不必再看第二个生的万花筒。"

那晚上底月色格外明朗，只是不时来些微风把满园的花影移动得不歇地作响。素光从椰叶下来，正射在尚洁和她的客人史夫人身上。她们二人底容貌，在这时候自然不能认得十分清楚，但是二人对谈的声音却像幽谷的回响，没有一点模糊。

周围的东西都沉默着，像要让她们密谈一般：树上的鸟儿把喙插在翅膀底下；草里的虫儿也不敢做声；就是尚洁身边那只玉狸，也当主人所发的声音为催眠歌，只管蜷躯地沉睡着。她用纤手抚着玉狸，目光注在她的客人身上，懒懒地说："夺魁嫂子，外间的闲话是听不得的。这事我全不计较——我虽不信定命的说法，然而事情怎样来，我就怎样对付，毋庸在事前预先谋定什么方法。"

她底客人听了这场冷静的话，心里很是着急，说："你对于自己底前程太不注意了！若是一个人没有长久的顾虑，就免不了遇着危险，外人底话虽不足信，可是你得把你底态度显示得明了一点，教人不疑惑你才是。"

尚洁索性把玉狸抱在怀里，低着头，只管摩弄。一会儿，她才冷笑了一声，说："吓吓，夺魁嫂子，你底话差了，危险不是顾虑所能闪避的。后一小时的事情，我们也不敢说准知道，哪里能顾到三四个月、三两年那么长久呢？你能保我待一会不遇着危险，能保我今夜里睡得平安么？纵使我准知道今晚上会遇着危险，现在的谋虑也未必来得及。我们都在云雾里走，离身二三尺以外，谁还能知道前途的光景呢？经里说：'不要为明日自夸，因为一日要生何事，你尚且不能知道。'这句话，你忘了么？……唉，我们都是从渺茫中来，在渺茫中住，望渺茫中去。若是怕在这条云封雾锁的生命路程里走动，莫如止住你的脚步；若是你有漫游的兴趣，纵然前途和四围的光景暧昧，不能使你赏心快意，你也是要走的。横竖是往前走，顾虑什么？

"我们从前的事，也许你和一般侨寓此地的人都不十分知道。我不愿意破坏自己的名誉，也不忍教他出丑。你既是要我把态度显示出来，我就得略把前事说一点给你听，可是要求你暂时守这个秘密。

"论理，我也不是他底……"

史夫人没等她说完，早把身子挺起来，作很惊讶的样子，回头用焦急的声音说："什么？这又奇怪了！"

"这倒不是怪事，且听我说下去。你听这一点，就知道我底全意思了。我本是人家底童养媳，一向就不曾和人行过婚礼——那就是说，夫妇底名份，在我身上用不着。当时，我并不是爱他，不过要仗着他底帮助，救我脱出残暴的婆家。走到这个地方，依着时势的境遇，使我不能不认他为夫……"

"原来你们底家有这样特别的历史。……那么，你对于长孙先生可以说没有精神的关系，不过是不自然的结合罢了。"

尚洁庄重地回答说:"你底意思是说我们没有爱情么?诚然,我从不曾在别人身上用过一点男女的爱情;别人给我的,我也不曾辨别过那是真的,这是假的。夫妇,不过是名义上的事;爱与不爱,只能稍微影响一点精神底生活,和家庭底组织是毫无关系的。

"他怎样想法子要奉承我,凡认识我的人都觉得出来。然而我却没有领他底情,因为他从没有把自己底行为检点一下。他底嗜好多,脾气坏,是你所知道的。我一到会堂去,每听到人家说我是长孙可望底妻子,就非常的惭愧。我常想着从不自爱的人所给的爱情都是假的。

"我虽然不爱他,然而家里的事,我认为应当替他做的,我也乐意去做。因为家庭是公的,爱情是私的。我们两人底关系,实在就是这样。外人说我和谭先生的事,全是不对的。我的家庭已经成为这样,我又怎能把它破坏呢?"

史夫人说:"我现在才看出你们底真相,我也回去告诉史先生,教他不要多信闲话。我知道你是好人,是一个纯良的女子,神必保佑你。"说着,用手轻轻地拍一拍尚洁底肩膀,就站立起来告辞。

尚洁陪她在花阴底下走着,一面说:"我很愿意你把这事底原委单说给史先生知道。至于外间传说我和谭先生有秘密的关系,说我是淫妇,我都不介意。连他也好几天不回来啦。我估量他是为这事生气,可是我并不辩白。世上没有一个人能够把真心拿出来给人家看;纵然能够拿出来,人家也看不明白,那么,我又何必多费唇舌呢?人对于一件事情一存了成见,就不容易把真相观察出来。凡是人都有成见,同一件事,必会生出歧异的评判,这也是难怪的。我不管人家怎样批评我,也不管他怎样疑惑我,我只求自己无愧,对得住天上底星辰和地下底蝼蚁便了。你放心罢,等到事情临到我身上,我自有方法对付。我底意思就是这样,若是有工夫,改天再谈罢。"

她送客人出门,就把玉狸抱到自己房里。那时已经不早,月光从窗户进来,歇在椅桌、枕席之上,把房里的东西染得和铅制的一般。她伸手向床边按了一按铃子,须臾,女佣妥娘就上来。她问:"佩荷姑娘睡了么?"妥娘在门边回答说:"早就睡了。消夜已预备好了,端上来不?"她说着,顺手把电灯拧着,一时满屋里都着上颜色了。

在灯光之下,才看见尚洁斜倚在床上。流动的眼睛,软润的颔颊,玉葱似的鼻,柳叶似的眉,桃绽似的唇,衬着蓬乱的头发……凡形体上各样的美都凑合在她头上。她底身体,修短也很合度。从她口里发出来的声音,都合音节,就是不懂音乐的人,一听了她底话语,也能得着许多默感。她见妥娘把灯拧亮了,就说:"把它拧灭了吧。光太强了,更不舒服。方才我也忘了留史夫人在这里消夜。我不觉得十分饥饿,不必端上来,你们可以自己方便去。把东西收拾清楚,随着给我点一支洋烛上来。"

妥娘遵从她的命令,立刻把灯灭了,接着说:"相公今晚上也许又不回来,可以把大门扣上吗?"

"是,我想他永远不回来了。你们吃完,就把门关好,各自歇息去罢,夜很深了。"

尚洁独坐在那间充满月亮的房里,桌上一枝洋烛已燃过三分之二,轻风频拂火焰,眼看那枝发光的小东西要泪尽了。她于是起来,把烛火移到屋角一个窗户前头的小几上。那里有一个软垫,几上搁几本经典和祈祷文。她每夜睡前的功课就是跪在那垫上默记三两节经句,或是诵几句祷词。别的事情,也许她会忘记,惟独这圣事是她所不敢忽略的。她跪在那里冥想了许久,睁眼一看,火光已不知道在什么时候从烛台上逃走了。

她立起来,把卧具整理妥当,就躺下睡觉。可是她怎能睡着呢?呀,月亮也循着宾客底礼,不敢相扰,慢慢地辞了她,走到园里和它的花草朋友、木石知交周旋去了!

月亮虽然辞去，她还不转眼地望着窗外的天空，像要诉她心中的秘密一般。她正在床上辗来转去，忽听园里"曜哗"一声，响得很厉害。她起来，走到窗边，往外一望，但见一重一重的树影和夜雾把园里盖得非常严密，教她看不见什么。于是她蹑步下楼，唤醒妥娘，命她到园里去察看那怪声底出处。妥娘自己一个人那里敢出去；她走到门房把团哥叫醒，央他一同到围墙边察一察。团哥也就起来了。

妥娘去不多会，便进来回话。她笑着说："你猜是什么呢？原来是一个塞运的窃贼摔倒在我们底墙根。他底腿已摔坏了，脑袋也撞伤了，流得满地都是血，动也动不得了。团哥拿着一枝荆条正在抽他哪。"

尚洁听了，一霎时前所有的恐怖情绪一时尽变为慈祥的心意。她等不得回答妥娘，便跑到墙根。团哥还在那里，"你这该死的东西……不知厉害的坏种！……"一句一鞭，打骂得很高兴。尚洁一到，就止住他，还命他和妥娘把受伤的贼扛到屋里来。她吩咐让他躺在贵妃榻上。仆人们都显出不愿意的样子，因为他们想着一个贼人不应该受这么好的待遇。

尚洁看出他们底意思，便说："一个人走到做贼的地步是最可怜悯的，若是你们不得着好机会，也许……"她说到这里，觉得有点失言，教她底佣人听了不舒服，就改过一句说话："若是你们明白他底境遇，也许会体贴他。我见了一个受伤的人，无论如何，总得救护。你们常常听见'救苦救难'的话，遇着忧患的时候，有时也会脱口地说出来，为何不从'他是苦难人'那方面体贴他呢？你们不要怕他的血沾脏了那垫子，尽管扶他躺下罢。"团哥只得扶他躺下，口里沉吟地说："我们还得为他请医生去吗？"

"且慢，你把灯移近一点，待我来看一看。救伤的事，我还在行。妥娘，你上楼去把我们那个'常备药箱'捧下来。"又对团哥说："你去倒一盆清水来罢。"

仆人都遵命各自干事去了。那贼虽闭着眼，方才尚洁所说的话，却能听得分明。他心里底感激可使他自忘是个罪人，反觉他是世界里一个最能得人爱惜的青年。这样的待遇，也许就是他生平第一次得着的。他呻吟了一下，用低沉的声音说："慈悲的太太，菩萨保佑慈悲的太太！"

那人底太阳边受了一伤很重，腿部倒不十分厉害。她用药棉蘸水轻轻地把伤处周围的血迹涤净，再用绷带裹好。等到事情做得清楚，天早已亮了。

她正转身要上楼去换衣服，蓦听得外面敲门底声很急，就止步问说："谁这么早就来敲门呢？"

"是警察罢。"

妥娘提起这四个字，教她很着急。她说："谁去告诉警察呢？"那贼躺在贵妃榻上，一听见警察要来，恨不能立刻起来跪在地上求恩。但这样的行动已从他那双劳倦的眼睛表白出来了。尚洁跑到他跟前，安慰他说："我没有叫人去报警察……"正说到这里，那从门外来的脚步已经踏进来。

来的并不是警察，却是这家的主人长孙可望。他见尚洁穿着一件睡衣站在那里和一个躺着的男子说话，心里底无明业火已从身上八万四千个毛孔里发射出来。他第一句就问："那人是谁？"

这个问实在教尚洁不容易回答，因为她从不曾问过那受伤者的名字，也不便说他是贼。

"他……他是受伤的人……"

可望不等说完，便拉住她底手，说："你办的事，我早已知道。我这几天不回来，正要侦察你底动静，今天可给我撞见了。我何尝辜负你呢？……一同上去罢，我们可以慢慢地谈。"不由分说，拉着她就往上跑。

妥娘在旁边，看得情急，就大声嚷着："他是贼！"

"我是贼，我是贼！"那可怜的人也嚷了两声。可望只对着他冷笑，说："我明道你是贼。不必报名，你且歇一歇罢。"

一到卧房里，可望就说："我且问你，我有什么对你不起的地方？你要入学堂，我便立刻送你去；要到礼拜堂听道，我便特地为你预备车马。现在你有学问了，也入教了；我且问你，学堂教你这样做，教堂教你这样做么？"

他底话意是要诘问她为什么变心，因为他许久就听见人说尚洁嫌他鄙陋不文，要离弃他去嫁给一个姓谭的。夜间的事，他一概不知，他进门一看尚洁底神色，老以为她所做的是一段爱情把戏。在尚洁方面，以为他是不喜欢她这样待遇窃贼。她底慈悲性情是上天所赋的，她也觉得这样办，于自己底信仰和所受的教育没有冲突，就回答说："是的，学堂教我这样做，教会也教我这样做。你敢是……"

"是吗？"可望喝了一声，猛将怀中小刀取出来向尚洁的肩膀上一击。这不幸的妇人立时倒在地上，那玉白的面庞已像渍在胭脂膏里一样。

她不说什么，但用一种沉静的和无抵抗的态度，就足以感动那愚顽的凶手。可望当此情景，心中恐怖的情绪已把凶猛的怒气克服了。他不再有什么动作，只站在一边出神。他看尚洁动也不动一下，估量她是死了；那时，他觉得自己底罪恶压住他，不许再逗留在那里，便溜烟似地望外跑。

妥娘见他跑了，知道楼上必有事故，就赶紧上来。她看尚洁那样子，不由得"啊，天公！"喊了一声，一面上去，要把她搀扶起来。尚洁这时，眼睛略略睁开，像要对她说什么，只是说不出。她指着肩膀示意，妥娘才看见一把小刀插在她肩上。妥娘底手便即酥软，周身发抖，待要扶她，也没有气力了。她含泪对着主妇说："容我去请医生罢。"

"史……史……"妥娘知道她是要请史夫人来，便回答说："好，我也去请史夫人来。"她教团哥看门，自己雇一辆车找救星去了。

医生把尚洁扶到床上，慢慢施行手术；赶到史夫人来时，所有的事情都弄清楚啦。医生对史夫人说："长孙夫人底伤不甚要紧，保养一两个星期便可复元。幸而那刀从肩胛骨外面脱出来，没有伤到肺叶——那两个创口是不要紧的。"

医生辞去以后，史夫人便坐在床沿用法子安慰她。这时，尚洁的精神稍微恢复，就对她底知交说："我不能多说话，只求你把底下那个受伤的人先送到公医院去；其余的，待我好了再给你说。……唉，我底嫂子，我现在不能离开你，你这几天得和我同在一块儿住。"

史夫人一进门就不明白底下为什么躺着一个受伤的男子。妥娘去时，也没有对她详细地说。她看见尚洁这个样子，又不便往下问。但尚洁底颖悟性从不会被刀所伤，她早明白史夫人猜不透这个闷葫芦，就说："我现在没有气力给你细说，你可以向妥娘打听去。就要速速去办，若是他回来，便要害了他底性命。"

史夫人照她所吩咐的去做；回来，就陪着她在房里，没有回家。那四岁的女孩佩荷更不知道这是怎么一回事，还是啼啼笑笑，过她底平安日子。

一个星期，两个星期，在她病中默默地过去。她也渐次复元了。她想许久没有到园里去，就央求史夫人扶着她慢慢走出来。她们穿过那晚上谈话的柳荫，来到园边一个小亭下，就歇在那里。她们坐的地方满开了玫瑰，那清静温香的景色委实可以消灭一切忧闷和病害。

"我已忘了我们这里有这么些好花，待一会，可以折几枝带回屋里。"

"你且歇歇，我为你选择几枝罢。"史夫人说时，便起来折花。尚洁见她脚下有一朵很大的花，就指着说："你看，你脚下有一朵很大、很好看的，为什么不把它摘下？"

史夫人低头一看，用手把花提起来，便叹了一口气。

"怎么啦？"

史夫人说："这花不好。"因为那花只剩地上那一半，还有一边是被虫伤了。她怕说出伤字，要伤尚洁底心，所以这样回答。但尚洁看的明明是一朵好花，直教递过来给她看。

"夺魁嫂，你说它不好么？我在此中找出道理咧！这花虽然被虫伤了一半，还开得这么好看，可见人底命运也是如此——若不把他底生命完全夺去，虽然不完全，也可以得着生活上一部分的美满，你以为如何呢？"

史夫人知道她连想到自己底事情上头，只回答说："那是当然底，命运底偃蹇和亨通，于我们底生活没有多大关系。"

谈话之间，妥娘领着史夺魁先生进来。他向尚洁和他底妻子问过好，便坐在她们对面一张凳上。史夫人不管她丈夫要说什么，头一句就问："事情怎样解决呢？"

史先生说："我正是为这事情来给长孙夫人一个信。昨天在会堂里有一个很激烈的纷争，因为有些人说可望底举动是长孙夫人迫他做成的，应当剥夺她赴圣筵的权利。我和我奉真牧师在席间极力申辩，终归无效。"他望着尚洁说："圣筵赴与不赴也不要紧。因为我们底信仰决不能为仪式所束缚；我们底行为，只求对得起良心就算了。"

"因为我没有把那可怜的人交给警察，便责罚我么？"

史先生摇头说："不，不，现在的问题不在那事上头。前天可望寄一封长信到会里，说到你怎样对他不住，怎样想弃绝他去嫁给别人。他对于你和某人、某人往来的地点、时间都说出来。且说，他不愿意再见你的面；若不与你离婚，他永不回家。信他所说的人很多，我们怎样申辩也挽不过来。我们虽然知道事实不是如此，可是不能找出什么凭据来证明。我现在正要告诉你，若是要到法庭去的话，我可以帮你底忙。这里不像我们祖国，公庭上没有女人说话的地位。况且他底买卖起先都是你拿资本出来；要离异时，照法律，最少总得把财产分一半给你。……像这样的男子，不要他也罢了。"

尚洁说："那事实现在不必分辩，我早已对嫂子说明了。会里因为信条底缘故，说我底行为不合道理，便禁止我赴圣筵——这是他们所信的，我有什么可说的呢！"她说到末一句，声音便低下了。她底颜色很像为同会底人误解她和误解道理愧惜。

"唉，同一样道理，为何信仰的人会不一样？"

她听了史先生这话，便兴奋起来，说："这何必问？你不常听见人说：'水是一样，牛喝了便成乳汁，蛇喝了便成毒液'吗？我管保我所得能化为乳汁，哪能干涉人家所得的变成毒液呢？若是到法庭去的话，倒也不必。我本没有正式和他行过婚礼，自毋须乎在法庭上公布离婚。若说他不愿意再见我底面，我尽可以搬出去。财产是生活的赘瘤，不要也罢，和他争什么？……他赐给我的恩惠已是不少，留着给他……"

"可是你一把财产全部让给他，你立刻就不能生活。还有佩荷呢？"

尚洁沉吟半晌便说："不妨，我私下也曾积聚些少，只能支持到一年罢了。但不论如何，我总得自己挣扎。至于佩荷……"她又沉思了一会，才续下去说："好罢，看他的意思怎样，若是他愿意把那孩子留住，我也不和他争。我自己一个人离开这里就是。"

他们夫妇二人深知道尚洁底性情，知道她很有主意，用不着别人指导。并且她在无论什么事情上头都用一种宗教底精神去安排。她底态度常显出十分冷静和沉毅，做出来底事，有时超乎常人意料之外。

史先生深信她能够解决自己将来的生活，一听了她底话，便不再说什么，只略略把眉头皱了一下而已。史夫人在这两三个星期间，也很为她费了些筹划。他们有一所别业在土华地方，早就想教尚洁到那里去养病；到现在她才开口说："尚洁妹子，我知道你一定有更好的主意，不过你底身体还不甚复原，不能立刻出去做什么事情，何不到我们底别庄里静养一下，过几个月再行打算？"史先生接着对他妻子说："这也好。只怕路途远一点，由海船去，最快也得两天才可以到。但我们都是惯于出门的人，海涛底颠簸当然不能制服我们。若是要去的话，你可以陪着去，省得寂寞了长孙夫人。"

尚洁也想找一个静养的地方，不意他们夫妇那么仗义，所以不待踌躇便应许了。她不愿意为自己底缘故教别人麻烦，因此不让史夫人跟着前去。她说："寂寞的生活是我尝惯的。史嫂子在家里也有许多当办的事情，那里能够和我同行？还是我自己去好一点。我很感谢你们二位底高谊，要怎样表示我底谢忱，我却不懂得；就是懂，也不能表示得万分之一。我只说一声'感激莫名'便了。史先生，烦你再去问他要怎样处置佩荷，等这事弄清楚，我便要动身。"她说着，就从方才摘下的玫瑰中间选出一朵好看的递给史先生，教他插在胸前底钮门上。不久，史先生也就起立告辞，替她办交涉去了。

土华在马来半岛底西岸，地方虽然不大，风景倒还幽致。那海里出底珠宝不少，所以住在那里的多半是搜宝之客。尚洁住的地方就在海边一丛棕林里。在她底门外，不时看见采珠底船往来于金的塔尖和银的浪头之间。这采珠底工夫赐给她许多教训。因为她这几个月来常想着人生就同入海采珠一样；整天冒险入海里去，要得着多少，得着什么，采珠者一点把握也没有。但是这个感想决不会妨害她的生命。她见那些人每天迷蒙蒙地搜求，不久就理会她在世间的历程也和采珠的工作一样。要得着多少，得着什么，虽然不在她底权能之下，可是她每天总得入海一遭，因为她的本份就是如此。

她对于前途不但没有一点灰心，且要更加奋勉。可望虽是剥夺她们母女的关系，不许佩荷跟着她，然而她仍不忍弃掉她底责任，每月要托人暗地里把吃的用的送到故家去给她女儿。

她现在已变主妇的地位为一个珠商底记室了。住在那里的人，都说她是人家底弃妇，就看轻她，所以她所交游的都是珠船里的工人。那班没有思想的男子在休息的时候，便因着她底姿色争来找她开心。但她底威仪常是调伏这班人的邪念，教他们转过心来承认她是他们底师保。

她一连三年，除干她底正事以外，就是教她那班朋友说几句英吉利语，念些少经文，知道些少常识。在她底团体里，使令、供养，无不如意。若说过快活日子，能像她这样，也就不劣了。

虽然如此，她还是有缺陷的。社会地位，没有她底份；家庭生活，也没有她底份；我们想想，她心里到底有什么感觉？前一项，于她是不甚重要的；后一项，可就缭乱她底衷肠了！史夫人虽常寄信给她，然而她不见信则已，一见了信，那种说不出来的伤感就加增千百倍。

她一想起她底家庭，每要在树林里徘徊，树上的蛞蝼常要幻成她女儿底声音对她说："母思儿耶？母思儿耶？"这本不是奇迹，因为发声者无情，听音者有意；她不但对于那些小虫的声音是这样，即如一切声音和颜色，偶一触着她底感官，便幻成她底家庭了。

她坐在林下，遥望着无涯的波浪，一度一度地掀到岸边，常觉得她底女儿踏着浪花踊跃而来，这也不止一次了。那天，她又坐在那里，手拿着一张佩荷底小照，那是史夫人最近给她寄来的。她翻来翻去地看，看得眼昏了。她猛一抬头，又得着常时所现的异象。她看见一个人携着她底女儿从海边上来，穿过林檎，一直走到跟前。那人说："长孙夫人，许久不见，贵体康健啊！我领你底女儿来找你哪。"

尚洁此时，展一展眼睛，才理会果然是史先生携着佩荷找她来。她不等回答史先生底话，便上前用力搂住佩荷；她的哭声从她爱心的深密处殷雷似地震发出来。佩荷因为不认得她，害怕起来，也放声哭了一场。史先生不知道感触了什么，也在旁边只尽管擦眼泪。

这三种不同情绪的哭泣止了以后，尚洁就呜咽地问史先生说："我实在喜欢。想不到你会来探望我，更想不到佩荷也能来！……"她要问的话很多，一时摸不着头绪。只搂定佩荷，眼看着史先生出神。

史先生很庄重地说："夫人，我给你报好消息来了。"

"好消息？"

"你且镇定一下，等我细细地告诉你。我们一得着这消息，我底妻子就教我和佩荷一同来找你。这奇事，我们以前都不知道，到前十几天才听见我奉真牧师说的。我牧师自那年为你底事卸职后，他底生活，你已经知道了。"

"是，我知道。他不是白天做裁缝匠，晚间还做制饼师吗？我信得过，神必要帮助他，因为神底儿子说：'为义受逼迫的人是有福的。'他底事业还顺利吗？"

"倒没有什么过不去的地方。他不但日夜劳动，在合宜的时候，还到处去传福音哪。他现在不用这样地吃苦，因为他底老教会看他底行为，请他回国仍旧当牧师去，在前一个星期已经动身了。"

"是吗！谢谢神！他必不能长久地受苦。"

"就是因为我牧师回国的事，我才能到这里来。你知道长孙先生也受了他底感化么？这事详细地说起来，倒是一种神迹。我现在来，也是为告诉你这件事。

"前几天，长孙先生忽然到我家里找我。他一向就和我们很生疏，好几年也不过访一次，所以这次的来，教我们很诧异。他第一句就问你底近况如何，且诉说他底懊悔。他说这反悔是忽然的，是我牧师警醒他的。现在我就将他底话，照样地说一遍给你听——

"'在这两三年间，我牧师常来找我谈话，有时也请我到他底面包房里去听他讲道。我和他来往那么些次，就觉得他是我底好师傅。我每有难决的事情或疑虑的问题，都去请教他。我自前年生事，二人分离以后，每疑惑尚洁官底操守，又常听见家里佣人思念她的话，心里就十分懊悔。但我总想着，男人说话将军箭，事已做出，那里还有脸皮收回来？本是打算给它一个错到底的。然而日子越久，我就越觉得不对。到我牧师要走，最末次命我去领教训的时候，讲了一章经，教我很受感动。散会后，他对我说，他盼望我做的是请尚洁官回来。他又念《马可福音》十章给我听，我自得着那教训以后，越觉得我很卑鄙、凶残、淫秽，很对不住她。现在要求你先把佩荷带去见她，盼望她为女儿的缘故

赦免我。你们可以先走,我随后也要亲自前往.'

"他说懊悔的话很多,我也不能细说了。等他来时,容他自己对你细说罢。我很奇怪我牧师对于这事,以前一点也没有对我说过,到要走时,才略提一提;反教他来到我那里去,这不是神迹吗?"

尚洁听了这一席话,却没有显出特别愉悦的神色,只说:"我底行为本不求人知道,也不是为要得人家的怜恤和赞美;人家怎样待我,我就怎样受,从来是不计较的。别人伤害我,我还饶恕,何况是他呢?他知道自己底卤莽,是一件极可喜的事。——你愿意到我屋里去看一看吗?我们一同走走罢。"

他们一面走,一面谈。史先生问起她在这里的事业如何,她不愿意把所经历的种种苦处尽说出来,只说:"我来这里,几年的工夫也不算浪费,因为我已找着了许多失掉的珠子了!那些灵性的珠子,自然不如入海去探求那么容易,然而我竟能得着二三十颗。此外,没有什么可以告诉你。"

尚洁把她底事情结束停当,等可望不来,打算要和史先生一同回去。正要到珠船里和她底朋友们告辞,在路上就遇见可望跟着一个本地人从对面来。她认得是可望,就堆着笑容,抢前几步去迎他,说:"可望君,平安哪!"可望一见她,也就深深地行了一个敬礼,说:"可敬的妇人,我所做的一切事都是伤害我底身体,和你我二人底感情,此后我再不敢了。我知道我多多地得罪你,实在不配再见你底面,盼望你不要把我底过失记在心中。今天来到这里,为的是要表明我悔改的行为;还要请你回去管理一切所有的。你现在要到哪里去呢?我想你可以和史先生先行动身,我随后回来。"

尚洁见他那番诚恳的态度,比起从前,简直是两个人,心里自然满是愉快,且暗自谢她底神在他身上所显的奇迹。她说:"呀!往事如梦中之烟,早已在虚幻里消散了,何必重行提起呢?凡人都不可积聚日间的怨恨、怒气和一切伤心的事到夜里,何况是隔了好几年的事?请你把那些事情搁在脑后罢。我本想到船里去,向我那班同工底人辞行。你怎样不和我们一起回去,还有别的事情要办么?史先生现时在他的别业——就是我住的地方——我们一同到那里去罢,待一会,再出来辞行。"

"不必,不必。你可以去你的,我自己去找他就可以。因为我还有些正当的事情要办。恐怕不能和你们一同回去;什么事,以后我才教你知道。"

"那么,你教这土人领你去罢,从这里走不远就是。我先到船里,回头再和你细谈。再见哪!"

她从土华回来,先住在史先生家里,意思是要等可望来到,一同搬回她底旧房子去。谁知等了好几天,也不见他底影。她才知道可望在土华所说的话意有所含蓄。可是他到哪里去呢?去干什么呢?她正想着,史先生拿了一封信进来对她说:"夫人,你不必等可望了,明后天就搬回去罢。他寄给我这一封信说,他有许多对不起你的地方,都是出于激烈的爱情所致,因他爱你的缘故,所以伤了你。现在他要把从前邪恶的行为和暴躁的脾气改过来,且要偿还你这几年来所受的苦楚,故不得不暂时离开你。他已经到槟榔屿了。他不直接写信给你的缘故,是怕你伤心,故此写给我,教我好安慰你;他还说从前一切的产业都是你的,他不应独自霸占了许久,要求你尽量地享用,直等到他回来。

"这样看来,不如你先搬回去,我这里派人去找他回来如何?唉,想不到他一会儿就能悔改到这步田地!"

她遇事本来很沉静,史先生说时,她底颜色从不曾显出什么变态,只说:"为爱情么?为爱而离开我么?这是当然的,爱情本如极利的斧子,用来剥削命运常比用来整理命运的时候多一些。他既然规定他自己底行程,又何必费工夫去寻找他呢?我是没有成见的,事情怎样来,我怎样对付就是。"

尚洁搬回来那天,可巧下了一点雨,好像上天使园里的花木特地沐浴得很妍净来迎接它们底旧主人一样。她进门时，妥娘正在整理厅堂，一见她来，便嚷着："奶奶，你回来了！我们很想念你哪！你底房间乱得很，等我把各样东西安排好再上去。先到花园去看看罢，你手植各样的花木都长大了。后面那棵释迦头长得像罗伞一样，结果也不少，去看看罢。史夫人早和佩荷姑娘来了，他们现时也在园里。"

她和妥娘说了几句话，便到园里。一拐弯，就看见史夫人和佩荷坐在树荫底下一张凳上——那就是几年前，她要被刺那夜，和史夫人坐着谈话的地方。她走来，又和史夫人并肩坐在那里。史夫人说来说去，无非是安慰她的话。她像不信自己这样的命运不甚好，也不信史夫人用定命论底解释来安慰她，就可以使她满足。然而她一时不能说出合宜的话，教史夫人明白她心中毫无忧郁在内。她无意中一抬头，看见佩荷拿着树枝把结在玫瑰花上一个蜘蛛网撩破了一大部分。她注神许久，就想出一个意思来。

她说："呀，我给这个比喻，你就明白我底意思。

"我像蜘蛛，命运就是我底网。蜘蛛把一切有毒无毒的昆虫吃入肚里，回头把网组织起来。它第一次放出来的游丝，不晓得要被风吹到多么远；可是等到粘着别的东西的时候，它底网便成了。

"它不晓得那网什么时候会破，和怎样破法。一旦破了，它还暂时安安然然地藏起来；等有机会再结一个好的。

"它底破网留在树梢上，还不失为一个网。太阳从上头照下来，把各条细丝映成七色；有时粘上些少水珠，更显得灿烂可爱。

"人和他底命运，又何尝不是这样？所有的网都是自己组织得来，或完或缺，只能听其自然罢了。"

史夫人还要说时，妥娘来说屋子已收拾好了，请她们进去看看。于是，她们一面谈，一面离开那里。

园里没人，寂静了许久。方才那只蜘蛛悄悄地从叶底出来，向着网的破裂处，一步一步，慢慢补缀。它补这个干什么？因为它是蜘蛛，不得不如此！

（原载 1922 年《小说月报》第 13 卷第 2 号）

赏析

许地山（1893—1941），早期文学研究会成员，现代著名学者、作家。原名赞堃，字地山，笔名落华生，台湾台南人，祖籍广东。青年时期曾游历过缅甸、马来亚等地，1921 年以写问题小说开始创作，以短篇小说和散文为主，代表作有短篇小说集《缀网劳蛛》（1925）、《春桃》（1934）和散文集《空山灵雨》（1925）等。

《缀网劳蛛》中的主人公尚洁，以近乎宗教圣徒的高贵宁静面对被丈夫误解遗弃的不幸遭遇，默默承担远离孩子的苦难煎熬。但这顺从沉默背后所蕴藏的，并非弱者的逆来顺受，而是强者的达天知命与坚守超脱。尚洁从未停止过对命运的进取与抗争，而是在对敌人的宽容、对苦难的主动承担中形成了自己荣辱不惊、坚韧顽强的人生哲学。正如她所作的生动比喻:蜘蛛能把有毒的昆虫吃入肚里净化掉并转化成热量和能源,人也能够通过苦难变得坚强,在厄运中享受到幸福和快乐。

小说浓厚的宗教色彩与艺术性相得益彰:说服长孙可望向尚洁忏悔的是基督教牧师,实际倡导的却又近乎佛教的"破拘破执",强调的不是具体的宗教教条,而是一种不以世俗名利得失为意的宗教超越精神。这种悟达能使人从种种生的重压中解脱出来,在既定人生境况的基础上,开辟出与维持人的精神平衡相关的新的观照方式与意义空间——换言之,就是通过对现实境遇进行新的阐释,使原本可能产生的痛楚与压力,在不知不觉中走向消解。

奇异的浪漫情调是小说又一特色:一、传奇情节。尚洁的绝美容颜和圣徒气质,及其一生从童养媳到贵夫人,由弃妇而女主人的蹭蹬坎坷,都非庸常之辈所能。二、异域的氛围。从中国大陆到马来半岛再到土华,传奇性的故事情节与东南亚各国的奇幻人情风土配合得丝丝入扣,使人觉得这都是"另外一个国度的人,讲着另外一个国度里的故事"。

(徐秀明)

思考题

1.结合自己对命运的理解,谈谈你对尚洁这个人物形象的理解。

2.《缀网劳蛛》在艺术上是如何体现许地山的宗教思想的?

参考文献

1.茅盾 现代小说导论(一),《中国新文学大系导言集(1917—1927)》,天津人民出版社,2009。

2.张晓东 生存的智慧:悲观,执着,超脱——许地山小说世界思想意蕴的诠释,《安徽大学学报(哲学社会科学版)》,2001(4)。

3.江振新 两重形象的观照——许地山小说世界研究,《上海大学学报(社会科学版)》,2002(6)。

4.朱庆华 许地山小说宗教色彩的显与隐,《学术交流》,2004(1)。

绣 枕

凌叔华

大小姐正在低头绣一个靠垫，此时天气闷热，小巴狗只有躺在桌底伸出舌头喘气的分儿，苍蝇热昏昏的满玻璃窗打转，张妈站在背后打扇子，脸上一道一道的汗渍，她不住的用手巾擦，可总擦不干。鼻尖刚才干了，嘴边的又点点凸出来。她瞧着她主人的汗虽然没有她那样多，可是脸热得浆红，白细夏布褂汗湿了一背脊，忍不住说道：

"大小姐，歇会儿，凉快凉快吧。老爷虽说明天得送这靠垫去，可是没定规早上或晚上呢。"

"他说了明儿早上十二点以前，必得送去才好，不能不赶了，你站过来扇扇。"小姐答完仍旧低头做活。

张妈走过左边，打着扇子，眼看着绣的东西，不住的啧啧称叹：

"我从前听人家讲故事，我总想那上头长得俊的小姐，也聪明灵巧，必是说书人信嘴编的，那知道就真有，这样一个水葱儿似的小姐，还会这一手活计！这鸟绣得真爱死人！"大小姐嘴边轻轻的显露一弧笑窝，但刹那便止。张妈话兴不断，接着说：

"哼，这一对靠枕儿送到白总长那里，大家看了，别提有多少人来说亲呢。门也得挤破了。……听说白总长的二少爷二十多岁还没找着合适亲事，唔，我懂得老爷的意思，上回算命的告诉太太今年你是红鸾星照命主……"

"张妈，少胡扯吧。"大小姐停针打住说，她的脸上微微红晕起来。

此时屋内又是很寂静，只听见绣花针噗噗的一上一下穿缎子的声音和那扇子扶扶轻微的风响，忽听竹帘外边有一个十三四岁的女孩子叫道：

"妈，我来了。"

"小妞儿吗？这样大热的天来干什么？"张妈赶紧问。小妞儿穿着一身毛兰布裤褂，满头汗珠，一张窝瓜脸热得紫涨，此时已经闪身入到帘内房门口边，只望着大小姐出神。她喘着气说：

"妈，昨儿四嫂子告诉我这里大小姐用了半年功夫绣了一对靠垫，光是那只鸟已经用了三四十样线，我不信有这样多颜色，四嫂子说，不信你赶快去看看，过两天还要送人呢。我今儿吃了饭就进城，妈，我到那边儿看看行吗？"

张妈听完连忙陪笑问：

"大小姐，小妞儿想看看你的活计行吗？"

大小姐抬头望望小妞儿，见她的衣服很脏，拿住一条灰色手巾只擦脸上的汗，嘴咧开极阔，露出两排黄板牙，瞪直了眼望里看，她不觉皱眉答：

"叫她先出去，等会儿再说吧。"

张妈会意这因为嫌她的女儿脏，不愿使她看的话，立刻对小妞儿说：

"瞧瞧你鼻子上的汗，还不擦把脸去。我屋里有脸水。大热天的这汗味儿可别熏着大小姐。"

小妞儿脸上显出非常失望的神气,听她妈说完还不想走出去。张妈见她不动,很不忍的瞪了她一眼,说:

"去我屋洗脸去吧。我就来。"

小妞儿撅着嘴掀帘出去。大小姐换线时偶尔抬起头往窗外看,只见小妞拿起前襟擦额上的汗,大半块衣襟都湿了。院子里盆栽的石榴吐着火血的花,直照着日光,更叫人觉得暑热,她低头看见自己的胳肢窝,汗湿了一大片了。

光阴一恍便是两年,大小姐还在深闺做针线活,小妞儿已经长成和她妈妈一样粗细,衣服也懂得穿干净的了,现在她妈告假回家,她居然能做替工。

夏天夜上,小妞儿正在下房坐近灯旁缝一对枕头顶儿,忽听见大小姐喊她,放下针线,就跑到上房。

她与大小姐捶腿时,便有一搭没一搭的说闲话:

"大小姐,前天干妈送我一对很好看的枕头顶儿,一边是一只翠鸟,一边是一只凤凰。"

"怎么还有绣半只鸟的吗?"大小姐似乎取笑她说。

"说起我这对枕头顶儿,话长哪。咳,为了它,我还和干姐姐呕了回子气,那本来是王二嫂子给我干妈的,她说这是从两个弄脏了的大靠垫子上剪下来的。新的时候好看极哪。一个绣的是荷花和翠鸟,那一个是绣的一只凤凰站在石山上。头一天,人家送给他们老爷,就放在客厅的椅子上,当晚便被吃醉了的客人吐脏了一大片;另一个给打牌的人,挤掉在地上,便有人拿来当作脚踏垫子用,好好的缎地子,满是泥脚印。少爷看见就叫王二嫂捡了去。干妈后来就和王二嫂要了来给我,那晚上,我拿回家来足足看了好一会子,真爱死人咧,只那凤凰尾巴就用了四十多样线。那翠鸟的眼睛望着池子里的小鱼儿真要绣活了,那眼睛真个发亮,不知用什么线绣的。"

大小姐听到这里忽然心中一动,小妞儿还往下说:

"真可惜,这样好看东西毁了。干妈前天见了我,教我剪去脏的地方拿来缝一对枕头顶儿。那知道干姐姐真小气,说我看见干妈好东西就想法子讨了去。"

大小姐没有理会她们呕气的话,却只在回想她在前年的伏天曾绣过一对很精细的靠垫——上头也有翠鸟与凤凰的。那时白天太热,拿不得针,常常留到晚上绣,完了工,还害了十多天眼病。她想看看这鸟比她的怎样,吩咐小妞儿把那对枕顶儿立刻拿来。

小妞儿把枕顶片儿拿来说:

"大小姐你看看这样好的黑青云霞缎的地子都脏了。这鸟听说从前都是凸出来的,现在已经蹭凹了。您看! 这鸟的冠子,这鸟的红嘴,颜色到现在还很鲜亮,王二嫂说那翠鸟的眼珠子,从前还有两颗真珠子镶在里头,这荷花不行了,都成灰色了。荷叶太大,做枕顶儿用不着,……这个山石旁还有小花朵儿……"

大小姐只管对着这两块绣花片子出神,小妞儿末了说的话,一句听不清了。她只回忆起她做那鸟冠子曾拆了又绣,足足三次,一次是汗污了嫩黄的线,绣完才发见;一次是配错了石绿的线,晚上认错了色;末一次记不清了。那荷花瓣上的嫩粉色的线她洗完手都不敢拿,还得用爽身粉擦了手,再绣，……荷叶太大块，更难绣，用一样绿色太板滞，足足配了十二色绿线，……做完那对靠垫以后，送给了白家，不少亲戚朋友对她的父母进了许多谀词，她的闺中女伴，取笑了许多话，她听到常常自己红着脸微笑，还有，她夜里也曾梦到她从来未经历过的娇羞傲气，穿戴着此生未有过的衣饰，许多小姑娘追她看，很羡慕她，许多女伴面上显出嫉妒颜色。那种是幻境，不久她也懂得，所以她永远不愿再想起它来撩乱心思。今天却碰到了，便一一想起来。

小姐儿见她默默不言，直着眼，只管看那枕顶片儿，说：

"大小姐也喜欢她不是？这样针线活，真爱死人呢。明儿也照样绣一对儿不好吗？"

大小姐没有听见小姐问的是什么，只能摇了摇头算答复了。

（原载 1925 年 3 月 21 日《现代评论》第 1 卷第 15 期）

赏析

凌叔华(1900—1990)，集作家、画家、学者、翻译家于一身的民国才女。原名凌瑞棠，笔名素心、叔华、瑞唐等，广东番禺人。文学方面的主要代表作有短篇小说《花之寺》(1925)、《酒后》(1925)、《绣枕》(1925)，散文集《爱山庐梦影》(1960)等。文风唯美浪漫，曾被沈从文、苏雪林誉为"中国的曼殊斐儿"。

凌叔华出身书香门第，早期小说对养在深闺中安逸寂寞而不无幽怨的大家闺秀的内心隐秘心理表现匠心独具而分寸把握极佳，鲁迅称她"适可而止的描写了旧家庭中的婉顺的女性……使我们看见……世态的一角，高门巨族的精灵"(《中国新文学大系·小说二集·导言》)。

《绣枕》是其中颇为出色的一篇。小说中蕙质兰心的大小姐将凝聚着半年心血与无数浪漫憧憬的精致绣枕送到高朋满座的白家，以期得到如意姻缘。谁知绣枕头一天便被醉酒打牌的客人毫不爱惜地吐脏践踏，沦于下人之手。两年后，依旧独居闺房借针线以遣永日寂寞的大小姐看到辗转落到丫鬟手里的绣枕残片，方才得悉详情，不禁黯然神伤。小说非常含蓄地道出了中国传统女性终身幸福系于人手，虽大家闺秀亦不得免的人生悲哀。

凌叔华文笔淡雅幽丽、温婉细致，巧妙地将中国古代文人画作中清新雅致、含蓄隽永的意境技法融入小说创作，颇具"诗中有画、画中有诗"的神韵。《绣枕》采用的正是中国画"工笔"与"留白"有机结合、相辅相成的上乘技法：以工笔细描式的绵密语言表现大小姐刺绣时的辛苦情状，同时留有大量空白。没有哪一句直接涉及心理，但也没有哪一句不可以供读者去揣度人物内心的希冀与幻想，绝无半句赘语废话，可谓精细之中自有法度。这种有意味的形式在中国现代短篇小说结构普遍简陋的当时，可谓难得的异数。

（徐秀明）

思考题

1. 小说中"绣枕"隐喻和象征了中国传统女性的何种境况？

2. 凌叔华是如何巧妙抒写大小姐隐秘细微的内心世界的？

参考文献

1. 王家伦　她画出了"高门巨族的精魂"——论凌叔华的小说,《中国现代文学研究丛刊》,1991(1)。

2. 陈宗敏　论凌叔华五四时期的小说创作,《江汉论坛》,1984(2)。

3. 李俏梅　留白与工笔——赏凌叔华的短篇小说《酒后》与《绣枕》,《名作欣赏》,2005(15)。

4. 朱美禄　不能承受的生命之轻——凌叔华小说《绣枕》解读,《名作欣赏》,2007(10)。

竹林的故事

废　名

出城一条河，过河西走，坝脚下有一簇竹林，竹林里露出一重茅屋，茅屋两边都是菜园：十二年前，他们的主人是一个很和气的汉子，大家呼他老程。

那时我们是专门请一位先生在祠堂里讲《了凡纲鉴》，为得捡到这菜园来割菜，因而结识了老程。老程有一个小姑娘，非常的害羞而又爱笑，我们以后就借了割菜来逗她玩笑，我们起初不知道她的名字，问她，她笑而不答，有一回见了老程呼"阿三"，我才挽住她的手："哈哈，三姑娘！"我们从此就呼她三姑娘。从名字看来，三姑娘应该还有姊妹或兄弟，然而我们除掉她的爸爸同妈妈，实在没有看见别的谁。

一天我们的先生不在家，我们大家聚在门口掷瓦片，老程家的捏着香纸走我们的面前过去，不一刻又望见她转来，——不笔直的循走原路，勉强带笑的弯近我们："先生！替我看看这签。"我们围着念菩萨的绝句，问道，"你求的是什么呢？"她对我们诉一大串，我们才知道她的阿三头上本来还有两个姑娘，而现在只要让她有这一个，不再三朝两病的就好了。

老程除了种菜，也还打鱼卖。四五月间，霉雨之后，河里满河山水，他照例拿着摇网走到河边的一个草墩上，——这墩也就是老程家的洗衣裳的地方，因为太阳射不到这来，一边一棵树交荫着成一座天然的凉棚。水涨了，槎衣的石头沉在河底，剩现绿团团的坡，刚刚高过水面，老程也像乘着划船一般站在上面把摇网朝水里兜来兜去；倘若兜着了，那就不移地的转过身倒在挖就了的荡里，——三姑娘的小小的手掌，这时跟着她的欢跃的叫声热闹起来，一直等到碰跳碰跳好容易给捉住了，才又坐下草地望着爸爸。

流水潺潺，摇网从水里探起，一滴滴的水点打在水上，浸在水当中的枝条也冲击着查查作响。三姑娘渐渐把爸爸站在那里都忘掉了，只是不住的抠土，嘴里还低声的歌唱；头毛低到眼边，才把脑壳一扬，不觉也就瞥到那滔滔水流上的一堆白沫，顿时兴奋起来，然而立刻不见了，偏头又给树叶子遮住了，——使得眼光回复到爸爸的身上，是突然一声"阿呀！"这回是一尾大鱼！而妈妈也沿坝走来，说盐钵里的盐怕还够不了一餐饭。

老程由街转头，茅屋顶上正在冒烟，叱咤一声，躲在园里吃菜的猪飞奔的跑，——三姑娘也就出来了，老程从荷包里掏出一把大红头绳："阿三，这个打辫好吗？"三姑娘抢在手上，一面还接下酒壶，奔向灶角里去。"留到端午扎艾呵，别糟蹋了！"姑娘这样答应着，随即把酒壶伸到灶孔烫。三姑娘到房里去了一会又出来，见了妈妈抽筷子，便赶快拿出杯子——家里只有这一个，老是归三姑娘照管——站着脚送在桌上，然而老程终于还是要亲自朝中间挪一挪，然后又取出壶来。"爸爸喝酒，我吃豆腐干！"老程实在用不着下酒的菜，对着三姑娘慢慢的喝了。

三姑娘八岁的时候，就能够代替妈妈洗衣。然而绿团团的坡上，从此也不见老程的踪迹了，——这只要看竹林的那边河坝倾斜成一块平坦的上面，高耸着一个不毛的同教书先生（自然不是我们的先生)用的戒方一般模样的土堆,堆前竖着三四根只有秒梢还没有斩去的枝丫吊着被雨粘住的纸幡残片的竹竿,就可以知道是什么意义。

老程家的已经是四十岁的婆婆,就在平常,穿的衣服也都是青蓝大布,现在不过系鞋的带子也不用那水红颜色的罢了,所以并不现得十分异样。独有三姑娘的黑地绿花鞋是尖头蒙上一层白布,虽然更现得好看,却叫人见了也同三姑娘自己一样懒懒的没有话可说了。

然而那也并非是长久的情形。母子都是那样勤敏,家事的兴旺,正如这块小天地,春天来了,林里的竹子园里的菜,都一天一天的绿得可爱。老程的死却正相反,一天比一天淡漠起来,只有鹞鹰在屋头上打圈子,妈妈呼喊女儿道,"去,去看坦里放的鸡娃",三姑娘才走到竹林那边,知道这里睡的是爸爸了。到后来青草铺平了一切,连曾经有个爸爸这件事实几乎也没有了。

正二月间城里赛龙灯,大街小巷,真是人山人海。最多的还要算邻近各村上的女人,她们像一阵旋风,大大小小牵成一串从这街冲到那街,街上的汉子也借这个机会撞一撞她们的奶。然而能够看得见三姑娘同三姑娘的妈妈吗?不,一回也没有看见!锣鼓喧天,惊不了她母子两个,正如惊不了栖在竹林的雀子。鸡上埘的时候,比这里更西也是住在坝下的堂嫂子们顺便也邀请一声"三姐",三姑娘总是微笑的推辞。妈妈则极力鼓励着一路去,三姑娘送客到坝上,也跟着出来,看到底攀缠着走了不;然而别人的渐渐走得远了,自己的不还是影子一般的依在身边吗?

三姑娘的拒绝,本是很自然的,妈妈的神情反而有点莫名其妙了!用询问的眼光朝妈妈脸上一瞄,——却也正在瞄过来,于是又掉头望着嫂子们走去的方向:

"有什么可看?成群打阵,好像是发了疯的!"

这话本来想使妈妈热闹起来,而妈妈依然是无精打采沉着面孔。河里没有水,平沙一片,现得这坝从远远看来是蜿蜒着的一条蛇,站在上面的人,更小到同一颗黑子了。由这里望过去,半圆形的城门,也低斜得快要同地面合成了一起;木桥俨然是画中见过的,而往来蠕动都在沙滩;在坝上分明数得清楚,及至到了沙滩,一转眼就失了心目中的标记,只觉得一簇簇的仿佛是远山上的树林罢了。至于咕咕的喧声,却比站在近旁更能入耳,虽然听不着说的是什么,听者的心早被他牵引了去了。竹林里也同平常一样,雀子在奏他们的晚歌,然而对于听惯了的人只能够增加静寂。

打破这静寂的终于还是妈妈:

"阿三!我就是死了也不怕猫跳!你老这样守着我,到底……"

妈妈不作声,三姑娘抱歉似的不安,突然来了这埋怨,刚才的事倒好像给一阵风赶跑了,增长了一番力气娇恼着:

"到底!这也什么到底不到底!我不欢喜玩!"

三姑娘同妈妈间的争吵,其原因都坐在自己的过于乖巧,比如每天清早起来,把房里的家具抹得干净,妈妈却说,"乡户人家呵,要这样?"偶然一出门做客,只对着镜子把散在额上的头毛梳理一梳理,妈妈却硬从盒子里拿出一枝花来。现在站在坝上,眶子里的眼泪快要进出来了,妈妈才不作声。这时节难为的是妈妈了,皱着眉头不转睛的望,而三姑娘老不抬头!待到点燃了案上的灯,才知道已经走进了茅屋,这其间的时刻竟是在梦中过去了。

灯光下也立刻照见了三姑娘,拿一束稻草,一菜篮适才饭后同妈妈在园里割回的白菜,坐下板凳三棵捆成一把。

"妈妈，这比以前大得多了！两棵怕就有一斤。"

妈妈那想到屋里还放着明天早晨要卖的菜呢？三姑娘本不依恃妈妈的帮忙，妈妈终于不出声的叹一口气伴着三姑娘捆了。

三姑娘不上街看灯，然而当年背在爸爸的背上是看过了多少次的，所以听了敲在城里响在城外的锣鼓，都能够在记忆中画出是怎样的情境来。"再是上东门，再是在衙门口领赏，……"忖着声音所来的地方自言自语的这样猜。妈妈正在做嫂子的时候，也是一样的欢喜赶热闹，那情境也许比三姑娘更记得清白，然而对于三姑娘的仿佛亲临一般的高兴，只是无意的吐出来几声"是"，——这几乎要使得三姑娘稀奇得伸起腰来了："刚才还催我去玩哩！"

三姑娘实在是站起来了，一二三四的点着把数，然后又一把把的摆在菜篮，以便于明天一大早挑上街去卖。

见了三姑娘活泼泼的肩上一担菜，一定要奇怪，昨夜晚为什么那样没出息，不在火烛之下现一现那黑然而美的瓜子模样的面庞的呢？不，——倘若奇怪，只有自己的妈妈。人一见了三姑娘挑菜，就只有三姑娘同三姑娘的菜，其余的什么也不记得，因为耽误了一刻，三姑娘的菜就买不到手；三姑娘的白菜原是这样好，隔夜没有浸水，煮起来比别人的多，吃起来比别人的甜了。

我在祠堂里足足住了六年之久，三姑娘最后留给我的印像，也就在卖菜这一件事。

三姑娘这时已经是十二三岁的姑娘，因为是暑天，穿的是竹布单衣，颜色淡得同月色一般，——这自然是旧的了，然而倘若是新的，怕没有这样合式，不过这也不能够说定，因为我们从没有看见三姑娘穿过新衣：总之三姑娘是好看罢了。三姑娘在我们的眼睛里同我们的先生一样熟，所不同的，我们一望见先生就往里跑，望见三姑娘都不知不觉的站在那里笑。然而三姑娘是这样淑静，愈走近我们，我们的热闹便愈是消灭下去，等到我们从她的篮里拣起菜来，又从自己的荷包里掏出了铜子，简直是犯了罪孽似的觉得这太对不起三姑娘了。而三姑娘始终是很习惯的，接下铜子又把菜篮肩上。

一天三姑娘是卖青椒。这时青椒出世还不久，我们大家商议买四两来煮鱼吃，——鲜青椒煮鲜鱼，是再好吃没有的。三姑娘在用秤称，我们都高兴的了不得，有的说买鲫鱼，有的说鲫鱼还不及鳊鱼。其中有一位是最会说笑的，向着三姑娘道：

"三姑娘，你多称一两，回头我们的饭熟了，你也来吃，好不好呢？"

三姑娘笑了：

"吃先生们的一餐饭使不得？难道就要我出东西？"

我们大家也都笑了；不提防三姑娘果然从篮子里抓起一把掷在原来称就了的堆里。

"三姑娘是不吃我们的饭的，妈妈在家里等吃饭。我们没有什么谢三姑娘，只望三姑娘将来碰一个好姑爷。"

我这样说。然而三姑娘也就赶跑了。

从此我没有见到三姑娘。到今年，我远道回家过清明，阴雾天气，打算去郊外看烧香，走到坝上，远远望见竹林，我的记忆又好像一塘春水，被微风吹起波皱了。正在徘徊，从竹林上坝的小径，走来两个妇人，一个站住了，前面的一个且走且回应，而我即刻认定了是三姑娘！

"我的三姐，就有这样忙，端午中秋接不来，为得先人来了饭也不吃！"

再没有别的声息：三姑娘的鞋踏着沙土。我急于要走过竹林看看，然而也暂时面对流水，让三姑娘低头过去。

一九二四年十月作

（原载 1925 年 2 月 16 日《语丝》第 14 期）

赏析

废名(1901—1967)，原名冯文炳，字蕴仲，湖北黄梅人。作品主要有小说集《竹林的故事》(1925)、《桃园》(1928)、《枣》(1931)、《桥》(1932)、《莫须有先生传》(1932)等。

废名善以唐人写绝句的手法营构小说，且追求"散文化"。文辞简约幽深，平淡朴讷，奇僻生辣，抒情意味浓。其独特的创作风格被誉为"废名风"，对其后的沈从文等京派作家影响很大。

《竹林的故事》是废名的成名作，作者以简洁而空灵的语言描绘了一个美丽却也渗有淡淡忧伤的世外桃源。小说的环境描写颇有诗意，人化、雅化。作者以凝练与才情之笔，写竹林，写茅舍，写菜园，写少女，皆有一派牧歌青春气象。尤其是竹林，那河边葱茂的竹林仿佛是专门为三姑娘生长的，三姑娘也好像专门为这片葱茂的竹林而生，两者之间达到了一种诗情的象征境界。竹林下有三姑娘的幸福与哀愁，她在这里唱歌嬉戏，帮父亲捉鱼，帮母亲买盐，这里也垒着她父亲绿团团的坟堆。竹林里又蕴藏着三姑娘的青春与性格。她不愿别了母亲，成群打阵到城里看赛龙灯，其淑静之处宛若栖在竹枝的雀鸟，锣鼓喧天，也惊不动她……

小说以诗化的语言、散文的笔触描写了优美的意境和童心未泯的人物，情、景、意的水乳交融，弥漫着淡淡的禅意和平凡人物的美丽心境。

（陈　啸）

思考题

1. 以《竹林的故事》为例，谈谈废名小说的禅意。

2. 如何看待作品中对三姑娘父亲老程之死描写的淡化？

参考文献

1. 周作人　怀废名，《文人笔下的文人》，岳麓书社，1986。

2. 冯健男　谈废名的小说创作，《中国现代文学研究丛刊》，1985(4)。

菊英的出嫁

鲁彦

菊英离开她已有整整的十年了。这十年中她不知道滴了多少眼泪，瘦了多少肌肉了，为了菊英，为了她的心肝儿。

人家的女儿都在自己的娘身边长大，时时刻刻倚傍着自己的娘，"阿姆阿姆"的喊。只有她的菊英，她的心肝儿，不在她的身边长大，不在她的身边倚傍着喊"阿姆阿姆"。

人家的女儿离开娘的也有，例如出了嫁，她便不和娘住在一起。但做娘的仍可以看见她的女儿，她可以到女儿那边去，女儿可以到她这里来。即使女儿被丈夫带到远处去了，做娘的可以写信给女儿，女儿也可以写信给娘，娘不能见女儿的面，女儿可以寄一张相片给娘。现在只有她，菊英的娘，十年中不曾见过菊英，不曾收到菊英一封信，甚至一张相片。十年以前，她又不曾给菊英照过相。

她能知道她的菊英现在的情形吗？菊英的口角露着微笑？菊英的眼边留着泪痕？菊英的世界是一个光明的？是一个黑暗的？有神在保佑菊英？有恶鬼在捉弄菊英？菊英肥了？菊英瘦了？或者病了？——这种种，只有天知道！

但是菊英长得高了，发育成熟了，她相信是一定的。无论男子或女子，到了十七八岁的时候想要一个老婆或老公，她相信是必然的。她确信——这用不着问菊英——菊英现在非常的需要一个丈夫了。菊英现在一定感觉到非常的寂寞，非常的孤单。菊英所呼吸的空气一定是沉重的，闷人的。菊英一定非常的苦恼，非常的忧郁。菊英一定感觉到了活着没有趣味。或者——她想——菊英甚至于想自杀了。要把她的心肝儿菊英从悲观的，绝望的，危险的地方拖到乐观的，希望的，平安的地方，她知道不是威吓，不是理论，不是劝告，不是母爱，所能济事；唯一的方法是给菊英一个老公，一个年轻的老公。自然，菊英绝不至于说自己的苦恼是因为没有老公；或者菊英竟当真的不晓得自己的苦恼是因何而起的也未可知。但是给菊英一个老公，必可除却菊英的寂寞，菊英的孤单。他会给菊英许多温和的安慰和许多的快乐。菊英的身体有了托付，灵魂有了依附，便会快活起来，不至于再陷入这样危险的地方去了。问一个十七八岁的女子要不要老公，这是不会得到"要"字的回答的。不论她平日如何注意男子，喜欢男子，想念男子，或甚至已爱上了一个男子，你都无须多礼。菊英的娘明白这个道理，所以也毅然的把女儿的责任照着向来的风俗放在自己的肩上了。她已经耗费了许多心血。五六年前，一听见媒人来说某人要给儿子讨一个老婆，她便要冒风冒雨，跋山涉水的去东西打听。于今，她心满意足了，她找到了一个非常好的女婿。虽然她现在看不见女婿，但是女婿在七八岁时照的一张相片，她看见过。他生的非常的秀丽，显见得是一个聪明的孩子。因了媒人的说合，她已和他的爹娘订了婚约。他的家里很有钱，聘金的多少是用不着开口的。四百元大洋已做一次送来。她现在正忙着办嫁妆，她的力量能好到什么地步，她便好到什么地步。这样，她才心安，才觉得对得住女儿。

菊英的爹是一个商人。虽然他并不懂得洋文，但是因为他老成忠厚，森森煤油公司的外国人遂把银根托付了他，请他做经理。他的薪水不多，每月只有三十元，但每年年底的花红往往超过他一年的薪水。他在森森公司五年，手头已有数千元的积蓄。菊英的娘对于穿吃，非常的俭省。虽然菊英的爹不时一百元二百元的从远处带来给她，但她总是不肯做一件好的衣服，买一点好的小菜。她身体很不强健，屡因稍微过度的劳动或心中有点不乐，她的大腿腰背便会酸起来，太阳心口会痛起来，牙齿会浮肿起来，眼睛会模糊起来。但是她虽然这样的多病，她总是不肯雇一个女工，甚至一个工钱极便宜的小女孩。她往往带着病还要工作。腰和背尽管酸痛，她有衣服要洗时，还是不肯在家用水缸里的水洗——她说水缸里的水是备紧要时用的——定要跑到河边，走下那高高低低摇动而且狭窄的一级一级的埠头，跪倒在最末的一级，弯着酸痛的腰和背，用力的洗她的衣服。眼睛尽管起了红丝，模糊而且疼痛，有什么衣或鞋要做时，她还是要带上眼镜，勉强的做她的衣或鞋。她的几种病所以成为医不好的老病，而且一天比一天厉害了下去，未始不是她过度的勉强支持所致。菊英的爹和邻居都屡次劝她雇一个女工，不要这样过度的操劳，但她总是不肯。她知道别人的劝告是对的。她知道自己的身体一天不如一天的缘故。但是她以为自己是不要紧的，不论多病或不寿。她以为要紧的是，赶快给女儿嫁一个老公，给儿子讨一个老婆，而且都要热热闹闹阔阔绰绰的举办。菊英的娘和爹，一个千辛万苦的在家工作，一个飘海过洋的在外面经商，一大半是为的儿女的大事。如果儿女的婚姻草草的了事，他们的心中便要生出非常的不安。因为他们觉得儿女的婚嫁，是做爹娘责任内应尽的事，做儿女的除了拜堂以外，可以袖手旁观。不能使喜事热闹阔绰，他们便觉得对不住儿女。人家女儿多的，也须东挪西扯的弄一点钱来尽力的把她们一个一个，热热闹闹阔阔绰绰的嫁出去，何况他们除了菊英没有第二个女儿，而且菊英又是娘所最爱的心肝儿。

尽她所有的力给菊英预备嫁妆，是她的责任，又是她十分的心愿。

哈，这样好的嫁妆，菊英还会不喜欢吗？人家还会不称赞吗？你看，那一种不完备？那一种不漂亮？那一种不值钱？

大略的说一说：金簪二枚，银簪珠簪各一枚。金银发钗各二枚。挖耳，金的二个，银的一个。金的，银的和钻石的耳环各两副。金戒指四枚，又钻石的两枚。手镯三对，金的倒有二对。自内至外，四季衣服粗穿的具备三套四套，细穿的各二套。凡丝罗缎如纺绸等衣服皆在粗穿之列。棉被八条，湖绉的占了四条。毡子四条，外国绒的占了两条。十字布乌贼枕六对，两面都挑出山水人物。大床一张，衣橱二个，方桌及琴桌各一个。椅，凳，茶几及各种木器，都用花梨木和其他上等的硬木做成，或雕刻，或嵌镶，都非常细致，全件漆上淡黄，金黄和淡红等各种颜色。玻璃的橱头箱中的镶器光彩夺目。大小的蜡烛台六副，最大的每只重十二斤。其余日用的各种小件没有一件不精致，新奇，值钱。在种种不能详说（就是菊英的娘也不能一一记得清楚）的东西之外，还随去了良田十亩，每亩约计价一百二十元。

吉期近了，有许多嫁妆都须在前几天送到男家去，菊英的娘愈加一天比一天忙碌起来。一切的事情都要经过她的考虑，她的点督，或亲自动手。但是尽管日夜的忙碌，她总是不觉得容易疲倦，她的身体反而比平时强健了数倍。她心中非常的快活。人家都由"阿姆"而至"丈姆"，由"丈姆"而至"外婆"，她以前看着好不难过，现在她可也轮到了！邻居亲戚们知道罢，菊英的娘不是一个没有福气的人！

她进进出出总是看见菊英一脸的笑容。"是的呀，喜期近了呢，我的心肝儿！"她暗暗的对菊英说。菊英的两颊上突然飞出来两朵红云。"是一个好看的郎君哩！聪明的郎君哩！你到他的家里去,做'他的人'去! 让你日日夜夜跟着他,守着他,让他日日夜夜陪着你,抱着你!"菊英羞着抱住了头想逃走了。"好好的服侍他,"她又庄重的训导菊英说:"依从他,不要使他不高兴。欢欢喜喜的明年就给他生一个儿子! 对于公婆要孝顺,要周到。对于其他的长者要恭敬,幼者要和蔼。不要被人家说半句坏话,给娘争气,给自己争气,牢牢的记着! ……"

音乐热闹的奏着,渐渐由远而近了。住在街上的人家都晓得菊英的轿子出了门。菊英的出嫁比别人要热闹,要阔绰,他们都知道。他们都预先扶老携幼的在街上等候着观看。

最先走过的是两个送嫂。她们的背上各斜披着一幅大红绫子,送嫂约过去有半里远近,队伍就到了。为首的是两盏红字的大灯笼。灯笼后八面旗子,八个吹手。随后便是一长排精制的,逼真的,各色纸童,纸婢,纸马,纸轿,纸桌,纸椅,纸箱,纸屋,以及许多纸做的器具。后面一顶鼓阁两杠纸铺陈,两杠真铺陈。铺陈后一顶香亭,香亭后才是菊英的轿子,这轿子与平常的花轿不同,不是红色,却是青色,四维着彩。轿后十几个人抬着一口十分沉重的棺材,这就是菊英的灵枢。棺材在一套呆大的格子架中,架上盖着红色的绒毡,四面结着彩,后面跟送着两个坐轿的,和许多预备在中途折回的,步行的孩子。

看的人都说菊英的娘办得好,称赞她平日能吃苦耐劳。她们又谈到菊英的聪明和新郎生前的漂亮,都说配合得得当。

这时,菊英的娘在家里哭得昏过去了。娘的心中是这样的悲苦,娘从此连心肝儿的棺材也要永久看不见了。菊英幼时是何等的好看,何等的聪明,又是何等的听娘话! 她才学会走路,尚不能说话的时候,一举一动已很可爱了。来了一位客,娘喊她去行个礼,她便过去弯了一弯腰。客给她糖或饼吃,她红了脸不肯去接,但看着娘,娘说"接了罢,谢谢!"她便用两手捧了,弯了一弯腰。她随后便走到娘的身边,放了一点在自己的口里,拿了一点给娘吃,娘说,"娘不要吃,"她便"嗯"的响了一声,露出不高兴的样子,高高的举着手,硬要娘吃,娘接了放在口里,她便高兴得伏在娘的膝上嘻嘻的笑了。那时她的爹不走运,跑到千里迢迢的云南去做生意,半年六个月没有家信,四年没有回家,也没有半边烂钱寄回来。娘和她的祖母千辛万苦的给人家做粗做细,赚钱来养她,她六岁时自己学磨纸,七岁绣花,学做小脚娘子的衣裤,八岁便能帮娘磨纸,挑花边了。她不同别的孩子去玩耍,也不噪吃闲食,只是整天的坐在房里做工。她离不开娘,娘离不开她。她是娘的肉,她是娘的唯一的心肝儿! 好几次,娘想到她的爹不走运,娘和祖母日日夜夜低着头的给人家做苦工,还不能多赚一点钱,做一件好看的新衣裳给她穿,买点好吃的糖果给她吃,反而要她日日夜夜的帮着娘做苦工,娘的心酸了起来,忽然抱着她哭了。她看见娘哭,也就放声大哭起来。娘没有告诉她,娘想些什么,但是娘的心酸苦了,她也酸苦了。夜间娘要她早一点睡,她总是说做完了这一点,做完了这一点。娘恐怕她疲倦,但是她反说娘一定疲倦了,她说娘的事情比她多。她好几次的对娘说,"阿姆,我再过几年,人高了,气力大了,我来代你煮饭。你太苦了,又要做这个,又要做那个。"娘笑了,娘抱着她说,"好的,我的肉!"这时,眼泪儿几乎从娘的眼中滚出来了。娘有时心中悲伤不过,脸上露着愁容,一言不发的独自坐着,她便走了过来,靠着娘站着说:"阿姆,我猜阿爹明天要回来了。"她看见娘病了,躺在床上,她的脸上的笑容就没有了。她没有心思再做工,但她整天的坐在娘的床边,牵着娘的手,或给娘敲背,或给娘敲腿。八年来,娘没有打过她一下,骂过她半句,她实在也无须娘用指尖去轻轻的触一触! 菩萨,娘是敬重的,娘没有做过一件亵渎菩萨的事情。但是,天呵! 为什么不留心肝儿在娘的身边呢? 那时虽是娘不小心，但也是为的她苦得太可怜了，所以娘才要她跟着祖母到表兄弟那里去吃喜酒，好趁此热闹热闹，开开心。谁能够晓得反而害了她呢？早知这样，咳，何必要她去呢！她原是不肯去的。"阿姆不去，我也不去。"她对娘这样说。但是又有吃，又好看，又好耍，做娘的怎么不该劝她偶尔的去一次呢？"那末只有阿姆一个人在家了，"她固执不过娘，便答应了，但她又加上这一句。娘愿意离开她吗？娘能离开她吗？天呵，她去了八天，娘已经尽够苦恼了！她的爹在千里迢迢的地方，钱也没有，信也没有，人又不回来，娘日日夜夜在愁城中做苦工，还有什么生趣？娘的唯一的安慰只有这一个心肝儿，没有她，娘早就不想再活下去了。第九天，她跟着祖母回来了。娘是这样的喜欢：好像娘的灵魂失去了又回来一般！她一看见娘便喊着"阿姆"，跑到娘的身边来。娘把她抱了起来，她便用手臂挽住了娘的颈，将面颊贴到娘的脸上来。娘问她去了八天喜欢不喜欢，她说，"喜欢，只是阿姆不在那里没有十分趣味。"娘摸她的手，看她的脸，觉得反而比先瘦了。娘心中有点不乐。过了一会，她咳嗽了几声，娘没有留意。谁知过了一会，她又咳嗽了。娘连忙问她咳嗽了几天，她说两天。娘问她身体好过不好过，她说好过，只是咳了又咳，有点讨厌。娘听了有点懊悔，忙到街上去买了两个铜子的苏梗来泡茶给她吃。她把新娘子生得什么样子，穿什么好的衣服，闹房时怎样，以及种种事情讲给娘听，她的确很喜欢，她讲起来津津有味。第二天早晨，她的声音有点哑了，娘很担忧。但因为要预备早饭，娘没有仔细的问她，娘烧饭时，她还代娘扫了房中的地。吃饭时，娘看她吃不下去，两颊有点红色，忙去摸她的头，她的头发烧了。娘问她还有什么地方难过，她说喉咙有点痛。这一来，娘懊悔得不得了了，娘觉得以先不该要她去。祖母愈加懊悔，她说不知道那里疏忽了，竟使她受了寒，咳嗽而至于喉痛。娘放下饭碗，看她的喉咙，她的喉咙已如血一般红了。收拾过饭碗，娘又喊她到屋外去，给她仔细的看。这时，娘看见她喉咙的右边起了一个小小的雪白的点子。娘不晓得这是什么病，娘只知道喉病是极危险的。娘的心跳了起来，祖母也非常的担忧。娘又问她，那一天便觉得喉咙不好过了，这时她才告诉说，前天就觉得有点干燥似的。娘连忙喊了一只划船，带她到四里远的一个喉科医生那里去。医生的话，骇死了娘，他说这是白喉，已起了两三天了。"白喉！"这是一个可怕的名字！娘听见许多人说，生这病的人都是一礼拜就死的！医生要把一根明晃晃的东西拿到她的喉咙里去搽药，她怕，她闭着嘴不肯。娘劝她说这不痛的，但是她依然不肯。最后，娘急得哭了："为了阿姆呀，我的肉！"于是她也哭了，她依了娘的话，让医生搽了一次药。回来时，医生又给了一包吃的和漱的药。

第二天，她更加厉害了：声音愈加哑，咳嗽愈加多，喉咙里面起了一层白的薄膜，白点愈加多，人愈发烧了。娘和祖母都非常的害怕。一个邻居的来说，昨天的医生不大好，他是中医，这种病应该早点请西医。西医最好的办法是打药水针，只要病人在二十四点钟内不至于窒息，药水针便可保好。娘虽然不大相信西医，但是眼见得中医医不好，也就不得不去试一试。首善医院是在万邱山那边，娘想顺路去求药，便带了香烛和香灰去。她怕中医，一定更怕西医，娘只好不告诉她到医院里，只说到万邱山求药去。她相信了娘的话，和娘坐着船去了。但是到要上岸的时候，她明白了。因为她到过万邱山两次，医院的样子与万邱山一点也不像，她哭了，她无论如何不肯上岸去。娘劝她，两个划船的也劝她说，不医是不会好的，你不好，娘也不能活了，她总是不肯。划船的想把她抱上岸去，她用手乱打乱挣，哑着声音号哭得更厉害了，娘看着心中非常的不好过，又想到外国医生的厉害，怕要开刀做什么，她既一定不肯去，不如依了她，因此只到万邱山去求了药回来了。第三天早晨，她的呼吸是这样的困难：喉咙中发出嘶嘶的声音，好像有什么塞住了喉咙一般，咳嗽愈厉害，她的脸色非常的青白。她瘦了许多，她有二天没有吃饭了。娘的心如烈火一般的烧着，只会抱着流泪。祖母也没有一点主意，也只会流眼泪了。许多人说可以拿荸荠汁，莱菔汁，给她吃，娘也一一的依着办来给她吃过。但是第四天早晨，她的喉咙中声音响得如猪的一般了。说话的声音已经听不清楚。嘴巴大大的开着，鼻子跟着呼吸很快的一开一开。咳嗽得非常厉害。脸色又是青又是白，两颊陷了进去。下颚变得又长又尖，两眼呆呆的圆睁着，凹了进去，眼白青白的失了光，眼珠暗淡的不活泼了——像山羊的面孔！死相！娘怕看了。娘看起来，心要碎了！但是娘肯甘心吗？娘肯看着她死吗？娘肯舍却心肝儿吗？不的！娘是无论如何也要想法子的！娘没有钱，娘去借了钱来请医生。内科医生请来了两个，都说是肺风，各人开了一个方子。娘又暗自的跪倒在灶前，眼泪如潮一般的流了出来，对灶君菩萨许了高王经三千，吃斋一年的愿，求灶君菩萨的保佑。娘又诚心的在房中暗祝说，如果有客在房中请求饶恕了她。今晚瘥了，今晚就烧五十锭，直到完全好了，摆一桌十六大碗的羹饭。上半天，那个要娘送她到医院去看的邻居又来了。他说今天再不去请医生来打药水针，一定不会好了。他说他亲眼看见过医好几个人，如果她在二十四点钟内不至于"走"，打了这药水针一定保好。请医院的医生来，必须喊轿子给他，打针和药钱都贵，他说总须六元钱才能请来，他既然这样说，娘在走投无路的时候也必须试一试看。娘没有钱，也没有地方可以再借了，娘只有把自己的皮袄托人拿去当了请医生。皮袄还有什么用处呢，她如果没有法子救了，娘还能活下去吗？吃中饭的时候，医生请来了。他说不应该这样迟才去请他，现在须看今夜的十二点钟了，过了这一关便可放心。她听见，哭了，紧紧的挽住了娘的头颈。她心里非常的清白。她怕打针，几个人硬按住了她，医生便在她的屁股上打了一针，灌了一瓶药水进去。——但是，命运注定了，还有什么用处呢！咳，娘是该要这样可怜的！下半天，她的呼吸渐渐透不转来，就在夜间十一点钟……天呀！

（选自《柚子》）

赏析

鲁彦(1901—1944)，浙江镇海人，原名王燮臣，又名王衡、王鲁彦。现代小说家、翻译家。他出生于农村商人家庭，小学未能毕业便去上海洋行当学徒。受五四新思潮影响，1920年，参加由李大钊、蔡元培等创办的工读互助团，自上海到北京大学旁听。1923年夏，到湖南长沙平民大学、周南女学和第一师范任教。同年在11月号的《东方杂志》发表处女作《秋夜》。此后陆续有许多小说发表，1926年出版第一部小说集《柚子》。1927年任湖北武汉《民国日报》副刊编辑。1928年春至南京国民政府国际宣传部任世界语翻译。1930年至福建厦门任《民钟日报》副刊编辑。此后辗转在福建、上海、陕西等地的中学任教。1927年7月号《小说月报》发表他的小说《黄金》。抗战前夕出版了重要作品——长篇小说《野火》。为重要的乡土写实派作家。

小说完全采用倒装的写法，先用隐约其事的笔法写菊英的母亲怎样爱女儿，挂念女儿，要张罗着为她定亲。接着写怎样办嫁妆，怎样送嫁，等到送亲的仪仗中出现棺材，读者才知道原来菊英已是死了多年的。点明了这是"冥婚"之后,作者笔锋倒转写菊英患病和死的情形。而写得最精彩的,正是冥婚的部分。这一部分不仅呼应了题中的"出嫁",同时,也生动地写出了冥婚这一种独特的封建农村习俗。

菊英母亲为死去的女儿办这件婚事,丝毫不带一点应付了事、敷衍塞责的态度,她是极度认真、极度快乐地做着这一切的。在这位母亲的想象中,菊英此刻一定是既高兴,又害羞。"她进进出出总是看见菊英一脸的笑容。'是的呀,喜期近了呢,我的心肝儿!'她暗暗的对菊英说。菊英的两颊上突然飞出来两朵红云。'是一个好看的郎君哩!聪明的郎君哩!你到他的家里去,做'他的人'去!让你日日夜夜跟着他,守着他,让他日日夜夜陪着你,抱着你!'……"这一切只是菊英母亲的幻想,却蕴含着深沉的母爱。菊英死了,真实的母爱只能在幻境中得到实现。母亲心中深沉的痛苦只能用忙碌地操办婚事,用一场场幻境来转移。在迷信的背后,隐藏着多么深沉的母亲对女儿的爱!使我们既感到可怜,又很受感动。

(李建东)

思考题

1. 说说《菊英的出嫁》中"母亲"形象的典型意义。

2. 如何理解《菊英的出嫁》中的民俗描写?

参考文献

1. 凌宇主编 《中国现代文学史》,湖南师范大学出版社,2002。

2. 江林 冥婚考述,《湖南大学学报》,2001(1)。

3. 严家炎 《中国现代小说流派史》,人民文学出版社,1995。

莎菲女士的日记

丁 玲

十二月二十四

今天又刮风！天还没亮，就被风刮醒了。伙计又跑进来生火炉。我知道，这是怎样都不能再睡得着了的。我也知道，不起来，便会头昏。睡在被窝里是太爱想到一些奇奇怪怪的事上去。医生说顶好能多睡，多吃，莫看书，莫想事，偏这就不能，夜晚总得到两三点才能睡着，天不亮又醒了。象这样刮风天，真不能不令人想到许多使人焦躁的事。并且一刮风，就不能出去玩，关在屋子里没有书看，还能做些什么？一个人能呆呆的坐着，等时间的过去吗？我是每天都在等着，挨着，只想这冬天快点过去；天气一暖和，我咳嗽总可好些，那时候，要回南便回南，要进学校便进学校，但这冬天可太长了。

太阳照到纸窗上时，我在煨第三次的牛奶。昨天煨了四次。次数虽煨得多，却不定是要吃，这只不过是一个人在刮风天为免除烦恼的养气法子。这固然可以混去一小点时间，但有时却又不能不令人更加生气，所以上星期整整的有七天没玩它，不过在没想出别的法子时，又不能不借重它来象一个老年人耐心着消磨时间。

报来了，便看报，顺着次序看那大号字标题的国内新闻，然后又看国外要闻，本埠琐闻……把教育界，党化教育，经济界，九六公债盘价……全看完，还要再去温习一次昨天前天已看熟了的那些招男女，编级新生的广告，那些为分家产起诉的启事，连那些什么六〇六，百灵机，美容药水，开明戏，真光电影……都熟习了过后才懒懒的丢开报纸。自然，有时会发现点新的广告，但也除不了是些绸缎铺五年六年纪念的减价，恕讣不周的讣闻之类。

报看完，想不出能找点什么事做，只好一人坐在火炉旁生气。气的事，也是天天气惯了的。天天一听到从窗外走廊上传来的那些住客们喊伙计的声音，便头痛，那声音真是又粗，又大，又嗄，又单调；"伙计，开壶！"或是"脸水，伙计！"这是谁也可以想象出来的一种难听的声音。还有，那楼下电话也不断的有人在电机旁大声的说话。没有一些声息时，又会感到寂沉沉的可怕，尤其是那四堵粉垩的墙。它们呆呆的把你眼睛挡住，无论你坐在那方；逃到床上躺着吧，那同样的白垩的天花板，便沉沉地把你压住。真找不出一件事是能令人不生嫌厌的心的；如同那麻脸伙计，那有抹布味的饭菜，那扫不干净的窗格上的沙土，那洗脸台上的镜子——这是一面可以把你的脸拖到一尺多长的镜子，不过只要你肯稍微一偏你的头，那你的脸又会扁的使你自己也害怕……这都可以令人生气了又生气。也许这只我一人如是。但我却宁肯能找到些新的不快活，不满足；只是新的，无论好坏，似乎都隔得我太远了。

吃过午饭，苇弟便来了，我一听到那特有的急遽的皮鞋声已从走廊的那端传来时，我的心似乎便从一种窒息中透出一口气来的感到舒适。但我却不会表示，所以当苇弟进来时，我只能默默的望着他;他反以为我又在烦恼,握紧我一双手,"姊姊,姊姊,"那样不断的叫着。我,我自然笑了! 我笑的什么呢,我知道! 在那两颗又望到我眼睛下面的跳动的眸子中,我准懂得那些藏在眼睑下面,不愿给人知道的是些什么东西! 这是有多么久了,你,苇弟,你在爱我! 但他捉住过我吗? 自然,我是不能负一点责,一个女人是应当这样。其实,我算够忠厚了;我不相信会有第二个女人这样不捉弄他的,并且我还在确确实实的可怜他,竟有时忍不住想去指点他:"苇弟,你不可以换个方法吗? 这样只能反使我不高兴的……"对的,假使苇弟能够再聪明一点,我是可以比较喜欢他些,但他却只能如此忠实的去表现他的真挚!

苇弟看见我笑了,便很满足。跳过床头去脱大氅,还脱下他那顶大皮帽来。假使他这时再掉过头来望我一下,我想他一定可以从我的眼睛里得些不快活去。为什么他不可以再多的懂得我些呢?

我总愿意有那末一个人能了解得我清清楚楚的,如若不懂得我,我要那些爱,那些体贴做什么? 偏偏我的父亲,我的姊姊,我的朋友都如此盲目的爱惜我,我真不知他们所爱惜我的是些什么;爱我的骄纵,爱我的脾气,爱我的肺病吗? 有时我为这些生气,伤心,但他们却都更容让我,更爱我,说一些错到更能使我想打他们的一些安慰话。我真愿意在这种时候会有人懂得我,便骂我,我也可以快乐而骄傲了。

没有人来理我,看我,我会想念人家,或恼恨人家,但有人来后,我不觉得又会给人一些难堪,这也是无法的事。近来为要磨练自己,常常话到口边便咽住,怕又在无意中竟刺着了别人的隐处,虽说是开玩笑。因为如此,所以这是可以想象出来的,我是拿一种什么样的心情在陪苇弟坐。但苇弟若站起身来喊走时,我是又会因怕寂寞而感到怅惘,而恨起他来。这个,苇弟是早就知道了的,所以他一直到晚上十点钟才回去。不过我却不骗人,并不骗自己,我清白,苇弟不走,不特于他没有益处,反只能让我更觉得他太容易支使,或竟更可怜他的太不会爱的技巧了。

十二月二十八

今天我请毓芳同云霖看电影。毓芳却邀了剑如来。我气得只想哭,但我却纵声的笑了。剑如,她是多么可以损害我自尊之心的;因为她的容貌,举止,无一不像我幼时所最投洽的一个朋友,所以我不觉的时常在追随她,她又特意给了我许多敢于亲近她的勇气,但后来,我却遭受了一种不可忍耐的待遇,无论什么时候想起,我都会痛恨我那过去的,已不可追悔的无赖行为:在一个星期中我曾足足的给了她八封长信,而未曾给人理睬过。毓芳真不知想的那一股劲,明知我不愿再提起从前的事,却故意要邀着她来,像有心要挑逗我的愤恨一样,我真气了。

我的笑,毓芳和云霖是不会留意这有什么变异,但剑如,她是能感觉得到;可是她会装,装糊涂,同我毫无芥蒂的说话。我预备骂她几句,不过话到口边便想到我为自己定下的戒条。并且做得太认真,怕令人越得意。所以我又忍下心去同她们玩。

到真光时,还很早,在门口遇着一群同乡的小姐们,我真厌恶那些惯做的笑靥,我不去理她们,并且我无缘无故的生气到那许多去看电影的人。我乘毓芳同她们说到热闹中,我丢下我所请的客,悄悄回来了。

除了我自己,是没有人会原谅我的。谁也在批评我,谁也不知道我在人前所忍受的一些人们给我的感触。别人说我怪僻,他们哪里知道我却时常在讨人好,讨人欢喜,不过人们太不肯鼓励我说那太违我心的话，常常给我机会，让我反省到我自己的行为，让我离人们却更远了。

夜深时，全公寓都静静的，我躺在床上好久了。我清清白白的想透了一些事，我还能伤心什么呢？

十二月二十九

一早毓芳就来电话。毓芳是好人，她不会扯谎，大约剑如是真病。毓芳说，起病是为我，要我去，剑如将向我解释。毓芳错了，剑如也错了，莎菲不是欢喜听人解释的人。根本我就否认宇宙间要解释。朋友们好，便好；合不来时，给别人点苦头吃，也是正大光明的事。我还以为我够大量，太没报复人了。剑如既为我病，我倒快活，我不会拒绝听别人为我而病的消息。并且剑如病，还可以减少点我从前自怨自艾的烦恼。

我真不知应怎样才能分析我自己来。有时为一朵被风吹散了的白云，会感到一种渺茫的，不可捉摸的难过；但看到一个二十多岁的男子（苇弟其实还大我四岁）把眼泪一颗一颗掉到我手背时，却像野人一样的在得意的笑了。苇弟是从东城买了许多信纸信封来我这里玩，为了他很快乐，在笑，我便故意去捉弄，看到他哭了，我却快意起来，并且说"请珍重点你的眼泪吧，不要以为姊姊象别的女人一样脆弱得受不起一颗眼泪……""还要哭，请你转家去哭，我看见眼泪就讨厌……"自然，他不走，不分辩，不负气，只蜷在椅角边老老实实无声的去流那不知从哪里得来的那末多的眼泪。我，自然，得意够了，是又会惭愧起来，于是用着姊姊的态度去喊他洗脸，抚摩他的头发。他镶着泪珠又笑了。

在一个老实人面前，我是已尽自己的残酷天性去磨折了他，但当他走后，我真又想能抓回他来，只请求他一句："我知道自己的罪过，请不要再爱这样一个不配承受那真挚的爱的女人了吧！"

一月一号

我不知道那些热闹的人们是怎样的过年法，我是只在牛奶中加了一个鸡子，鸡子还是昨天苇弟拿来的，一共是二十个，昨天煨了七个茶卤蛋，剩下十三个，大约总够我两星期来吃它。若吃午饭时，苇弟会来，则一定有两个罐头的希望。我真希望他来。因为想到苇弟来，所以我便上单牌楼去买了四盒糖，两包点心，一篓橘子和苹果，是预备他来时给他吃的。我是准断定在今天只有他才能来。

但午饭吃过了，苇弟却没来。

我一共写了五封信，都是用前几天苇弟买来的好纸好笔。但我想能接得几个美丽的画片，却不能。连几个最爱弄这个玩艺儿的姊姊们都把我这应得的一份儿忘了。不得画片，不希罕，单单只忘了我，却是可气的事。不过了为自己从不曾给人拜过一次年，算了，这也是应该的。

晚饭还是我一人独吃，我烦恼透了。

夜晚毓芳云霖却来了，还引来一个高个儿少年，我只想他们才真算幸福；毓芳有云霖爱她，她满意，他也满意。幸福不是在有爱人，是在两人都无更大的欲望，商商量量平平和和的过日子。自然，也有人将不屑于这平庸。但那只是另外那人的，却与我的毓芳无关。

毓芳是好人，因为她有云霖，所以她"愿天下有情人皆成眷属"。她去年曾替玛丽作过一次恋爱婚姻介绍者。她又希望我能同苇弟好。因此她一来便问苇弟。但她却和云霖及那高个儿把我给苇弟买的东西吃完了。

那高个儿可真漂亮,这是我第一次感觉到男人的美上面,从来我是没有留心到。只以为一个男人的本行是在会说话,会看眼色,会小心就够了。今天我看了这高个儿,才懂得男人是另铸有一种高贵的模型,我看出在那衬在他面前的云霖显得多么委琐,多么呆拙……我真要可怜云霖,假使他知道他在这个人前所衬出的不幸时,他将怎样伤心他那些所有的粗丑的眼神,举止。我更不知,当毓芳拿这一高一矮的男人相比时,会起一种什么情感!

他,这生人,我将怎样去形容他的美呢? 固然,他的颀长的身躯,白嫩的面庞,薄薄的小嘴唇,柔软的头发,都足以闪耀人的眼睛,但他还另外有一种说不出,捉不到的丰仪来煽动你的心。比如,当我请问他的名字时,他会用那种我想不到的不急遽的态度递过那只擎有名片的手来。我抬起头去,呀,我看见那两个鲜红的,嫩腻的,深深凹进的嘴角了。我能告诉人吗,我是用一种小儿要糖果的心情在望着那惹人的两个小东西。但我知道在这个社会里面是不准许任我去取得我所要的来满足我的冲动,我的欲望,无论这是于人并没有损害的事,所以我只得忍耐着,低下头去,默默的去念那名片上的字:

"凌吉士,新加坡……"

凌吉士,他是能那样毫无拘束的在我这儿谈话,象是在一个很熟的朋友处,难道我能说他这是有意来捉弄一个胆小的人? 我是为要强迫的去拒绝引诱,不敢把眼光抬平去一望那可爱慕的火炉的一角。并且害得两只从不知羞惭的破烂拖鞋,也逼着我不准走到桌前的灯光处。我并且生气我自己:怎么我只会那样拘束,不调皮的在应对? 平日看不起别人的交际法,今天才知道自己是还只能显得又呆,又傻气。唉,他一定以为我是一个乡下才出来的姑娘!

云霖同毓芳两人看见我木木的,以为我不欢喜这生人,常常去打断他的说话,不久带着他走了。这个我也感激他们的好意吗? 我望着那一高两矮的影子在楼下院子中消失时,我真不愿再回到这留得有那人的靴印,那人的声音,和那人吃剩的饼屑的屋子。

一月三号

这两夜通宵通宵的咳嗽。对于药,简直就不会有信仰,药与病不是已毫无关系吗? 我明明已厌烦了那苦水,但却又按时去吃它,假使连药也不吃,我更能拿什么来希望我的病呢? 神要人忍耐着生活,便安排许多痛苦在死的前面,使人不敢走拢死去。我呢,我是更为了我这短促的不久的生,所以我越求生的利害;不是我怕死,是我总觉得我还没享有我生的一切。我要,我要使我快乐。无论在白天,在夜晚,我都是在梦想可以使我没有什么遗憾在我死的时候的一些事情。我想我能睡在一间极精致的卧房的睡榻上,有我的姊姊们跪在榻前的熊皮毡子上为我祈祷,父亲悄悄的朝着窗外叹息,我读着许多封从那些爱我的人儿们寄来的长信,朋友们都纪念我流着忠实的眼泪……我迫切的需要这人间的感情,想占有许多不可能的东西。但人们给我的是什么呢? 整整两天,又一人幽囚在公寓里,没有一个人来,也没有一封信来,我躺在床上咳嗽,坐在火炉旁咳嗽,走到桌子前也咳嗽,还想念这些可恨的人们……其实是还收到一封信的,不过这除了更加我一些不快外,也只不过是加我不快。这是在一年前曾骚扰过我的一个安徽粗壮男人寄来的,我没有看完就扯了。我真肉麻那满纸的"爱呀爱的"! 我厌恨我不喜欢的人们的荩献……

我,我能说得出我真实的需要是些什么呢?

一月四号

事情不知错到什么地方去了。我为什么会想到搬家，并且在糊里糊涂中欺骗了云霖，好象扯谎也是本能一样，所以在今天能毫不费力的便使用了。假使云霖知道了莎菲也会哄骗他，他不知应如何伤心；莎菲是他们那样爱惜的一个小妹妹。自然我不是安心的，并且我现在在后悔。但我能决定吗，搬呢，还是不搬？

我不能不向我自己说："你是在想念那高个儿的影子呢！"是的，这几天几夜我无时不神往到那些足以诱惑我的。为什么他不在这几天中单独来会我呢？他应当知道他是不该让我如此的去思慕他。他应当来看我，说他也想念我才对。假使他来，我不会拒绝去听他所说的一些爱慕我的话，我还将令他知道我所要的是些什么。但他却不来。我估定这象传奇中的事是难实现了。难道我去找他吗？一个女人这样放肆，是不会得好结果的。何况还要别人能尊敬我呢。我想不出好法子来，只好先去到云霖处试一试，所以吃过午饭，我便冒风向东城去。

云霖是京都大学的学生，他的住房便租在一家间于京都大学一院和二院之间青年胡同里。我到他那里时，幸好他没出去，毓芳也没来。云霖当然很诧异我在大风天出来，我说是到德国医院看病，顺便来这里。他也就毫不疑惑，又来问我的病状，我却把话头故意引到那天晚上。不费一点气力，我便打探得那人儿住在第四寄宿舍，位置是在京都大学二院隔壁的。不久，我于是又叹起气来，我用了许多言辞把在西城公寓里的生活，描摹得怎样的寂寞，暗淡。我又扯谎，说我唯一只想能贴近毓芳（我已知道毓芳预备搬来云霖处）。我要求云霖同我往近处找房。云霖当然高兴这差事，不会迟疑的。

在找房的时候，凑巧竟碰着了凌吉士。他也陪着我们。我真高兴，高兴使我胆大了，我狠狠的望了他几次，他没有觉得，他问我的病，我说全好了，他不信似的在笑。

我看上一间又低，又小，又霉的东房，在云霖的隔壁一家叫大元的公寓里。他和云霖都说太湿，我却执意要在第二天便搬来，理由是那边太使我厌倦，而我急切的又要依着毓芳。云霖无法，也就答应了。还说好第二天一早他和毓芳过来替我帮忙。

我能告诉人，我单单选上这房子的用意吗？它是位置在第四寄宿舍和云霖住所之间。

他不曾向我告别，所以我又转到云霖处，我尽所有的大胆在谈笑。我把他什么细小处都审视遍了。我觉得都有我嘴唇放上去的需要。他不会也想到我是在打量他，盘算他吗？后来我特意说我想请他替我补英文，云霖笑，他听后却受窘了，不好意思的在含含糊糊的回答，于是我向心里说，这还不是一个坏蛋呢，那样高大的一个男人却还会红脸？因此我的狂热更炎炽了。但我不愿让人懂得我，看得我太容易，所以我就驱遣我自己，很早的就回来了。

现在仔细一想，我唯恐我的任性，将把我送到更坏的地方去，暂时且住在这有洋炉的房里吧，难道我能说得上是爱上了那南洋人吗？我还一丝一毫都不知道他呢。什么那嘴唇，那眉梢，那眼角，那指尖……多无意识，这并不是一个人所应需的，我着魔了，会想到那上面。我决计不搬，一心一意来养病。

我决定了。我懊悔，我懊悔我白天所做的一些不是，一个正经女人所做不出来的。

一月六号

都奇怪我，听说我搬了家，南城的金英，西城的江周，都来到我这低湿的小屋里。我笑着，有时在床上打滚，她们都说我越小孩气了，我更大笑起来。我只想告诉她们我想的是什么。下午苇弟也来了。苇弟最不快活我搬家，因为我未曾同他商量，并且离他更远了。他见着云霖时，竟不理他。云霖摸不着他为什么生气，望着他。他却更板起脸孔。我好笑，我向自己说："可怜，冤枉他了，一个好人！"

毓芳不再向我说剑如。她决定两三天便搬来云霖处，因为她觉得我既这样想傍着她住，她不能让我一人寂寂寞寞的住在这里。她和云霖待我更比以前亲热。

一月十号

这几天我都见着凌吉士，但我从没同他多说过几句话，我是决不先提到补英文事。我看见他一天要两次的往云霖处跑，我发笑，我准断定他以前一定不会同云霖如此亲密的。我没有一次邀请他来我那儿去玩，虽说他问了几次搬了家如何，我都装出不懂的样儿笑一下便算回答。我是把所有的心计都放在这上面用，好像同着什么东西搏斗一样。我要着那样东西，我还不愿去取得，我务必想方设计的让他自己送来。是的，我了解我自己，不过是一个女性十足的女人，女人是只把心思放到她要征服的男人们身上。我要占有他，我要他无条件的献上他的心，跪着求我赐给他的吻呢。我简直癫了，反反复复的只想着我所要施行的手段的步骤，我简直癫了！

毓芳云霖看不出我的兴奋来，只说我病快好了。我也正不愿他们知道，说我病好，我就假装着高兴。

一月十二

毓芳已搬来，云霖却搬走了。宇宙间竟会生出这样一对人来，为怕生小孩，便不肯住在一起，我猜想他们是连自己也不敢断定：当两人抱在一床时是不会另外又干出些别的事来，所以只好预先防范，不给那肉体接触的机会。至于那单独在一房时的拥抱和亲嘴，是不会发生危险，所以悄悄来表演几次，便不在禁止之列。我忍不住嘲笑他们了，这禁欲主义者！为什么会不需要拥抱那爱人的裸露的身体？为什么要压制住这爱的表现？为什么在两人还没睡在一个被窝里以前，会想到那些不相干足以担心的事？我不相信恋爱是如此的理智，如此的科学！

他俩不生气我的嘲笑，他俩还骄傲着他们的纯洁，而笑我小孩气呢。我体会得出他们的心情，但我不能解释宇宙间所发生的许许多多奇怪的事。

这夜我在云霖处（现在要说毓芳处）坐到夜晚十点钟才回来，说了许多关于鬼怪的故事。

鬼怪这东西，我是在一点点大的时候就听惯了，坐在姨妈怀里听姨爹讲《聊斋》是常事，并且一到夜里就爱听。至于怕，又是另外一件不愿告人的。因为一说怕，准就听不成，姨爹便会蹀过对面书房去，小孩就不准下床了。到进了学校，又从先生口里得知点科学常识，为了信服我们那位周麻子二先生，所以连书本也信服，从此鬼怪便不屑于害怕了。近来人是更在长高长大，说起来，总是否认有鬼怪的，但鸡栗却不肯因为不信便不出来，寒毛一个个也会竖起的。不过每次同人一说到鬼怪时，别人是不知道我正在想拗开些说到别的闲话上去，为的怕夜里一个人睡在被窝里时想到死去了的姨爹姨妈就伤心。

回来时，我看到那黑魆魆的小胡同，真有点胆悸。我想，假使在哪个角落里露出一个大黄脸，或伸来一只毛手，又是在这样像冻住了的冷巷里，我不会以为是意外。但看到身边的这高大汉子（凌吉士）做镖手，大约总可靠，所以当毓芳问我时，我只答应"不怕，不怕"。

云霖也同我们出来，他回他的新房子去，他向南，我们向北，所以只走了三四步，便听不清那橡皮的鞋底在泥板上发出的声音。

他伸来一只手，拢住了我的腰：

"莎菲，你一定怕哟！"

我想挣，但挣不掉。

我的头停在他的胁前，我想，如若在亮处，看起来，我会像个什么东西，被挟在比我高一个头还多的人的腕中。

我把身一蹲，便窜出来了，他也松了手陪我站在大门边打门。

小胡同里黑极了，但他的眼睛望到何处，我却能很清楚的看见。心微微有点跳，等着开门。

"莎菲，你怕哟！"

门闩已在响，是伙计在问谁。我朝他说：

"再——"

他猛的却握住我的手，我也无力再说下去。

伙计看到我身后的大人，露着诧异。

到单独只剩两人在一房时，我的大胆，已经是变得毫无用处了。想故意说几句客套话，也不会，只说："请坐吧！"自己便去洗脸。

鬼怪的事，已不知忘掉到什么地方去了。

"莎菲！你还高兴读英文吗？"他忽然问。

这是他来找我，提头到英文，自然他未必欢喜白白牺牲时间去替人补课，这意思，在一个二十岁的女人面前，怎能瞒过，我笑了（这是只在心里笑）。我说：

"蠢得很，怕读不好，丢人。"

他不说话，把我桌上摆的照片拿来玩弄着，这照片是我姊姊的一个刚满一岁的女儿的。

我洗完脸，坐在桌子那头。

他望望我，又去望那小女孩，然后又望我。是的，这小女孩长的真像我。于是我问他：

"好玩吗？你说像我不像？"

"她，谁呀！"显然，这声音就表示着非常之认真。

"你说可爱不可爱？"

他只追问着是谁。

忽的，我明白了他意思，我又想扯谎了。

"我的，"于是我把像片抢过来吻着。

他信了。我竟愚弄了他，我得意我的不诚实。

这得意，似乎便能减少他的妩媚，他的英爽。要不，为什么当他显出那天真的诧愕时，我会忽略了他那眼睛，我会忘掉了他那嘴唇？否则，这得意一定将冷淡下我的热情来。

然而当他走后，我却懊悔了。那不是明明安放着许多机会吗？我只要在他按住我手的当儿，另做出一种眼色，让他懂得他是不会遭拒绝，那一定可以还会做出一些比较大胆的事。这种两性间的大胆，我想只要不厌烦那人，是也会象把肉体融化了的感到快乐，是无疑。但我为什么要给人一些严厉，一些端庄呢？唉，我搬到这破房子里来，到底为的是什么呢？

一月十五

近来我是不算寂寞了，白天便在隔壁玩，晚上又有一个新鲜的朋友陪我谈话。但我的病却越深了。这真不能不令我灰心，我要什么呢，什么也于我无益。难道我有所眷恋吗？一切又是多么的可笑，但死却不期然的会让我一想到便伤心。每次看见那克利大夫的脸色，我便想；是的，我懂得，你尽管说吧，是不是我已没希望了？但我却拿笑代替了我的哭。谁能知道我在夜深流出的眼泪的分量！

几夜，凌吉士都接着接着来，他告人说是在替我补英文，云霖问我，我只好不答应。晚上他拿一本"Poor People"放在他面前，他真个便教起我来。我只好又把书丢开，我说："以后你不要再向人说在替我补英文吧，我病，谁也不会相信这事的。"他赶忙便说："莎菲，我不可以等你病好些教你吗？莎菲，只要你喜欢。"

这新朋友似乎是来得如此够人爱，但我却不知怎的，反而懒于注意到这些事。我每夜看到他丝毫得不着高兴的出去，心里总觉得有点歉疚，我只好在他穿大氅的当儿向他说："原谅我吧，我是有病！"他会错了我的意思，以为我同他客气。"病有什么要紧呢，我是不怕传染的。"后来我仔细一想，也许这话另含得有别的意思，我真不敢断定人的所作所为是像可以想象出来的那样单纯。

一月十六

今天接到蕴姊从上海来的信，更把我引到百无可望的境地。我哪里还能找得几句话去安慰她呢？她信里说："我的生命，我的爱，都于我无益了……"那她是更不需要我的安慰，我为她而流的眼泪了。唉！但从她信中，我可以揣想得出她婚后的生活，虽说她未肯明明的表白出来。神为什么要去捉弄这些在爱中的人儿？蕴姊是最神经质，最热情的人，自然她是更受不住那渐渐的冷淡，那已遮饰不住的虚情……我想要蕴姊来北京，不过这是做得到的吗？这还是疑问。

苇弟来的时候，我把蕴姊的信给他看：他真难过，因为那使我蕴姊感到生之无趣的人，不幸便是苇弟的哥哥。于是我又向他说了我许多新得的"人生哲学"的意义；他又尽他唯一的本能在哭。我只是很冷静的去看他怎样使眼睛变红，怎样拿手去擦干，并且我在他那些举动中，加上许多残酷的解释。我未曾想到人世中，他是一个例外的老实人，不久，我一个人悄悄的跑出去了。

为要躲避一切的熟人，深夜我才独自从冷寂寂的公园里转来，我不知怎样的度过那些时间，我只想："多无意义啊！倒不如早死了干净……"

一月十七

我想：也许我是发狂了！假使是真发狂，我倒愿意。我想，能够得到那地步，我总可以不会再感到这人生的麻烦了吧……

足足有半年为病而禁绝了的酒,今天又开始痛饮了。明明看到那吐出来的是比酒还红的血。但我心却像有什么别的东西主宰一样,似乎这酒便可在今晚致死我一样,我是不愿再去细想那些纠纠葛葛的事……

一月十八

现在我还睡在这床上,但不久就将与这屋分别了,也许是永别,我断得定我还有那样能再亲我这枕头,这棉被……的幸福吗?毓芳,云霖,苇弟,金夏都守着一种沉默围绕着我坐着,焦急的等着天明了好送我进医院去。我是在他们忧愁的低语中醒来的,我不愿说话,我细想昨天上午的事,我闻到屋子中遗留下来的酒气和腥气,才觉得心是正在剧烈的痛,于是眼泪便汹涌了。因了他们的沉默,因了他们脸上所显现出来的凄惨和黯淡,我似乎感到这便是我死的预兆。假设我便如此长睡不醒了呢,是不是他们也将如此沉默的围绕着我僵硬的尸体?他们看见我醒了,便都走拢来问我。这时我真感到了那可怕的死别!我握着他们,仔细望着他们每个的脸,似乎要将这记忆永远保存着。他们便都把眼泪滴到我手上,好象觉得我就要长远离开他们而走向死之国一样。尤其是苇弟,哭得现出丑的脸。唉,我想:朋友呵,请给我一点快乐吧……于是我反而笑了。我请他们替我清理一下东西,他们便在床铺底下拖出那口大藤箱来,箱子里有几捆花手绢的小包,我说:"这我要的,随着我进协和吧。"他们便递给我,我又给他们看,原来都满满是信札,我又向他们笑:"这,你们的也在内!"他们才似乎也快乐些了。苇弟又忙着从抽屉里递给我一本照片,是要我也带去的样子,我更笑了。这里面有七八张是苇弟的单像,我又特容许了苇弟接吻在我手上,并握着我的手在他脸上摩擦,于是这屋子才不至于像真的有个僵尸停着的一样,天光这时也慢慢显出了鱼肚白。他们又忙乱了,慌着在各处找洋车。于是我病院的生活便开始了。

三月四号

接蕴姊死电是二十天以前的事,而我的病却又一天有希望一天了。所以在一号又由送我进院的几人把我送转公寓来,房子已打扫得干干净净。又因为怕我冷,特生了一个小小的洋炉,我真不知应怎样才能表示我的感谢,尤其是苇弟和毓芳。金和周又在我这儿住了两夜才走,都充当我的看护,我是每日都躺着,简直舒服得不像住公寓,同在家里也差不了什么!毓芳还决定再陪我住几天,等天气暖和点便替我上西山找房子,我便好专去养病,我也真想能离开北京,可恨阳历三月了,还如是之冷!毓芳硬要住在这儿,我也不好十分拒绝,所以前两天为金和周搭的一个小铺又不能撤了。

近来在病院却把我自己的心又医转了,这实实在在却是这些朋友们的温情把它又重暖了起来,又觉得这宇宙还充满着爱呢。尤其是凌吉士,当他走到医院去看我时,我便觉得很骄傲,我想他那种丰仪才够去看一个在病院女友的病,并且我也懂得,那些看护妇都在羡慕着我呢。有一天,那个很漂亮的密司杨问我:

"那高个儿,是你的什么人呢?"

"朋友!"我是忽略了她问的无礼。

"同乡吗?"

"不，他是南洋的华侨。"

"那末是同学?"

"也不是。"

于是她狡猾的笑了，"就仅是朋友吗?"

自然，我可以不必脸红，并且还可以警诫她几句，但我却惭愧了。她看到我闭着眼装要睡的狼狈样儿，便很得意的笑着走去。后来我一直都恼着她。并且为了躲避麻烦，有人问苇弟时，我便扯谎说是我的哥哥。有一个同周很好的小伙子，我便说是同乡，或是亲戚的乱扯。

当毓芳上课去后，我一人留在房里时，我就去翻在一月多中所收到的信，我又很快活，很满足，还有许多人在记念我呢。我是需要别人记念的，总觉得能多得点好意就好。父亲是更不必说，又寄了一张像来，只有白头发似乎又多了几根。姊姊们都好，可惜就为小孩们忙得很，不能多替我写信。

信还没有看完，凌吉士又来了。我想站起来，但他却把我按住。他握着我的手时，我快活得真想哭了。我说:

"你想没想到我又会回转这屋子呢?"

他只瞅着那侧面的小铺，表示一种不高兴的样子，于是我告诉他从前的那两位客已走了，这是特为毓芳预备的。

他听了便向我说他今晚不愿再来，怕毓芳会厌烦他。于是我心里更充满乐意了，便说:

"难道你就不怕我厌烦吗?"

他坐在床头更长篇的述说他这一个多月中的生活，还怎样和云霖冲突，闹意见，因为他赞成我早些出院，而云霖执着说不能出来。毓芳也附着云霖，他懂得他认识我的时间太少，说话自然不会起影响，所以以后他都不管这事了，并且在院中一和云霖碰见，自己便先回来了。

我懂得他的意思，但我却装着说:

"你还说云霖，不是云霖我还不会出院呢，住在里面真舒服多了。"

于是我又看见他默默地把头掉到一边去，不答应我的话。

他算着毓芳快来时，便走了，还悄悄告诉我说等明天再来。果然，不久毓芳便回来了。毓芳不会问，我也不告她，并且她为我的病，不愿同我多说话，怕我费神，我更乐得借此可以多去想些另外的小闲事。

三月六号

当毓芳上课去后，把我一人撂在房里时，我便会想起这所谓男女间的怪事;其实，在这上面，不是我爱自夸，我所受的训练，至少也有我几个朋友们的相加或相乘，但近来我却非常之不能了解了。当独自同着那高个儿时，我的心便会跳起来，又是羞惭，又是害怕，而他呢，他只是那样随便的坐着，类乎天真的讲他过去的历史，有时是握着我的手;但这不过是非常之自然，然而我的手便不会很安静的被握在那大手中，慢慢的会发烧。并且一当他站起身预备走时，不由我心便慌张了，好像我将跌入那可怕的不安中，于是我盯着他看，真说不清那眼光是求怜，还是怨恨;但他却忽略了我这眼光，偶尔懂得了，也只说:"毓芳要来了哟!"我应当怎样说呢? 他是在怕毓芳! 自然，我也曾不愿有人知道我暗地一人所想的一些不近情理的事，不过近来我又感到有别人了解我感情的必要;几次我向毓芳含糊的说起我的心境，她还是只那样忠实的替我盖被子，留心到我的药，我真不能不有点烦闷了。

三月八号

毓芳已搬回去，苇弟却又想代替那看护的差事。我知道，如若苇弟来，一定比毓芳还好，夜晚若想茶吃时，总不至于因听到那浓睡中的鼾声而不愿搅扰人而把头缩进被窝算了；但我自然拒绝他这好意，他固执着，我只好说："你在这里，我有许多不方便，并且病呢，也好了。"他还要证明间壁的屋子是空着，他可以住间壁，我正在无法时，凌吉士来了。我以为他们还不认识，而凌吉士已握着苇弟的手，说是在医院已见过两次。苇弟只冷冷的不理他，我笑着向凌吉士说："这是我的弟弟，小孩子，不懂交际，你常来同他玩吧。"苇弟真的变成了小孩子，丧着脸站起身就走了。我因为有人在面前，便感得不快，也只好掩藏住，并且觉得有点对凌吉士不住，但他却毫没介意，反问我："不是他姓白吗，怎会变成你的弟弟？"于是我笑了："那末你是只准姓凌的人叫你做哥哥弟弟的！"于是他也笑了。

近来青年人在一处时，便老喜欢研究到这一个"爱"字，虽说有时我也似乎懂得点，不过终究还是不很说得清。至于男女间的一些小动作，似乎我又太看得明白了。也许便是因为我懂得了这些小动作，而于"爱"才反迷糊，才没有勇气鼓吹恋爱，才不敢相信自己是一个纯粹的够人爱的小女子，并且才会怀疑到世人所谓的"爱"，以及我所接受的"爱"……

在我稍微有点懂事的时候，便给爱我的人把我苦够了，给许多无事的人以诬蔑我，凌辱我的机会，以致我顶亲密的小伴侣们也疏远了。后来又为了爱的胁迫，使我害怕得离开了我的学校。以后，人虽说一天天大了，但总常常感到那些无味的纠缠，因此有时不特怀疑到所谓"爱"，竟会不屑于这种亲密。苇弟说他爱我，为什么他只会常常给我一些难过呢？譬如今晚，他又来了，来了便哭，并且似乎带了很浓的兴味来哭一样，无论我说："你怎么了，说呀！""我求你，说话呀，苇弟！……"他都不理会。这是从未有的事，我尽我的脑力也猜想不出他所骤遭的这灾祸。我应当把不幸朝那一方去揣测呢？后来，大约他是哭够了，于是才大声说："我不喜欢他！""这又是谁欺侮了你呢，这样大嚷大闹的？""我不喜欢那高个子！那同你好的！"哦，我这才知道原来还是怄我的气。我不觉得会笑了。这种无味的嫉妒，这种自私的占有，便是所谓爱吗？我发笑，而这笑，自然不会安慰那有野心的男人的。并且因了我不屑的态度，更激起他那不可抑制的怒气。我看着他那放亮的眼光，我以为他要噬人了，我想："来吧！"但他却又低下头去哭了，还揩着眼泪，踉跄的又走出去。

这种表示，也许是称为狂热的，真率的爱的表现吧，但苇弟却毫不加思索的来使用在我面前，自然是只会失败；并不是我愿意别人虚伪点，做作点在爱上，我只觉得想靠这种小孩般举动来打动我的心，是全无用。或者这因为我的心是生来便如此硬；那我之种种不惬于人意而得来烦恼和伤心，也是应该的。

苇弟一走，自自然然我把我自己的心意去揣摩，去仔细回忆到那一种温柔的，大方的，坦白而又多情的态度上去，光这态度已够人欣赏得像吃醉一般的感到那融融的蜜意，于是我拿了一张画片，写了几个字，命伙计即刻送到第四寄宿舍去。

三月九号

我看见安安闲闲坐在我房里的凌吉士，不禁又可怜到苇弟，我祝祷世人不要像我一样，忽略了蔑视了那可贵的真诚而把自己陷到那不可拔的渺茫的悲境里；我更愿有那末一个真诚纯洁的女郎去饱领苇弟的爱，并填实苇弟所感得的空虚啊！

三月十三

好几天又不提笔，不知还是因为我心情不好，或是找不出所谓的情绪。我只知道，从昨天来我是更只想哭了。别人看到我哭，便以为我在想家，想到病，看见我笑呢，又以为我快乐了，还欣庆着这健康的光芒……但所谓朋友皆如是，我能告谁以我的不屑流泪，而又无力笑出的痴呆心境？并且因我看清了自己在人间的种种不愿舍弃的热望以及每次追求而得来的懊丧，所以连自己也不愿再同情这未能悟彻所引起的伤心。更哪能捉住一管笔去详细写出自怨和自恨呢！

是的，我好像又在发牢骚了。但这只是隐忍在心头而反复向自己说，似乎还无碍。因为我并未曾有过那种胆量，给人看我的蹙紧眉头，和听我的叹气，虽说人们早已无条件的赠送过我以"狷傲""怪僻"等等好字眼。其实，我并不是要发牢骚，我只想哭，想有那末一个人来让我倒在他怀里哭，并告诉他："我又糟蹋我自己了！"不过谁能了解我，抱我，抚慰我呢？是以我只能在笑声中咽住"我又糟蹋我自己了"的哭声。

我到底又为了什么呢，这真好难说！自然我是未曾有过一刻私自承认我是爱恋上那高个儿了的，但他之在我的心心念念中怎地又蕴蓄着一种分析不清的意义。虽说他那颀长的身躯，嫩玫瑰般的脸庞，柔软的嘴唇，惹人的眼角，是可以诱惑许多爱美的女子，并以他那娇贵的态度倾倒那些还有情爱的。但我岂肯为了这些无意识的引诱而迷恋到一个十足的南洋人！真的，在他最近的谈话中，我懂得了他的可怜的思想；他需要的是什么？是金钱，是在客厅中能应酬他买卖中朋友们的年青太太，是几个穿得很标致的白胖儿子。他的爱情是什么？是拿金钱在妓院中，去挥霍而得来的一时肉感的享受，和坐在软软的沙发上，拥着香喷喷的肉体，嘴抽着烟卷，同朋友们任意谈笑，还把左腿叠压在右膝上；不高兴时，便拉倒，回到家里老婆那里去。热心于演讲辩论会，网球比赛，留学哈佛，做外交官，公使大臣，或继承父亲的职业，做橡树生意，成资本家……这便是他的志趣！他除了不满于他父亲未曾给他过多的钱以外，便什么都是可使他在一夜不会做梦的睡觉；如有，便也只是嫌北京好看的女人太少，让他有时也会厌腻起游戏园，戏场，电影院，公园来……唉，我能说什么呢？当我明白了那使我爱慕的一个高贵的美型里，是安置着如此的一个卑劣灵魂，并且无缘无故还接受过他的许多亲密。这亲密，自然是还值不了在他从妓院中挥霍里剩余下的一半多！想起那落在我发际的吻来，真又使我悔恨到想哭了！我岂不是把我献给他任他来玩弄我来比拟到卖笑的姊妹中去！然而这又都只能把责备来加上我自己使我更难受的，因为假设只要我自己肯，肯把严厉的拒绝放到我眸子中去，我敢相信，他不会那样大胆，并且我也敢相信他之所以不会那样大胆，是由于他还未曾有过那恋爱的火焰燃炽……唉！我应该怎样来诅咒我自己了！

三月十四

这是爱吗，也许要爱才具有如此的魔力，不是，为什么一个人的思想会变幻得如此不可测！当我睡去的时候，我看不起那美人，但刚从梦里醒来，一揉开睡眼，便又思念那市侩了。我想：他今天会来吗？什么时候呢，早晨，过午，晚上？于是我跳下床来，急忙忙的洗脸，铺床，还把昨夜丢在地下的一本大书捡起，不住的在边缘处摩挲着，这是凌吉士昨夜遗忘在这儿的一本《威尔逊演讲录》。

三月十四晚上

我是有如此一个美的梦想，这梦想是凌吉士所给我的。然而同时又为他而破灭。所以我因了他才能满饮着青春的醇酒，在爱情的微笑中度过了清晨；但因了他，我认识了"人生"这玩艺，而灰心而又想到死；至于痛恨到自己甘于堕落，所招来的，简直只是最轻的刑罚！真的，有时我为愿保存我所爱的，我竟想到"我有没有力去杀死一个人呢？"

我想遍了，我觉得为了保存我的美梦，为了免除使我生活的力一天天减少，顶好是即刻上西山去，但毓芳告诉我，说她所托找房子的那位住在西山的朋友还没有回信来，我又怎好再去询问或催促呢？不过我决心了，我决心让那高小子来尝一尝我的不柔顺，不近情理的倨傲和侮弄。

三月十七

那天晚上苇弟赌着气回去，今天又小小心心地自己来和解，我不觉笑了。并感到他的可爱。如若一个女人只要能找得一个忠实的男伴，做一身的归宿，我想谁也没有我苇弟可靠。我笑问："苇弟，还恨姊姊不呢？"于是他羞惭的说："不敢。姊姊，你了解我吧！我是除了希冀你不会摈弃我以外不敢有别的念头的。一切只要你好，你快乐就够了！"这还不真挚吗？这还不动人吗？比起那白脸庞红嘴唇的如何？但后来我说："苇弟，你好，你将来一定是一切都会很满意的。"他却露出凄然的一笑："永世也不会——但愿如你所说……"这又是什么呢？又是给我难受一下！我恨不得跪在他面前求他只赐我以弟弟或朋友的爱吧！单单为了我的自私，我愿我少些纠葛，多快乐点。苇弟爱我，并会说那样好听的话，但他忽略了：第一他应当真的减少他的热望，第二他也应该藏起他的爱来。我为了这一个老实的男人，所感到无能的抱歉，真也够受了。

三月十八

我又托夏在替我往西山找房了。

三月十九

凌吉士居然已几日不来我这里了。自然，我不会打扮，不会应酬，不会治理家事，我有肺病，无钱，他来我这里做什么！我本无须乎要他来，但他真的不来却又更令我伤心，更证实他以前的轻薄。难道他也是如苇弟一样老实，当他看到我写给他的字条："我有病，请不要再来扰我"，就信为是真话，竟不可违背，而果真不来么？这又使我只想再见他一面，到底审看一下这高大的怪物是怎样的在觑看我。

三月二十

今天我往云霖处跑了三次，都未曾遇见我想见的人，似乎云霖也有点疑惑，所以他问我这几天见着凌吉士没有。我只好又怅怅的跑回来。我实在焦烦得很，我敢自己欺自己说我这几日没有思念到他吗？

晚上七点钟的时候,毓芳和云霖来邀我到京都大学第三院去听英语辩论会,并且乙组的组长便是凌吉士。我一听到这消息,心就立刻砰砰的跳起来。我只得拿病来推辞了这善意的邀请。我这无用的弱者,我没有胆量去承受那激动,我还是希望我能不见着他。不过在他俩走时,我却又请他俩致意到凌吉士,说我问候他。唉,这又是多无意识啊!

三月二十一

我刚吃过鸡子牛奶,一种熟习的叩门声响着,在纸格上还印上一个顾长的黑影。我只想跳过去开门,但不知为一种什么情感所支使,我咽着气,低下头去了。

"莎菲,起来没有?"这声音如此柔嫩,令我一听到会想哭。

为了知道我已坐在椅子上吗? 为了知道我无能发气和拒绝吗? 他轻轻的托开门便走进来了。我不敢仰起我滋润的眼皮来。

"病好些没有,刚起来吗?"

我答不出一句话。

"你真在生我的气啊。莎菲,你厌烦我,我只好走了。莎菲!"

他走,于我自然很合适,但我又猛然抬起头拿眼光止住了他开门的手。

谁说他不是一个坏蛋呢,他懂得了。他敢于把我的双手握得紧紧的。他说:

"莎菲,你捉弄我了。每天我走你门前过,都不敢进来,不是云霖告诉我说你不会生我气,那我今天还不敢来。你,莎菲,你厌烦我不呢?"

谁都可以体会得出来,假使他这时敢于拥抱住我,狂乱的吻我,我一定会倒在他手腕上哭出来:"我爱你呵! 我爱你呵!"但他却如此的冷淡,冷淡得使我又恨他了。然而我心里又在想:"来呀,抱我,我要接吻在你脸上咧!"自然,他依旧还握着我的手,把眼光紧盯在我脸上,然而我搜遍了,在他的各种表示中,我得不着我所等待于他的赐与。为什么他仅仅只懂得我的无用,我的不可轻侮,而不够了解他之在我心中所占的是一种怎样的地位! 我恨不得用脚尖踢他出去,不过我又为了另一种情绪所支配,我向他摇了头,表示是不厌烦他的来到。

于是我又很柔顺的接受了他许多浅薄的情意,听他又说着那些使他津津回味的卑劣享乐,以及"赚钱和化钱"的人生意义,并承他暗示我许多做女人的本分。这些又使我看不起他,暗骂他,嘲笑他,我拿我的拳头,隐隐痛击我的心,但当他扬扬的走出我房时,我受逼得又想哭了。因为我压制住我那狂热的欲念,我未曾请求他多留一会儿。

唉,他走了!

三月二十一夜

在去年这时候,我过的是一种什么生活! 为了有蕴姊千依百顺的疼我,我便装病躺在床上不肯起来。为了想蕴姊抚摩我,便因那着急无以安慰我而流泪的滋味,我伏在桌上想到一些小不满意的事而哼哼唧唧的哭。便有时因在整日静寂的沈思里得了点哀戚,但这种淡淡的凄凉,却更令我舍不得去扰乱这情调,似乎在这里面我可以味出一缕甜意一样的。至于在夜深了的法国公园,听躺在草地上的蕴姊唱《牡丹亭》,那又是更不愿想到的事了。假使她不会被神捉弄般的去爱上那苍白脸色的男人，她一定不会死去的这样快，我当然不会一人漂流到北京，无亲无爱的在病中挣扎，虽说有几个朋友，他们也很体惜我，但在我所感应得出的我和他们的关系能和蕴姊的爱在一个天平上相称吗？想起蕴姊，我是真应当像从前在蕴姊面前撒娇一样的纵声大哭，不过这一年来，因为多懂得了一些事，虽说时时想哭却又咽住了，怕让人知道了厌烦。近来呢，我更不知为了什么只能焦急。而想得点空闲去思虑一下我所做的，我所想的，关于我的身体，我的名誉，我的前途的好处和歹处的时间也没有，整天把紊乱的脑筋只放到一个我不愿想到的去处，因为便是我想逃避的，所以越把我弄成焦烦苦恼得不堪言说！但是我除了说"死了也活该！"是不能再希冀什么了。我能求得一些同情和慰藉吗？然而我又似乎在向人乞怜了。

晚饭一吃过，毓芳便和云霖来我这儿坐，到九点我还不肯放他俩走。我知道，毓芳碍住面子只好又坐下来，云霖借口要预备明天的课，执意一人走回去了。于是我隐隐的向毓芳吐露我近来所感得的窘状，我只想她能懂得这事，并且能硬自作主来把我的生活改变一下，做我自己所不能胜任的。但她完全把话听到反面去了，她忠实地告诫我："莎菲，我觉得你太不老实，自然你不是有意，你可太不留心你的眼波了。你要知道，凌吉士他们比不得在上海同我们玩耍的那群孩子，他们很少机会同女人接近，受不起一点好意的，你不要令他将来感到失望和痛苦。我知道，你哪里会爱到他呢？"这错误是不是又该归到我，假设我不想求助于她而向她饶舌，是不是她不会说出这更令我生气，更令我伤心的话来？我噎着气又笑了："芳姊，不要把我说得太坏了吓！"

毓芳愿意留下住一夜时，我又赶着她走了。

像那些才女们，因为得了一点点不很受用，便能"我是多愁善感呀"，"悲哀呀我的心……""……"做出许多新旧的诗。我呢，没出息的，白白被这些诗境困着，连想以哭代替诗句来表现一下我的情感的搏斗都不能。光在这上面，为了不如人，也应撇开一切去努力做人才对，便还退一千步说，为了自己的热闹，为了得一群浅薄眼光之赞颂，我总也不该拿不起笔或枪来。真的便把自己陷到比死还难忍的苦境里，单单为了那男人的柔发，红唇……

我又梦想到欧洲中古的骑士风度，这拿这来比拟不会有错，如其是有人看到凌吉士过的，他又能把那东方特长的温柔保留着。神把什么好的，都慨然赐给他了，但神为什么不再给他一点聪明呢？他还不懂得真的爱情呢，他确是不懂，虽说他已有了妻（今夜毓芳告我的），虽说他，曾在新加坡乘着脚踏车追赶坐洋车的女人，因而恋爱过一小段时间，虽说他曾在韩家潭住过夜。但他真得到过一个女人的爱过么？他爱过一个女人吗？我敢说不曾！

一种奇怪的思想又在我脑中燃烧了。我决定来教教这大学生。这宇宙并不是像他所懂的那样简单的啊！

三月二十二

在心的忙乱中，我勉强竟写了这些日记了。早先是因为蕴姊写信来要，再三再四的，我只好开始来写。现在是蕴姊又死了好久，我还舍不得不继续下去，心想便为了蕴姊在世时所谆谆向我说的一些话而便永远写下去纪念蕴姊也好。所以无论我那样不愿提笔，也只得胡乱画下一页半页的字来。本来是睡了的，但望到挂在壁上蕴姊的像，忍不住又爬起，为免掉想念蕴姊的难受而提笔了。自然，这日记，我总是觉得除了蕴姊不愿给任何人看。第一是因为这是特为了蕴姊要知道我的生活而记下的一些琐琐碎碎的事，二来我也怕别人给一些理智的面孔给我看，好更刺透我的心；似乎我自己也会因了别人所尊崇的道德而真的也感到像犯下罪一样的难受。所以这黑皮的小本子我许久以来都安放在枕头底下的垫被的下层。今天不幸我却违背我的初意了，然而也是不得已，虽说似乎是出于毫未思考。原因是苇弟近来非常误解我，以致常常使得他自己不安，而又常常波及我，我相信在我平日的一举一动中，我都很能表示出我的态度来。为什么他懂不了我的意思呢？难道我能直捷的说明，和阻止他的爱吗？我常常想，假设这不是苇弟而是另外一人，我将会知道怎样处置是最合法的。偏偏又是如此能令我忍不下心去的一个好人！我无法了，只好把我的日记给他看。让他知道他之在我的心里是怎样的无希望，并知道我是如何凉薄的反反复复的不足爱的女人。假使苇弟知道我，我自然会将他当做我唯一可诉心肺的朋友，我会热诚的拥着他同他接吻。我将替他愿望那世界上最可爱，最美的女人……日记，苇弟看过一遍，又一遍了，虽说他曾经哭过，但态度非常镇静，是出我意料之外的。我说：

"懂得了姊姊吗？"

他点头。

"相信姊姊吗？"

"关于那方面的？"

于是我懂得那点头的意义。谁能懂得我呢，便能懂得了这只能表现我万分之一的日记，也只令我看到这有限的而伤心哟！何况，希求人了解，而以想方设计用文字来反复说明的日记给人看，已够是多么可伤心的事！并且，后来苇弟还怕我以为他未曾懂得我，于是不住的说：

"你爱他！你爱他！我不配你！"

我真想一赌气扯了这日记。我能说我没有糟蹋这日记吗？我只好向苇弟说："我要睡了，明天再来罢。"

在人里面，真不必求什么！这不是顶可怕的吗？假设蕴姊在，看见我这日记，我知道，她是会抱着我哭："莎菲，我的莎菲！我为什么不再变得伟大点，让我的莎菲不至于这样苦啊……"但蕴姊已死了，我拿着这日记应怎样的来痛哭才对！

三月二十三

凌吉士向我说："莎菲！你真是一个奇怪的女子。"我了解这并不是懂得了我的什么而说出的一句赞叹。他所以为奇怪的，无非是看见我的破烂了的手套，搜不出香水的抽屉，无缘无故扯碎了的新棉袍，保存着一些旧的小玩具，……还有什么？听见些不常的笑声，至于别的，他便无能去体会了，我也从未向他说过一句我自己的话。譬如他说"我以后要努力赚钱呀"，我便笑；他说到邀起几个朋友在公园追着女学生时，"莎菲那真有趣"，我也笑。自然，他所说的奇怪，只是一种在他生活习惯上不常见的奇怪。并且我也很伤心，我无能使他了解我而敬重我。我是什么也不希求了，除了往西山去。我想到我过去的一切妄想，我好笑！

三月二十四

一当他单独在我面前时，我觑着那脸庞，聆着那音乐般的声音，心便在忍受那感情的鞭打！为什么不扑过去吻他的嘴唇,他的眉梢,他的……无论什么地方? 真的,有时话都到口边了:"我的王! 准许我亲一下吧!"但又受理智,不,我就从没有过理智,是受另一种自尊的情感所裁制而又咽住了。唉! 无论他的思想怎样坏,而使我如此癫狂的动情,是曾有过而无疑,那我为什么不承认我是爱上了他呢! 并且,我敢断定,假使他能把我紧紧的拥抱着,让我吻遍他全身,然后他把我丢下海去,丢下火去,我都会快乐的闭着眼等待那可以永久保藏我那爱情的死的来到。唉! 我竟爱他了,我要他给我一个好好的死就够了……

三月二十四夜深

我决心了。我为拯救我自己被一种色的诱惑而堕落,我明早便会到夏那儿去,以免看见了凌吉士又痛苦,这痛苦已缠缚我如是之久了!

三月二十六

为了一种纠缠而去,但又遭逢着另一种纠缠,使我不得不又急速的转来了。我去夏那儿的第二天,梦如便去了。虽说她是看另一人去的,但使我感到很不快活。夜晚,她大发其对感情的一种新近所获得的议论,隐隐的含着讥刺向我,我默然。为不愿让她更得意,我睁着眼,睡在夏的床上等到了天明,我才又忍着气转来……

毓芳告诉我,说西山房子已找好了,并且又另外替我邀了一个女伴,也是养病的,而这女伴同毓芳又算是一个很好的朋友。听到这消息,应该是很欢喜吧,但我刚刚在眉头舒展了一点喜色,一种默然的凄凉便罩上了。虽说我从小便离开家,在外面混,但都有我的亲戚朋友随着我,这次上西山,固然说起来城只是几十里,但在我,一个活了二十岁的人,开始一人跑到陌生的地方去,还是第一次。假使我竟无声无息的死在那山上,谁是第一个发现我死尸的? 我能担保我不会死在那里吗? 也许别人会笑我担忧到这些小事,而我却真的哭过,当我问毓芳舍不舍得我时,而毓芳却笑,笑我问小孩话,说是这一点点路有什么舍不得,直到毓芳准许了我每礼拜上山一次,我才不好意思地揩干眼泪。

下午我到苇弟那儿去,苇弟也说他一礼拜上山一次,填毓芳不去的空日。

回来已夜了,我一人寂寂寞寞的在收拾东西,想到我要离开北京的这些朋友们,我又哭了。但一想到朋友们都未曾向我流泪,我又擦去我脸上的泪痕。我是将一人寂寂寞寞的又离开这古城了。

在寂寞里,我又想到凌吉士了,其实,话不是这样说,凌吉士简直不能说"想起","又想起",完全是整天都在系念到他,只能说:"又来讲我的凌吉士吧。"这几天我故意造成的离别,在我是不可计的损失,我本想放松了他,而我把他捏得更紧了。我既不能把他从心里压根儿拔去,我为什么要躲避着不见他的面呢? 这真使我懊恼,我不能便如此同他离别,这样寂寂寞寞的走上西山……

三月二十七

一早毓芳便上西山去了,去替我布置房子,说好明天我便去。我为她这番盛情,我应怎样去找得那些没有的字来表示我的感谢? 我本想再呆一天在城里,便也不好说出了。

我正焦急的时候,凌吉士才来,我握紧他双手,他说:

"莎菲! 几天没见你了!"

我很愿意在这时我能哭出来，抱着他哭，但眼泪只能噙在眼里，我只好又笑了。他听见明天我要上山时，显出的那惊诧和一种嗟叹，又很安慰到我，于是我真的笑了。他见到我笑，便把我的手反捏得紧紧的，紧得使我生痛。他怨恨似的说：

"你笑！你笑！"

这痛，是我从未有过的舒适，好像心里也正锥下去一个什么东西，我很想倒下他的手腕去，而这时苇弟却来了。

苇弟知道我恨他来，而他偏不走。我向凌吉士使眼色，我说："这点钟有课吧？"于是我送凌吉士出来。他问我明早什么时候走，我告他；问他还来不来呢，他说回头便来；于是我望着他快乐了，我忘了他是怎样可鄙的人格，和美的相貌了，这时他在我的眼里，是一个传奇中的情人。哈，莎菲有一个情人了！……

三月二十七晚

自从我赶走苇弟到这时已是整整五个钟头了。在这五点钟里，我应怎样才想得出一个恰合的名字来称呼它？像热锅上的蚂蚁在这小房子里不安的坐下，又站起，又跑到门缝边瞧，但是——他一定不来了，他一定不来了，于是我又想哭，哭我走得这样凄凉，北京城就没有一个人陪我一哭？是的，我是应该离开这冷酷的北京的，为什么我要舍不得这板床，这油腻的书桌，这三条腿的椅子……是的，明早我就要走了，北京的朋友们不会再腻烦莎菲的病。为了朋友们轻快的舒适，莎菲便为朋友们死在西山也是该的！但都能如此让莎菲一人看不着一点热情孤孤寂寂的上山去，想来莎菲便不死，也不会有损害或激动于人心吧……不想了！不想！有什么可想的？假使莎菲不如此贪心在攫取感情，那莎菲不是便很可满足于那些眉目间的同情了吗？……

关于朋友，我不说了。我知道永世也不会使莎菲感到满足这人间的友谊的！

但我能满足些什么呢？凌吉士答应我来，而这时已晚上九点了。纵是他来了，我便会很快乐吗？他会给我所需要的吗？……

想起他不来，我又该痛恨自己了！在很早的从前，我懂得对付那一种男人便应用那一种态度，而到现在反蠢了。当我问他还来不来时，我怎能显露出那希求的眼光，在一个漂亮人面前是不应老实，让人瞧不起……但我爱他，为什么我要使用技巧？我不能直接向他表明我的爱吗？并且我觉得只要于人无损，便吻人一百下，为什么便不可以被准许呢？

他既答应来，而又失信，显见得是在戏弄我。朋友，留点好意在莎菲走时，总不至于像是一种损失吧。

今夜我简直狂了。语言，文字是怎样在这时显得无用！我心像被许多小老鼠啃着一样，又像一盆火在心里燃烧。我想把什么东西都摔破，又想冒着夜气在外面乱跑，我无法制止我狂热的感情的激荡，我便躺在这热情的针毡上，反过去也刺着，翻过来也刺着，似乎我又是在油锅里听到那油沸的响声，感到浑身的灼热……为什么我不跑出去呢？我等着一种渺茫的无意义的希望到来！哈……想到红唇，我又癫了！假使这希望是可能的话——我独自又忍不住笑，我再三再四反复问我自己："爱他吗？"我更笑了。莎菲不会傻到如此地步去爱上那南洋人。难道因了我不承认我的爱，便不可以被人准许做一点儿于人也无损的事？

假使今夜他竟不来，我怎能甘心便恝然上西山去……

唉！九点半了！

九点四十分！

三月二十八晨三时

莎菲生活在世上，所要人们的了解她体会她的心太热太恳切了，所以长远的沉溺在失望的苦恼中，但除了自己，谁能够知道她所流出的眼泪的分量？

在这本日记里，与其说是莎菲生活的一段记录，不如直接算为莎菲眼泪的每一个点滴，是在莎菲心上，才觉得更切实。然而这本日记现在要收束了，因为莎菲已无需乎此——用眼泪来泄愤和安慰，这原因是对于一切都觉得无意识，流泪更是这无意识的极深的表白。可是在这最后一页的日记上，莎菲应该用快乐的心情来庆祝，她是从最大的那失望中，蓦然得到了满足，这满足似乎要使人快乐得到死才对。但是我，我只从那满足中感到胜利，从这胜利中得到凄凉，而更深的认识我自己的可怜处，可笑处，因此把我这几月来所萦萦于梦想的一点"美"反缥缈了，——这个美便是那高个儿的丰仪！

我应该怎样来解释呢？一个完全癫狂于男人仪表上的女人的心理！自然我不会爱他，这不会爱，很容易说明，就是在他丰仪的里面是躲着一个何等卑丑的灵魂！可是我又倾慕他，思念他，甚至于没有他，我就失掉一切生活意义的保障了；并且我常常想，假使有那末一日，我和他的嘴唇合拢来，密密的，那我的身体就从这心的狂笑中瓦解去，也愿意。其实，单单能获得骑士一般的那人儿的温柔的一抚摩，随便他的手尖触到我身上的任何部分，因此就牺牲一切，我也肯。

我应当发癫，因为这些幻想中的异迹，梦似的，终于毫无困难的都给我得到了。但是从这中间，我所感到的是我所想象的那些会醉我灵魂的幸福吗？不啊！

当他——凌吉士——晚间十点钟来到的时候，开始向我嗫嚅地表白，说他是如何的在想我……还使我心动过好几次；但不久我看到他那被情欲燃烧的眼睛，我就害怕了。于是从他那卑劣的思想中发出的更丑的誓语，又振起我的自尊心！假使他把这串浅薄肉麻的情话去对别个女人说，一定是很动听的，可以得一个所谓的爱的心吧。但他却向我，就由这些话语的力，把我推得隔他更远了。唉，可怜的男子！神既然赋予你这样的一副美形，却又暗暗的捉弄你，把那样一个毫不相称的灵魂放到你人生的顶上！你以为我所希望的是"家庭"吗？我所欢喜的是"金钱"吗？我所骄傲的是"地位"吗？"你，在我面前，是显得多么可怜的一个男子啊！"我真要为他不幸而痛哭，然而他依样把眼光镇住我脸上，是被情欲之火燃烧得如何的怕人！倘若他只限于肉感的满足，那末他倒可以用他的色来摧残我的心；但他却哭声的向我说："莎菲，你信我，我是不会负你的！"啊，可怜的人，他还不知道在他面前的这女人，是用如何的轻蔑去可怜他的使用这些做作，这些话！我竟忍不住而笑出声来，说他也知道爱，会爱我，这只是近于开玩笑！那情欲之火的巢穴——那两只灼闪的眼睛，不正在宣布他除了可鄙的浅薄的需要，别的一切都不知道吗？

"喂，聪明一点，走开吧，韩家潭那个地方才是你寻乐的场所！"我既然认清他，我就应该这样说，教这个人类中最劣种的人儿滚出去。然而，虽说我暗暗的在嘲笑他，但当他大胆的贸然伸开手臂来拥我时，我竟又忘了一切，我临时失掉了我所有的一些自尊和骄傲，我是完全被那仅有的一副好丰仪迷住了,在我心中,我只想,"紧些!多抱我一会儿吧,明早我便走了。"假使我那时还有一点自制力,我该会想到他的美形以外的那东西,而把他像一块石头般,丢到房外去。

唉!我能用什么言语或心情来痛悔?他,凌吉士,这样一个可鄙的人,吻我了!我静静默默的承受着!但那时,在一个温润的软热的东西放到我脸上,我心中得到的是些什么呢?我不能像别的女人一样晕倒在她那爱人的臂膀里!我是张大着眼睛望他,我想:"我胜利了!我胜利了!"因为他所以使我迷恋的那东西,在吻我时,我已知道是如何的滋味——我同时鄙夷我自己了!于是我忽然伤心起来,我把他用力推开,我哭了。

他也许忽略了我的眼泪,以为他的嘴唇是给我如何的温软,如何的嫩腻,是把我的心融醉到发迷的状态里吧,所以他又挨我坐着,继续的说了许多所谓爱情表白的肉麻话。

"何必把你那令人惋惜处暴露得无余呢?"我真这样的又可怜起他来。

我说:"不要乱想吧,说不定明天我便死去了!"

他听着,谁知道他对于这话是得到怎样的感触?他又吻我,但我躲开了,于是那嘴唇便落到我手上……

我决心了,因为这时我有的是充足的清晰的脑力,我要他走,他带点抱怨颜色,缠着我。我想"为什么你也是这样傻劲呢?"他于是直挨到夜十二点半钟才走。

他走后,我想起适间的事情。我就用所有的力量,来痛击我的心!为什么呢,给一个如此我看不起的男人接吻?既不爱他,还嘲笑他,又让他来拥抱?真的,单凭了一种骑士般的风度,就能使我堕落到如此地步吗?

总之,我是给我自己糟蹋了,凡一个人的仇敌就是自己,我的天,这有什么法子去报复而偿还一切的损失?

好在在这宇宙间,我的生命只是我自己的玩品,我已浪费得尽够了,那末因这一番经历而使我更陷到极深的悲境里去,似乎也不成一个重大的事件。

但是我不愿留在北京,西山更不愿去了,我决计搭车南下,在无人认识的地方,浪费我生命的余剩;因此我的心从伤痛中又兴奋起来,我狂笑的怜惜我自己:

"悄悄的活下来,悄悄的死去,呵,我可怜你,莎菲!"

（原载 1928 年 2 月 10 日《小说月报》第 19 卷第 2 号）

赏析

丁玲(1904—1986),现代著名作家,中国现代女性主义文学的先驱。原名蒋伟,字冰之。湖南临澧人。主要代表作有中篇小说《莎菲女士的日记》《韦护》,杂文《"三八节"有感》,长篇小说《母亲》《太阳照在桑干河上》等。

《莎菲女士的日记》以日记体的形式,呈现了五四落潮后莎菲女士这一敏感狷傲的知识女性试图寻找灵肉合一的理想爱情,以个人幸福填补日常生活中的孤寂窒息,然而一再失望,始终在苦闷彷徨中挣扎的时代情绪与生存状态。苇弟善良纯朴,近于莎菲对"灵"的追求，但过于平庸以致无法理解莎菲的精神境界；凌吉士俊朗洒脱的外表符合她对"肉"的期望，但太过世俗所以同样无法为莎菲所接受。莎菲绝望之余一走了之，到别处继续追求梦想。茅盾称之为"满带着'五四'以来时代的烙印""心灵上负着时代苦闷的创伤的青年女性叛逆的绝叫者"。

这篇小说以大胆、细腻的心理描写著称，运用内心独白等抒情技巧，大胆细致地揭示出莎菲细腻的心理活动、觉醒的女性意识与心理生理诸方面的矛盾。同时利用日记体小说样式的便利，借日记内部单元的交替、不连贯性，省略掉不必要的情节，强化了主要的心理活动。真实大胆地抒写现代女性内心深处对"情"与"性"的隐秘渴望，将她们的生理希冀、心理矛盾与当时中国的社会现实与时代思潮融入小说创作，是丁玲小说突破以往中国女作家创作藩篱的关键所在。

（徐秀明）

思考题

1. 结合作品，分析小说是如何描述莎菲女士这一现代女性形象的。

2. 联系自身的阅读背景，思考"日记体"这一小说结构的特点及其在五四小说中被广泛使用的原因。

参考文献

1. 李华、石金焕 "个性解放"的性别透视——从《沉沦》与《莎菲女士的日记》谈起，《北方论丛》，2005（1）。

2. 王烨 莎菲作为"Modern Girl"形象的特征与价值，《南开大学学报（哲学社会科学版）》，2007（6）。

3. 陈晓兰 女性：作为话语的主体——《从莎菲女士的日记》与《紫色》看女性日记体、书信体小说，《中国现代文学研究丛刊》，1991（4）。

林家铺子

茅 盾

一

林小姐这天从学校回来就撅起着小嘴唇。她掼下了书包,并不照例到镜台前梳头发搽粉,却倒在床上看着帐顶出神。小花噗的也跳上床来,挨着林小姐的腰部摩擦,咪呜咪呜地叫了两声。林小姐本能地伸手到小花头上摸了一下,随即翻一个身,把脸埋在枕头里,就叫道:

"妈呀!"

没有回答。妈的房就在间壁,妈素常疼爱这唯一的女儿,听得女儿回来就要摇摇摆摆走过来问她肚子饿不饿,妈留着好东西呢,——再不然,就差吴妈赶快去买一碗馄饨。但今天却作怪,妈的房里明明有说话的声音,并且还听得妈在打呃,却是妈连回答也没有一声。

林小姐在床上又翻一个身,翘起了头,打算偷听妈和谁谈话,是那样悄悄地放低了声音。

然而听不清,只有妈的连声打呃,间歇地飘到林小姐的耳朵。忽然妈的嗓音高了一些,似乎很生气,就有几个字听得很分明:

——这也是东洋货,那也是东洋货,呃!……

林小姐猛一跳,就好像理发时候颈脖子上粘了许多短头发似的浑身都烦躁起来了。正也是为了这东洋货问题,她在学校里给人家笑骂,她回家来没好气。她一手推开了又挨到她身边来的小花,跳起来就剥下那件新制的翠绿色假毛葛驼绒旗袍来,拎在手里抖了几下,叹一口气。据说这怪好看的假毛葛和驼绒都是东洋来的。她撩开这件驼绒旗袍,从床下拖出那口小巧的牛皮箱来,赌气似的扭开了箱子盖,把箱子底朝天向床上一撒,花花绿绿的衣服和杂用品就滚满了一床。小花吃了一惊,噗的跳下床去,转一个身,却又跳在一张椅子上蹲着望住它的女主人。

林小姐的一双手在那堆衣服里抓捞了一会儿,就呆呆地站在床前出神。这许多衣服和杂用品越看越可爱,却又越看越像是东洋货呢!全都不能穿了么?可是她——舍不得,而且她的父亲也未必肯另外再制新的!林小姐忍不住眼圈儿红了。她爱这些东洋货,她又恨那些东洋人;好好儿的发兵打东三省干么呢?不然,穿了东洋货有谁来笑骂。

"呃——"

忽然房门边来了这一声。接着就是林大娘的摇摇摆摆的瘦身形。看见那乱丢了一床的衣服,又看见女儿只穿着一件绒线短衣站在床前出神,林大娘这一惊非同小可。心里愈是着急,她那个"呃"却愈是打得多,暂时竟说不出半句话。

林小姐飞跑到母亲身边,哭丧着脸说:

"妈呀!全是东洋货,明儿叫我穿什么衣服?"

林大娘摇着头只是打呃,一手扶住了女儿的肩膀,一手揉磨自己的胸脯,过了一会儿,她方才挣扎出几句话来：

"阿囡，呃，你干么脱得——呃，光落落？留心冻——呃——我这毛病，呃，生你那年起了这个病痛，呃，近来越发凶了！呃——"

"妈呀！你说明儿我穿什么衣服？我只好躲在家里不出去了，他们要笑我，骂我！"

但是林大娘不回答。她一路打呃，走到床前拣出那件驼绒旗袍来，就替女儿披在身上，又拍拍床，要她坐下。小花又挨到林小姐脚边，昂起了头，眯细着眼睛看看林大娘，又看看林小姐；然后它懒懒地靠到林小姐的脚背上，就林小姐的鞋底来摩擦它的肚皮。林小姐一脚踢开了小花，就势身子一歪，躺在床上，把脸藏在她母亲的身后。

暂时两个都没有话。母亲忙着打呃，女儿忙着盘算"明天怎样出去"；这东洋货问题不但影响到林小姐的所穿，还影响到她的所用；据说她那只常为同学们艳羡的化妆皮夹以及自动铅笔之类，也都是东洋货，而她却又爱这些小玩意儿的！

"阿囡，呃——肚子饿不饿？"

林大娘坐定了半晌以后，渐渐少打几个呃了，就又开始她日常的疼爱女儿的老功课。

"不饿。嗳，妈呀，怎么老是问我饿不饿呢，顶要紧是没有了衣服明天怎样去上学！"

林小姐撒娇说，依然那样蜷曲着身体躺着，依然把脸藏在母亲背后。

自始就没弄明白为什么女儿尽嚷着没有衣服穿的林大娘现在第三次听得了这话儿，不能不再注意了，可是她那该死的打呃很不作美地又连连来了。恰在此时林先生走了进来，手里拿着一张字条儿，脸上乌霉霉地像是涂着一层灰。他看见林大娘不住地打呃，女儿躺在满床乱丢的衣服堆里，他就料到了几分，一双眉头就紧紧地皱起。他唤着女儿的名字说道：

"明秀，你的学校里有什么抗日会么？刚送来了这封信。说是明天你再穿东洋货的衣服去，他们就要烧呢——无法无天的话语，咳……"

"呃——呃！"

"真是岂有此理，哪一个人身上没有东洋货，却偏偏找定了我们家来生事！哪一家洋广货铺子里不是堆足了东洋货，偏是我的铺子犯法，一定要封存！咄！"

林先生气愤愤地又加了这几句，就颓然坐在床边的一张椅子里。

"呃，呃，救苦救难观世音，呃——"

"爸爸，我还有一件老式的棉袄，光景不是东洋货，可是穿出去人家又要笑我。"

过了一会儿，林小姐从床上坐起来说，她本来打算进一步要求父亲制一件不是东洋货的新衣，但瞧着父亲的脸色不对，便又不敢冒昧。同时，她的想像中就展开了那件旧棉袄惹人讪笑的情形，她忍不住哭起来了。

"呃，呃——啊哟！——呃，莫哭，——没有人笑你——呃，阿囡……"

"阿秀，明天不用去读书了！饭快要没得吃了，还读什么书！"

林先生懊恼地说，把手里那张字条儿扯得粉碎，一边走出房去，一边叹气跺脚。然而没多几时，林先生又匆匆地跑了回来，看着林大娘的面孔说道：

"橱门上的钥匙呢？给我！"

林大娘的脸色立刻变成灰白，瞪出了眼睛望着她的丈夫，永远不放松她的打呃忽然静定了半晌。

"没有办法,只好去斋斋那些闲神野鬼了——"

林先生顿住了,叹一口气,然后又接下去说:

"至多我花四百块。要是党部里还嫌少,我拼着不做生意,等他们来封! ——我们对过的裕昌祥,进的东洋货比我多,足足有一万多块钱的码子呢,也只花了五百块,就太平无事了。——五百块!算是吃了几笔倒账罢! ——钥匙! 咳! 那一个金项圈,总可以兑成三百块……"

"呃,呃,真——好比强盗!"

林大娘摸出那钥匙来,手也颤抖了,眼泪扑簌簌地往下掉。林小姐却反不哭了,瞪着一对泪眼,呆呆地出神,她恍惚看见那个曾经到她学校里来演说而且饿狗似的盯住看她的什么委员,一个怪叫人讨厌的黑麻子,捧住了她家的金项圈在半空里跳,张开了大嘴巴笑。随后,她又恍惚看见这强盗似的黑麻子和她的父亲吵嘴,父亲被他打了,……

"啊哟!"

林小姐猛然一声惊叫,就扑在她妈的身上。林大娘慌得没有工夫尽打呃,挣扎着说:

"阿囡,呃,不要哭,——过了年,你爸爸有钱,就给你制新衣服,——呃,那些狠心的强盗! 都咬定我们有钱,呃,一年一年亏空,你爸爸做做肥田粉生意又上当,呃——店里全是别人的钱了。阿囡,呃,呃,我这病,活着也受罪,——呃,再过两年,你十九岁,招得个好女婿。呃,我死也放心了! ——救苦救难观世音菩萨! 呃——"

二

第二天,林先生的铺子里新换过一番布置。将近一星期不曾露脸的东洋货又都摆在最惹眼的地位了。林先生又摹仿上海大商店的办法,写了许多"大廉价照码九折"的红绿纸条,贴在玻璃窗上。这天是阴历腊月二十三,正是乡镇上洋广货店的"旺月"。不但林先生的额外支出"四百元"指望在这时候捞回来,就是林小姐的新衣服也靠托在这几天的生意好。

十点多钟,赶市的乡下人一群一群的在街上走过了,他们臂上挽着篮,或是牵着小孩子,粗声大气地一边在走,一边在谈话。他们望到了林先生的花花绿绿的铺面,都站住了,仰起脸,老婆唤丈夫,孩子叫爹娘,啧啧地夸羡那些货物。新年快到了,孩子们希望穿一双新袜子,女人们想到家里的面盆早就用破,全家合用的一条面巾还是半年前的老家伙,肥皂又断绝了一个多月,趁这里"卖贱货",正该买一点。林先生坐在账台上,抖擞着精神,堆起满脸的笑容,眼睛望着那些乡下人,又带睋着自己铺子里的两个伙计,两个学徒,满心希望货物出去,洋钱进来。但是这些乡下人看了一会,指指点点夸羡了一会,竟自懒洋洋地走到斜对门的裕昌祥铺面前站住了再看。林先生伸长了脖子,望到那班乡下人的背影,眼睛里冒出火来。他恨不得拉他们回来!

"呃——呃——"

坐在账台后面那道分隔铺面与"内宅"的蝴蝶门旁边的林大娘把勉强忍住了半响的"呃"放出来。林小姐倚在她妈的身边,呆呆地望着街上不作声,心头却是卜卜地跳;她的新衣服至少已经走脱了半件。

林先生赶到柜台前睁大了妒忌的眼睛看着斜对门的同业裕昌祥。那边的四五个店员一字儿摆在柜台前,等候做买卖。但是那班乡下人没有一个走近到柜边,他们看了一会儿,又照样的走过去了。林先生觉得心头一松,忍不住望着裕昌祥的伙计笑了一笑。这时又有七八人一队的乡下人走到林先生的铺面前,其中有一位年青的居然上前一步,歪着头看那些挂着的洋伞。林先生猛转过脸来,一对嘴唇皮立刻嘻开了;他亲自兜揽这位意想中的顾客了:

"喂,阿弟,买洋伞么? 便宜货,一只洋卖九角! 看看货色去。"

一个伙计已经取下了两三把洋伞,立刻撑开了一把,热刺刺地塞到那年青乡下人的手里,振起精神,使出夸卖的本领来:

"小当家,你看! 洋缎面子,实心骨子,晴天,落雨,耐用好看! 九角洋钱一顶,再便宜没有了! ……那边是一只洋一顶,货色还没有这等好呢,你比一比就明白。"

那年青的乡下人拿着伞,没有主意似的张大了嘴巴。他回过头去望着一位五十多岁的老头子,又把手里的伞掮了一掮,似乎说:"买一把罢?"老头子却老大着急地吆喝道:

"阿大! 你昏了,想买伞! 一船硬柴,一古脑儿只卖了三块多钱,你娘等着量米回去吃,哪有钱来买伞!"

"货色是便宜,没有钱买!"

站在那里观望的乡下人都叹着气说,懒洋洋地都走了。那年青的乡下人满脸涨红,摇一下头,放了伞也就要想走,这可把林先生急坏了,赶快让步问道:

"喂,喂,阿弟,你说多少钱呢? ——再看看去,货色是靠得住的!"

"货色是便宜,钱不够。"

老头子一面回答,一面拉住了他的儿子,逃也似的走了。林先生苦着脸,踱回到账台里,浑身不得劲儿。他知道不是自己不会做生意,委实是乡下人太穷了,买不起九毛钱的一顶伞。他偷眼再望斜对门的裕昌祥,也还是只有人站在那里看,没有人上柜台买。裕昌祥左右邻的生泰杂货店万姓糕饼店那就简直连看的人都没有半个。一群一群走过的乡下人都挽着篮子,但篮子里空无一物;间或有花蓝布的一包儿,看样子就知道是米;甚至一个多月前乡下人收获的晚稻也早已被地主们和高利贷的债主们如数逼光,现在乡下人不得不一升两升的量着贵米吃。这一切,林先生都明白,他就觉得自己的一份生意至少是间接的被地主和高利贷者剥夺去了。

时间渐渐移近正午,街上走的乡下人已经很少了,林先生的铺子就只做成了一块多钱的生意,仅仅足够开销了"大廉价照码九折"的红绿纸条的广告费。林先生垂头丧气走进"内宅"去,几乎没有勇气和女儿老婆相见。林小姐含着一泡眼泪,低着头坐在屋角;林大娘在一连串的打呃中,挣扎着对丈夫说:

"花了四百块钱,——又忙了一个晚上摆设起来,呃,东洋货是准卖了,却又生意清淡,呃——阿囡的爷呀! ……吴妈又要拿工钱——"

"还只半天呢! 不要着急。"

林先生勉强安慰着,心里的难受,比刀割还厉害。他闷闷地踱了几步。所有推广营业的方法都想遍了,觉得都不是路。生意清淡,早已各业如此,并不是他一家呀;人们都穷了,可没有法子。但是他总还希望下午的营业能够比较好些。本镇的人家买东西大概在下午。难道他们过新年不买些东西? 只要他们存心买,林先生的营业是有把握。毕竟他的货物比别家便宜。

是这盼望使得林先生依然能够抖擞着精神坐在账台上守候他意想中的下午的顾客。

这下午照例和上午显然不同：街上并没很多的人，但几乎每个人都相识，都能够叫出他们的姓名，或是他们的父亲和祖父的姓名。林先生靠在柜台上，用了异常温和的眼光迎送这些慢慢地走着谈着经过他那铺面的本镇人。他时常笑嘻嘻地迎着常有交易的人喊道：

"呵，××哥，到清风阁去吃茶去？小店大放盘，交易点儿去！"

有时被唤着的那位居然站住了，走上柜台来，于是林先生和他的店员就要大忙而特忙，异常敏感地伺察着这位未可知的顾客的眼光，瞧见他的眼光瞥到什么货物上，就赶快拿出那种货物请他考较。林小姐站在那对蝴蝶门边看望，也常常被林先生唤出来对那位未可知的顾客叫一声"伯伯"。小学徒送上一杯便茶来，外加一枝小联珠。

在价目上，林先生也格外让步；遇到那位顾客一定要除去一毛钱左右尾数的时候，他就从店员手里拿过那算盘来算了一会儿，然后不得已似的把那尾数从算盘上拨去，一面笑嘻嘻地说：

"真不够本呢！可是老主顾，只好遵命了。请你多作成几笔生意罢！"

整个下午就是这么张罗着过去了。连现带赊，大大小小，居然也有十来注交易。林先生早已汗透棉袍。虽然是累得那么着，林先生心里却很愉快。他冷眼偷看斜对门的裕昌祥，似乎赶不上自己铺子的"热闹"。常在那对蝴蝶门旁边看望的林小姐脸上也有些笑意，林大娘也少打几个呃了。

快到上灯时候，林先生核算这一天的"流水账"；上午等于零，下午卖了十六元八角五分，八块钱是赊账。林先生微微一笑，但立即皱紧了眉头了；他今天的"大放盘"确是照本出卖，开销都没着落，官利更说不上。他呆了一会儿，又开了账箱，取出几本账簿来翻着打了半天算盘；账上"人欠"的数目共有一千三百余元，本镇六百多，四乡七百多；可是"欠人"的客账，单是上海的东升字号就有八百，合计不下二千哪！林先生低声叹一口气，觉得明天以后如果生意依然没见好，那他这年关就有点难过了。他望着玻璃窗上"大放盘照码九折"的红绿纸条，心里这么想："照今天那样当真放盘，生意总该会见好；亏本么？没有生意也是照样的要开销。只好先拉些主顾来再慢慢儿想法提高货码……要是四乡还有批发生意来，那就更好！——"

突然有一个人来打断林先生的甜蜜梦想了。这是五十多岁的一位老婆子，巍颤颤地走进店来，手里拿着一个小小的蓝布包。林先生猛抬起头来，正和那老婆子打一个照面，想躲避也躲避不及，只好走上前去招呼她道：

"朱三太，出来买过年东西么？请到里面去坐坐。——阿秀，来扶朱三太。"

林小姐早已不在那对蝴蝶门边了，没有听到。那朱三太连连摇手，就在铺面里的一张椅子上坐了，郑重地打开她的蓝布手巾包，——包里仅有一扣折子，她抖抖簌簌地双手捧了，直送到林先生的鼻子前，她的瘪嘴唇扭了几扭，正想说话，林先生早已一手接过那折子，同时抢先说道：

"我晓得了。明天送到你府上罢。"

"哦，哦；十月，十一月，十二月，一总是三个月，三三得九，是九块罢？——明天你送来？哦，哦，不要送，让我带了去。嗯！"

朱三太扭着她的瘪嘴唇，很艰难似的说。她有三百元的"老本"存在林先生的铺里，按月来取三块钱的利息，可是最近林先生却拖欠了三个月，原说是到了年底总付，明天是送灶日，老婆子要买送灶的东西，所以亲自上林先生的铺子来了。看她那股扭起了一对瘪嘴唇的劲儿，光景是钱不到手就一定不肯走。

林先生抓着头皮不作声。这九块钱的利息，他何尝存心白赖，只是三个月来生意清淡，每天卖得的钱仅够开伙食，付捐税，不知不觉就拖欠下来了。然而今天要是不付，这老婆子也许会就在铺面上嚷闹，那就太丢脸，对于营业的前途很有影响。

"好，好，带了去罢，带了去罢！"

林先生终于斗气似的说，声音有点儿哽咽。他跑到账台里，把上下午卖得的现钱归并起来，又从腰包里掏出一个双毫，这才凑成了八块大洋，十角小洋，四十个铜子，交付了朱三太。当他看见那老婆子把这些银洋铜子郑重地数了又数，而且抖抖欶欶地放在那蓝布手巾上包了起来的时候，他忍不住叹一口气，异想天开地打算拉回几文来；他勉强笑着说：

"三阿太，你这蓝布手巾太旧了，买一块老牌麻纱白手帕去罢？我们有上好的洗脸手巾，肥皂，买一点儿去新年里用罢。价钱公道！"

"不要，不要；老太婆了，用不到。"

朱三太连连摇手说，把折子藏在衣袋里，捧着她的蓝布手巾包竟自去了。

林先生哭丧着脸，走回"内宅"去。因这朱三太的上门讨利息，他记起还有两注存款，桥头陈老七的二百元和张寡妇的一百五十元，总共十来块钱的利息，都是"不便"拖欠的，总得先期送去。他抢着指头算日子：二十四，二十五，二十六——到二十六，放在四乡的账头该可以收齐了，店里的寿生是前天出去收账的，极迟是二十六应该回来了；本镇的账头总得到二十八九方才有个数目。然而上海号家的收账客人说不定明后天就会到，只有再向恒源钱庄去借了。但是明天的门市怎样？……

他这么低着头一边走，一边想，猛听得女儿的声音在他耳边说：

"爸爸，你看这块大绸好么？七尺，四块二角，不贵罢？"

林先生心里蓦地一跳，站住了睁大着眼睛，说不出话。林小姐手里托着那块绸，却在那里憨笑。四块二角！数目可真不算大，然而今天店里总共只卖得十六块多，并且是老实照本贱卖的呀！林先生怔了一会儿，这才没精打采地问道：

"你哪来的钱呢？"

"挂在账上。"

林先生听得又是欠账，忍不住皱一下眉头。但女儿是自己宠惯了的，林大娘又抵死偏护着，林先生没奈何只有苦笑。过一会儿，他叹一口气，轻轻埋怨道：

"那么性急！过了年再买岂不是好！"

<h1 style="text-align:center">三</h1>

又过了两天，"大放盘"的林先生的铺子，生意果然很好，每天可以做三十多元的生意了。林大娘的打呃，大大减少，平均是五分钟来一次；林小姐在铺面和"内宅"之间跳进跳出，脸上红喷喷地时常在笑，有时竟在铺面帮忙招呼生意，直到林大娘再三唤她，方才跑进去，一边擦着额上的汗珠，一边兴冲冲地急口说：

"妈呀，又叫我进来干么！我不觉得辛苦呀！妈！爸爸累得满身是汗，嗓子也喊哑了！——刚才一个客人买了五块钱东西呢！妈！不要怕我辛苦，不要怕！爸爸叫我歇一会儿就出去呢！"

林大娘只是点头，打一个呃，就念一声"大慈大悲菩萨"。客厅里本就供奉着一尊瓷观音，点着一炷香,林大娘就摇摇摆摆走过去磕头,谢菩萨的保佑,还要祷告菩萨一发慈悲,保佑林先生的生意永远那么好,保佑林小姐易长易大,明年就得个好女婿。

但是在铺面张罗的林先生虽然打起精神做生意,脸上笑容不断,心里却像有几根线牵着。每逢卖得了一块钱,看见顾客欣然挟着纸包而去,林先生就忍不住心里一顿,在他心里的算盘上就加添了五分洋钱的血本的亏折。他几次想把这个"大放盘"时每块钱的实足亏折算成三分,可是无论如何,算来算去总得五分。生意虽然好,他却越卖越心疼了。在柜台上招呼主顾的时候,他这种矛盾的心理有时竟至几乎使他发晕。偶尔他偷眼望望斜对门的裕昌祥,就觉得那边闲立在柜台边的店员和掌柜,嘴角上都带着讥讽的讪笑,似乎都在说:"看这姓林的傻子呀,当真亏本放盘哪!看着罢,他的生意越好,就越亏本,倒闭得越快!"那时候,林先生便咬一下嘴唇,决定明天无论如何要把货码提高,要把次等货标上头等货的价格。

给林先生斡旋那"封存东洋货"问题的商会长当走过林家铺子的时候,也微微笑着,站住了对林先生贺喜,并且拍着林先生的肩膀,轻声说:

"如何? 四百块钱是花得不冤枉罢! ——可是,卜局长那边,你也得稍稍点缀,防他看得眼红,也要来敲诈。生意好,妒忌的人就多;就是卜局长不生心,他们也要去挑拨呀!"

林先生谢商会长的关切,心里老大吃惊,几乎连做生意都没有精神。

然而最使他心神不宁的,是店里的寿生出去收账到现在还没有回来,林先生是等着寿生收的钱来开销"客账"。上海东升字号的收账客人前天早已到镇,直催逼得林先生再没有话语支吾了。如果寿生再不来,林先生只有向恒源钱庄借款的一法,这一来,林先生又将多负担五六十元的利息,这在见天亏本的林先生委实比割肉还心疼。

到四点钟光景,林先生忽然听得街上走过的人们乱哄哄地在议论着什么,人们的脸色都很惶急,似乎发生了什么大事情了。一心惦念着出去收账的寿生是否平安的林先生就以为一定是快班船遭了强盗抢,他的心卜卜地乱跳。他唤住了一个路人焦急地问道:

"什么事? 是不是栗市快班遭了强盗抢?"

"哦! 又是强盗抢么? 路上真不太平! 抢,还是小事,还要绑人去哪!"

那人,有名的闲汉陆和尚,含糊地回答,同时睒着半只眼睛看林先生铺子里花花绿绿的货物。林先生不得要领,心里更急,丢开陆和尚,就去问第二个走近来的人,桥头的王三毛。

"听说栗市班遭抢,当真么?"

"那一定是太保阿书手下人干的,太保阿书是枪毙了,他的手下人多么厉害!"

王三毛一边回答,一边只顾走。可是林先生却急坏了,冷汗从额角上钻出来。他早就估量到寿生一定是今天回来,而且是从栗市——收账程序中预定的最后一处,坐快班船回来;此刻已是四点钟,不见他来,王三毛又是那样说,那还有什么疑义么? 林先生竟忘记了这所谓"栗市班遭强盗抢"乃是自己的发明了! 他满脸急汗,直往"内宅"跑;在那对蝴蝶门边忘记跨门槛,几乎绊了一交。

"爸爸! 上海打仗! 东洋兵放炸弹烧闸北——"

林小姐大叫着跑到林先生跟前。

林先生怔了一下。什么上海打仗,原就和他不相干,但中间既然牵连着"东洋兵",又好像不能不追问一声了。他看着女儿的很兴奋的脸孔问道:

"东洋兵放炸弹么？你从哪里听来的？"

"街上走过的人全是那么说。东洋兵放大炮，掷炸弹。闸北烧光了！"

"哦，那么，有人说栗市快班强盗抢么？"

林小姐摇头，就像扑火的灯蛾似的扑向外面去了。林先生迟疑了一会儿，站在那蝴蝶门边抓头皮。林大娘在里面打呃，又是喃喃地祷告："菩萨保佑，炸弹不要落到我们头上来！"林先生转身再到铺子里，却见女儿和两个店员正在谈得很热闹。对门生泰杂货店里的老板金老虎也站在柜台外边指手划脚地讲谈。上海打仗，东洋飞机掷炸弹烧了闸北，上海已经罢市，全都证实了。强盗抢快班船么？没有听人说起过呀！栗市快班么？早已到了，一路平安。金老虎看见那快班船上的伙计刚刚背着两个蒲包走过的。林先生心里松一口气，知道寿生今天又没回来，但也知道好好儿的没有逢到强盗抢。

现在是满街都在议论上海的战事了。小伙计们夹在闹里骂"东洋乌龟！"竟也有人当街大呼："再买东洋货就是忘八！"林小姐听着，脸上就飞红了一大片。林先生却还不动神色。大家都卖东洋货，并且大家花了几百块钱以后，都已经奉着特许："只要把东洋商标撕去了就行。"他现在满店的货物都已经称为"国货"，买主们也都是"国货，国货"地说着，就拿走了。在此满街人人为了上海的战事而没有心思想到生意的时候，林先生始终在筹虑他的正事。他还是不肯花重利去借庄款，他去和上海号家的收账客人情商，请他再多等这么一天两天。他的寿生极迟明天傍晚总该会到。

"林老板，你也是明白人，怎么说出这种话来呀！现在上海开了火，说不定明后天火车就不通，我是巴不得今晚上就动身呢！怎么再等一两天？请你今天把账款缴清，明天一早我好走。我也是吃人家的饭，请你照顾照顾罢！"

上海客人毫无通融地拒绝了林先生的情商。林先生看来是无可商量了，只好忍痛去到恒源钱庄上商借。他还恐怕那"钱猢狲"知道他是急用，要趁火打劫，高抬利息。谁知钱庄经理的口气却完全不对了。那痨病鬼经理听完了林先生的申请，并没作答，只管捧着他那老古董的水烟筒卜落落卜落落的呼，直到烧完一根纸吹，这才慢吞吞地说：

"不行了！东洋兵开仗，上海罢市，银行钱庄都封关，知道他们几时弄得好！上海这路一断，敝庄就成了没脚蟹，汇划不通，比尊处再好的户头也只好不做了。对不起，实在爱莫能助！"

林先生呆了一呆，还总以为这痨病鬼经理故意刁难，无非是为提高利息作地步，正想结结实实说几句恳求的话，却不料那经理又逼进一步道：

"刚才敝东吩咐过，他得的信，这次的乱子恐怕要闹大，叫我们收紧盘子！尊处原欠五百，二十二那天，又是一百，总共是六百，年关前总得扫数归清；我们也算是老主顾，今天先透一个信，免得临时多费口舌，大家面子上难为情。"

"哦——可是小店里也实在为难。要看账头收得怎样。"

林先生呆了半晌，这才呐出这两句话。

"嘿！何必客气！宝号里这几天来的生意比众不同，区区六百块钱，还为难么？今天是同老兄说明白了，总望扫数归清，我在敝东跟前好交代。"

痨病鬼经理冷冷地说，站起来了。林先生冷了半截身子，瞧情形是万难挽回，只好硬着头皮走出了那家钱庄。他此时才明白原来远在上海的打仗也要影响到他的小铺子了。今年的年关当真是难过:上海的收账客人立逼着要钱,恒源里不许宕过年,寿生还没回来,知道他怎样了,镇上的账头,去年只收起八成,今年瞧来连八成都捏不稳——横在他前面的路,只是一条:"暂停营业,清理账目!"而这条路也就等于破产,他这铺子里早已没有自己的资本,一旦清理,剩给他的,光景只有一家三口三个光身子!

林先生愈想愈仄,走过那座望仙桥时,他看着桥下的浑水,几乎想纵身一跳完事。可是有一个人在背后唤他道:

"林先生,上海打仗了,是真的罢?听说东栅外刚刚调来了一支兵,到商会里要借饷,开口就是二万,商会里正在开会呢!"

林先生急回过脸去看,原来正是那位存有两百块钱在他铺子里的陈老七,也是林先生的一位债主。

"哦——"

林先生打一个冷噤,只回答了这一声,就赶快下桥,一口气跑回家去。

四

这晚上的夜饭,林大娘在家常的一荤二素以外,特又添了一个碟子,是到八仙楼买来的红焖肉,林先生心爱的东西。另外又有一斤黄酒。林小姐笑不离口,为的铺子里生意好,为的大绸新旗袍已经做成,也为的上海竟然开火,打东洋人。林大娘打呃的次数更加少了,差不多十分钟只来一回。

只有林先生心里发闷到要死。他喝着闷酒,看看女儿,又看看老婆,几次想把那炸弹似的恶消息宣布,然而终于没有那样的勇气。并且他还不曾绝望,还想挣扎,至少是还想掩饰他的两下里碰不到头。所以当商会里议决了答应借饷五千并且要林先生摊认二十元的时候,他毫不推托,就答应下来了。他决定非到最后五分钟不让老婆和女儿知道那家道困难的真实情形。他的划算是这样的:人家欠他的账收一个八成罢,他还人家的账也是个八成,——反正可以借口上海打仗,钱庄不通;为难的是人欠我欠之间尚差六百光景,那只有用剜肉补疮的方法拼命放盘卖贱货,且捞几个钱来渡过了眼前再说。这年头儿,谁能够顾到将来呢?眼前得过且过。

是这么想定了方法,又加上那一斤黄酒的力量,林先生倒酣睡了一夜,恶梦也没有半个。

第二天早上,林先生醒来时已经是六点半钟,天色很阴沉。林先生觉得有点头晕。他匆匆忙忙吞进两碗稀饭,就到铺子里,一眼就看见那位上海客人板起了脸孔在那里坐守"回话"。而尤其叫林先生猛吃一惊的,是斜对门的裕昌祥也贴起红红绿绿的纸条,也在那里"大放盘照码九折"了!林先生昨夜想好的"如意算盘"立刻被斜对门那些红绿纸条冲一个摇摇不定。

"林老板,你真是开玩笑!昨晚上不给我回音。轮船是八点钟开,我还得转乘火车,八点钟这班船我是非走不行!请你快点——"

上海客人不耐烦地说,把一个拳头在桌子上一放。林先生只有陪不是,请他原谅,实在是因为上海打仗钱庄不通,彼此是多年的老主顾,务请格外看承。

"那么叫我空手回去么?"

"这,这,断乎不会。我们的寿生一回来,有多少付多少,我要是藏落半个钱,不是人!"

林先生颤着声音说,努力忍住了滚到眼眶边的眼泪。

话是说到尽头了，上海客人只好不再噜嗦，可是他坐在那里不肯走。林先生急得什么似的，心是卜卜地乱跳。近年他虽然万分拮据，面子上可还遮得过；现在摆一个人在铺子里坐守，这件事要是传扬开去，他的信用可就完了，他的债户还多着呢，万一群起傚尤，他这铺子只好立刻关门。他在没有办法中想办法，几次请这位讨账客人到内宅去坐，然而讨账客人不肯。

天又索索地下起冻雨来了。一条街上冷清清地简直没有人行。自有这条街以来，从没见过这样萧索的腊尾岁尽。朔风吹着那些招牌，嚓嚓地响。渐渐地冻雨又有变成雪花的模样。沿街店铺里的伙计们靠在柜台上仰起了脸发怔。

林先生和那位收账客人有一句没一句的闲谈着。林小姐忽然走出蝴蝶门来站在街边看那索索的冻雨。从蝴蝶门后送来的林大娘的呃呃的声音又渐渐儿加勤。林先生嘴里应酬着，一边看看女儿，又听听老婆的打呃，心里一阵一阵酸上来，想起他的一生简直毫没幸福，然而又不知道坑害他到这地步的，究竟是谁。那位上海客人似乎气平了一些了，忽然很恳切地说：

"林老板，你是个好人。一点嗜好都没有，做生意很巴结认真。放在二十年前，你怕不发财么？可是现今时势不同，捐税重，开销大，生意又清，混得过也还是你的本事。"

林先生叹一口气苦笑着，算是谦逊。

上海客人顿了一顿，又接着说下去：

"贵镇上的市面今年又比上年差些，是不是？内地全靠乡庄生意，乡下人太穷，真是没有法子，——呀，九点钟了！怎么你们的收账伙计还没来呢？这个人靠得住么？"

林先生心里一跳，暂时回答不出来。虽然是七八年的老伙计，一向没有出过岔子，但谁能保到底呢！而况又是过期不见回来。上海客人看着林先生那迟疑的神气，就笑；那笑声有几分异样。忽然那边林小姐转脸对林先生急促地叫道：

"爸爸，寿生回来了！一身泥！"

显然林小姐的叫声也是异样的，林先生跳起来，又惊又喜，着急的想跑到柜台前去看，可是心慌了，两腿发软。这时寿生已经跑了进来，当真是一身泥，气喘喘地坐下了，说不出话来，林先生估量那情形不对，吓得没有主意，也不开口。上海客人在旁边皱眉头。过了一会儿，寿生方才喘着气说：

"好险呀！差一些儿被他们抓住了。"

"到底是强盗抢了快班船么？"

林先生惊极，心一横，倒逼出话来了。

"不是强盗。是兵队拉夫呀！昨天下午赶不上趁快班。今天一早趁航船，哪里知道航船听得这里要捉船，就停在东栅外了。我上岸走不到半里路，就碰到拉夫。西面宝祥衣庄的阿毛被他们拉去了。我跑得快，抄小路逃了回来。他妈的，性命交关！"

寿生一面说，一面撩起衣服，从肚兜里掏出一个手巾包来递给了林先生，又说道：

"都在这里了。栗市的那家黄茂记很可恶，这种户头，我们明年要留心！——我去洗一个脸，换件衣服再来。"

林先生接了那手巾包，捏一把，脸上有些笑容了。他到账台里打开那手巾包来。先看一看那张"清单"，打了一会儿算盘，然后点检银钱数目：是大洋十一元，小洋二百角，钞票四百二十元，外加即期庄票两张，一张是规元五十两，又一张是规元六十五两。这全部付给上海客人，照账算也还差一百多元。林先生凝神想了半晌，斜眼偷看了坐在那里吸烟的上海客人几次，方才叹一口气，割肉似的拿起那两张庄票和四百元钞票捧到上海客人跟前，又说了许多话，方才得到上海客人点一下头，说一声"对啦"。

但是上海客人把庄票看了两遍，忽又笑着说道：

"对不起，林老板，这庄票，费神兑了钞票给我罢！"

"可以，可以。"

林先生连忙回答，慌忙在庄票后面盖了本店的书柬图章，派一个伙计到恒源庄去取现，并且叮嘱了要钞票。又过了半晌，伙计却是空手回来。恒源庄把票子收了，但不肯付钱；据说是扣抵了林先生的欠款。天是在当真下雪了，林先生也没张伞，冒雪到恒源庄去亲自交涉，结果是徒然。

"林老板，怎样了呢？"

看见林先生苦着脸跑回来，那上海客人不耐烦地问了。

林先生几乎想哭出来，没有话回答，只是叹气。除了央求那上海客人再通融，还有什么别的办法？寿生也来了，帮着林先生说。他们赌咒：下欠的二百多元，赶明年初十边一定汇到上海。是老主顾了，向来三节清账，从没半句话，今儿实在是意外之变，大局如此，没有办法，非是他们刁赖。

然而不添一些，到底是不行的。林先生忍痛又把这几天内卖得的现款凑成了五十元，算是总共付了四百五十元，这才把那位叫人头痛的上海收账客人送走了。

此时已有十一点了，天还是飘飘扬扬落着雪。买客没有半个。林先生纳闷了一会儿，和寿生商量本街的账头怎样去收讨。两个人的眉头都皱紧了，都觉得本镇的六百多元账头收起来真没有把握。寿生挨着林先生的耳朵悄悄地说道：

"听说南栅的聚隆，西栅的和源，都不稳呢！这两处欠我们的，就有三百光景，这两笔倒账要预先防着，吃下了，可不是玩的！"

林先生脸色变了，嘴唇有点抖。不料寿生把声音再放低些，支支吾吾地说出了更骇人的消息来：

"还有，还有讨厌的谣言，是说我们这里了。恒源庄上一定听得了这些风声，这才对我们逼得那么急，说不定上海的收账客人也有点晓得——只是，谁和我们作对呢？难道就是斜对门么？"

寿生说着，就把嘴向裕昌祥那边努了一努。林先生的眼光跟着寿生的嘴也向那边瞥了一下，心里直是乱跳，哭丧着脸，好半天说不出话来。他的又麻又痛的心里感到这一次他准是毁了！——不毁才是作怪：党老爷敲诈他，钱庄压逼他，同业又中伤他，而又要吃倒账，凭谁也受不了这样重重的磨折罢？而究竟为了什么他应该活受罪呀！他，从父亲手里继承下这小小的铺子，从没敢浪费；他，做生意多么巴结；他，没有害过人，没有起过歹心；就是他的祖上，也没害人，做过歹事呀！然而他直如此命苦！

"不过，师傅，随他们去造谣罢，你不要发急。荒年传乱话，听说是镇上的店铺十家有九家没法过年关。时势不好，市面清得不成话，素来硬朗的铺子今年都打饥荒，也不是我们一家困难！天塌压大家，商会里总得议个办法出来；总不能大家一齐拖倒，弄得市面更加不像市面。"

看见林先生急苦了，寿生姑且安慰着，忍不住也叹了一口气。

雪是愈下愈密了，街上已经见白。偶尔有一条狗垂着尾巴走过，抖一抖身体，摇落了厚积在毛上的那些雪，就又悄悄地夹着尾巴走了。自从有这条街以来，从没见过这样冷落凄凉的年关！而此时，远在上海，日本军的重炮正在发狂地轰毁那边繁盛的市廛。

五

凄凉的年关，终于也过去了。镇上的大小铺子倒闭了二十八家。内中有一家"信用素著"的绸庄。欠了林先生三百元货账的聚隆与和源也毕竟倒了。大年夜的白天，寿生到那两个铺子里磨了半天，也只拿了二十多块来；这以后，就听说没有一个收账员拿到半文钱，两家铺子的老板都躲得不见面了。林先生自己呢，多亏商会长一力斡旋，还无须往乡下躲，然而欠下恒源钱庄的四百多元非要正月十五以前还清不可；并且又订了苛刻的条件：从正月初五开市那天起，恒源就要派人到林先生铺子里"守提"，卖得的钱，八成归恒源扣账。

新年那四天，林先生家里就像一个冰窖。林先生常常叹气，林大娘的打呃像连珠炮。林小姐虽然不打呃，也不叹气，但是呆呆地好像害了多年的黄病。她那件大绸新旗袍，为的要付吴妈的工钱，已经上了当铺；小学徒从清早七点钟就去那家唯一的当铺门前守候，直到九点钟方才从人堆里拿了两块钱挤出来。以后，当铺就止当了。两块钱！这已是最高价。随你值多少钱的贵重衣饰，也只能当得两块钱呢！叫做"两块钱封门"。乡下人忍着冷剥下身上的棉袄递上柜台去，那当铺里的伙计拿起来抖了一抖，就直丢出去，怒声喊道："不当！"

元旦起，是大好的晴天。关帝庙前那空场上，照例来了跑江湖赶新年生意的摊贩和变把戏的杂耍。人们在那些摊子面前懒懒地拖着腿走，两手扪着空的腰包，就又懒懒地走开了，孩子们拉住了娘的衣角，赖在花炮摊前不肯走，娘就给他一个老大的耳光。那些特来赶新年的摊贩们连伙食都开销不了，白赖在"安商客寓"里，天天和客寓主人吵闹。

只有那班变把戏的出了八块钱的大生意，党老爷们唤他们去点缀了一番"升平气象"。

初四那天晚上，林先生勉强筹措了三块钱，办一席酒请铺子里的"相好"吃照例的"五路酒"，商量明天开市的办法。林先生早就筹思过熟透：这铺子开下去呢，眼见得是亏本的生意，不开呢，他一家三口儿简直没有生计，而且到底人家欠他的货账还有四五百，他一关门更难讨取；唯一的办法是减省开支，但捐税派饷是逃不了的，"敲诈"尤其无法躲避，裁去一两个店员罢，本来他只有三个伙计，寿生是左右手，其余的两位也是怪可怜见的，况且辞歇了到底也不够招呼生意；家里呢，也无可再省，吴妈早已辞歇。他觉得只有硬着头皮做下去，或者靠菩萨的保佑，乡下人春蚕熟，他的亏空还可以补救。

但要开市，最大的困难是缺乏货品。没有现钱寄到上海去，就拿不到货。上海打得更厉害了，赊账是休转这念头。卖底货罢，他店里早已淘空，架子上那些装卫生衣的纸盒就是空的，不过摆在那里装幌子。他铺子里就剩了些日用杂货，脸盆毛巾之类，存底还厚。

大家喝了一会闷酒，抓腮挖耳地想不出好主意。后来谈起闲天来，一个伙计忽然说：

"乱世年头，人比不上狗！听说上海闸北烧得精光，几十万人都只逃得一个光身子。虹口一带呢，烧是还没烧，人都逃光了，东洋人凶得很，不许搬东西。上海房钱涨起几倍。逃出来的人都到乡下来了，昨天镇上就到了一批，看样子都是好好的人家，现在却弄得无家可归！"

林先生摇头叹气。寿生听了这话，猛的想起了一个好办法；他放下了筷子，拿起酒杯来一口喝干了，笑嘻嘻对林先生说道：

"师傅,听得阿四的话么? 我们那些脸盆,毛巾,肥皂,袜子,牙粉,牙刷,就可以如数销清了。"

林先生瞪出了眼睛,不懂得寿生的意思。

"师傅,这是天大的机会。上海逃来的人,总还有几个钱,他们总要买些日用的东西,是不是? 这笔生意,我们赶快张罗。"

寿生接着又说。再筛出一杯酒来喝了,满脸是喜气。两个伙计也省悟过来了,哈哈大笑。只有林先生还不很了然。近来的逆境已经把他变成糊涂。他悯然问道:

"你拿得稳么? 脸盆,毛巾,别家也有,——"

"师傅,你忘记了! 脸盆毛巾一类的东西只有我们存底独多! 裕昌祥里拿不出十只脸盆,而且都是拣剩货。这笔生意,逃不出我们的手掌心的了! 我们赶快多写几张广告到四栅去分贴,逃难人住的地方——嗳,阿四,他们住在什么地方? 我们也要去贴广告。"

"他们有亲戚的住到亲戚家里去了,没有的,还借住在西栅外茧厂的空房子。"

叫做阿四的伙计回答,脸上发亮,很得意自己的无意中立了大功。林先生这时也完全明白了。心里一快乐,就又灵活起来,他马上拟好了广告的底稿,专拣店里有的日用品开列上去,约莫也有十几种。他又摹仿上海大商店卖"一元货"的方法,把脸盆,毛巾,牙刷,牙粉配成一套卖一块钱,广告上就大书"大廉价一元货"。店里本来还有余剩下的红绿纸,寿生大张的裁好了,拿笔就写。两个伙计和学徒就乱哄哄地拿过脸盆,毛巾,牙刷,牙粉来装配成一组。人手不够,林先生叫女儿出来帮着写,帮着扎配,另外又配出几种"一元货",全是零星的日用必需品。

这一晚上,林家铺子里直忙到五更左右,方才大致就绪。第二天清早,开门鞭炮响过,排门开了,林家铺子布置得又是一新。漏夜赶起来的广告早已漏夜分头贴出去。西栅外茧厂一带是寿生亲自去布置,哄动那些借住在茧厂里的逃难人,都起来看,当做一件新闻。

"内宅"里,林大娘也起了个五更,瓷观音面前点了香,林大娘爬着磕了半天响头。她什么都祷告全了,就只差没有祷告菩萨要上海的战事再扩大再延长,好多来些逃难人。

一切都很顺利,一切都不出寿生的预料。新正开市第一天就只林家铺子生意很好,到下午四点多钟,居然卖了一百多元,是这镇上近十年来未有的新纪录。销售的大宗,果然是"一元货",然而洋伞橡皮雨鞋之类却也带起了销路,并且那生意也做的干脆有味。虽然是"逃难人",却毕竟住在上海,见过大场面,他们不像乡下人或本镇人那么小格式,他们买东西很爽利,拿起货来看了一眼,现钱交易,从不拣来拣去,也不硬要除零头。

林大娘看见女儿兴冲冲地跑进来夸说一回,就爬到瓷观音面前磕了一回头。她心里还转了这样的念头:要不是岁数相差得多,把寿生招做女婿倒也是好的! 说不定在寿生那边也时常用半只眼睛看望着这位厮熟的十七岁的"师妹"。

只有一点,使林先生扫兴:恒源庄毫不顾面子地派人来提取了当天营业总数的八成。并且存户朱三阿太,桥头陈老七,还有张寡妇,不知听了谁的怂恿,都借了"要量来吃"的借口,都来预支息金;不但支息金,还想拔提一点存款呢! 但也有一个喜讯,听说又到了一批逃难人。

晚餐时,林先生添了两碟荤菜,酬劳他的店员。大家称赞寿生能干。林先生虽然高兴,却不能不惦念着朱三阿太等三位存户要提存款的事情。大新年碰到这种事,总是不吉利。寿生忿然说:

"那三个懂得什么呢! 还不是有人从中挑拨!"

说着，寿生的嘴又向斜对门努了一努。林先生点头。可是这三位不懂什么的，倒也难以对付；一个是老头子，两个是孤苦的女人，软说不肯，硬来又不成。林先生想了半天觉得只有去找商会长，请他去和那三位宝贝讲开。他和寿生说了，寿生也竭力赞成。

于是晚饭后算过了当天的"流水账"，林先生就去拜访商会长。

林先生说明了来意后，那商会长一口就应承了，还夸奖林先生做生意的手段高明，他那铺子一定能够站住，而且上进。摸着自己的下巴，商会长又笑了一笑，佝着身体来说道：

"有一件事，早就想对你说，只是没有机会。镇上的卜局长不知在哪里见过令爱来，极为中意；卜局长年将四十，还没有儿子，屋子里虽则放着两个人，都没生育过；要是令爱过去，生下一男半女，就是现成的局长太太。呵，那时，就连我也沾点儿光呢！"

林先生做梦也想不到会有这样的难题，当下怔住了做不得声。商会长却又郑重地接着说：

"我们是老朋友，什么话都可以讲个明白。论到这种事呢，照老派说，好像面子上不好听；然而也不尽然。现在通行这一套，令爱过去也算是正的。——况且，卜局长既然有了这个心，不答应他有许多不便之处；答应了，将来倒有巴望。我是替你打算，才说这个话。"

"咳，你怕不是好意劝我仔细！可是，我是小户人家，小女又不懂规矩，高攀卜局长，实在不敢！"

林先生硬着头皮说，心里卜卜乱跳。

"哈，哈，不是你高攀，是他中意。——就这么罢，你回去和尊夫人商量商量，我这里且搁着，看见卜局长时，就说还没机会提过，行不行呢？可是你得早点给我回音！"

"嗯——"

筹思了半晌，林先生勉强应着，脸色像是死人。

回到家里，林先生支开了女儿，就一五一十对林大娘说了。他还没说完，林大娘的呃就大发作，光景邻居都听得清。她勉强抑住了那些涌上来的呃，喘着气说道：

"怎么能够答应，呃，就不是小老婆，呃，呃——我也舍不得阿秀到人家去做媳妇。"

"我也是这个意思，不过——"

"呃，我们规规矩矩做生意，呃，难道我们不肯，他好抢了去不成？呃——"

"不过他一定要来找讹头生事！这种人比强盗还狠心！"

林先生低声说，几乎落下眼泪来。

"我拼了这条老命。呃！救苦救难观世音呀！"

林大娘颤着声音站了起来，摇摇摆摆想走。林先生赶快拦住，没口地叫道：

"往哪里去？往哪里去？"

同时林小姐也从房外来了，显然已经听见了一些，脸色灰白，眼睛死瞪瞪地。林大娘看见女儿，就一把抱住了，一边哭，一边打呃，一边喃喃地挣扎着喘着气说：

"呃，阿囡，呃，谁来抢你去，呃，我同他拼老命！呃，生你那年我得了这个——病，呃，好容易养到十七岁，呃，呃，死也死在一块儿！呃，早给了寿生多么好呢！呃！强盗！不怕天打的！"

林小姐也哭了，叫着"妈！"林先生搓着手叹气。看看哭得不像样，窄房浅屋的要惊动邻舍，大新年也不吉利，他只好忍着一肚子气来劝母女两个。

这一夜，林家三口儿都没有好生睡觉。明天一早林先生还得起来做生意，在一夜的转侧愁思中，他偶尔听得屋面上一声响,心就卜卜地跳,以为是卜局长来寻他生事来了;然而定了神仔细想起来,自家是规规矩矩的生意人,又没犯法,只要生意好,不欠人家的钱,难道好无端生事,白诈他不成? 而他的生意呢,眼前分明有一线生机。生了个女儿长的还端正,却又要招祸! 早些定了亲,也许不会出这岔子? ——商会长是不是肯真心帮忙呢,只有恳求他设法——可是林大娘又在打呃了,咳,她这病!

天刚发白,林先生就起身,眼圈儿有点红肿,头里发昏。可是他不能不打起精神招呼生意。铺面上靠寿生一个到底不行,这小伙子近几天来也就累得够了。

林先生坐在账台里,心总不定。生意虽然好,他却时时浑身的肉发抖。看见面生的大汉子上来买东西,他就疑惑是卜局长派来的人,来侦察他,来寻事;他的心直跳得发痛。

却也作怪,这天生意之好,出人意料。到正午,已经卖了五六十元,买客们中间也有本镇人。那简直不像买东西,简直像是抢东西,只有倒闭了铺子拍卖底货的时候才有这种光景。林先生一边有点高兴,一边却也看着心惊,他估量"这样的好生意气色不正"。果然在午饭的时候,寿生就悄悄告诉道:

"外边又有谣言,说是你拆烂污卖一批贱货,捞到几个钱,就打算逃走!"

林先生又气又怕,开不得口。突然来了两个穿制服的人,直闯进来问道:

"谁是林老板?"

林先生慌忙站了起来,还没回答,两个穿制服的拉住他就走。寿生追上去,想要拦阻,又想要探询,那两个人厉声吆喝道:

"你是谁? 滚开! 党部里要他问话!"

六

那天下午,林先生就没有回来。店里生意忙,寿生又不能抽空身子尽自去探听。里边林大娘本来还被瞒着,不防小学徒漏了嘴,林大娘那一急几乎一口气死去。她又死不放林小姐出那对蝴蝶门儿,说是:

"你的爸爸已经被他们捉去了,回头就要来抢你! 呃——"

她只叫寿生进来问底细,寿生瞧着情形不便直说,只含糊安慰了几句道:

"师母,不要着急,没有事的! 师傅到党部里去理直那些存款呢。我们的生意好,怕什么的!"

背转了林大娘的面,寿生悄悄告诉林小姐,"到底为什么,还没得个准信儿,"他叮嘱林小姐且安心伴着"师母",外边事有他呢。林小姐一点主意也没有,寿生说一句,她就点一下头。

这样又要招顾外面的生意,又要挖空心思找出话来对付林大娘不时的追询,寿生更没有工夫去探听林先生的下落。直到上灯时分,这才由商会长给他一个信:林先生是被党部扣住了,为的外边谣言林先生打算卷款逃走,然而林先生除有庄款和客账未清外,还有朱三阿太,桥头陈老七,张寡妇三位孤苦儿儿的存款共计六百五十元没有保障,党部里是专替这些孤苦人儿谋利益的,所以把林先生扣起来,要他理直这些存款。

寿生吓得脸都黄了,呆了半晌,方才问道:

"先把人保出来,行么? 人不出来,哪里去弄钱来呢?"

"嘿！保出人来！你空手去，让你保么？"

"会长先生，总求你想法子，做好事。师傅和你老人家向来交情也不差，总求你做做好事！"

商会长皱着眉头沉吟了一会儿，又端相着寿生半晌，然后一把拉寿生到屋角里悄悄说道：

"你师傅的事，我岂有袖手旁观之理。只是这件事现在弄僵了！老实对你说，我求过卜局长出面讲情，卜局长只要你师傅答应一件事，他是肯帮忙的；我刚才到党部里会见你的师傅，劝他答应，他也答应了，那不是事情完了么？不料党部里那个黑麻子真可恶，他硬不肯——"

"难道他不给卜局长面子？"

"就是呀！黑麻子反而噜哩噜哝说了许多，卜局长几乎下不得台。两个人闹翻了！这不是这件事弄得僵透？"

寿生叹了口气，没有主意；停一会儿，他又叹一口气说：

"可是师傅并没犯什么罪。"

"他们不同你讲理！谁有势，谁就有理！你去对林大娘说，放心，还没吃苦，不过要想出来，总得花点儿钱！"

商会长说着，伸两个指头一扬，就匆匆地走了。

寿生沉吟着，没有主意；两个伙计攒住他探问，他也不回答。商会长这番话，可以告诉"师母"么？又得花钱！"师母"有没有私蓄，他不知道；至于店里，他很明白，两天来卖得的现钱，被恒源提了八成去，剩下只有五十多块，济得什么事！商会长示意总得两百。知道还够不够呀！照这样下去，生意再好些也不中用。他觉得有点灰心了。

里边又在叫他了！他只好进去瞧光景再定主意。

林大娘扶住了女儿的肩头，气喘喘地问道：

"呃，刚才，呃——商会长来了，呃，说什么？"

"没有来呀！"

寿生撒一个谎。

"你不用瞒我，呃——我，呃，全知道了；呃，你的脸色吓得焦黄！阿秀看见的，呃！"

"师母放心，商会长说过不要紧。——卜局长肯帮忙——"

"什么？呃，呃——什么？卜局长肯帮忙？——呃，呃，大慈大悲的菩萨，呃，不要他帮忙！呃，呃，我知道，你的师傅，呃呃，没有命了！呃，我也不要活了！呃，只是这阿秀，呃，我放心不下！呃，呃，你同了她去！呃，你们好好的做人家！呃，呃，寿生，呃，你待阿秀好，我就放心了！呃，去呀！他们要来抢！呃——狠心的强盗！观世音菩萨怎么不显灵呀！"

寿生睁大了眼睛，不知道怎样回话。他以为"师母"疯了，但可又一点不像疯。他偷眼看他的"师妹"，心里有点跳；林小姐满脸通红，低了头不作声。

"寿生哥，寿生哥，有人找你说话！"

小学徒一路跳着喊进来。寿生慌忙跑出去，总以为又是商会长什么的来了，哪里知道竟是斜对门裕昌祥的掌柜吴先生。"他来干什么？"寿生肚子里想，眼光盯住在吴先生的脸上。

吴先生问过了林先生的消息，就满脸笑容，连说"不要紧"。寿生觉得那笑脸有点异样。

"我是来找你划一点货——"

吴先生收了笑容，忽然转了口气，从袖子里摸出一张纸来。是一张横单，写得十几行，正是林先生所卖"一元货"的全部。寿生一眼瞧见就明白了，原来是这个把戏呀！他立刻说：

"师傅不在，我不能作主。"

"你和你师母说，还不是一样！"

寿生踌躇着不能回答。他现在有点懂得林先生之所以被捕了。先是谣言林先生要想逃，其次是林先生被扣住了，而现在却是裕昌祥来挖货，这一连串的线索都明白了。寿生想来有点气，又有点怕，他很知道，要是答应了吴先生的要求，那么，林先生的生意，自己的一番心血，都完了。可是不答应呢，还有什么把戏来，他简直不敢想下去了。最后他姑且试一试说：

"那么，我去和师母说，可是，师母女人家专要做现钱交易。"

"现钱么？哈，寿生，你是说笑话罢？"

"师母是这种脾气，我也是没法。最好等明天再谈罢。刚才商会长说，卜局长肯帮忙讲情，光景师傅今晚上就可以回来了。"

寿生故意冷冷的说，就把那张横单塞还吴先生的手里。吴先生脸上的肉一跳，慌忙把横单又推回到寿生手里，一面没口应承道：

"好，好，现账就是现账。今晚上交货，就是现账。"

寿生皱着眉头再到里边，把裕昌祥来挖货的事情对林大娘说了，并且劝她：

"师母，刚才商会长来，确实说师傅好好的在那里，并没吃苦；不过总得花几个钱，才能出来。店里只有五十块。现在裕昌祥来挖货，照这单子上看，总也有一百五十块光景，还是挖给他们罢，早点救师傅出来要紧！"

林大娘听说又要花钱，眼泪直淌，那一阵呃，当真打得震天响，她只是摇手，说不出话，头靠在桌子上，把桌子捶得怪响。寿生瞧来不是路，悄悄的退出去，但在蝴蝶门边，林小姐追上来了。她的脸色像死人一样白，她的声音抖而且哑，她急口地说：

"妈是气糊涂了！总说爸爸已经被他们弄死了！你，你赶快答应裕昌祥，赶快救爸爸！寿生哥，你——"

林小姐说到这里，忽然脸一红，就飞快地跑进去了。寿生望着她的后影，呆立了半分钟光景，然后转身，下决心担负这挖货给裕昌祥的责任，至少"师妹"是和他一条心要这么办了。

夜饭已经摆在店铺里了，寿生也没有心思吃，立等着裕昌祥交过钱来，他拿一百在手里，另外身边藏了八十，就飞跑去找商会长。

半点钟后，寿生和林先生一同回来了。跑进"内宅"的时候，林大娘看见了倒吓一跳。认明是当真活的林先生时，林大娘急急爬在瓷观音前磕响头，比她打呃的声音还要响。林小姐光着眼睛站在旁边，像是要哭，又像是要笑。寿生从身旁掏出一个纸包来，放在桌子上说：

"这是多下来的八十块钱。"

林先生叹了一口气，过一会儿，方才有声没气地说道：

"让我死在那边就是了，又花钱弄出来！没有钱，大家还是死路一条！"

林大娘突然从地下跳起来，着急的想说话，可是一连串的呃把她的话塞住了。林小姐忍住了声音，抽抽咽咽地哭。林先生却还不哭，又叹一口气，哽咽着说：

"货是挖空了！店开不成，债又逼的紧——"

"师傅！"

寿生叫了一声，用手指蘸着茶，在桌子上写了一个"走"字给林先生看。

林先生摇头，眼泪扑簌簌地直淌；他看看林大娘，又看看林小姐，又叹一口气。

"师傅！只有这一条路了。店里拼凑起来，还有一百块，你带了去，过一两个月也就够了；这里的事，我和他们理直。"

寿生低声说。可是林大娘却偏偏听得了，她忽然抑住了呃，抢着叫道：

"你们也去！你，阿秀。放我一个人在这里好了，我拼老命！呃！"

忽然异常少健起来，林大娘转身跑到楼上去了。林小姐叫着"妈"，随后也追了上去。林先生望着楼梯发怔，心里感到有什么要紧的事，却又乱麻麻地总是想不起。寿生又低声说：

"师傅，你和师妹一同走罢！师妹在这里，师母是不放心的！她总说他们要来抢——"

林先生淌着眼泪点头，可是打不起主意。

寿生忍不住眼圈儿也红了，叹一口气，绕着桌子走。

忽然听得林小姐的哭声。林先生和寿生都一跳。他们赶到楼梯头时，林大娘却正从房里出来，手里捧一个皮纸包儿。看见林先生和寿生都已在楼梯头了，她就缩回房去，嘴里说"你们也来，听我的主意"。她当着林先生和寿生的跟前，指着那纸包说道：

"这是我的私房，呃，光景有两百多块。分一半你们拿去。呃！阿秀，我做主配给寿生！呃，明天阿秀和她爸爸同走。呃，我不走！寿生陪我几天再说。呃，知道我还有几天活，呃，你们就在我面前拜一拜，我也放心！呃——"

林大娘一手拉着林小姐，一手拉着寿生，就要他们"拜一拜"。

都拜了，两个人脸上飞红，都低着头。寿生偷眼看林小姐，看见她的泪痕中含着一些笑意，寿生心头卜卜地跳了，反倒落下两滴眼泪。

林先生松一口气，说道：

"好罢，就是这样。可是寿生，你留在这里对付他们，万事要细心！"

七

林家铺子终于倒闭了。林老板逃走的新闻传遍了全镇。债权人中间的恒源庄首先派人到林家铺子里封存底货。他们又搜寻账簿。一本也没有了。问寿生。寿生躺在床上害病。又去逼问林大娘。林大娘的回答是连珠炮似的打呃和眼泪鼻涕。为的她到底是"林大娘"，人们也没有办法。

十一点钟光景，大群的债权人在林家铺子里吵闹得异常厉害。恒源庄和其他的债权人争执怎样分配底货。铺子里虽然淘空，但连"生财"合计，也足够偿还债权者七成，然而谁都只想给自己争得九成或竟至十成。商会长说得舌头都有点僵硬了，却没有结果。

来了两个警察，拿着木棍站在门口吆喝那些看热闹的闲人。

"怎么不让我进去？我有三百块钱的存款呀！我的老本！"

朱三阿太扭着瘪嘴唇和警察争论，巍颤颤地在人堆里挤。她额上的青筋就有小指头儿那么粗。她挤了一会儿，忽然看见张寡妇抱着五岁的孩子在那里哀求另一个警察放她进去。那警察斜着眼睛,假装是调弄那孩子,却偷偷地用手背在张寡妇的乳部揉摸。

"张家嫂呀——"

朱三阿太气喘喘地叫了一声,就坐在石阶沿上,用力地扭着她的瘪嘴唇。

张寡妇转过身来,找寻是谁唤她;那警察却用了亵昵的口吻叫道:

"不要性急! 再过一会儿就进去!"

听得这句话的闲人都笑起来了。张寡妇装作不懂,含着一泡眼泪,无目地又走了一步。恰好看见朱三阿太坐在石阶沿上喘气。张寡妇跌撞似的也到了朱三阿太的旁边,也坐在那石阶沿上,忽然就放声大哭。她一边哭,一边喃喃地诉说着:

"阿大的爷呀,你丢下我去了,你知道我是多么苦啊! 强盗兵打杀了你,前天是三周年……绝子绝孙的林老板又倒了铺子,——我十个指头做出来的百几十块钱,丢在水里了,也没响一声! 啊哟! 穷人命苦,有钱人心狠——"

看见妈哭,孩子也哭了;张寡妇搂住了孩子,哭的更伤心。

朱三阿太却不哭,弩起了一对发红的已经凹陷的眼睛,发疯似的反复说着一句话:

"穷人是一条命,有钱人也是一条命;少了我的钱,我拼老命!"

此时有一个人从铺子里挤出来,正是桥头陈老七。他满脸紫青,一边挤,一边回过头去嚷骂道:

"你们这伙强盗! 看你们有好报! 天火烧,地火爆,总有一天现在我陈老七眼睛里呀! 要吃倒账,就大家吃,分摊到一个边皮儿,也是公平,——"

陈老七正骂得起劲,一眼看见了朱三阿太和张寡妇,就叫着她们的名字说:

"三阿太,张家嫂,你们怎么坐在这里哭! 货色,他们分完了! 我一张嘴吵不过他们十几张嘴,这班狗强盗不讲理,硬说我们的钱不算账,——"

张寡妇听说,哭得更加苦了。先前那个警察忽然又踅过来,用木棍子拨着张寡妇的肩膀说:

"喂,哭什么? 你的养家人早就死了。现在还哭哪一个!"

"狗屁! 人家抢了我们的,你这东西也要来调戏女人么?"

陈老七怒冲冲地叫起来,用力将那警察推了一把。那警察睁圆了怪眼睛,扬起棍子就想要打。闲人们都大喊,骂那警察。另一个警察赶快跑来,拉开了陈老七说:

"你在这里吵,也是白吵。我们和你无怨无仇,商会里叫来守门,吃这碗饭,没办法。"

"陈老七,你到党部里去告状罢!"

人堆里有一个声音这么喊。听声音就知道是本街有名的闲汉陆和尚。

"去,去! 看他们怎样说。"

许多声音乱叫了。但是那位作调人的警察却冷笑,扳着陈老七的肩膀道:

"我劝你少找点麻烦罢。到那边,中什么用! 你还是等候林老板回来和他算账,他倒不好白赖。"

陈老七虎起了脸孔,弄得没有主意了。经不住那些闲人们都撺怂着"去",他就看着朱三阿太和张寡妇说道:

"去去怎样? 那边是天天大叫保护穷人的呀!"

"不错。昨天他们扣住了林老板,也是说防他逃走,穷人的钱没有着落!"

又一个主张去的拉长了声音叫。于是不由自主似的,陈老七他们三个和一群闲人都向党部所在那条路去了。张寡妇一路上还是啼哭，咒骂打杀了她丈夫的强盗兵，咒骂绝子绝孙的林老板，又咒骂那个恶狗似的警察。

快到了目的地时，望见那门前排立的四个警察，都拿着棍子，远远地就吆喝道：

"滚开！不准过来！"

"我们是来告状的，林家铺子倒了，我们存在那里的钱都拿不到——"

陈老七走在最前排，也高声的说。可是从警察背后突然跳出一个黑麻子来，怒声喝打。警察们却还站着，只用嘴威吓。陈老七背后的闲人们大噪起来。黑麻子怒叫道：

"不识好歹的贱狗！我们这里管你们那些事么？再不走，就开枪了！"

他跺着脚喝那四个警察动手打。陈老七是站在最前，已经挨了几棍子。闲人们大乱。朱三阿太老迈，跌倒了。张寡妇慌忙中落掉了鞋子，给人们一冲，也跌在地下，她连滚带爬躲过了许多跳过的和踏上来的脚，站起来跑了一段路，方才觉到她的孩子没有了。看衣襟上时，有几滴血。

"啊哟！我的宝贝！我的心肝！强盗杀人了，玉皇大帝救命呀！"

她带哭带嚷的快跑，头发纷散；待到她跑过那倒闭了的林家铺面时，她已经完全疯了！

1932 年 6 月 18 日作完

（原载 1932 年 7 月 15 日《申报月刊》第 1 卷第 2 号）

赏析

茅盾(1896—1981)，原名沈德鸿，字雁冰，浙江嘉兴桐乡人，中国现代著名作家、文学评论家和文化活动家以及社会活动家，五四新文化运动先驱者之一，我国革命文艺奠基人之一，20 世纪 30 年代"社会剖析派小说"的重要作家。中华人民共和国成立之后，历任文联副主席、文化部长、作协主席、全国政协副主席等职务。主要作品有长篇小说《子夜》《腐蚀》《霜叶红似二月花》，短篇小说《林家铺子》，"农村三部曲"(《春蚕》《秋收》《残冬》)。

《林家铺子》以 1932 年"一•二八"事变前后的江浙农村为背景，成功地塑造了半殖民地半封建社会中一个小城镇小商人——林老板的艺术形象。林老板是一个老实勤恳、巴结认真、谨慎小心而又精通生意经的当地商业界的头面人物，他从父亲手里继承了一家小小店铺后，使尽了浑身的解数，在市场萧条、同业生意清淡的情况下，让林家铺子一度生意兴隆。"一•二八"事变爆发后，镇上倒闭了大小二十八家店铺，林老板为了度过难关，又不惜血本地再花样翻新，利用从上海逃难来的顾客的需要，大卖"一元货"，开市头一天，就卖了一百多元，创"镇上近十年来未有的新纪录"。林老板不仅会做生意，而且具有旧社会小商人那种弄虚作假、唯利是图的本性。为了维持营业，获取利润，他把东洋货的商标撕去冒充国货廉价推销，生意清淡时，用"大放盘"招徕顾客。然而林老板的精明能干，并不能挽救林家铺子倒闭的命运，最后还是以破产出走而告终。

作品通过生动的艺术形象，从广阔的时代背景和复杂的阶级关系中，揭示出林家铺子倒闭的社会根源。它虽然只写了一个小商人破产的悲剧，表现的却是 20 世纪 30 年代初期千千万万城镇小商人的共同处境和命运;它叙述的虽然只是一家小店铺从挣扎到倒闭的故事,反映的却是旧中国社会城镇小工商业的暗淡前景和整个国家经济的凋敝,它是 20 世纪 30 年代初期半殖民地半封建中国社会变动的一个鲜明的侧影。作品虽然篇幅不长,但思想深远,既有现实的画面,又有历史的动向,在同时代作品中是不可多得的。它以鲜明的政治倾向性和艺术真实性相统一的特点,赢得国内外文艺界和广大读者的重视和好评。

小说在情节结构处理方面很有特色,一条主线贯穿始终,使得小说井然有序;情节起伏有致,叙述环环相扣;主线与副线合理安排,相辅相承。此外,小说在人物形象刻画、细节描写、语言运用等方面较之茅盾前期的作品有很大的进步,作品也因此成为我国现代文学史上描写市镇生活题材中难得的艺术珍品。

(顾金春)

思考题

1. 林老板聪明能干、勤奋努力,为什么最后还是破产出逃了? 这个人物形象与《子夜》中的吴荪甫有何异同之处?

2. 小说在情节结构方面有何特点?

参考文献

1. 史瑶　茅盾短篇小说创作的特色,《茅盾研究论文选集》,湖南人民出版社,1983。
2. 秦志希　茅盾小说人物塑造模式论,《贵州社会科学》,1991(2)。
3. 王嘉良　论茅盾在中国现代文学文化史上的历史定位,《浙江社会科学》,1998(3)。
4. 黄侯兴　《茅盾——"人生派"的大师》,山东人民出版社,1996。

菉竹山房

吴组缃

阴历五月初十日和阿圆到家，正是南方的"火梅"天气：太阳和淫雨交替迫人，其苦况非身受者不能想象。母亲说，前些日子二姑姑托人传了口信来，问我们到家没有？说"我做姑姑的命不好，连侄儿侄媳也冷淡我"。意思之间，自然是要我和阿圆到她老人家那里去住些时候。

二姑姑家我只于年小时去过一次，至今十多年了。我连年羁留外乡，过的是电影电灯洋装书籍柏油马路的现代生活。每常想起家乡，就如记忆一个年远的传说一样。我脑中的二姑姑家，到现在更是模糊得如云如烟。那座阴森敞大的三进大屋，那间摊乱着雨蚀虫蛀的晦色古书的学房，以及后园中的池塘树木，想起来都如依稀的梦境。

二姑姑的故事似一个旧传奇的仿本。她的红颜时代我自然没有见过，但从后来我所见到的她的风度上看来：修长的身材，清癯白皙的脸庞，尖狭而多睫毛的凄清的眼睛，如李笠翁所夸赞的那双尖瘦美丽的小足，以及沉默少言笑的阴暗调子，都和她的故事十分相称。

故事在这里不必说得太多。其实，我所知道的也就有限；因为家人长者都讳谈它。我所知道的一点点，都是日长月远，家人谈话中偶然流露出来，由零碎撷拾起来的。

多年以前，叔祖的学塾中有个聪明年少的门生，是个三代孤子。因为看见叔祖房里的幛幔，笔套，与一幅大云锦上的刺绣，绣的都是各种姿态的美丽蝴蝶，心里对这绣蝴蝶的人起了羡慕之情；而这绣蝴蝶的姑娘因为听叔祖常常夸说这人，心里自然也早就有了这人。这故事中的主人以后是乘一个怎样的机缘相见相识，我不知道，长辈们恐怕也少知道。在我所撷拾的零碎资料中，这以后便是这悲惨故事的顶峰：一个三春天气的午间，冷清的后园底太湖石洞中，祖母因看牡丹花，拿住了一对仓惶失措的系裤带的顽皮孩子。

这幕才子佳人的喜剧闹了出来，人人夸说的绣蝴蝶的小姐一时连丫头也要加以鄙夷。放佚风流的叔祖虽从中尽力撮合周旋，但当时究未成功。若干年后，扬子江中八月大潮，风浪陡作，少年赴南京应考，船翻身亡。绣蝴蝶的小姐那时是十九岁，闻耗后，在桂花树下自缢，为园丁所见，救活了，没死。少年家觉得这小姐尚有稍些可风之处，商得了女家同意，大吹大擂接小姐过去迎了灵柩；麻衣红绣鞋，抱着灵牌参拜家堂祖庙，做了新娘。

这故事要不是二姑姑的，并不多么有趣；二姑姑要没这故事，我们这次也就不致急于要去。

母亲自然是怂恿我们去。说我们是新结婚，也难得回家一次。二姑姑家孤寂了一辈子，如今如此想念我们，这点子人情是不能不尽的。但是阿圆却有点怕我们家乡的老太太。这些老太太——举个例，就如我的大伯娘，她老人家就最喜欢搂阿圆在膝上喊宝宝，亲她的脸，咬她的肉，摩挲她的肩膊；又要我和她接吻给她老人家看。一得闲空，就托支水烟袋坐到我们房里来，盯着眼看守着我们作迷迷笑脸，满口反复地说些叫人红脸不好意思的夸羡话。这种种啰哩，我倒不大在意；可是阿圆就老被窘得脸红耳赤，不知该望那里躲。——因此，阿圆不愿去。

我知道弊病之所在,告诉阿圆二姑姑不是这种善于表现的快乐天真的老太太。而且我会投年轻姑娘之所好,照二姑姑原来的故事又编上了许多的动人的穿插,说得阿圆感动得红了眼睛叹长气。听说二姑姑决不会给她那种啰唆,她的不愿去的心就完全消除,再听了二姑姑的故事,有趣得如从线装书中看下来的一样;又想到借此可以暂时躲避家下的老太太;而且又知道金燕村中风景好,菉竹山房的屋舍阴凉宽敞。于是阿圆不愿去的心,变成急于要去了。

我说金燕村,就是二姑姑的村;菉竹山房就是二姑姑的家宅。沿着荆溪的石堤走,走的七八里地,回环合抱的山峦渐渐拥挤,两岸葱翠古老的槐柳渐密,溪中黯赭色的大石渐多,哗哗的水激石块声越听越近。这段溪,渐不叫荆溪,而是叫响潭,响潭两岸,槐树柳树榆树更多更老更葱茏,两面缝合,荫罩着乱喷白色水沫的河面,一缕太阳光也晒不下来。沿着响潭两岸的树林中,疏疏落落点缀着二十多座白垩瓦屋。西岸上,紧临着响潭,那座白屋分外大;梅花窗的围墙上面露探着一丛竹子。竹子一半是绿色的;一半已开了花,变成槁色。——这座村子便是金燕村,这座大屋便是二姑姑的家宅菉竹山房。

阿圆是个都市中生长的小姐,从前只在中国山水画上见过的景子,一朝忽然身历其境,欣跃之情自然难言。我一时回想起平日见惯的西式房子,柏油马路,烟囱,工厂,等等,也觉得是重入梦境,作了许多缥缈之想。

二姑姑多年不见,显见得老迈了。

"昨天夜里结了三颗大灯花,今日喜鹊在屋脊上叫了三四次,我知道要来人。"

那只苍白皱折的脸没多少表情。说话的语气,走路的步法,和她老人家的脸庞同一调子:阴暗,凄淡,迟钝。她引我们进到内屋里,自己蹒蹒颤颤地到房里去张罗果盘,吩咐丫头为我们打脸水。——这丫头叫兰花,本是我家的丫头,三十多岁了。二姑姑陪嫁丫头死去后,祖父便拨了身边的这丫头来服侍姑姑,和姑姑作伴。她陪姑姑住守这所大屋子已二十多年,跟姑姑念诗念经,学姑姑绣蝴蝶,她自己说不要成家的。

二姑姑说没指望我们来得如此快,房子都没打扫。领我们参观全宅,顺便叫我们自己拣一间合意的住。四个人分作三排走,姑姑在前,我俩在次,兰花在最后。阿圆蹈着姑姑的步子走,显见得拘束不自在,不时昂头顾我,作有趣的会意之笑。我们都无话说。

屋子高大,阴森,也是和姑姑的人相谐调的。石阶,地砖,柱础,甚至板壁上,都染涂着一层深深浅浅的黯绿,是苔尘。一种与陈腐的土木之气混合的霉气扑满鼻官。每一进屋的梁上都吊有淡黄色的燕子窝:有的已剥落,只留着痕迹;有的正孵着雏儿,叫得分外响。

我们每走到一进房子,由兰花先上前开锁;因为除姑姑住的一头两间的正屋而外,其余每一间房每一道门都是上了锁的。看完了正屋,由侧门一条巷子走到花园中。邻着花园有座雅致的房,门额上写着"邀月"两个八分字。百叶窗,古瓶式的门,门上也有明瓦纸的册叶小窗。我爱这地方近花园,较别处明朗清新得多,和姑姑说,我们就住这间房。姑姑叫兰花开了锁,两扇门一推开,就噗噗落下两三只东西来:两只是壁虎,一只是蝙蝠。我们都怔了一怔。壁虎是悠悠地爬走了;兰花拾起那只大蝙蝠,轻轻放到墙隅里,呓语着似的念了一套怪话:

"福公公,你让让房,有贵客要在这里住。"

阿圆惊惶不安的样子,牵一牵我的衣角,意思大约是对着这些情景,不敢在这间屋里住。二姑姑

年老还不失其敏感,不知怎样她老人家就窥知了阿圆的心事:

"不要紧。——这些房子,每年你姑爹回家时都打扫一次。停回,叫兰花再好好来收拾,福公公虎爷爷都会让出去的。"

又说:

"这间邀月庐是你姑爹最喜欢的地方;去年你姑爹回来,叫我把它修葺一下。你看看,里面全是新崭崭的。"

我探身进去张看,兜了一脸蜘蛛网。里面果然是新崭崭的。墙上字画,桌上陈设,都很整齐。只是蒙上一层薄薄的尘灰罢了。

我们看兰花扎了竹叶把,拿了扫帚来打扫。二姑姑自回前进去了。阿圆用一个小孩子的神秘惊奇的表情问我说:

"怎么说姑爹……?"

兰花放下竹叶把,瞪着两只阴沉的眼睛低幽地告诉阿圆说:

"爷爷灵验得很啦! 三朝两天来给奶奶托梦。我也常看见的,公子帽,宝蓝衫,常在这园里走。"

阿圆扭着我的袖口,只是向着兰花的两只眼睛瞪看。兰花打扫好屋子,又忙着抱被褥毯子席子为我们安排床铺。里墙边原有一张檀木榻,榻儿上面摆着一套围棋子,一盘瓷制的大蟠桃。把棋子蟠桃连同榻儿拿去,铺上被席,便是我们的床了。二姑姑姗姗颤颤的走来,拿着一顶蚊帐给我们看,说这是姑爹用的帐,是玻璃纱制的;问我们怕不怕招凉。我自然愿意要这顶凉快帐子,但是阿圆却望我瞪着眼,好像连这顶美丽的帐子也有可怕之处。

这屋子的陈设是非常美致的,只看墙上的点缀就知道。东墙上挂着四幅大锦屏,上面绣着菉竹山房唱和诗,边沿上密密齐齐的绣着各色的小蝴蝶,一眼看上去就觉得很灿烂。西墙上挂一幅彩色的钟馗捉鬼图,两边有洪北江的"梅雪松风清儿榻,天光云影护琴书"的对子。床榻对面的南墙上有百叶窗子看花园,窗下一书桌,桌上一个朱砂古瓶,瓶里插着马尾云拂。

我觉得这地方好。陈设既古色古香;而窗外一丛半绿半黄的修竹,和墙外隐约可听的响潭之水,越衬托得闲适恬静。

不久吃晚饭,我们都默然无话。我和阿圆是不知在姑姑面前该说些什么好;姑姑自己呢,是不肯多说话的。偌大屋子如一座大古墓,没一丝人声;只有堂厅里的燕子啾啾地叫。兰花向天井檐上张一张,自言自语的说:

"青姑娘还不回来呢!"

二姑姑也不答话,点点头。阿圆偷眼看看我。——其实我自己也正在纳罕着的。吃了饭,正洗脸,一只燕子由天井飞来,在屋里绕了一道,就钻进檐下的窝里去了。兰花停了碗,把筷子放在口沿上,低低的说:

"青姑娘,你到这时才回来——。"悠悠的长叹一口气。

我释然,向阿圆笑笑;阿圆却不曾笑,只瞪着眼看兰花。

我说邀月庐清新明朗,那是指日间而言。谁知这天晚上,大雨复作;一盏三支灯草的豆油檠摇晃不定,远远正屋里二姑姑兰花低幽地念着晚经,听来简直是"秋坟鬼唱鲍家诗";加以外面雨声虫声风弄竹声合奏起一支很凄戾的交响曲,显得这周遭的催鬼趣殊多。也不知是循着怎样的一个线索,很自然地便和阿圆谈起聊斋的故事来。谈一回，她越靠紧我一些，两眼只瞪着西墙上的钟馗捉鬼图，额上鼻上渐渐全渍着汗珠。钟馗手下按着的那个鬼，披着发，撕开血盆口，露出两支大獠牙，栩栩欲活。我偶然瞥一眼，也不由得一惊。这时觉得那钟馗，那恶鬼，姑姑兰花，连同我们自己俩，都成了鬼故事中的人物了。

阿圆瑟缩地说："我想睡。"

她紧紧靠住我，我走一步，她走一步。——睡到床上，自然很难睡着。不知辗转了多少时候，雨声渐止，月亮透过百叶窗，晒照得满屋凄幽。一阵飒飒的风摇竹声后，突然听得窗外有脚步之声。声音虽然轻微，但是入耳十分清楚。

"你……听见了……没有？"阿圆把头钻在我的腋下，喘息地低声问。

"……"我也不禁毛骨悚然。

那声音渐听渐近，没有了；换上的是低沉的戚戚声，如鬼低诉。阿圆已浑身汗濡。我咳了一声，声音突然寂止，听见这突然寂止，想起兰花日间所说的话，我也不由得不怕了。

半响没有声息，紧张的心绪稍稍平缓，但是两人的神经都过分兴奋，要想到梦乡去躲身，究竟不能办到。为要解除阿圆的恐怖，我找了些快乐高兴的话和她谈说。阿圆也就渐渐敢由我的腋下伸出头来了。我说：

"你想不想你的家？"

"想——。"

"怕不怕了？"

"还有点怕——。"

正答着话，她突然尖起嗓子大叫一声，搂住我，嚎啕，震抖，迫不成声：

"你……看……门上……！"

我看门上——门上那个册叶小窗露着一个鬼脸，向我们张望；月光斜映，隔着玻璃纱帐看得分外明晰。说时迟，那时快。那个鬼脸一晃，就沉下去不见了。我不知从那里涌上一股勇气，推开阿圆，三步跳去，拉开门。

门外是两个女鬼！

一个由通正屋的小巷窜远了；一个则因逃避不及，正在我的面前蹲着。——

"是姑姑吗？"

"唔——"幽沉的一口气。

我抹着额上的冷汗，不禁轻松地笑了。我说：

"阿圆，别怕了，是姑姑。"

朋友某君供给我这篇短文的材料，说是虽无意思，但颇有趣味，叫我写写看。我知道不会弄得好，果然，被我白白糟蹋了。

（选自《西柳集》，生活书店 1934 年 7 月初版）

赏析

　　吴组缃（1908—1994），原名吴祖襄，安徽省泾县人，现代著名文学家、学者。曾任清华大学、北京大学教授及《红楼梦》研究会会长。著有小说散文集《西柳集》《饭余集》，长篇小说《鸭嘴崂》（后改名《山洪》）。代表作有《菉竹山房》《一千八百担》《樊家铺》《黄昏》等。

　　《菉竹山房》创作于 1932 年 11 月，写"我"和妻子阿圆从见惯电灯、电影、洋装书籍、柏油马路的"另一世界"回到皖南一个闭塞的乡村，引出了一段尘封已久的才子佳人的悲剧故事。故事的主角二姑姑当年听闻自己爱恋的少年在应考途中溺水身亡的噩耗后，自缢被救，接着便穿上麻衣红绣鞋，抱着灵牌参拜家堂祖庙，做了死去少年的新娘，从此在菉竹山房打发寂寞的青春。才子佳人的前尘往事只是小说的引子，小说着意经营的是二姑姑孤寂的处境与变态的心理，在阴森恐怖的氛围中折射出被礼教扭曲的人性以及难以磨灭的原欲。

　　《菉竹山房》以第一人称"我"为故事的叙述人，以"我"的妻子阿圆为听众与见证人，逐步接近二姑姑颇具传奇色彩的爱情故事的核心——人鬼之恋。"我"与妻子阿圆本来是这个故事的观众，最后竟然被"窥视"，这互为镜像的"看"与"被看"，无疑丰富了小说的意蕴。在艺术手法的运用上，小说对于神秘恐怖氛围的描述，充满了"表现主义"的象征、神秘色彩。而对于乡土风景的描绘，也赋予小说以诗情画意。

　　　　　　　　　　　　　　　　　　　　　　　　　　　　　　　　　（李从云）

思考题

　　1. 二姑姑颇具传奇色彩的爱情是喜剧还是悲剧？谈谈你的看法。

　　2. 试析小说在艺术手法运用上的表现主义特色。

参考文献

　　1. 杨义　《中国现代小说史》，人民文学出版社，1986。

　　2. 唐沅　《吴组缃作品欣赏》，广西人民出版社，1986。

　　3. 丁帆　《中国乡土小说史论》，江苏文艺出版社，1992。

憩园（存目）

巴 金

赏析

巴金(1904—2005)，原名李尧棠，字芾甘，四川成都人，现代文学家、翻译家、出版家，五四新文化运动以来最有影响的作家之一，中国现代文坛的巨匠。代表作有《激流三部曲》:《家》《春》《秋》;《爱情三部曲》:《雾》《雨》《电》。晚年著有五卷本散文集《随想录》。

《憩园》是巴金20世纪40年代创作风格转型的开始，如果说《家》《寒夜》分别是其前后两个创作阶段的代表作品，那么两个创作阶段之间的过渡作品则是《憩园》。《憩园》是巴金思想交锋最为复杂的作品之一，因此一直存在着争议，充满了丰富的阐释空间和阐释可能性。

小说以第一人称"我"(黎先生)展开叙述，"我"是一个作家，战时回到故乡成都，寓居友人姚家的新置馆邸"憩园"里写作。在这里"我"发现主人姚家夫妇的内忧。新婚的女主人，受到前妻留下的独生子小虎的困扰。前妻娘家是巨富，他们有意无意利用小虎折磨续弦的后母。随后"我"又发现憩园旧主人杨梦痴的悲剧。杨梦痴是一个吃喝嫖赌的浪子，花光了祖上的钱财又花光了妻子的嫁妆，屡教不改后被大儿子赶出了家;小儿子却始终原谅他的父亲，关怀他的父亲，并且常到憩园折花安慰他父亲。作品通过大公馆新旧两代主人共同的悲剧命运，揭示封建阶级所经历的人格堕落与人性扭曲的过程，表现了对理想失落、金钱对人性腐蚀以及家族制度的反思。同时文本中所体现出来的"归家"模式，某种意义上反映了作家对20世纪40年代知识分子精神返乡历程的隐性思考。

《憩园》在艺术上很有特色，具有比较圆熟的结构形式和"复调"(作者与作品中人物的思想情感的互动关系)的审美效果。作者大胆吸收了外国文学的某些构思手法，受契诃夫《樱桃园》及《未婚夫》影响很明显，又借鉴了我国古典文学(特别是古典诗词艺术)构设意境的美学追求，形成了有浓厚抒情气氛又带有象征意味的结构形式。作品中"我"所写小说的情节(盲琴师与卖唱女子之恋)，憩园主人的内忧，旧主人的悲剧，以及"我"对女主人的关怀，这四条趣味线交织进展，故事曲折有致，引人入胜。每种追述都有各自的生产自救评判，彼此辩驳并呈，形成复调的关系，而故事的总叙述者"我"，是客居杨家的局外人，他对这个家庭的衰落的观察与评说时时警醒着读者。全书仅十二万字，但前后处理得天衣无缝。难怪李广田说:"巴金的《憩园》是一本好书，在我所读过的巴金作品中，我以为这是最好的一本。"

(顾金春)

思考题

1. 一般认为《憩园》的主题具有多义性，请你谈谈对这篇小说主题的认识。

2.《憩园》在叙述视角方面有何特点？与巴金早期的小说有何不同？

参考文献

1. 谭杰 《憩园》：启示意图与情感真实的冲突，《南昌大学学报（人文社会科学版）》，2007(6)。

2. 邵宁宁 家园彷徨：《憩园》的启蒙精神与文化矛盾，《中国现代文学研究丛刊》，2004(2)。

3. 陈思和、李存光主编 《生命的开花——巴金研究集刊第 1 辑》，文汇出版社，2005。

4. 汪应果 《巴金论》，上海文艺出版社，1985。

5. 李辉 《巴金：在历史叙述中》，湖北人民出版社，2006。

公　墓

穆时英

一

黑的大理石,白的大理石,在这纯洁的大理石底下,静静地躺着我的母亲。墓碑是我自家儿写的——

"徐母陈太夫人之墓

民国十八年二月十五日儿克渊书"

二

四月,愉快的季节。

郊外,南方来的风,吹着暮春的气息。这儿有晴朗的太阳,蔚蓝的天空;每一朵小野花都含着笑。这儿没有爵士音乐,没有立体的建筑,跟经理调情的女书记。田野是广阔的,路是长的,空气是静的,广告牌上的绅士是不会说话,只会抽烟的。

在母亲的墓前,我是纯洁的,愉快的;我有一颗孩子的心。

每天上午,我总独个儿跑到那儿去,买一束花,放在母亲的墓前,便坐到常青树的旁边,望着天空,怀念着辽远的孤寂的母亲。老带本诗集去,躺在草地上读,也会带口琴去,吹母亲爱听的第八交响曲。可是在母亲墓前,我不抽烟,因为她是讨厌抽烟的。

管墓的为了我天天去,就和我混熟了,时常来跟我瞎拉扯。我是爱说话的,会唠叨地跟他说母亲的性情,说母亲是怎么个人。他老跟我讲到这死人的冥府里的居民,讲到他们的家,讲到来拜访他们的人。

"还有位玲姑娘也是时常到这儿来的。"有一天他这么说起了。"一来就象你那么的得坐上这么半天。"

"我怎么没瞧见过?"

"瞧见过。不十分爱说话的,很可爱的,十八九岁的模样儿,小个子。有时和她爹一块儿来的。"

我记起来了,那玲姑娘我也碰到过几回,老穿淡紫的,稍微瘦着点儿,她的脸和体态我却没有实感了,只记得她给我的印象是矛盾的集合体,有时是结着轻愁的丁香,有时是愉快的,在明朗的太阳光底下嘻嘻地笑着的白鸽。

"哪座坟是她家的?"

"斜对面,往右手那边儿数去第四,有花放在那儿的——瞧到了没有? 玲姑娘今儿早上来过啦。"

那座坟很雅洁,我曾经把它和母亲的坟比较过,还记得是姓欧阳的。

"不是姓欧阳的吗?"

"对啦。是广东人。"

"死了的是她的谁?"

"多半是她老娘吧。"

"也是时常到这儿来伴母亲的孤儿呢。"当时我只这么想了一下。

三

那天我从公墓里出来,在羊齿植物中间的小径上走着,却见她正从对面来了,便端详了她一眼。带着墓场的冷感的风吹起了她的袍角,使她头发上吹动了暗暗的海,很有点儿潇洒的风姿。她有一双谜似的眼珠子,苍白的脸,腮帮儿上有点儿焦红,一瞧就知道是不十分健康的。她叫我想起山中透明的小溪,黄昏的薄雾,戴望舒先生的《雨巷》,蒙着梅雨的面网的电器广告。以后又碰到了几次。老瞧见她独个儿坐在那儿,含着沉默的笑,望着天边一大块一大块的白云,半闭着的黑水晶藏着东方古国的秘密。来的时候儿总是独个儿来的,只有一次我瞧见她和几位跟她差不多年龄的姑娘到她母亲墓旁的墓地上野餐。她们大声的笑着,谈着。她那愉快的笑是有传染性的,大理石,石狮子,半折的古柱,风吕草,全对我嚷着:

"愉快啊——四月,恋的季节!"

我便"愉快啊"那么笑着;杜鹃在田野里叫着丁香的忧郁,沿着乡下的大路走到校里,便忘了饥饿地回想着她广东味的带鼻音的你字。为了这你字的妩媚我崇拜着明媚的南国。

接连两天没瞧见她上公墓去,她母亲的那座坟是寂寞的,没有花。我坐在母亲的墓前,低下了脑袋忧郁着。我是在等着谁——等一声远远儿飘来的天主堂的钟,等一阵晚风,等一个紫色的朦胧的梦。是在等她吗? 我不知道。干吗儿等她呢? 我并不认识她。是怀念辽远的母亲吗? 也许是的。可是她来了,便会"愉快啊"那么地微笑着,这我是明白的。

第三天我远远儿的望见她正在那儿瞧母亲的墓碑。怀着吃朱古力时的感觉走了过去,把花放到大理石上:

"今儿你来早了。"

就红了脸。见了姑娘红着脸窘住了,她只低低的应了一声儿便淡淡的走了开去。瞧她走远了,我猛的倒了下去,躺在草地上;没有嘴,没有手,没有视觉,没有神经中枢,我只想跳起来再倒下去,倒下去再跳起来。我是无轨列车,我要大声地嚷,我要跑,我要飞,力和热充满着我的身子。我是伟大的。猛的我想起了给人家瞧见了,不是笑话吗? 那么疯了似的! 才慢慢儿的静了下来,可是我的思想却加速度地飞去了,我的脑纤维组织爆裂啦。成了那么多的电子,向以太中蹿着。每一颗电子都是愉快的,在我耳朵旁边苍蝇似的嗡嗡的叫。想着想着,可是在想着什么呢? 自家儿也不知道是在那儿想着什么。我想笑;我笑着。我是中了 spring fever 吧?

"徐先生你的花全给你压扁啦。"

那管墓的在嘴角儿上叼着烟蒂儿,拿着把剪小树枝的剪刀。我正躺在花上,花真的给我压扁了。他在那儿修剪着围着我母亲的墓场的矮树的枝叶。我想告诉他我跟玲姑娘讲过了,告诉他我是快乐的。可是笑话哪。便拔着地上的草和他谈着。

晚上我悄悄的对母亲说:"要是你是在我旁边儿,我要告诉你,你的儿子疯了。"可是现在我跟谁说呢? 同学们要拿我开玩笑的。睡到早上,天刚亮,我猛的坐了起来望了望窗外,操场上没一个人,温柔的太阳的触手抚摩着大块的土地。我想着晚上的梦,那些梦却像云似的飞啦,捉摸不到。又躺下去睡啦,——睡啦,象一个幸福的孩子。

下午,我打了条阔领带——我爱穿连领的衬衫,不大打领带的。从那条悠长的煤屑路向公墓那儿走去。温柔的风啊! 火车在铁路上往那边儿驶去,嚷着,吐着气,喘着,一脸的汗。尽那儿,蒙着一层烟似的,瞧不清楚,只瞧得蓝的天,广阔的田野,天主堂的塔尖,青的树丛。花房的玻璃棚反射着太阳的光线,池塘的水面上有苍老的青苔,岸上有柳树。在矮篱旁开着一丛蔷薇,一株桃花。我折了条白杨的树枝,削去了桠枝和树叶,当手杖。

一个法国姑娘,戴着白的法兰西帽,骑在马上踱着过来,她的笑劲儿里边有地中海旁葡萄园的香味。我笑,扬一扬手里的柳条,说道:

"愉快的四月啊!"

"你打它一鞭吧。"

我便在马腿上打了一鞭,那马就跑去了。那法国姑娘回过身来扬一扬胳臂。她是亲热的。挑着菜的乡下人也对我笑着。

走到那条往母亲墓前去的小径上,我便往她家的坟那儿望,那坟旁的常青树中间露着那淡紫的旗袍儿,亭亭地站在那儿哪,在树根的旁边,在黑绸的高跟儿鞋上面,一双精致的脚! 紫色的丁香沉默地躺在白大理石上面,紫色的玲姑娘,沉默地垂倒了脑袋,在微风里边。

"她也在那儿啊:和我在一个蔚蓝的天下面存在着,和我在一个四月中间存在着,吹动了她的头发的风就是吹起了我的阔领带的风哪!"——我是那么没理由地高兴。

过去和她谈谈我们的母亲吧。就这么冒昧地跑过去不是有点儿粗野吗? 可是我真的走过去啦,装着满不在乎的脸,一个把坟墓当作建筑的艺术而欣赏着的人的脸。她正在那儿象在想着什么似的,见我过去,显着为难的神情,招呼一下,便避开了我的视线。

吞下了炸弹哪,吐出来又不是,不吐出来又不是。再过一回儿又得红着脸窘住啦。

"这是你母亲的墓吧?"究竟这么说了。

她不作声,天真的嘴犄角儿送来了怀乡病的笑,点了下脑袋。

"这么晴朗的季节到郊外来伴着母亲是比什么都有意思的。"只得像独自那么的扮着滑稽的角色,觉得快要变成喜剧的场面了。

"静静地坐在这儿望着蓝天是很有味的。"她坐了下去,不是预备拒绝我的模样儿。"时常瞧见你坐在那儿,你母亲的墓上,——你不是天天来的吗?"

"差不多天天来的。"我也跟着坐了下去,同时——"不会怪我不懂礼貌吧?"这么地想着。"我的母亲顶怕蚂蟥哪!"

"母亲啊!"她又望着远方了,沉默地笑着,在她视线上面,在她的笑劲儿上面,像蒙了一层薄雾似的,暗示着一种温暖的感觉。

我也喝醉了似的,躺在她的蒙眬的视线和笑劲儿上面了。

"我还记得母亲帮我逃学,把我寄到姑母家里,不让爹知道。"

"母亲替我织的绒衫子，我三岁时穿的绒衫子还放在我放首饰的小铁箱里。"

"母亲讨厌抽烟，老从爹嘴上把雪茄抢下来。"

"母亲爱白芙蓉，我爱紫丁香。"

"我的爹有点儿怕母亲的。"

"跟爹斗了嘴，母亲也会哭的，我瞧见母亲哭过一次。"

"母亲啊！"

"静静地在这大理石下面躺着的正是母亲呢！"

"我的母亲也静静地躺在那边儿大理石下面哪！"

在怀念着辽远的母亲的情绪中，混和着我们中间友谊的好感。我们絮絮地谈着母亲生前的事，像一对五岁的孩子。

那天晚上，我在房里边跳着兜圈儿，把自家弄累了才上床去；躺了一回儿又坐起来。宿舍里的灯全熄了，我望着那银色的海似的操场，那球门的影子，远方的树。默默地想着，默默地笑着。

四

每天坐在大理石上，和她一同地，听着那寂寂的落花，靠着墓碑。说她是不爱说话的人是错了，一讲到母亲，那张契默的嘴里，就结结巴巴地泛溢着活泼的话。就是缄默的时候，她的眼珠子也会说着神秘的话，只有我听得懂的话。她有近代人的敏感，她的眼珠子是情绪的寒暑表，从那儿我可以推测气压和心里的晴雨。

姑娘们应当放在适宜的背景里，要是玲姑娘存在在直线的建筑物里边，存在在银红的，黑和白配合着的强烈颜色的衣服里边，存在在爵士乐和 neon light 里边，她会丧失她那种结着淡淡的哀愁的风姿。她那蹙着的眉尖适宜于垂直在地上的白大理石的墓碑，常青树的行列，枯花的凄凉味。她那明媚的语调和梦似的微笑却适宜于广大的田野，晴朗的天气，而她那蒙着雾似的视线老是望着辽远的故乡和孤寂的母亲的。

有时便伴着她在田园间慢步着，听着在她的鞋跟下扬起的恋的悄语。把母亲做中心点，往外，一圈圈地划着谈话资料的圆。

"我顶喜欢古旧的乡村的空气。"

"你喜欢骑马吗？骑了马在田野中跑着，是年轻人的事。"

"母亲是死在西湖疗养院的，一个五月的晚上。肺结核是她的遗产；有了这遗产，我对于运动便是绝缘体了。"说到肺结核，她的脸是神经衰弱病患者的。

为了她的健康，我忧郁着。"如果她死了，我要把她葬在紫丁香冢里，弹着 mandolin，唱着萧邦的流浪曲，伴着她，像现在伴着母亲那么地。"——这么地想着。

恋着一位害肺病的姑娘，猛的有一天知道了她会给肺结核菌当作食料了，真是痛苦的事啊。可是痛苦有吗用呢？

"那么，你干吗不住到香港去哪？那里不是有很好的疗养院吗？南方的太阳会医好你的。"我真希望把她放在暖房里花似的培养着哪……小心地在快枯了的花朵上洒着水——做园丁是快乐的。我要用紫色的薄绸包着她，盖着那盛开着的花蕊，成天地守在那儿，不让蜜蜂飞近来。

"是的,我爱香港。从我们家的窗子里望出去,可以看到在细雨里蛇似的蜿蜒着维多利亚市的道路。我爱那种淡淡的哀愁。可是父亲独自个儿在上海寂寞,便来伴他;我是很爱他的。"

走进了一条小径,两边是矮树扎成的篱子。从树枝的底下穿过去,地上有从树叶的空隙里漏下来的太阳光,蚂蚱似的爬在蔓草上;蔓草老缠住她的鞋跟,一缠住了,便轻轻地顿着脚,蹙着眉尖说:

"讨厌的……"

那条幽静的小径是很长的,前面从矮篱里边往外伸着苍郁的夏天的灌木的胳臂,那迷离的叶和花遮住了去路,地上堆满着落花,风吕草在脚下怨恨着。俯着身子走过去,悉悉地,践着混了花瓣的松土。猛的矮篱旁伸出枝蔷薇来,枝上的刺钩住了她的头发,我上去帮着她摘那些刺,她歪着脑袋瞧。这么一来,我便忘了给蔷薇刺出血来的手指啦。

走出了那条小径。啊,瞧哪!那么一大片麦田,没一座屋子,没一个人!那边儿是一个池塘,我们便跑到那儿坐下了。是傍晚时分,那么大的血色的太阳在天的那边儿,站在麦穗的顶上,蓝的天,一大块一大块的红云,紫色的暮霭罩住了远方的麦田。水面上有柳树的影子,我们的影子,那么清晰的黑暗。她轻轻地喘着气,散乱的头发,桃红的腮帮儿——可是肺病的征象哪!我忧郁着。

"广大的田野!"

"蓝的天!"

"那太阳,黄昏时的太阳!"

"还有——"还有什么呢?还有她啊;她正是黄昏时的太阳!可是我没讲出来。为什么不说呢?说"姑娘,我恋着你。"可是我胆怯。只轻轻地"可爱的季节啊!"这么叹息着。

"瞧哪!"她伸出脚来,透明的,浅灰的丝袜子上面爬满了毛虫似的草实。

"我……我怎么说呢?我要告诉你一个故事。从前有一位姑娘,她是像花那么可爱的,是的,像丁香花。有一痴心的年轻人恋着她,可是她不知道。那年轻人天天在她身旁,可是他却是孤独的,忧郁的。那姑娘是不十分康健的,他为她挂虑着。他是那么地恋着她,只要瞧见了她便觉得幸福。他不敢请求什么,也不敢希冀什么,只要她知道他的恋,他便会满意的。可是那姑娘却不知道;不知道他每晚上低低地哭泣着……"

"可是那姑娘是谁哪?"

"那姑娘……那姑娘?是一位紫丁香似的姑娘……是的,不知在哪本书上看来的一个故事罢咧。"

"可爱的故事哪。借给我那本书吧。"

"我忘了这本书的名字,多咱找到了便带给你。就是找不到,我可以讲给你听的。"

"可爱的故事哪!可是,瞧哪,在那边儿,那边是我的故乡啊!"蒙着雾似的眼珠子望着天边,嘴犄角儿上挂着梦似的笑。

我的恋,没谁知道的恋,沉默的恋,埋在我年轻的心底。

"如果母亲还活着的话,她会知道的;我会告诉她的。我要跪在她前面,让她抚着我的头发,告诉她,她儿子隐秘的恋。母亲啊!"我也望着天边,嘴犄角儿上挂着寂寞的笑,睁着忧郁的眼。

五

在课堂前的石阶上坐着,从怀里掏出母亲照片来悄悄地跟她说。

"母亲，爹爱着你的时候儿是怎么跟你说的呢？他也讲个美丽的，暗示的故事给你听的吗？他也是像我那么胆怯的吗？母亲，你为什么要生一个胆怯的儿子哪？"

母亲笑着说："淘气的孩子。沉默地恋着不也很好吗？"

我悄悄地哭了。深夜里跑到这儿来干吗呢？夜风是冷的，夜是默静而温柔的；在幸福和忧郁双重压力下，孩子的心是脆弱的。

弹着 mandolin，低低地唱着，靠在墓碑上：

我的生命有一个秘密，
一个青春的恋。
可是我恋着的姑娘不知道我的恋，
我也只得沉默。

天天在她身边，我是幸福的，
可是依旧是孤独的；
她不会知道一颗痛苦的孩子的心，
我也只得沉默。

她听着这充满着"她"的歌时。
她会说："她是谁呢？"
直到年华度尽在尘土，我不会向她明说我的恋。
我是只得沉默！

我低下了脑袋，默默地。玲姑娘坐在前面：

"瞧哪，像忧郁诗人莱诺的手杖哪，你的脸！"

"告诉你吧，我的秘密……"可是我永远不会告诉她真话的。"我想起了母亲呢！"

便又默着了。我们是时常静静地坐着的。我不愿意她讲话，瞧了她会说话的嘴我是痛苦的。有了嘴不能说自家儿的秘密，不是痛苦的哑子吗？我到现在还不明白，为什么我那时不明说；我又不是不会说话的人。可是把这么在天真的年龄上的纯洁的姑娘当作恋的对象，真是犯罪的行为呢。她是应该玛利亚似地供奉着的，用殉教者的热诚，每晚上为她的康健祈祷着。再说，她讲多了话就喘气，这对于她的康健有妨碍。我情愿让她默着。她默着时，她的发，她的闭着的嘴，她的精致的鞋跟会说着比说话时更有意思的悄语，一种新鲜的，得用第六觉去谛听的言语。

那天回去的路上，尘土里有一朵残了的紫丁香。给人家践过的。她拾了起来裹在白手帕里边，塞在我的口袋里。

"我家里有许多这么的小紫花呢，古董似的藏着，有三年前的，干得象纸花似的。多咱到我家里来瞧瞧吧。我有妈的照片和我小时候到现在的照片；还有贵重的糖果，青色的书房。"

第二天是星期日，我把那天的日记抄在下面：

五月二十八日

我不想到爹那儿去,也不想上母亲那儿去。早上朋友们约我上丽娃栗妲摇船去;他们说那边儿有柳树,有花,有快乐的人们,在苏州河里边摇船是江南人的专利权。我拒绝了。他们说我近来变了。是的,我变了,我喜欢孤独。我时常独自个儿在校外走着,思量着。我时常有失眠的晚上,可是谁知道我怎么会变的?谁知道我在恋着一位孤寂的姑娘!母亲知道的,可是她不会告诉别人的。我自家儿也知道,可是我告诉谁呢?

今儿玲姑娘在家里伴父亲。我成天地坐在一条小河旁的树影下,哑巴似的,什么事也不做,戴了顶阔边草帽。夏天慢慢儿的走来了,从那边田野里,从布谷鸟的叫声里。河边的草像半年没修发的人的胡髭。田岸上走着光了上半身的老实的农夫。天上没一丁点云。大路上,趁假日到郊外来骑马的人们,他们的白帆布马裤在马背上闪烁着;我是寂寞的。

晚上,我把春天的衣服放到箱子里,不预备再穿了。

明儿是玲的生日,我要到她家里去。送她些什么礼呢?我要送她一册戴望舒先生的诗集,一束紫丁香,和一颗痛苦着的心。

今晚上我会失眠的。

六

洒水车嘶嘶地在沥青路上走过,戴白帽的天主教徒喃喃地讲着她们的故国,橱窗里摆着小巧的日本的遮阳伞,丝睡衣。不知哪儿已经有蝉声了。

墙上牵满着藤叶,窗子前种着棵芭蕉,悉悉地响着。屋子前面有个小园,沿街是一溜法国风的矮栅。走进了矮栅,从那条甬道上走到屋子前的石阶去,只见门忽然开了,她亭亭地站在那儿笑着,很少见的顽皮的笑。等我走近了,一把月季花的子抛在我脸上,那些翡翠似的子全在我脸上爆了。"早从窗口那儿瞧见了你哪。"

"这是我送你的小小的礼物。"

"多谢你。这比他们送我的那些糖啦,珠宝啦可爱多啦。"

"我知道那些你爱好的东西。"恳切地瞧着她。

可是她不会明白我的眼光的。我跟了她进去,默着。陈设得很简单的一间书房,三面都有窗。一只桃花木的写字台靠窗放着,那边儿角上是一只书架,李清照的词,凡尔兰的诗集。

"你懂法文的吗?"

"从前我父亲在法国大使馆任上时,带着我一同去的。"

她把我送她的那本《我底记忆》放到书架上。屋子中间放着只沙发榻,一个天鹅绒的坐垫,前面一只圆儿,上面放了两本贴照簿,还有只小沙发。那边靠窗一只独脚长儿,上面一只长颈花瓶,一束紫丁香。她把我送她的紫丁香也插在那儿。

"那束丁香是爹送我的。它们枯了的时候,我要用紫色的绸把它们包起来,和母亲织的绒衫在一块儿。"

她站在那儿,望着那花。太阳从白窗纱里透过来,抚摩着紫丁香的花朵和她的头发,温柔地。窗纱上有芭蕉的影子。闲静浸透了这书房。我的灵魂,思想,全流向她了,和太阳的触手一同地抚摩着那丁香，她的头发。

"为什么单看重那两束丁香呢？"

她回过身来，用那蒙着雾似的眼光望我，过了一回才说道："你不懂的。"我懂的！这雾似的眼光，这一刹那，这一句话，在我的记忆上永远是新鲜的。我的灵魂会消灭，我的身子会朽腐，这记忆永远是新鲜的。

窗外一个戴白帆布遮阳帽的影子一闪，她猛的跳起来，跑了出去。我便瞧一下壁上的陈设。只挂着一架银灰的画框，是 Monet 的田舍画，苍郁的夏日的色彩和简朴的线条。

"爸，你替我到客厅里去对付那伙儿客人吧。不，你先来瞧瞧他，就是我时常提到的那个孩子。他的母亲是妈的邻舍呢！你瞧瞧，他也送了我一束紫丁香……"她小鸟似的躲在一个中年人的肩膀下面进来了。有这么个女儿的父亲是幸福的。这位幸福的父亲的肘下还夹着半打鱼肝油，这使我想起实验室里石膏砌的骨骼标本，和背着大鳖鱼的丹麦人。他父亲脸上还剩留着少年时的风韵。他的身子是强壮的。怎么会生了瘦弱的女儿呢？瞧了在他胁下娇小的玲姑娘，我忧郁着。他把褂子和遮阳帽交给了她，掏出手帕来擦一擦脑门上的汗，没讲几句话，便带了他那体贴女儿的脸一同出去了。

"会客室里还有客人吗？"

"讨厌的贺客。"

"为什么不请他们过来呢？"

"这间书房是我的，我不愿意让他们过来闹。"

"我不相干。你伴他们谈去吧。疏淡了他们不大有礼貌的。"

"我不是答应了你一块儿看照片的吗？"

便坐在那沙发榻上翻着那本贴照簿。从照上我认识了她的母亲，嘴角和瘦削的脸和她是很象的。她拿了一大盒礼糖来跟我一块儿吃着。贴照簿里边有一张她的照片，是前年在香港拍的：坐在一丛紫丁香前面：那熟悉的笑，熟悉的视线，脸比现在丰腴，底下写着一行小字："Say it with flowers."

"谁给你拍的？"

"爸……"这么说着便往外跑。"我去弄 tea 你吃。"

那张照片，在光和影上，都够得上说是上品，而她那种梦似的风姿在别的照片中是找不到的。我尽瞧着那张照，一面却："为什么她单让我一个人走进她的书房来呢？ 为什么她说我不懂的？ 不懂的……不懂的……什么意思哪，那么地瞧着我？ 向她说吧，说我爱她……啊！啊！可是问她要了这张照吧！我要把这张照片配了银灰色的框子，挂在书房里，和母亲的照一同地，也在旁边放了只长脚儿，插上了紫丁香，每晚上跪在前面，为她祈福。"——那么地沉思着。

她拿了银盘子进来，给我倒了一杯牛奶红茶，还有一个香蕉饼，两片面包。

"这是我做的。在香港我老做椰子饼和荔枝饼给父亲吃。"

她站到圆桌旁瞧我吃，孩气地。

"你自家儿呢？"

"我刚才吃了糖不能再吃了，健康的人是幸福的；我是只有吃鱼肝油的福分。广东有许多荔枝园，那么多的荔枝，黑珠似的挂在枝上，那透明的荔肉！"

"你今天很快乐哪！可不是吗？"

"因为我下星期要到香港了，跟着父亲。"

"什么？"我把嘴里的香蕉饼也忘了。

"怎么啦？还要回来的。"

刚才还馋嘴地吃着的香蕉饼，和喝着牛奶红茶全吃不下了，跟她说呢？还是不跟她说？神经组织顿时崩溃了下来，——没有脊椎，没有神经，没有心脏的人了哪！

"多咱走哪？"

"后天。应该来送我的。"

"准来送你的。可是明儿我们再一同去看看母亲吧？"

"我本来预备去的。可是你为什么不吃哪？"

我瞧着她，默着——说还是不说？

"不吃吗？讨厌的。是我自家儿做的香蕉饼哪！你不吃吗？"蹙着眉尖，轻轻地顿着脚，笑着，催促着。

像反刍动物似地，我把香蕉饼吃了下去，又吐了出来，再嚼着，好久才吃完了。她坐到钢琴前面弹着，Kiss me good night, not good bye，感伤的调子懒懒地在紫丁香上回旋着，在窗后面躲着。天慢慢儿的暗了下来，黄昏的微光从窗子那儿偷偷的进来，爬满了一屋子。她的背影是模糊的，她的头发是暗暗的。等她弹完了那调子，阖上了琴盖，我就戴上了帽子走了。她送我到栅门边，说道：

"我今儿是快乐的！"

"我也是快乐的！再会吧。"

"再会吧！"扬一扬胳臂，送来了一个微笑。

我也笑着。走到路上，回过脑袋来，她还站在门边向我扬着胳臂。前面的一串街灯是小姐们晚礼服的钻边。忽然我发现自家儿眼眦上也挂着灯，珠子似的，闪耀着，落下去了；在我手里的母亲照片中的脸模糊了。

"为什么不向她说呢？"后悔着。

回过身去瞧，那书房临街的窗口那儿有了浅绿的灯光，直照到窗外窥视着的藤上，而那依依地，寂寞地响着的是钢琴的幽咽的调子，嘹亮的声音。

七

第二天，只在墓场里巡行了一回，在母亲的墓上坐着。她也注意到了我的阴郁的脸色，问我为什么。"告诉她吧？"那么地想着。终究还是说了一句：

"怀念着母亲呢！"

天气太热，她的纱衫已经给汗珠轻薄地浸透了背上，里面的衬衣自傲地卖弄着风情。她还要整理行装，我便催着她回去了。

送行的时候连再会也没说，那船便慢慢地离开了码头，可是她眼珠子说着的话我是懂得的。我站在码头上，瞧着那只船。她和她的父亲站在船栏后面……海是青的，海上的湿风对于她的康健是有妨害的。我要为她祝福。

她走了没几天，我的父亲为了商业的关系上天津去，得住几年，我也跟着转学到北平了。临走时给了她一封信，写了我北平的地址。

每天坐在窗前,听着沙漠里的驼铃,年华的跫音。这儿有晴朗的太阳,蔚蓝的天空,可是江南的那一种风,这儿是没有的。从香港她寄了封信来,说下月便到上海来;她说香港给海滨浴场,音乐会,夜总会,露天舞场占满了,每天只靠着窗栏逗鹦鹉玩。第二封信来时,她已经在上海啦;她说,上海早就有了秋意,窗前的紫丁香枯了,包了放在首饰箱里,鹦鹉也带了来就挂在放花瓶的那只独脚几旁,也学会了太息地说:

"母亲啊!"

她又说还是常上公墓那儿去的,在墓前现在是只有菊花啦。可是北平只有枯叶呢,再过几天,刮黄沙的日子快来咧。等着信的时间是长的,读信的时间是短的——我恨中国航空公司,为什么不开平沪班哪? 列车和总统号在空间运动的速度是不能和我的脉搏相应的。

从褪了金黄色的太阳光里,从郊外的猎角声里,秋天来了。我咳嗽着。没有恐惧,没有悲哀,没有喜乐,秋天的重量我是清楚的。再过几天,我又要每晚上发热了。秋天淌冷汗,在我,是惯常的事。

多咱我们再一同到公墓呢? 你的母亲也许在那儿怀念你哪!

玲十月二十三日

咳嗽得很厉害,发了五天热,脸上泛着桃色。父亲忧虑着。赶明儿得进医院了。每年冬季总是在蝴蝶似的看护妇,寒热表,硝酸臭味里边过的,想不到今年这么早就进去了。

希望你天天写信来,在医院里,这是生活的必需品。

玲十一月五日

我瘦多了。今年的病比往年凶着点儿。母亲那儿好久不去了;等病好了,春天来了,我想天天去。

我在怀念着在墓前坐着谈母亲的日子啊!

又:医生禁止我写信,以后恐怕不能再写了。

玲十一月十四日

来了这封信后,便只有我天天地写信给她,来信是没了。每写一封信,我总"告诉她吧?"——那么地思忖着。末了,便写了封很长的信给她,告诉她我恋着她,可是这封信却从邮局里退回来啦,那火漆还很完固的。信封上写着:"此人已出院。"

"怎么啦? 怎么啦? 好了吗? 还是……还是……"便想起那鱼肝油,白色的疗养院,冷冷的公墓,她母亲的墓,新的草地,新的墓,新的常青树,紫丁香……可是那墓场的冷感的风啊……冷感的风……冷感的风啊!

赶忙写了封信到她家里去,连呼吸的闲暇也没有地等着。复信究竟来了,看到信封上的苍老的笔迹,我觉得心脏跳了出来,人是往下沉,往下沉。信是这么写着的:

年轻人,你迟了。她是十二月二十八葬到她母亲墓旁的。临死的时候儿,她留下来几件东西给你。到上海来时来看我一次吧,我可以领你去拜访她的新墓。

欧阳旭

"迟了！迟了！母亲啊,你为什么生一个胆怯的儿子呢?"没有眼泪,没有太息,也没有悔恨,我只是低下了脑袋,静静地,静静地坐着。

一年以后,我跟父亲到了上海,那时正是四月。我掉上了去年穿的那身衣服,上玲姑娘家去。又是春天啦,瞧哪,那些年轻的脸。我叩了门,出来开门的是她的爹,这一年他脸上多了许多皱纹,老多了。他带着我到玲姑娘的书房里。窗前那只独脚儿还在那儿,花瓶也还在那儿。什么都和去年一样,没什么变动。他叫我坐一会,跑去拿了用绸包着的,去年我送玲姑娘的,枯了的紫丁香,和一本金边的贴照簿给我。

"她的遗产是两束枯了的紫丁香,两本她自家儿的照片,她吩咐我和你平分。"

我是认识这两件东西的,便默默地收下了,记起了口袋里还有她去年给我的从地上捡来的一朵丁香。

"瞧瞧她的墓去吧?"

便和他一块儿走了。路上买了一束新鲜的丁香。

郊外,南方来的风,吹着暮春的气息;晴朗的太阳,蔚蓝的天空,每一朵小野花都含着笑。田野是广阔的,路是长的,空气是静的,广告牌上的绅士是不会说话,只会微笑的。

走进墓场的大门,管墓的高兴地笑着,说道:

"欧阳先生,小姐的墓碑已经安上了。"

见了我,便:——

"好久不见了!"

"是的。"

走过母亲的墓,我没停下来。在那边儿,黑的大理石,白的大理石上有一块新的墓碑:

"爱女欧阳玲之墓。"

我不会忘记的,那梦似的笑,蒙着雾似的眼光,不十分健康的肤色,还有"你不懂的。"我懂的,可是我迟了。

他脱下了帽子,我也脱下了帽子。

一九三二,三,十六

(原载 1932 年 5 月《现代》创刊号)

赏析

穆时英(1912—1940),笔名伐扬、匿名子,浙江慈溪人,现代小说家,20 世纪 30 年代的"新感觉派"代表作家。作品风格独特,多描写光怪陆离的都市生活,流露出明显的颓废感伤气息。代表作有《公墓》《白金的女体塑像》《圣处女的感情》《夜总会里的五个人》《上海的狐步舞》等。

《公墓》是一篇以爱情与死亡为主题的心理小说,"我"与玲姑娘同病相怜,陷入了情网,却又缺乏勇气向姑娘吐露心曲,于是陷入"隐秘的恋"的无穷苦楚之中。两人分别后通信，"我"终于发出明白表露爱情的长信却被退回。最后接到玲姑娘死去的噩耗，"我"被遗弃在无尽的孤独寂寞里，留下的只是被记忆不断加剧、永远挥之不去的痛苦忧郁、空虚感伤。穆时英在《公墓·自序》中说："每一个人除非他是毫无感觉的人，在心的深底都蕴藏着一种寂寞感，一种无法排除的寂寞感，每一个人都是部分地或全部地不能被人家了解的，而且是精神地隔绝了的，每个人都能感觉到这些。生活的苦味越是尝得多，感觉越是灵敏的人，那种寂寞就越加深深地钻到骨髓里。"在作者看来，爱情其实是一次精神旅行，是探索生命本质的试金石，《公墓》这篇小说正是借助了这样一段爱情追求的幻灭，生动地表现了现代社会人与人之间冷漠疏远、相互隔膜，人海中彻心的寂寞与孤独。

为了表现城市生活新的真实以及在人的感觉中所引起的反应，新感觉派在艺术表现上往往追求"陌生化"效果，通感手法是常用的一种。《公墓》中就采用了这种手法，如"笑劲儿里边有地中海葡萄园的香味，杜鹃在田野里叫着丁香的忧郁"，将视觉、听觉、嗅觉、味觉、触觉等复合起来，造成一种新奇的感觉。此外穆时英还喜欢用极度夸张的形容，将抽象的情绪变为具体可感的直觉、借觉、幻觉。如写初恋的甜蜜，"喝醉了似的，躺在她的蒙眬的视线和笑劲儿上面了"，语句出奇制胜，充满暗示、联想，显示了一个神秘而又新鲜的感觉世界。小说中还多处采用意识流技巧，人物时常触景生情，展开川流不息的自由联想，因而有大段大段的独白，生动地表现了都市文化的现代性和都市人灵魂的骚动。

（顾金春）

思考题

1. 如何理解《公墓》中的爱情描写？

2.《公墓》这篇小说在艺术表现方面有何特点？

参考文献

1. 沈从文　论穆时英，《大公报·文艺》，1935 年 9 月 9 日，后收入《沈从文文集》第 11 卷，花城出版社，1984。

2. 邓明灿　论穆时英新感觉派小说的抒情特征，《河南师范大学学报（哲学社会科学版）》，2004(5)。

3. 张生　刻意的先锋和无意的媚俗——试论穆时英的小说，《文艺争鸣》，2008(5)。

4. 黄献文　《论新感觉派》，武汉出版社，2000。

5. 许道明　《海派文学论》，复旦大学出版社，1999。

春　阳

施蛰存

　　婵阿姨把保管箱锁上了，走出库门，看见那个年轻的行员正在对着她瞧，她心里一动，不由的回过头去向那一排一排整整齐齐的保管箱看了一眼，可是她已经认不得哪一只是三〇五号了。她望怀里一掏，刚才提出来的一百五十四元六角的息金好好地在内衣袋里。于是她走出了上海银行大门。

　　好天气，太阳那么大。这是她今天第一次感觉到的。不错，她一早从昆山乘火车来，一下火车，就跳上黄包车，到银行。她除了起床的时候曾经揭开窗帘看下不下雨之外，实在没有留心过天气。可是今天这天气着实好，近半个月来，老是那么样的风风雨雨的没得看见过好天气，今天却满街满屋的暖太阳了。到底是春天了，一晴就暖和。她把围在衣领上的毛绒围巾放松了一下。

　　这二月半旬的，好久不照到上海来的太阳，你别忽略了，倒真有一些魅力呢。倘若是像前两日一样的阴沉天气，当她从玻璃的旋转门中出来，一阵冷风扑上脸，她准是把一角围巾掩着嘴，雇一辆黄包车直到北火车站，在待车室里老等下午三点钟开的列车回昆山去的。今天扑脸上的乃是一股热气，一片晃眼的亮，这使她平空添出许多兴致。她摸出十年前的爱尔琴金表来。十二点还差十分。这样早，还好在马路上走走呢。

　　于是，昆山的婵阿姨，一个儿走到了春阳和煦的上海的南京路上。来来往往的女人男人，都穿得那么样轻，那么样美丽，又那么样小玲玲的，这使她感觉到自己底绒线围巾和驼绒旗袍的累坠。早知天会这样热，可就穿了那件雁翎绉衬绒旗袍来了。她心里划算着，手却把那绒线围巾除下来，折叠着搭在手腕上。

　　什么店铺都在大廉价。婵阿姨看看绸缎，看看瓷器，又看看各式各样的化妆品，丝袜和糖果饼干。她想买一点？不会的，这一点点定力她是有的。没有必需，她不会买什么东西。要不然，假如她舍得随便花钱，她怎么会牺牲了一生的幸福，肯抱牌位做亲呢？

　　她一路走，一路看。从江西路口走到三友实业社，已经过午时了。她觉得热，额角上有些汗。袋里一摸，早上出来没带着手帕。这时，她觉得有必需了。她走进三友实业社去买了一条毛巾手帕，带便在椅子上坐坐，歇歇力。

　　她隔着玻璃橱窗望出去，人真多，来来去去的不断。他们都不像觉得累，一两步就闪过了，走得快。愈看人家矫健，愈感觉到自己的屠弱了，她抹着汗，懒得立起来，她害怕走出门去，将怎样挤进这些人的狂流中去呢？

　　到这时，她才第一次奇怪起来：为什么，论年纪也还不过三十五岁，何以这样的不济呢？在昆山的时候，天天上大街，可并不觉得累，一到上海，走不了一条马路，立刻就像个老年人了。这是为什么？她这样想着，同时就埋怨着自己，不应该高兴逛马路玩，那是毫无意思的。

　　于是她勉强起身，挨出门。她想到先施公司对面那家点心店里去吃一碗面，当中饭。吃了面就雇黄包车到北火车站。可是，你得明白，这是婵阿姨刚才挨出三友实业社的那扇玻璃门时候的主意。

要是她真的累得走不动,她也真的会去吃了面上火车的。意料不到的却是,当她望永安公司那边走了几步路,忽然地让她觉得身上又恢复了一种好像是久已消失了的精力,让她混合在许多呈着喜悦的容颜的年轻人底狂流中,一样轻快地走……走。

什么东西让她得到这样重要的改变? 这春日的太阳光,无疑的。它不仅改变了她底体质,简直还改变了她底思想。真的,一阵很骚动的对于自己的反抗心骤然在她胸中灼热起来。为什么到上海来不玩一玩呢? 做人一世,没钱的人没办法,眼巴巴地要挨着到上海来玩一趟,现在,有的是钱,虽然还要做两个月家用,可是就使花完了,大不了再去提出一百块来。况且,算它住一夜的话,也用不了一二十块钱。人有的时候得看破些,天气这样好!

天气这样好,眼前一切都呈着明亮和活跃的气象。每一辆汽车刷过一道崭新的喷漆的光,每一扇玻璃橱上闪耀着各方面投射来的晶莹的光,远处摩天大厦底圆瓴形或方形的屋顶上辉煌着金碧的光,只有那先施公司对面的点心店,好像被阳光忘记了似的,呈现着一种抑郁的烟煤的颜色。

何必如此刻苦呢? 舒舒服服地吃一顿饭。婵阿姨不想吃面了。但她想不出应当到什么地方去吃饭。她预备叫两个菜,两个上海菜,当然不要昆山吃惯了的东西,但价钱,至多两元,花两块钱吃一顿中饭,已经是很费的了,可是上海却说不来,也许两个菜得卖三块四块。这就是她不敢闯进任何一家没有经验的餐馆的理由。

她站在路角上,想,想。在西门的一个馆子里,她曾经吃过一顿饭,可是那太远了。其次,四马路,她记得也有一家;再有,不错,冠生园,就在大马路。她不记得有没有走过,但在她记忆中,似乎冠生园是最适宜的了,虽则稍微有点憎嫌那儿的饭太硬。她思索了一下,仿佛记得冠生园是已经走过了,她怪自己一路没有留心。

婵阿姨在冠生园楼上拣了个座位,垫子软软的,当然比坐在三友实业社舒服。侍者送上茶来,顺便递了张菜单给她。这使她稍微有一点窘,因为她虽然认得字,可并不会点菜。她费了十分钟,给自己斟酌了两个菜,一共一块钱。她很满意,因为她知道在这样华丽的菜馆里,是很不容易节省的。

她饮着茶,一个人占据了四个人底座位。她想趁这空暇打算一下,吃过饭到什么地方去呢? 今天要不要回昆山去? 倘若不回去的话,那么,今晚住到什么地方去? 惠中旅馆,像前年有一天因为银行封关而不得不住一夜那情形一样吗? 再说,玩,怎样玩? 她都委决不下。

一溜眼,看见旁座的圆桌子上坐着一男一女,和一个孩子。似乎是一个小家庭呢? 但女的好像比男的年长得多。她大概也有三十四五岁了吧? 婵阿姨刚才感觉到一种获得了同僚似的欢喜,但差不多是同时的,一种常常沉潜在她心里而不敢升腾起来的烦闷又冲破了她底欢喜的面具。这是因为在她底餐桌上,除了她自己之外,更没有第二个人。丈夫? 孩子?

十二三年前,婵阿姨底未婚夫忽然在吉期以前七十五天死了。他是一个拥有三千亩田的大地主底独子,他底死,也就是这许多地产失了继承人。那时候,婵阿姨是个康健的小姐,她有着人家所称赞为"卓见"的美德,经过了二日二夜的考虑之后,她决定抱牌位做亲而获得了这大宗财产底合法的继承权。

她当时相信自己有这样大的牺牲精神,但现在,随着年岁底增长,她逐渐地愈加不相信她何以会有这样的勇气来了。翁姑故世了,一大注产业都归她掌管了,但这有什么用处呢? 她忘记了当时牺牲一切幸福以获得这产业的时候,究竟有没有想到这份产业对于她将有多大的好处? 族中人的虎视眈眈,去指望她死后好公分她底产业,她也不会有一个血统的继承人。算什么呢? 她实在只是一宗巨产底暂时的经管人罢了。

虽则她有时很觉悟到这种情形,她却还不肯浪费她底财产,在她是以为既然牺牲了毕生的幸福以获得此产业,那么惟有刻意保持着这产业,才比较的是实惠的。否则,假如她自己花完了,她底牺牲岂不更是徒然的吗? 这就是她始终吝啬着的缘故。

但是,对于那被牺牲了的幸福,在她现在的衡量中,却比从前的估价更高了。一年一年地阅历下来,所有的女伴都嫁了丈夫,有了儿女,成了家。即使有贫困的,但她们都另外有一种愉快足够抵偿经济生活底悲苦。而这种愉快,她是永远艳羡着,但永远没有尝味过,没有!

有时,当一种极罕有的勇气奔放起来,她会想:丢掉这些财富而去结婚罢。但她一揽起镜子来,看见了萎黄的一个容颜,或是想象出了族中人底诽笑和讽刺底投射,她也就沉郁下去了。

她感觉到寂寞,但她再没有更大的勇气,牺牲现有的一切,以冲破这寂寞的氛围。

她凝看着。旁边的座位上,一个年轻的漂亮的丈夫,一个兴高采烈的妻子,一个活泼的五六岁的孩子。他们商量吃什么菜肴。他们谈话。他们互相看着笑。他们好像是在自己家里。当然,他们并不怪婵阿姨这样沉醉地眈视着。

直等到侍者把菜肴端上来,才阻断了婵阿姨底视线。她看看对面,一个空的座位。玻璃的桌面上,陈列着一副碗箸,一副,不是三副。她觉得有点难堪。她怀疑那妻子是在看着她。她以为我是何等样人呢? 她看得出我是个死了的未婚夫底妻子吗? 不仅是她看着,那丈夫也注目着我啊。他看得出我并不比他妻子年纪大吗? 还有,那孩子,他那双小眼睛也在看着我吗? 他看出来,以为我像一个母亲吗? 假如我来抚养他,他会不会有这样活泼呢?

她呆看着坚硬的饭颗,不敢再溜眼到旁边去了。她怕接触那三双眼睛,她怕接触了那三双眼睛之后,它们会立刻给她一个否决的回答。

她于是看见一只文雅的手握着一束报纸。她抬起头来,看见一个人站在她桌子边。他好像找不到座位,想在她对面那位子上坐。但他迟疑着。终于,他没有坐,走了过去。

她目送着他走到里间去,不知道心里该怎么想。如果他终于坐下在她对面,和她同桌子吃饭呢? 那也没有什么不可以。在上海,这是普通的事。就使他坐下,向她微笑着,点点头,似曾相识地攀谈起来,也未尝不是坦白的事。可是,假如他真的坐下来,假如他真的攀谈起来,会有怎样的结局啊,今天?

这里,她又沉思着,为什么他对了她看了一眼之后,才果决地不坐下来了呢? 他是不是本想坐下来,因为对于她有什么不满意而翻然变计了吗? 但愿他是简单地因为她是一个女客,觉得不大方便,所以不坐下来的。但愿他是一个腼腆的人!

婵阿姨找一面镜子,但没有如愿。她从盆子里捡起一块蒸气洗过的手巾,揩着脸,却又后悔早晨没有擦粉。到上海来,擦一点粉是需要的。倘若今天不回昆山去,就得在到惠中旅馆之前,先去买一盒粉,横竖家里的粉也快完了。

在旅馆里梳洗之后,出来,到那里去呢? 也许,也许他——她稍微侧转身去,远远地看见那有一双文雅的手的中年男子已经独坐在一只圆玻璃桌边,他正在看报。他为什么独自个呢? 也许他会得高兴说:

——小姐，他会得这样称呼吗？我奉陪你去看影戏，好不好？

可是，不知道今天有什么好看的戏，停会儿还得买一份报。他现在在看什么？影戏广告？我可以去借过来看一看吗？假如他坐在这里，假如他坐在这里看……

——先生，借一张登载影戏广告的报纸，可以吗？

——哦，可以的，可以的，小姐预备去看影戏吗？……

——小姐贵姓？

——哦，敝姓张，我是在上海银行做事的。……

这样，一切都会很好地进行了。在上海。这样好的天气。没有遇到一个熟人。婵阿姨冥想有一位新交的男朋友陪着她在马路上走，手挽着手。和暖的太阳照在他们相并的肩上，让她觉得通身的轻快。

可是，为什么他在上海银行做事？婵阿姨再溜眼看他一下，不，他的确不是那个管理保管库的行员。那行员是还要年轻，面相还要和气，风度也比较的洒落得多。他不是那人。

一想起那年轻的行员，婵阿姨就特别清晰地看见了他站在保管库门边凝看她的神情。那是一道好像要说出话来的眼光，一个跃跃欲动的嘴唇，一副充满着热情的脸。他老是在门边看着，这使她有点烦乱，她曾经觉得不好意思摸摸索索地多费时间，所以匆匆地锁了抽屉就出来了。她记得上一次来开保管箱的时候，那个年老的行员并不这样仔细地看着她的。

当她走出那狭窄的库门的时候，她记得她曾回过头去看一眼。但这并不单为了不放心那保管箱，好像这里边还有点避免他那注意的凝视的作用。她的确觉得，当她在他身边挨过的时候，他底下颔曾经碰着了她底头发。非但如此，她还疑心她底肩膀也曾经碰着他底胸脯的。

但为什么当时没有勇气抬头看他一眼呢？

婵阿姨底自己约束不住的遐想，使她憧憬于那上海银行底保管库了。为什么不多勾留一会呢？为什么那样匆急地锁了抽屉呢？那样地手忙脚乱，不错，究竟有没有把钥匙锁上呀？她不禁伸手到里衣袋去一摸，那小小的钥匙在着。但她恍惚觉得这是开了抽屉就放进袋里去的，没有再用它来锁上过。没有，绝对的没有锁上，不然，为什么她记忆中没有这动作啊？没有把保管箱锁上？真的？这是何等重要的事！

她立刻付了帐。走出冠生园，在路角上，她招呼一辆黄包车：

——江西路，上海银行。

在管理保管库事情的行员办公的那柜台外，她招呼着：

——喂，我要开开保管箱。

那年轻的行员，他正在抽着纸烟和别一个行员说话，回转头来问：

——几号？

他立刻呈现了一种诧异的神气，这好像说：又是你，上午来开了一次，下午又要开了，多忙？可是这诧异的神气并不在他脸上停留得很长久，行长陈光甫常常告诫他底职员：对待主顾要客气，办事不怕麻烦。所以，当婵阿姨取出她底钥匙来，告诉了他三百零五号之后，他就检取了同号码的副钥匙，殷勤地伺候她到保管库里去。

三百零五号保管箱，她审察了一下，好好地锁着。她沉吟着，既然好好地锁着，似乎不必再开吧？

——怎么，要开吗？那行员拈弄着钥匙问。

——不用开了。我因为忘记了刚才有没有锁上，所以来看看。她觉得有点歉仄地回答。

于是他笑了。一个和气的，年轻的银行职员对她微笑着，并且对她看着。他是多么可亲啊！假如在冠生园的话，他一定会坐下在她对面的。但现在，在银行底保管库里，他会怎样呢？

她被他看着。她期待着。她有点窘，但是欢喜。他会怎样呢？他亲切地说：

——放心罢，即使不锁，也不要紧的，太太。

什么？太太？太太！他称她为太太！愤怒和被侮辱了的感情奔涌在她眼睛里，她要哭了。她装着苦笑。当然，他是不会发觉的，他也许以为她是羞赧。她一扭身，走了。

在库门外，她看见一个艳服的女人。

——啊，密司陈，开保管箱吗？钥匙拿了没有？

她听见他在背后问，更亲切地。

她正走在这女人身旁。她看了她一眼。密司陈，密司！

于是她走出了上海银行大门。一阵冷。眼前阴沉沉地，天色又变坏了。西北风。好像还要下雨。她迟疑了一下，终于披上了围巾：

——黄包车，北站！

在车上，她掏出时表来看。两点十分，还赶得上三点钟的快车。在藏起那时表的时候，她从衣袋里带出了冠生园的发票。她困难地，但是专心地核算着：菜、茶、白饭、堂彩，付两块钱，找出六角，还有几个铜元呢？

（选自《善女人行品》，良友图书印刷公司 1933 年 11 月初版）

赏析

施蛰存（1905—2003），原名施青萍，原籍浙江杭州。1928 年后参加《无轨列车》《新文艺》杂志的编辑工作。1932 年起主编大型文学月刊《现代》。"新感觉派"的主要作家之一。短篇小说集有《上元灯》《将军底头》《李师师》《梅雨之夕》《小珍集》，散文集有《灯下集》《待旦录》，还出版了一些学术著作和大量译作。

《春阳》是施蛰存的代表作，小说细致地描写了一个三十多岁的中产阶级妇女内心的隐私活动。十二三年前，她为了要得到夫家一大笔产业，在未婚夫病死后抱着丈夫的牌位举行了婚礼。不久公婆也去世，她掌握了遗产，然而被族中人虎视眈眈地窥伺着，只能孤身生活下去。作品从她某天来到上海银行里取钱以后写起，写了她在春天暖和的阳光照耀下内心一些极微妙的活动（包括意识和深一层的潜意识），她在冠生园见到一个幸福的三口之家，触发了对自己身世的联想，她希望能和男子亲近，于是想到旁边的看报人，想到银行职员……以此表现她渴望得到爱情、得到幸福的热切心情。小说细描出婵阿姨内心自我、本我、超我的冲动，最后因她中意的银行职员称她"太太"和密司陈的出现而结束了白日梦。她只好颓丧地离开上海回家。小说采用几近意识流的手法，但写得明白好懂，绝不晦涩费解。

　　《春阳》更从一件偶然事件中透视婵阿姨心理的纷乱与记忆的失误，剖示其置身金钱与情欲不能两全困境中的苦闷。这样，在一个弗洛伊德式的心理小说框架中，就把社会变迁引起的人物心理变迁，以及畸形繁荣的上海和周边保守落后的乡镇关系，在春阳一日之内奇妙地展示了出来。

（李建东）

思考题

　　1. 请谈谈《春阳》中婵阿姨形象的社会意义。

　　2. 如何正确理解《春阳》中的潜意识描写？

参考文献

　　1. 李静　探幽人性的黑洞，《太原理工大学学报（社会科学版）》，2003(1)。

　　2. 严家炎　《中国现代小说流派史》，人民文学出版社，1995。

萧　萧

沈从文

乡下人吹唢呐接媳妇,到了十二月是成天会有的事情。

唢呐后面一顶花轿,两个伕子平平稳稳的抬着。轿中人被铜锁锁在里面,虽穿了平时没上过身的体面红绿衣裳,也仍然得荷荷大哭。在这些小女人心中,做新娘子,从母亲身边离开,且准备作他人的母亲,从此必然将有许多新事情待发生。像做梦一样,将同一个陌生男子汉在一个床上睡觉,做着承宗接祖的事情。这些事想起来,当然有些害怕,所以照例觉得要哭哭,于是就哭了。

也有做媳妇不哭的人,萧萧做媳妇就不哭。这小女子没有母亲,从小寄养到伯父种田的庄子上,终日提个小竹兜箩,在路旁田坎捡狗屎挑野菜。出嫁只是从这家转到那家。因此到那一天,这女人还只是笑。她又不害羞,又不怕。她是什么事也不知道,就做了人家的新媳妇了。

萧萧做媳妇时年纪十二岁,有一个小丈夫,年纪还不到三岁。丈夫比她年少九岁,断奶还不多久。按地方规矩,过了门,她喊他做弟弟。她每天应作的事是抱弟弟到村前柳树下去玩,到溪边去玩,饿了,喂东西吃,哭了,就哄他,摘南瓜花或狗尾草戴到小丈夫头上,或者亲嘴,一面说:"弟弟,哪,啵再来,啵。"在那肮脏的小脸上亲了又亲,孩子于是便笑了。孩子一欢喜兴奋,行动粗野起来,会用短短的小手乱抓萧萧的头发。那是平时不大能收拾蓬蓬松松在头上的黄发。有时候,垂到脑后那条小辫儿被拉得太久,把红绒线结也弄松了,生了气,就挞那弟弟几下,弟弟自然哇的哭出声来。萧萧于是也装成要哭的样子,用手指着弟弟的哭脸,说:"哪,人不讲理,可不行! 哪能这样动手动脚,长大了不是要杀人放火!"

天晴落雨日子混下去,每日抱抱丈夫,也帮家中作点杂事,能动手的就动手。又时常到溪沟里去洗衣,搓尿片,一面还捡拾有花纹的田螺给坐在身边的小丈夫玩。到了夜里睡觉,便常常做这种年龄人所做的梦,梦到后门角落或别的什么地方捡得大把大把铜钱,吃好东西,爬树,自己变成鱼到水中各处溜。或一时仿佛身子很小很轻,飞到天上众星中,没有一个人,只是一片白,一片金光,于是大喊"妈!"人就吓醒了。醒来心还只是跳。吵了隔壁的人,不免骂着:"疯子,你想什么! 白天玩得疯,晚上就做梦!"萧萧听着却不作声,只是咕咕的笑。也有很好很爽快的梦,为丈夫哭醒的事情。那丈夫本来晚上在自己母亲身边睡,有时吃多了,或因另外情形,半夜大哭,起来放水拉稀是常有的事。丈夫哭到婆婆无可奈何,于是萧萧轻脚轻手爬起床来,睡眼蒙眬走到床边,把人抱起,给他看月亮,看星光;或者互相觑着,孩子气的"嗨嗨,看猫呵"那样喊着哄着,于是丈夫笑了,玩一会会,困倦起来,慢慢的合上眼。人睡定后,放上床,站在床边看着,听远处一传一递的鸡叫,知道天快到什么时候了,于是仍然蜷到小床上睡去。天亮后,虽不做梦,却可以无意中闭眼开眼,看一阵在面前空中变幻无端的黄边紫心葵花,那是一种真正的享受。

萧萧嫁过了门,做了拳头大丈夫的小媳妇,一切并不比先前受苦,这只看她一年来身体发育就可明白。风里雨里过日子,像一株长在园角落不为人注意的蓖麻,大叶大枝,日增茂盛。这小女人简直是全不为丈夫设想那么似的,一天比一天长大起来了。

夏夜光景说来如做梦。大家饭后坐到院中心歇凉,挥摇蒲扇,看天上的星同屋角的萤,听南瓜棚上纺织娘子咯咯咯拖长声音纺车,远近声音繁密如落雨,禾花风翛翛吹到脸上,正是让人在各种方便中说笑话的时候。

萧萧好高,一个人常常爬到草料堆上去,抱了已经熟睡的丈夫在怀里,轻轻的轻轻的随意唱着自编的四句头山歌。唱来唱去却把自己也催眠起来,快要睡去了。

在院坝中,公公婆婆,祖父祖母,另外还有帮工汉子两个,散乱的坐在小板凳上,摆龙门阵学古,轮流下去打发上半夜。

祖父身边有个烟包,在黑暗中放光。这用艾蒿作成的烟包,是驱逐长脚蚊得力东西,蜷在祖父脚边,犹如一条乌梢蛇。间或又拿起来晃那么几下。

想起白天场上的事情,祖父开口说话:

"我听三金说,前天又有女学生过身。"

大家就哄然笑了。

这笑的意义何在?只因为大家印象中,都知道女学生没有辫子,留下个鹌鹑尾巴,像个尼姑,又不完全像。穿的衣服像洋人,又不是洋人。吃的,用的……总而言之,事事不同,一想起来就觉得怪可笑!

萧萧不大明白,她不笑。所以老祖父又说话了。他说:

"萧萧,你长大了,将来也会做女学生!"

大家于是更哄然大笑起来。

萧萧为人并不愚蠢,觉得这一定是不利于己的一件事情,所以接口便说:

"爷爷,我不做女学生。"

"你像个女学生,不做可不行。"

"我不做。"

众人有意取笑,异口同声说:"萧萧,爷爷说得对,你非做女学生不行!"

萧萧急得无可如何,"做就做,我不怕。"其实做女学生有什么不好,萧萧全不知道。

女学生这东西,在本乡的确永远是奇闻。每年一到六月天,据说放"水假"日子一到,照例便有三三五五女学生,由一个荒谬不经的热闹地方来,到另一个远地方去,取道从本地过身。从乡下人眼中看来,这些人都近于另一世界中活下的人,装扮奇奇怪怪,行为更不可思议。这种女学生过身时,使一村人都可以说一整天的笑话。

祖父是当地一个人物,因为想起所知道的女学生在大城中的生活情形,所以说笑话要萧萧也去作女学生。一面听到这话,就感觉一种打哈哈趣味,一面还有那被说的萧萧感觉一种惶恐,说这话的不为无意义了。

女学生由祖父方面所知道的是这样一种人:她们穿衣服不管天气冷热,吃东西不问饥饱,晚上交到子时才睡觉,白天正经事全不作,只知唱歌打球,读洋书。她们都会花钱,一年用的钱可以买十六只水牛。她们在省里京里想往什么地方去时,不必走路,只要钻进一个大匣子中,那匣子就可以带她到地。城市中还有各种各样的大小不同匣子,都用机器开动。她们在学校,男女在一处上课读书,人熟了，就随意同那男子睡觉，也不要媒人，也不要财礼，名叫"自由"。她们也做做州县官，带家眷上任，男子仍然喊作"老爷"，小孩子叫"少爷"。她们自己不养牛，却吃牛奶羊奶，如小牛小羊，买那奶时是用铁罐子盛的。她们无事时到一个唱戏地方去，那地方完全像个大庙，从衣袋中取出一块洋钱来（那洋钱在乡下可买五只母鸡），买了一小方纸片儿，拿了那纸片到里面去，就可以坐下看洋人扮演影子戏。她们被冤了，不赌咒，不哭。她们年纪有老到二十四岁还不肯嫁人的，有老到三十四十居然还好意思嫁人的。她们不怕男子，男子不能使她们受委屈，一受委屈就上衙门打官司，要官罚男子的款，这笔钱她有时独占自己花用，有时和官平分。她们不洗衣煮饭，也不养猪喂鸡；有了小孩子，也只花五块钱或十块钱一月，雇个人专管小孩，自己仍然整天看戏打牌，或者读那些没有用处的闲书。……

总而言之，说来事事都稀奇古怪，和庄稼人不同，有的简直还可说岂有此理。这时经祖父一为说明，听过这话的萧萧，心中却忽然有了一种模模糊糊的愿望，以为倘若她也是个女学生，她是不是照祖父说的女学生一个样子去做那些事情？不管好歹，女学生并不可怕，因此一来却已为这乡下姑娘初次体念到了。

因为听祖父说起女学生是怎样的人物，到后萧萧独自笑得特别久。笑够了时，她说：

"爷爷，明天有女学生过路，你喊我，我要看看。"

"你看，她们捉你去作丫头。"

"我不怕她们。"

"她们读洋书念经你也不怕？"

"念观音菩萨消灾经，念紧箍咒，我都不怕。"

"她们咬人，和做官的一样，专吃乡下人，吃人骨头渣渣也不吐，你不怕？"

萧萧肯定的回答说："也不怕。"

可是这时节萧萧手上所抱的丈夫，不知为甚么，在睡梦中哭了，媳妇于是用作母亲的声势，半哄半吓的说：

"弟弟，弟弟，不许哭，不许哭，女学生咬人来了。"

丈夫还仍然哭着，得抱起各处走走。萧萧抱着丈夫离开了祖父，祖父同人说另外一样古话去了。

萧萧从此以后心中有个"女学生"。做梦也便常常梦到女学生，且梦到同这些人并排走路。仿佛也坐过那种自己会走路的匣子，她又觉得这匣子并不比自己跑路更快。在梦中那匣子的形体同谷仓差不多，里面还有小小灰色老鼠，眼珠子红红的，各处乱跑，有时钻到门缝里去，把个小尾巴露在外边。

因为有这样一段经过，祖父从此喊萧萧不喊"小丫头"，不喊"萧萧"，却唤作"女学生"。在不经意中萧萧答应得很好。

乡下的日子也如世界上一般日子，时时不同。世界上人把日子糟蹋，和萧萧一类人家把日子吝惜是同样的，各有所得，各属分定。许多城市中文明人，把一个夏天完全消磨到软绸衣服、精美饮料以及种种好事情上面。萧萧的一家，因为一个夏天的劳作，却得了十多斤细麻，二三十担瓜。

作小媳妇的萧萧，一个夏天中，一面照料丈夫，一面还绩了细麻四斤。到秋八月工人摘瓜，在瓜间玩，看硕大如盆、上面满是灰粉的大南瓜，成排成堆摆到地上，很有趣味。时间到摘瓜，秋天真的已来了，院子中各处有从屋后林子里树上吹来的大红大黄木叶。萧萧在瓜旁站定，手拿木叶一束，为丈夫编小小笠帽玩。

工人中有个名叫花狗,年纪二十三岁,抱了萧萧的丈夫到枣树下去打枣子。小小竹竿打在枣树上,落枣满地。

"花狗大,莫打了,太多了吃不完。"

虽听到这样喊,还不歇手。到后,仿佛完全因为丈夫要枣子,花狗才不听话。萧萧于是又警告她那小丈夫:

"弟弟,弟弟,来,不许捡了。吃多了生东西肚子痛!"

丈夫听话,兜了大堆枣子向萧萧身边走来,请萧萧吃枣子。

"姐姐吃,这是大的。"

"我不吃。"

"要吃一颗!"

她两手哪里有空! 木叶帽正在制边,工夫要紧,还正要个人帮忙!

"弟弟,把枣子喂我口里。"

丈夫照她的命令作事,作完了觉得有趣,哈哈大笑。

她要他放下枣子帮忙捏紧帽边,便于添加新木叶。

丈夫照她吩咐作事,但老是顽皮的摇动,口中唱歌。这孩子原来像一只猫,欢喜时就得捣乱。

"弟弟,你唱的是什么?"

"我唱花狗大告我的山歌。"

"好好的唱一个给我听。"

丈夫于是帮忙拉着帽边,一面就唱下去,照所记到的歌唱:

> 天上起云云起花,
> 包谷林里种豆荚,
> 豆荚缠坏包谷树,
> 娇妹缠坏后生家。

> 天上起云云重云,
> 地下埋坟坟重坟,
> 娇妹洗碗碗重碗,
> 娇妹床上人重人。

歌中意义丈夫全不明白,唱完了就问萧萧好不好。萧萧说好,并且问跟谁学来的。她知道是花狗教他的,却故意盘问他。

"花狗大告我,他说还有好多歌,长大了再教我唱。"

听说花狗会唱歌,萧萧说:

"花狗大,花狗大,你唱一个好听的歌我听听。"

那花狗，面如其心，生长得不很正气，知道萧萧要听歌，人也快到听歌的年龄了，就给她唱"十岁娘子一岁夫"。那故事说的是妻年大，可以随便到外面作一点不规矩事情；夫年小，只知吃奶，让他吃奶。这歌丈夫完全不懂，懂到一点儿的是萧萧。把歌听过后，萧萧装成"我全明白"那种神气，她用生气的样子，对花狗说：

"花狗大，这个不行，这是骂人的歌！"

花狗分辩说："不是骂人的歌。"

"我明白，是骂人的歌。"

花狗难得说多话，歌已经唱过了，错了赔礼，只有不再唱。他看她已经有点懂事了，怕她回头告祖父，会挨顿臭骂，就把话支吾开，扯到"女学生"上头去。他问萧萧，看没看过女学生习体操唱洋歌的事情。

若不是花狗提起，萧萧几乎已忘却了这事情。这时又提到女学生，她问花狗近来有没有女学生过路，她想看看。

花狗一面把南瓜从棚架边抱到墙角去，告她女学生唱歌的事，这些事的来源还是萧萧的那个祖父。他在萧萧面前说了点大话，说他曾经到官路上见过四个女学生，她们都拿得有旗子，走长路流汗喘气之中仍然唱歌，同军人所唱的一模一样。不消说，这自然完全是胡诌的。可是那故事把萧萧可乐坏了。因为花狗说这个就叫做"自由"。

花狗是起眼动眉毛、一打两头翘、会说会笑的一个人。听萧萧带着歆羡口气说"花狗大，你膀子真大"，他就说："我不止膀子大。"

"你身个子也大。"

"我全身无处不大。"

萧萧还不大懂得这个话的意思，只觉得憨而好笑。

到萧萧抱了她的丈夫走去以后，同花狗在一起摘瓜，取名字叫哑巴的，开了平时不常开的口。"花狗，你少坏点。人家是十三岁黄花女，还要等十年才圆房！"

花狗不做声，打了那伙计一巴掌，走到枣树下捡落地枣去了。

到摘瓜的秋天，日子计算起来，萧萧过丈夫家有一年半了。

几次降霜落雪，几次清明谷雨，一家中人都说萧萧是大人了。天保佑，喝冷水，吃粗粝饭，四季无疾病，倒发育得这样快。婆婆虽生来像一把剪子，把凡是给萧萧暴长的机会都剪去了，但乡下的日头同空气都帮助人长大，却不是折磨可以阻拦得住。

萧萧十五岁时已高如成人，心却还是一颗糊糊涂涂的心。

人大了一点，家中做的事也多了一点。绩麻、纺车、洗衣、照料丈夫以外，打猪草推磨一些事情也要作，还有浆纱织布。凡事都学，学学就会了。乡下习惯凡是行有余力的都可从劳作中攒点本分私房，两三年来仅仅萧萧个人份上所聚集的粗细麻和纺就的棉纱，也够萧萧坐到土机上抛三个月的梭子了。

丈夫早断了奶。婆婆有了新儿子，这五岁儿子就像归萧萧独有了。不论做什么，走到什么地方去，丈夫总跟在身边。丈夫有些方面很怕她，当她如母亲，不敢多事。他们俩实在感情不坏。

地方稍稍进步，祖父的笑话转到"萧萧你也把辫子剪去好自由"那一类事上去了。听着这话的萧萧，某个夏天也看过了一次女学生，虽不把祖父笑话认真，可是每一次在祖父说过这笑话以后，她到水边去，必不自觉的用手捏着辫子末梢，设想没有辫子的人那种神气，那点趣味。

打猪草，带丈夫上螺蛳山的山阴是常有的事。

小孩子不知事，听别人唱歌也唱歌。一开腔唱歌，就把花狗引来了。

花狗对萧萧生了另外一种心，萧萧有点明白了，常常觉得惶恐不安。但花狗是男子，凡是男子的美德恶德都不缺少，劳动力强，手脚勤快，又会玩会说，所以一面使萧萧的丈夫非常欢喜同他玩，一面一有机会即缠在萧萧身边，且总是想方设法把萧萧那点惶恐减去。

山大人小，到处是树林蒙茸，平时不知道萧萧所在，花狗就站在高处唱歌逗萧萧身边的丈夫；丈夫小口一开，花狗穿山越岭就来到萧萧面前了。

见了花狗，小孩子只有欢喜，不知其他。他原要花狗为他编草虫玩，做竹箫哨子玩，花狗想方法支使他到一个远处去找材料，便坐到萧萧身来，要萧萧听他唱那使人开心红脸的歌。她有时觉得害怕，不许丈夫走开；有时又像有了花狗在身边，打发丈夫走去反倒好一点。终于有一天，萧萧就这样给花狗把心窍子唱开，变成个妇人了。

那时节，丈夫走到山下采刺莓去了，花狗唱了许多歌，到后却向萧萧唱：

> 娇家门前一重坡，
>
> 别人走少郎走多，
>
> 铁打草鞋穿烂了，
>
> 不是为你为哪个？

末了却向萧萧说："我为你睡不着觉。"他又说他赌咒不把这事情告给人。听了这些话仍然不懂什么的萧萧，眼睛只注意到他那一对粗粗的手膀子，耳朵只注意到他最后一句话。末了花狗大便又唱了许多歌给她听。她心里乱了。她要他当真对天赌咒，赌过了咒，一切好像有了保障，她就一切尽他了。到丈夫返身时，手被毛毛虫螫伤，肿了一大片，走到萧萧身边。萧萧捏紧这一只小手，且用口去呵它，吮它，想起刚才的糊涂，才仿佛明白自己作了一点不大好的糊涂事。

花狗诱她做坏事情是麦黄四月，到六月，李子熟了，她欢喜吃生李子。她觉得身体有点特别，在山上碰到花狗，就将这事情告给他，问他怎么办。

讨论了多久，花狗全无主意。虽以前自己当天赌得有咒，也仍然无主意。原来这家伙个子大，胆量小。个子大容易做错事，胆量小做了错事就想不出办法。

到后，萧萧捏着自己那条乌梢蛇似的大辫子，想起城里了，她说：

"花狗大，我们到城里去自由，帮帮人过日子，不好么？"

"那怎么行？到城里去做什么？"

"我肚子大了。"

"我们找药去。场上有郎中卖药。"

"你赶快找药来，我想……"

"你想逃到城里去自由，不成的。人生面不熟，讨饭也有规矩，不能随便！"

"你这没有良心的,你害了我,我想死!"

"我赌咒不辜负你。"

"负不负我有什么用,帮我个忙,赶快拿去肚子里这块肉吧。我害怕!"

花狗不再做声,过了一会,便走开了。不久丈夫从他处拿了大把山里红果子回来,见萧萧一个人坐在草地上眼睛红红的。丈夫心中纳罕。看了一会,问萧萧:

"姐姐,为甚么哭?"

"不为甚么,灰尘落到眼睛窝里,痛。"

"我吹吹吧。"

"不要吹。"

"你瞧我,得这些这些。"

他把手中拿的和从溪中捡来放在衣口袋里的小蚌、小石头全部陈列到萧萧面前,萧萧泪眼婆娑看了一会,勉强笑着说:"弟弟,我们要好,我哭你莫告家中。告家中我可要生气!"到后这事情家中当真就无人知道。

过了半个月,花狗不辞而行,把自己所有的衣裤都拿去了。祖父问同住的长工哑巴,知不知道他为什么走路,走哪儿去? 是上山落草,还是作薛仁贵投军? 哑巴只是摇头,说花狗还欠了他两百钱,临走时话都不留一句,为人少良心。哑巴说他自己的话,并没有把花狗走的理由说明。因此这一家稀奇一整天,谈论一整天。不过这工人既不偷走物件,又不拐带别的,这事情过后不久,自然也就把他忘掉了。

萧萧仍然是往日的萧萧。她能够忘记花狗就好了。但是肚子真有些不同了,肚中东西总在动,使她常常一个人干着急,尽做怪梦。

她脾气坏了一点,这坏处只有丈夫知道,因为她对丈夫似乎严厉苛刻了好些。

仍然每天同丈夫在一处,她的心,想到的事自己也不十分明白。她常想,我现在死了,什么都好了。可是为什么要死? 她还很高兴活下去、愿意活下去。

家中人不拘谁在无意中提起关于丈夫弟弟的话,提起小孩子,提起花狗,都像使这话如拳头,在萧萧胸口上重重一击。

到九月,她担心人知道更多了,引丈夫庙里去玩,就私自许愿,吃了一大把香灰。吃香灰被她丈夫看见了,丈夫问这是做甚么,萧萧就说肚子痛,应当吃这个。虽说求菩萨保佑,菩萨当然没有如她的希望,肚子中的东西依旧在慢慢的长大。

她又常常往溪里去喝冷水,给丈夫看见时,丈夫问她,她就说口渴。

一切她所想到的方法都没有能够使她同自己不欢喜的东西分开。大肚子只有丈夫一人知道,他却不敢告这件事给父母晓得。因为时间长久,年龄不同,丈夫有些时候对于萧萧的怕同爱,比对于父母还深切。

她还记得花狗赌咒那一天里的事情,如同记着其他事情一样。到秋天,屋前屋后毛毛虫都结茧,成了各种好看蝶蛾。丈夫像故意折磨她一样,常常提起几个月前被毛毛虫螫手的旧话,使萧萧心里难过。她因此极恨毛毛虫,见了那小虫就想用脚去踹。

有一天,又听人说有好些女学生过路,听过这话的萧萧,睁了眼做过一阵梦,愣愣的对日头出处痴了半天。

萧萧步花狗后尘，也想逃走，收拾一点东西预备跟了女学生走的那条路上城。但没有动身，就被家里人发觉了。这种打算照乡下人说来是一件大事，于是把她两手捆了起来，丢在灶屋边，饿了一天。

家中追究这逃走的根源，才明白这个十年后预备给小丈夫生儿子继香火的萧萧肚子已被另一个人抢先下了种。这在一家人生活中真是了不得的一件大事！一家人的平静生活，为这件新事全弄乱了。生气的生气，流泪的流泪，骂人的骂人，各按本分乱下去。悬梁、投水、吃毒药，被禁困着的萧萧，诸事漫无边际的全想到了，究竟是年纪太小，舍不得死，却不曾做。于是祖父从现实出发，想出个聪明主意，把萧萧关在房里，派人好好看守着，请萧萧本族的人来说话，照规矩看是"沉潭"还是"发卖"？萧萧家中人要面子，就沉潭淹死了她；舍不得就发卖。萧萧只有一个伯父，在近处庄子里为人种田，去请他时先还以为是吃酒，到了才知是这样丢脸事情，弄得这老实忠厚的家长手足无措。

大肚子作证，什么也没有可说。照习惯，沉潭多是读过"子曰"的族长爱面子才作出的蠢事。伯父不读"子曰"，不忍把萧萧当牺牲，萧萧当然应当嫁人作"二路亲"了。

这也是一种处罚，好像极其自然，照习惯受损失的是丈夫家里，然而却可以在发卖上收回一笔钱，作为损失赔偿。那伯父把这事情告给了萧萧，就要走路。萧萧拉着伯父衣角不放，只是幽幽的哭。伯父摇了一会头，一句话不说，仍然走了。

一时没有相当的人家来要萧萧，送到远处去也得有人，因此暂时就仍然在丈夫家中住下。这件事情既经说明白，照乡下规矩，倒又像不甚么要紧，只等待处分，大家反而释然了。先是小丈夫不能再同萧萧在一处，到后又仍然如月前情形，姐弟一般有说有笑的过日子了。

丈夫知道了萧萧肚子中有儿子的事情，又知道因为这样萧萧才应当嫁到远处去。但是丈夫并不愿意萧萧去，萧萧自己也不愿意去。大家全莫名其妙，只是照规矩像逼到要这样做，不得不做。究竟是谁定的规矩，是周公还是周婆，也没有人说得清楚。

在等候主顾来看人，等到十二月，还没有人来，萧萧只好在这人家过年。

萧萧次年二月间，十月满足，坐草生了一个儿子，团头大眼，声响洪壮。大家把母子二人，照料得好好的，照规矩吃蒸鸡同江米酒补血，烧纸谢神。一家人都欢喜那儿子。

生下的既是儿子，萧萧不嫁别处了。

到萧萧正式同丈夫拜堂圆房时，儿子已经年纪十岁，有了半劳动力，能看牛割草，成为家中生产者的一员了。平时喊萧萧丈夫做大叔，大叔也答应，从不生气。

这儿子名叫牛儿。牛儿十二岁时也接了亲，媳妇年长六岁。媳妇年纪大，方能诸事作帮手，对家中有帮助。唢呐到门前时，新娘在轿中呜呜的哭着，忙坏了那个祖父，曾祖父。

这一天，萧萧刚坐月子不久，孩子才满三月，抱了自己新生的毛毛，在屋前榆蜡树篱笆间看热闹，同十年前抱丈夫一个样子。

一九二九年作

一九五七年二月校改字句

（原载《小说月报》21 卷 1 号；

文字作者有删改，并据《沈从文选集》校订）

赏析

  沈从文(1902—1988),原名沈岳焕,湖南凤凰人。20世纪30年代后期成为"京派"代表作家。一生结集80余部,包括小说集《八骏图》《边城》,散文集《湘西》《从文自传》,长篇《长河》(1948)等,在国内外有重大的影响。

  在小说《萧萧》中,沈从文把性爱当作生命存在、生命意识的符号,表现了少女萧萧的纯美及乡村性爱形式的大胆、自然,探讨不同文化制约下人性、性爱观念的不同表现形式。文本中,萧萧与花狗的行为,似乎会给萧萧带来一个壮烈、悲惨的结局,但萧萧的乡间是很有情味也很现实的乡间,它永远给人以出路,好叫人苟苟且且地活着,一代接一代。它像是世外,有着自己质朴简单的存活原则,自生自灭。面对性爱或隐或显的涌动,乡下人总能返璞归真,求得人性的和谐。

  沈从文明确表示要朝着人性的方向努力,追求优美、健康、自然而又不悖于人性的人生形式。《萧萧》中所肯定的同样是那人的自然、和谐、健康的生命,反对文明进程中的某种倒退,反对生命的被戕害。他们自有着自然自适的世外生存法则,与外界的一切仿佛都不沾边;有着化外般乡村生命形式的美丽自然,融于自然的和谐共存。人性为文学之核心,整个历史亦是人类本性的不断更迭。《萧萧》以揭示人性为目的,用整个心灵去逼近生命的底蕴,所以具有了恒远的魅力。

(陈　啸)

思考题

  1. 思考小说《萧萧》的文体特点。

  2. 如何理解《萧萧》中的性爱描写?

参考文献

  1. 王瑶　《中国新文学史稿》,上海文艺出版社,1951。

  2. 王晓明　《潜流与漩涡》,中国社会科学出版社,1991。

  3. 赵园主编　《沈从文名作欣赏》,中国和平出版社,1996。

山峡中

艾 芜

江上横着铁链作成的索桥，巨蟒似的，现出顽强古怪的样子，终于渐渐吞蚀在夜色中了。

桥下凶恶的江水，在黑暗中奔腾着，咆哮着，发怒地冲打崖石，激起吓人的巨响。

两岸蛮野的山峰，好象也在怕着脚下的奔流，无法避开一样，都把头尽量地躲入疏星寥落的空际。

夏天的山中之夜，阴郁，寒冷，怕人。

桥头的神祠，破败而荒凉的，显然已给人类忘记了，遗弃了，孤零零地躺着，只有山风江流送着它的余年。

我们这几个被世界抛却的人们，到晚上的时候，趁着月色星光，就从远山那边的市集里，悄悄地爬了下来，进去和残废的神们，一块儿住着，作为暂时的自由之家。

黄黑斑驳的神龛面前，烧着一堆煮饭的野火，跳起熊熊的红光，就把伸手取暖的阴影，鲜明地绘在火堆的周遭。上面金衣剥落的江神，虽也在暗淡的红色光影中，显出一足踏着龙头的悲壮样子，但人一看见那只扬起的握剑的手，是那么地残破，危危欲坠了，谁也要怜惜这位末路英雄。锅盖的四围，呼呼地冒出白色的蒸气，咸肉的香味和着松柴的芬芳，一时到处弥漫起来。这是宜于哼小曲吹口哨的悠闲时候，但大家都是静默地坐着，只在暖暖手。

另一边角落里，燃着一节残缺的蜡烛，摇曳地吐出微黄的光辉，展画出另一个暗淡的世界。没头的土地菩萨侧边，躺着小黑牛，污腻的上身完全裸露出来，正无力地呻唤着，衣和裤上的血迹，有的干了，有的还是湿渍渍的。夜白飞就坐在旁边，给他揉着腰干，擦着背，一发现重伤的地方，便惊讶地喊：

"呵呀，这一处！"

接着咒骂起来：

"他妈的！这地方的人，真毒！老子走尽天下，也没碰见过这些吃人的东西！……这里的江水也可恶，象今晚要把我们冲走一样！"

夜愈静寂，江水也愈吼得厉害，地和屋宇和神龛都在震颤起来。

"小伙子，我告诉你，这算什么呢？对待我们更要残酷的人，天底下还多哩，……苍蝇一样的多哩！"

这是老头子不高兴的声音，由那薄暗的地方送来，仿佛在责备着，"你为什么要大惊小怪哪。"他躺在一张破烂虎皮的毯子上面，样子却望不清楚，只是铁烟管上的旱烟，现出一明一暗的红焰。复又吐出教训的话语：

"我么？人老了，拳头棍棒可就挨得不少。……想想看，吃我们这行饭，不怕挨打就是本钱哪！……没本钱怎么做生意呢？"

在这边烤火的鬼冬哥把手一张，脑袋一仰，就大声插嘴过去，一半是讨老人的好，一半是夸自己的狠。

"是呀，要活下去。我们这批人打断腿子倒是常有的事情，……象那回在鸡街，鼻血打出了，牙齿打脱了，腰干也差不多伸不起来，我回来的时候，不是还在笑吗？……"

"对哪！"老头子高兴地坐了起来，"还有，小黑牛就是太笨了，嘴巴又不会扯谎，有些事情一说就说脱了的，……象今天，你说，也掉东西，谁还拉着你哩，……只晓得说'不是我，不是我'，就是这一句，人家怎不搜你身上呢？……不怕挨打，也好嘛？……呻唤，呻唤，尽是呻唤！"

我虽是没有就着火光看书了，但却仍旧把书拿在手里的。鬼冬哥得了老头子的赞许，就动手动足起来，一把抓住我的书喊道：

"看什么？书上的废话，有什么用呢？一个钱也不值，……烧起来还当不得这一根干柴……听，老人家在讲我们的学问哪！"

一面就把一根干柴送进火里。

老头子在砖上叩去了铁烟管上的余烬，很矜持地说道：

"我们的学问，没有写在纸上，……写来给傻子读么？……第一……一句话，就是不怕和扯谎！……第二……我们的学问，哈哈哈。"

似乎一下子觉出了，我才同他合伙没久的，便用笑声掩饰着更深一层的话了。

"烧了吧，烧了吧，你这本傻子才肯读的书！"

鬼冬哥作势要把书抛进火里去，我忙抢着喊：

"不行！不行！"

侧边的人就叫了起来：

"锅碰倒了！锅碰倒了！"

"同你的书一块去跳江吧！"

鬼冬哥笑着把书丢给了我。

老头子轻徐地向我说道：

"你高兴同我们一道走，还带那些书做什么呢。……那是没用的，小时候我也读过一两本。"

"用处是不大的，不过闲着的时候，看看罢了，象你老人家无事时吸烟一样。……"

我不愿意同老头子引起争论，因为就有再好的理由也说不服他这顽强的人的，所以便这样客气地答复他。他得意地笑了，笑声在黑暗中散播着。至于说到要同他们一道走，我却没有如何决定，只是一路上给生活压来说气忿话的时候，老头子就误以为我真的要入伙了。今天去干的那一件事，无非由于他们的逼迫，凑凑角色罢了，并不是另一个新生活的开始。我打算趁此向老头子说明，也许不多几天，就要独自走我的，但却给小黑牛突然一阵猛烈的呻唤，打断了。

大家皱着眉头沉默着。

在这些时候，不息地打着桥头的江涛，仿佛要冲进庙来，扫荡一切似的。江风也比往天晚上大些，挟着尘沙，一阵阵地滚入，简直要连人连锅连火吹走一样。

残烛熄灭，火堆也闷着烟，全世界的光明，统给风带走了，一切重返于无涯的黑暗。只有小黑牛痛苦的呻吟，还表示出了我们悲惨生活的存在。

野老鸦拨着火堆,尖起嘴巴吹,闪闪的红光,依旧喜悦地跳起,周遭不好看的脸子,重又画出来了。大家吐了一口舒适的气。野老鸦却是流着眼泪了,因为刚才吹的时候,湿烟熏着了他的眼睛,他伸手揉揉之后,独自悠悠地说:

"今晚的大江,吼得这么大……又凶,……象要吃人的光景哩,该不会出事吧……"

大家仍旧沉默着。外面的山风江涛,不停地咆哮,不停地怒吼,好象诅咒我们的存在似的。

小黑牛突然大声地呻唤,发出痛苦的呓语:

"哎呀,……哎……害了我了……害了我了,……哎呀……哎呀……我不干了! 我不……"

替他擦着伤处的夜白飞,点燃了残烛,用一只手挡着风,照映出小黑牛打坏了的身子——正痉挛地做出要翻身不能翻的痛苦光景,就赶快替他往腰部揉一揉,狠狠地抱怨他:

"你在说什么? 你……鬼附着你哪!"

同时掉头回去,恐怖地望望在黑暗中的老头子。

小黑牛突地翻过身,沙声嘶叫:

"你们不得好死的! 你们! ……菩萨呀! ……菩萨呀!"

已经躺下的老头子突然坐了起来,轻声说道:

"这样吗? ……哦……"

忽又生气了,把铁烟管用力地往砖上叩了一下,说:

"菩萨,菩萨,菩萨也同你一样地倒霉!"

交闪在火光上面的眼光,都你望我,我望你地,现出不安的神色。

野老鸦向着黑暗的门外,看了一下,仍旧静静地说:

"今晚的江水实在吼得太大了! ……我说嘛……"

"你说,……你一开口,就是吉利的!"

鬼冬哥粗暴地盯了野老鸦一眼,狠狠地诅咒着。

一阵风又从破门框上刮了进来,激起点点红艳的火星,直朝鬼冬哥的身上溅射。他赶快退后几步,向门外黑暗中的风声,扬着拳头骂:

"你进来! 你进来! ……"

神祠后面的小门一开,白色鲜朗的玻璃灯光和着一位油黑脸蛋的年青姑娘,连同笑声,挤进我们这个暗淡的世界里来了。黑暗、沉闷和忧郁,都悄悄地躲去。

"喂,懒人们! 饭煮得怎样了? ……孩子都要饿哭了哩!"

一手提灯,一手抱着一块木头人儿,亲昵地偎在怀里,做出母亲那样高兴的神情。

蹲着暖手的鬼冬哥把头一仰,手一张,高声哗笑起来:

"哈呀,野猫子,……一大半天,我说你在后面做什么? ……你原来是在生孩子哪! ……"

"呸,我在生你!"

接着"颇"的响了一声。野猫子生气了,鼓起原来就是很大的乌黑眼睛,把木人儿打在鬼冬哥的身旁,一下子冲到火堆边上,放下了灯,揭开锅盖,用筷子查看锅里翻腾滚沸的咸肉。白蒙蒙的蒸气,便在雪亮的灯光中袅袅地上升着。

鬼冬哥拾起木人儿,做模做样地喊道:

"呵呀,……尿都跌出来了!……好狠毒的妈妈!"

野猫子不说话,只把嘴巴一尖,头颈一伸,向他做个顽皮的鬼脸,就撕着一大块油腻腻的肉,有味地嚼她的。

小骡子用手肘碰碰我,斜起眼睛打趣说:

"今天不是还在替孩子买衣料吗?"

接着大笑起来:

"吓吓,……酒鬼……吓吓,酒鬼。"

鬼冬哥也突地记起了,哗笑着,向我喊:

"该你抱! 该你抱!"

就把木人儿递在我的面前。

野猫子将锅盖骤然一盖,抓着木人儿,抓着灯,象风一样蓦地卷开了。

小骡子的眼珠跟着她的身子溜,点点头说:

"活象哪,活象哪,一条野猫子!"

她把灯,木人儿,和她自己,一同蹲在老头子的面前,撒娇地说:

"爷爷,你抱抱,娃儿哭哩!"

老头子正生气地坐着,虎着脸,耳根下的刀疤,绽出红涨的痕迹,不答理他的女儿。女儿却不怕爸爸的,就把木人儿的蓝色小光头,伸向短短的络腮胡上,顽皮地乱闯着,一面努起小嘴巴,娇声娇气地说:

"抱,嗯,抱,一定要抱!"

"不!"

老头子的牙齿缝里挤出这么一声。

"嗯,一定要抱,一定,一定!"

老头子在各方面,都很顽强的,但对女儿却每一次总是无可如何地屈服了。接着木人儿,对在鼻子尖上,鼓大眼睛,粗声粗气地打趣道:

"你是哪个的孩子?……喊声外公吧! 喊,蠢东西!"

"不给你玩! 拿来,拿来!"

野猫子一把抓去了,气得翘起了嘴巴。

老头子却粗暴地哗笑起来。大家都感到了异常的轻松,因为残留在这个小世界里的怒气,这一下子也已完全冰消了。

我只把眼光放在书上,心里却另外浮起了今天那一件新鲜而有趣的事情。

早上,他们叫我装做农家小子,拿着一根长烟袋,野猫子扮成农家小媳妇,提着一只小竹篮,同到远山那边的市集里,假做去买东西。他们呢,两个三个地,远远尾在我们的后面,也装做忙忙赶市的样子。往日我只是留着守东西,从不曾伙他们去干的,今天机会一到,便逼着扮演一位不重要的角色,可笑而好玩地登台了。

山里的市集,也很热闹的,拥挤着许多远地来的庄稼人。野猫子同我走到一家布摊子的面前,她就把竹篮子套在手腕上,乱翻起摊子上的布来,选着条纹花的说不好,选着棋盘格的也说不好,惹得老板也感到烦厌了。最后她扯出一匹蓝底白花的印花布，喜孜孜地叫道：

"呵呀！这才好看哪！"

随即转掉身来，仰起乌溜溜的眼睛，对我说：

"爸爸，……买一件给阿狗吧！"

我简直想笑起来——天呀！她怎么装得这样象！幸好始终板起了面孔，立刻记起了他们教我的话。

"不行，太贵了！……我没那么多的钱花！"

"酒鬼，我晓得！你的钱，是要喝马尿水的！"

同时在我的鼻子尖上，竖起一根示威的指头，点了两点。说完就一下子转过身去，气狠狠地把布丢在摊子上。

于是，两个人就小小地吵起嘴来了。

满以为狡猾的老板总要看我们这幕滑稽剧的，那知道他才是见惯不惊了，眼睛始终是照顾着他的摊子。

野猫子最后赌气说：

"不买了，什么也不买了！"

一面却向对面街边上的货摊子望去。突然做出吃惊的样子，低声地向我也是向着老板喊：

"呀！看，小偷在摸东西哪！"

我一望去，简直吓灰了脸，怎么野猫子会来这一着？在那边干的人不正是夜白飞小黑牛他们吗？

然而正因为这一着，事情却得手了。后来，小骡子在路上告诉我，就是在这个时候，狡猾的老板始把时时刻刻都在提防的眼光引向远去，他才趁势偷去一匹上好的细布的。当时我却不知道，只听得老板幸灾乐祸地袖着手说：

"好呀！好呀！王老三，你也倒霉了！"

我还呆着看，野猫子便揪了我一把，喊道：

"酒鬼，死了么？"

我便跟着她赶快走开，却听着老板在后面冷冷地笑着，说风凉话哩。

"年纪轻轻，就这样的泼辣！咳！"

野猫子掉回头来啐了一口。

……

"看进去了！看进去了！"

鬼冬哥一面端开燉肉的锅，一面打趣着我。

于是，我的回味，便同山风刮着的火烟，一道儿溜走了。

中夜，纷乱的足声和嘈杂的低语，惊醒了我；我没有翻爬起来，只是静静地睡着。象是野猫子吧，走到我所睡的地方，站了一会，小声说道：

"睡熟了，睡熟了。"

我知道一定有什么瞒我的事在发生着了，心里禁不住惊跳起来，但却不敢翻动，只是尖起耳朵凝神地听着。忽然听见夜白飞哀求的声音，在暗黑中颤抖地说着：

"这太残酷了,太,太残酷了……魏大爷,可怜他是……"

尾声低小下去,听着的只是夜深打岸的江涛。

接着老头子发出钢铁一样的高音,叱责着。

"天底下的人,谁可怜过我们?……小伙子,个个都对我们捏着拳头哪!要是心肠软一点,还活得到今天吗?你……哼,你!小伙子,在这里,懦弱的人是不配活的。……他,又知道我们的……咳,那么多!怎好白白放走呢?"

那边角落里躺着的小黑牛,似乎被人抬了起来,一路带着痛苦的呻唤和着杂色的足步,流向神祠的外面去。一时屋里静悄悄的了,简直空洞得十分怕人。

我轻轻地抬起头,朝破壁缝中望去,外面一片清朗的月色,已把山峰的姿影,崖石的面部和林木的参差,或浓或淡地画了出来,更显得峡壁的阴森和凄郁,比黄昏时候看起来还要怕人些。山脚底,汹涌着一片蓝色的奔流,碰着江中的石礁,不断地在月光中,溅跃起、喷射起,银白的水花。白天,尤其黄昏时候,看起来象是顽强古怪的铁索桥呢,这时却在皎洁的月下,露出妩媚的修影了。

老头子和野猫子站在桥头。影子投在地上,江风掠飞着他们的衣裳。

另外抬着东西的几个阴影,走到索桥的中部,便停了下来。蓦地一个人那么样的形体,很快地,丢下江去。原先就是怒吼着的江涛,却并没有因此激起一点另外的声息,只是一霎时在落下处,跳起了丈多高亮晶晶的水珠,然而也就马上消灭了。

我明白了,小黑牛已经在这世界上,凭借着一只残酷的巨手,完结了他的悲惨的命运了。但他往天那样老实而苦恼的农民样子,却还遗留在我的心里,搅得我一时无法安睡。

他们回来了。大家都是默无一语地,悄然睡下,显见得这件事的结局,是不得已的,谁也不高兴做的。

在黑暗中,野老鸦翻了一个身,自言自语地低声说道:

"江水实在吼得太大了!"

没有谁,答一句话,只有庙外的江涛和山风,鼓噪地应和着。

我回忆起小黑牛坐在坡上息气时,常常爱说的那一句话了:

"那多好呀!……那样的山地!……还有那小牛!"

随着他那忧郁的眼睛,瞭望去,一定会在晴明的远山上面,看出点点灰色的茅屋和正在缕缕升起的蓝色轻烟的。同伴们也知道,他是被那远处人家的景色,勾引起深沉的怀乡病了。但却没有谁来安慰他,只是一阵地瞎打趣。

小骡子每次都爱接着他的话说:

"还有那白白胖胖的女人罗!"

另一人插嘴道:

"正在张太爷家里享福哪,吃好穿好的。"

小黑牛呆住了,默默地低下了头。

"鬼东西,总爱提这些!……我们打几盘再走吧,牌呢?牌呢?……谁捡着?"

夜白飞始终袒护着小黑牛;众人知道小黑牛的悲惨故事,也是由他的嘴巴传达出来的。

"又是在想,又是在想!你要回去死在张太爷的拳头下才好的!……同你的山地牛儿一块去死吧！"

鬼冬哥在小黑牛的鼻子尖上，示威似地摇一摇拳头，就抽身到树荫下打纸牌去了。

小黑牛在那个世界里躲开了张太爷的拳击，掉过身来在这个世界里，却仍然又免不了江流的吞食，不禁就由这想起，难道穷苦人的生活本身，便原是悲痛而残酷的么？也许地球上还有另外的光明留给我们的吧？明天我终于要走了。

次晨醒来，只有野猫子和我留着。

破败凋残的神祠，灰尘满积的神龛，吊挂蛛网的屋角，俱如我枯燥的心地一样，是灰色的，暗淡的。

除却时时刻刻都在震人心房的江声而外，在这里简直可以说没有一样东西可以使人感到兴奋了。

野猫子先我起来，穿着青花布的短衣，大脚统的黑绸裤，独自生着火，燉着开水，悠悠闲闲地坐在火旁边唱着：

> ……
> 江水呵，
> 慢慢流，
> 流呀流，
> 流到东边大海头，
> ……

我一面爬起来扣着衣纽，听着这样的歌声，越发感到岑寂。便没精打采地问（其实自己也是知道的）：

"野猫子，他们哪里去了？"

"发财去了！"

接着又唱她的：

> 那儿呀，没有忧！
> 那儿呀，没有愁！

她见我不时朝昨夜小黑牛睡的地方瞭望，便打探似的说道：

"小黑牛昨夜可真叫得凶，大家都吵来睡不着。"

一面闪着她乌黑的狡猾的眼睛。

"我没听见。"

打算听她再捏造些什么话，便故意这样地回答。

她便继续说：

"一早就抬他去医伤去了！……他真是个该死的家伙，不是爸爸估着他，说着好，他还不去呢！"

她比着手势，很出色地形容着，好象真有那么一回事一样。

刚在火堆边坐着的我，简直感到忿怒了。便低下头去，用干枝拨着火冷冷地说：

“你的爸爸，太好了，太好了！……可惜我却不能多跟他老人家几天了。”

“你要走了吗？”她吃了一惊，随即生气地骂道：“你也想学小黑牛了！”

“也许……不过……”

我一面用干枝画着灰，一面犹豫地说。

“不过什么？不过！……爸爸说的好，懦弱的人，一辈子只有给人踏着过日子的。……伸起腰干吧！抬起头吧！……羞不羞哪，象小黑牛那样子！”

“你的爸爸，说的话，是对的，做的事，却错了！”

“为什么？”

“你说为什么？……并且昨夜的事情，我通通看见了！”

我说着，冷冷的眼光浮了起来。看见她突然变了脸色，但又一下子恢复了原状，而且狡猾地笑着：“吓吓，就是为了这才要走吗？你这不中用的！”

马上揭开开水罐子看，气冲冲地骂：

“还不开！还不开！”

蓦地象风一样卷到神殿后面去，一会儿，抱了一抱干柴出来。一面拨大火，一面柔和地说：

“害怕吗？要活下去，怕是不行的。昨夜的事，多着哩，久了就会见惯了的。……是吗？规规矩矩地跟我们吧，……你这阿狗的爹，哈哈。”

她狂笑起来，随即抓着昨夜丢下了的木人儿，顽皮地命令我道：

“木头，抱，抱，他哭哩！”

我笑了起来，但却仍然整顿我的衣衫和书。

“真的要走么？来来来，到后面去！”

她的两条眉峰一竖，眼睛露出恶毒的光芒，看起来，却是又美丽又可怕的。

她比我矮一个头，身子虽是结实，但却总是小小的，一种好奇的冲动捉弄着我，于是无意识地笑了一下，便尾着她到后面去了。

她从柴草中抓出一把雪亮的刀来，半张不理的，递给我，斜瞬着狡猾的眼睛，命令道：

“试试看，哪，你砍这棵树！”

我由她摆布，接着刀，照着面前的黄果树，用力砍去，结果只砍了半寸多深。因为使刀的本事，我原是不行的。

“让我来！”

她突地活跃了起来，夺去了刀，做出一个侧面骑马的姿势，很结实地一挥，喳的一刀，便没入树身三四寸的光景，又毫不费力地拔了出来，依旧放在柴草里边，然后气昂昂地走来我的面前，两手插在腰上，微微地噘起嘴巴，笑嘻嘻地嘲弄我：

“你怎么走得脱呢？……你怎么走得脱呢？”

于是，在这无人的山中，我给这位比我小块的野女子，窘住了。正还打算这样地回答她：

“你的爸爸会让我走的！”

但她却忽地抽身跑开了，一面高声唱着，仿佛奏着凯旋一样。

> 这儿呀，也没有忧，
>
> 这儿呀，也没有愁，
>
> ……

我慢步走到江边去，无可奈何地徘徊着。

峰尖浸着粉红的朝阳。半山腰，抹着一两条淡淡的白雾。崖头苍翠的树丛，如同洗后一样的鲜绿。峡里面，到处都流溢着清新的晨光。江水仍旧发着声吼，但却没有夜来那样的怕人。清亮的波涛，碰在嶙峋的石上，溅起万朵灿然的银花，宛若江在笑着一样。谁能猜到这样美好的地方，曾经发生过夜来那样可怕的事情呢？

午后，在江流的澎湃中，迸裂出马铃子连击的声响，渐渐强大起来。野猫子和我都感到非常的诧异，赶快跑出去看。久无人行的索桥那边，从崖上转下来一小队人，正由桥上走了过来。为首的一个胖家伙，骑着马，十多个灰衣的小兵，尾在后面。还有两三个行李挑子，和一架坐着女人的滑竿。

"糟了！我们的对头呀！"

野猫子恐慌起来，我却故意喜欢地说道：

"那么，是我的救星了！"

野猫子恨恨地看了我一眼，把嘴唇紧紧地闭着，两只嘴角朝下一弯，傲然地说：

"我还怕？……爸爸说的，我们原先在刀上过日子哪！迟早总有那么一天的。"

他们一行人来到庙前，便息了下来。老爷和太太坐在石阶上，互相温存地问询着。勤务兵似的孩子，赶忙在挑子里面，找寻着温水瓶和毛巾。抬滑竿的伕子，满头都是汗，走下江边去喝江水。兵士们把枪横在地上，从耳上取下香烟缓缓地点燃，吸着。另一个班长似的灰衣汉子，军帽挂在后脑，毛巾缠在颈上，走到我们的面前，枪兜子抵在我的足边，眼睛盯着野猫子，盘问我们是做什么的，从什么地方来，到什么地方去。

野猫子咬着嘴唇，不做声。

我就从容地回答他，说我们是山那边的人，今天从丈母家回来，在此息息气的。同时催促野猫子说：

"我们走吧！——阿狗怕在家里哭哩！"

"是呀，我很担心的。……唉，我的足怪疼的哩！"

野猫子做出焦眉愁眼的样子，一面就摸着她的足，叹气。

"那就再息一会吧。"

我们便讲起山那边家中的牛马和鸡鸭，竭力做出一对庄稼人的应有的风度。

他们息一会，就忙着赶路走了。

野猫子欢喜的直是跳，抓着我喊：

"你怎么不叫他们抓我呢？怎么不呢？怎么不呢？"

她静下来叹一口气，说：

"我倒打算杀你哩；唉，我以为你是恨我们的。……我还想杀了你，好在他们面前显显本事。……先前，我还不曾单独杀过一个人哩。"

我静静地笑着说：

"那末，现在还可以杀哩。"

"不，我现在为什么要杀你呢？"

"那末，规规矩矩地让我走吧！"

"不！你得让爸爸好好地教导一下子！……往后再吃几个人血馒头就好了！"

她坚决地吐出这话之后，就重又唱着她那常常在哼的歌曲，我的话，我的祈求，全不理睬了。

于是，我只好待着黄昏的到来，抑郁地。

晚上，他们回来了，带着那么多的"财喜"，看情形，显然是完全胜利，而且不象昨天那样小干的了。老头子喝得泥醉，由鬼冬哥的背上放下，便呼呼地睡着。原来大家因为今天事事得手，就都在半路上的山家酒店里，喝过庆贺的酒了。

夜深都睡得很熟，神殿上交响着鼻息的鼾声。我却不能安睡下去，便在江流激湍中，思索着明天怎样对付老头子的话语，同时也打算趁夜深人静，悄悄地离开此地。但一想到山中不熟悉的路径，和夜间出游的野物，便又只好等待天明了。

大约将近天明的时候，我才昏昏地沉入梦中。醒来时，已快近午，发现出同伴们都已不见了，空空洞洞的破残神祠里，只我一人独自留着。江涛仍旧热心地打着崖石，不过比往天却显得单调些，寂寞些了。

我想着，这大概是我昨晚独自儿在这里过夜，做了一场荒诞不经的梦，今朝从梦中醒来，才有点感觉异常吧。

但看见躺在砖地上的灰堆，灰堆旁边的木人儿，与乎留在我书里的三块银元时，烟霭也似的遐思和怅惘，便在我岑寂的心上，缕缕地升起来了。

（选自 1934 年 3 月《青年界》第 5 卷第 3 号）

赏析

艾芜（1904—1992），原名汤道耕，四川新繁人，现当代著名小说家。早年弃学远行，在我国西南边境和缅甸、马来亚、新加坡等地漂泊。他的第一篇小说《人生哲学的一课》和当时的代表作短篇小说集《南行记》中的作品就以那几年的见闻感受为题材。另著有长篇小说《丰饶的原野》《山野》《百炼成钢》等。

《山峡中》出自小说集《南行记》，这是艾芜的成名作，也是他的全部创作中影响最大、最富艺术魅力的作品。小说描写了一群被生活所迫而以偷盗为生的流浪汉。作者不去叙述那种曲折紧张的杀人越货的故事，而是着重描写他们生活的沉重、艰辛与残酷。黑暗的社会剥夺了他们的一切，使他们丢失了正常的谋生之路，铤而走险，做起了这没本钱的"生意"。社会扭曲了他们的灵魂，塑造了他们凶狠残忍的畸形性格。

小说的可贵、独特之处在于,透过这伙强盗被扭曲的性格表面,发掘"他们性情中的纯金"(艾芜语)。小黑牛不必说了,夜白飞对小黑牛确有真挚的同情,甚至那个魏老头子,也有温情的一面,放"我"离开并留下三块银元,都经过了他的同意。而野猫子是最为引人注目的形象。这个十七八岁的姑娘,真像她的外号一样,美丽、活泼、精灵、凶狠,充满活力和野性。她是一个奇异的存在,一个矛盾的性格。在她身上,流浪者的共性和她自身鲜明的个性有机地融合在一起,残酷中见善良,凶悍中见正义,粗暴中见温驯,丑恶中见俊美,被文学史家赞誉为中国的吉卜赛女郎。作者从这一人物身上匠心别具地发现和肯定了追求光明的人性,从而使整篇小说升华到一个深邃的哲理境界。

悲剧故事的展开和多姿多彩的山光水色的描写构成鲜明对比,显示了浪漫主义色彩。环境气氛的渲染烘托,使小说有一种凄凉怅惘的情调和诗一般的抒情气氛。

(靳新来)

思考题

1. 谈谈你对野猫子形象的认识。

2. 小说中对环境气氛的描写有什么特点? 在小说中起到怎样的作用?

参考文献

1. 王晓明 《沙汀艾芜的小说世界》,上海文艺出版社,1987。

2. 赵小琪 艾芜早期小说的文化想象,《文学评论》,2004(5)。

3. 孙玉生 试论艾芜《山峡中》的怪异风格,《名作欣赏》,2008(2)。

月牙儿

老舍

一

是的，我又看见月牙儿了，带着点寒气的一钩儿浅金。多少次了，我看见跟现在这个月牙儿一样的月牙儿；多少次了。它带着种种不同的感情，种种不同的景物，当我坐定了看它，它一次一次的在我记忆中的碧云上斜挂着。它唤醒了我的记忆，像一阵晚风吹破一朵欲睡的花。

二

那第一次，带着寒气的月牙儿确是带着寒气。它第一次在我的云中是酸苦，它那一点点微弱的浅金光儿照着我的泪。那时候我也不过是七岁吧，一个穿着短红棉袄的小姑娘。戴着妈妈给我缝的一顶小帽儿，蓝布的，上面印着小小的花，我记得。我倚着那间小屋的门垛，看着月牙儿。屋里是药味，烟味，妈妈的眼泪，爸爸的病；我独自在台阶上看着月牙，没人招呼我，没人顾得给我作晚饭。我晓得屋里的惨凄，因为大家说爸爸的病……可是我更感觉自己的悲惨，我冷，饿，没人理我。一直的我立到月牙儿落下去。什么也没有了，我不能不哭。可是我的哭声被妈妈的压下去；爸，不出声了，面上蒙了块白布。我要掀开白布，再看看爸，可是我不敢。屋里只是那么点点地方，都被爸占了去。妈妈穿上白衣，我的红袄上也罩了个没缝襟边的白袍，我记得，因为不断地撕扯襟边上的白丝儿。大家都很忙，嚷嚷的声儿很高，哭得很恸，可是事情并不多，也似乎值不得嚷：爸爸就装入那么一个四块薄板的棺材里，到处都是缝子。然后，五六个人把他抬了走。妈和我在后边哭。我记得爸，记得爸的木匣。那个木匣结束了爸的一切；每逢我想起爸来，我就想到非打开那个木匣不能见着他。但是，那木匣是深深地埋在地里，我明知在城外哪个地方埋着它，可又像落在地上的一个雨点，似乎永难找到。

三

妈和我还穿着白袍，我又看见了月牙儿。那是个冷天，妈妈带我出城去看爸的坟。妈拿着很薄很薄的一罗儿纸。妈那天对我特别的好，我走不动便背我一程，到城门上还给我买了一些炒栗子。什么都是凉的，只有这些栗子是热的；我舍不得吃，用它们热我的手。走了多远，我记不清了，总该是很远很远吧。在爸出殡的那天，我似乎没觉得这么远，或者是因为那天人多；这次只是我们娘儿俩，妈不说话，我也懒得出声，什么都是静寂的；那些黄土路静寂得没有头儿。天是短的，我记得那个坟：小小的一堆儿土，远处有一些高土岗儿，太阳在黄土岗儿上头斜着。妈妈似乎顾不得我了，把我放在一旁，抱着坟头儿去哭。我坐在坟头的旁边，弄着手里那几个栗子。妈哭了一阵，把那点纸焚化了，一些纸灰在我眼前卷成一两个旋儿，而后懒懒地落在地上；风很小，可是很够冷的。妈妈又哭起来。

我也想爸，可是我不想哭他；我倒是为妈妈哭得可怜而也落了泪。过去拉住妈妈的手："妈不哭！不哭！"妈妈哭得更恸了。她把我搂在怀里。眼看太阳就落下去，四外没有一个人，只有我们娘儿俩。妈似乎也有点怕了，含着泪，扯起我就走，走出老远，她回头看了看，我也转过身去；爸的坟已经辨不清了；土岗的这边都是坟头，一小堆一小堆，一直摆到土岗底下。妈妈叹了口气。我们紧走慢走，还没有走到城门，我看见了月牙儿。四外漆黑，没有声音，只有月牙儿放出一道儿冷光。我乏了，妈妈抱起我来。怎样进的城，我就不知道了，只记得迷迷糊糊的天上有个月牙儿。

四

刚八岁，我已经学会了去当东西。我知道，若是当不来钱，我们娘儿俩就不要吃晚饭；因为妈妈但分有点主意，也不肯叫我去。我准知道她每逢交给我个小包，锅里必是连一点粥底儿也看不见了。我们的锅有时干净得像个体面的寡妇。这一天，我拿的是一面镜子。只有这件东西似乎是不必要的，虽然妈妈天天得用它。这是个春天，我们的棉衣都刚脱下来就入了当铺。我拿着这面镜子，我知道怎样小心，小心而且要走得快，当铺是老早就上门的。我怕当铺的那个大红门，那个大高长柜台。一看见那个门，我就心跳。可是我必须进去，似乎是爬进去，那个高门坎儿是那么高。我得用尽了力量，递上我的东西，还得喊："当当！"得了钱和当票，我知道怎样小心的拿着，快快回家，晓得妈妈不放心。可是这一次，当铺不要这面镜子，告诉我再添一号来。我懂得什么叫"一号"。把镜子搂在胸前，我拼命的往家跑。妈妈哭了；她找不到第二件东西。我在那间小屋住惯了，总以为东西不少；及至帮着妈妈一找可当的衣物，我的小心里才明白过来，我们的东西很少，很少。妈妈不叫我去了。可是"妈妈咱们吃什么呢？"妈妈哭着递给我她头上的银簪——只有这一件东西是银的。我知道，她拔过来几回，都没肯交给我去当。这是妈妈出门子时，姥姥家给的一件首饰。现在，她把这么一件银器给了我，叫我把镜子放下。我尽了我的力量赶回当铺，那可怕的大门已经严严地关好了。我坐在那门墩上，握着那根银簪。不敢高声地哭，我看着天，啊，又是月牙儿照着我的眼泪！哭了好久，妈妈在黑影中来了，她拉住了我的手，呕，多么热的手，我忘了一切的苦处，连饿也忘了，只要有妈妈这只热手拉着我就好。我抽抽搭搭地说："妈！咱们回家睡觉吧。明儿早上再来！"妈一声没出。又走了一会儿："妈！你看这个月牙；爸死的那天，它就是这么歪歪着。为什么她老这么斜着呢？"妈还是一声没出，她的手有点颤。

五

妈妈整天地给人家洗衣裳。我老想帮助妈妈，可是插不上手。我只好等着妈妈，非到她完了事，我不去睡。有时月牙儿已经上来，她还哼哧哼哧地洗。那些臭袜子，硬牛皮似的，都是铺子里的伙计们送来的。妈妈洗完这些"牛皮"就吃不下饭去。我坐在她旁边，看着月牙，蝙蝠专会在那条光儿底下穿过来穿过去，像银线上穿着个大菱角，极快的又掉到暗处去。我越可怜妈妈，便越爱这个月牙，因为看着它，使我心中痛快一点。它在夏天更可爱，它老有那么点凉气，像一条冰似的。我爱它给地上的那点小影子，一会儿就没了；迷迷糊糊的不甚清楚，及至影没了，地上就特别的黑，星也特别的亮，花也特别的香——我们的邻居有许多花木，那棵高高的洋槐总把花儿落到我们这边来，像一层雪似的。

六

妈妈的手起了层鳞,叫她给搓搓背顶解痒痒了。可是我不敢常劳动她,她的手是洗粗了的。她瘦,被臭袜子熏的常不吃饭。我知道妈妈要想主意了,我知道。她常把衣裳推到一边,愣着。她和自己说话。她想什么主意呢? 我可是猜不着。

七

妈妈嘱咐我不叫我别扭,要乖乖地叫"爸";她又给我找到一个爸。这是另一个爸,我知道,因为坟里已经埋好一个爸了。妈嘱咐我的时候,眼睛看着别处。她含着泪说:"不能叫你饿死!"呕,是因为不饿死我,妈才另给我找了个爸! 我不明白多少事,我有点怕,又有点希望——果然不再挨饿的话。多么凑巧呢,离开我们那间小屋的时候,天上又挂着月牙。这次的月牙比哪一回都清楚,都可怕;我是要离开这住惯了的小屋了。妈坐了一乘红轿,前面还有几个鼓手。吹打得一点也不好听。轿在前边走,我和一个男人在后边跟着,他拉着我的手。那可怕的月牙放着一点光,仿佛在凉风里颤动。街上没有什么人,只有些野狗追着鼓手们咬;轿子走得很快。上哪去呢? 是不是把妈抬到城外去,抬到坟地去? 那个男人扯着我走,我喘不过气来,要哭都哭不出来。那男人的手心出了汗,凉得像个鱼似的,我要喊"妈",可是不敢。一会儿,月牙像个要闭上的一道大眼缝,轿子进了个小巷。

八

我在三四年里似乎没再看见月牙。新爸对我们很好,他有两间屋子,他和妈住在里间,我在外间睡铺板。我起初还想跟妈妈睡,可是几天之后,我反倒爱"我的"小屋了。屋里有白白的墙,还有条长桌,一把椅子。这似乎都是我的。我的被子也比从前的厚实暖和了。妈妈也渐渐胖了点,脸上有了红色,手上的那层鳞也慢慢掉净。我好久没去当当了。新爸叫我去上学。有时候他还跟我玩一会儿。我不知道为什么不爱叫他"爸",虽然我知道他很可爱。他似乎也知道这个,他常常对我那么一笑;笑的时候他也有很好看的眼睛。可是妈妈偷告诉我叫爸,我也不愿十分的别扭。我心中明白,妈和我现在是有吃有喝的,都因为有这个爸,我明白。是的,在这三四年里我想不起曾经看见过月牙儿;也许是看见过而不大记得了。爸死时那个月牙,妈轿子前面那个月牙,我永远忘不了。那一点点光,那一点寒气,老在我心中,比什么都亮,都清凉,像块玉似的,有时候想起来仿佛能用手摸到似的。

九

我很爱上学。我老觉得学校里有不少的花,其实并没有;只是一想起学校就想到花罢了,正像一想起爸的坟就想起城外的月牙儿——在野外的小风里歪歪着。妈妈是很爱花的,虽然买不起,可是有人送给她一朵,她就顶喜欢地戴在头上。我有机会便给她折一两朵来;戴上朵鲜花,妈的后影还很年轻似的。妈喜欢,我也喜欢。在学校里我也很喜欢。也许因为这个,我想起学校便想起花来?

十

当我要在小学毕业那年,妈又叫我去当当了。我不知道为什么新爸忽然走了。他上了哪儿,妈似乎也不晓得。妈妈还叫我上学，她想爸不久就会回来的。他许多日子没回来，连封信也没有。我想妈又该洗臭袜子了，这使我极难受。可是妈妈并没这么打算。她还打扮着，还爱戴花；奇怪！她不落泪，反倒好笑；为什么呢？我不明白！好几次，我下学来，看她在门口儿立着。又隔了不久，我在路上走，有人"嗨"我了："嗨！给你妈捎个信儿去！""嗨！你卖不卖呀？小嫩的！"我的脸红得冒出火来，把头低得无可再低。我明白，只是没办法。我不能问妈妈，不能。她对我很好，而且有时候极郑重地说我："念书！念书！"妈是不识字的，为什么这样催我念书呢？我疑心；又常由疑心而想到妈是为我才作那样的事。妈是没有更好的办法。疑心的时候，我恨不能骂妈妈一顿。再一想，我要抱住她，央告她不要再作那个事。我恨自己不能帮助妈妈。所以我也想到：我在小学毕业后又有什么用呢？我和同学们打听过了，有的告诉我，去年毕业的有好几个作姨太太的。有的告诉我，谁当了暗门子。我不大懂这些事，可是由她们的说法，我猜到这不是好事。她们似乎什么都知道，也爱偷偷地谈论她们明知是不正当的事——这些事叫她们的脸红红的而显出得意。我更疑心妈妈了，是不是等我毕业好去作……这么一想，有时候我不敢回家，我怕见妈妈。妈妈有时候给我点心钱，我不肯花，饿着肚子去上体操，常常要晕过去。看着别人吃点心，多么香甜呢！可是我得省着钱，万一妈妈叫我去……我可以跑，假如我手中有钱。我最阔的时候，手中有一毛多钱！在这些时候，即使在白天，我也有时望一望天上，找我的月牙儿呢。我心中的苦处假若可以用个形状比喻起来，必是个月牙儿形的。它无倚无靠的在灰蓝的天上挂着，光儿微弱，不大会儿便被黑暗包住。

<h1 style="text-align:center">十一</h1>

叫我最难过的是我慢慢地学会了恨妈妈。可是每当我恨她的时候，我不知不觉地便想起她背着我上坟的光景。想到了这个，我不能恨她了。我又非恨她不可。我的心像还是像那个月牙儿，只能亮那么一会儿，而黑暗是无限的。妈妈的屋里常有男人来了，她不再躲避着我。他们的眼像狗似地看着我，舌头吐着，垂着涎。我在他们的眼中是更解馋的，我看出来。在很短的期间，我忽然明白了许多的事。我知道我得保护自己，我觉出我身上好像有什么可贵的地方，我闻得出我已有一种什么味道，使我自己害羞，多感。我身上有了些力量，可以保护自己，也可以毁了自己。我有时很硬气，有时候很软。我不知怎样好。我愿爱妈妈，这时候我有好些必要问妈妈的事，需要妈妈的安慰；可是正在这个时候，我得躲着她，我得恨她；要不然我自己便不存在了。当我睡不着的时节，我很冷静地思索，妈妈是可原谅的。她得顾我们俩的嘴。可是这个又使我要拒绝再吃她给我的饭菜。我的心就这么忽冷忽热，像冬天的风，休息一会儿，刮得更要猛；我静候着我的怒气冲来，没法儿止住。

<h1 style="text-align:center">十二</h1>

事情不容我想好方法就变得更坏了。妈妈问我，"怎样？"假若我真爱她呢，妈妈说，我应该帮助她。不然呢，她不能再管我了。这不像妈妈能说得出的话，但是她确是这么说了。她说得很清楚："我已经快老了，再过二年，想白叫人要也没人要了！"这是对的，妈妈近来擦许多的粉，脸上还露出摺子来。她要再走一步，去专伺候一个男人。她的精神来不及伺候许多男人了。为她自己想，这时候能有人要她——是个馒头铺掌柜的愿要她——她该马上就走。可是我已经是个大姑娘了，不像小时候那样容易跟着妈妈轿后走过去了。我得打主意安置自己。假若我愿意"帮助"妈妈呢，她可以不再

走这一步,而由我代替她挣钱。代她挣钱,我真愿意;可是那个挣钱方法叫我哆嗦。我知道什么呢,叫我像个半老的妇人那样去挣钱?! 妈妈的心是狠的,可是钱更狠。妈妈不逼着我走哪条路,她叫我自己挑选——帮助她,或是我们娘儿俩各走各的。妈妈的眼没有泪,早就干了。我怎么办呢?

十三

我对校长说了。校长是个四十多岁的妇人,胖胖的,不很精明,可是心热。我是真没了主意,要不然我怎会开口述说妈妈的……我并没和校长亲近过。当我对她说的时候,每个字都像烧红了的煤球烫着我的喉,我哑了,半天才能吐出一个字。校长愿意帮助我。她不能给我钱,只能供给我两顿饭和住处——就住在学校和个老女仆作伴儿。她叫我帮助文书写写字,可是不必马上就这么办,因为我的字还需要练习。两顿饭,一个住处,解决了天大的问题,我可以不连累妈妈了。妈妈这回连轿也没坐,只坐了辆洋车,摸着黑走了。我的铺盖,她给了我。临走的时候,妈妈挣扎着不哭,可是心底下的泪到底翻上来了。她知道我不能再找她去,她的亲女儿。我呢,我连哭都忘了怎么哭了,我只咧着嘴抽达,泪蒙住了我的脸。我是她的女儿、朋友、安慰。但是我帮助不了她,除非我得作那种我决不肯作的事。在事后一想,我们娘儿俩就像两个没人管的狗,为我们的嘴,我们得受着一切的苦处,好像我们身上没有别的,只有一张嘴。为这张嘴,我们得把其余一切的东西都卖了。我不恨妈妈了,我明白了。不是妈妈的毛病,也不是不该长那张嘴,是粮食的毛病,凭什么没有我们的吃食呢? 这个别离,把过去一切的苦楚都压过去了。那最明白我的眼泪怎流的月牙这回会没出来,这回只有黑暗,连点萤火的光也没有。妈妈就在暗中像个活鬼似的走了,连个影子也没有。即使她马上死了,恐怕也不会和爸埋在一处了,我连她将来的坟在哪里都不会知道。我只有这么个妈妈,朋友。我的世界里剩下我自己。

十四

妈妈永不能相见了,爱死在我心里,像被霜打了的春花。我用心地练字,为是能帮助校长抄抄写写些不要紧的东西。我必须有用,我是吃着别人的饭。我不像那些女同学,她们一天到晚注意别人,别人吃了什么,穿了什么,说了什么;我老注意我自己,我的影子是我的朋友。“我”老在我的心上,因为没人爱我。我爱我自己,可怜我自己,鼓励我自己,责备我自己;我知道我自己,仿佛我是另一个人似的。我身上有一点变化都使我害怕,使我欢喜,使我莫名其妙。我在我自己手中拿着,像捧着一朵娇嫩的花。我只能顾目前,没有将来,也不敢深想。嚼着人家的饭,我知道那是晌午或晚上了,要不然我简直想不起时间来;没有希望,就没有时间。我好像钉在个没有日月的地方。想起妈妈,我晓得我曾经活了十几年。对将来,我不像同学们那样盼望放假,过节,过年;假期,节,年,跟我有什么关系呢? 可是我的身体是往大了长呢,我觉得出。觉出我又长大了一些,我更渺茫,我不放心我自己。我越往大了长,我越觉得自己好看,这是一点安慰;美使我抬高了自己的身分。可是我根本没身分,安慰是先甜后苦的,苦到末了又使我自傲。穷,可是好看呢! 这又使我怕:妈妈也是不难看的。

十五

我又老没看月牙了,不敢去看,虽然想看。我已毕了业,还在学校里住着。晚上,学校里只有两个老仆人,一男一女。他们不知怎样对待我好,我既不是学生,也不是先生,又不是仆人,可有点像仆人。晚上,我一个人在院中走,常被月牙给赶进屋来,我没有胆子去看它。可是在屋里,我会想像它是什么样,特别是在有点小风的时候。微风仿佛会给那点微光吹到我的心上来,使我想起过去,更加重了眼前的悲哀。我的心就好像在月光下的蝙蝠,虽然是在光的下面,可是自己是黑的;黑的东西,即使会飞,也还是黑的,我没有希望。我可是不哭,我只常皱着眉。

十六

我有了点进款:给学生织些东西,她们给我点工钱。校长允许我这么办。可是进不了许多,因为她们也会织。不过她们自己急于要用,而赶不来,或是给家中人打双手套或袜子,才来照顾我。虽然是这样,我的心似乎活了一点,我甚至想到:假若妈妈不走那一步,我是可以养活她的。一数我那点钱,我就知道这是梦想,可是这么想使我舒服一点。我很想看看妈妈。假若她看见我,她必能跟我来,我们能有方法活着,我想——可是不十分相信。我想妈妈,她常到我的梦中来。有一天,我跟着学生们去到城外旅行,回来的时候已经是下午四点多了。为是快点回来,我们抄了个小道。我看见了妈妈!在个小胡同里有一家卖馒头的,门口放着个元宝筐,筐上插着个顶大的白木头馒头。顺着墙坐着妈妈,身儿一仰一弯地拉风箱呢。从老远我就看见了那个大木馒头与妈妈,我认识她的后影。我要过去抱住她。可是我不敢,我怕学生们笑话我,她们不许我有这样的妈妈。越走越近了,我的头低下去,从泪中看了她一眼,她没看见我。我们一群人擦着她的身子走过去,她好像是什么也没看见,专心地拉她的风箱。走出老远,我回头看了看,她还在那儿拉呢。我看不清她的脸,只看到她的头发在额上披散着点。我记住这个小胡同的名儿。

十七

像有个小虫在心中咬我似的,我想去看妈妈,非看见她我心中不能安静。正在这个时候,学校换了校长。胖校长告诉我得打主意,她在这儿一天便有我一天的饭食与住处,可是她不能保险新校长也这么办。我数了数我的钱,一共是两块七毛零几个铜子。这几个钱不会叫我在最近的几天中挨饿,可是我上哪儿呢?我不敢坐在那儿呆呆地发愁,我得想主意。找妈妈去是第一个念头。可是她能收留我吗?假若她不能收留我,而我找了她去,即使不能引起她与那个卖馒头的吵闹,她也必定很难过。我得为她想,她是我的妈妈,又不是我的妈妈,我们母女之间隔着一层用穷作成的障碍。想来想去,我不肯找她去了。我应当自己担着自己的苦处。可是怎么担着自己的苦处呢?我想不起。我觉得世界很小,没有安置我与我的小铺盖卷的地方。我还不如一条狗,狗有个地方便可以躺下睡;街上不准我躺着。是的,我是人,人可以不如狗。假若我扯着脸不走,焉知新校长不往外撵我呢?我不能等着人家往外推。这是个春天。我只看见花儿开了,叶儿绿了,而觉不到一点暖气。红的花只是红的花,绿的叶只是绿的叶,我看见些不同的颜色,只是一点颜色;这些颜色没有任何意义,春在我的心中是个凉的死的东西。我不肯哭,可是泪自己往下流。

十八

我出去找事了。不找妈妈,不依赖任何人,我要自己挣饭吃。走了整整两天,抱着希望出去,带着尘土与眼泪回来。没有事情给我作。我这才真明白了妈妈，真原谅了妈妈。妈妈还洗过臭袜子，我连这个都作不上。妈妈所走的路是唯一的。学校里教我的本事与道德都是笑话，都是吃饱了没事时的玩艺。同学们不准我有那样的妈妈，她们笑话暗门子；是的，她们得这样看，她们有饭吃。我差不多要决定了：只要有人给我饭吃，什么我也肯干；妈妈是可佩服的。我才不去死，虽然想到过；不，我要活着。我年轻，我好看，我要活着。羞耻不是我造出来的。

十九

这么一想，我好像已经找到了事似的。我敢在院中走了，一个春天的月牙在天上挂着。我看出它的美来。天是暗蓝的，没有一点云。那个月牙清亮而温柔，把一些软光儿轻轻送到柳枝上。院中有点小风，带着南边的花香，把柳条的影子吹到墙角有光的地方来，又吹到无光的地方去；光不强，影儿不重，风微微地吹，都是温柔，什么都有点睡意，可又要轻软地活动着。月牙下边，柳梢上面，有一对星儿好像微笑的仙女的眼，逗着那歪歪的月牙和那轻摆的柳枝。墙那边有棵什么树，开满了白花，月的微光把这团雪照成一半儿白亮，一半儿略带点灰影，显出难以想到的纯净。这个月牙是希望的开始，我心里说。

二十

我又找了胖校长去，她没在家。一个青年把我让进去。他很体面，也很和气。我平素很怕男人，但是这个青年不叫我怕他。他叫我说什么，我便不好意思不说；他那么一笑，我心里就软了。我把找校长的意思对他说了，他很热心，答应帮助我。当天晚上，他给我送了两块钱来，我不肯收，他说这是他婶母——胖校长——给我的。他并且说他的婶母已经给我找好了地方住，第二天就可以搬过去。我要怀疑，可是不敢。他的笑脸好像笑到我的心里去。我觉得我要疑心便对不起人，他是那么温和可爱。

二十一

他的笑唇在我的脸上，从他的头发上我看着那也在微笑的月牙。春风像醉了，吹破了春云，露出月牙与一两对儿春星。河岸上的柳枝轻摆，春蛙唱着恋歌，嫩蒲的香味散在春晚的暖气里。我听着水流，像给嫩蒲一些生力，我想像着蒲梗轻快地往高里长。小蒲公英在潮暖的地上生长。什么都在溶化着春的力量，然后放出一些香味来。我忘了自己，我没了自己，像化在了那点春风与月的微光中。月儿忽然被云掩住，我想起来自己。我失去那个月牙儿，也失去了自己，我和妈妈一样了！

二十二

我后悔，我自慰，我要哭，我喜欢，我不知道怎样好。我要跑开，永不再见他；我又想他，我寂寞。两间小屋，只有我一个人，他每天晚上来。他永远俊美，老那么温和。他供给我吃喝，还给我作了几件新衣。穿上新衣，我自己看出我的美。可是我也恨这些衣服，又舍不得脱去。我不敢思想，也懒得思想，我迷迷糊糊的，腮上老有那么两块红。我懒得打扮，又不能不打扮，太闲了，总得找点事作。

打扮的时候,我怜爱自己;打扮完了,我恨自己。我的泪很容易下来,可是我设法不哭,眼终日老那么湿润润的,可爱。我有时候疯了似的吻他,然后把他推开,甚至于破口骂他;他老笑。

二十三

我早知道,我没希望;一点云便能把月牙遮住,我的将来是黑暗。果然,没有多久,春便变成了夏,我的春梦作到了头儿。有一天,也就是刚晌午吧,来了一个少妇。她很美,可是美得不玲珑,像个磁人儿似的。她进到屋中就哭了。不用问,我已明白了。看她那个样儿,她不想跟我吵闹,我更没预备着跟她冲突。她是个老实人。她哭,可是拉住我的手:"他骗了咱们俩!"她说。我以为她也只是个"爱人"。不,她是他的妻。她不跟我闹,只口口声声的说:"你放了他吧!"我不知怎么才好,我可怜这个少妇。我答应了她。她笑了。看她这个样儿,我以为她是缺个心眼,她似乎什么也不懂,只知道要她的丈夫。

二十四

我在街上走了半天。很容易答应那个少妇呀,可是我怎么办呢? 他给我的那些东西,我不愿意要;既然要离开他,便一刀两断。可是,放下那点东西,我还有什么呢? 我上哪儿呢? 我怎么能当天就有饭吃呢? 好吧,我得要那些东西,无法。我偷偷的搬了走。我不后悔,只觉得空虚,像一片云那样的无倚无靠。搬到一间小屋里,我睡了一天。

二十五

我知道怎样俭省,自幼就晓得钱是好的。凑合着手里还有那点钱,我想马上去找个事。这样,我虽然不希望什么,或者也不会有危险了。事情可是并不因我长了一两岁而容易找到。我很坚决,这并无济于事,只觉得应当如此罢了。妇女挣钱怎么这么不容易呢! 妈妈是对的,妇人只有一条路走,就是妈妈所走的路。我不肯马上就往那么走,可是知道它在不很远的地方等着我呢。我越挣扎,心中越害怕。我的希望是初月的光,一会儿就要消失。一两个星期过去了,希望越来越小。最后,我去和一排年轻的姑娘们在小饭馆受选阅。很小的一个饭馆,很大的一个老板;我们这群都不难看,都是高小毕业的少女们,等皇赏似的,等着那个破塔似的老板挑选。他选了我。我不感谢他,可是当时确有点痛快。那群女孩子们似乎很羡慕我,有的竟自含着泪走去,有的骂声"妈的!"女人够多么不值钱呢!

二十六

我成了小饭馆的第二号女招待。摆菜、端菜、算账、报菜名,我都不在行。我有点害怕。可是"第一号"告诉我不用着急,她也都不会。她说,小顺管一切的事;我们当招待的只要给客人倒茶,递手巾把,和拿账条;别的不用管。奇怪!"第一号"的袖口卷起来很高,袖口的白里子上连一个污点也没有。腕上放着一块白丝手绢,绣着"妹妹我爱你"。她一天到晚往脸上拍粉,嘴唇抹得血瓢似的。给客人点烟的时候,她的膝往人家腿上倚;还给客人斟酒,有时候她自己也喝了一口。对于客人,有的她伺候得非常的周到;有的她连理也不理,她会把眼皮一搭拉,假装没看见。她不招待的,我只好去。我怕男人。我那点经验叫我明白了些,什么爱不爱的,反正男人可怕。特别是在饭馆吃饭的男人们,他们假装义气,打架似的让座让账;他们拼命的猜拳,喝酒;他们野兽似的吞吃,他们不必要而故意的挑剔毛病,骂人。我低头递茶递手巾,我的脸发烧。客人们故意的和我说东说西,招我笑;我没心思说笑。晚上九点多钟完了事,我非常的疲乏了。到了我的小屋,连衣裳没脱,我一直地睡到天亮。醒来,我心中高兴了一些,我现在是自食其力,用我的劳力自己挣饭吃。我很早的就去上工。

二十七

"第一号"九点多才来,我已经去了两点多钟。她看不起我,可也并非完全恶意地教训我:"不用那么早来,谁八点来吃饭? 告诉你,丧气鬼,把脸别搭拉得那么长;你是女跑堂的,没让你在这儿送殡玩。低着头,没人多给酒钱;你干什么来了? 不为挣子儿吗? 你的领子太矮,咱这行全得弄高领子,绸子手绢,人家认这个!"我知道她是好意,我也知道设若我不肯笑,她也得吃亏,少分酒钱;小账是大家平分的。我也并非看不起她,从一方面看,我实在佩服她,她是为挣钱。妇女挣钱就得这么着,没第二条路。但是,我不肯学她。我仿佛看得很清楚:有朝一日,我得比她还开通,才能挣上饭吃。可是那得到了山穷水尽的时候;"万不得已"老在那儿等我们女人,我只能叫它多等几天。这叫我咬牙切齿,叫我心中冒火,可是妇女的命运不在自己手里。又干了三天,那个大掌柜的下了警告:再试我两天,我要是愿意往长了干呢,得照"第一号"那么办。"第一号"一半嘲弄,一半劝告的说:"已经有人打听你,干吗藏着乖的卖傻的呢? 咱们谁不知道谁是怎着? 女招待嫁银行经理的,有的是;你当是咱们低贱呢? 闯开脸儿干呀,咱们也他妈的坐几天汽车!"这个,逼上我的气来,我问她:"你什么时候坐汽车?"她把红嘴唇撇得要掉下去:"不用你耍嘴皮子,干什么说什么;天生下来的香屁股,还不会干这个呢!"我干不了,拿了一块另五分钱,我回了家。

二十八

最后的黑影又向我迈了一步。为躲它,就更走近了它。我不后悔丢了那个事,可我也真怕那个黑影。把自己卖给一个人,我会,自从那回事儿,我很明白了些男女之间的关系。女人把自己放松一些,男人闻着味儿就来了。他所要的是肉,他发散了兽力,你便暂时有吃有穿;然后他也许打你骂你,或者停止了你的供给。女人就这么卖了自己,有时候还很得意,我曾经觉到得意。在得意的时候说的净是一些天上的话;过了会儿,你觉得身上的疼痛与丧气。不过,卖给一个男人,还可以说些天上的话;卖给大家,连这些也没法说了,妈妈就没说过这样的话。怕的程度不同,我没法接受"第一号"的劝告;"一个"男人到底使我少怕一点。可是,我并不想卖我自己。我并不需要男人,我还不到二十岁。我当初以为跟男人在一块儿必定有趣,谁知道到了一块他就要求那个我所害怕的事。是的,那时候我像把自己交给了春风,任凭人家摆布;过后一想,他是利用我的无知,畅快他自己。他的甜言蜜语使我走入梦里;醒过来,不过是一个梦,一些空虚;我得到的是两顿饭,几件衣服。我不想再这样挣饭吃,饭是实在的,实在地去挣好了。可是,若真挣不上饭吃,女人得承认自己是女人,得卖肉! 一个多月,我找不到事作。

二十九

我遇见几个同学，有的升了中学，有的在家里作姑娘。我不愿理她们，可是一说起话儿来，我觉得我比她们精明。原先，在学校的时候，我比她们傻；现在，"她们"显着呆傻了。她们似乎还都作梦呢。她们都打扮得很好，像铺子里的货物。她们的眼溜着年轻的男人，心里好像作着爱情的诗。我笑她们。是的，我必定得原谅她们，她们有饭吃，吃饱了当然只好想爱情，男女彼此织成了网，互相捕捉；有钱的，网大一些，捉住几个，然后从容地选择一个。我没有钱，我连个结网的屋角都找不到。我得直接地捉人，或是被捉，我比她们明白一些，实际一些。

三十

有一天，我碰见那个小媳妇，像磁人似的那个。她拉住了我，倒好像我是她的亲人似的。她有点颠三倒四的样儿。"你是好人！你是好人！我后悔了，"她很诚恳地说，"我后悔了！我叫你放了他，哼，还不如在你手里呢！他又弄了别人，更好了，一去不回头了！"由探问中，我知道她和他也是由恋爱而结的婚，她似乎还很爱他。他又跑了。我可怜这个小妇人，她也是还作着梦，还相信恋爱神圣。我问她现在的情形，她说她得找到他，她得从一而终。要是找不到他呢？我问。她咬上了嘴唇，她有公婆，娘家还有父母，她没有自由，她甚至于羡慕我，我没有人管着。还有人羡慕我，我真要笑了！我有自由，笑话！我有饭吃，我有自由；她没自由，我没饭吃，我俩都是女人。

三十一

自从遇上那个小磁人，我不想把自己专卖给一个男人了，我决定玩玩了；换句话说，我要"浪漫"地挣饭吃了。我不再为谁负着什么道德责任，我饿。浪漫足以治饿，正如同吃饱了才浪漫，这是个圆圈，从哪儿走都可以。那些女同学与小磁人都跟我差不多，她们比我多着一点梦想，我比她们更直爽，肚子饿是最大的真理。是的，我开始卖了。把我所有的一点东西都折卖了，作了一身新行头，我的确不难看。我上了市。

三十二

我想我要玩玩，浪漫。啊，我错了。我还是不大明白世故。男人并不像我想的那么容易勾引。我要勾引文明一些的人，要至多只赔上一两个吻。哈哈，人家不上那个当，人家要初次见面便得到便宜。还有呢，人家只请我看电影，或逛逛大街，吃杯冰激凌；我还是饿着肚子回家。所谓文明人，懂得问我在哪儿毕业，家里作什么事。那个态度使我看明白，他若是要你，你得给他相当的好处；你若是没好处可贡献呢，人家只用一角钱的冰激凌换你一个吻。要卖，得痛痛快快地。我明白了这个。小磁人们不明白这个。我和妈妈明白，我很想妈了。

三十三

据说有些女人是可以浪漫地挣饭吃，我缺乏资本；也就不必再这样想了。我有了买卖。可是我的房东不许我再住下去，他是讲体面的人，我连瞧他也没瞧，就搬了家，又搬回我妈妈和新爸爸曾经住过的那两间房。这里的人不讲体面,可也更真诚可爱。搬了家以后,我的买卖很不错。连文明人也来了。文明人知道了我是卖,他们是买,就肯来了;这样,他们不吃亏,也不丢身份。初干的时候,我很害怕,因为我还不到二十岁。及至作过了几天,我也就不怕了。多喒他们像了一摊泥,他们才觉得上了算,他们满意,还替我作义务的宣传。干过了几个月,我明白的事情更多了,差不多每一见面,我就能断定他是怎样的人。有的很有钱,这样的人一开口总是问我的身价,表示他买得起我。他也很嫉妒,总想包了我;逛暗娼他也想独占,因为他有钱。对这样的人,我不大招待。他闹脾气,我不怕,我告诉他,我可以找上他的门去,报告给他的太太。在小学里念了几年书,到底是没白念,他唬不住我。"教育"是有用的,我相信了。有的人呢,来的时候,手里就攥着一块钱,唯恐上了当。对这种人,我跟他细讲条件,他就乖乖地回家去拿钱,很有意思。最可恨的是那些油子,不但不肯花钱,反倒要占点便宜走,什么半盒烟卷呀,什么一小瓶雪花膏呀,他们随手拿去。这种人还是得罪不得,他们在地面上很熟,得罪了他们,他们会叫巡警跟我捣乱。我不得罪他们,我喂着他们;及至我认识了警官,才一个个的收拾他们。世界就是狼吞虎咽的世界,谁坏谁就占便宜。顶可怜的是那像学生样儿的,袋里装着一块钱,和几十铜子,叮当地直响,鼻子上出着汗。我可怜他们,可是也照常卖给他们。我有什么办法呢!还有老头子呢,都是些规矩人,或者家中已然儿孙成群。对他们,我不知道怎样好,但是我知道他们有钱,想在死前买些快乐,我只好供给他们所需要的。这些经验叫我认识了"钱"与"人"。钱比人更厉害一些,人若是兽,钱就是兽的胆子。

三十四

我发现了我身上有了病。这叫我非常的苦痛,我觉得已经不必活下去了。我休息了,我到街上去走;无目的,乱走。我想去看看妈,她必能给我一些安慰,我想像着自己已是快死的人了。我绕到那个小巷,希望见着妈妈;我想起她在门外拉风箱的样子。馒头铺已经关了门。打听,没人知道搬到哪里去。这使我更坚决了,我非找到妈妈不可。在街上丧胆游魂地走了几天,没有一点用。我疑心她是死了,或是和馒头铺的掌柜的搬到别处去,也许在千里以外。这么一想,我哭起来。我穿好了衣裳,擦上了脂粉,在床上躺着,等死。我相信我会不久就死去的。可是我没死。门外又敲门了,找我的。好吧,我伺候他,我把病尽力地传给他。我不觉得这对不起人,这根本不是我的过错。我又痛快了些,我吸烟,我喝酒,我好像已是三四十岁的人了。我的眼圈发青,手心发热,我不再管;有钱才能活着,先吃饱再说别的吧。我吃得并不错,谁肯吃坏的呢!我必须给自己一点好吃食,一些好衣裳,这样才稍微对得起自己一点。

三十五

一天早晨,大概有十点来钟吧,我正披着件长袍在屋中坐着,我听见院中有点脚步声。我十点来钟起来,有时候到十二点才想穿好衣裳,我近来非常的懒,能披着件衣服呆坐一两个钟头。我想不起什么,也不愿想什么,就那么独自呆坐。那点脚步声,向我的门外来了,很轻很慢。不久,我看见一对眼睛,从门上那块小玻璃向里面看呢。看了一会儿,躲开了;我懒得动,还在那儿坐着。待了一会儿,那对眼睛又来了。我再也坐不住,我轻轻的开了门。"妈!"

三十六

我们母女怎么进了屋,我说不上来。哭了多久,也不大记得。妈妈已老得不像样儿了。她的掌柜的回了老家,没告诉她,偷偷地走了,没给她留下一个钱。她把那点东西变卖了,辞退了房,搬到一个大杂院里去。她已找了我半个多月。最后,她想到上这儿来,并没希望找到我,只是碰碰看,可是竟自找到了我。她不敢认我了,要不是我叫她,她也许就又走了。哭完了,我发狂似的笑起来:她找到了女儿,女儿已是个暗娼!她养着我的时候,她得那样;现在轮到我养着她了,我得那样!女人的职业是世袭的,是专门的!

三十七

我希望妈妈给我点安慰。我知道安慰不过是点空话,可是我还希望来自妈妈的口中。妈妈都往往会骗人,我们把妈妈的诓骗叫作安慰。我的妈妈连这个都忘了。她是饿怕了,我不怪她。她开始检点我的东西,问我的进项与花费,似乎一点也不以这种生意为奇怪。我告诉她,我有了病,希望她劝我休息几天。没有;她只说出去给我买药。“我们老干这个吗?”我问她。她没言语。可是从另一方面看,她确是想保护我,心疼我。她给我作饭,问我身上怎样,还常常偷看我,像妈妈看睡着了的小孩那样。只是有一层她不肯说,就是叫我不用再干这行了。我心中很明白——虽然有一点不满意她——除了干这个,还想不到第二个事情作。我们母女得吃得穿——这个决定了一切。什么母女不母女,什么体面不体面,钱是无情的。

三十八

妈妈想照应我,可是她得听着看着人家蹂躏我。我想好好对待她,可是我觉得她有时候讨厌。她什么都要管管,特别是对于钱。她的眼已失去年轻时的光泽,不过看见了钱还能发点光。对于客人,她就自居为仆人,可是当客人给少了钱的时候,她张嘴就骂。这有时候使我很为难。不错,既干这个还不是为钱吗?可是干这个的也似乎不必骂人。我有时候也会慢待人,可是我有我的办法,使客人急不得恼不得。妈妈的方法太笨了,很容易得罪人。看在钱的面上,我们不应当得罪人。我的方法或者出于我还年轻,还幼稚;妈妈便不顾一切的单单站在钱上了,她应当如此,她比我大着好些岁。恐怕再过几年我也就这样了,人老心也跟着老,渐渐老得和钱一样的硬。是的,妈妈不客气。她有时候劈手就抢客人的皮夹,有时候留下人家的帽子或值钱一点的手套与手杖。我很怕闹出事来,可是妈妈说的好:“能多弄一个是一个,咱们是拿十年当作一年活着的,等七老八十还有人要咱们吗?”有时候,客人喝醉了,她便把他架出去,找个僻静地方叫他坐下,连他的鞋都拿回来。说也奇怪,这种人倒没有来找账的,想是已人事不知,说不定也许病一大场。或者事过之后,想过滋味,也就不便再来闹了,我们不怕丢人,他们怕。

三十九

妈妈是说对了:我们是拿十年当一年活着。干了二三年,我觉出自己是变了。我的皮肤粗糙了,我的嘴唇老是焦的,我的眼睛里老灰渌渌的带着血丝。我起来的很晚,还觉得精神不够。我觉出这个来,客人们更不是瞎子,熟客渐渐少起来。对于生客,我更努力的伺候,可是也更厌恶他们,有时候我管不住自己的脾气。我暴躁,我胡说,我已经不是我自己了。我的嘴不由的老胡说,似乎是惯了。这样,那些文明人已不多照顾我,因为我丢了那点"小鸟依人"——他们唯一的诗句——的身段与气味。我得和野鸡学了。我打扮得简直不像个人,这才招得动那不文明的人。我的嘴擦得像个红血瓢,我用力咬他们,他们觉得痛快。有时候我似乎已看见我的死,接进一块钱,我仿佛死了一点。钱是延长生命的,我的挣法适得其反。我看着自己死,等着自己死。这么一想,便把别的思想全止住了。不必想了,一天一天地活下去就是了,我的妈妈是我的影子,我至好不过将来变成她那样,卖了一辈子肉,剩下的只是一些白头发与抽皱的黑皮。这就是生命。

四十

我勉强地笑,勉强地疯狂,我的痛苦不是落几个泪所能减除的。我这样的生命是没什么可惜的,可是它到底是个生命,我不愿撒手。况且我所作的并不是我自己的过错。死假如可怕,那只因为活着是可爱的。我决不是怕死的痛苦,我的痛苦久已胜过了死。我爱活着,而不应当这样活着。我想像着一种理想的生活,像作着梦似的;这个梦一会儿就过去了,实际的生活使我更觉得难过。这个世界不是个梦,是真的地狱。妈妈看出我的难过来,她劝我嫁人。嫁人,我有了饭吃,她可以弄一笔养老金。我是她的希望。我嫁谁呢?

四十一

因为接触的男子很多了,我根本已忘了什么是爱。我爱的是我自己,及至我已爱不了自己,我爱别人干什么呢?但是打算出嫁,我得假装说我爱,说我愿意跟他一辈子。我对好几个人都这样说了,还起了誓;没人接受。在钱的管领下,人都很精明。嫖不如偷,对,偷省钱。我要是不要钱,管保人人说爱我。

四十二

正在这个期间,巡警把我抓了去。我们城里的新官儿非常地讲道德,要扫清了暗门子。正式的妓女倒还照旧作生意,因为她们纳捐;纳捐的便是名正言顺的,道德的。抓了去,他们把我放在了感化院,有人教给我作工。洗、做、烹调、编织,我都会;要是这些本事能挣饭吃,我早就不干那个苦事了。我跟他们这样讲,他们不信,他们说我没出息,没道德。他们教给我工作,还告诉我必须爱我的工作。假如我爱工作,将来必定能自食其力,或是嫁个人。他们很乐观。我可没这个信心。他们最好的成绩,是已经有十几多个女的,经过他们感化而嫁了人。到这儿来领女人的,只须花两块钱的手续费和找一个妥实的铺保就够了。这是个便宜。从男人方面看;据我想,这是个笑话。我干脆就不受这个感化。当一个大官儿来检阅我们的时候,我唾了他一脸唾沫。他们还不肯放我,我是带危险性的东西。可是他们也不肯再感化我。我换了地方,到了狱中。

四十三

狱里是个好地方,它使人坚信人类的没有起色;在我作梦的时候都见不到这样丑恶的玩艺。自从我一进来,我就不再想出去,在我的经验中,世界比这儿并强不了许多。我不愿死,假若从这儿出去而能有个较好的地方;事实上既不这样,死在哪儿不一样呢。在这里,在这里,我又看见了我的好朋友,月牙儿! 多久没见着它了! 妈妈干什么呢? 我想起来一切。

(原载 1935 年 4 月 1 日、8 日、15 日《国闻周报》

第 12 卷 12 期至 15 期,初收《樱海集》)

赏析

老舍(1899—1966),原名舒庆春,字舍予,满族,中国现代小说家、戏剧家,新中国成立后曾获得"人民艺术家"称号。主要作品有长篇小说《骆驼祥子》《四世同堂》,中篇小说《月牙儿》《我这一辈子》,话剧《龙须沟》《茶馆》等。老舍作品大都取材于市民生活,为中国现代文学开拓了重要的题材领域。他所描写的自然风光、世态人情、习俗时尚,运用的群众口语,都呈现出浓郁的"京味"。作品以具有独特的幽默风格和浓郁的民族色彩,以及从内容到形式的雅俗共赏而赢得了广大的读者。

《月牙儿》之所以堪称中国现代短篇小说的经典,一个根本原因在于其具备的深沉的主题内涵,尤其是对旧时代女性悲剧命运的观照,更是达到洞幽烛微的深度。小说描写了一对孤苦无依的母女在生活的重压下先后无奈地沦为暗娼,冷峻地揭示出旧时代贫民的悲剧宿命。如果母亲的堕落还带有旧时代贫民凄惨人生的普遍痕迹,那么女儿的人生悲剧就如一只落入毒蜘蛛网的飞蛾,无论如何挣扎,最后还是一步一步堕入深渊,彻底毁灭了本来就很卑微的人生追求。旧时代女性总是面临着异常严酷的生存境遇,社会留给她们的似乎只有一条路——出卖色相或肉体。这对母女在极力挣扎之后还是沦为暗娼——将肉体出卖给多个男性,而像"小磁人"和"我"的那些幻想嫁个好丈夫的女同学们虽然有家庭,但也毫无尊严和权利可言,只是家庭的点缀和丈夫的附属品,还是在用肉体换得生存,最卑微的生存权利的获得都要以生命最起码的尊严为代价。因此在一个男权传统根深蒂固、社会秩序混乱无序的时代,女性因为经济独立权的丧失,而只能堕入非人的深渊,沦为性暴力的对象和生殖的工具。老舍通过这对母女的命运以及周围女子的遭遇,对旧时代女性悲剧宿命进行了深入的探寻和思考。

《月牙儿》的艺术成就,较为突出的有以下两点:一是小说采用抒情意味的散文诗笔法,呈现出浓重的抒情色彩。主人公的悲剧命运被进行了多侧面的点染,反复咏叹,整篇小说节奏舒缓,格调凄婉。二是对"月牙儿"意象的成功运用。"月牙儿"意象既构成了故事发展的背景,沟通了前后的照应,也象征了女性主人公的心境和命运。由于"月牙儿"的烘托和渲染,整部小说色彩蒙眬暗淡,风格哀怨凄清,意境深沉幽婉,耐人咀嚼寻味。

(顾金春)

思考题

1.《月牙儿》表现了老舍对于旧时代女性命运怎样的思考?

2."月牙儿"意象的运用在小说中有什么意义?

参考文献

1. 何云贵　对性际关系的深沉思考与隐喻表现——《月牙儿》主题解读,《天府新论》,2001(2)。

2. 李军　小说艺术的推进与思想内容的平庸——老舍小说《月牙儿》解读,《名作欣赏》,2007(14)。

3. 石兴泽　《老舍与二十世纪中国文学和文化》,人民文学出版社,2005。

4. 王润华　《老舍小说新论》,学林出版社,1996。

华威先生

张天翼

转弯抹角算起来——他算是我的一个亲戚。我叫他"华威先生"。他觉得这种称呼不大好。

"天翼兄你真是!"他说。"为什么一定要个'先生'呢。你应当叫我'威弟'。再不然叫我'阿威'。"

把这件事交涉过了之后,他立刻戴上了帽子:

"我们改日再谈好不好,天翼兄。我总想畅畅快快跟你谈一次——唉,可总是没有时间。今天刘主任起草了一个县长公余工作方案,硬要叫我参加意见,叫我替他修改。三点钟又还有一个集会。"

这里他摇摇头,没奈何地苦笑了一下。他声明他并不怕吃苦:在抗战时期大家都应当苦一点。不过——时间总要够支配呀。

"王委员又打了三个电报来,硬要请我到汉口去一趟,我怎么跑得开呢,我的天!"

于是匆匆忙忙跟我握了握手,跨上他的包车。

他永远挟着他的公文皮包。并且永远拿着他那根老粗老粗的黑油油的手杖。左手无名指上戴着他的结婚戒指。拿着雪茄的时候就叫这根无名指微微地弯着,而小指翘得高高的,构成一朵兰花的图样。

这个城市里的黄包车谁都不作兴跑,一脚一脚挺踏实地踱着,好像饭后千步似的。可是包车例外:Ding ding,Ding ding,Ding ding! ——一下子就抢到了前面。黄包车立刻就得往左边躲开,小推车马上打斜。担子很快地就让到路边。行人赶紧就避到两旁的店铺里去。

包车踏铃不断地响着。钢丝在闪着亮。还来不及看清楚——它就跑得老远老远的了,像闪电一样地快。

而——据这里有几位抗战工作者的上层分子的统计,跑得顶快的是那位华威先生的包车。

他的时间很要紧。他说过——

"我恨不得取消晚上睡觉的制度。我还希望一天不止二十四小时,救亡工作实在太多了。"

接着掏出表来看一看,他那一脸丰满的肌肉立刻紧张了起来。眉毛皱着,嘴唇使劲撮着,好像他在把全身的精力都要收敛到脸上似的。他立刻就走:他要到难民救济会去开会。

照例——会场里的人全到齐了坐在那里等着他。他在门口下车的时候总得顺便把踏铃踏它一下:Ding!

同志们彼此看看:唔,华威先生到会了。有几位透了一口气。有几位可就拉长了脸瞧着会场门口。有一位甚至于要准备决斗似的——抓着拳头瞪着眼。

华威先生的态度很庄严,用一种从容的步子走进去,他先前那副忙劲儿好像被他自己的庄严态度消解掉了。他在门口稍为停了一会儿,让大家好把他看个清楚,仿佛要唤起同志们的一种信任心,仿佛要给同志们一种担保——什么困难的大事也都可以放下心来。他并且还点点头。他眼睛并不对着谁,只看着天花板。他是在对整个集体打招呼。

会场里很静。会议就要开始。有谁在那里翻着什么纸张,缀缀绊绊的。

华威先生很客气地坐到一个冷角落里,离主席位子顶远的一角。他不大肯当主席。

"我不能当主席,"他拿着一枝雪茄烟打手势。"工人救亡工作协会的指导部今天开常会。通俗文艺研究会的会议也是今天。伤兵工作团也要去的,等一下。你们知道我的时间不够支配:只容许我在这里讨论十分钟。我不能当主席。我想推举刘同志主席。"

说了就在嘴角上闪起一丝微笑,轻轻地拍几下手板。

主席报告的时候,华威先生不断地在那里括洋火点他的烟。把表放在面前,时不时像计算什么似地看看它。

"我提议!"他大声说。"我们的时间是很宝贵的:我希望主席尽可能报告得简单一点。我希望主席能够在两分钟之内报告完。"

他括了两分钟洋火之后,猛地站了起来。对那正在哇啦哇啦的主席摆摆手。

"好了,好了。虽然主席没有报告完,我已经明白了。我现在还要赴别的会,让我先发表一点意见。"

停了一停,抽两口雪茄,扫了大家一眼。

"我的意见很简单,只有两点,"他舔舔嘴唇。"第一点,就是——每个工作人员不能够怠工。而是相反,要加紧工作。这一点不必多说,你们都是很努力的青年,你们都能热心工作。我很感谢你们。但是还有一点——你们要时时刻刻不能忘记,那就是我要说的第二点。"

他又抽了两口烟,嘴里吐出来的可只有热气。这就又括了一根洋火。

"这第二点呢就是:青年工作人员要认定一个领导中心。你们只有在这一个领导中心的领导之下,救亡工作才能够展开。青年是努力的,是热心的,但是因为理解不够,工作经验不够,常常容易犯错误。要是上面没有一个领导中心,往往要弄得不可收拾。"

瞧瞧所有的脸色,他脸上的肌肉耸动了一下——表示一种微笑。他往下说:

"你们都是青年同志,所以我说得很坦白,很不客气。大家都要做救亡工作,没有什么客气可讲。我想你们诸位青年同志一定会接受我的意见。我很感激你们。好了,抱歉得很,我要先走一步。"

把帽子一戴,把皮包一挟,瞧着天花板点点头,挺着肚子走了出去。

到门口可又想起了一件什么事。他把当主席的同志撑开,小声儿谈了几句:

"你们工作——有什么困难没有?"他问。

"我刚才的报告提到了这一点,我们……"

华威先生伸出个食指顶着主席的胸脯:

"唔,唔,唔。我知道我知道。我没有多余的时间来谈这件事。以后——你们凡是想到的工作计划,你们可以到我家里去找我商量。"

坐在主席旁边那个长头发青年注意地看着他们,现在可忍不住插嘴了:

"星期三我们到华先生家里去过三次,华先生不在家……"

那位华先生冷冷地瞅他一眼,带着鼻音哼了一句——"唔,我有别的事,"又对主席低声说下去:

"要是我不在家,你们跟密司黄接头也可以。密司黄知道我的意见,她可以告诉你们。"

密司黄就是他的太太。他对第三者说起她来，总是这么称呼她的。

他交代过了这才真的走开。这就到了通俗文艺研究会的会场。他发现别人已经在那里开会，正有一个人在那里发表意见。他坐了下来，点着了雪茄，不高兴地拍了三下手板。

"主席!"他叫。"我因为今天另外还有一个集会，我不能等到终席。我现在有点意见，想要先提出来。"

于是他发表了两点意见：第一，他告诉大家——在座的人都是当地的文化人，文化人的工作是很重要的，应当加紧地做去。第二，文化人应当认清一个领导中心，文化人在当地的领导中心的领导之下团结起来，统一起来。

五点三刻他到了工人救亡协会指导部的会议室。

这回他脸上堆上了笑容，并且对每一个人点头。

"对不住得很，对不住得很：迟到了三刻钟。"

主席对他微笑一下，他还笑着伸了伸舌头，好像闯了祸怕挨骂似的。他四面瞧瞧形势，就拣在一个小胡子的旁边坐下来。

他带着很机密很严重的脸色——小声儿问那个小胡子：

"昨晚你喝醉了没有?"

"还好，不过头有点子晕。你呢?"

"我啊——我不该喝那三杯猛酒，"他严肃地说。"尤其是汾酒，我不能猛喝。刘主任硬要我干掉——嗨，一回家就睡倒了。密司黄说要跟刘主任去算账呢：要质问他为什么要把我灌醉。你看!"

一谈了这些，他赶紧打开皮包，拿出一张纸条——写几个字递给了主席。

"请你稍为等一等，"主席打断了一个正在发言的人的话。"华威先生还有别的事情要走。现在他有点意见：要求先让他发表。"

华威先生点点头站了起来。

"主席!"腰板微微地一弯。"各位先生!"腰板微微地一弯。"兄弟首先要请求各位原谅：我到会迟到了一点，而又要提前退席。……"

随后他说出了他的意见。他声明——这个指导部是个领导机关，这个指导部应该时时刻刻起领导中心作用。

"群众是复杂的。尤其是现在的群众，分子非常复杂。我们要是不能起领导作用，那就很危险，很危险。事实上，此地各方面的工作也非有个领导中心不可。我们的担子真是太重了，但是我们不怕怎样的艰苦，也要把这担子担起来。"

他反复地说明了领导中心作用的重要，这就戴起帽子去赴一个宴会。他每天都这么忙着。要到刘主任那里去办事。要到各团体去开会。而且每天——不是别人请他吃饭，就是他请人吃饭。

华威太太每次遇到我，总是代替华威先生诉苦。

"唉，他真苦死了! 工作这么多，连吃饭的工夫都没有。"

"他不可以少管一点，专门去做某一种工作么?"我问。

"怎么行呢? 许多工作都要他去领导呀。"

可是有一次，华威先生简直吃了一大惊。妇女界有些人组织了一个战时保婴会，竟没有去找他!

他开始打听、调查。他设法把一个负责人找来。

"我知道你们委员会已经选出来了。我想还可以多添加几个。"

他看见对方在那里踌躇，他把下巴挂了下来：

"问题是在这一点：你们委员是不是能够真正领导这工作？你能不能够对我担保——你们会内没有不良分子？你能不能担保——你们以后工作不至于错误，不至于怠工？你能不能担保，你能不能？你能够担保的话，那我要请你写个书面的东西给我，以后万一——如果你们的工作出了毛病，那你就要负责。"

接着他又声明：这并不是他自己的意思。他不过是一个执行者。这里他食指点点对方胸脯：

"如果我刚才说的那些你们办不到，那不是就成了非法团体了么？"

这么谈判了两次，华威先生当了战时保婴会的委员。于是在委员会开会的时候，华威先生挟着皮包去坐这么五分钟，发表了一两点意见就跨上了包车。

有一天他请我吃晚饭。他说因为家乡带来了一块腊肉。

我到他家里的时候，他正在那里对两个学生样的人发脾气。

"你昨天为什么不去，为什么不去？"他吼着。"我叫你拖几个人去的。但是我在台上一开始演讲，一看——连你都没有去听！我真不懂你们干了些什么？"

"昨天——我到了新组织的一个难民读书会去的。"

华威先生猛地跳起来了。

"什么！什么！——新组织的一个难民读书会？怎么我不知道，怎么不告诉我？"

"我们那天大家决议了的。我来找过华先生，华先生又是不在家——"

"好啊，你们秘密行动！"他瞪着眼。"你老实告诉我——这个读书会到底是什么背景，你老实告诉我！"

对方似乎也动了火：

"什么背景呢，都是中华民族！部务会议议决的，什么秘密行动也没有。……华先生又不到会，开会也不终席，来找又找不到……我们总不能把工作停顿起来。"

华威先生把雪茄一摔，狠命在桌上捶了一拳：Dung！

"混蛋！"他咬着牙，嘴唇在颤抖着。"你们小心！你们，哼，你们！你们！……"他倒到了沙发上，嘴巴痛苦地抽得歪着。"妈的！这个这个——你们青年！……"

五分钟之后他抬起头来，害怕似的四面看一看。那两个客人已经走了。他叹一口长气：

"唉，你看你看！天翼兄你看！现在的青年怎么办，现在的青年！"

这晚他没命地喝了许多酒，嘴里嘶嘶地骂着那些小伙子。他打碎了一只茶杯。密司黄扶着他上了床，他忽然打个寒噤说：

"明天十点钟有个集会……"

（选自1938年4月16日《文艺阵地》第1卷第1期）

赏析

张天翼(1906—1985)，名元定，生于南京，现当代作家。他的小说以讽刺与幽默见长，代表作有短篇小说《包氏父子》《华威先生》，长篇小说《鬼土日记》，童话《金元帝国》《罗文应的故事》等。

《华威先生》这篇小说写于抗战时期，作者成功地塑造了一个文化官僚的形象，通过这个形象反映了深刻的思想内容。华威先生性格的核心是狂热的权力攫取的欲望，在抗战严峻的环境中，他整天忙碌，到处去开会讲话，开自己也不知道内容的会，讲毫无意义、千篇一律的废话。之所以方方面面他都要插手，都要占主导地位，目的就在于权力欲的驱使，他想把各个组织的权力都抓到手里。他还使用各种手段维护他的权力，战时保婴会没有请他参加，他用"汉奸""错误"等威胁恐吓，最终当上了"委员"；难民读书会没有通知他，他要人家交代背景，人家稍有不满，就骂"混蛋"，"你们小心！你们，哼，你们！"权力欲掩饰他生活和内心的空虚，也正是依靠权力他才证明了他生存的意义。其次，华威先生非常虚伪，他努力作出谦和、民主的样子，让别人叫他"威弟""阿威"，实际上却很霸道。开会时他"很客气地坐在一个角落，离主席的位子顶远的一角。他不大肯当主席"。但是他"推举主席"，而且"拍几下手板"就霸道地决定了。他口上说自己忙得"恨不得取消晚上睡觉的制度"，但实际上晚上经常喝得大醉而归。作者通过对华威先生的塑造，辛辣地讽刺了当时的国民党顽固派，暴露了国统区弊端。

小说没有关于华威先生完整的故事，而是采用"速写"的表现手法，选取最能反映生活特征的典型化的片段，并将五个场面连缀在一起，生动表现了华威先生的不同嘴脸，集中尖锐地展现了其性格特征。此外，作为"文字的漫画家"，张天翼的讽刺明快泼辣，具有自己独特的风格。他善于抓住人物最有特色的外貌和言行特征，通过反复、夸张的手法，突出人物的本质。如去参加文化界抗敌总会时，"他脸上堆上了笑容，并且对每一个人点头。'对不住得很，对不住得很，迟到了三刻钟'"；"主席对他微笑一下，他还笑着伸了伸舌头，好像闯了祸怕挨骂似的"。讲话时"腰板微微地一弯"，完全是一副小心翼翼的样子，谄媚的神态毕露无遗。

（顾金春）

思考题

1. 小说为什么要着意描写"公文皮包"和"手杖"？在对"兰花的图样"的指形描写中流露出作者怎样的情感？

2. 华威先生认为许多工作都必须由自己亲自去领导，但成立"妇女界战时保婴会"等活动时没有邀请他，对此他作出了怎样的反应？他与负责人谈话的目的是什么？从中看出他怎样的性格侧面?

参考文献

1. 杜元明 《张天翼小说论稿》,宁夏人民出版社,1985。

2. 沈承宽、张大明、吴福辉、黄侯兴编 《张天翼论》,湖南文艺出版社,1987。

在其香居茶馆里

沙　汀

　　坐在其香居茶馆里的联保主任方治国，当他看见正从东头走来，嘴里照例扰嚷不休的邢幺吵吵的时候，简直立刻冷了半截，觉得身子快要坐不稳了。

　　使他发生这种异状的原因是：为了种种糊涂措施，目前他正处在全镇市民的围攻当中，这是一；其次，幺吵吵的第二个儿子，因为缓役了四次，又从不出半文壮丁费，好多人讲闲话了；加之，新县长又宣布了要认真整顿"役政"，于是他就赶紧上了封密告，而在三天前被兵役科捉进城了。

　　最为重要的还在这里：正如全市市民批评的那样，幺吵吵是个不忌生冷的人，什么话他都嘴一张就说了，不管你受得住受不住。就是联保主任的令尊在世的时候，也经常对他那张嘴感到头痛。因为尽管幺吵吵本人并不可怕，他的大哥可是全县极有威望的耆宿，他的舅子是财政委员，县政上的活跃分子，都是很不好沾惹的。

　　幺吵吵终于一路吵过来了。这是那种精力充足，对这世界上任何事物都采取一种毫不在意的态度的典型男性。他时常打起哈哈在茶馆里自白道："老子这张嘴么，就这样：说是要说的，吃也是要吃的；说够了回去两杯甜酒一喝，倒下去就睡！……"

　　现在，幺吵吵一面跨上其香居的阶沿，拖了把圈椅坐下，一面直着嗓子，干笑着嚷叫道：

　　"嗨，对！看阳沟里还把船翻了么！……"

　　他所参加的那张茶桌已经有着三个茶客，全是熟人：十年前当过视学的俞视学；前征收局的管账，现在靠着利金生活的黄光锐；会文纸店的老板汪世模汪二。

　　他们大家，以及旁的茶客，都向他打着招呼：

　　"拿碗来！茶钱我给了。"

　　"坐上来好吧，"俞视学客气道，"这里要舒服些。"

　　"我要那么舒服做什么哇？"出乎意外，幺吵吵横着眼睛嚷道，"你知道么，我坐上席会头昏的，——没有那个资格！……"

　　本分人的视学禁不住红起脸来。但他随即猜出来幺吵吵是针对着联保主任说的，因为当他嚷叫的时候，视学看见他满含恶意地瞥了一眼坐在后面首席上的方治国。

　　除却联保主任，那张桌子还坐得有张三监爷。人们都说他是方治国的军师，实际上，他可只能跟主任坐坐酒馆，在紧要关头进点不着边际的忠告。但这并不特别，他原是对什么事都关心的，而往往忽略了自己。他的老婆孩子经常在家里是饿着饭的，他却很少管顾。

　　同监爷对面坐着的是黄牦牛肉，正在吞服一种秘制的戒烟丸药。他是主任的重要助手；虽然并无多少才干，唯一的本领就是毫无顾忌。"现在的事你管那么多做什么哇？"他常常这么说，"拿得到手的就拿！"

　　牦牛肉应付这世界上一切经常使人大惊小怪的事变，只有一种态度：装做不懂。

"你不要管他的,发神经!"他小声向主任建议。

"这回子把蜂窝戳破了。"主任方治国苦笑说。

"我看要赶紧'缝'啊!"捧着暗淡无光的黄铜烟袋,监爷皱着脸沉吟道,"另外找一个人去'抵'怎样?"

"已经来不及了呀。"主任叹口气说。

"管他做什么呵!"牦牛肉眨眼而且努嘴,"是他妈个火炮性子。"

这时候,幺吵吵已经拍着桌子,放开嗓子在叫嚷了。但是他的战术依然停留在第一阶段,即并不指出被攻击的人的姓名,只是影射着对方,正像一通没头没脑的漫骂那样。

"搞到我名下来了!"他显得做作地打了一串哈哈,"好得很!老子今天就要看他是什么东西做出来的:人吗?狗吗?你们见过狗起草么,嗨,那才有趣!……"

于是他又比又说地形容起来了。虽然已经蓄了十年上下的胡子,幺吵吵的粗鲁话可是越来越多。许多闲着无事的人,有时候甚至故意挑弄他说下流话。他的所谓"狗",在指他的仇人方治国说的,因为主任的外祖父曾经当过衙役,而这又正是方府上下人等最大的忌讳。

因为他形容得太恶俗了,俞视学插嘴道:

"少造点口孽呵!有道理讲得清的。"

"我有啥道理哇!"幺吵吵忽然板起脸嚷道,"有道理,我也早当了什么主任了。两眼墨黑,见钱就拿!"

"吓,邢表叔!……"

气得脸青面黑的身材瘦小的联保主任方治国,一下子忍不住站起来了。

"吓,邢表叔!……"他重复说,"你说话要负责呵!"

"什么叫做负责哇?我就不懂!表叔!"幺吵吵模拟着主任的声调,这惹得大家忍不住笑起来,"你认错人了!认真是你表叔,你也不吃了我了!"

"对,对,对,我吃你!"主任解嘲地说,干笑着坐了下去。

"不是吗?"幺吵吵拍了一巴掌桌子,嗓子更加高了,"兵役科的人亲自对我大哥说的!你的报告真做得好呢。我今天倒要看你长的几个卵子!……"

幺吵吵一个劲说下去。而他愈来愈加觉得这不是开玩笑,也不是平日的瞎吵瞎闹,完全为了个痛快;他认真感觉到愤激了。

他十分相信,要是一年半年以前,他是用不着这么样着急的,事情好办得很。只需给他大哥一个通知,他的老二就会自自由由走回来的。而且以往抽丁,他的老二就躲掉过四次。但是现在情形已经两样,一切要照规矩办了。而最为严重的,是他的老二已经抓进城。

他已经派了他的老大进城,而带回来的口信,更加证明他的忧虑不是没有根据。因为那捎信人说,新县长是认真要整顿兵役的,好几个有钱有势的青年人都偷跑了,有的成天躲在家里。幺吵吵的大哥已经试探过两次,但他认为情形险恶。额外那捎信人又说,壮丁就快要送进省了。

凡是邢大老爷都感觉棘手的事,人还能有什么办法呢?他的老二只有作炮灰了。

"你怕我是聋子吧,"幺吵吵简直在咆哮了,"去年蒋家寡母子的儿子五百,你放了;陈二靴子两百,你也放了!你比土匪头儿萧大个子还要厉害。钱也拿了,脑袋也保住了,——老子也有钱的,你要张一张嘴呀?"

"说话要负责呵！邢幺老爷！……"

主任又出马了，而且现出假装的笑容。

主任是一个糊涂而胆怯的人。胆怯，因为他太有钱了；而在这个边野地区，他又从来没有摸过枪炮。这地区是几乎每个人都能来两手的，还有人靠着它维持生计。好些年前，因为预征太多，许多人怕当公事，于是联保主任这个头衔忽然落在他头上了，弄得一批老实人莫名其妙。

联保主任很清楚这是实力派的阴谋，然而，一向忍气吞声的日子驱使他接受了这个挑战。他起初老是垫钱，但后来他尝到甜头了：回扣、黑粮，等等。并且，当他走进茶馆的时候，招呼茶钱的声音也来得响亮了。而在三年以前，他的大门上已经有了一道县长颁赠的匾额：

尽瘁桑梓

但是，不管怎样，正像他自己感觉到的一般，在这回龙镇，还是有人压住他的。他现在多少有点失悔自己做了糊涂事情；但他佯笑着，满不在意似地接着说道：

"你发气做啥呵，都不是外人！……"

"你也知道不是外人么?"幺吵吵反问，但又并不等候回答，一直嚷叫下去道，"你既知道不是外人，就不该搞我了，告我的密了！"

"我只问你一句！……"

联保主任又一下站起来了，而他的笑容更加充满一种讨好的意味。

"你说一句就是了！"他接着说，"兵役科什么人告诉你的?"

"总有那个人呀，"幺吵吵冷笑说，"像还是谣言呢！"

"不是！你要告诉我什么人说的啦。"联保主任说，态度装得异常诚恳。

因为看见幺吵吵松了劲，他察觉出可以说理的机会到了。于是就势坐向俞视学侧面去，赌咒发誓地分辩起来，说他一辈子都不会做出这样胆大糊涂的事情来的！

他坐下，故意不注意幺吵吵，仿佛视学他们倒是他的对手。

"你们想吧，"他说，摊开手臂，蹙着瘦瘦的铁青的脸蛋，"我姓方的是吃饭长大的呀！并且，我一定要抓他的人做啥呢？难道'委员长'会赏我个状元当么？没讲的话，这街上的事，一向糊得圆我总是糊的！"

"你才会糊！"幺吵吵叹着气抵了一句。

"那总是我吹牛呵！"联保主任无可奈何地辩解说，瞥了一眼他的对手，"别的不讲，就拿救国公债说吧，别人写的多少，你又写的多少?"

他随又把嘴凑近视学的耳朵边呻唤道：

"连丁八字都是五百元呀！"

联保主任表演得如此精彩，这不是没原因的，他想充分显示出事情的重要性，和他对待幺吵吵的一片苦心。同时，他发觉看热闹的人已经越来越多，几乎街都快扎断了，漏出风声太不光彩，而且容易引起纠纷。

大约视学相信了他的话，或者被他的态度感动了，兼之又是出名的好好先生，因此他斯斯文文地扫了扫喉咙，开始劝解起幺吵吵来。

"幺哥！我看这样啊：人不抓，已经抓了，横竖是为国家。……"

"这你才会说！"幺吵吵一下撑起来了，眯起眼睛问视学道，"这样会说，你那一大堆，怎么不挑一个送起去呢？"

"好！我两个讲不通。"

视学满脸通红，故意勾下脑袋喝茶去了。

"再多讲点就讲通了！"幺吵吵重又坐了下去，接着满脸怒气嚷道，"没有生过娃娃当然会说生娃娃很舒服！今天怎么把你个好好先生遇到了呵：冬瓜做不做得甑子？做得。蒸垮了呢？那是要垮呀，——你个老哥子真是！"

他的形容引来一片笑声。但他自己却并不笑，他把他那结结实实的身子移动了一下，抹抹胡子，又把袖头两挽，理直气壮地宣告道：

"闲话少讲！方大主任，说不清楚你今天走不掉的！"

"好呀！"主任一面应声，一面懒懒退还原地方去，"回龙镇只有这样大一个地方哩，我会往哪里跑？就要跑也跑不脱的。"

联保主任的声调和表情照例带着一种嘲笑的意味，至于是嘲笑自己，或者嘲笑对方，那就要凭你猜了。他是经常凭藉了这点武器来掩护自己的，而且经常弄得顽强的敌手哭笑不得。人们一般都叫他做软硬人：碰见老虎他是绵羊，如果对方是绵羊呢，他又变成了老虎了。

当他回到原位的时候，牦牛肉一面吞服着戒烟丸，生气道：

"我白还懒得答呢，你就让他吵去！"

"不行不行，"监爷意味深长地说，"事情不同了。"

监爷一直这样坚持自己的意见，是颇有理由的。因为他确信这镇上正在对准联保主任进行一种大规模的控告，而邢大老爷，那位全县知名的绅耆，可以使这控告成为事实，也可以打消它。这也就是说，现在联络邢家是个必要措施。何况谁知道新县长是怎样一副脾气的人呢！

这时候，茶堂里的来客已增多了。连平时懒于出门的陈新老爷也走来了。新老爷是前清科举时代最末一科的秀才，当过十年团总，十年哥老会的头目，八年前才退休的。他已经很少过问镇上的事情了，但是他的意见还同团总时代一样有效。

新老爷一露面，茶客们都立刻直觉到：幺吵吵已经布置好一台讲茶了。茶堂里响起一片零乱的呼唤声。有照旧坐在座位上向茶馆叫喊的，有站起来叫喊的，有的一面挥着钞票一面叫喊，但是都把声音提得很高很高，深恐新老爷听不见。

其间一个茶客，甚至于怒气冲冲地吼道：

"不准乱收钱啦！嗨！这个龟儿子听到没有？……"

于是立刻跑去塞一张钞票在堂倌手里。

在这种种热情的骚动中间，争执的双方，已经很平静了。联保主任知道自己会亏理的，他在殷勤地争取着客人，希望能于自己有利。而幺吵吵则一直闷着张脸，这是因为当着这许多漂亮人物面前，他忽然深切地感觉到，既然他的老二被抓，这就等于说他已经失掉了面子！

这镇上是流行着这样一种风气的，凡是照规矩行事的，那就是平常人，重要人物都是站在一切规矩之外的。比如陈新老爷，他并不是个惜疼金钱的脚色，但是就连打醮这类事情，他也没有份的；否则便会惹起人们大惊小怪，以为新老爷失了面子，和一个平常人没多少区别了。

面子在这镇上的作用就有如此厉害，所以幺吵吵闷着张脸，只是懒懒地打着招呼。直到新老爷问起他是否欠安的时候，这才稍稍振作起来。

"人倒是好的，"他苦笑着说，"就是眉毛快给人剪光了！"

接着他又一连打了一串干燥无味的哈哈。

"你瞎说！"新老爷严正地切断他，"简直瞎说！"

"当真哩！不然，也不敢劳驾你哥子动步了。"

为了表示关切，新老爷深深叹了口气。

"大哥有信来没有呢？"新老爷接着又问。

"他也没办法呀！……"

幺吵吵呻唤了。

"你想吧，"为了避免人们误会，以为他的大哥也成了没面子的脚色了，他随又解释道，"新县长的脾气又没有摸到，叫他怎么办呢？常言说，新官上任三把火，又是闹起要整顿役政的，谁知道他会发些什么猫儿毛病？前天我又托蒋门神打听去了。"

"新县长怕难说话，"一个新近从城里回来的小商人插入道，"看样子就晓得了：随常一个人在街上串，戴他妈副黑眼镜子……"

严肃沉默的空气没有使小商人说下去。

接着，也没有人敢再插嘴，因为大家都不知道应该如何表示自己的感情。表示高兴吧，这是会得罪人的，因为情形的确有些严重；但说是严重吧，也不对，这又会显得邢府上太无能了。所以彼此只好暧昧不明地摇头叹气，喝起茶来。

看见联保主任似乎正在考虑一种行动，牦牛肉包着戒烟丸药，小声道：

"不要管他！这么快县长就叫他们喂家了么？"

"去找找新老爷是对的！"监爷意味深长地说。

这个脸面浮肿、常以足智多谋自负的没落绅士，正投了联保主任的机，方治国早就考虑到这个必要的措施了。使得他迟疑的，是他觉得，比较起来，新老爷同邢家的关系一向深厚得多，他不一定捡得到便宜。虽然在派款和收粮上面，他并没有对不住新老爷的地方；逢年过节，他也从未忘记送礼，但在几件小事情上，他是开罪过新老爷的。

比如，有一回曾布客想抵制他，抬出新老爷来，说道：

"好的，我们到新老爷那里去说！"

"你把时候记错了！"主任发火道，"新老爷吓不倒我！"

后来，事情虽然依旧是在新老爷的意志下和平解决了的，但是他的失言一定已经散播开去，新老爷给他记下一笔账了。但他终于站了起来，向着新老爷走过去了。

这个行动，立刻使得人们很振作了，大家全都期待着一个新的开端。有几个人在大声喊叫堂倌拿开水来，希望缓和一下他们的紧张心情。幺吵吵自然也是注意到联保主任的攻势的，但他不当作攻势看，以为他的对手是要求新老爷调解的；但他猜不准这个调解将会采取一种什么方式。

而且，从幺吵吵看来，在目前这样一种严重问题上，一个能够叫他满意的调解办法，是不容易想出来的。这不能道歉了事,也不能用金钱的赔偿弥补,那么剩下来的只有上法庭起诉了!但一想到这个,他就立刻不安起来,因为一个决心整饬役政的县长,难道会让他占上风?!

幺吵吵觉得苦恼,而且感觉一切都不对劲。这个坚实乐观的汉子,第一次遭到烦扰的袭击了,简直就同一个处在这种境况的平常人不差上下:一点抓拿没有!

他忽然在桌子上拍了一掌,苦笑着自言自语道:

"哼!乱整吧,老子大家乱整!"

"你又来了!"俞视学说,"他总会拿话出来说啦。"

"这还有什么说的呢?"幺吵吵苦着脸反驳道,"你个老哥子怎么不想想呵:难道什么天王老子会有这么大的面子,能够把人给我取回来么?!"

"不是那么讲。取不出来,也有取不出的办法。"

"那我就请教你!"幺吵吵认真快发火了,但他尽力克制着自己,"什么办法呢?!——说一句对不住了事?——打死了让他赔命?……"

"也不是那样讲。……"

"那又是怎样讲呢?"幺吵吵终于大发其火,直着嗓子叫了,"老实说吧,他就没办法!我们只有到场外前大河里去喝水了!"

这立刻引起一阵新的骚动。全都预感到精彩节目就要来了。

一个立在阶沿下人堆里的看客,大声回绝着朋友的催促道:

"你走你的嘛,我还要玩一会!"

提着茶壶穿堂走过的堂倌,也在兴高采烈叫道:

"让开一点,看把脑袋烫肿!"

在当街的最末一张桌子上,那里离幺吵吵隔着四张桌子,一种平心静气的谈判已经快要结束。但是效果显然很少,因为长条子的陈新老爷,忽然气冲冲站起来了。

陈新老爷仰起瘦脸,颈子一扭,大叫道:

"你倒说你娃条鸟呵!……"

但他随又坐了下去,手指很响地击着桌面。

"老弟!"他一直望着联保主任,几乎一字一顿地说,"我不会害你的!一个人眼光要放远大一点,目前的事是谁也料不到的!——懂么?"

"我懂呵!难道你会害我?"

"那你就该听大家的劝呀!"

"查出来要这个啦,——我的老先人!"

联保主任苦涩地叫着,同时用手掌在后颈上一比:他怕杀头。

这的确也很可虑,因为严惩兵役舞弊的明令,已经来过三四次了。这就算不作数,我们这里隔上峰还远,但是县长对于我们就全然不相同了:他简直就在你的鼻子前面。并且,既然已经把人抓起去了,就要额外买人替换,一定也比平日困难得多。

加之,前一任县长正是为了壮丁问题被撤职的,而新县长一上任便宣称他要扫除役政上的种种积弊。谁知道他是不是也如一般新县长那样,上任时候的官腔总特别打得响,结果说过算事,或者他硬要认真地干一下？他的脾气又是怎样的呢？……

此外，联保主任还有一个不能冒这危险的重大理由。他已经四十岁了，但他还没有取得父亲的资格。他的两个太太都不中用，虽然一般人把责任归在这作丈夫的先天不足上面。好像就是再活下去，他也永远无济于事，作不成父亲。

然而，不管如何，看光景他是决不会冒险了。所以停停，他又解嘲地继续道：

"我的老先人！这个险我不敢冒。认真是我告了他的密都说得过去……"

他佯笑着，而且装得很安静。同幺吵吵一样，他也看出了事情的诸般困难，而他首先应该矢口否认那个密告的责任。但他没有料到，他把新老爷激恼了。

新老爷没有让他说完，便很生气地反驳道：

"你这才会装呢！可惜是大老爷亲自听兵役科说的！"

"方大主任！"幺吵吵忽然直接地插进来了，"是人做出来的就撑住哇！我告诉你：赖，你今天无论如何赖不脱的！"

"嘴巴不要伤人啊！"联保主任忍不住发起火来。

他态度严正，口气充满了警告气味；但是幺吵吵可更加蛮横了。

"是的，老子说了，是人做出来的你就撑住！"

"好嘛，你多凶呵。"

"老子就是这样！"

"对对对，你是老子！哈哈！……"

联保主任响着干笑，一面退回自己原先的座位上去。他觉得他在全镇的市民面前受了侮辱，他决心要同他的敌人斗到底了。仿佛就是拼掉老命他都决不低头。

联保主任的幕僚们依旧各有各的主见。牦牛肉说：

"你愈让他愈来了，是吧！"

"不行不行，事情不同了。"监爷叹着气说。

许多人都感到事情已经闹成僵局，接着来的一定会是漫骂，是散场了。因为情形明显得很，争吵的双方都是不会动拳头的。那些站在大街上看热闹的，已经在准备回家吃午饭了。

但是，茶客们却谁也不能轻易动身，担心有失体统。并且新老爷已经请了幺吵吵过去，正在进行一种新的商量，希望能有一个顾全体面的办法。虽然按照常识，一个二十岁的青年人的生命，绝不能和体面相提并论，而关于体面的解释也很不一致。

然而，不管怎样，由于一种不得已的苦衷，幺吵吵终于是让步了。

"好好"，他带着决然忍受一切的神情说，"就照你哥子说的做吧！"

"那么方主任，"新老爷紧接着站起来宣布说，"这一下就看你怎样，一切用费幺老爷出，人由你找；事情也由你进城去办；办不通还有他们大老爷，——"

"就请大老爷办不更方便些么？"主任嘴快地插入说。

"是呀！也请他们大老爷，不过你负责就是了。"

"我负不了这个责。"

"什么呀?！"

"你想,我怎么能负这个责呢?"

"好!"

新老爷简捷地说,闷着脸坐下去了。他显然是被对方弄得不快意了;但是,沉默一会,他又耐着性子重新劝说起来。

"你是怕用的钱会推在你身上吧?"新老爷笑笑说。

"笑话!"联保主任毫不在意地答道,"我怕什么? 又不是我的事。"

"那又是什么人的事呢?"

"我晓得的呀!"

联保主任回答这句话的时候,带着一种做作的安闲态度,而且嘲弄似地笑着,好像他是什么都不懂得,因此什么也不觉得可怕;但他没有料到幺吵吵冲过来了。而且,那个气得胡子发抖的汉子,一把扭牢他的领口就朝街面上拖。

"我晓得你是个软硬人! ——老子今天跟你拼了! ……"

"大家都是面子上的人,有话好好说呵!"茶客们劝解着。

然而,一面劝解,一面偷偷溜走的也就不少。堂倌已经在忙着收茶碗了。监爷在四处向人求援,昏头昏脑地胡乱打着漩子,而这也正证明着联保主任并没有白费自己的酒肉。

"这太不成话了!"他摇头叹气说,"大家把他们分开吧!"

"我管不了!"视学边往街上溜去边说,"看血喷在我身上。"

牦牛肉在收捡着戒烟丸药,一面叽叽咕咕嚷道:

"这样就好! 哪个没有生得有手么? 好得很!"

但当丸药收捡停当的时候,他的上司已经吃了亏了。联保主任不断淌着鼻血,左眼睛已经青肿起来。他是新老爷解救出来的,而他现在已经被安顿在茶堂门口一张白木圈椅上面。

"你姓邢的是对的!"他摸摸自己的肿眼睛说,"你打得好! ……"

"你嘴硬吧!"幺吵吵气喘吁吁地唾着牙血,"你嘴硬吧! ……"

牦牛肉悄悄向联保主任建议,说他应该马上找医生诊治一下,取个伤单;但是他的上司拒绝了他,反而要他赶快去雇滑竿。因为联保主任已经决定立刻进城控告去了。

联保主任的眷属,特别是他的母亲,那个以悭吝出名的小老太婆,早已赶来了。

"咦,兴这样打么?"她连连叫道,"这样眼睛不认人么?!"

邢幺太太则在丈夫耳朵边报告着联保主任的伤势。

"眼睛都肿来像毛桃子了! ……"

"老子还没有打够!"吐着牙血,幺吵吵吸口气说。

别的来看热闹的妇女也很不少,整个市镇几乎全给翻了转来。吵架打架本来就值得看,一对有面子的人物弄来动手动脚,自然也就更可观了! 因而大家的情绪比看把戏还要热烈。

但正当这人心沸腾的时候,一个左腿微跛,满脸胡须的矮汉子忽然从人丛中挤了进来。这是蒋米贩子,因为神情呆板,大家又叫他蒋门神。前天进城赶场,幺吵吵就托过他捎信,因此他立刻把大家的注意一下子集中了。那首先抓住他的是邢幺太太。

这是个顶着假发的肥胖妇人,爱做作,爱谈话,诨名九娘子。她颤声颤气问那米贩子道:

"托你打听的事情呢？……坐下来说吧！"

"打听的事情？"米贩子显得见怪似地答道，"人已经出来啦。"

"当真的呀！"许多人吃惊了，一齐叫了出来。

"那还是假的么？我走的时候，还在十字口茶馆里打牌呢。昨天夜里点名，他报数报错了，队长说他没资格打国仗，就开革了；打了一百军棍。"

"一百军棍?!"又是许多声音。

"不是大老爷面子大，你就再挨几个一百也出来不了呢。起初都讲新县长厉害，其实很好说话。前天大老爷请客，一个人老早就跑去了：戴他妈副黑眼镜子……"

米贩子叙说着，而他忽然一眼注意到了幺吵吵和联保主任。

"你们是怎样搞的？你牙齿痛吗？你的眼睛怎么肿啦？……"

（原载 1940 年 12 月 1 日《抗战文艺》第 6 卷第 4 期）

赏析

　　沙汀（1904—1992），原名杨朝熙，四川安县人，中国现代著名作家。他的作品主要以四川乡镇为故事背景，采用冷峻、客观、暴露、讽刺的手法和含蓄深沉的艺术气质描写现实社会，细致刻画人物的典型细节，绘出一幅幅富有社会风习的画面。代表作有《淘金记》《困兽记》《还乡记》《记贺龙》《敌后琐记》等。

　　《在其香居茶馆里》是沙汀短篇小说的代表作，主要描写了四川农村回龙镇上两个头面人物——联保主任方治国和土豪邢幺吵吵因抽壮丁的事在其香居茶馆里的一场争吵和殴斗。正在两人闹得不可开交的时候，受邢幺吵吵之托进城打探消息的蒋米贩子捎来消息说：邢幺吵吵的二儿子已经被那个扬言决心"整顿兵役"的新任县长"开革"出来了。这一幕绝妙的讽刺喜剧淋漓尽致地揭穿了抗战时期国统区在兵役问题上的黑幕，深刻地暴露了国民党反动政权的腐败和豪绅集团的横行不法以及他们互相争斗又互相勾结、尔虞我诈、营私舞弊的丑恶本质，讽刺了国民党基层政权的黑暗腐败。

　　讽刺是沙汀小说的重要特征。他的讽刺是真切、冷峻而辛辣的，往往隐藏在一些奇特而精彩的细节描写之中以及人物的肖像、作派和语言之中，绵里藏针，针针见血。作品相当自然地描写了治保主任方治国和邢幺吵吵的不可开交的狗咬狗的闹剧，高潮处米贩子蒋门神带来的消息使得一场纠纷立刻变成了一出无谓的笑剧，而国民党的兵役黑幕也暴露无遗，收到了强烈的讽刺效果。同样，讽刺方治国这个贪官，竟然得到县长"尽瘁桑梓"的嘉奖匾额，也是不动声色，平实写来。此外小说抓住因抓壮丁而在邢方两人之间引起的矛盾冲突，设置了两条线索。明线是方治国与邢幺吵吵的冲突，暗线是新县长与邢幺吵吵的大哥的勾结，围绕两条线索巧设悬念，明暗两线交织穿梭展开矛盾冲突，最后突然掀开神秘面纱，这样的结尾出人意料又凸显主题，同时还具有喜剧效果，加强了全篇的讽刺力度。

（顾金春）

思考题

1. 请谈谈对《在其香居茶馆里》主题的认识。

2.《在其香居茶馆里》在讽刺手法的运用上有何特点?

参考文献

1. 李庆信 《沙汀小说艺术探微》,四川省社会科学院出版社,1987。

2. 陈发明 浅谈《在其香居茶馆里》的艺术特征,《四川师范学院学报(哲学社会科学版)》,1999(4)。

3. 王晓明 《沙汀艾芜的小说世界》,上海文艺出版社,1987。

小城三月

萧　红

一

三月的原野已经绿了，像地衣那样绿，透出在这里，那里。郊原上的草，是必须转折了好几个弯儿才能钻出地面的，草儿头上还顶着那胀破了种粒的壳，发出一寸多高的芽子，欣幸地钻出了土皮。放牛的孩子，在掀起了墙脚片下面的瓦片时，找到了一片草芽了，孩子们到家里告诉妈妈，说："今天草芽出土了！"妈妈惊喜地说："那一定是向阳的地方！"抢根菜的白色的圆石似的籽儿在地上滚着，野孩子一升一斗地在拾。蒲公英发芽了，羊咩咩地叫，乌鸦绕着杨树林子飞。天气一天暖似一天，日子一寸一寸地都有意思。杨花满天照地飞，像棉花似的。人们出门都是用手捉着，杨花挂着他了。草和牛粪都横在道上，放散着强烈的气味。远远的有用石子打船的声音，空空……的大响传来。

河冰发了，冰块顶着冰块，苦闷地又奔放的向下流。乌鸦站在冰块上寻觅小鱼吃，或者是还在冬眠的青蛙。

天气突然地热起来，说是"二八月，小阳春"，自然冷天气还是要来的，但是这几天可热了。春天带着强烈的呼唤从这头走到那头……

小城里被杨花给装满了，在榆树还没变黄之前，大街小巷到处飞着，像纷纷落下的雪块……

春来了。人人像久久等待着一个大暴动，今天夜里就要举行，人人带着犯罪的心情，想参加到解放的尝试……春吹到每个人的心坎，带着呼唤，带着蛊惑……

我有一个姨，和我的堂哥哥大概是恋爱了。

姨母本来是很近的亲属，就是母亲的姊妹。但是我这个姨，她不是我的亲姨，她是我的继母的继母的女儿。那么她可算与我的继母有点血统的关系了，其实也是没有的。因为我这个外祖母是在已经做了寡妇之后才来到的外祖父家，翠姨就是这个外祖母的原来在另外的一家所生的女儿。

翠姨还有一个妹妹，她的妹妹小她两岁，大概是十七八岁，那么翠姨也就是十八九岁了。

翠姨生得并不是十分漂亮，但是她长得窈窕，走起路来沉静而且漂亮，讲起话来清楚地带着一种平静的感情。她伸手拿樱桃吃的时候，好像她的手指尖对那樱桃十分可怜的样子，她怕把它触坏了似的轻轻地捏着。

假若有人在她的背后招呼她一声，她若是正在走路，她就会停下；若是正在吃饭，就要把饭碗放下，而后把头向着自己的肩膀转过去，而全身并不大转，于是她自觉地闭合着嘴唇，像是有什么要说而一时说不出来似的……

而翠姨的妹妹，忘记了她叫什么名字，反正是一个大说大笑的，不十分修边幅，和她的姐姐完全不同。花的绿的，红的紫的，只要是市上流行的，她就不大加以选择，做起一件衣服来赶快就穿在身上。穿上了而后，到亲戚家去串门，人家恭维她的衣料怎样漂亮的时候，她总是说，和这完全一样的，还有一件,她给了她的姐姐了。

我到外祖父家去,外祖父家里没有像我一般大的女孩子陪着我玩,所以每当我去,外祖母总是把翠姨喊来陪我。

翠姨就住在外祖父的后院,隔着一道板墙,一招呼,听见就来了。

外祖父住的院子和翠姨住的院子,虽然只隔一道板墙,但是却没有门可通,所以还得绕到大街上去从正门进来。

因此有时翠姨先来到板墙这里,从板墙缝中和我打了招呼,而后回到屋去装饰了一番,才从大街上绕了个圈来到她母亲的家里。

翠姨很喜欢我,因为我在学堂里念书,而她没有,她想什么事我都比她明白。所以她总是有许多事务同我商量,看看我的意见如何。

到夜里,我住在外祖父家里了,她就陪着我也住下的。

每每从睡下了就谈,谈过了半夜,不知为什么总是谈不完……

开初谈的是衣服怎样穿,穿什么样的颜色的,穿什么样的料子。比如走路应该快或是应该慢。有时白天里她买了一个别针,到夜里她拿出来看看,问我这别针到底是好看或是不好看,那时候,大概是十五年前的时候,我们不知别处如何装扮一个女子,而在这个城里几乎个个都有一条宽大的绒绳结的披肩,蓝的,紫的,各色的也有,但最多多不过枣红色了。几乎在街上所见的都是枣红色的大披肩了。

哪怕红的绿的那么多,但总没有枣红色的最流行。

翠姨的妹妹有一张,翠姨有一张,我的所有的同学,几乎每人有一张。就连素不考究的外祖母的肩上也披着一张,只不过披的是蓝色的,没有敢用那最流行的枣红色的就是了。因为她总算年纪大了一点,对年轻人让了一步。

还有那时候都流行穿绒绳鞋,翠姨的妹妹就赶快地买了穿上。因为她那个人很粗心大意,好坏她不管,只是人家有她也有,别人是人穿衣裳,而翠姨的妹妹就好像被衣服所穿了似的,芜芜杂杂。但永远合乎着应有尽有的原则。

翠姨的妹妹的那绒绳鞋,买来了,穿上了。在地板上跑着,不大一会工夫,那每只鞋脸上系着的一只毛球,竟有一个毛球已经离开了鞋子,向上跳着,只还有一根绳连着,不然就要掉下来了。很好玩的,好像一颗大红枣被系到脚上去了。因为她的鞋子也是枣红色的。大家都在嘲笑她的鞋子一买回来就坏了。

翠姨,她没有买,她怀疑了好久,无管什么新样的东西到了,她总不是很快地就去买了来,也许她心里边早已经喜欢了,但是看上去她都像反对似的,好像她都不接受。

她必得等到许多人都开始采办了,这时候看样子,她才稍稍有些动心。

好比买绒绳鞋,夜里她和我谈话,问过我的意见,我说也是好看的,我有很多的同学,她们也都买了绒绳鞋。

第二天翠姨就要求我陪着她上街,先不告诉我去买什么,进了铺子选了半天别的,才问到我绒绳鞋。

走了几家铺子,都没有,都说是已经卖完了。我晓得店铺的人是这样瞎说的。表示他家这店铺平常总是最丰富的，只恰巧你要的这件东西，他就没有了。我劝翠姨说咱们慢慢地走，别家一定会有的。

我们是坐马车从街梢上的外祖父家来到街中心的。

见了第一家铺子，我们就下了马车。不用说，马车我们已经是付过了价钱的。等我们买好了东西回来的时候，会另外叫一辆的。因为我们不知道要有多久。大概看见什么好，虽然不需要也要买点，或是东西已经买全了不必要再多留连，也要留连一会，或是买东西的目的，本来只在一双鞋，而结果鞋子没有买到，反而啰里啰嗦地买回来许多用不着的东西。

这一天，我们辞退了马车，进了第一家店铺。

在别的大城市里没有这种情形，而在我家乡里往往是这样，坐了马车，虽然是付过了钱，让他自由去兜揽生意，但是他常常还仍旧等候在铺子的门外，等一出来，他仍旧请你坐他的车。

我们走进第一个铺子，一问没有。于是就看了些别的东西，从绸缎看到呢绒，从呢绒再看到绸缎，布匹是根本不看的，并不像母亲们进了店铺那样子，这个买去做被单，那个买去做棉袄的，因为我们管不了被单棉袄的事。母亲们一月不进店铺，一进店铺又是这个便宜应该买；那个不贵，也应该买。比方一块在夏天才用得着的花洋布，母亲们冬天里就买起来了，说是趁着便宜多买点，总是用得着的。而我们就不然了，我们是天天进店铺的，天天搜寻些这个是好看的，是贵的值钱的，平常时候绝对的用不到想不到的。

那一天我们就买了许多花边回来，钉着光片的，带着琉璃。说不上要做什么样的衣服才配得着这种花边。也许根本没有想到做衣服，就贸然地把花边买下了。一边买着，一边说好，翠姨说好，我也说好。到了后来，回到家里，当众打开了让大家批判，这个一言，那个一语，让大家说得也有一点没有主意了，心里已经五六分空虚了。于是赶快地收拾了起来，或者从别人的手中夺过来，把它包起来，说她们不识货，不让她们看了。

勉强说着：

"我们要做一件红金丝绒的袍子，把这个黑琉璃边镶上。"

或是：

"这红的我们送人去……"

说虽仍旧如此说，心里已经八九分空虚了，大概是这些所心爱的，从此就不会再出头露面的了。

在这小城里，商店究竟没有多少，到后来又加上看不到绒绳鞋，心里着急，也许跑得更快些，不一会工夫，只剩了三两家了。而那三两家，又偏偏是不常去的，铺子小，货物少。想来它那里也是一定不会有的了。

我们走进一个小铺子里去，果然有三四双，非小即大，而且颜色都不好看。

翠姨有意要买，我就觉得奇怪，原来就不十分喜欢，既然没有好的，又为什么要买呢？让我说着，没有买成回家去了。

过了两天，我把买鞋子这件事情早忘了。

翠姨忽然又提议要去买。

从此我知道了她的秘密，她早就爱上了那绒绳鞋了，不过她没有说出来就是。她的恋爱的秘密就是这样子的，她似乎要把它带到坟墓里去，一直不要说出口，好像天底下没有一个人值得听她的告诉……

在外边飞着满天的大雪,我和翠姨坐着马车去买绒绳鞋。我们身上围着皮褥子,赶车的车夫高高地坐在车夫台上,摇晃着身子唱着沙哑的山歌:"喝咧咧……"耳边的风呜呜地啸着,从天上倾下来的大雪迷乱了我们的眼睛,远远的天隐在云雾里,我默默地祝福翠姨快快买到可爱的绒绳鞋,我从心里愿意她得救……

市中心远远地朦朦胧胧地站着,行人很少,全街静悄无声。我们一家挨一家地问着,我比她更急切,我想赶快买到吧,我小心地盘问着那些店员们,我从来不放弃一个细微的机会,我鼓励翠姨,没有忘记一家。使她都有点儿诧异,我为什么忽然这样热心起来,但是我完全不管她的猜疑,我不顾一切地想在这小城里,找出一双绒绳鞋来。

只有我们的马车,因为载着翠姨的愿望,在街上奔驰得特别的清醒,又特别的快。雪下得更大了,街上什么都没有了,只有我们两个人,催着车夫,跑来跑去。一直到天都很晚了,鞋子没有买到。翠姨深深地看到我的眼里说:"我的命,不会好的。"我很想装出大人的样子,来安慰她,但是没有等到找出什么适当的话来,泪便流出来了。

二

翠姨以后也常来我家住着,是我的继母把她接来的。

因为她的妹妹订婚了,怕是她一旦地结了婚,忽然会剩下她一个人来,使她难过。因为她的家里并没有多少人,只有她的一个六十多岁的老祖父,再就是一个也是寡妇的伯母,带一个女儿。

堂姊妹本该在一起玩耍解闷的,但是因为性格的相差太远,一向是水火不同炉地过着日子。

她的堂妹妹,我见过,永久是穿着深色的衣裳,黑黑的脸,一天到晚陪着母亲坐在屋子里。母亲洗衣裳,她也洗衣裳;母亲哭,她也哭。也许她帮着母亲哭她死去的父亲,也许哭的是她们的家穷。那别人就不晓得了。

本来是一家的女儿,翠姨她们两姊妹却像有钱的人家的小姐,而那个堂妹妹,看上去却像乡下丫头。这一点使她得到常常到我们家里来住的权利。

她的亲妹妹订婚了,再过一年就出嫁了。在这一年中,妹妹大大地阔气了起来,因为婆家那方面一订了婚就来了聘礼。这个城里,从前不用大洋票,而用的是广信公司出的帖子,一百吊一千吊的论。她妹妹的聘礼大概是几万吊,所以她忽然不得了起来,今天买这样,明天买那样,花别针一个又一个的,丝头绳一团一团的,带穗的耳坠子,洋手表,样样都有了。每逢出街的时候,她和她的姐姐一道,现在总是她付车钱了,她的姐姐要付,她却百般的不肯,有时当着人面,姐姐一定要付,妹妹一定不肯,结果闹得很窘,姐姐无形中觉得一种权利被人剥夺了。

但是关于妹妹的订婚,翠姨一点也没有羡慕的心理。妹妹未来的丈夫,她是看过的,没有什么好看,很高,穿着蓝袍子黑马褂,好像商人,又像一个小土绅士。又加上翠姨太年轻了,想不到什么丈夫,什么结婚。

因此,虽然妹妹在她的旁边一天比一天地丰富起来,妹妹是有钱了,但是妹妹为什么有钱的,她没有考查过。

所以当妹妹尚未离开她之前,她绝对地没有重视"订婚"的事。

就是妹妹已经出嫁了，她也还是没有重视这"订婚"的事。

不过她常常地感到寂寞。她和妹妹出来进去的，因为家庭环境孤寂，竟好像一对双生子似的，而今去了一个，不但翠姨自己觉得单调，就是她的祖父也觉得她可怜。

所以自从她的妹妹嫁了，她就不大回家，总是住在她的母亲的家里。有时我的继母也把她接到我们家里。

翠姨非常聪明，她会弹大正琴，就是前些年所流行在中国的一种日本琴。她还会吹箫或是会吹笛子。不过弹那琴的时候却很多。住在我家里的时候，我家的伯父，每在晚饭之后必同我们玩这些乐器的。笛子、箫、日本琴、风琴、月琴，还有什么打琴。真正的西洋的乐器，可一样也没有。

在这种正玩得热闹的时候，翠姨也来参加了。翠姨弹了一个曲子，和我们大家立刻就配合上了。于是大家都觉得在我们那已经天天闹熟了的老调子之中，又多了一个新的花样。于是立刻我们就加倍地努力，正在吹笛子的把笛子吹得特别响，把笛膜振抖得似乎就要爆裂了似的滋滋地叫着。十岁的弟弟在吹口琴，他摇着头，好像要把那口琴吞下去似的，至于他吹的是什么调子，已经是没有人留意了。在大家忽然来了勇气的时候，似乎只需要这种胡闹。

而那按风琴的人，因为越按越快，到后来也许是已经找不到琴键了，只是那踏脚板越踏越快，踏得呜呜的响，好像有意要毁坏了那风琴，而想把风琴撕裂了一般的。

大概所奏的曲子是《梅花三弄》，也不知道接连地弹过了多少圈，看大家的意思都不想要停下来。不过到了后来，实在是气力没有了，找不着拍子的找不着拍子，跟不上调的跟不上调，于是在大笑之中，大家停下来了。

不知为什么，在这么快乐的调子里边，大家都有点伤心，也许是乐极生悲了，把我们都笑得一边流着眼泪，一边还笑。

正在这时候，我们往门窗处一看，我的最小的小弟弟，刚会走路，他也背着一个很大的破手风琴来参加了。

谁都知道，那手风琴从来也不会响的。把大家笑死了。在这回得到了快乐。

我的哥哥（伯父的儿子，钢琴弹得很好）吹箫吹得最好，这时候他放下了箫，对翠姨说："你来吹吧！"翠姨却没有言语，站起身来，跑到自己的屋子去了，我的哥哥，好久好久地看住那帘子。

三

翠姨在我家，和我住一个屋子。月明之夜，屋子照得通亮。翠姨和我谈话，往往谈到鸡叫，觉得也不过刚刚才夜。

鸡叫了，才说："快睡吧，天亮了。"

有的时候，一转身，她又问我：

"是不是一个人结婚太早不好，或许是女子结婚太早是不好的！"

我们以前谈了很多话，但没有谈到这些。

总是谈什么，衣服怎样穿，鞋子怎样买，颜色怎样配；买了毛线来，这毛线应该打个什么的花纹；买了帽子来，应该批判这帽子还微微有点缺点，这缺点究竟在什么地方，虽然说是不要紧，或者是一点关系也没有，但批评总是要批评的。

有时再谈得远一点，就是表姊表妹之类订了婆家，或是什么亲戚的女儿出嫁了。或是什么耳闻的，听说的，新娘子和新姑爷闹别扭之类。

那个时候，我们的县里，早就有了洋学堂了。小学好几个，大学没有。只有一个男子中学，往往成为谈论的目标。谈论这个，不单是翠姨、外祖母、姑姑、姐姐之类，都愿意讲究这当地中学的学生。因为他们一切洋化，穿着裤子，把裤腿卷起来一寸，一张口，"格得毛宁"外国话，他们彼此一说话就"答答答"，听说这是什么俄国话。而更奇怪的就是他们见了女人不怕羞。这一点，大家都批评说是不如从前了，从前的书生，一见了女人脸就红。

我家算是最开通的了。叔叔和哥哥他们都到北京和哈尔滨那些大地方去读书了，他们开了不少的眼界。回到家里来，大讲他们那里都是男孩子和女孩子同学。

这一题目，非常的新奇，开初都认为这是造了反。后来因为叔叔也常和女同学通信，因为叔叔在家庭里是有点地位的人。并且父亲从前也加入过国民党，革过命，所以这个家庭都"咸与维新"起来。

因此在我家里一切都是很随便的，逛公园，正月十五看花灯，都是不分男女，一齐去。

而且我家里设了网球场，一天到晚地打网球，亲戚家的男孩子来了，我们也一齐地打。

这都不谈，仍旧来谈翠姨。

翠姨听了很多的故事。关系男学生结婚的事情，就是我们本县里，已经有几件事情不幸的了。有的结婚了，从此就不回家了；有的娶来了太太，把太太放在另一间屋子里住着，而且自己却永久住在书房里。

每逢讲到这些故事时，多半别人都是站在女的一面，说那男子都是念书念坏了，一看了那不识字的又不是女学生之类就生气。觉得处处都不如他。天天总说是婚姻不自由，可是自古至今，都是爹许娘配的，偏偏到了今天，都要自由，看吧，这还没有自由呢，就先来了花头故事了，娶了太太的不回家，或是把太太放在另一个屋子里。这些都是念书念坏了的。

翠姨听了许多别人家的评论。大概她心里边也有些不平，她就问我不读书是不是很坏的，我自然说是很坏。而且她看了我们家里男孩子、女孩子通通到学堂去念书的。而且我们亲戚家的孩子也都是读书的。

因此她对我很佩服，因为我是读书的。

但是不久，翠姨就订婚了。就是她妹妹出嫁不久的事情。

她的未来的丈夫，我见过。在外祖父的家里。人长得又低又小，穿一身蓝布棉袍子，黑马褂，头上戴一顶赶大车的人所戴的五耳帽子。

当时翠姨也在的，但她不知道那是她的什么人，她只当是哪里来了这样一位乡下的客人。外祖母偷着把我叫过去，特别告诉了我一番，这就是翠姨将来的丈夫。

不久翠姨就很有钱，她的丈夫的家里，比她妹妹丈夫的家里还更有钱得多。婆婆也是个寡妇，守着个独生的儿子。儿子才十七岁，是在乡下的私学馆里读书。

翠姨的母亲常常替翠姨解说，人小点不要紧，岁数还小呢，再长上两三年两个人就一般高了。劝翠姨不要难过，婆家有钱就好的。聘礼的钱十多万都交过来了，而且就由外祖母的手亲自交给了翠姨；而且还有别的条件保障着，那就是说，三年之内绝对地不准娶亲，借着男的一方面年纪太小为辞，翠姨更愿意远远地推着。

翠姨自从订婚之后，是很有钱的了，什么新样子的东西一到，虽说不是一定抢先去买了来，总是过不了多久，箱子里就要有的了。那时候夏天最流行银灰色市布大衫，而翠姨的穿起来最好，因为她有好几件，穿过两次不新鲜就不要了，就只在家里穿，而出门就又去做一件新的。

那时候正流行着一种长穗的耳坠子，翠姨就有两对，一对红宝石的，一对绿的，而我的母亲才能有两对，而我才有一对。可见翠姨是顶阔气的了。

还有那时候就已经开始流行高跟鞋了。可是在我们本街上却不大有人穿，只有我的继母早就开始穿，其余就算是翠姨。并不是一定因为我的母亲有钱，也不是因为高跟鞋一定贵，只是女人们没有那么摩登的行为，或者说她们不很容易接受新的思想。

翠姨第一天穿起高跟鞋来，走路还很不安定，但到第二天就比较地习惯了。到了第三天，就是说以后，她就是跑起来也是很平稳的。而且走路的姿态更加可爱了。

我们有时也去打网球玩玩，球撞到她脸上的时候，她才用球拍遮了一下，否则她半天也打不到一个球。因为她一上了场站在白线上就是白线上，站在格子里就是格子里，她根本地不动。有的时候她竟拿着网球拍子站着一边去看风景去。尤其是大家打完了网球，吃东西的吃东西去了，洗脸的洗脸去了，惟有她一个人站在短篱前面，向着远远的哈尔滨市影痴望着。

有一次我同翠姨一同去做客。我继母的族中娶媳妇。她们是八旗人，也就是满人，满人才讲究场面呢，所有的族中的年轻的媳妇都必得到场，而个个打扮得如花似玉。似乎咱们中国的社会，是没这么繁华的社交场面的，也许那时候，我是小孩子，把什么都看得特别繁华，就只说女人们的衣服吧，就个个穿得和现在西洋女人在夜会里边那么庄严。一律都穿着绣花大袄。而她们是八旗人，大袄的襟下一律的没有开口。而且很长。大袄的颜色枣红的居多，绛色的也有，玫瑰紫色的也有。而那上边绣的颜色，有的荷花，有的玫瑰，有的松竹梅，一句话，特别的繁华。

她们的脸上，都擦着白粉，她们的嘴上都染得桃红。

每逢一个客人到了门前，她们是要列着队出来应接的，她们都是我的舅母，一个一个地上前来问候了我和翠姨。

翠姨早就熟识她们的，有的叫表嫂子，有的叫四嫂子。而在我，她们就都是一样的，好像小孩子的时候，所玩的用花纸剪的纸人，这个和那个都是一样，完全没有分别。都是花缎的袍子，都是白白的脸，都是很红的嘴唇。

就是这一次，翠姨出了风头了，她进到屋里，靠着一张大镜子旁坐下了。

女人们就忽然都上前来看她，也许她从来没有这么漂亮过，今天把别人都惊住了。

依我看翠姨还没有她从前漂亮呢，不过她们说翠姨漂亮得像棵新开的腊梅。翠姨从来不擦胭脂的，而那天又穿了一件为着将来作新娘子而准备的蓝色缎子满是金花的夹袍。

翠姨让她们围起看着，难为情了起来，站起来想要逃掉似的，迈着很勇敢的步子，茫然地往里边的房间里闪开了。

谁知那里边就是新房呢，于是许多的嫂嫂们就哗然地叫着，说：

"翠姐姐不要急，明年就是个漂亮的新娘子，现在先试试去。"

当天吃饭饮酒的时候，许多客人从别的屋子来呆呆的望着翠姨。翠姨举着筷子，似乎是在思量着，保持着镇静的态度，用温和的眼光看着她们。仿佛她不晓得人们专门在看着她似的。但是别的女人们羡慕了翠姨半天了，脸上又都突然的冷落起来，觉得有什么话要说出，又都没有说，然后彼此对望着，笑了一下，吃菜了。

四

有一年冬天，刚过了年，翠姨就来到了我家。

伯父的儿子——我的哥哥，就正在我家里。

我的哥哥，人很漂亮，很直的鼻子，很黑的眼睛，嘴也好看，头发也梳得好看，人很长，走路很爽快。大概在我们所有的家族中，没有这么漂亮的人物。

冬天，学校放了寒假，所以来我们家里休息。大概不久，学校开学就要上学去了。哥哥是在哈尔滨读书。

我们的音乐会，自然要为这新来的角色而开了。翠姨也参加的。

于是非常的热闹，比方我的母亲，她一点也不懂这行，但是她也列了席，她坐在旁边观看，连家里的厨子、女工，都停下了工作来望着我们，似乎他们不是听什么乐器，而是在看人。我们聚满了一客厅。这些乐器的声音，大概很远的邻居都可以听到。

第二天邻居来串门的，就说：

"昨天晚上，你们家又是给谁祝寿？"

我们就说，是欢迎我们的刚到的哥哥。

因此我们家是很好玩的，很有趣的。不久就来到了正月十五看花灯的时节了。

我们家里自从父亲维新革命，总之在我们家里，兄弟姊妹，一律相待，有好玩的就一齐玩，有好看的就一齐去看。

伯父带着我们，哥哥、弟弟、姨……共八九个人，在大月亮地里往大街里跑去了。那路之滑，滑得不能站脚，而且高低不平。他们男孩子们跑在前面，而我们因为跑得慢就落了后。

于是那在前边的他们回头来嘲笑我们，说我们是小姐，说我们是娘娘。说我们走不动。

我们和翠姨早就连成一排向前冲去，但是不是我倒，就是她倒。到后来还是哥哥他们一个一个地来扶着我们，说是扶着，未免也太示弱了，也不过就是和他们连成一排向前进着。

不一会到了市里，满路花灯。人山人海。又加上狮子、旱船、龙灯、秧歌，闹得眼也花起来，一时也数不清多少玩艺。哪里会来得及看，似乎只是在眼前一晃，就过去了，而一会别的又来了，又过去了。其实也不见得繁华得多么了不得，不过觉得世界上是不会比这个再繁华的了。

商店的门前，点着那么大的火把，好像热带的大椰子树似的。一个比一个亮。

我们进了一家商店，那是父亲的朋友开的。他们很好地招待我们，茶、点心、橘子、元宵。我们哪里吃得下去，听到门外一打鼓，就心慌了。而外边鼓和喇叭又那么多，一阵来了，一阵还没有去远，一阵又来了。

因为城本来是不大的，有许多熟人，也都是来看灯的都遇到了。其中我们本城里的在哈尔滨念书的几个男学生，他们也来看灯了。哥哥都认识他们。我也认识他们，因为这时候我们到哈尔滨念书去了。所以一遇到了我们，他们就和我们在一起，他们出去看灯，看了一会，又回到我们的地方，和伯父谈话，和哥哥谈话。我晓得他们，因为我们家比较有势力，他们是很愿和我们讲话的。

所以回家的一路上，又多了两个男孩子。

无管人讨厌不讨厌，他们穿的衣服总算都市化了。个个都穿着西装，戴着呢帽，外套都是到膝盖的地方，脚下很利落清爽。比起我们城里的那种怪样子的外套，好像大棉袍子似的好看得多了。而且颈间又都束着一条围巾，那围巾自然也是全丝全线的花纹。似乎一束起那围巾来，人就更显得庄严，漂亮。

翠姨觉得他们个个都很好看。

哥哥也穿的西装，自然哥哥也很好看。因此在路上她一直在看哥哥。

翠姨梳头梳得是很慢的，必定梳得一丝不乱；擦粉也要擦了洗掉，洗掉再擦，一直擦到认为满意为止。花灯节的第二天早晨她就梳得更慢，一边梳头一边在思量。本来按规矩每天吃早饭，必得三请两请才能出席，今天必得请到四次，她才来了。

我的伯父当年也是一位英雄，骑马、打枪绝对的好。后来虽然已经五十岁了，但是风采犹存。我们都爱伯父的，伯父从小也就爱我们。诗、词、文章，都是伯父教我们的。翠姨住在我们家里，伯父也很喜欢翠姨。今天早饭已经开好了。催了翠姨几次，翠姨总是不出来。

伯父说了一句："林黛玉……"

于是我们全家的人都笑了起来。

翠姨出来了，看见我们这样的笑，就问我们笑什么。我们没有人肯告诉她。翠姨知道一定是笑的她，她就说：

"你们赶快地告诉我，若不告诉我，今天我就不吃饭了，你们读书识字，我不懂，你们欺侮我……"

闹嚷了很久，还是我的哥哥讲给她听了。伯父当着自己的儿子面前到底有些难为情，喝了好些酒，总算是躲过去了。

翠姨从此想到了念书的问题，但是她已经二十岁了，上哪里去念书？上小学没有她这样的大学生；上中学，她是一字不识，怎样可以。所以仍旧住在我们家里。

弹琴、吹箫、看纸牌，我们一天到晚地玩着。我们玩的时候，全体参加，我的伯父，我的哥哥，我的母亲。

翠姨对我的哥哥没有什么特别的好，我的哥哥对翠姨就像对我们，也是完全的一样。

不过哥哥讲故事的时候，翠姨总比我们留心听些，那是因为她的年龄稍稍比我们大些，当然在理解力上，比我们更接近一些哥哥的了。哥哥对翠姨比对我们稍稍的客气一点。他和翠姨说话的时候，总是"是的""是的"的，而和我们说话则"对啦""对啦"。这显然因为翠姨是客人的关系，而且在名分上比他大。

不过有一天晚饭之后，翠姨和哥哥都没有了。每天饭后大概总要开个音乐会的。这一天也许因为伯父不在家，没有人领导的缘故。大家吃过也就散了。客厅里一个人也没有。我想找弟弟和我下一盘棋，弟弟也不见了。于是我就一个人在客厅里按起风琴来，玩了一下也觉得没有趣。客厅是静得很的，在我关上了风琴盖子之后，我就听见了在后屋里，或者在我的房子里是有人的。

我想一定是翠姨在屋里。快去看看她，叫她出来张罗着看纸牌。

我跑进去一看，不单是翠姨，还有哥哥陪着她。

看见了我，翠姨就赶快地站起来说：

"我们去玩吧。"

哥哥也说：

"我们下棋去，下棋去。"

他们出来陪我来玩棋，这次哥哥总是输。从前是他回回赢我的，我觉得奇怪，但是心里高兴极了。

不久寒假终了，我就回到哈尔滨的学校念书去了。可是哥哥没有同来，因为他上半年生了点病，曾在医院里休养了一些时候，这次伯父主张他再请两个月的假，留在家里。

以后家里的事情，我就不大知道了。都是由哥哥或母亲讲给我听的。我走了以后，翠姨还住在家里。

后来母亲还告诉过，就是在翠姨还没有订婚之前，有过这样一件事情。我的族中有一个小叔叔，和哥哥一般大的年纪，说话口吃，没有风采，也是和哥哥在一个学校里读书。虽然他也到我们家里来过，但怕翠姨没有见过。那时外祖母就主张给翠姨提婚。那族中的祖母，一听就拒绝了，说是寡妇的孩子，命不好，也怕没有家教，何况父亲死了，母亲又出嫁了，好女不嫁二夫郎，这种人家的女儿，祖母不要。但是我母亲说，辈分合，他家还有钱，翠姨过门是一品当朝的日子，不会受气的。

这件事情翠姨是晓得的，而今天又见了我的哥哥，她不能不想哥哥大概是那样看她的。她自觉地觉得自己的命运不会好的。现在翠姨自己已经订了婚，是一个人的未婚妻；二则她是出了嫁的寡妇的女儿，她自己一天把这个背了不知有多少遍，她记得清清楚楚。

五

翠姨订婚，转眼三年了，正这时，翠姨的婆家，通了消息来，张罗要娶。她的母亲来接她回去整理嫁妆。

翠姨一听就得病了。

但没有几天，她的母亲就带着她到哈尔滨采办嫁妆去了。

偏偏那带着她采办嫁妆的向导又是哥哥给介绍来的他的同学。他们住在哈尔滨的秦家岗上，风景绝佳，是洋人最多的地方。那男学生们的宿舍里边，有暖气、洋床。翠姨带着哥哥的介绍信，像一个女同学似的被他们招待着。又加上已经学了俄国人的规矩，处处尊贵女子，所以翠姨当然受了他们不少的尊敬，请她吃大菜，请她看电影。坐马车的时候，上车让她先上；下车的时候，人家扶她下来。她每一动别人都为她服务，外套一脱，就接过去了。她刚一表示要穿外套，就给她穿上了。

不用说，买嫁妆她是不痛快的，但那几天，她总算一生中最开心的时候。

她觉得到底是读大学的人好，不野蛮，不会对女人不客气，绝不能像她的妹夫常常打她的妹妹。

经这到哈尔滨去一买嫁妆，翠姨就更不愿意出嫁了。她一想那个又丑又小的男人，她就恐怖。

她回来的时候，母亲又接她到我们家来住着，说她的家里又黑，又冷，说她太孤单可怜。我们家是一团暖气的。

到了后来，她的母亲发现她对于出嫁太不热心，该剪裁的衣裳，她不去剪裁；有一些零碎还要去买的，她也不去买。做母亲的总是常常要加以督促，后来就要接她回去，接到她的身边，好随时提醒她。她的母亲以为年轻的人必定要随时提醒，不然总是贪玩。而况出嫁的日子又不远了，或者就是二三月。

想不到外祖母来接她的时候，她从心底不肯回去，她竟很勇敢地提出来她要读书的要求。她说她要念书，她想不到出嫁。

开初外祖母不肯，到后来，她说若是不让她读书，她是不出嫁的。外祖母知道她的心情，而且想起了很多可怕的事情……

外祖母没有办法，依了她。给她在家里请了一位老先生，就在自己家院子的空房子里边摆上了书桌，还有几个邻居家的姑娘，一齐念书。

翠姨白天念书，晚上回到外祖母家。

念了书，不多日子，人就开始咳嗽，而且整天的闷闷不乐。她的母亲问她，有什么不如意？陪嫁的东西买得不顺心吗？或者是想到我们家去玩吗？什么事都问到了。

翠姨摇着头不说什么。

过了一些日子，我的母亲去看翠姨，带着我的哥哥。她们一看见她，第一个印象，就觉得她苍白了不少。而且母亲断言地说，她活不久了。

大家都说是念书累的，外祖母也说是念书累的，没有什么要紧；要出嫁的女儿们，总是先前瘦的，嫁过去就要胖了。

而翠姨自己则点点头，笑笑，不承认，也不加以否认。还是念书，也不到我们家来了，母亲接了几次，也不来，回说没有工夫。

翠姨越来越瘦了，哥哥去到外祖母家看了她两次，也不过是吃饭、喝酒，应酬了一番。而且说是去看外祖母的。在这里年轻的男子，去拜访年轻的女子，是不可以的。哥哥回来也并不带回什么欢喜或是什么新奇的忧郁，还是一样和我们打牌下棋。

翠姨后来支持不了啦，躺下了。她的婆婆听说她病，就要娶她，因为花了钱，死了不是可惜吗？这一种消息，翠姨听了病就更加严重。婆家一听她病重，立刻要娶她。因为在迷信中有这样一章，病新娘娶过来一冲，就冲好了。翠姨听了就只盼望赶快死，拼命地糟蹋自己的身体，想死得越快一点儿越好。

母亲记起了翠姨，叫哥哥去看翠姨。是我的母亲派哥哥去的，母亲拿了一些钱让哥哥给翠姨去，说是母亲送她在病中随便买点什么吃的。母亲晓得他们年轻人是很拘泥的，或者不好意思去看翠姨，也或者翠姨是很想看他的，他们好久不能看见了。同时翠姨不愿出嫁，母亲很久地就在心里边猜疑着他们了。

男子是不好去专访一位小姐的，这城里没有这样的风俗。母亲给了哥哥一件礼物，哥哥就可去了。

哥哥去的那天，她家里正没有人，只是她家的堂妹妹应接着这从未见过的生疏的年轻的客人。

那堂妹妹还没问清客人的来由，就往外跑，说是去找她们的祖父去，请他等一等。大概她想是凡男客就是来会祖父的。

客人只说了自己的名字，那女孩子连听也没有听就跑出去了。

哥哥正想，翠姨在什么地方？或者在里屋吗？翠姨大概听出什么人来了，她就在里边说："请进来。"

哥哥进去了,坐在翠姨的枕边,他要去摸一摸翠姨的前额,是否发热,他说:

"好了点吗?"

他刚一伸出手去,翠姨就突然地拉了他的手,而且大声地哭起来了,好像一颗心也哭出来了似的。哥哥没有准备,就很害怕,不知道说什么,作什么。他不知道现在在应该是保护翠姨的地位,还是保护自己的地位。同时听得见外边已经有人来了,就要开门进来了。一定是翠姨的祖父。

翠姨平静地向他笑着,说:

"你来得很好,一定是姐姐,你的母亲告诉你来的,我心里永远纪念着她。她爱我一场,可惜我不能去看她了……我不能报答她了……不过我总会记起在她家里的日子的……她待我也许没有什么,但是我觉得已经太好了……我永远不会忘记的……我现在也不知道为什么,心里只想死得快一点就好,多活一天也是多余的……人家也许以为我是任性……其实是不对的,不知为什么,那家对我也是很好的,我要是过去,他们对我也会是很好的,但是我不愿意。我小时候,就不好,我的脾气总是,不从心的事,我不愿意……这个脾气把我折磨到今天了……可是我怎能从心呢……真是笑话……谢谢姐姐她还惦着我……请你告诉她,我并不像她想的那么苦呢,我也很快乐……"翠姨苦笑了一笑,"我心里很安静,而且我求的我都得到了……"

哥哥茫然地不知道说什么。这时祖父进来了。看了翠姨的热度,又感谢了我的母亲,对我哥哥的降临,感到荣幸。他说请我母亲放心吧,翠姨的病马上就会好的,好了就嫁过去。

哥哥看了翠姨就退出去了,从此再没有看见她。

哥哥后来提起翠姨常常落泪,他不知翠姨为什么死,大家也都心中纳闷。

尾 声

等我到春假回来,母亲还当我说:

"要是翠姨一定不愿意出嫁,那也是可以的,假如他们当我说。"

…………

翠姨坟头的草籽已经发芽了,一掀一掀的和土粘成了一片,坟头显出淡淡的青色,常常会有白色的山羊跑过。

这时城里的街巷,又装满了春天。

暖和的太阳,又转回来了。

街上有提着筐子卖蒲公英的了,也有卖小根蒜的了。更有些孩子们他们按着时节去折了那刚发芽的柳条,正好可以拧成哨子,就含在嘴里满街地吹。声音有高有低,因为那哨子有粗有细。

大街小巷,到处地呜呜呜,呜呜呜。好像春天是从他们的手里招待回来了似的。

但是这为期甚短。一转眼,吹哨子的不见了。

接着杨花飞起来了,榆钱飘满了一地。

在我的家乡那里,春天是快的。五天不出屋,树发芽了,再过五天不看树,树长叶了,再过五天,这树就像绿得使人不认识它了。使人想,这棵树,就是前天的那棵树吗?自己回答自己,当然是的。春天就像跑的那么快。好像人能够看见似的。春天从老远的地方跑来了,跑到这个地方只向人的耳朵吹一句小小的声音:"我来了呵,"而后很快地就跑过去了。

春,好像它不知道多么忙迫,好像无论什么地方都在招呼它,假若它晚到一刻,阳光会变色的,大地会干成石头,尤其是树木,那真是好像再多一刻工夫也不能忍耐,假若春天稍稍在什么地方留连了一下,就会误了不少的生命。

春天为什么它不早一点来,来到我们这城里多住一些日子,而后再慢慢地到另外的一个城里去,在另外一个城里也多住一些日子。

但那是不能的了,春天的命运就是这么短。

年轻的姑娘们,她们三两成双,坐着马车,去选择衣料去了,因为就要换春装了。她们热心的弄着剪刀,打着衣样,想装成自己心中想得出的那么好。她们白天黑夜地忙着,不久春装换起来了,只是不见载着翠姨的马车来。

一九四一,夏重抄。

(原载 1941 年 7 月 1 日《时代文学》第 1 卷第 2 期)

赏析

萧红(1911—1942),原名张乃莹,另有笔名悄吟,黑龙江呼兰县人。长篇小说《生死场》,在鲁迅帮助下作为"奴隶丛书"之一出版,萧红由此取得了在现代文学史上的地位。代表作有短篇小说集《旷野的呼喊》,长篇小说《生死场》《马伯乐》《呼兰河传》。

《小城三月》写的是女性悲剧。翠姨生活的遥远北方的春天总是姗姗来迟,时代的春风来得也是那么缓慢、短暂。翠姨不是新女性,但她是一个追求新鲜事物,向往新生活的女孩子。在新时代将临的春天,这里令人窒息的封建气息开始松动,男女之大防的界限稍微松弛了一些,翠姨这个闺中少女也呼吸到了解放的气息,她开始悄悄地恋爱了。但封建传统依然牢固地盘踞于现实生活中,婚姻仍按封建常规包办,翠姨受到春的呼唤与诱惑,却没有冲破传统束缚的力量。她绝望地将恋情深藏心底,仍旧任人安排自己的命运——订婚、办嫁妆,除了拖延婚期,未表示出任何反抗。或者说,仍然生活在残冬中的翠姨,听到了春的呼唤却没有力量迎接春天;如果说反抗,她也只能将自己的恋情带到坟墓里去。《小城三月》是对封建旧传统的控诉,也是一曲对于被埋没的青春的挽歌。作品展示出越是在新时代将临之际,旧生活摧残人的悲剧越发怵目惊心。

萧红小说多取材于童年生活,以儿童视角展开叙述,这篇小说亦是如此,写了"我"所见的翠姨的经历。此外《小城三月》在艺术上最鲜明的特色就是它的散文化和抒情性。就情节而言,故事以春天始,以春天终。由于作者以"我"的心境照景,为情造境,开头的春天是那么明媚,作者将翠姨美好的爱情和"我"的衷心祝愿融于笔下的春天,因而春天显得特别可爱,给人以温暖和希望。然而三年以后,同是阳春三月,却显出迥然不同的色调,春天改变了它的容颜:"翠姨坟头淡淡的青色代替了漫山遍野的浓绿。"小说的语言也带有浓浓的抒情意味,比如,"只有我们的马车,因为载着翠姨的愿望,在街上奔驰得特别的清醒,又特别的快","春天为什么它不早一点来,来到我们这城里多住一些日子,然后再慢慢地到另外一个城里去,在另外一个城里也多住一些日子"。语气平静,但让我们体会到的是文字之外的情感。

(景　莹)

思考题

　　1. 如何理解翠姨与堂哥间的话语隔阂?

　　2. 这篇小说在艺术表现方面有何特点?

参考文献

　　1. 肖凤　《萧红传》,百花文艺出版社,1980。

　　2. 邢富君　《中国现当代著名作家文库·萧红代表作》前言,黄河文艺出版社,1987。

　　3. 赵园　论萧红小说兼及中国现代小说的散文特征,《论小说十家》,浙江文艺出版社,1987。

　　4. 刘爱华　《小城三月》美丽而苍凉的象征,《东北师范大学学报(哲学社会科学版)》,2003(6)。

金锁记

张爱玲

三十年前的上海，一个有月亮的晚上……我们也许没赶上看见三十年前的月亮。年轻的人想着三十年前的月亮该是铜钱大的一个红黄的湿晕，像朵云轩信笺上落了一滴泪珠，陈旧而迷糊。老年人回忆中的三十年前的月亮是欢愉的，比眼前的月亮大，圆，白；然而隔着三十年的辛苦路往回看，再好的月色也不免带点凄凉。

月光照到姜公馆新娶的三奶奶的陪嫁丫鬟凤箫的枕边。凤箫睁眼看了一看，只见自己一只青白色的手搁在半旧高丽棉的被面上，心中便道："是月亮光么？"凤箫打地铺睡在窗户底下。那两年正忙着换朝代，姜公馆避兵到上海来，屋子不够住的，因此这一间下房里横七竖八睡满了底下人。

凤箫恍惚听见大床背后有窸窸窣窣的声音，猜着有人起来解手，翻过身去，果见布帘子一掀，一个黑影趿着鞋出来了，约摸是伺候二奶奶的小双，便轻轻叫了一声"小双姐姐"。小双笑嘻嘻走来，踢了踢地下的褥子道："吵醒了你了。"她把两手抄在青莲色旧绸夹袄里，下面系着明油绿裤子。凤箫伸手捻了捻那裤脚，笑道："现在颜色衣服不大有人穿了。下江人时兴的都是素净的。"小双笑道："你不知道，我们家哪比得旁人家？我们老太太古板，连奶奶小姐们尚且做不得主呢，何况我们丫头？给什么，穿什么——一个个打扮得庄稼人似的！"她一蹲身坐在地铺上，拣起凤箫脚头一件小袄来，问道："这是你们小姐出阁，给你们新添的？"凤箫摇头道："三季衣裳，就只外场上看见的两套是新制的，余下的还不是拿上头人穿剩下的贴补贴补！"小双道："这次办喜事，偏赶着革命党造反，可委屈了你们小姐！"凤箫叹道："别提了！就说省俭些罢，总得有个谱子！也不能太看不上眼了。我们那一位，嘴里不言语，心里岂有不气的？"小双道："也难怪三奶奶不乐意。你们那边的嫁妆，也还凑合着，我们这边的排场，可太凄惨了。就连那一年娶咱们二奶奶，也还比这一趟强些！"凤箫愣了一愣道："怎么？你们二奶奶……"

小双脱下了鞋，赤脚从凤箫身上跨过去，走到窗户跟前，笑道："你也起来看看月亮。"凤箫一骨碌爬起身来，低声问道："我早就想问你了，你们二奶奶……"小双弯腰拾起那件小袄来替她披上了，道："仔细招了凉。"凤箫一面扣纽子，一面笑道："不行，你得告诉我！"小双笑道："是我说话不留神，闯了祸！"凤箫道："咱们这都是自家人了，干吗这么见外呀？"小双道："告诉你，你可别告诉你们小姐去！咱们二奶奶家里是开麻油店的。"凤箫哟了一声道："开麻油店！打哪儿想起的？像你们大奶奶，也是公侯人家的小姐，我们那一位虽比不上大奶奶，也还不是低三下四的人——"小双道："这里头自然有个缘故。咱们二爷你也见过了，是个残废。做官人家的女儿谁肯给他？老太太没奈何，打算替二爷置一房姨奶奶，做媒的给找了这曹家的，是七月里生的，就叫七巧。"凤箫道："哦，是姨奶奶。"小双道："原是做姨奶奶的，后来老太太想着，既然不打算替二爷另娶了，二房里没个当家的媳妇，也不是事，索性聘了来做正头奶奶，好教她死心塌地服侍二爷。"凤箫把手扶着窗台，沉吟道："怪道呢！我虽是初来，也瞧料了两三分。"小双道："龙生龙，凤生凤，这话是有的。你还没听见她的谈吐呢！当着姑娘们，一点忌讳也没有。亏得我们家一向内言不出，外言不入，姑娘们什么都不懂。饶是不懂，还臊得没处躲！"凤箫扑嗤一笑道："真的？她这些村话，又是从哪儿听来的？就连我们丫头——"小双抱着胳膊道："麻油店的活招牌，站惯了柜台，见多识广的，我们拿什么去比人家？"凤箫道："你是她陪嫁来的么？"小双冷笑道："她也配！我原是老太太跟前的人，二爷成天的吃药，行动都离不了人，屋里几个丫头不够使，把我拨了过去。怎么着？你冷哪？"凤箫摇摇头。小双道："瞧你缩着脖子这娇模样儿！"一语未完，凤箫打了个喷嚏。小双忙推她道："睡罢！睡罢！快焐一焐。"凤箫跪了下来脱袄子，笑道："又不是冬天，哪儿就至于冻着了？"小双道："你别瞧这窗户关着，窗户眼儿里吱溜溜的钻风。"

两人各自睡下。凤箫悄悄地问道："过来了也有四五年了罢？"小双道："谁？"凤箫道："还有谁？"小双道："哦，她，可不是有五年了。"凤箫道："也生男育女的——倒没闹出什么话柄儿？"小双道："还说呢！话柄儿就多了！前年老太太领着合家上下到普陀山进香，她做着月子没去，留着她看家。舅爷脚步儿走得勤了些，就丢了一票东西。"凤箫失惊道："也没查出个究竟来？"小双道："问得出什么好的来？大家面子上下不去！那些首饰左不过将来是归大爷二爷三爷的。大爷大奶奶碍着二爷，没好说什么。三爷自己在外头流水似的花钱，欠了公账上不少，也说不响嘴。"

她们俩隔着丈来远交谈。虽是极力地压低了喉咙，依旧有一句半句声音大些，惊醒了大床上睡着的赵嬷嬷，赵嬷嬷唤道："小双。"小双不敢答应。赵嬷嬷道："小双，你再混说，让人家听见了，明儿仔细揭你的皮！"小双还是不做声。赵嬷嬷又道："你别以为还是从前住的深堂大院哪，由得你疯疯癫癫！这儿可是挤鼻子挤眼睛的，什么事瞒得了人？趁早别讨打！"屋里顿时鸦雀无声。赵嬷嬷害眼，枕头里塞着菊花叶子，据说是使人眼目清凉的。她欠起头来按了一按鬓上横绾的银簪，略一转侧，菊叶便沙沙作响。赵嬷嬷翻了个身，吱吱格格牵动了全身的骨节，她哎了一声道："你们懂得什么！"小双与凤箫依旧不敢接嘴。久久没有人开口，也就一个个的朦胧睡去了。

天就快亮了。那扁扁的下弦月，低一点，低一点，大一点，像赤金的脸盆，沉了下去。天是森冷的蟹壳青，天底下黑魆魆的只有些矮楼房，因此一望望得很远。地平线上的晓色，一层绿，一层黄，又一层红，如同切开的西瓜——是太阳要上来了。渐渐马路上有了小车与塌车辘辘推动，马车蹄声得得。卖豆腐花的挑着担子悠悠吆喝着，只听见那漫长的尾声："花……呕！花……呕！"再去远些，就只听见"哦……呕！哦……呕！"

屋子里丫头老妈子也起身了，乱着开房门，打脸水，叠铺盖，挂帐子，梳头。凤箫伺候三奶奶兰仙穿了衣裳，兰仙凑到镜子前面仔细望了一望，从腋下抽出一条水绿洒花湖纺手帕，擦了擦翅上的粉，背对着床上的三爷道："我先去替老太太请安罢。等你，准得误了事。"正说着，大奶奶玳珍来了，站在门槛上笑道："三妹妹，咱们一块儿去。"兰仙忙迎了出去道："我正担心着怕晚了，大嫂原来还没上去。二嫂呢？"玳珍笑道："她还有一会儿耽搁呢。"兰仙道："打发二哥吃药？"玳珍四顾无人，便笑道："吃药还在其次——"她把拇指抵着嘴唇，中间的三个指头握着拳头，小指头翘着，轻轻地"嘘"了两声。兰仙诧异道："两人都抽这个？"玳珍点头道："你二哥是过了明路的，她这可是瞒着老太太的，叫我们夹在中间为难，处处还得替她遮盖遮盖。其实老太太有什么不知道？有意的装不晓得，照常地派她差使，零零碎碎给她罪受，无非是不肯让她抽个痛快罢了。其实也是的，年纪轻轻的妇道人家，有什么了不得的心事，要抽这个解闷儿？"

玳珍兰仙手挽手一同上楼，各人后面跟着贴身丫鬟，来到老太太卧室隔壁的一间小小的起坐间里。老太太的丫头榴喜迎了出来，低声道："还没醒呢。"玳珍抬头望了望挂钟，笑道："今儿老太太也晚了。"榴喜道："前两天说是马路上人声太杂，睡不稳。这现在想是惯了，今儿补足了一觉。"

紫榆百龄小圆桌上铺着红毡条，二小姐姜云泽一边坐着，正拿着小钳子磕核桃呢，因丢下了站起来相见。玳珍把手搭在云泽肩上，笑道："还是云妹妹孝心，老太太昨儿一时高兴，叫做糖核桃，你就记住了。"兰仙玳珍便围着桌子坐下了，帮着剥核桃衣子。云泽手酸了，放下了钳子，兰仙接了过来。玳珍道："当心你那水葱似的指甲，养得这么长了，断了怪可惜的！"云泽道："叫人去拿金指甲套子去。"兰仙笑道："有这些麻烦的，倒不如叫他们拿到厨房里去剥了！"

众人低声说笑着，榴喜打起帘子，报道："二奶奶来了。"兰仙云泽起身让座，那曹七巧且不坐下，一只手撑着门，一只手撑了腰，窄窄的袖口里垂下一条雪青洋绉手帕，身上穿着银红衫子，葱白线香滚，雪青闪蓝如意小脚裤子，瘦骨脸儿，朱口细牙，三角眼，小山眉，四下里一看，笑道："人都齐了。今儿想必我又晚了！怎怪我不迟到——摸着黑梳的头！谁教我的窗户冲着后院子呢？单单就派了那么间房给我，横竖我们那位眼看是活不长的，我们净等着做孤儿寡妇了——不欺负我们，欺负谁？"玳珍淡淡的并不接口，兰仙笑道："二嫂住惯了北京的屋子，怪不得嫌这儿憋闷得慌。"云泽道："大哥当初找房子的时候，原该找个宽敞些的，不过上海像这样的，只怕也算敞亮的了。"兰仙道："可不是！家里人实在多，挤是挤了点——"七巧挽起袖口，把手帕子掖在翡翠镯子里，瞟了兰仙一眼，笑道："三妹妹原来也嫌人太多了。连我们都嫌人多，像你们没满月的自然更嫌人多了！"兰仙听了这话，还没有怎么，玳珍先红了脸，道："玩是玩，笑是笑，也得有个分寸，三妹妹新来乍到的，你让她想着咱们是什么样的人家？"七巧扯起手绢子的一角遮住了嘴唇道："知道你们都是清门净户的小姐，你倒跟我换一换试试，只怕你一晚上也过不惯。"玳珍啐道："不跟你说了，越说你越上头上脸的。"七巧索性上前拉住玳珍的袖子道："我可以赌得咒——这三年里头我可以赌得咒！你敢赌么？"玳珍也撑不住扑嗤一笑，咕哝了一句道："怎么你孩子也有了两个？"七巧道："真的，连我也不知道这孩子是怎么生出来的！越想越不明白！"玳珍摇手道："够了，够了，少说两句罢。就算你拿三妹妹当自己人，没什么避讳，现放着云妹妹在这儿呢，待会儿老太太跟前一告诉，管叫你吃不了兜着走！"

云泽早远远地走开了，背着手站在阳台上，撮尖了嘴逗芙蓉鸟。姜家住的虽然是早期的最新式洋房，堆花红砖大柱支着巍峨的拱门，楼上的阳台却是木板铺的地。黄杨木阑干里面，放着一溜大篾篓子，晾着笋干。敝旧的太阳弥漫在空气里像金的灰尘，微微呛人的金灰，揉进眼睛里去，昏昏的。街上小贩遥遥摇着拨浪鼓，那嘈嘈的"不楞登……不楞登"里面有着无数老去的孩子们的回忆。包车叮叮地跑过，偶尔也有一辆汽车叭叭叫两声。

七巧自己也知道这屋里的人都瞧不起她，因此和新来的人分外亲热些，倚在兰仙的椅背上问长问短，携着兰仙的手左看右看，夸赞了一回她的指甲，又道："我去年小拇指上养的比这个足足还长半寸呢，掐花给弄断了。"兰仙早摸透了七巧的为人和她在姜家的地位，微笑尽管微笑着，也不大答理她。七巧自觉无趣，踅到阳台上来，拎起云泽的辫梢来抖了一抖，搭讪着笑着："哟！小姐的头发怎么这样稀朗朗的？去年还是乌油油的一头好头发，该掉了不少罢？"云泽闪过身去护着辫子，笑道："我掉两根头发，也要你管！"七巧只顾端详她，叫道："大嫂你来看看，云姐姐的确瘦多了。小姐莫不是有了心事了？"云泽啪的一声打掉了她的手，恨道："你今儿个真的发了疯了！平日还不够讨人嫌的？"七巧把两手笼在袖子里，笑嘻嘻地道："小姐脾气好大！"

　　玳珍探出头来道："云妹妹，老太太起来了。"众人连忙扯扯衣襟，摸摸鬓脚，打帘子进隔壁房里去，请了安，伺候老太太吃早饭。婆子们端着托盘从起坐间里穿了过去，里面的丫头接过碗碟，婆子们依旧退到外间来守候着。里面静悄悄的，难得有人说句把话，只听见银筷子头上的细银链条窸窣颤动。老太太信佛，饭后照例要做两个时辰的功课，众人退了出来，云泽背地里向玳珍道："二嫂不忙着过瘾去，还挨在里面做什么？"玳珍道："想是有两句私房话要说。"云泽不由得笑了起来道："她的话，老太太哪里听得进？"玳珍冷笑道："那倒也说不定。老年人心思总是活动的，成天在耳边絮聒着，十句里头相信一两句，也未可知。"

　　兰仙坐着磕核桃，玳珍和云泽便顺着脚走到阳台上来，虽不是存心偷听正房里的谈话，老太太上了年纪，有点聋，喉咙特别高些，有意无意之间不免有好些话吹到阳台上的人的耳朵里来。云泽把脸气得雪白，先是握紧了拳头，又把两只手使劲一撒，便向走廊的另一头跑去。跑了两步，又站住了，身子向前伛偻着，捧着脸呜呜哭了起来。玳珍赶上去扶着劝道："妹妹快别这么着！快别这么着！不犯着跟她这样的人计较！谁拿她的话当桩事！"云泽甩开了她，一径往自己屋里奔去。玳珍回到起坐间里来，一拍手道："这可闯出祸来了！"兰仙忙道："怎么了？"玳珍道："你二嫂去告诉了老太太，说女大不中留，让老太太写信给彭家，叫他们早早把云妹妹娶过去罢。你瞧，这算什么话！"兰仙也怔了一怔道："女家说出这种话来，可不是自己打脸么？"玳珍道："姜家没面子，还是一时的事，云妹妹将来嫁了过去，叫人家怎么瞧得起她？她这一辈子还要做人呢！"兰仙道："老太太是明白人，不见得跟那一位一样的见识。"玳珍道："老太太起先自然是不爱听，说咱们家的孩子，决不会生这样的心。她就说：'哟！您不知道现在的女孩子跟您从前做女孩子时候的女孩子，哪儿能够打比呀？时世变了，人也变了，要不怎么天下大乱呢？'你知道，年岁大的人就爱听这一套，说得老太太也有点疑疑惑惑起来。"兰仙叹道："好端端怎么想起来的，造这样的谣言！"玳珍两肘支在桌子上，伸着小指剔眉毛，沉吟了一会，嗤的一笑道："她自己以为她是特别的体贴云妹妹！要她这样体贴我，我可受不了！"兰仙拉了她一把道："你听——不能是云妹妹罢？"后房似乎有人在那里大放悲声，蹬得铜床柱子一片响。嘈嘈杂杂还有人在那里解劝，只是劝不住。玳珍站起身来道："我去看看。别瞧这位小姐好性儿，逼急了她，也不是好惹的。"

　　玳珍出去了，那姜三爷姜季泽却一路打着呵欠进来了。季泽是个结实小伙子，偏于胖的一方面，脑后拖一根三脱油松大辫，生得天圆地方，鲜红的腮颊，往下坠着一点，有湿眉毛，水汪汪的黑眼睛里永远透着三分不耐烦，穿一件竹根青窄袖长袍，酱紫芝麻地一字襟珠扣小坎肩，问兰仙道："谁在里头喊喊喳喳跟老太太说话？"兰仙道："二嫂。"季泽抿着嘴摇摇头。兰仙笑道："你也怕了她？"季泽一声儿不言语，拖过一把椅子，将椅背抵着桌面，把袍子高高的一撩，骑着椅子坐了下来，下巴搁在椅背上，手里只管把核桃仁一个一个拈来吃。兰仙睨了他一眼道："人家剥了这一晌午，是专诚孝敬你的么？"正说着，七巧掀着帘子出来了，一眼看见了季泽，身不由主的就走了过来，绕到兰仙椅子背后，两手兜在兰仙脖子上，把脸凑了下去，笑道："这么一个人才出众的新娘子！三弟你还没谢谢我哪！要不是我催着他们早早替你办了这件事，这一耽搁，等打完了仗，指不定要十年八年呢！可不把你急坏了！"兰仙生平最大的憾事便是出阁的日子正赶着非常时期，潦草成了家，诸事都欠齐全，因此一听见这不入耳的话，她那小长瓜子脸便往下一沉。季泽望了兰仙一眼，微笑道："二嫂，自古好心没有好报，谁都不承你的情！"七巧道："不承情也罢！我也惯了。我进了你姜家的门，别的不说，单只守着你二哥这些年,衣不解带的服侍他,也就是个有功无过的人——谁见我的情来? 谁有半点好处到我头上?"季泽笑道:"你一开口就是满肚子的牢骚!"七巧长长地吁了一口气,只管拨弄兰仙衣襟上扣着的金三事儿和钥匙。半晌,忽道:"总算你这一个来月没出去胡闹过。真亏了新娘子留住了你。旁人跪下地来求你也留你不住!"季泽笑道:"是吗? 嫂子并没有留过我,怎见得留不住?"一面笑,一面向兰仙使了个眼色。七巧笑得直不起腰道:"三妹妹,你也不管管他! 这么个猴儿崽子,我眼看他长大的,他倒占起我的便宜来了!"

她嘴里说笑着,心里发烦,一双手也不肯闲着,把兰仙揣着捏着,捶着打着。恨不得把她挤得走了样才好。兰仙纵然有涵养,也忍不住要恼了,一性急,磕核桃使差了劲,把那二寸多长的指甲齐根折断。七巧哟了一声道:"快拿剪刀来修一修。我记得这屋里有一把小剪子。"便唤:"小双! 榴喜!来人哪!"兰仙立起身来道:"二嫂不用费事,我上我屋里铰去。"便抽身出去。七巧就在兰仙的椅子上坐下了,一手托着腮,抬高了眉毛,斜瞅着季泽道:"她跟我生了气么?"季泽笑道:"她干吗生你的气?"七巧道:"我正要问呀——我难道说错了话不成? 留你在家倒不好? 她倒愿意你上外头逛去?"季泽笑道:"这一家子从大哥大嫂起,齐了心管教我,无非是怕我花了公账上的钱罢了。"七巧道:"阿弥陀佛,我保不定别人不安着这个心,我可不那么想。你就是闹了亏空,押了房子卖了田,我若皱一皱眉头,我也不是你二嫂了。谁叫咱们是骨肉至亲呢? 我不过是要你当心你的身子。"季泽嗤的一笑道:"我当心我的身子,要你操心?"七巧颤声道:"一个人,身子第一要紧。你瞧你二哥弄的那样儿,还成个人吗? 还能拿他当个人看?"季泽正色道:"二哥比不得我,他一下地就是那样儿,并不是自己作践的。他是个可怜的人,一切全仗二嫂照护他了。"七巧直挺挺的站了起来,两手扶着桌子,垂着眼皮,脸庞的下半部抖得像嘴里含着滚烫的蜡烛油似的,用尖细的声音逼出两句话道:"你去挨着你二哥坐坐! 你去挨着你二哥坐坐!"她试着在季泽身边坐下,只搭着他的椅子的一角,她将手贴在他腿上,道:"你碰过他的肉没有? 是软的、重的,就像人的脚有时发了麻,摸上去那感觉……"季泽脸上也变了色,然而他仍旧轻佻地笑了一声,俯下腰,伸手去捏她的脚道:"倒要瞧瞧你的脚现在麻不麻!"七巧道:"天哪,你没挨着他的肉,你不知道没病的身子是多好的……多好的……"她顺着椅子溜下去,蹲在地上,脸枕着袖子,听不见她哭,只看见发髻上插的风凉针,针头上的一粒钻石的光,闪闪掣动着。发髻的心子里扎着一小截粉红丝线,反映在金刚钻微红的光焰里。她的背影一挫一挫,俯伏了下去。她不像在哭,简直像在翻肠搅胃地呕吐。

季泽先是愣住了,随后就立起来道:"我走。我走就是了。你不怕人,我还怕人呢。也得给二哥留点面子!"七巧扶着椅子站了起来,呜咽道:"我走。"她扯着衫袖里的手帕子揾了揾脸,忽然微微一笑道:"你这样卫护你二哥!"季泽冷笑道:"我不卫护他,还有谁卫护他?"七巧向门走去,哼了一声道:"你又是什么好人? 趁早不用在我跟前假撇清! 且不提你在外头怎样荒唐,单只在这屋里……老娘眼睛是揉不下沙子去! 别说我是你嫂子了,就是我是你奶妈,只怕你也不在乎。"季泽笑道:"我原是个随随便便的人,哪禁得你挑眼儿?"七巧待要出去,又把背心贴在门上,低声道:"我就不懂,我有什么地方不如人? 我有什么地方不好……"季泽笑道:"好嫂子,你有什么不好?"七巧笑了一声道:"难不成我跟了个残废的人,就过上了残废的气,沾都沾不得?"她睁着眼直勾勾朝前望着,耳朵上的实心小金坠子像两只铜钉把她钉在门上——玻璃匣子里蝴蝶的标本,鲜艳而凄怆。

季泽看着她,心里也动了一动。可是那不行,玩尽管玩,他早抱定了宗旨不惹自己家里人,一时的兴致过去了,躲也躲不掉,踢也踢不开,成天在面前,是个累赘。何况七巧的嘴这样敞,脾气这样躁,如何瞒得了人?何况她的人缘这样坏,上上下下谁肯代她包涵一点?她也许是豁出去了,闹穿了也满不在乎。他可是年纪轻轻的,凭什么要冒这个险?他侃侃说道:"二嫂,我虽年纪小,并不是一味胡来的人。"

仿佛有脚步声。季泽一撩袍子,钻到老太太屋子里去了,临走还抓了一大把核桃仁。七巧神志还不很清楚,直到有人推门,她才醒了过来,只得将计就计,藏在门背后,见玳珍走了进来,她便夹脚跟来,在玳珍背上打了一下。玳珍勉强一笑道:"你的兴致越发好了!"又望了望桌上道:"咦?那么些个核桃,吃得差不多了。再也没有别人,准是三弟。"七巧倚着桌子,面向阳台立着,只是不言语。玳珍坐了下来,嘟哝道:"害人家剥了一早上,便宜他享现成的!"七巧捏着一片锋利的胡桃壳,在红毡条上狠命刮着,左一刮,右一刮,看看那毡子起了毛,就要破了。她咬着牙道:"钱上头何尝不是一样?一味的叫咱们省,省下来让人家拿出去大把的花!我就不服这口气!"玳珍看了她一眼,冷冷地道:"那可没有办法。人多了,明里不去,暗里也不见得不去。管得了这个,管不了那个。"七巧觉得她话中有刺,正待反唇相讥,小双进来了,鬼鬼祟祟走到七巧跟前,嗫嚅道:"奶奶,舅爷来了。"七巧骂道:"舅爷来了,又不是背人的事,你嗓子眼里长了疔是怎么着?蚊子哼哼似的!"小双倒退了一步,不敢言语。玳珍道:"你们舅爷原来也到上海来了。咱们这儿亲戚倒全了。"七巧移步出房道:"不许他到上海来?内地兵荒马乱的,穷人也一样的要命呀!"她在门槛上站住了,问小双道:"回过老太太没有?"小双道:"还没呢。"七巧想了一想,毕竟不敢进去告诉一声,只得悄悄下楼去了。

玳珍问小双道:"舅爷一个人来的?"小双道:"还有舅奶奶,拎着四只提篮盒。"玳珍格的一笑道:"倒破费了他们。"小双道:"大奶奶不用替他们心疼。装得满满的进来,一样装得满满的出去。别说金的银的圆的扁的,就连零头鞋面儿裤腰都是好的!"玳珍笑道:"别那么缺德了!你下去罢。她娘家人难得上门,伺候不周到,又该大闹了。"

小双赶了出去,七巧正在楼梯口盘问榴喜老太太可知道这件事。榴喜道:"老太太念佛呢,三爷趴在窗口看野景,说大门口来了客。老太太问是谁,三爷仔细看了看,说不知是不是曹家舅爷,老太太就没追问下去。"七巧听了,心头火起,跺了跺脚,嗫嗫呐呐骂道:"敢情你装不知道就算了!皇帝还有草鞋亲呢!这会子有这么势利的,当初何必三媒六聘的把我抬过来?快刀斩不断的亲戚,别说你今儿是装死,就是你真死了,他也不能不到你灵前磕三个头,你也不能不受着他的!"一面说,一面下去了。

她那间房,一进门便有一堆金漆箱笼迎面拦住,只隔开几步见方的空地。她一掀帘子,只见她嫂子蹲下身去将提篮盒上面的一屉酥盒子卸了下来,检视下面一屉里的菜可曾泼出来。她哥哥曹大年背着手弯着腰看着。七巧止不住一阵心酸,倚着箱笼,把脸偎在那沙蓝棉套子上,纷纷落下泪来。她嫂子慌忙站直了身子,抢步上前,两只手捧住她一只手,连连叫着姑娘。曹大年也不免抬起袖子来擦眼睛。七巧把那只空着的手去解箱套子上的纽扣,解了又扣上,只是开不得口。

她嫂子回过头去睃了她哥哥一眼道:"你也说句话呀!成日价念叨着,见了妹妹的面,又像锯了嘴的葫芦似的!"七巧颤声道:"也不怪他没有话——他哪儿有脸来见我!"又向她哥哥道:"我只道你这一辈子不打算上门了!你害得我好!你扔崩一走,我可走不了。你也不顾我的死活!"曹大年道:"这是什么话?旁人这么说还罢了,你也这么说!你不替我遮盖遮盖,你自己脸上也不见得光鲜。"七巧道:"我不说,我可禁不住人家不说。就为你,我气出了一身病在这里。今日之下,亏你还拿这话来堵我!"她嫂子忙道:"是他的不是,是他的不是! 姑娘受了委屈了。姑娘受的委屈也不止这一件,好歹忍着罢,总有个出头之日。"她嫂子那句"姑娘受的委屈也不止这一件"的话却深深打进她心坎儿里去。七巧哀哀哭了起来,急得她嫂子直摇手道:"看吵醒了姑爷。"房那边暗昏昏的紫楠大床上,寂寂吊着珠罗纱帐子。七巧的嫂子又道:"姑爷睡着了罢? 惊动了他,该生气了。"七巧高声叫道:"他要有点人气,倒又好了!"她嫂子吓得掩住她的嘴道:"姑奶奶别! 病人听见了,心里不好受!"七巧道:"他心里不好受,我心里好受吗?"她嫂子道:"姑爷还是那软骨症?"七巧道:"就这一件还不够受了,还禁得起添什么? 这儿一家子都忌讳痨病这两个字,其实还不就是骨痨!"她嫂子道:"整天躺着,有时候也坐起来一会儿么?"七巧嘁嘁地笑了起来道:"坐起来,脊梁骨直溜下去,看上去还没有我那三岁的孩子高哪!"她嫂子一时想不出劝慰的话,三个人都愣住了。七巧猛地顿脚道:"走罢,走罢,你们! 你们来一趟,就害得我把前因后果重新在心里过一过。我禁不起这么折腾! 你快给我走!"

曹大年道:"妹妹你听我一句话。别说你现在心里不舒坦,有个娘家走动着,多少好些,就是你有了出头之日了,姜家是个大族,长辈动不动就拿大帽子压人,平辈小辈一个个如狼似虎的,哪一个是好惹的? 替你打算,也得要个帮手。将来你用得着你哥哥你侄儿的时候多着呢。"七巧啐了一声道:"我靠你帮忙,我也倒了霉了! 我早把你看得透里透——斗得过他们,你到我跟前来邀功要钱,斗不过他们,你往那边一倒。本来见了做官的就魂都没有了,头一缩,死活随我去。"大年涨红了脸冷笑道:"等钱到了你手里,你再防着你哥哥分你的,也还不迟。"七巧道:"你既然知道钱还没到我手里,你来缠我做什么?"大年道:"远迢迢赶来看你,倒是我们的不是了! 走! 我们这就走! 凭良心说,我就用你两个钱,也是该的。当初我若贪图财礼,问姜家多要几百两银子,把你卖给他们做姨太太,也就卖了。"七巧道:"奶奶不胜似姨奶奶吗? 长线放远鹞,指望大着呢!"大年待要回嘴,他媳妇拦住他道:"你就少说一句罢! 以后还有见面的日子呢。将来姑奶奶想到你的时候,才知道她就只这一个亲哥哥了!"大年督促他媳妇整理了提篮盒,拎起就待走。七巧道:"我希罕你? 等我有了钱了,我不愁你不来,只愁打发你不开!"嘴里虽然硬着,煞不住那呜咽的声音,一声响似一声,憋了一上午的满腔幽恨,借着这因由尽情发泄了出来。

她嫂子见她分明有些留恋之意,便做好做歹劝住了她哥哥,一面半搀半拥把她引到花梨炕上坐下了,百般譬解,七巧渐渐收了泪。兄妹姑嫂叙了些家常。北方情形还算平靖,曹家的麻油铺还照常营业着。大年夫妇此番到上海来,却是因为他家没过门的女婿在人家当账房,光复的时候恰巧在湖北,后来辗转跟主人到上海来了,因此大年亲自送了女儿来完婚,顺便探望妹子。大年问候了姜家阖宅上下,又要参见老太太,七巧道:"不见也罢了,我正跟她怄气呢。"大年夫妇都吃了一惊,七巧道:"怎么不淘气呢? 一家子都往我头上踩,我要是好欺负的,早给作践死了,饶是这么着,还气得我七病八痛的!"她嫂子道:"姑娘近来还抽烟不抽? 倒是鸦片烟,平肝导气,比什么药都强,姑娘自己千万保重,我们又不在跟前,谁是个知疼着热的人?"

七巧翻箱子取出几件新款尺头送与她嫂子,又是一副四两重的金镯子,一对披霞莲蓬簪,一床丝棉被胎,侄女每人一只金挖耳,侄儿们或是一只金锞子,或是一顶貂皮暖帽,另送了她哥哥一只珐琅金蝉打簧表,她哥嫂道谢不迭。七巧道:"你们来得不巧,若是在北京,我们正要上路的时候,带不了的东西,分了几箱给丫头老妈子,白便宜了他们。"说得她哥嫂讪讪的。临行的时候,她嫂子道:"忙完了闺女,再来瞧姑奶奶。"七巧笑道:"不来也罢了,我应酬不起!"

大年夫妇出了姜家的门,她嫂子便道:"我们这位姑奶奶怎么换了个人?没出嫁的时候不过要强些,嘴头子上琐碎些,就连后来我们去瞧她,虽是比前暴躁些,也还有个分寸,不似如今疯疯傻傻,说话有一句没一句,就没一点儿得人心的地方。"

七巧立在房里,抱着胳膊看小双祥云两个丫头把箱子抬回原处,一只一只叠了上去。从前的事又回来了:临着碎石子街的馨香的麻油店,黑腻的柜台,芝麻酱桶里竖着木匙子,油缸上吊着大大小小的铁匙子。漏斗插在打油的人的瓶里,一大匙再加上两小匙正好装满一瓶——一斤半。熟人呢,算一斤四两。有时她也上街买菜,蓝夏布衫裤,镜面乌绫镶滚。隔着密密层层的一排吊着猪肉的铜钩,她看见肉铺里的朝禄。朝禄赶着她叫曹大姑娘。难得叫声巧姐儿,她就一巴掌打在钩子背上,无数的空钩子荡过去锥他的眼睛,朝禄从钩子上摘下尺来宽的一片生猪油,重重的向肉案一抛,一阵温风直扑到她脸上,腻滞的死去的肉体的气味……她皱紧了眉毛。床上睡着的她的丈夫,那没有生命的肉体……

风从窗子里进来,对面挂着的回文雕漆长镜被吹得摇摇晃晃,磕托磕托敲着墙。七巧双手按住了镜子。镜子里反映着的翠竹帘子和一副金绿山水屏条依旧在风中来回荡漾着,望久了,便有一种晕船的感觉。再定睛看时,翠竹帘子已经退了色,金绿山水换了一张她丈夫的遗像,镜子里的人也老了十年。

去年她戴了丈夫的孝,今年婆婆又过世了。现在正式挽了叔公九老太爷出来为他们分家。今天是她嫁到姜家来之后一切幻想的集中点。这些年了,她戴着黄金的枷锁,可是连金子的边都啃不到,这以后就不同了。七巧穿着白香云纱衫,黑裙子,然而她脸上像抹了胭脂似的,从那揉红了的眼圈儿到烧热的颧骨。她抬起手来搌了一搌脸,脸上烫,身子却冷得打颤。她叫祥云倒了杯茶来。(小双早已嫁了,祥云也配了个小厮。)茶给喝了下去,沉重地往腔子里流,一颗心便在热茶里扑通扑通跳。她背向着镜子坐下了,问祥云道:"九老太爷来了这一下午,就在堂屋里跟马师爷查账?"祥云应了一声是。七巧又道:"大爷大奶奶三爷三奶奶都不在跟前?"祥云又应了一声是。七巧道:"还到谁的屋里去过?"祥云道:"就到哥儿们的书房里兜了一兜。"七巧道:"好在咱们白哥儿的书倒不怕他查考……今年这孩子就吃亏在他爸爸他奶奶接连着出了事,他若还有心念书,他也不是人养的!"她把茶吃完了,吩咐祥云下去看看堂屋里大房三房的人可都齐了,免得自己去早了,显得性急,被人耻笑。恰巧大房里也差了一个丫头出来探看,和祥云打了个照面。

七巧终于款款下楼来了。当屋里临时布置了一张镜面乌木大餐台,九老太爷独当一面坐了,面前乱堆着青布面,梅红签的账簿,又搁着一只瓜棱茶碗。四周除了马师爷之外,又有特地邀请的"公亲",近于陪审员的性质。各房只派了一个男子作代表,大房是大爷,二房二爷没了,是二奶奶,三房是三爷。季泽很知道这总清算的日子于他没有什么好处,因此他到得最迟。然而来既来了,他决不愿意露出焦灼懊丧的神气,腮帮子上依旧是他那点丰肥的,红色的笑。眼睛里依旧是他那点潇洒的不耐烦。

九老太爷咳嗽了一声,把姜家的经济状况约略报告了一遍,又翻着账簿子读出重要的田地房产的所在与按年的收入。七巧两手紧紧扣在肚子上,身子向前倾着,努力向她自己解释他的每一句话,与她往日调查所得一一印证。青岛的房子,天津的房子,原籍的地,北京城外的地,上海的房子……

三爷在公账上拖欠过巨，他的一部分遗产被抵消了之后，还净欠六万，然而大房二房也只得就此算了，因为他是一无所有的人。他所仅有的那一幢花园洋房，他为一个姨太太买的，也已经抵押了出去。其余只有老太太陪嫁过来的首饰，由兄弟三人均分，季泽的那一份也不便充公，因为是母亲留下的一点纪念。七巧突然叫了起来道："九老太爷，那我们太吃亏了！"

堂屋里本就肃静无声，现在这肃静却是沙沙有声，直锯进耳朵里去，像电影配音机器损坏之后的锈轧。九老太爷睁了眼望着她道："怎么？你连他娘丢下的几件首饰也舍不得给他？"七巧道："亲兄弟，明算账，大哥大嫂不言语，我可不能不老着脸开口说句话。我须比不得大哥大嫂——我们死掉的那个若是有能耐出去做两任官，手头活便些，我也乐得放大方些，哪怕把从前的旧账一笔勾销呢？可怜我们那一个病病哼哼一辈子，何尝有过一文半文进账，丢下我们孤儿寡妇，就指着这两个死钱过活。我是个没脚蟹，长白还不满十四岁，往后苦日子有得过呢！"说着，流下泪来。九老太爷道："依你便怎样？"七巧呜咽道："哪儿由得我出主意呢？只求九老太爷替我们做主！"季泽冷着脸只不做声，满屋子的人都觉不便开口。九老太爷按捺不住一肚子的火，哼了一声道："我倒想替你出主意呢，只怕你不爱听！二房里有田地没人照管，三房里有人没有地，我待要叫三爷替你照管，你多少贴他些，又怕你不要他！"七巧冷笑道："我倒想依你呢，只怕死掉的那个不依！来人哪！祥云你把白哥儿给我找来！长白，你爹好苦呀！一下地就是一身的病，为人一场，一天舒坦日子也没过着，临了丢下你这点骨血，人家还看不得，千方百计图谋你的东西！长白谁叫你爹拖着一身病，活着人家欺负他，死了人家欺负他的孤儿寡妇！我还不打紧，我还能活个几十年么？至多我到老太太灵前把话说明白了，把这条命跟人拼了。长白你可是年纪小着呢，就是喝西北风你也得活下去呀！"九老太爷气得把桌子一拍道："我不管了！是你们求爹爹拜奶奶邀了我来的，你道我喜欢自找麻烦么？"站起来一脚踢翻了椅子，也不等人搀扶，一阵风走得无影无踪。众人面面相觑，一个个悄没声儿溜走了。惟有那马师爷忙着拾掇账簿子，落后了一步，看看屋里人全走光了，单剩下二奶奶一个人坐在那里捶着胸脯嚎啕大哭，自己若无其事地走了，似乎不好意思，只得走上前去，打躬作揖叫道："二太太！二太太！……二太太！"七巧只顾把袖子遮住脸，马师爷又不便把她的手拿开，急得把瓜皮帽摘下来扇着汗。

维持了几天的僵局，到底还是无声无息照原定计划分了家。孤儿寡妇还是被欺负了。

七巧带着儿子长白，女儿长安另租了一幢屋子住下了，和姜家各房很少来往。隔了几个月，姜季泽忽然上门来了。老妈子通报上来，七巧怀着鬼胎，想着分家的那一天得罪了他，不知他有什么手段对付。可是兵来将挡，她凭什么要怕他？她家常穿着佛青实地纱袄子，特地系上一条玄色铁线纱裙，走下楼来。季泽却是满面春风的站起来问二嫂好，又问白哥儿可是在书房里，安姐儿的湿气可大好了，七巧心里便疑惑他是来借钱的，加倍防备着，坐下笑道："三弟你近来又发福了。"季泽笑道："看我像一点儿心事都没有的人。"七巧笑道："有福之人不在忙吗！你一向就是无牵无挂的。"季泽笑道："等我把房子卖了，我还要无牵无挂呢！"七巧道："就是你做了押款的那房子，你还要卖？"季泽道："当初造它的时候，很费了点心思，有许多装置都是自己心爱的，当然不愿意脱手。后来你是知道的，那边地皮值钱了，前年把它翻造了衖堂房子，一家一家收租，跟那些住小家的打交道，我实在嫌麻烦，索性打算卖了它，图个清静。"七巧暗地里说道："口气好大！我是知道你的底细的，你在我跟前充什么阔大爷！"

虽然他不向她哭穷，但凡谈到银钱交易，她总觉得有点危险，便岔了开去道："三妹妹好么？腰子病近来发过没有？"季泽笑道："我也有许久没见过她的面了。"七巧道："这是什么话？你们吵了嘴么？"季泽笑道："这些时我们倒也没吵过嘴。不得已在一起说两句话，也是难得的，也没那闲情逸致吵嘴。"七巧道："何至于这样？我就不相信！"季泽两肘撑在藤椅的扶手上，交叉着十指，手搭凉棚，影子落在眼睛上，深深地唉了一声。七巧笑道："没有别的，要不就是你在外头玩得太厉害了。自己做错了事，还唉声叹气的仿佛谁害了你似的。你们姜家就没有一个好人！"说着，举起白团扇，作势要打。季泽把那交叉着的十指往下移了一移，两只大拇指按在嘴唇上，两只食指缓缓抚摸着鼻梁，露出一双水汪汪的眼睛来。那眼珠却是水仙花缸底的黑石子，上面汪着水，下面冷冷的没有表情。看不出他在想什么。七巧道："我非打你不可！"季泽的眼睛里突然冒出一点笑泡儿，道："你打，你打！"七巧待要打，又掣回手去，重新一鼓作气道："我真打！"抬高了手，一扇子劈下来，又在半空中停住了，吃吃笑将起来。季泽带笑将肩膀耸了一耸，凑了上去道："你倒是打我一下罢！害得我浑身骨头痒痒着，不得劲儿！"七巧把扇子向背后一藏，越发笑得格格的。

季泽把椅子换了个方向，面朝墙坐着，人向椅背上一靠，双手蒙住了眼睛，又是长长地叹了口气。七巧啃着扇子柄，斜瞟着他道："你今儿是怎么了？受了暑吗？"季泽道："你哪里知道？"半响，他低低的一个字一个字说道："你知道我为什么跟家里的那个不好，为什么我拼命的在外头玩，把产业都败光了？你知道这都是为了谁？"七巧不知不觉有些胆寒，走得远远的，倚在炉台上，脸色慢慢地变了。季泽跟了过来。七巧垂着头，肘弯撑在炉台上，手里擎着团扇，扇子上的杏黄穗子顺着她的额角拖下来。季泽在她对面站住了，小声道："二嫂！……七巧！"

七巧背过脸去淡淡笑道："我要相信你才怪呢！"季泽便也走开了，道："不错。你怎么能够相信我？自从你到我家来，我在家一刻也待不住，只想出去。你没来的时候我并没有那么荒唐过，后来那都是为了躲你。娶了兰仙来，我更玩得凶了，为了躲你之外又要躲她，见了你，说不了两句话我就要发脾气——你哪儿知道我心里的苦楚？你对我好，我心里更难受——我得管着我自己——我不得平白的坑坏了你！家里人多眼杂，让人知道了，我是个男子汉，还不打紧，你可了不得！"七巧的手直打颤，扇柄上的杏黄须子在她额上苏苏磨擦着。季泽道："你信也罢，不信也罢！信了又怎样？横竖我们半辈子已经过去了，说也是白说。我只求你原谅我这一片心。我为你吃了这些苦，也就不算冤枉了。"

七巧低着头，沐浴在光辉里，细细的音乐，细细的喜悦……这些年了，她跟他捉迷藏似的，只是近不得身，原来还有今天！可不是，这半辈子已经完了——花一般的年纪已经过去了。人生就是这样的错综复杂，不讲理。当初她为什么嫁到姜家来？为了钱么？不是的，为了要遇见季泽，为了命中注定她要和季泽相爱。她微微抬起脸来，季泽立在她跟前，两手合在她扇子上，面颊贴在她扇子上。他也老了十年了，然而人究竟还是那个人呵！他难道是哄她么？他想她的钱——她卖掉她的一生换来的几个钱？仅仅这一转念便使她暴怒起来。就算她错怪了他，他为她吃的苦抵得过她为他吃的苦么？好容易她死了心了，他又来撩拨她。她恨他。他还在看着她。他的眼睛——虽然隔了十年，人还是那个人呵！就算他是骗她的，迟一点儿发现不好么？即使明知是骗人的，他太会演戏了，也跟真的差不多罢？

不行！她不能有把柄落在这厮手里。姜家的人是厉害的，她的钱只怕保不住。她得先证明他是真心不是。七巧定了一定神，向门外瞧了一瞧，轻轻惊叫道："有人！"便三脚两步赶出门去，到下房里吩咐潘妈替三爷弄点心去，快些端了来，顺便带把芭蕉扇进来替三爷打扇。七巧回到屋里来，故意皱着眉道："真可恶，老妈子在门口探头探脑的，见了我抹过头去就跑，被我赶上去喝住了。若是关上了门说两句话，指不定造出什么谣言来呢！饶是独门独户住了，还没个清净。"潘妈送了点心与酸梅汤进来，七巧亲自拿筷子替季泽拣掉了蜜层糕上的玫瑰与青梅，道："我记得你是不爱吃红绿丝的。"有人在跟前，季泽不便说什么，只是微笑。七巧似乎没话找话说似的，问道："你卖房子，接洽得怎样了？"季泽一面吃，一面答道："有人出八万五，我还没打定主意呢。"七巧沉吟道："地段倒是好的。"季泽道："谁都不赞成我脱手，说还要涨呢。"七巧又问了些详细情形，便道："可惜我手头没有这一笔现款，不然我倒想买。"季泽道："其实呢，我这房子倒不急，倒是咱们乡下你那些田，早早脱手的好。自从改了民国，接二连三的打仗，何尝有一年闲过？把地面上糟踏得不成样子，中间还被收租的，师爷，地头蛇一层一层勒揩着，莫说这两年不是水就是旱，就遇着了丰年，也没有多少进帐轮到我们头上。"七巧寻思着，道："我也盘算过来，一直挨着没有办。先晓得把它卖了，这会子想买房子，也不至于钱不凑手了。"季泽道："你那田要卖趁现在就得卖了，听说直鲁又要开仗了。"七巧道："急切间你叫我卖给谁去？"季泽顿了一顿道："我去替你打听打听，也成。"七巧耸了耸眉毛笑道："得了，你那些狐群狗党里头，又有谁是靠得住的？"季泽把咬开的饺子在小碟子里蘸了点醋，闲闲说出两个靠得住的人名，七巧便认真仔细盘问他起来，他果然回答得有条不紊，显然他是筹之已熟的。

七巧虽是笑吟吟的，嘴里发干，上嘴唇黏在牙仁上，放不下来。她端起盖碗来吸了一口茶，舐了舐嘴唇，突然把脸一沉，跳起身来，将手里的扇子向季泽头上滴溜溜掷过去，季泽向左偏了一偏，那团扇敲在他肩膀上，打翻了玻璃杯，酸梅汤淋淋漓漓溅了他一身，七巧骂道："你要我卖了我的田去买你的房子？你要我卖田？钱一经你的手，还有得说么？你哄我——你拿那样的话来哄我——你拿我当傻子——"她隔着一张桌子探身过去打他，然而她被潘妈下死劲抱住了。潘妈叫唤起来，祥云等人都奔了来，七手八脚按住了她，七嘴八舌求告着。七巧一头挣扎，一头叱喝着，然而她的一颗心直往下坠——她很明白她这举动太蠢——太蠢——她在这儿丢人出丑。

季泽脱下了他那湿濡的白香云纱长衫，潘妈绞了手巾来代他揩擦，他理也不理，把衣服夹在手臂上，竟自扬长出门去了，临行的时候向祥云道："等白哥儿下了学，叫他替他母亲请个医生来看看。"祥云吓糊涂了，连声答应着，被七巧兜脸给了她一个耳刮子。

季泽走了。丫头老妈子也都给七巧骂跑了。酸梅汤沿着桌子一滴一滴朝下滴，像迟迟的夜漏——一滴，一滴……一更，二更……一年，一百年。真长，这寂寂的一刹那。七巧扶着头站着，倏地掉转身上楼去，提着裙子，性急慌忙，跌跌绊绊，不住地撞到那阴暗的绿粉墙上，佛青袄子上沾了大块的淡色的灰。她要在楼上的窗户里再看他一眼。无论如何，她从前爱过他。她的爱给了她无穷的痛苦。单只这一点，就使他值得留恋。多少回了，为了要按捺她自己，她进得全身的筋骨与牙根都酸楚了。今天完全是她的错。他不是个好人，她又不是不知道。她要他，就得装糊涂，就得容忍他的坏。她为什么要戳穿他？人生在世，还不就是那么一回事？归根究底，什么是真的，什么是假的？

她到了窗前，揭开了那边上缀有小绒球的墨绿洋式窗帘，季泽正在弄堂里往外走，长衫搭在臂上，晴天的风像一群白鸽子钻进他的纺绸裤褂里去，哪儿都钻到了，飘飘拍着翅子。

七巧眼前仿佛挂了冰冷的珍珠帘，一阵热风来了，把那帘子紧紧贴在她脸上，风去了，又把帘子吸了回去，气还没透过来，风又来了，没头没脸包住她——一阵凉，一阵热，她只是淌着眼泪。

　　玻璃窗的上角隐隐约约反映出弄堂里一个巡警的缩小的影子，晃着膀子踱过去。一辆黄包车静静在巡警身上辗过。小孩把袍子掖在裤腰里，一路踢着球，奔出玻璃的边缘。绿色的邮差骑着自行车，复印在巡警身上，一溜烟掠过。都是些鬼，多年前的鬼，多年后的没投胎的鬼……什么是真的，什么是假的？

　　过了秋天又是冬天，七巧与现实失去了接触。虽然一样的使性子，打丫头，换厨子，总有些失魂落魄的。她哥哥嫂子到上海来探望了她两次，住不上十来天，末了永远是给她絮叨得站不住脚，然而临走的时候她也没有少给他们东西。她侄子曹春熹上城来找事，耽搁在她家里。那春熹虽是个浑头浑脑的年轻人，却也本本份份的。七巧的儿子长白，女儿长安，年纪到了十三四岁，只因身材瘦小，看上去才只七八岁的光景。在年下，一个穿着品蓝摹本缎棉袍，一个穿着葱绿遍地锦棉袍，衣服太厚了，直挺挺撑开了两臂，一般都是薄薄的两张白脸，并排站着，纸糊的人儿似的。这一天午饭后，七巧还没起身，那曹春熹陪着他兄妹俩掷骰子，长安把压岁钱输光了，还不肯歇手。长白把桌上的铜板一捞，笑道："不跟你来了。"长安道："我们用糖莲子来赌。"春熹道："糖莲子揣在口袋里，看脏了衣服。"长安道："用瓜子也好，柜顶上就有一罐。"便搬过一张茶几来，踩了椅子爬上去拿。慌得春熹叫道："安姐儿你可别摔跤，回头我担不了这干系！"正说着，只见长安猛可里向后一仰，若不是春熹扶住了，早是一个倒栽葱。长白在旁拍手大笑，春熹嘟嘟哝哝骂着，也撑不住要笑，三人笑成一片。春熹将她抱下地来，忽然从那红木大橱的穿衣镜里瞥见七巧蓬着头叉着腰站在门口，不觉一怔，连忙放下了长安，回身道："姑妈起来了。"七巧汹汹奔了过来，将长安向自己身后一推，长安立脚不稳，跌了一跤。七巧只顾将身子挡住了她，向春熹厉声道："我把你这狼心狗肺的东西！我三茶六饭款待你这狼心狗肺的东西，什么地方亏待你，你欺负我女儿？你那狼心狗肺，你道我揣摩不出么？你别以为你教坏了我女儿，我就不能不捏着鼻子把她许配给你，你好霸占我们的家产！我看你这混蛋，也还想不出这等主意来，敢情是你爹娘押着手儿教的！我把那两个狼心狗肺忘恩负义的老浑蛋！齐了心想我的钱，一计不成，又生一计！"春熹气得白瞪眼，欲待分辩，七巧道："你还有脸顶撞我！你还不给我快滚，别等我乱棒打出去！"说着，把儿女们推推搡搡送了出去，自己也喘吁吁扶着个丫头走了。春熹究竟年纪轻火性大，赌气卷了铺盖，顿时离了姜家的门。

　　七巧回到起坐间里，在烟榻上躺下了。屋里暗昏昏的，拉上了丝绒窗帘。时而窗户缝里漏了风进来，帘子动了，方才在那墨绿小绒球底下毛茸茸地看见一点天色。只有烟灯和烧红的火炉的微光。长安吃了吓，呆呆坐在火炉边一张小凳上。七巧道："你过来。"长安只道是要打，只是延挨着，搭讪把火炉边的洋铁围屏上晾着的小红格子法布衬衫翻了一翻，道："快烤糊了。"衬衫发出热烘烘的毛气。

　　七巧却不像要责打她的光景，只数落了一番，道："你今年过了年也有十三岁了，也该放明白些。表哥虽不是外人，天下的男子都是一样混账。你自己要晓得当心，谁不想你的钱？"一阵风过，窗帘上的绒球与绒球之间露出白色的寒天，屋子里暖热的黑暗给打上了一排小洞。烟灯的火焰往下一挫，七巧脸上的影子仿佛更深了一层。她突然坐起身来，低声道："男人……碰都碰不得！谁不想你的钱？你娘这几个钱不是容易得来的，也不是容易守得住。轮到你们手里，我可不能眼睁睁看着你们上人的当——叫你以后提防着些，你听见了没有？"长安垂着头道："听见了。"

　　七巧的一只脚有点麻，她探身去捏一捏她的脚。仅仅是一刹那，她眼睛里蠢动着一点温柔的回忆。她记起了想她的钱的一个男人。

她的脚是缠过的，尖尖的缎鞋里塞了棉花，装成半大的文明脚。她瞧着那双脚，心里一动，冷笑一声道："你嘴里尽管答应着，我怎么知道你心里是明白还是糊涂？你人也有这么大了，又是一双大脚，哪里去不得？我就是管得住你，也没那个精神成天看着你。按说你今年十三了，裹脚已经嫌晚了，原怪我耽误了你。马上这就替你裹起来，也还来得及。"长安一时答不出话来，倒是旁边的老妈子们笑道："如今小脚不时兴了，只怕将来给姐儿定亲的时候麻烦。"七巧道："没的扯淡！我不愁我的女儿没人要，不劳你们替我担心！真没人要，养活她一辈子，我也还养得起！"当真替长安裹起脚来，痛得长安鬼哭神号的。这时连姜家这样守旧的人家，缠过脚的也都已经放了脚了，别说是没缠过的，因此都拿长安的脚传作笑话奇谈。裹了一年多，七巧一时的兴致过去了，又经亲戚们劝着，也就渐渐放松了，然而长安的脚不能完全恢复原状了。

姜家大房三房里的儿女都进了洋学堂读书，七巧处处存心跟他们比赛着，便也要送长白去投考。长白除了打小牌之外，只喜欢跑跑票房，正在那里朝夕用功吊嗓子，只怕进学校要耽搁了他的功课，便不肯去。七巧无奈，只得把长安送到沪范女中，托人说了情，插班进去。长安换上了蓝爱国布的校服，不上半年，脸色也红润了，胳膊腿腕也粗了一圈。住读的学生洗换衣服，照例是送学校里包着的洗衣作里去的。长安记不清自己的号码，往往失落了枕套手帕种种零件。七巧便闹着说要去找校长说话。这一天放假回家，检点了一下，又发现有一条褥单是丢了。七巧暴跳如雷，准备明天亲自上学校去大兴问罪之师。长安着了急，拦阻了一声，七巧便骂道："天生的败家精，拿你娘的钱不当钱。你娘的钱是容易得来的？——将来你出嫁，你看我有什么陪送给你！——给也是白给！"长安不敢做声，却哭了一晚上。她不能在她的同学跟前丢这个脸。对于十四岁的人，那似乎有天大的重要。她母亲去闹这一场，她以后拿什么脸去见人？她宁死也不到学校里去了。她的朋友们，她所喜欢的音乐教员，不久就会忘记了有这么一个女孩子，来了半年，又无缘无故悄悄地走了。走得干净，她觉得她这牺牲是一个美丽的，苍凉的手势。

半夜里她爬下床来，伸手到窗外去试试，漆黑的，是下了雨么？没有雨点。她从枕头边摸出一只口琴，半蹲半坐在地上，偷偷吹了起来。犹疑地，"Long, Long Ago"的细小的调子在庞大的夜里袅袅漾开。不能让人听见了。为了竭力按捺着，那呜呜的口琴忽断忽续，如同婴儿的哭泣。她接不上气来，歇了半晌，窗格子里，月亮从云里出来了。墨灰的天，几点疏星，模糊的缺月，像石印的图画，下面白云蒸腾，树顶上透出街灯淡淡的圆光。长安又吹起口琴来。"告诉我那故事，往日我最心爱的那故事，许久以前，许久以前……"

第二天她大着胆子告诉她母亲："娘，我不想念下去了。"七巧睁着眼道："为什么？"长安道："功课跟不上，吃的也太苦了，我过不惯。"七巧脱下一只鞋来，顺手将鞋底抽了她一下，恨道："你爹不如人，你也不如人？养下你来又不是个十不全，就不肯替我争口气！"长安反剪着一双手，垂着眼睛，只是不言语。旁边老妈子们便劝道："姐儿也大了，学堂里人杂，的确有些不方便。其实不去也罢了。"七巧沉吟道："学费总得想法子拿回来。白便宜了他们不成？"便要领了长安一同去索讨，长安抵死不肯去，七巧带着两个老妈子去了一趟回来了，据她自己铺叙，钱虽然没讨回来，却也着实羞辱了那校长一场。长安以后在街上遇着了同学，脸上红一阵白一阵，无地自容，只得装做不看见，急急走了过去。朋友寄了信来，她拆也不敢拆，原封退了回去。她的学校生活就此告一结束。

有时她也觉得牺牲得有点不值得，暗自懊悔着，然而也来不及挽回了。她渐渐放弃了一切上进的思想,安分守己起来。她学会了挑是非,使小坏,干涉家里的行政。她不时地跟母亲怄气,可是她的言谈举止越来越像她母亲了。每逢她单叉着裤子,揸开了两腿坐着,两只手按在胯间露出的凳子上,歪着头,下巴搁在心口上凄凄惨惨瞅住了对面的人说道:"一家有一家的苦处呀,表嫂——一家有一家的苦处!"——谁都说她是活脱的一个七巧。她打了一根辫子,眉眼的紧俏有似当年的七巧,可是她的小小的嘴过于瘪进去,仿佛显老一点。她再年青些也不过是一棵较嫩的雪里红——盐腌过的。

也有人来替她做媒。若是家境推板一点的,七巧总疑心人家是贪她们的钱。若是那有财有势的,对方却又不十分热心,长安不过是中等姿色,她母亲出身既低,又有个不贤惠的名声,想必没有什么家教。因此高不成,低不就,一年一年耽搁了下去。那长白的婚事却不容耽搁。长白在外面赌钱,捧女戏子,七巧还没甚话说,后来渐渐跟着他三叔姜季泽逛起窑子来,七巧方才着了慌,手忙脚乱替他定亲,娶了一个袁家的小姐,小名芝寿。

行的是半新式的婚礼,红色盖头又是蠲免了,新娘戴着蓝眼镜,粉红喜纱,穿着粉红彩绣裙袄。进了洞房,除去了眼镜,低着头坐在湖色帐幔里。闹新房的人围着打趣,七巧只看了一看便出来了。长安在门口赶上了她,悄悄笑道:"皮色倒白净,就是嘴唇太厚了些。"七巧把手撑着门,拔下一只金挖耳来搔搔头,冷笑道:"还说呢!你新嫂子这两片嘴唇,切切倒有一大碟子!"旁边一个太太便道:"说是嘴唇厚的人天性厚哇!"七巧哼了一声,将金挖耳指住了那太太,倒剔起一只眉毛,歪着嘴微微一笑道:"天性厚,并不是什么好话。当着姑娘们,我也不便多说——但愿咱们白哥儿这条命别送在她手里!"七巧天生着一副高爽的喉咙,现在因为苍老了些,不那么尖了,可是扁扁的依旧四面刮得人疼痛,像剃刀片。这两句话,说响不响,说轻也不轻。人丛里的新娘子的平板的脸与胸震了一震——多半是龙凤烛的火光的跳动。

三朝过后,七巧嫌新娘子笨,诸事不如意,每每向亲戚们诉说着。便有人劝道:"少奶奶年纪轻,二嫂少不得要费点心教导教导她。谁叫这孩子没心眼儿呢!"七巧啐道:"你别瞧咱们新少奶奶老实呀——一见了白哥儿,她就得去上马桶!真的!你信不信?"这话传到芝寿耳朵里,急得芝寿只待寻死。然而这还是没满月的时候,七巧还顾些脸面,后来索性这一类的话当着芝寿的面也说了起来,芝寿哭也不是,笑也不是,若是木着脸装不听见,七巧便一拍桌子嗟叹起来道:"在儿子媳妇手里吃口饭,可真不容易!动不动就给人脸子看!"

这天晚上,七巧躺着抽烟,长白盘踞在烟铺跟前的一张沙发椅上嗑瓜子,无线电里正唱着一出冷戏,他捧着戏考,一个字一个字跟着哼,哼上了劲,甩过一条腿去骑在椅背上,来回摇着打拍子。七巧伸过脚去踢了他一下道:"白哥儿你来替我装两筒。"长白道:"现放着烧烟的,偏要支使我!我手上有蜜是怎么着?"说着,伸了个懒腰,慢腾腾移身坐到烟灯前的小凳上,卷起了袖子。七巧笑道:"我把你这不孝的奴才!支使你,是抬举你!"她眯缝着眼望着他。这些年来她的生命里只有这一个男人。只有他,她不怕他想她的钱——横竖钱都是他的。可是,因为他是她的儿子,他这一个人还抵不了半个……现在,就连这半个人她也保留不住——他娶了亲。他是个瘦小白皙的年轻人,背有点驼,戴着金丝眼镜,有着工细的五官,时常茫然地微笑着,张着嘴,嘴里闪闪发着光的不知道是太多的唾沫水还是他的金牙。他敞着衣领,露出里面的珠羔里子和白小褂。七巧把一只脚搁在他肩膀上,不住的轻轻踢着他的脖子,低声道:"我把你这不孝的奴才!打几时起变得这么不孝了?"长安在旁笑道:"娶了媳妇忘了娘吗!"七巧道:"少胡说! 我们白哥儿倒不是那们样的人! 我也养不出那们样的儿子!"长白只是笑。七巧斜着眼看定了他,笑道:"你若还是我从前的白哥儿,你今儿替我烧一夜的烟!"长白笑道:"那可难不倒我!"七巧道:"盹着了,看我捶你!"

起坐间的帘子撤下去洗濯了。隔着玻璃窗望出去,影影绰绰乌云里有个月亮,一搭黑,一搭白,像个戏剧化的狰狞的脸谱。一点,一点,月亮缓缓的从云里出来了,黑云底下透出一线炯炯的光,是面具底下的眼睛。天是无底洞的深青色。久已过了午夜了。长安早去睡了,长白打着烟泡,也前仰后合起来。七巧斟了杯浓茶给他,两人吃着蜜饯糖果,讨论着东邻西舍的隐私。七巧忽然含笑问道:"白哥儿你说,你媳妇儿好不好?"长白笑道:"这有什么可说的?"七巧道:"没有可批评的,想必是好的了?"长白笑着不做声。七巧道:"好,也有个怎么个好呀!"长白道:"谁说她好来着?"七巧道:"她不好? 哪一点不好? 说给娘听。"长白起初只是含糊对答,禁不起七巧再三盘问,只得吐露一二。旁边递茶递水的老妈子们都背过脸去笑得格格的,丫头们都掩着嘴忍着笑回避出去了。七巧又是咬牙,又是笑,又是喃喃咒骂,卸下烟斗来狠命磕里面的灰,敲得托托一片响。长白说溜了嘴,止不住要说下去,足足说了一夜。

次日清晨,七巧吩咐老妈子取过两床毯子来打发哥儿在烟榻上睡觉。这时芝寿也已经起了身,过来请安。七巧一夜没合眼,却是精神百倍,邀了几家女眷来打牌,亲家母也在内。在麻将桌上一五一十将她儿子亲口招供的她媳妇的秘密宣布了出来,略加渲染,越发有声有色。众人竭力地打岔,然而说不上两句闲话,七巧笑嘻嘻地转了个弯,又回到她媳妇身上来了。逼得芝寿的母亲脸皮紫涨,也无颜再见女儿,放下牌,乘了包车回去了。

七巧接连着教长白为她烧了两晚上的烟。芝寿直挺挺躺在床上,搁在肋骨上的两只手蜷曲着像死去的鸡的脚爪。她知道她婆婆又在那里盘问她丈夫,她知道她丈夫又在那里叙说一些什么事,可是天知道他还有什么新鲜的可说! 明天他又该涎着脸到她跟前来了。也许他早料到她会把满腔的怨毒都结在他身上,就算她没本领跟他拼命,至不济得质问他几句,闹上一场。多半他准备先声夺人,借酒盖住了脸,找点碴子,摔上两件东西。她知道他的脾气。末后他会坐到床沿上来,耸起肩膀,伸手到白绸小褂里面去抓痒,出人意料之外地一笑。他的金丝眼镜上抖动着一点光,他嘴里抖动着一点光,不知道是唾沫还是金牙。他摘去了他的眼镜。……芝寿猛然坐起身来,哗喇揭开了帐子,这是个疯狂的世界。丈夫不像个丈夫,婆婆也不像个婆婆。不是他们疯了,就是她疯了。今天晚上的月亮比哪一天都好,高高的一轮满月,万里无云,像是漆黑的天上一个白太阳。遍地的蓝影子,帐顶上也是蓝影子,她的一双脚也在那死寂的蓝影子里。

芝寿要挂起帐子来,伸手去摸索帐钩,一只手臂吊在那铜钩上,脸偎住了肩膀,不由得就抽噎起来。帐子自动地放了下来。昏暗的帐子里除了她之外没有别人,然而她还是吃了一惊,仓皇地再度挂起了帐子。窗外还是那使人汗毛凛凛的反常的明月——漆黑的天上一个灼灼的小而白的太阳。屋里看得分明那玫瑰紫绣花椅披桌布,大红平金五凤齐飞的围屏,水红软缎对联,绣着盘花篆字。梳妆台上红绿丝网络着银粉缸,银漱盂,银花瓶,里面满满盛着喜果。帐檐上垂下五彩攒金绕绒花球,花盆,如意,粽子,下面滴滴溜坠着指头大的琉璃珠和尺来长的桃红穗子。偌大一间房里充塞着箱笼,被褥,铺陈,不见得她就找不出一条汗巾子来上吊。她又倒到床上去。月光里,她的脚没有一点血色——青,绿,紫,冷去的尸身的颜色。她想死,她想死。她怕这月亮光,又不敢开灯。明天她婆婆说:"白哥儿给我多烧了两口烟,害得我们少奶奶一宿没睡觉,半夜三更点着灯等他回来——少不了他吗!"芝寿的眼泪顺着枕头不停地流,她不用手帕去擦眼睛,擦肿了,她婆婆又该说了:"白哥儿一晚上没回房去睡,少奶奶就把眼睛哭得桃儿似的!"

七巧虽然把儿子媳妇描摹成这样热情的一对,长白对于芝寿却不甚中意,芝寿也把长白恨得牙痒痒的。夫妻不和,长白渐渐又往花街柳巷里走动。七巧把一个丫头绢儿给了他做小,还是牢笼不住他。七巧又变着方儿哄他吃烟。长白一向就喜欢玩两口,只是没上瘾,现在吸得多了,也就收了心不大往外跑了,只在家守着母亲与新姨太太。

他妹子长安二十四岁那年生了痢疾,七巧不替她延医服药,只劝她抽两筒鸦片,果然减轻了不少痛苦。病愈之后,也就上了瘾。那长安更与长白不同,未出阁的小姐,没有其他的消遣,一心一意的抽烟,抽的倒比长白还要多。也有人劝阻,七巧道:"怕什么! 莫说我们姜家还吃得起,就是我今天卖了两顷地给他们姐儿俩抽烟,又有谁敢放半个屁? 姑娘赶明儿聘了人家,少不得有她这一份嫁妆。她吃自己的,喝自己的,姑爷就是舍不得,也只好干望着她罢了!"

话虽如此说,长安的婚事毕竟受了点影响。来做媒的本就不十分踊跃,如今竟绝迹了。长安到了近三十的时候,七巧见女儿注定了是要做老姑娘的了,便又换了一种论调,道:"自己长得不好,嫁不掉,还怨我做娘的耽搁了她! 成天挂搭着个脸,倒像我该她二百钱似的。我留她在家里吃一碗闲茶闲饭,可没打算留她在家里给我气受!"

姜季泽的女儿长馨过二十岁生日,长安去给她堂房妹子拜寿。那姜季泽虽然穷了,幸喜他交游广阔,手里还算兜得转。长馨背地里向她母亲道:"妈想法子给安姐姐介绍个朋友罢,瞧她怪可怜的。还没提起家里的情形,眼圈儿就红了。"兰仙慌忙摇手道:"罢! 罢! 这个媒我不敢做! 你二妈那脾气是好惹的?"长馨年少好事,哪里理会得? 歇了些时,偶然与同学们说起这件事,恰巧有同学有个表叔新从德国留学回来,也是北方人,仔细攀认起来,与姜家还沾着点老亲。那人名唤童世舫,叙起来比长安略大几岁。长馨竟自作主张,安排了一切,由那同学的母亲出面请客。长安这边瞒得家里铁桶相似。

七巧身子一向硬朗,只因她媳妇芝寿得了肺痨,七巧嫌她乔张做致,吃这个,吃那个,累又累不得,比寻常似乎多享了一些福,自己一赌气便也病了。起初不过是气虚血亏,却也将合家支使得团团转,哪儿还能够兼顾到芝寿? 后来七巧认真得了病,卧床不起,越发鸡犬不宁。长安乘乱里便走开了,把裁缝唤到她三叔家里,由长馨出主意替她制了新装。赴宴的那天晚上,长馨先陪她到理发店去用钳子烫了头发,从天庭到鬓角一路密密贴着细小的发圈。耳朵上戴了二寸来长的玻璃翠宝塔坠子,又换上了苹果绿乔琪纱旗袍,高领圈,荷叶边袖子,腰以下是半西式的百褶裙。一个小大姐蹲在地上为她扣撒钮,长安在穿衣镜里端详着自己,忍不住将两臂虚虚地一伸,裙子一踢,摆了个葡萄仙子的姿势,一扭头笑了起来道:"把我打扮得天女散花似的!"长馨在镜子里向那小大姐做了个媚眼,两人不约而同也都笑了起来。长安妆罢,便向高椅上端端正正坐下了。长馨道:"我去打电话叫车。"长安道:"还早呢!"长馨看了看表道:"约的是八点,已经八点过五分了。"长安道:"晚个半个钟头,想必也不碍事。"长馨猜她是存心要搭点架子,心中又好气又好笑,打开银丝手提包来检点了一下,借口说忘了带粉镜子,径自走到她母亲屋里来,如此这般告诉了一遍,又道:"今儿又不是姓童的请客,她这架子是冲着谁搭的? 我也懒得去劝她,由她挨到明儿早上去,也不干我事。"兰仙道:"瞧你这糊涂!

人是你约的,媒是你做的,你怎么卸得了这干系?我埋怨过你多少回了——你早该知道了,安姐儿就跟她娘一样的小家子气,不上盘。待会儿上乖露丑的,说起来是你姐姐,你丢人也是活该,谁叫你把这些是是非非,揽上身来,敢是闲疯了?"长馨咕嘟着嘴在她母亲屋里坐了半晌,兰仙笑道:"看这情形,你姐姐是等着人催请呢。"长馨道:"我才不去催她呢!"兰仙道:"傻丫头,要你催,中什么用?她等着那边来电话哪!"长馨失声笑道:"又不是新娘子,要三请四催的,逼着上轿!"兰仙道:"好歹你打个电话到饭店里去,叫他们打个电话来,不就结了?快九点了,再挨下去,事情可真要崩了!"长馨只得依言做去,这边方才动了身。

长安在汽车里还是兴兴头头,谈笑风生的,到菜馆子里,突然矜持起来,跟在长馨后面,悄悄掩进了房间,怯怯地褪去了苹果绿鸵鸟毛斗篷,低头端坐,拈了一只杏仁,每隔两分钟轻轻啃去了十分之一,缓缓咀嚼着。她是为了被看而来的。她觉得她浑身的装束,无懈可击,任凭人家多看两眼也不妨事,可是她的身体完全是多余的,缩也没处缩。她始终缄默着,吃完了一顿饭。等着上甜菜的时候,长馨把她拉到窗子跟前去观看街景,又托故走开了,那童世舫便踱到窗前,问道:"姜小姐这儿来过么?"长安细声道:"没有。"童世舫道:"我也是第一次。菜倒是不坏,可是我还是吃不大惯。"长安道:"吃不惯?"世舫道:"可不是!外国菜比较清淡些,中国菜要油腻得多。刚回来,连着几天亲戚朋友们接风,很容易的就吃坏了肚子。"长安反复地看他的手指,仿佛一心一意要数数一共有几个指纹是螺形的,几个是畚箕……

玻璃窗上面,没来由开了小小的一朵霓虹灯的花——对过一家店面里反映过来的,绿心红瓣,是尼罗河祀神的莲花,又是法国王室的百合徽章……

世舫多年没见过故国的姑娘,觉得长安很有点楚楚可怜的韵致,倒有几分喜欢。他留学以前早就定了亲,只因他爱上了一个女同学,抵死反对家里的亲事,路远迢迢,打了无数的笔墨官司,几乎闹翻了脸,他父母曾经一度断绝了他的接济,使他吃了不少的苦,方才依了他,解了约。不幸他的女同学别有所恋,抛下了他,他失意之余,倒埋头读了七八年的书。他深信妻子还是旧式的好,也是由于反应作用。

和长安见了这一面之后,两下里都有了意。长馨想着送佛送到西天,自己再热心些,也没有资格出来向长安的母亲说话,只得央及兰仙。兰仙执意不肯道:"你又不是不知道,你爹跟你二妈仇人似的,向来是不见面的。我虽然没跟她红过脸,再好些也有限。何苦去自讨没趣?"长安见了兰仙,只是垂泪,兰仙却不过情面,只得答应去走一遭。妯娌相见,问候了一番,兰仙便说明了来意。七巧初听见了,倒也欣然,因道:"那就拜托了三妹妹罢!我病病哼哼的,也管不得,偏劳了三妹妹。这丫头就是我的一块心病。我做娘的也不能说是对不起她了,行的是老法规矩,我替她裹脚,行的是新派规矩,我送她上学堂——还要怎么着?照我这样扒心扒肝调理出来的人,只要她不疤不麻不瞎,还会没人要吗?怎奈这丫头天生的是扶不起的阿斗,恨得我只嚷嚷:多咱我一闭眼去了,男婚女嫁,听天由命罢!"

当下议妥了,由兰仙请客,两方面相亲。长安与童世舫只做没见过面模样,又会晤了一次。七巧病在床上,没有出场,因此长安便风平浪静的订了婚。在筵席上,兰仙与长馨强行拉着长安的手,递到童世舫手里,世舫当众替她套上了戒指。女家也回了礼,文房四宝虽然免了,却用新式的丝绒文具盒来代替,又添上了一只手表。

订婚之后，长安遮遮掩掩竟和世舫单独出去了几次。晒着秋天的太阳，两人并排在公园里走着，很少说话，眼角里带着一点对方的衣服与移动着的脚，女子的粉香，男子的淡巴菰气，这单纯而可爱的印象便是他们身边的栏杆，栏杆把他们与众人隔开了。空旷的绿草地上，许多人跑着，笑着，谈着，可是他们走的是寂寂的绮丽的回廊——走不完的寂寂的回廊。不说话，长安并不感到任何缺陷。她以为新式的男女间的交际也就"尽于此矣"。童世舫呢，因为过去的痛苦的经验，对于思想的交换根本抱着怀疑的态度。有个人在身边，他也就满足了。从前，他顶讨厌小说上的男人，向女人要求同居的时候，只说："请给我一点安慰。"安慰是纯粹精神上的，这里却做了肉欲的代名词。但是他现在知道精神与物质的界限不能分得这么清。言语究竟没有用。久久的握着手，就是较妥帖的安慰，因为会说话的人很少，真正有话说的人还要少。

有时在公园里遇着了雨，长安撑起了伞，世舫为她擎着。隔着半透明的蓝绸伞，千万粒雨珠闪着光，像一天的星。一天的星到处跟着他们，在水珠银烂的车窗上，汽车驰过了红灯，绿灯，窗子外营营飞着一窠红的星，又是一窠绿的星。

长安带了点星光下的乱梦回家来，人变得异常沉默了，时时微笑着。七巧见了，不由得有气，便冷言冷语道："这些年来，多多怠慢了姑娘，不怪姑娘难得开个笑脸。这下子跳出了姜家的门，趁了心愿了，再快活些，可也别这么摆在脸上呀——叫人寒心！"依着长安素日的性子，就要回嘴，无如长安近来像换了个人似的，听了也不计较，自顾自努力去戒烟。七巧也奈何她不得。

长安订婚那天，大奶奶玳珍没去，隔了些天来补道喜。七巧悄悄唤了声大嫂，道："我看咱们还得在外头打听打听哩，这事可冒失不得！前天我耳朵里仿佛刮着一点，说是乡下有太太，外洋还有一个。"玳珍道："乡下的那个没进门就退了亲。外洋那个也是这样，说是做了几年的朋友了，不知怎么又没成功。"七巧道："那还有个为什么？男人的心，说声变，就变了。他连三媒六聘的还不认账，何况那不三不四的歪辣货？知道他在外洋还有旁人没有？我就只这一个女儿，可不能糊里糊涂断送了她的终身，我自己是吃过媒人的苦的！"

长安坐在一旁用指甲去掐手掌心，手掌心掐红了，指甲却挣得雪白。七巧一抬眼望见了她，便骂道："死不要脸的丫头，竖着耳朵听呢！这话是你听得的么？我们做姑娘的时候，一声提起婆婆家，来不迭地躲开了。你姜家枉为世代书香，只怕你还要到你开麻油店的外婆家去学点规矩哩！"长安一头哭一头奔了出去。七巧拍着枕头嗐了一声道："姑娘急着要嫁，叫我也没法子。腥的臭的往家里拉。名为是她三婶给找的人，其实不过是拿她三婶做个幌子。多半是生米煮成了熟饭了，这才挽了三婶出来做媒。大家齐打伙儿糊弄我一个人……糊弄着也好！说穿了，叫做娘的做哥哥的脸往哪儿去放？"

又一天，长安托辞溜了出去，回来的时候，不等七巧查问，待要报告自己的行踪，七巧叱道："得了，得了，少说两句罢！在我面前糊什么鬼？有朝一日你让我抓着了真凭实据——哼！别以为你大了，订了亲，我打不得你了！"长安急了道："我给馨妹妹送鞋样子去，犯了什么法了，娘不信，娘问三婶去！"七巧道："你三婶替你寻了汉子来，就是你的重生父母，再养爹娘！也没见你这样的轻骨头！……一转眼就不见你的人了。你家里供养了你这些年，就只差买个小厮来伺候你，哪一处对你不住了，你在家里一刻也坐不稳？"长安红了脸，眼泪直掉下来。七巧缓过一口气来，又道："当初多少好的都不要，这会子去嫁个不成器的，人家拣剩下来的，岂不是自己打嘴？他若是个人，怎么活到三十来岁，飘洋过海的，跑上十万里地，一房老婆还没弄到手？"

然而长安一味的执迷不悟。因为双方的年纪都不小了，订了婚不上几个月，男方便托了兰仙来议定婚期。七巧指着长安道："早不嫁，迟不嫁，偏赶着这两年钱不凑手！明年若是田上收成好些，嫁妆也还整齐些。"兰仙道："如今新式结婚，倒也不讲究这些了。就照新派办法，省着点也好。"七巧道："什么新派旧派？旧派无非排场大些，新派实惠些，一样还是娘家的晦气！"兰仙道："二嫂看着办就是了，难道安姐儿还会争多论少不成？"一屋子的人全笑了，长安也不觉微微一笑。七巧破口骂道："不害臊！你是肚子里有了搁不住的东西是怎么着？火烧眉毛，等不及的要过门！嫁妆也不要了——你情愿，人家倒许不情愿呢？你就拿准了他是图你的人？你好不自量，你有哪一点叫人看得上眼？趁早别自骗自了！姓童的还不是看上了姜家的门第！别瞧你们家轰轰烈烈，公侯将相的，其实全不是那么回事！早就是外强中干，这两年连空架子也撑不起了。人呢，一代坏似一代，眼里哪儿还有天地君亲？少爷们是什么都不懂，小姐们就知道霸钱要男人——猪狗都不如！我娘家当初千不该万不该跟姜家结了亲，坑了我一世，我待要告诉那姓童的趁早别像我似的上了当！"

自从吵闹过这一番，兰仙对于这头亲事便洗手不管了。七巧的病渐渐痊愈，略略下床走动，便逐日骑着门坐着，遥遥的向长安屋里叫喊道："你要野男人你尽管去找，只别把他带上门来认我做丈母娘，活活的气死我！我只图个眼不见，心不烦。能够容我多活两年，便是姑娘的恩典了！"颠来倒去几句话，嚷得一条街上都听得见。亲戚丛中自然更将这事沸沸扬扬传了开去。

七巧又把长安唤到跟前，忽然滴下泪来道："我的儿，你知道外头人把你怎么长怎么短糟踏得一个钱也不值！你娘自从嫁到姜家来，上上下下谁不是势利的，狗眼看人低，明里暗里我不知受了他们多少气。就连你爹，他有什么好处到我身上，我要替他守寡？我千辛万苦守了这二十年，无非是指望你姐儿俩长大成人，替我争回一点面子来。不承望今日之下，只落得这等的收场！"说着，呜咽起来。

长安听了这话，如同轰雷掣顶一般。她娘尽管把她说得不成人，外头人尽管把她说得不成人。她管不了这许多。唯有童世舫——他——他该怎么想？他还要怎么？上次见面的时候，他的态度有点改变么？很难说……她太快乐了，小小的不同的地方她不会注意到……被戒烟期间身体上的痛苦与这种种刺激两面夹攻着，长安早就有点受不了，可是硬撑着也就撑了过去，现在她突然觉得浑身的骨骼都脱了节。向他解释么？他不比她的哥哥，他不是她母亲的儿女，他决不能彻底明白她母亲的为人。他果真一辈子见不到她母亲，倒也罢了，可是他迟早要认识七巧。这是天长地久的事，只有千年做贼的，没有千年防贼的——她知道她母亲会放出什么手段来？迟早要出乱子，迟早要决裂。这是她的生命里顶完美的一段，与其让人给它加上一个不堪的尾巴，不如她自己早早结束了它。一个美丽而苍凉的手势……她知道她会懊悔的，她知道她会懊悔的，然而她抬了抬眉毛，做出不介意的样子，说道："既然娘不愿意结这头亲，我去回掉他们就是了。"七巧正哭着，忽然住了声，停了一停，又抽答抽答哭了起来。

长安定了一定神，就去打了个电话给童世舫。世舫当天没有空，约了明天下午。长安所最怕的就是中间隔的这一晚，一分钟，一刻，一刻，啃进她心里去。次日，在公园里的老地方，世舫微笑着迎上前来，没跟她打招呼——这在他是一种亲昵的表示，他今天仿佛是特别的注意她，并肩走着的时候，屡屡地望着她的脸。太阳煌煌的照着，长安越发觉得眼皮肿得抬不起来了，趁他不在看她的时候把话说了罢。她用哭哑的喉咙轻轻唤了一声"童先生"。世舫没听见。那么，趁他看她的时候把话说了罢。她诧异她脸上还带着点笑，小声道："童先生，我想——我们的事也许还是——还是再说罢。对不起得很。"她褪下戒指来塞在他手里，冷涩的戒指，冷湿的手。她放快了步子走去，他愣了一会，便追上来，问道："为什么呢？对于我有不满意的地方么？"长安笔直向前望着，摇了摇头。世舫道："那么，为什么呢？"长安道："我母亲……"世舫道："你母亲并没有看见过我。"长安道："我告诉过你了，不是因为你。与你完全没有关系。我母亲……"世舫站定了脚。这在中国是很充分的理由了罢？他这么略一踌躇，她已经走远了。

园子在深秋的日头里晒了一上午又一下午，像烂熟的水果一般，往下坠着，坠着，发出香味来。长安悠悠忽忽听见了口琴的声音，迟钝地吹出了"Long, Long Ago"——"告诉我那故事，往日我最心爱的那故事。许久以前，许久以前……"这是现在，一转眼也就变了许久以前了，什么都完了。长安着了魔似的，去找那吹口琴的人——去找她自己。迎着阳光走着，走到树底下，一个穿着黄短裤的男孩骑在树桠枝上颠颠着，吹着口琴，可是他吹的是另一个调子，她从来没听见过的。不大的一棵树，稀稀朗朗的梧桐叶在太阳里摇着像金的铃铛。长安仰面看着，眼前一阵黑，像骤雨似的，泪珠一串串的披了一脸。世舫找到了她，在她身边悄悄站了半晌，方道："我尊重你的意见。"长安举起了她的皮包来遮住了脸上的阳光。

他们继续来往了一些时。世舫要表示新人物交女朋友的目的不仅限于择偶，因此虽然与长安解除了婚约，依旧常常的邀她出去。至于长安呢，她是抱着什么样的矛盾的希望跟着他出去，她自己也不知道——知道了也不肯承认。订着婚的时候，光明正大的一同出去，尚且要瞒了家里，如今更成了幽期密约了。世舫的态度始终是坦然的。固然，她略略伤害了他的自尊心，同时他对于她多少也有点惋惜，然而"大丈夫何患无妻？"男子对于女子最隆重的赞美是求婚。他割舍了他的自由，送了她这一份厚礼，虽然她是"心领璧还"了，他可是尽了他的心。这是惠而不费的事。

无论两人之间的关系是怎样的微妙而尴尬，他们认真的做起朋友来了。他们甚至谈起话来。长安的没见过世面的话每每使世舫笑起来，说："你这人真有意思！"长安渐渐的也发现了她自己原来是个"很有意思"的人。这样下去，事情会发展到什么地步，连世舫自己也会惊奇。

然而风声吹到了七巧耳朵里。七巧背着长安吩咐长白下帖子请童世舫吃便饭。世舫猜着姜家是要警告他一声，不准他和他们小姐藕断丝连，可是他同长白在那阴森高敞的餐室里吃了两盅酒，说了一回话，天气，时局，风土人情，并没有一个字沾到长安身上。冷盘撤了下去，长白突然手按着桌子站了起来。世舫回过头去，只见门口背着光立着一个小身材的老太太，脸看不清楚，穿一件青灰团龙宫织缎袍，双手捧着大红热水袋，身旁夹峙着两个高大的女仆。门外日色昏黄，楼梯上铺着湖绿花格子漆布地衣，一级一级上去，通入没有光的所在。世舫直觉地感到那是个疯人——无缘无故的，他只是毛骨悚然。长白介绍道："这就是家母。"

世舫挪开椅子站起来，鞠了一躬。七巧将手搭在一个佣妇的胳膊上，款款走了进来，客套了几句，坐下来便敬酒让菜。长白道："妹妹呢？来了客，也不帮着张罗张罗。"七巧道："她再抽两筒就下来了。"世舫吃了一惊，睁眼望着她。七巧忙解释道："这孩子就苦在先天不足，下地就得给她喷烟。后来也是为了病，抽上了这东西。小姐家，够多不方便哪！也不是没戒过，身子又娇，又是由着性儿惯了的，说丢，哪儿就丢得掉呀？戒戒抽抽，这也有十年了。"世舫不由得变了色。七巧有一个疯子的审慎与机智。她知道，一不留心，人们就会用嘲笑的，不信任的眼光截断了她的话锋，她已经习惯了那种痛苦。她怕话说多了要被人看穿了。因此及早止住了自己，忙着添酒布菜。隔了些时，再提起长安的时候，她还是轻描淡写的把那几句话重复了一遍。她那平扁而尖利的喉咙四面割着人像剃刀片。

长安悄悄地走下楼来，玄色花绣鞋与白丝袜停留在日色昏黄的楼梯上。停了一会，又上去了。一级一级，走进没有光的所在。

七巧道："长白你陪童先生多喝两杯，我先上去了。"佣人端上一品锅来，又换上了新烫的竹叶青。一个丫头慌里慌张站在门口将席上伺候的小厮唤了出去，嘀咕了一会，那小厮又进来向长白附耳说了几句，长白仓皇起身，向世舫连连道歉，说："暂且失陪，我去去就来。"三脚两步也上楼去了，只剩下世舫一人独酌。那小厮也觉过意不去，低低地告诉了他："我们绢姑娘要生了。"世舫道："绢姑娘是谁？"小厮道："是少爷的姨奶奶。"

世舫拿上饭来胡乱吃了两口，不便放下碗来就走，只得坐在花梨炕上等着，酒酣耳热。忽然觉得异常的委顿，便躺了下来。卷着云头的花梨炕，冰凉的黄藤心子，柚子的寒香……姨奶奶添了孩子了。这就是他所怀念着的古中国……他的幽娴贞静的中国闺秀是抽鸦片的！他坐了起来，双手托着头，感到了难堪的落寞。

他取了帽子出门，向那小厮道："待会儿请你对上头说一声，改天我再面谢罢！"他穿过砖砌的天井，院子正中生着树，一树的枯枝高高印在淡青的天上，像瓷上的冰纹。长安静静的跟在他后面送了出来。她的藏青长袖旗袍上有着浅黄的雏菊。她两手交握着，脸上现出稀有的柔和。世舫回过身来道："姜小姐……"她隔得远远的站定了，只是垂着头。世舫微微鞠了一躬，转身就走了。长安觉得她是隔了相当的距离看这太阳里的庭院，从高楼上望下来，明晰，亲切，然而没有能力干涉，天井，树，曳着萧条的影子的两个人，没有话——不多的一点回忆，将来是要装在水晶瓶里双手捧着看的——她的最初也是最后的爱。

芝寿直挺挺躺在床上，搁在肋骨上的两只手蜷曲着像宰了的鸡的脚爪。帐子吊起了一半。不分昼夜她不让他们给她放下帐子来。她怕。

外面传进来说绢姑娘生了个小少爷。丫头丢下了热气腾腾的药罐子跑出去凑热闹了，敞着房门，一阵风吹了进来，帐钩豁朗朗乱摇，帐子自动地放了下来，然而芝寿不再抗议了。她的头向右一歪，滚到枕头外面去。她并没有死——又挨了半个月光景才死的。

绢姑娘扶了正，做了芝寿的替身。扶了正不上一年就吞了生鸦片自杀了。长白不敢再娶了，只在妓院里走走。长安更是早就断了结婚的念头。

七巧似睡非睡横在烟铺上。三十年来她戴着黄金的枷。她用那沉重的枷角劈杀了几个人，没死的也送了半条命。她知道她儿子女儿恨毒了她，她婆家的人恨她，她娘家的人恨她。她摸索着腕上的翠玉镯子，徐徐将那镯子顺着骨瘦如柴的手臂往上推，一直推到腋下。她自己也不能相信她年青的时候有过滚圆的胳膊。就连出了嫁之后几年，镯子里也只塞得进一条洋绉手帕。十八九岁做姑娘的时候，高高挽起了大镶大滚的蓝夏布衫袖，露出一双雪白的手腕，上街买菜去。喜欢她的有肉店里的朝禄，她哥哥的结拜弟兄丁玉根，张少泉，还有沈裁缝的儿子。喜欢她，也许只是喜欢跟她开开玩笑，然而如果她挑中了他们之中的一个，往后日子久了，生了孩子，男人多少对她有点真心。七巧挪了挪头底下的荷叶边小洋枕,凑上脸去揉擦了一下,那一面的一滴眼泪她就懒怠去揩拭,由它挂在腮上,渐渐自己干了。

七巧过世以后,长安和长白分了家搬出来住。七巧的女儿是不难解决她自己的问题的。谣言说她和一个男子在街上一同走,停在摊子跟前,他为她买了一双吊袜带。也许她用的是她自己的钱,可是无论如何是由男子的袋里掏出来的。……当然这不过是谣言。

三十年前的月亮早已沉了下去,三十年前的人也死了,然而三十年前的故事还没完——完不了。

一九四三年十月

(原载《传奇》上海杂志 1944 年初版)

赏析

张爱玲(1920—1995),原名张瑛,原籍河北丰润,生于天津,长于上海。主要代表作有中篇小说《金锁记》(1943)、《倾城之恋》(1943),散文集《流言》(1945),长篇小说《十八春》(1952)、《秧歌》(1954)、《赤地之恋》(1954)等。

《金锁记》是张爱玲最被推崇的小说杰作,夏志清称之为"中国从古以来最伟大的中篇小说"。小说主人公曹七巧是出身麻油店的小家碧玉,年轻时泼辣健壮,但贪图金钱富贵,嫁与名门望族的瘫子为妻。一辈子备受情欲折磨以致精神变态,无法容忍其他人的正常快乐,自立门户后亲手扼杀了包括亲生儿女在内许多人的终身幸福,最终在一片彻底的冷漠仇恨中孤寂死去。

张爱玲擅长以新颖别致的意象营构表现人性人情的残酷真实。月亮作为贯穿全篇的主题意象,在《金锁记》中频频出现,或浓墨重彩,或蜻蜓点水,每次的形态意境都迥异于前,既诗意盎然地点染出了小说的悲剧氛围,又与人物同喜同悲,愈加精微深切地刻画出了人物痛苦复杂的隐秘心理。

介乎新旧雅俗之间的语言风格与小说情调是张爱玲小说艺术的另一特点。她将自幼沉迷的《红楼梦》等名著的古典典雅与中国现代通俗文学的明白晓畅熔于一炉,通过语言的古典借用,造成陌生化效果;又借鉴外来小说技巧和现代派的手法,表现那个新旧交替的时代中守旧者的人性心理,追求中国旧小说与西方现代小说的不同情调的调和,小说中的主题、意象和象征,远远超出了中国以往古典小说与通俗文学的藩篱。

(徐秀明)

思考题

1. 结合作品,详细分析小说中曹七巧的正常人性情感的扭曲变态过程。

2. 张爱玲在小说中借鉴蒙太奇等现代电影技法作为叙事手段,具体体现在哪些地方?

参考文献

1. 王莹 论《金锁记》主人公宿命抗争的绝域之路,《郑州大学学报（哲学社会科学版）》,2001(7)。

2. 邵迎建 重读张爱玲《金锁记》,《中国现代文学研究丛刊》,1996(3)。

3. 刘立杰 爱的失落泯灭了她的人性——也谈《金锁记》中的曹七巧形象,《北方论丛》,2000(5)。

4. 曹书文 家族、生存和人性的悲剧——重评张爱玲的小说《金锁记》,《河南师范大学学报（哲学社会科学版）》,2000(3)。

嘱　咐

孙　犁

水生斜背着一件日本皮大衣，偷过了平汉路，天刚大亮。家乡的平原景色，八年不见，并不生疏。这正是腊月天气，从平地上望过去，一直望到放射红光的太阳那里，他深深地吸了一口气。把身子一挺，十几天行军的疲累完全跑净，脚下轻飘飘的，眼有些晕，身子要飘起来。这八年，他走的多半是山路，他走过各式各样的山路，五台附近的高山，黄河两岸的陡山，延安和塞北的大土圪垯山，哪里有敌人就到哪里去，枪背在肩上、拿在手里八年了。

水生是一个好战士，现在已经是一个副教导员。可是不瞒人说，八年里他也常常想到家，特别是在休息时间，这种想念，很使一个战士苦恼。这样的时候，他就拿起书来或是到操场去，或是到菜园子里去，借游戏、劳动和学习，好把这些事情忘掉。

他也曾有过一种热望，能有个机会再打到平原上去，到家看看就好了。

现在机会来了，他请了假，绕道家里看一下。因为地理熟，一过铁路他就不再把敌人放在心上。他悠闲地走着，四面八方观看着，为的是饱看一下八年不见的平原风景。铁路旁边并排的炮楼，有的已经拆毁，破墙上洒落了一片鸟粪。铁路两旁的柳树黄了叶子，随着铁轨伸展到远远的北方。一列火车正从那里慢慢地滚过来，惨叫，吐着白雾。

一时，强烈的战斗要求和八年的战斗景象涌到心里来。他笑了一笑想，现在应该把这些事情暂时地忘记，集中精神看一看家乡的风土人情吧。他信步走着，想享受享受一个人在特别兴奋时候的愉快心情。他看看麦地，又看看天，看看周围那像深蓝淡墨涂成的村庄图画。这里离他的家不过九十里路，一天的路程。今天晚上，就可以到家了。

不久，他觉得这种感情有些做作。心里面并不那么激动。幼小的时候，离开家半月十天，当黄昏的时候走近了自己的村庄，望见自己家里烟囱上冒起的袅袅的轻烟，心里就醉了。

现在虽然对自己的家乡还是这样爱好，崇拜，但是那样的一种感情没有了。

经过的村庄街道都很熟悉。这些村庄经过八年战争，满身创伤，许多被敌人烧毁的房子，还没有重新盖起来。村边的炮楼全拆了，砖瓦还堆在那里，有的就近利用起来，垒了个厕所。在形式上，村庄没有发展，没有添新的庄院和房屋。许多高房，大的祠堂，全拆毁修了炮楼，幼时记忆里的几块大坟地，高大的杨树和柏树，也砍伐光了，坟墓暴露出来，显得特别荒凉。但是村庄的血液，人民的心却壮大发展了。一种平原上特有的勃勃生气，更是强烈扑人。

水生的家在白洋淀边上。太阳平西的时候，他走上了通到他家去的那条大堤，这里离他的村庄十五里路。

堤坡已经破坏，两岸成阴的柳树砍伐了，堤里面现在还满是水。水生从一条小道上穿过，地势一变化，使他不能正确地估计村庄的方向。

太阳落到西边远远的树林里去了，远处的村庄迅速地变化着颜色。水生望着树林的疏密，辨别自己的村庄，家近了，就进家了，家对他不是吸引，却是一阵心烦意乱。他想起许多事，父亲确实的年岁忘记了，是不是还活着？父亲很早就是有痰喘的病。还有自己女人，正在青春，一别八年，分离时她肚子里正有一个小孩子。房子烧了吗？

不是什么悲喜交加的情绪，这是一种沉重的压迫，对战士的心是很大的消耗。他在心里驱逐这种思想感情，他走的很慢，他决定坐在这里，抽袋烟休息休息。

他坐下来打火抽烟，田野里没有一个人，风有些冷了，他打开大衣披在身上。他从积满泥水和腐草的水洼望过去，微微地可以看见白洋淀的边缘。

晚色昏迷的时候，他走到了自己的村边，他家就住在村边上。他看见房屋并没烧，街里很安静，这正是人们吃完晚饭，准备上门的时候了。

他在门口遇见了自己的女人。她正在那里悄悄地关闭那外面的梢门。水生热情地叫了一声：

"你！"

女人一怔，睁开大眼睛，咧开嘴笑了笑，就转过身子去抽抽打打地哭了。水生看见她脚上那白布封鞋，就知道父亲准是不在了。两个人在那里站了一会。还是水生把门掩好说："不要哭了，家去吧！"他在前面走，女人在后面跟，走到院里，女人紧走两步赶到前面，到屋里去点灯。水生在院里停了停。他听着女人忙乱地打火，灯光闪在窗户上了，女人喊："进来吧！还做客吗？"

女人正在叫唤着一个孩子，他走进屋里，女人从炕上拖起一个孩子来，含着两眼泪水笑着说：

"来，这就是你爹，一天价看见人家有爹，自己没爹，这不现在回来了。"说着已经不成声音。水生说：

"来！我抱抱。"

老婆把孩子送到他怀里，他接过来，八九岁的女孩子竟有这么重。那孩子从睡梦里醒来，好奇地看着这个生人，这个"八路"。女人转身拾掇着炕上的纺车线子等等东西。

水生抱了孩子一会，说：

"还睡去吧。"

女人安排着孩子睡下，盖上被子，孩子却圆睁着两眼，再也睡不着。水生在屋里转着，在那扑满灰尘的迎门橱上的大镜子里照看自己。

女人要端着灯到外间屋里去烧水做饭，望着水生说：

"从哪里回来？"

"远了，你不知道的地方。"

"今天走了多少里？"

"九十。"

"不累吗？还在地下溜达？"

水生靠在炕头上。外面起了风，风吹着院里那棵小槐树，月光射到窗纸上来。水生觉着这屋里是很暖和的，在黑影里问那孩子：

"你叫什么？"

"小平。"

"几岁了？"

女人在外边拉着风箱说：

"别告诉他，他不记的吗？"

孩子回答说：

"八岁。"

"想我吗？"

"想你。想你，你不来。"孩子笑着说。

女人在外边也笑了。说：

"真的！你也想过家吗？"

水生说：

"想过。"

"在什么时候？"

"闲着的时候。"

"什么时候闲着？……"

"打过仗以后，行军歇下来，开荒休息的时候。"

"你这几年不容易呀？"

"嗯，自然你们也不容易。"水生说。

"嗯？我容易，"她有些气愤地说着，把饭端上来，放在炕上："爹是顶不容易的一个人，他不能看见你回来……"她坐在一边看着水生吃饭，看不见他吃饭的样子八年了。水生想起父亲，胡乱吃了一点，就放下了。

"怎么？"她笑着问，"不如你们那小米饭好吃？"

水生没答话。她拾掇了出去。

回来，插好了隔山门；院子里那挤在窝里的鸡们，有时转动扑腾。孩子睡着了，睡的是那么安静，那呼吸就像泉水在春天的阳光里冒起的小水泡，愉快地升起，又幸福地降落。女人爬到孩子身边去，她一直呆望着孩子的脸。她好像从来没见过这个孩子，孩子好像是从别人家借来，好像不是她生出，不是她在那潮湿闷热的高粱地，在那残酷的"扫荡"里奔跑喘息，丢鞋甩袜抱养大的，她好像不曾在这孩子身上寄托了一切，并且在孩子的身上祝福了孩子的爹，那走的远远的人："早一天胜利回来吧！一家团聚。"好像她并没有常常在深深的夜晚醒来，向着那不懂事的孩子，诉说着翻来覆去的题目：

"你参哩，他到哪里去了？打鬼子去了……他拿着大枪骑着大马……就要回来了，把宝贝放在马上……多好啊！"

现在，丈夫像从天上掉下来一样。她好像是想起了过去的一切，还编排那准备了好几年的话，要向回来了的，已经坐到她身边的丈夫诉说了。

水生看着她。离别了八年，她好像并没有老多少。她今年二十九岁了，头发虽然乱些，可还是那么黑。脸孔苍白了一些，可是那两只眼睛里的光，还是那么强烈。

他望着她身上那自纺自织的棉衣和屋里的陈设。不论是人的身上，人的心里，都表现：是叫一种深藏的志气支撑，闯过了无数艰难的关口。

"还不睡吗？"过了一会，水生问。

"你困你睡吧，我睡不着。"女人慢慢地说。

"我也不困。"水生把大衣盖在身上，"我是有点冷。"

女人看着他那日本皮大衣笑着问：

"说真的，这八九年，你想起过我吗？"

"不是说过了吗？想过。"

"怎么想法？"她逼着问。

"临过平汉路的那天夜里，我宿在一家小店，小店里有个鱼贩子是咱们乡亲。我买了一包小鱼下饭，吃着那鱼，就想起了你。"

"胡说。还有吗？"

"没有了。你知道我是出门打仗去了，不是专门想你去了。"

"我们可常常想你，黑夜白日。"她支着身子坐起来，"你能猜一猜我们想你的那段苦情吗？"

"猜不出来。"水生笑了笑。

"我们想你，我们可没有想叫你回来。那时候，日本人就在咱村边。可是在黑夜，一觉醒了，我就想：你如果能像天上的星星，在我眼前晃一晃就好了。可是能够吗！"

从窗户上那块小小的玻璃上结起来的冰花，知道夜已经深了，大街的高房上有人高声广播：

"民兵自卫队注意！明天，鸡叫三遍集合。带好武器，和一天的干粮！"

那声音转动着，向四面八方有力地传送。在这样降落霜雪严寒的夜里，一只粗大的喇叭在热情地呼喊。

"他们要到哪里去？"水生照战争习惯，机警地直起身子来问。

"准是到胜芳。这两天，那里很紧！"女人一边细心听着，一边小声地说。

"他们知道我们来了。"

"你们来了？你要上哪里去？"

"我们是调来保卫冀中平原，打退进攻的敌人的！"

"你能在家住几天？"

"就是这一晚上。我是请假绕道来看望你。"

"为什么不早些说？"

"还没顾着啊！"

女人呆了。她低下头去，又无力地仄在炕上。过了半天，她说：

"那么就赶快休息休息吧，明天我撑着冰床子去送你。"

鸡叫三遍，女人就先起来给水生做了饭吃。这是一个大雾天，地上堆满了霜雪。女人把孩子叫醒，穿得暖暖的，背上冰床，锁了梢门，送丈夫上路。出了村，她要丈夫到爹的坟上去看看。水生说等以后回来再说，女人不肯。她说：

"你去看看，爹一辈子为了我们。八年，你只在家里呆了一个晚上。爹叫你出去打仗了，是他一个老年人照顾了咱们全家。这是什么太平日子呀？整天价东逃西窜。因为你不在家，爹对我们娘俩，照顾的惟恐不到。只怕一差二错，对不起在外抗日的儿子。每逢夜里一有风声，他老人家就先在院里把我叫醒，说：水生家起来吧，给孩子穿上衣裳。不管是风里雨里，多么冷，多么热，他老人家背着孩子逃跑，累的痰喘咳嗽。是这个苦日子，遭难的日子，担惊受怕的日子，把他老人家累死。还有那年大饥荒……"

在河边，他们上了冰床。水生坐上去，抱着孩子，用大衣给她包好脚。女人站在床子后尾，撑起了竿。女人是撑冰床的好手，她逗着孩子说：

"看你爹没出息，当了八年八路军，还得叫我撑冰床子送他！"她轻轻地跳上冰床子后尾，像一只雨后的蜻蜓爬上草叶。轻轻用竿子向后一点，冰床子前进了。大雾笼罩着水淀，只有眼前几丈远的冰道可以望见。河两岸残留的芦苇上的霜花飒飒飘落，人的衣服上立时变成银白色。她用一块长的黑布紧紧把头发包住，冰床像飞一样前进，好像离开了冰面行走。她的围巾的两头飘到后面去，风正从她的前面吹来。她连撑几竿，然后直起身子来向水生一笑。她的脸冻得通红，嘴里却冒着热气。小小的冰床像离开了强弩的箭，摧起的冰屑，在它前面打起团团的旋花。前面有一条窄窄的水沟，水在冰缝里汩汩地流，她只说了一声"小心"，两脚轻轻地一用劲，冰床就像受了惊的小蛇一样，抬起头来，窜过去了。

水生警告她说：

"你慢一些，疯了？"

女人擦一擦脸上的冰雪和汗，笑着说：

"同志！我们送你到战场上去呀，你倒说慢一些！"

"擦破了鼻子就不闹了。"

"不会。这是从小玩熟了的东西。今天更不会。在这八年里面，你知道我用这床子，送过多少次八路军？"

冰床在霜雾里，在冰上飞行。

"你把我送到丁家坞，"水生说，"到那里，我就可以找到队伍了。"

女人没有言语。她呆望着丈夫。停了一会，才说：

"你给孩子再盖一盖，你看她的手露着。"她轻轻地喘了两口气。又说："你知道，我现在心里很乱。八年才见到你，你只在家里呆了不到多半夜的工夫。我为什么撑的这么快？为什么着急把你送到战场上去？我是想，你快快去，快快打走了进攻我们的敌人，你才能快快地回来，和我见面。

"你知道，我们，我们这些留在家里当媳妇的，最盼望胜利。我们在地洞里，在高粱地里等着这一天。这一天来了，我们那高兴，是不能和别人说的。

"进攻胜芳的敌人，是坐飞机来的。他们躺在后方，和妻子团聚了八九年。国民党反动派来打破了我们的幸福。国民党反动派来打破了我们的心。他们造的罪孽是多么重！要把他们完全消灭！"

冰床跑进水淀中央，这里是没有边际的冰场。太阳从冰面上升起来，冲开了雾，形成一条红色的胡同，扑到这里来，照在冰床上。女人说：

"爹活着的时候常说，敌人在这里，水生出去是打开一条活路，打开了这条活路，我们就得活，不然我们就活不了。八年，他老人家焦愁死了。国民党反动派又要和日本一样，想来把我们活着的人完全逼死！

"你应该记着爹的话，向上长进，不要为别的事情分心，好好打仗。八年过去了，时间不算不长。只要你还在前方，我等你到死！"

在被大雾笼罩、杨柳树环绕的丁家坞村边，水生下了冰床。他望着呆呆站在冰上的女人说：

"你们也到村里去暖和暖和吧。"

女人忍住眼泪，笑着说：

"快去你的吧！我们不冷。记着，好好打仗，快回来，我们等着你的胜利消息。"

一九四六年河间

（选自短篇小说集《嘱咐》，天下图书公司 1949 年 11 月版）

赏析

孙犁(1913—2002)，原名孙树勋，曾用笔名芸夫，河北安平人，现当代小说家、散文家，被誉为"荷花淀派"的创始人。主要作品有长篇小说《风云初记》（三集），中篇小说《铁木前传》，小说和散文合集《白洋淀纪事》，短篇小说《荷花淀》《芦花荡》等。他的小说以其清新的艺术风格而独具一格，被称为"诗体小说"。

《嘱咐》写于 1946 年，描写了一个八路军战士水生在抗战刚刚结束、解放战争即将爆发的紧急时刻回家探亲，与离别了八年之久的妻子相聚一个夜晚又再次离别的故事。小说着重刻画了水生嫂的形象，一方面作为一个农村青年妇女，她温柔重情，刚毅有志，具有中国妇女应有的传统美德；另一方面由于经历过艰苦磨炼与革命教育，她又深明大义，对胜利充满信心，具有根据地人民特有的时代风采。小说正是通过水生和水生嫂这两个形象的塑造，反映了根据地人民八年抗战中的艰苦生活和顽强的奋斗精神，表现了革命夫妻之间的深情厚意，以及他们为了革命大业的深明大义、相互支持的品格，反映出根据地人民对敌人的无比仇恨和夺取革命胜利的坚定信心。

在艺术表现上，这篇小说主要有两个特点。一是结构严谨清晰，小说按时间的发展顺序叙事，可分成回家、相见、送别三个时段，三部分之间连贯流畅，结构分明。同时作者巧妙地运用了"时值"的长短变化造成反差，使情节有了曲线起伏，避免顺序叙事的平铺单调。二是采用散文笔法，小说充满了热烈浓重的诗情画意之美。孙犁的小说追求浓郁的抒情，其小说情节呈现淡化的倾向，笔下的人物性格也往往是某种诗意的外化物或象征物。而他的小说语言抒情味很浓，追求的是与整个作品的抒情特色相结合的清新朴素的美，颇有抒情散文的语感。

（顾金春）

思考题

1. 简单谈谈《嘱咐》中水生嫂的形象。

2. 结合孙犁的其他作品，谈谈他小说中散文笔法的运用。

参考文献

1. 叶君 《参与、守持与怀乡：孙犁论》，社会科学文献出版社，2006。

2. 郭志刚 《孙犁创作散论》，山西人民出版社，1986。

3. 丁帆 论孙犁与"荷花淀派"的乡土抒写，《江汉论坛》，2007(1)。

4. 贺仲明 孙犁：乡村心灵的无声浸润，《南京师范大学文学院学报》，2008(4)。

5. 余志平 孙犁"荷花淀"风格小说对当代文学的影响，《江西社会科学》，2007(5)。

诗歌编

鸽 子

胡 适

云淡天高，好一片晚秋天气！

有一群鸽子，在空中游戏。

看他们，三三两两，

回环来往，

夷犹如意，

忽地里，翻身映日，白羽衬青天，鲜明无比！

（原载《新青年》第4卷第1号）

赏析

胡适（1891—1962），原名胡洪骍、嗣穈，参加"庚款"留美考试后改名适，字适之。安徽绩溪人。五四时期因提倡"文学改良"和白话文学而成为新文化运动的领袖之一，在人文学科诸多领域都有比较精深的研究。主要代表作有中国现代第一本白话诗集《尝试集》，论著《中国哲学史大纲(上卷)》《白话文学史》等。

胡适不是严格意义上的诗人，最初起意为诗也并非诗情汹涌不可遏止，而是其倡导"白话文运动"的一个重要举措，为了向人们证明白话文同样可以作诗。于是他第一个全力尝试创作白话诗，并把自己的白话诗集定名为《尝试集》。

《鸽子》是胡适"诗体大解放"主张的尝试，也是新文化运动时期最早的自由体诗歌之一。这首诗借鸽群在晚秋的高空从容盘旋飞翔的情景，表现了新文化冲决一切旧藩篱的自由精神。

作为最早的白话新诗之一，这首诗在艺术上虽然尚显粗糙，尤其"夷犹如意"一句多少留有文言旧诗的痕迹，正如他后来所说：很像一个缠过脚后来放大了的鞋样——"虽然一年放大一年，年年的鞋样上总还带着些缠脚时代的血腥气"（《尝试集四版自序》）。然而全诗整体看来体式崭新、语言鲜活、意境高远、乐观自信，每句字数不等，音节参差不齐，用韵灵活，在语言上非常口语化，基本摆脱了旧体诗词格律的限制，短短6句52个字，韵味深长：一方面具体摹写了鸽子的数量、颜色、动作，歌唱了自由飞翔的乐趣；一方面言近旨远，寄托了对自己的社会理想、艺术追求充满信心的主题，基本实现了胡适摒弃中国古诗滥调，崇尚明白晓畅、自由具体的艺术追求。

（徐秀明）

思考题

1. 这首诗与中国古代传统的咏物诗有什么不同？

2. 结合胡适《尝试集》中的其他作品，仔细理解"胡适之体"的特征。

参考文献

1. 张永仁 胡适新诗理论简论，《中南民族学院学报（哲学社会科学版）》，1989(3)。

2. 姜涛 起点的驳议：新诗史上的《尝试集》与《女神》，《文学评论》，2003(6)。

3. 董炳月 中间物：胡适新诗理论的历史特征，《中国现代文学研究丛刊》，1990(2)。

天　狗

郭沫若

我是一条天狗呀！
我把月来吞了，
我把日来吞了，
我把一切的星球来吞了，
我把全宇宙来吞了。
我便是我了！

我是月底光，
我是日底光，
我是一切星球底光，
我是 X 光线底光，
我是全宇宙底 Energy 底总量！

我飞奔，
我狂叫，
我燃烧。
我如烈火一样地燃烧！
我如大海一样地狂叫！
我如电气一样地飞跑！
我飞跑，
我飞跑，
我飞跑，
我剥我的皮，
我食我的肉，
我吸我的血，
我啮我的心肝，
我在我神经上飞跑，
我在我脊髓上飞跑，
我在我脑筋上飞跑。

我便是我呀！
我的我要爆了！

1920 年 2 月初作

（选自《女神》，上海泰东书局 1921 年版）

赏析

郭沫若(1892—1978)，原名郭开贞，四川省乐山县沙湾镇人。中国现代著名诗人、剧作家、历史学家、社会活动家。主要代表作有诗集《女神》，历史剧《屈原》，小说《牧羊哀话》，论著《甲申三百年祭》《十批判书》等。

《天狗》一诗写于 1920 年 2 月，是郭沫若激情澎湃、汪洋恣肆的早期诗风的代表作，最能显示个性自由、狂飙突进的五四精神的时代性诗篇之一。诗歌以奇异的想象和超凡的象征塑造了一个具有强烈的叛逆精神和狂放的个性追求的"天狗"形象。"天狗"已经不再是中国传统文化中充满神秘魔力的象征，而被改写为诗人自我觉醒与青春勃发的生命活力的形象写照，也可理解为五四时期觉醒的中华民族的自我形象。诗人借野性爆发、破坏一切的"天狗"形象来比喻自我生命的蓬勃绽放，写出了面对风云际会的时代转机，个性张扬者全身心地投入理想境界的情感高峰与改变渴望。

这首诗想象大胆奇特、感情奔放激越，运用浪漫主义艺术手法塑造了"天狗"这一典型形象。诗歌形式上则是极端自由的现代自由诗体：全诗共四节，少至两行一节，多至十六行一节，每行字数少至三字，多至十字；但诗人在多次出现的排比复沓，以及不规则押韵所形成相对和谐之中，多采用简短句式，并将其与叠句、排比等手法相结合，形成一种强烈的旋律、急促有力的节奏和摧枯拉朽般逼人的气势。诗的内在旋律和感情节拍和谐一致，构成了排山倒海的宏伟气势、粗犷豪放的艺术风格，具有强烈的感染力量。

(徐秀明)

思考题

1.《天狗》中的现代自我形象具有什么特征？

2. 郭沫若的诗歌是如何体现五四时代精神的？结合你所读过的五四时期的其他诗篇，你认为倡导"诗体大解放"的早期白话新诗相比古代成就卓著的格律诗，其优势与弱点分别在哪里？从新诗的长远发展来看，这种"诗体大解放"带来了怎样的影响？

参考文献

1. 温儒敏　浅议有关郭沫若的两极阅读现象，《中国文化研究》，2001(4)。

2. 张德明　现代性的高峰体验与审美传达，《名作欣赏》，2005(4)。

3. 王元中　天狗·动词·我——郭沫若《天狗》一诗的三种解读方法，《郭沫若学刊》，2002(4)。

蕙的风

汪静之

是那里吹来
这蕙花的风——
温馨的蕙花的风?

蕙花深锁在园里,
伊满怀着幽怨。
伊底幽香潜出园外,
去招伊所爱的蝶儿。

雅洁的蝶儿,
薰在蕙风里:
他陶醉了;
想去寻着伊呢。

他怎寻得到被禁锢的伊呢?
他只迷在伊底风里,
隐忍着这悲惨然而甜蜜的伤心,
醺醺地翩翩地飞着。

一九二一.九.三

(选自《蕙的风》,亚东图书馆1922年8月初版)

赏析

汪静之(1902—1996),安徽绩溪上庄余村人,是我国现代著名的作家、"湖畔诗社"诗人。他的作品有《蕙的风》《寂寞的国》等,并发表过大量文章,其中诗集《蕙的风》1922年初版,在全国掀起巨大反响。

作为五四时期第一个新诗社团"湖畔诗社"的代表,汪静之的诗以其新鲜的诗风和大胆的抒情震动诗坛。他的诗在形式上摆脱了旧诗的羁绊,自由新颖,"不求解放而自解放"。而热情坦诚地赞颂爱情,单纯明朗地歌咏自然,则在内容上强烈表达了五四诗歌的青春气质。

《蕙的风》是一首清新自然的情诗,诗作运用象征手法,表现困居于深宅大院中姑娘对情人深深的思恋，以及思恋而又不能相逢的惆怅。诗中深锁在园中的蕙花，象征着幽闭中的姑娘，温馨而幽怨的芳香潜出禁锢的高墙，把姑娘思恋的情愫递送给雅洁的蝶儿——那个在甜蜜中伤心寻找的他。短诗以花和蝶作喻，这两个意象自然贴切，花蝶相恋，原本是传统文化中比拟男女之情的常见喻象，汪静之用它表现恋人之间心有灵犀、魂梦相系，但咫尺天涯、无缘相见的恋爱的甜美与哀感，这样既借鉴传统，又具有浓厚的生活气息。而诗中那种毫不顾忌道德俗见、自由追求的情怀，以及对禁锢青春的高墙的谴责，更强烈地表达了五四的时代精神，表现了明朗真诚的青年对陈陈相因的封建礼教的叛逆。

短诗形式简洁，语言明净，风格轻松自然，抒情格调在含蓄内敛之中又透出大胆热烈。将爱情的乐感与哀感、青春的欢快与迷惘、自然与生命、传统表征与生活实感比较好地结合在一起。

（彭　松）

思考题

1. 中国传统文学中有哪些作品以花、蝶等意象比喻男女恋情？与传统作品相比，《蕙的风》在内容风格上怎样体现了五四的时代特征？试举例说明。

2. 阅读汪静之、潘漠华、应修人、冯雪峰等湖畔诗人的作品，比较其与五四时期的郭沫若、冰心等人的爱情诗的异同。

参考文献

1. 沈从文　论汪静之的《蕙的风》，《文艺月报》，第1卷第4号。

2. 谢冕　不会衰老的恋歌，《中国现代爱情诗选》代序，长江文艺出版社，1981。

3. 龙泉明　湖畔诗社：情诗的突破与超越，《社会科学战线》，1995(3)。

忆 菊
（重阳节前一日作）

闻一多

插在长颈的虾青瓷的瓶里，
六方的水晶瓶里的菊花，
攒在紫藤仙姑篮里的菊花；
守着酒壶的菊花，
陪着螯盏的菊花；
未放，将放，半放，盛放的菊花。

镶着金边的绛色的鸡爪菊；
粉红色的碎瓣的绣球菊！
懒慵慵的江西腊哟；
倒挂着一饼蜂窠似的黄心，
仿佛是朵紫的向日葵呢。
长瓣抱心，密瓣平顶的菊花；
柔艳的尖瓣攒蕊的白菊，
如同美人底拳着的手爪，
拳心里攫着一撮儿金粟。

檐前，阶下，篱畔，圃心底菊花：
霭霭的淡烟笼着的菊花，
丝丝的疏雨洗着的菊花，——
金底黄，玉底白，春酿底绿，秋山底紫，……

剪秋萝似的小红菊花儿；
从鹅绒到古铜色的黄菊；
带紫茎的微绿色的"真菊"
是些小小的玉管儿缀成的，
为的是好让小花神儿
夜里偷去当了笙儿吹着。

大似牡丹的菊王到底奢豪些，

他的枣红色的瓣儿，铠甲似的，

张张都装上银白的里子了；

星星似的小菊花蕾儿

还拥着褐色的萼被睡着觉呢。

啊！自然美底总收成啊！

我们祖国之秋底杰作啊！

啊！东方底花，骚人逸士底花呀！

那东方底诗魂陶元亮

不是你的灵魂底化身罢？

那祖国底登高饮酒的重九

不又是你诞生底吉辰吗？

你不象这里的热欲的蔷薇，

那微贱的紫罗兰更比不上你。

你是有历史，有风俗的花。

啊！四千年的华胄底名花呀！

你有高超的历史，你有逸雅的风俗！

啊！诗人底花呀！我想起你，

我的心也开成顷刻之花，

灿烂的如同你的一样；

我想起你同我的家乡，

我们的庄严灿烂的祖国，

我的希望之花又开得同你一样。

习习的秋风啊！吹着，吹着！

我要赞美我祖国底花！

我要赞美我如花的祖国！

请将我的字吹成一簇鲜花，

金底黄，玉底白，春酿底绿，秋山底紫，……

然后又统统吹散，吹得落英缤纷，

弥漫了高天，铺遍了大地！

秋风啊！习习的秋风啊！

我要赞美我祖国底花！

我要赞美我如花的祖国！

一九二二，十

（选自《红烛》，泰东书局1923年9月版）

赏析

闻一多（1899—1946），原名闻家骅，湖北浠水人。早期新月派代表诗人，提倡新格律诗创作，诗集有《红烛》和《死水》。被朱自清誉为"五四"时期"唯一的爱国诗人"。

《忆菊》是一曲献给祖国的赞歌。1922年7月，闻一多到美国留学深造，在重阳节的前一天写下此诗，借对家乡秋菊的忆思，表达了他爱国思乡之情。

诗歌分为两个层次，1至4节为第一层次，重在写景，可用"忆菊"来概括，5至9节为第二个层次，重在抒情，可用"颂国"来概括。诗歌首先展现给我们的是一大片一大片的菊花，让我们仿佛置身于菊的海洋。它们不但品种繁多，色彩丰富，而且形态各异，摇曳多姿。"东方底花""我们祖国之秋底杰作啊！""骚人逸士底花呀！"接着诗人赋予菊花以鲜明的民族文化印迹，菊花的意义开始有了转折，它已经从单纯的美演变为一种文化载体，它承载着厚重的民族文化。随后，诗人反反复复地吟唱着："我要赞美我祖国底花！／我要赞美我如花的祖国！"爱国之情自然喷发，讴歌如花似锦的祖国，讴歌我们古老悠久的民族文化，诗行里闪耀着崇高的民族自豪感和优越感。

诗歌缘情写景，情景交融。在形式上，这首诗已初步体现出诗人后来提出的"三美"（音乐美、绘画美、建筑美）的诗歌主张，其中绘画美尤为明显。诗歌吸收了绘画艺术的表现手法，注意色彩的选择与搭配，"诗中有画，画中有诗"，实现了诗歌与绘画的融合。另外，拟人、比喻等修辞手法的运用也为本诗增色不少。

（胡　斌）

思考题

1. 诗人为何选取菊花来歌颂祖国？

2. 阅读古往今来有代表性的咏菊诗，说说它们表现的思想情感与《忆菊》的有何异同。

参考文献

1. 王富仁　《闻一多名作欣赏》，中国和平出版社，1993。

2. 唐鸿棣　《诗人闻一多的世界》，学林出版社，1996。

3. 李乐平　论闻一多的爱国诗创作，《复旦学报（社会科学版）》，2008(1)。

再别康桥

徐志摩

轻轻的我走了，
　　正如我轻轻的来；
我轻轻的招手，
　　作别西天的云彩。

那河畔的金柳，
　　是夕阳中的新娘；
波光里的艳影，
　　在我的心头荡漾。

软泥上的青荇，
　　油油的在水底招摇；
在康河的柔波里，
　　我甘做一条水草！

那榆荫下的一潭，
　　不是清泉，是天上虹；
揉碎在浮藻间，
　　沉淀着彩虹似的梦。

寻梦？撑一支长篙，
　　向青草更青处漫溯；
满载一船星辉，
　　在星辉斑斓里放歌。

但我不能放歌，
　　悄悄是别离的笙箫；
夏虫也为我沉默，
　　沉默是今晚的康桥！

悄悄的我走了，

　正如我悄悄的来；

我挥一挥衣袖，

　不带走一片云彩。

十一月六日中国海上

（原载 1928 年 12 月 10 日《新月》

月刊第 1 卷第 10 号）

赏析

徐志摩(1897—1931)，浙江海宁人，新月派最重要和最具代表性的诗人。主要诗集有《志摩的诗》《翡冷翠的一夜》《猛虎集》《云游》；散文有《落叶》《巴黎的鳞爪》《自剖》《秋》等。

这首诗是徐志摩关于康桥的作品中最具魅力的一篇，它含蓄、委婉地道出了复杂的离别之情，避免了表达之直露，把极平常又极普通的离别之情表现得至深、至爱、至美，写得浪漫而深情，潇洒而飘逸。诗人将康桥看作爱、自由、美的栖息地，表面上诗人只是"挥一挥衣袖，不带走一片云彩"，似乎是无所依恋，但实为惆怅，"心头"荡漾着康河的波光艳影，"甘心"做柔波里的一条水草。整首诗笼罩着深沉而含蓄、朴实而自然的离别之情，同时也传达出了诗人"康桥理想"破灭之后的悲苦和深深的眷恋。

诗中使用了大量的具体事物作为意象来表达诗人丰富的"康桥情结"，尽管这些意象平淡无奇，但诗人将这些常见的事物或情景加以提炼，典型化、抽象化，有力地传达出了诗人深邃复杂的心绪。

全诗共七节，首节和末节，语意相似，节奏相同，构成回环呼应的结构形式。每节四行，单行和双行错开排列，一、三行稍短，二、四行稍长，每行六至八字不等，无论从排列上，还是从字数上看，也都整齐划一，给人以美感。最后一节和第一节前后呼应，最后一节连用两个"悄悄的"呼应第一节诗的三个"轻轻的"，落脚点在"静"字上，再一次强调诗人不忍打扰康桥宁静的氛围的心绪，把诗人依依惜别的情感推向极致。艺术是"有意味的形式"，整首诗充分协调的声韵、色彩、意象、结构形式及其共同创造的浓郁、醇厚的情韵，非常典型地体现了作者的艺术追求。

（冼　妍）

思考题

1. 仔细揣摩诗中的意象，想一想：诗人是如何通过这些平淡常见的意象表达他深沉含蓄的离别之情的？这又反映了诗人怎样的一种"康桥情结"？

2. 阅读徐志摩的诗集《志摩的诗》，结合《再别康桥》的学习，谈谈作者在他所倡导的新诗的唯美原则方面的独特追求。

参考文献

1. 吴仁援　无法潇洒的"再别"，《上海大学学报（社会科学版）》，1997(3)。

2. 朱光潜　《诗论》，北京出版社，2005。

3. 邵华强　《徐志摩研究资料汇编》，陕西人民出版社，1988。

雪花的快乐

徐志摩

假若我是一朵雪花，
翩翩的在半空里潇洒，
　我一定认清我的方向——
　　飞飏，飞飏，飞飏，——
这地面上有我的方向。

不去那冷寞的幽谷，
不去那凄清的山麓，
　也不上荒街去惆怅——
　　飞飏，飞飏，飞飏，——
你看，我有我的方向！

在半空里娟娟的飞舞，
认明了那清幽的住处，
　等着她来花园里探望——
　　飞飏，飞飏，飞飏，——
啊，她身上有朱砂梅的清香！

那时我凭藉我的身轻，
盈盈的，沾住了她的衣襟，
　贴近她柔波似的心胸——
　　消溶，消溶，消溶——
溶入了她柔波似的心胸！

（原载 1925 年 1 月 17 日《现代评论》
第 1 卷第 6 期）

赏析

徐志摩是新月诗派的主将，他的诗飞动飘逸，是他自由潇洒的个性和灵动不羁的才气结合的表现。

胡适曾评徐志摩"他的人生观真是一种单纯的信仰，这里面只有三个大字，一个是爱，一个是自由，一个是美……他的一生的历史，只是他追求这个单纯信仰实现的历史"，《雪花的快乐》即表现了他的这种追求。诗人以雪花自喻，"翩翩的在半空里潇洒"，这是快乐的精灵，飞飏、欢快，又充满自信。"我有我的方向"，在飞旋中洒脱地奔向"那清幽的住处"，不去幽谷、凄山和荒街，而以自由的精神奔向那爱与美的化身，"盈盈的，沾住了她的衣襟"，"贴近她"，融入"她柔波似的心胸"。这里，自由的雪花、诗人不受羁绊的自由性灵，与新生的五四精神自然天成地融为一体。这首诗不仅可以当作一首献给纯洁无瑕的爱人的情诗，而且诗中的"她"，更是一种爱与美的理想境界的人格化身。如此，这首诗就更是一首充满生气的理想抒情诗，表现了诗人在内心深处对人生意义和超越价值的自信而不懈的追求。

徐志摩对诗的形式有特殊的敏感，这首诗诗节和诗行匀齐之中又有灵活变化，旋律轻扬舒缓，"翩翩""娟娟"以及三个"飞飏"的叠用，模拟了雪花的轻盈飘舞。和谐的韵脚安排与多个相近的句式重复，赋予了这首诗听觉上回环往复的美感，使诗歌形式的自然优美与诗人内心"原动的诗意"和谐地融为一体。

（彭　松）

思考题

1. 阅读《雪花的快乐》《为要寻一个明星》和《我不知道风是在哪一个方向吹》，体会徐志摩追求单纯信仰的心路历程所经历的变化。

2. 作为新月诗派的代表，徐志摩的诗作是如何体现新月派"理智节制情感"和诗的形式格律化的主张的？

参考文献

1. 茅盾　徐志摩论，《作家论》，上海生活书店，1936。

2. 孔孚　试论徐志摩诗歌的艺术表现，《齐鲁学刊》，1986(2)。

3. 谢冕编　《徐志摩名作欣赏》，中国和平出版社，1993。

采莲曲

朱　湘

小船啊轻飘，

杨柳呀风里颠摇；

荷叶呀翠盖，

荷花呀人样妖娆。

日落，

微波，

金丝闪动过小河。

左行

右撑，

莲舟上扬起歌声。

菡萏呀半开，

蜂蝶呀不许轻来，

绿水呀相伴，

清净呀不染尘埃，

溪间，

采莲，

水珠滑走过荷钱。

拍紧

拍轻，

桨声应答着歌声。

藕心呀丝长，

羞涩呀水底深藏；

不见呀蚕茧，

丝多呀蛹裹在中央？

溪头

采藕，

女郎要采又夷犹。

波沉，

波升，
波上抑扬着歌声。

莲蓬呀子多：
两岸呀榴树婆娑，
喜鹊呀喧噪，
榴花呀落上新罗。
溪中
采蓬，
耳鬓边晕着微红。
风定
风生，
风飐荡漾着歌声。

升了呀月钩，
明了呀织女牵牛；
薄雾呀拂水，
凉风呀飘去莲舟。
花芳
衣香
消溶入一片苍茫；
时静，
时闻，
虚空里袅着歌音。

1925 年 10 月 24 日

（选自《草莽集》，开明书店 1927 年 8 月版）

赏析

朱湘(1904—1933)，安徽太湖人，是最认真实践新月派"理智节制情感"美学原则的诗人，一生致力探索中国新诗创作和外国诗歌的译介，提倡诗歌的"形式美"，被鲁迅称为"中国的济慈"。诗集有《夏天》《草莽集》《石门集》《永言集》。

他的诗剔尽了生活中的焦躁情绪，而诉诸"平静调子"。他竭力追求的是"东方的静的美丽"的诗境，多表现采莲少女、待嫁新娘、摇篮边吟唱的少妇等富有古典意味的形象。

《采莲曲》是朱湘的得意之作，诗中荡漾着典雅的古风，宛然复活了南朝乐府"采莲南塘秋，莲花过人头"的风致。诗中娇娆的少女和人样娇娆的荷花交相辉映，桨声应答着歌声，凉风荡漾着日落的微波，莲舟飘入月明中的虚空，薄雾中回拂着依稀的花芳衣香，波沉波生的水上微袅着少女时静时闻的歌音。诗中杨柳、榴花与新荷相互映衬，水声波光与轻歌拍桨融成一片，从日落微波、金线闪动到风飔水凉、月明星出，始终沉浸着一派静美悠闲、和平宁馨的自然气息。少女左行右撑的身姿、采莲采荷的倩影、缓抑轻扬的歌声在自然的交叠映衬下，添了无限的灵动、异样的奇彩，宛然再现一幅天上人间的采莲图。

汲取古诗词传统的养料，用谐美婉转的音韵、错落而又优雅匀齐的诗行、精致考究的节律，打造一种"词曲式的格律"，是朱湘诗心独运的追求目标。他用词雅洁，每行力避超过十一字，"以免不连贯、不简洁、不紧凑"。在音韵上尤其用心，他在描写采莲荡舟的诗句中插入"左行　右撑""拍紧　拍轻"这样的短语，"以先重后轻的韵表现采莲舟过路时随波上下的感觉"。如"藕心呀丝长，羞涩呀水底深藏"这样的韵律，模拟了民歌的朴素气氛，又营造了活泼摇曳的节奏，使全诗回漾着涟漪轻扬的生动气息。

（彭　松）

思考题

1. 阅读朱湘的《草莽集》，试与新月派另两位重要诗人闻一多、徐志摩相比较，谈谈朱湘的诗在诗歌形式美方面的探索有哪些独到之处。

2. "理智节制情感"是新月诗派的重要美学原则，请结合朱湘的诗，谈谈你的理解。

参考文献

1. 潘颂德　朱湘的诗论，《中国现代诗论四十家》，重庆出版社，1991。

2. 任红　朱湘《采莲曲》意象的师承线索及流变，《名作欣赏》，2005(8)。

3. 陈向春、赵强　重建中国诗学："朱湘"价值的再发现，《文艺争鸣》，2010(1)。

弃　妇

李金发

长发披遍我两眼之前，
遂隔断了一切羞恶之疾视，
与鲜血之急流，枯骨之沉睡。
黑夜与蚊虫联步徐来，
越此短墙之角，
狂呼在我清白之耳后，
如荒野狂风怒号：
战栗了无数游牧。

靠一根草儿，与上帝之灵往返在空谷里。
我的哀戚惟游蜂之脑能深印着；
或与山泉长泻在悬崖，
然后随红叶而俱去。

弃妇之隐忧堆积在动作上，
夕阳之火不能把时间之烦闷
化成灰烬，从烟突里飞去，
长染在游鸦之羽，
将同栖止于海啸之石上，
静听舟子之歌。

衰老的裙裾发出哀吟，
徜徉在丘墓之侧，
永无热泪，
点滴在草地
为世界之装饰。

（选自《微雨》，北新书局 1925 年 11 月版）

赏析

李金发（1900—1976），原名李淑良，广东梅县人，1925 年出版《微雨》，成为中国初期象征派诗人的代表。主要作品有诗集《微雨》《为幸福而歌》《食客与凶年》等。

　　《弃妇》是李金发首次在国内公开发表的诗作。诗的开端，寥寥数笔便勾勒出一个愤世、厌世、隔世的弃妇形象："长发披遍我两眼之前……"，继而便是一系列意象的叠印，如"黑夜与蚊虫"、"荒野狂风"等，借以形象地表现世俗对"弃妇"的诋毁以及"弃妇"的悲凄和惶恐。第二节则写"弃妇"在悲戚和苦痛的围袭中，仍追求纯净和澄明，希冀"与上帝之灵往返在空谷里"。第三节又是数个意象的堆积，铺缀出"弃妇"的抑郁、失望。最后一节则由失望滑入绝望。"弃妇"只是一个悲慨情感的象征物，是诗人对人生坎坷、悲惨命运的感受的象征。在李金发的笔下，人生的命运如同一个被遗弃的妇女，满贮着哀伤与悲苦。诗人描述了弃妇的状态，她丑陋、老苦，她狂呼、怒号，她直面黑夜，又不得不与蚊虫为伍，她"衰老的裙裾发出哀吟"，徜徉在坟墓之侧。

　　《弃妇》是我国象征主义诗歌的开山之作。弃妇这个形象象征着诗人自己所受的种种社会压迫和厌世的心态。它虽然失之艰涩，但不落窠臼。它大量运用隐喻、象征等表现手法，造成奇特、瑰丽的意象；又运用蒙太奇技巧，将词与词互换、嫁接，将意象与意象剪辑、重组。

（桂晓东）

思考题

　　1. 仔细品读作品，谈谈诗人以"弃妇"为题，表明了一种怎样的创作意图。

　　2. 阅读戴望舒《雨巷》，比较李金发的《弃妇》在诗歌艺术表现方面与之有何不同。

参考文献

　　1. 孙玉石　《中国现代诗歌艺术》，人民文学出版社，1992。

　　2. 陈超　《20世纪中国探索诗鉴赏》，河北人民出版社，1999。

十四行集（选六）

冯　至

2

什么能从我们身上脱落，
我们都让它化作尘埃：
我们安排我们在这时代
像秋日的树木，一棵棵

把树叶和些过迟的花朵
都交给秋风，好舒开树身
伸入严冬；我们安排我们
在自然里，像蜕化的蝉蛾

把残壳都丢在泥里土里：
我们把我们安排给那个
未来的死亡，像一段歌曲，

歌声从音乐的身上脱落，
归终剩下了音乐的身躯
化作一脉的青山默默。

6

我时常看见在原野里
一个村童，或一个农妇
向着无语的晴空啼哭，
是为了一个惩罚，可是

为了一个玩具的毁弃？
是为了丈夫的死亡，
可是为了儿子的病创？

啼哭得那样没有停息，

像整个的生命都嵌在
一个框子里，在框子外
没有人生，也没有世界。

我觉得他们好像从古来
就一任眼泪不住地流
为了一个绝望的宇宙。

16

我们并立在高高的山巅
化身为一望无边的远景，
化成面前的广漠的平原，
化成平原上交错的蹊径。

哪条路、哪道水，没有关联，
哪阵风、哪片云，没有呼应：
我们走过的城市、山川，
都化成了我们的生命。

我们的生长、我们的忧愁
是某某山坡的一棵松树，
是某某城上的一片浓雾；

我们随着风吹，随着水流，
化成平原上交错的蹊径，
化成蹊径上行人的生命。

19

我们招一招手，随着别离
我们的世界便分成两个，
身边感到冷，眼前忽然辽阔，
像刚刚产生的两个婴儿。

啊，一次别离，一次降生，
我们担负着工作的辛苦，
把冷的变成暖，生的变成熟，
各自把个人的世界耕耘，

为了再见，好像初次相逢，
怀着感谢的情怀想过去，
像初晤面时忽然感到前生。

一生里有几回春几回冬，
我们只感受时序的轮替，
感受不到人间规定的年龄。

26

我们天天走着一条熟路
回到我们居住的地方；
但是在这林里面还隐藏
许多小路，又深邃、又生疏。

走一条生的，便有些心慌，
怕越走越远，走入迷途，
但不知不觉从树疏处
忽然望见我们住的地方，

像座新的岛屿呈在天边。
我们的身边有多少事物
向我们要求新的发现：

不要觉得一切都已熟悉，
到死时抚摸自己的发肤
生了疑问：这是谁的身体？

27

从一片泛滥无形的水里，
取水人取来椭圆的一瓶，

这点水就得到一个定形；
看，在秋风里飘扬的风旗，

它把住些把不住的事体，
让远方的光、远方的黑夜
和些远方的草木的荣谢，
还有个奔向远方的心意，

都保留一些在这面旗上。
我们空空听过一夜风声，
空看了一天的草黄叶红，

向何处安排我们的思、想？
但愿这些诗像一面风旗
把住一些把不住的事体。

（原载《十四行集》，上海文化生活出版社 1949 年版）

赏析

　　冯至（1905—1993），原名冯承植，河北涿县人，是《浅草》社、《沉钟》社的成员，曾被鲁迅誉为"中国最为杰出的抒情诗人"。1930 年至 1935 年留学德国，新中国成立后致力于翻译、教学和外国文学研究工作。主要作品有诗集《昨日之歌》《北游及其他》《十四行集》，散文集《山水》，历史小说《伍子胥》，传记《杜甫传》，论文集《诗与遗产》，译作《海涅诗选》等。

　　由 27 首诗组成的《十四行集》是中国现代主义诗歌中最集中、最充分地表现生命主题的一部诗集，它是一部生命沉思者的歌。它使中国现代主义诗歌第一次真正具备了西方现代主义诗歌那种形而上的品格。诗人在对大自然的体察与冥想中了悟到生命的关联、升华与蜕变，也在对先贤命运的咀嚼中企盼人类伟大精神的复活与播扬。

　　冯至的《十四行集》在诗艺的探索方面，一是在平淡的生活里发现了诗，将自己悉心观察与沉静体验升华到哲理境界。二是在西方十四行诗外在形式的限制中追求诗意传达的自由。在《十四行集》最后一首中，诗人宣示了自己在这方面的艺术追求："从一片泛滥无形的水里，/取水人取来椭圆的一瓶，/这点水就得到一个定型"；"向何处安排我们的思、想？/但愿这些诗像一面风旗/把住一些把不住的事体"。三是从平常的生活和自然现象中开掘出丰富的美感，追求诗歌意象的丰盈。

（李从云）

思考题

1. 结合具体诗篇谈谈你对冯至《十四行集》主题的理解。

2. 谈谈冯至《十四行集》意象的智性之美。

参考文献

1. 王泽龙　《中国现代诗歌意象论》，中国社会科学出版社，2008。

2. 蓝棣之　《现代诗名著名篇解读》，人民文学出版社，2007。

3. 孙玉石　《中国现代主义思潮史论》，北京大学出版社，1999。

4. 陈思和　《中国现当代文学名篇十五讲》，北京大学出版社，2003。

雨　巷

戴望舒

撑着油纸伞，独自
彷徨在悠长、悠长
又寂寥的雨巷，
我希望逢着
一个丁香一样地
结着愁怨的姑娘。

她是有
丁香一样的颜色，
丁香一样的芬芳，
丁香一样的忧愁，
在雨中哀怨，
哀怨又彷徨；

她彷徨在这寂寥的雨巷，
撑着油纸伞
像我一样，
像我一样地
默默彳亍着，
冷漠，凄清，又惆怅。

她静默地走近
走近，又投出
太息一般的眼光，
她飘过
像梦一般地，
像梦一般地凄婉迷茫。

像梦中飘过
一枝丁香地，

我身旁飘过这女郎；

她静默地远了，远了，

到了颓圮的篱墙，

走尽这雨巷。

在雨的哀曲里，

消了她的颜色，

散了她的芬芳，

消散了，甚至她的

太息般的眼光，

丁香般的惆怅。

撑着油纸伞，独自

彷徨在悠长、悠长

又寂寥的雨巷，

我希望飘过

一个丁香一样地

结着愁怨的姑娘。

赏析

　　戴望舒(1905—1950)，原名戴梦鸥，浙江杭州人，现代诗派最重要和最有代表性的诗人。主要有诗集《我的记忆》《望舒草》(以上两种又合为《望舒诗稿》)《灾难的岁月》等。

　　《雨巷》这首诗音调和谐，节奏舒缓。全诗七节，每节六句，共四十二句，诗句虽然长短不一，但停顿很有规律。诗句多以三顿为主，间有二、四顿，这种停顿形式不但没有破坏诗歌整体结构，反而为诗歌增加了舒缓沉郁的节奏感。诗中三分之二的诗句押内韵，有的一句七个音节，但韵音就出现了三次。一个音响在人们的听觉中反复出现，造成一种回荡的效果，也保证了音韵的和谐一致，诗义的缠绵与音节的回环相结合，给人一种凄迷徘徊之感。诗中多处运用重叠和反复的手法。既有词和词的重叠，又有句子的重叠，如"丁香一样的颜色，丁香一样的芬芳，丁香一样的忧愁"。诗句的重叠反复，构成声音和感情的回环往复，强化了节奏，加强了全诗的音乐感，增强了诗歌的抒情色彩。

　　《雨巷》是戴望舒的成名作和前期的代表作，他曾因此而赢得了"雨巷诗人"的雅号。这首诗写于1927年夏天。当时全国处于白色恐怖之中，戴望舒因曾参加进步活动而不得不避居于松江的友人家中，在孤寂中咀嚼着大革命失败后的幻灭与痛苦，心中充满了迷惘的情绪和蒙眬的希望。《雨巷》一诗就是他的这种心情的表现，其中交织着失望和希望、幻灭和追求的双重情调。这种情怀在当时是有一定的普遍性的。

《雨巷》运用了象征性的抒情手法。诗中那狭窄阴沉的雨巷，在雨巷中徘徊的独行者，以及那个像丁香一样结着愁怨的姑娘，都是象征性的意象。这些意象又共同构成了一种象征性的意境，含蓄地暗示出作者既迷惘感伤又有期待的情怀，并给人一种蒙眬而又幽深的美感。

（冼　妍）

思考题

1. 诗人期望遇见一个什么样的姑娘？这个结着丁香一样愁怨的姑娘有什么象征意义？

2. 找出诗中反复出现的词句，这些词语贯穿始终体现了整首诗的主情感旋律是怎样的？它们在诗歌表达形式上起了什么作用？

参考文献

1. 蓝棣之　象征派的形式，古典派的内容，《现代诗的情感与形式》，人民文学出版社，2002。

2. 龙泉明　《中国新诗流变论》，人民文学出版社，1999。

3. 孙玉石　《中国现代诗歌艺术》，人民文学出版社，1992。

乐园鸟

戴望舒

飞着，飞着，春，夏，秋，冬，
昼，夜，没有休止，
华羽的乐园鸟，
这是幸福的云游呢，
还是永恒的苦役？

渴的时候也饮露，
饥的时候也饮露，
华羽的乐园鸟，
这是神仙的佳肴呢，
还是为了对于天的乡思？

是从乐园里来的呢，
还是到乐园里去的？
华羽的乐园鸟，
在茫茫的青空中
也觉得你的路途寂寞吗？

假使你是从乐园里来的
可以对我们说吗，
华羽的乐园鸟，
自从亚当、夏娃被逐后，
那天上的花园已荒芜到怎样了？

赏析

　　《乐园鸟》中最明显的一点，是诗人对生命的追寻。诗人发问和追寻的过程，实际上也是一种精神上归乡的历程。诗人将乐园看作一个精神家乡的所在地，而"华羽的乐园鸟"，指美丽的天堂使者，也是诗人的自喻。整首诗中虽然传达出一种巨大的精神痛苦和找不到出路的苦闷彷徨，但是诗人对于追寻答案的信心始终没有放弃。

这首诗是戴望舒所有诗作中基督教思想表现最显著的一首。诗中充满了基督教与《圣经》文学的意象。因为这些意象有着丰富的文化内涵，所以尽管这首诗篇幅不长，但是意蕴蒙眬而多义，有力地传达出了诗人复杂和幽微的心绪。

全诗四节，每节五句，第三句是同一句"华羽的乐园鸟"，将每节分为两部分，使得整首诗在体式上相当整饬、匀称。前三节的问句都是相同的"这是……还是"句式，不断重复和回旋，强化了诗人苦苦的追问和探询。最后一节的问句，与前三节不同，严整中有变化。这一节整个是用一个问句构成的，更凸显了诗人追问之迫切，造成意犹未尽的艺术效果。诗虽然读完了，但是诗人迫切的追问还萦绕在读者心头，震颤着读者的心灵。戴望舒主张写诗"不借重音乐"而借重"诗情"生发"韵律"，这首《乐园鸟》音韵自然而和谐，非常典型地体现了作者的这一艺术追求。

（靳新来）

思考题

1. 仔细琢磨诗中的"五问"，想一想：诗人对人（自己）无休止的理想追求提出了怎样的疑问，这反映了现代人（作者）的怎样一种矛盾的心境？

2. 阅读戴望舒《雨巷》《寻梦者》《我用残损的手掌》，结合《乐园鸟》的学习，谈谈作者在诗歌音乐美方面的独特追求。

参考文献

1. 蓝棣之 象征派的形式，古典派的内容，《现代诗的情感与形式》，人民文学出版社，2002。

2. 龙泉明 《中国新诗流变论》，人民文学出版社，1999。

3. 孙玉石 《中国现代诗歌艺术》，人民文学出版社，1992。

预　言

何其芳

这一个心跳的日子终于来临！
你夜的叹息似的渐近的足音，
我听得清不是林叶和夜风私语，
麋鹿驰过苔径的细碎的蹄声！
告诉我，用你银铃的歌声告诉我，
你是不是预言中的年轻的神？

你一定来自那温郁的南方
告诉我那儿的月色，那儿的日光，
告诉我春风是怎样吹开百花，
燕子是怎样痴恋着绿杨。
我将合眼睡在你如梦的歌声里，
那温暖我似乎记得，又似乎遗忘。

请停下，停下你疲劳的奔波，
进来，这儿有虎皮的褥你坐！
让我烧起每一个秋天拾来的落叶，
听我低低地唱起我自己的歌。
那歌声将火光一样沉郁又高扬，
火光一样将我的一生诉说。

不要前行！前面是无边的森林，
古老的树现着野兽身上的斑纹，
半生半死的藤蟒一样交缠着，
密叶里漏不下一颗星星。
你将怯怯地不敢放下第二步，
当你听见了第一步空寥的回声。

一定要走吗？请等我和你同行！
我的脚知道每一条平安的路径，

我可以不停地唱着忘倦的歌，

再给你，再给你手的温存。

当夜的浓黑遮断了我们，

你可以不转眼地望着我的眼睛。

我激动的歌声你竟不听，

你的脚竟不为我的颤抖暂停！

像静穆的微风飘过这黄昏里，

消失了，消失了你骄傲的足音！

呵，你终于如预言中所说的无语而来，

无语而去了吗，年轻的神？

1931 年秋天，北平

赏析

何其芳(1912—1977)，原名何永芳，四川万县(今属重庆)人，著名诗人。主要诗集有《汉园集》(1936)、《预言》(1945)、《夜歌和白天的歌》(1952)等。

《预言》描绘了一个梦幻般宁静、温馨、美丽的爱情世界，传达了一种对于流逝的青春与时间的惆怅和思考，真实记录了诗人对美好青春由渴望、欣喜到惆怅的心路历程。

诗歌虚写了一位生活在梦的天国，飘忽、美丽、温柔的"年轻的神"，迷离、恍惚，仿若梦幻。并尽情抒写了对她隆重的接待，热烈的倾诉，恳切的挽留，谆谆的告诫，缠绵的依恋，且引之为知己……然而，她如行云，似轻风，若流水，弃他而去，悄然而至又悄然而去，空留无限眷恋与惆怅。那"得与失""取与舍""蛊惑与抗拒"间的抉择，"留下的悲哀"与"失悔的美丽"之间对时间和生命作出的思考，演绎成为一个幻美的神话故事。

《预言》用和谐及富于音乐性的抒情语言，使这朵小花具有鲜明的音乐美感特质。全诗每节均为六行，大体上一、二、四、六行押韵，各节的韵脚又不完全相同，随抒情的需要换韵。为了增强音乐的美感，也加重抒情的色彩，作者还自然而巧妙地运用诗句语言的重复，使诗的音乐性服从于情绪的表达而显出多姿的丰采。

此诗构思精巧，一个序曲，一个尾声，中间四个乐章，相互独立又内在缠连，起首意外惊喜，末尾无尽惆怅，自然呼应，余韵无穷。另外，"非现实"性的意象、意境，梦幻冥想式的情绪感觉象征，共同形成极为独特虚幻迷离的世界。

（陈 啸）

思考题

1. 对于《预言》所歌颂的"年轻的神"，我们可做怎样的解读？

2. 如何理解《预言》的语言美？

参考文献

1. 李健吾　画梦录，《李健吾文学评论选》，宁夏人民出版社，1983。

2. 尹在勤　《何其芳评传》，四川人民出版社，1980。

老　马

臧克家

总得叫大车装个够，
他横竖不说一句话，
背上的压力往肉里扣，
他把头沉重的垂下！

这刻不知道下刻的命，
他有泪只往心里咽，
眼里飘来一道鞭影，
他抬起头望望前面。

一九三二年四月

（选自《烙印》，文化生活出版社 1933 年 7 月初版）

赏析

　　臧克家（1905—2004），山东诸城人，是一位出自新月诗派之门又兼收各派之长的诗人。主要有诗集《烙印》《罪恶的黑手》《运河》，长诗《自己的写照》，散文集《乱蓬集》等。

　　《老马》中最主要的一点，是诗人"坚忍主义"人生态度的传达。在外在的施压和鞭打下，老马"横竖不说一句话"，"它有泪只往心里咽"，即是很好的表现。实际上，诗人通过忍辱负重的"老马"形象，写出了诗人在特定时代中对生活的一种苦闷、沉郁和悲愤的情绪，写出了一种较为普遍的"老马"式的人生状态。

　　《老马》是一首现代格律诗。全诗两节，每节四行，每行八至九个字（第三行和第五行九个字），大体整齐，前后对称，形式上具有"建筑的美"。押韵上，一、三行押韵，二、四行交错押韵，韵脚置于每一行的结尾，读来朗朗上口，节奏感强。而且，韵脚除"影"字外，其余都是去声字，短促有力，较好地表现了老马艰难挣扎而又坚忍不屈的情状，因此，这首诗不仅声韵和谐，而且音义相切。

　　另外，《老马》的语言洗练，明白晓畅，诗意又含蓄深刻，比如"扣""飘"等字，真正体现了"深刻到家，深刻到浅易的程度"的艺术境界。

（洗　妍）

思考题

1. 如何评价诗人在《老马》中的"坚忍主义"态度？

2. 以《老马》为例，谈谈如何理解闻一多先生所强调的新诗的"格式"是"相体裁衣""层出不穷"的，从而突破了古典格律诗的单一模式。

参考文献

1. 闻一多　诗的格律，《闻一多全集（第三卷）》，生活·读书·新知三联书店，1982。

2. 臧克家　论新诗，《臧克家文集（第六卷）》，济南文艺出版社，1994。

3. 钱理群等　《中国现代文学三十年（修订版）》，北京大学出版社，1998。

我爱这土地

艾　青

假如我是一只鸟，

我也应该用嘶哑的喉咙歌唱：

这被暴风雨所打击着的土地，

这永远汹涌着我们的悲愤的河流，

这无止息地吹刮着的激怒的风，

和那来自林间的无比温柔的黎明……

——然后我死了，

连羽毛也腐烂在土地里面。

为什么我的眼里常含泪水？

因为我对这土地爱得深沉……

1938,11 月 17 日

（选自《北方》,文化生活出版社 1942 年 1 月初版）

赏析

艾青(1910—1996),原名蒋海澄,浙江金华人。诗结集为《大堰河》《向太阳》《在北方》等。

《我爱这土地》借用鸟的简单素朴的语言倾诉对土地无以言说的酷爱和对土地义无反顾的真诚、执着。然而诗人魂牵梦绕爱着的土地,是布满痛苦、躯体上有太多凝结成块的流不动的悲愤的土地。于是由悲土地之苦引发赞土地之抗争,并表明对胜利的坚信,且甘愿死于兹、葬于兹,使爱升华,得以永恒。诗人对土地的关注,乃是对农民、民族、祖国的挚爱。然而,祖国贫穷落后,多灾多难,我们心中郁结着过多的"悲愤",即便如此,对于土地依然念兹在兹,至死不渝！

全诗充满着忧郁的情绪,这也是艾青诗歌艺术个性的基本要素之一。诗人说:"叫一个生活在这年代的忠实的灵魂不忧郁,这有如叫一个辗转在泥色的梦里的农夫不忧郁,是一样的属于天真的一种奢望。"(艾青《诗论》)但这忧郁是源于对战争现实长期性、艰苦性的深刻体认,又给人以积极奋发的巨大力量,将人引向一种庄严、崇高的境界。

（陈　啸）

思考题

1. 试评述艾青的忧郁情怀。

2. 请查阅相关资料，谈谈印象主义对这首诗的影响。

参考文献

1. 胡风　吹芦笛的诗人，《胡风评论集（上）》，人民文学出版社，1984。

2. 骆寒超　《艾青论》，浙江人民出版社，1982。

3. 艾青　诗论，《艾青全集》3 卷，花山文艺出版社，1991。

断　章

卞之琳

你站在桥上看风景，

看风景人在楼上看你。

明月装饰了你的窗子，

你装饰了别人的梦。

赏析

卞之琳（1910—2000），祖籍江苏溧水，生于江苏海门汤家镇。诗人、学者。

《断章》写于 1935 年 10 月，原为诗人一首长诗中的片段，后将其独立成章，因此标题为"断章"。这是中国现代文学史上文字简短而意蕴丰富蒙眬的著名短诗。这首诗是以两组具体物象构成的图景中主客位置的调换，隐藏了诗人关于人生、事物、社会等存在的相对关联关系的普遍性哲学的思考。在诗人看来，一切事物都不是孤立的存在，而是与其他事物相对关联而存在的，事物相对关联与运动的变化是永恒的规律。通过对常见的"风景"的刹那感悟，讨论了主客体关系的相对性。

诗的上节撷取的是一幅白日游人观景的画面。它虽然写的是"看风景"，但笔墨并没有挥洒在对风景的描绘上，只是不经意地露出那桥、那楼、那观景人，以及由此可以推想得出的那流水、那游船、那岸柳……它就像淡淡的水墨画把那若隐若现的虚化的背景留给读者去想象，而把画面的重心落在了看风景的桥上人和楼上人的身上，更确切地说，是落在了这两个看风景人在观景时相互之间所发生的那种极有情趣的戏剧性关系上。

（冼　妍）

思考题

1. 品味诗歌的哲理性思考、独特的意境，谈谈对《断章》主旨的理解。

2. 感悟诗歌中所体现的现代意识，想一想作者对象征寓体的安排巧妙在哪里。

参考文献

1. 孙玉石　《中国现代主义诗潮史论》，北京大学出版社，1999。

2. 钱理群等　《中国现代文学三十年(修订版)》，北京大学出版社，1998。

3. 卞之琳　《雕虫纪历(增订版)》，人民文学出版社，1984。

春

穆　旦

绿色的火焰在草上摇曳，
他渴求着拥抱你，花朵。
反抗着土地，花朵伸出来，
当暖风吹来烦恼，或者欢乐。
如果你是醒了，推开窗子，
看这满园的欲望多么美丽。

蓝天下，为永远的谜迷惑着的
是我们二十岁的紧闭的肉体，
一如那泥土做成的鸟的歌，
你们被点燃，却无处归依。
呵，光，影，声，色，都已经赤裸，
痛苦着，等待伸入新的组合。

1942 年 2 月

赏析

　　穆旦(1918—1977)，原名查良铮，浙江海宁人，生于天津，是九叶派的代表诗人。出版有诗集《探险队》《穆旦诗集》《旗》以及翻译作品《欧根·奥涅金》《唐璜》《普希金抒情诗选》等。

　　《春》与青春和生命的躁动迷惘有关。诗的第一节借春色点出"欲望"这一关键词，诗人用"绿色的火焰"对花朵的渴求拥抱，花朵对土地的"反抗"，暗示出在渴求与拒绝之间，在束缚与反抗之间满涨着的生命强力。第二节诗人的目光从外在的自然投向自身，写"紧闭的肉体"被点燃却"无处归依"。如果说上节中的土地对花朵来说是一种束缚，此处的"肉体"对被点燃的青春的激情就是一种禁闭。被禁闭的痛苦与无所归依的迷惘便期待有新的来自大自然的神秘启示，生命再一次向土地、天空敞开。

　　"思想知觉化"是九叶派诗人实现诗的戏剧化的重要途径，它指的是"充分发挥形象的力量，并把官能感觉的形象和抽象的观点、炽热的情绪密切结合在一起，成为一个孪生体"，也就是让知性的内容直接成为可感的对象。(参阅龙泉明：《中国新诗流变论》第四章)这种现代诗歌技巧在穆旦诗中化为一个更具体、更个化的方式——用身体来思考。

《春》正是通过"肉体"的感觉来传达独特的诗思的。

（李从云）

思考题

1. 谈谈你对这首诗的主题意蕴的看法。

2. 王佐良曾经评价《春》说："不止是所谓虚实结合，而是出现了新的思辨、新的形象，总体效果则是感性化、肉体化"，试结合诗作具体分析。

参考文献

1. 袁可嘉 《九叶集·序》，江苏人民出版社，1981。

2. 孙玉石 《中国现代诗歌艺术》，长江文艺出版社，2007。

3. 龙泉明 《中国新诗流变论》，人民文学出版社，1999。

4. 王泽龙 《中国现代主义诗潮论》，华中师范大学出版社，1995。

散文编

影的告别

鲁　迅

　　人睡到不知道时候的时候，就会有影来告别，说出那些话——

　　有我所不乐意的在天堂里，我不愿去；有我所不乐意的在地狱里，我不愿去；有我所不乐意的在你们将来的黄金世界里，我不愿去。

　　然而你就是我所不乐意的。

　　朋友，我不想跟随你了，我不愿住。

　　我不愿意！

　　呜乎呜乎，我不愿意，我不如彷徨于无地。

　　我不过一个影，要别你而沉没在黑暗里了。然而黑暗又会吞并我，然而光明又会使我消失。

　　然而我不愿彷徨于明暗之间，我不如在黑暗里沉没。

　　然而我终于彷徨于明暗之间，我不知道是黄昏还是黎明。我姑且举灰黑的手装作喝干一杯酒，我将在不知道时候的时候独自远行。

　　呜乎呜乎，倘若黄昏，黑夜自然会来沉没我，否则我要被白天消失，如果现是黎明。

　　朋友，时候近了。

　　我将向黑暗里彷徨于无地。

　　你还想我的赠品。我能献你甚么呢？无已，则仍是黑暗和虚空而已。但是，我愿意只是黑暗，或者会消失于你的白天；我愿意只是虚空，决不占你的心地。

　　我愿意这样，朋友——

　　我独自远行，不但没有你，并且再没有别的影在黑暗里。只有我被黑暗沉没，那世界全属于我自己。

一九二四年九月二十四日

（原载 1924 年 12 月 8 日《语丝》周刊第 4 期）

赏析

　　《影的告别》是鲁迅为数不多的剖露心迹之作。当时的鲁迅正处于精神上寂寞苦闷的时期。"五四"退潮、家庭不幸、疾病纠缠，这一切使他产生强烈的失败感，逼迫他冷酷地审视和拷问自我。《影的告别》可以说是鲁迅灵魂的"独白"，是鲁迅内心矛盾和生命哲学的最紧张最曲折的表述。

影子，人的影子，依附于人形，存在于明暗之间。人的影子，在完全黑暗（黑夜）与完全光明（正午12点）的情况下，都要消灭，它只能存在于半明半暗之中。鲁迅抓住这样的自然现象，用来象征自己的生存困境。作品用一种推进的手法慢慢地描写了作者面对这个世界黑暗的一种心态。身处"黑暗"与"光明"两个世界的交接点，反抗黑暗，自然为黑暗所不容（"黑暗又会吞并我"）；而光明真正到来之时，又是其消亡之日（"光明又会使我消失"）。两面都找不到自己的位置，成了一个"彷徨于无地"的无所依托的存在。影子，是作者鲁迅的自喻，影子的这种处境自然反映了鲁迅对自我生命的历史定位，也就是他所说过的"在进化的链子上"的历史的"中间物"。宁愿被黑暗沉没，也不愿苟活于明暗之间，这是影子的精神，是鲁迅反抗绝望人生哲学的体现。

《影的告别》构思奇特而巧妙，于梦境之中写影的独白，寄寓了作者种种复杂的思绪，使影的意象内涵蒙眬丰富，这颇能代表整部《野草》的象征主义艺术风格。作品中词语的重复（11个"我不"、5个"然而"、3个"我愿意"），形成一波三宕的节奏，将作者的思绪表现得回转有致。

（靳新来）

思考题

1. 历史"中间物"是鲁迅提出的一个深刻命题，出自他的《写在〈坟〉后面》，请阅读此文，并结合《野草》中的《过客》《墓碣文》等，谈谈对《影的告别》中"影"意象的理解。

2. 阅读《野草》集中的《墓碣文》《死后》《死火》等，谈谈对《野草》象征主义艺术创作手法的认识。

参考文献

1. 钱理群　反抗绝望：鲁迅的哲学——读《影的告别》、《求乞者》、《过客》及其他，《鲁迅作品十五讲》，北京大学出版社，2003。

2. 孙玉石　《现实的与哲学的》，上海书店出版社，2001。

3. 王本朝　"然而"与《野草》的话语方式，《贵州社会科学》，2012(1)。

春末闲谈^①

鲁 迅

北京正是春末,也许我过于性急之故罢,觉着夏意了,于是突然记起故乡的细腰蜂^②。那时候大约是盛夏,青蝇密集在凉棚索子上,铁黑色的细腰蜂就在桑树间或墙角的蛛网左近往来飞行,有时衔一支小青虫去了,有时拉一个蜘蛛。青虫或蜘蛛先是抵抗着不肯去,但终于乏力,被衔着腾空而去了,坐了飞机似的。

老前辈们开导我,那细腰蜂就是书上所说的果蠃,纯雌无雄,必须捉螟蛉去做继子的。她将小青虫封在窠里,自己在外面日日夜夜敲打着,祝道"像我像我",经过若干日,——我记不清了,大约七七四十九日罢,——那青虫也就成了细腰蜂了,所以《诗经》里说:"螟蛉有子,果蠃负之。"螟蛉就是桑上小青虫。蜘蛛呢? 他们没有提。我记得有几个考据家曾经立过异说,以为她其实自能生卵;其捉青虫,乃是填在窠里,给孵化出来的幼蜂做食料的。但我所遇见的前辈们都不采用此说,还道是拉去做女儿。我们为存留天地间的美谈起见,倒不如这样好。当长夏无事,遣暑林阴,瞥见二虫一拉一拒的时候,便如睹慈母教女,满怀好意,而青虫的宛转抗拒,则活像一个不识好歹的毛鸦头。

但究竟是夷人可恶,偏要讲什么科学。科学虽然给我们许多惊奇,但也搅坏了我们许多好梦。自从法国的昆虫学大家发勃耳(Fabre)^③仔细观察之后,给幼蜂做食料的事可就证实了。而且,这细腰蜂不但是普通的凶手,还是一种很残忍的凶手,又是一个学识技术都极高明的解剖学家。她知道青虫的神经构造和作用,用了神奇的毒针,向那运动神经球上只一螫,它便麻痹为不死不活状态,这才在它身上生下蜂卵,封入窠中。青虫因为不死不活,所以不动,但也因为不活不死,所以不烂,直到她的子女孵化出来的时候,这食料还和被捕当日一样的新鲜。

三年前,我遇见神经过敏的俄国的 E 君^④,有一天他忽然发愁道,不知道将来的科学家,是否不至于发明一种奇妙的药品,将这注射在谁的身上,则这人即甘心永远去做服役和战争的机器了? 那时我也就皱眉叹息,装作一齐发愁的模样,以示"所见略同"之至意,殊不知我国的圣君,贤臣,圣贤,

---

① 本篇最初发表时署名冥昭。

② 细腰蜂:在昆虫学上属于膜翅目泥蜂科;关于它的延种方法,我国古代有各种不同的记载。《诗经·小雅·小宛》:"螟蛉有子,蜾蠃负之。"汉代郑玄注:"蒲卢(按即蜾蠃)取桑虫之子,负持而去,煦妪养之,以成其子。"汉代扬雄《法言·学行》:"螟蠕之子殪,而逢蜾蠃,祝之曰:'类我! 类我!'久则肖之矣。"最先反对上面说法的是六朝时的陶弘景,他在注《本草》"蠮螉一名土蜂"条下说:"(蠮螉)虽名土蜂,不就土中作案,谓捷土作房尔。今一种黑色细腰,衔泥于壁及器物边作房,生子如粟置其中;乃捕草上青蜘蛛十余置其中,仍塞口,以俟其子大而为粮也。其一种入芦竹管中,亦取草上青虫。一名果蠃,《诗》云:'螟蛉有子,果蠃负之。'或言细腰蜂无雌,皆取青虫教祝,变成己子,斯为谬矣。"其后,宋代叶大庆在《考古质疑》卷六中说:"我朝嘉祐中,掌禹锡等按蜀本注云:'惺斠即蒲卢,蒲卢即细腰蜂。不特负持桑虫,亦以他虫入穴,用泥封之,数日成蜂飞去。陶云生子如粟在穴,乃捕他虫为之食。今人有候其封穴,坏而看之,见有卵如粟,在死虫之上,即如陶说矣。'"

③ 发勃耳:1823—1915,通译法布尔,法国昆虫学家。著有《昆虫记》等。

④ E君:爱罗先珂。俄国诗人、童话作家。

圣贤之徒,却早已有过这一种黄金世界的理想了。不是"唯辟作福,唯辟作威,唯辟玉食"①么? 不是"君子劳心,小人劳力"②么? 不是"治于人者食(去声)人,治人者食于人"③么? 可惜理论虽已卓然,而终于没有发明十全的好方法。要服从作威就须不活,要贡献玉食就须不死;要被治就须不活,要供养治人者又须不死。人类升为万物之灵,自然是可贺的,但没有了细腰蜂的毒针,却很使圣君,贤臣,圣贤,圣贤之徒,以至现在的阔人,学者,教育家觉得棘手。将来未可知,若已往,则治人者虽然尽力施行过各种麻痹术,也还不能十分奏效,与果蠃并驱争先。即以皇帝一伦而言,便难免时常改姓易代,终没有"万年有道之长";"二十四史"而多至二十四,就是可悲的铁证。现在又似乎有些别开生面了,世上挺生了一种所谓"特殊知识阶级"④的留学生,在研究室中研究之结果,说医学不发达是有益于人种改良的,中国妇女的境遇是极其平等的,一切道理都已不错,一切状态都已够好。E君的发愁,或者也不为无因罢,然而俄国是不要紧的,因为他们不像我们中国,有所谓"特别国情"⑤,还有所谓"特殊知识阶级"。

但这种工作,也怕终于像古人那样,不能十分奏效的罢,因为这实在比细腰蜂所做的要难得多。她于青虫,只须不动,所以仅在运动神经球上一螫,即告成功。而我们的工作,却求其能运动,无知觉,该在知觉神经中枢,加以完全的麻醉的。但知觉一失,运动也就随之失却主宰,不能贡献玉食,恭请上自"极峰"⑥下至"特殊知识阶级"的赏收享用了。就现在而言,窃以为除了遗老的圣经贤传法,学者的进研究室主义⑦,文学家和茶摊老板的莫谈国事⑧律,教育家的勿视勿听勿言勿动⑨论之外,委实还没有更好,更完全,更无流弊的方法。便是留学生的特别发见,其实也并未轶出了前贤的范围。

那么,又要"礼失而求诸野"⑩了。夷人,现在因为想去取法,姑且称之为外国,他那里,可有较好的法么? 可惜,也没有。所有者,仍不外乎不准集会,不许开口之类,和我们中华并没有什么很不同。然亦可见至道嘉猷,人同此心,心同此理,固无华夷之限也。猛兽是单独的,牛羊则结队;野牛的

---

①　"唯辟作福,唯辟作威,唯辟玉食":语见《尚书·洪范》。辟,即天子或诸侯。

②　"君子劳心,小人劳力":语见《左传》襄公九年:"君子劳心,小人劳力,先王之制也。"

③　"治于人者食(去声)人,治人者食于人":语见《孟子·滕文公》:"或劳心,或劳力;劳心者治人,劳力者治于人。治于人者食人,治人者食于人,天下之通义也。"

④　"特殊知识阶级":一九二五年二月,段祺瑞为了抵制孙中山在共产党支持下提出的召开国民会议的主张,拼凑了一个御用的"善后会议",企图从中产生假的国民会议。当时竟有一批曾在外国留学的人在北京组织"国外大学毕业参加国民会议同志会",于三月二十九日在中央公园开会,向"善后会议"提请愿书,要求在未来的国民会议中给他们保留名额,其中说:"查国民代表会议之最大任务为规定中华民国宪法,留学者为一特殊知识阶级,无庸讳言,其应参加此项会议,多多益善。"作者批判的所谓"特殊知识阶级",即指这类留学生。

⑤　"特别国情":一九一五年袁世凯阴谋恢复帝制时,他的宪法顾问美国人古德诺(F.J.Goodnow)曾于八月十日北京《亚细亚日报》发表一篇《共和与君主论》,说中国自有"特别国情",不适宜实行民主政治,应当恢复君主政体。这种"特别国情"的谬论,曾经成为反动派阻挠民主改革和反对进步学说的借口。

⑥　"极峰":意即最高统治者。旧时官僚政客对最高统治者的媚称。

⑦　进研究室主义:一九一九年七月,胡适在《每周评论》上发表《多研究些问题,少谈些"主义"》的文章,稍后又提出学者"进研究室""整理国故"的口号。

⑧　莫谈国事:北洋军阀统治时期,实行恐怖政策,密探四布,茶馆酒肆里多贴有"莫谈国事"的字条,某些文人也把"莫谈国事"当作处世格言。

⑨　勿视勿听勿言勿动:语出《论语·颜渊》:"非礼勿视,非礼勿听,非礼勿言,非礼勿动。"

⑩　"礼失而求诸野":孔子的话,见《汉书·艺文志》。

大队,就会排角成城以御强敌了,但拉开一匹,定只能牟牟地叫。人民与牛马同流,——此就中国而言,夷人别有分类法云,——治之之道,自然应该禁止集合:这方法是对的。其次要防说话。人能说话,已经是祸胎了,而况有时还要做文章。所以苍颉造字,夜有鬼哭①。鬼且反对,而况于官?猴子不会说话,猴界即向无风潮,——可是猴界中也没有官,但这又作别论,——确应该虚心取法,反朴归真,则口且不开,文章自灭:这方法也是对的。然而上文也不过就理论而言,至于实效,却依然是难说。最显著的例,是连那么专制的俄国,而尼古拉二世"龙御上宾"②之后,罗马诺夫氏竟已"覆宗绝祀"了。要而言之,那大缺点就在虽有二大良法,而还缺其一,便是:无法禁止人们的思想。

于是我们的造物主——假如天空真有这样的一位"主子"——就可恨了:一恨其没有永远分清"治者"与"被治者";二恨其不给治者生一枝细腰蜂那样的毒针;三恨其不将被治者造得即使砍去了藏着的思想中枢的脑袋而还能动作——服役。三者得一,阔人的地位即永久稳固,统御也永久省了气力,而天下于是乎太平。今也不然,所以即使单想高高在上,暂时维持阔气,也还得日施手段,夜费心机,实在不胜其委屈劳神之至……

假使没有了头颅,却还能做服役和战争的机械,世上的情形就何等地醒目呵!这时再不必用什么制帽勋章来表明阔人和窄人了,只要一看头之有无,便知道主奴,官民,上下,贵贱的区别。并且也不至于再闹什么革命,共和,会议等等的乱子了,单是电报,就要省下许多许多来。古人毕竟聪明,仿佛早想到过这样的东西,《山海经》上就记载着一种名叫"刑天"的怪物③。他没有了能想的头,却还活着,"以乳为目,以脐为口",——这一点想得很周到,否则他怎么看,怎么吃呢,——实在是很值得奉为师法的。假使我们的国民都能这样,阔人又何等安全快乐?但他又"执干戚而舞",则似乎还是死也不肯安分,和我那专为阔人图便利而设的理想底好国民又不同。陶潜④先生又有诗道:"刑天舞干戚,猛志固常在。"连这位貌似旷达的老隐士也这么说,可见无头也会仍有猛志,阔人的天下一时总怕难得太平的了。但有了太多的"特殊知识阶级"的国民,也许有特在例外的希望;况且精神文明太高了之后,精神的头就会提前飞去,区区物质的头的有无也算不得什么难问题。

一九二五年四月二十二日

(原载 1925 年 4 月 24 日北京《莽原》周刊第 1 期,后收入《坟》)

赏析

《春末闲谈》是鲁迅前期杂文中的名篇。当时,思想文化界有人提倡"尊孔读经",妄图用传统思想麻痹人民。针对这股文化逆流,鲁迅写下了这篇杂文。

---

① 苍颉造字,夜有鬼哭:见《淮南子·本经训》:"昔者苍颉作书而天雨粟,鬼夜哭。"

② 尼古拉二世(1868—1918):帝俄罗曼诺夫王朝最后的一个皇帝,为一九一七年二月革命所推翻,次年七月十七日被处死。"龙御上宾",旧时指皇帝逝世,意即乘龙仙去。典出《史记·封禅书》。

③ 《山海经》:十八卷,约公元前四世纪至公元二世纪间的作品,内容主要是有关我国民间传说中的地理知识,还保存了不少上古时代流传下来的神话故事。"刑天",一作形天,见该书《海外西经》:"形天与帝至此争神,帝断其首,葬之常羊之山。乃以乳为目,以脐为口,操干戚以舞。"干,盾牌;戚,斧头。

④ 陶潜(约 372—427):一名渊明,字元亮,晋浔阳柴桑(今江西九江)人,东晋诗人。著作有《陶渊明集》。"刑天舞干戚"两句诗,见他的《读山海经》第十首。

本文虽冠名以"闲谈",其实在洒脱从容的娓娓而谈之中,处处使人感到鲁迅思想的深邃和对治人者"精神文明"的控诉和鞭挞。作者先从细腰蜂谈起。这种蜂十分残忍,捕到小青虫后,用"神奇的毒针"一刺,小青虫便处于不死不活的状态,由它任意摆布,最终保鲜吃掉。"细腰蜂神奇的毒针",既是对蜾蠃这种寄生蜂独特功能的描述,也是对下文揭露旧时统治阶级精神麻痹术的形象比喻。作者由此生发开去,联想到统治阶级对人民的思想毒害。他们的理想境界,是要民众既能贡献主食,而又不会反抗,任其驱使。可惜他们没有细腰蜂身上的那根毒针,所以总难以如愿。本文固然是讽刺统治阶级的驾驭之术,但从中也可以看到作者对造成民众愚昧麻木精神状态原因的深刻思考。批判的锋芒不仅指向历史上的圣君、贤臣、圣贤之徒,而且直指当时的遗老、学者、文学家、教育家、留学生。既有深刻的寓意又有鲜明的现实感。

文章思路开阔,无拘无束,论事说理,旁征博引。古诗、传说、史实、科学知识,皆信手拈来,融为一炉,使文章富有知识性和趣味性,在形象化的"闲谈"中阐发出深刻的思考,小中见大,平中见奇。语言也幽默风趣,好作反语。读者在开颜一笑中不难体味到其中强烈的讽刺意味。

(靳新来)

思考题

1. 文章开篇记叙故乡细腰蜂捕捉青蛙的"闲趣",在"闲谈"中有何作用?

2. 阅读全文,仔细体会作品语言幽默风趣、好用反语的特点。

参考文献

1. 郜元宝 "言立而文明"——从小说到杂文,《鲁迅六讲》,上海三联书店,2007。

2. 高远东等 《走进鲁迅世界(杂文卷)》,北京工业大学出版社,1995。

藕与莼菜

叶绍钧

同朋友喝酒，嚼着薄片的雪藕，忽然怀念起故乡来了。若在故乡，每当新秋的早晨，门前经过许多乡人：男的紫赤的胳膊和小腿肌肉突起，躯干高大且挺直，使人起健康的感觉；女的往往裹着白地青花的头巾，虽然赤脚，却穿短短的夏布裙，躯干固然不及男的那样高，但是别有一种健康的美的风致；他们各挑着一副担子，盛着鲜嫩的玉色的长节的藕。在产藕的池塘里，在城外曲曲弯弯的小河边，他们把这些藕一再洗濯，所以这样洁白。仿佛他们以为这是供人品味的珍品，这是清晨的画境里的重要题材，倘若涂满污泥，就把人家欣赏的浑凝之感打破了；这是一件罪过的事，他们不愿意担在身上，故而先把它们洗濯得这样洁白，才挑进城里来。他们要稍稍休息的时候，就把竹扁担横在地上，自己坐在上面，随便拣择担里过嫩的"藕枪"或是较老的"藕朴"，大口地嚼着解渴。过路的人就站住了，红衣衫的小姑娘拣一节，白头发的老公公买两支。清淡的甘美的滋味于是普遍于家家户户了。这样情形差不多是平常的日课，直到叶落秋深的时候。

在这里上海，藕这东西几乎是珍品了。大概也是从我们故乡运来的。但是数量不多，自有那些伺候豪华公子硕腹巨贾的帮闲茶房们把大部分抢去了；其余的就要供在较大的水果铺里，位置在金山苹果吕宋香芒之间，专待善价而沽。至于挑着担子在街上叫卖的，也并不是没有，但不是瘦得像乞丐的臂和腿，就是涩得像未熟的柿子，实在无从欣羡。因此，除了仅有的一回，我们今年竟不曾吃过藕。

这仅有的一回不是买来吃的，是邻舍送给我们吃的。他们也不是自己买的，是从故乡来的亲戚带来的。这藕离开它的家乡大约有好些时候了，所以不复呈玉样的颜色，却满被着许多锈斑。削去皮的时候，刀锋过处，很不爽利。切成片送进嘴里嚼着，有些儿甘味，但是没有那种鲜嫩的感觉，而且似乎含了满口的渣，第二片就不想吃了。只有孩子很高兴，他把这许多片嚼完，居然有半点钟工夫不再作别的要求。

想起了藕就联想到莼菜。在故乡的春天，几乎天天吃莼菜。莼菜本身没有味道，味道全在于好的汤。但是嫩绿的颜色与丰富的诗意，无味之味真足令人心醉。在每条街旁的小河里，石埠头总歇着一两条没篷的船，满舱盛着莼菜，是从太湖里捞来的。取得这样方便，当然能日餐一碗了。

而在这里上海又不然，非上馆子就难以吃到这东西。我们当然不上馆子，偶然有一两回去叨扰朋友的酒席，恰又不是莼菜上市的时候，所以今年竟不曾吃过。直到最近，伯祥的杭州亲戚来了，送他瓶装的西湖莼菜，他送给我一瓶，我才算也尝了新。

向来不恋故乡的我，想到这里，觉得故乡可爱极了。我自己也不明白，为什么会起这么深浓的情绪？再一思索，实在很浅显：因为在故乡有所恋，而所恋又只在故乡有，就萦系着不能割舍了。譬如亲密的家人在那里，知心的朋友在那里，怎得不恋恋？怎得不怀念？但是仅仅为了爱故乡么？不是的，不过故乡的几个人把我们牵系着罢了。若无所牵系，更何所恋念？像我现在，偶然被藕与莼菜

285

所牵系，所以就怀念起故乡来了。

所恋在哪里，哪里就是我们的故乡了。

一九二三年九月七日作

赏析

叶绍钧(1894—1988)，后用名叶圣陶，字秉臣。江苏苏州人。现代作家、教育家、出版家和社会活动家。主要作品有长篇小说《倪焕之》，小说集《火灾》《隔膜》，我国第一部童话集《稻草人》《古代英雄的石像》，散文集《剑鞘》，散文小说合集《脚步集》。

《藕与莼菜》是一篇借物抒情的美文，作者通过对故乡"藕与莼菜"的怀念，表达了对故乡的怀念和热爱之情。作者因喝酒吃藕而回想到故乡卖藕人的健美风姿以及"藕市"的恬淡、淳朴的民风。因为想起藕，作者又联想到故乡的莼菜。故乡"几乎天天吃莼菜"，虽然"莼菜本身没有味道"，但是因为是在故乡，所以"嫩绿的颜色与丰富的诗意，无味之味真足令人心醉"。作者又将故乡的"藕与莼菜"分别与上海的进行对比，它们在故乡极普通，而一旦离开了生长地则成了珍品，并且变得面目全非，从而使故乡的藕与莼菜的形象更加鲜明，作者对故乡的怀念之情也溢于言表。

全文语言平实朴素，亲切自然。由吃藕而想起故乡，过渡自然，也奠定了全文朴实的基调。接着，围绕藕和莼菜，将一些琐事娓娓道来，味似平淡，却"令人心醉"。结尾五个问句，是作者写作时少见的直抒胸臆。意思层层递进，最后点出自己所恋为何。文末的"所以就怀念起故乡来了"与开头的"忽然怀念起故乡来了"首尾照应。而最后一句"所恋在哪里，哪里就是我们的故乡了"又将思乡之情最终升华为对抽象的、精神"故乡"的追寻。

(冼　妍)

思考题

1. 周作人《故乡的野菜》与叶绍钧《藕与莼菜》都通过对故乡的物的描写传达了思乡之情，试比较两者的异同。

2. 从"若无所牵系，更何所恋念"和"所恋在哪里，哪里就是我们的故乡了"这两句话来体悟作者对于故乡的理解。

参考文献

1. 朱文华　《论叶圣陶建国前期的散文创作》，江苏社会科学，1992(4)。

2. 范培松　叶圣陶散文的思想和艺术，《西北师范大学报(社会科学版)》，1986(4)。

乌篷船

周作人

子荣君①：

接到手书，知道你要到我的故乡去，叫我给你一点什么指导。老实说，我的故乡，真正觉得可怀恋的地方，并不是那里；但是因为在那里生长，住过十多年，究竟知道一点情形，所以写这一封信告诉你。

我所要告诉你的，并不是那里的风土人情，那是写不尽的，但是你到那里一看也就会明白的，不必罗唆地多讲。我要说的是一种很有趣的东西，这便是船。你在家乡平常总坐人力车，电车，或是汽车，但在我的故乡那里这些都没有，除了在城内或山上是用轿子以外，普通代步都是用船。船有两种，普通坐的都是"乌篷船"，白篷的大抵作航船用，坐夜航船到西陵去也有特别的风趣，但是你总不便坐，所以我也就可以不说了。乌篷船大的为"四明瓦"（Sy-menngoa），小的为脚划船（划读如 uoa）亦称小船。但是最适用的还是在这中间的"三道"，亦即三明瓦。篷是半圆形的，用竹片编成，中夹竹箬，上涂黑油；在两扇"定篷"之间放着一扇遮阳，也是半圆的，木作格子，嵌着一片片的小鱼鳞，径约一寸，颇有点透明，略似玻璃而坚韧耐用，这就称为明瓦。三明瓦者，谓其中舱有两道，后舱有一道明瓦也。船尾用橹，大抵两支，船首有竹篙，用以定船。船头着眉目，状如老虎，但似在微笑，颇滑稽而不可怕，唯白篷船则无之。三道船篷之高大约可以使你直立，舱宽可以放下一顶方桌，四个人坐着打麻将，——这个恐怕你也已学会了罢？小船则真是一叶扁舟，你坐在船底席上，篷顶离你的头有两三寸，你的两手可以搁在左右的舷上，还把手露出在外边。在这种船里仿佛是在水面上坐，靠近田岸去时泥土便和你的眼鼻接近，而且遇着风浪，或是坐得少不小心，就会船底朝天，发生危险，但是也颇有趣味，是水乡的一种特色。不过你总可以不必去坐，最好还是坐那三道船罢。

你如坐船出去，可是不能像坐电车的那样性急，立刻盼望走到。倘若出城，走三四十里路，（我们那里的里程是很短，一里才及英哩三分之一），来回总要预备一天。你坐在船上，应该是游山的态度，看看四周物色，随处可见的山，岸旁的乌桕，河边的红蓼和白苹，渔舍，各式各样的桥，困倦的时候睡在舱中拿出随笔来看，或者冲一碗清茶喝喝。偏门外的鉴湖一带，贺家池，壶觞左近，我都是喜欢的，或者往娄公埠骑驴去游兰亭（但我劝你还是步行，骑驴或者于你不很相宜），到得暮色苍然的时候进城上都挂着薛荔的东门来，倒是颇有趣味的事。倘若路上不平静，你往杭州去时可于下午开船，黄昏时候的景色正最好看，只可惜这一带地方的名字我都忘记了。夜间睡在舱中，听水声橹声，来往船只的招呼声，以及乡间的犬吠鸡鸣，也都很有意思。雇一只

---

① 子荣君：子荣，是周作人的笔名，始用于 1923 年 8 月 26 日《晨报副刊》发表的《医院的阶陛》一文。以后，1923 年、1925 年均用过此笔名，在本文之后，1927 年九十月所作《诅咒》《功臣》等文中，也用过"子荣"的笔名。一说此笔名系周作人在日本时的恋人"乾荣子"的名字点化而来。本文收信人与写信人是同一人，可以看作是作者寂寞的灵魂的内心对白。

船到乡下去看庙戏,可以了解中国旧戏的真趣味,而且在船上行动自如,要看就看,要睡就睡,要喝酒就喝酒,我觉得也可以算是理想的行乐法。只可惜讲维新以来这些演剧与迎会都已禁止,中产阶级的低能人别在"布业会馆"等处建起"海式"的戏场来,请大家买票看上海的猫儿戏。这些地方你千万不要去。——你到我那故乡,恐怕没有一个人认得,我又因为在教书不能陪你去玩,坐夜船,谈闲天,实在抱歉而且惆怅。川岛君夫妇现在俙山下,本来可以给你绍介,但是你到那里的时候他们恐怕已经离开故乡了。初寒,善自珍重,不尽。

十五年一月十八日夜,于北京

（选自《泽泻集》,北新书局 1927 年 9 月初版）

赏析

周作人(1885—1967),原名槐寿,浙江绍兴人。现代散文家、文学翻译家,中国新文化运动的代表人物之一。作为现代文学史上有巨大影响的散文家,周作人最早从西方引入"美文"概念,强调以自我为中心,提倡"言志"的小品文。散文集有《自己的园地》《雨天的书》《泽泻集》《谈龙集》《谈虎集》《苦茶随笔》,回忆录《知堂回想录》,另有多种译作。

《乌篷船》是一篇美文,纯净无华,淡泊自然,却淡而有味。文章主体是乌篷船,但不枯燥。仿佛一幅冲淡的水墨画,在静态的描摹之后,增添动态景观,静中有动,动中有静。舒缓大方却不失约制,质朴平宜而不落板滞。谈船,可以浓墨挥洒,该简时又跳脱而过;平宜时如相对谈心,又无拘泥矜持的时分;叙事细密,可直如体察;跳脱的空白,又留下想象天地。作者以闲适的态度,似乎是漫不经心地谈论乡间的风土人情,却充溢着自我的体性,离开社会的尘嚣和现代文化的浸染,追求一种原始的天然、传统文化和宁静心态组成的隐士情境,性格和风趣相应,心态与物境相谐。

理智的周作人、虚无感很强的周作人要在上述文章中极力淡化对于故乡的眷念,却在另一面常常表现出对故乡的草木、风土熟悉至入微的境地,凸显着感情的丰腴沉着,显示出一腔深情。在极大一部分作品中,他频频描述故乡的乡土风情,创作出一批代表作,如《苦雨》《北京茶食》等。童年的生活,故乡的点点滴滴,有着说不尽的话题。

周作人选材极平凡琐碎,但一经他的笔墨点染,就透露出某种人生滋味,有特别的情趣,尽管那种情趣未免落寞、颓废,适合所谓"中年心态"。如另一散文家所评说的:"他的作风,可用龙井茶来打比方,看去全无颜色,喝到口里,一股清香,令人回味无穷。"人们通常用"闲适"来概括周作人的散文风格,其间蕴含着丰富的审美内容,一方面是淡而且深的寂寞之苦,另一方面又别有一种淡淡的喜悦,可以说是"苦中作乐",也就是周作人所说的"凡人的悲哀"。

（冼　妍）

思考题

1. 分析本文的艺术特点,感悟作者的故乡情结。

2. 探讨作者假托子荣,采取书信的方式给自己写信的意图何在。

参考文献

1. 钱理群等著　《中国现代文学三十年(修订版)》,北京大学出版社,1998。

2. 周作人　美文,《谈虎集》,北新书局,1928。

寄小读者（七）

冰 心

亲爱的小朋友：

八月十七的下午，约克逊号邮船无数的窗眼里，飞出五色飘扬的纸带，远远的抛到岸上，任凭送别的人牵住的时候，我的心是如何的飞扬而凄恻！

痴绝的无数的送别者，在最远的江岸，仅仅牵着这终于断绝的纸条儿，放这庞然大物，载着最重的离愁，飘然西去！

船上生活，是如何的清新而活泼。除了三餐外，只是随意游戏散步。海上的头三日，我竟完全回到小孩子的境地中去了，套圈子，抛沙袋，乐此不疲，过后又绝然不玩了。后来自己回想很奇怪，无他，海唤起了我童年的回忆，海波声中，童心和游伴都跳跃到我脑中来。我十分的恨这次舟中没有几个小孩子，使我童心未复的三天中，有无猜畅好的游戏！

我自少住在海滨，却没有看见过海平如镜，这次出了吴淞口，一天的航程，一望无际尽是粼粼的微波。凉风习习，舟如在冰上行。过了高丽界，海水竟似湖光，蓝极绿极，凝成一片。斜阳的金光，长蛇般自天边直接到栏旁人立处。上自穹苍，下至船前的水，自浅红至于深翠，幻成几十色，一层层，一片片的漾开了来。——小朋友，恨我不能画，文字竟是世界上最无用的东西，写不出这空灵的妙景！

八月十八夜，正是双星渡河之夕。晚餐后独倚栏旁，凉风吹衣。银河一片星光，照到深黑的海上。远远听得楼栏下人声笑语，忽然感到家乡渐远。繁星闪烁着，海波吟啸着，凝立悄然，只有惆怅。

十九日黄昏，已近神户，两岸青山，不时的有渔舟往来。日本的小山多半是圆扁的，大家说笑，便道是"馒头山"。这馒头山沿途点缀，直到夜里。远望灯光灿然，已抵神户，船徐徐停住，便有许多人上岸去。我因太晚，只自己又到最高层上，初次看见这般璀璨的世界，天上微月的光，和星光，岸上的灯光，无声相映。不时的还有一串光明从山上横飞过，想是火车周行。……舟中寂然，今夜没有海潮音，静极心绪忽起："倘若此时母亲也在这里……"我极清晰的忆起北京来，小朋友，恕我，不能往下再写了。

冰心 八，二十，一九二三，神户

朝阳下转过一碧无际的草坡，穿过深林，已觉得湖上风来，湖波不是昨夜欲睡如醉的样子了。——悄然的坐在湖岸上，伸开纸，拿起笔，抬起头来，四围红叶中，四面水声里，我要开始写信给我久违的小朋友。小朋友猜我的心情是怎样的呢？

水面闪烁着点点的银光，对岸意大利花园里亭亭层列的松树，都证明我已在万里外。小朋友，到此已逾一月了，便是在日本也未曾寄过一字，说是对不起呢，我又不愿！

我平时写作，喜在人静的时候。船上却处处是公共的地方，舱面栏边，人人可以来到。海景极好,心胸却难得清平。我只能在晨间绝早,船面无人时,随意写几个字。堆积至今,总不能整理,也不愿草草整理,便迟延到了今日。我是尊重小朋友的,想小朋友也能尊重原谅我!

许多话不知从哪里说起,而一声声打击湖岸的微波,一层层的没上杂立的湖石,直到我蔽膝的毡边来,似乎要求我将她介绍给我的小朋友。小朋友,我真不知如何的形容介绍她!她现在横在我的眼前。湖上的明月和落日,湖上的浓阴和微雨,我都见过了,真是仪态万千。小朋友,我的亲爱的人都不在这里,便只有她——海的女儿,能慰安我了。Lake Waban,谐音会意,我便唤她做"慰冰"。每日黄昏的游泛,舟轻如羽,水柔不胜桨。岸上四围的树叶,绿的、红的、黄的、白的,一丛一丛的倒影到水中来,覆盖了半湖秋水。夕阳下极其艳冶,极其柔媚。将落的金光,到了树梢,散在湖面。我在湖上光雾中,低低的嘱咐他,带我的爱和慰安,一同和他到远东去。

小朋友!海上半月,湖上也过半月了,若问我爱哪一个更甚,这却难说。——海好像我的母亲,湖是我的朋友。我和海亲近在童年,和湖亲近是现在。海是深阔无际,不着一字,她的爱是神秘而伟大的。我对她的爱是归心低首的。湖是红叶绿枝,有许多衬托。她的爱是温和妩媚的。我对她的爱是清淡相照的。这也许太抽象,然而我没有别的话来形容了!

小朋友,两月之别,你们自己写了多少,母亲怀中的乐趣,可以说来让我听听么?——这便算是沿途书信的小序,此后仍将那写好的信,按序寄上。日月和地方,都因其旧。"弱游"的我,如何自太平洋东岸的上海绕到大西洋东岸的波士顿来,这些信中说得很清楚,请在那里看罢!

不知这几百个字,何时方达到你们那里,世界真是太大了!

冰心 十,十四,一九二三,慰冰湖畔,威尔斯利

赏析

冰心(1900—1999),原名谢婉莹,福建长乐人,中国现代著名女作家。代表作有诗集《繁星》《春水》,小说集《去国》等,通信散文集《寄小读者》《再寄小读者》等。

本文为通信散文集《寄小读者》的第七篇。对自然、童心和母爱的歌咏是冰心早期散文创作的重要母题,这一创作倾向在本文的体现是对自然的歌咏——即对海景之美与湖景之美的细致描摹与深情赞颂。上篇重在写秋日海景,下篇重在写湖光水色,作者以娓娓而谈的通信体语言,为小读者描摹出独特的海上及湖畔的自然风光,并由此抒发出对自然的热爱之情。作者在状写海景时,突出表现了海的壮阔静谧,海水无穷变幻而形成的"空灵的妙景",以及天上的月光星光与岸边的灯光相映而成的"这般璀璨的世界"。与海景的阔大深远相较,慰冰湖的风光显得秀丽别致。湖岸的微波仿佛有了生命的灵动,最美的是落日余晖下的湖光水色,"极其艳冶,极其柔媚"。作者善于抓住富有特色的自然景致进行细腻描写,同时融入自己绵密的情思,营造出情景交融的意境。

《寄小读者》的阅读对象是小朋友们,作者了解熟悉儿童的心理特点,采用易于"小读者"阅读的书信体写作方式,将记叙、抒情与议论相结合,形成自由活泼的文风。作者还善于吸收融化意蕴隽永的文言词语与句式为清丽典雅的白话语言,呈现出轻盈柔婉、细

腻含蓄、情真意挚的语言特色，形成了"满蕴着温柔，略带着忧愁，欲语又停留"的艺术风格。

（黄　芳）

思考题

1.《寄小读者》在中国现代儿童文学发展史中有何意义？

2.冰心的散文具有独特风格而被誉为"冰心体"，分析其内涵、特征及形成原因。

参考文献

1.徐亚兵　《爱心的使者——〈寄小读者〉导读》，四川教育出版社，1997。

2.林德冠等主编　《冰心研究丛书》，海峡文艺出版社，2000。

观　火

梁遇春

　　独自坐在火炉旁边，静静地凝视面前瞬息万变的火焰，细听炉里呼呼的声音，心中是不专注在任何事物上面的，只是痴痴地望着炉火，说是怀一种惘怅的情绪，固然可以，说是感到了所有的希望全已幻灭，因而反现出恬然自安的心境，亦无不可。但是既未曾达到身如槁木，心如死灰的地步，免不了有许多零碎的思想来往心中，那些又都是和"火"有关的，所以把它们集在"观火"这个题目底下。

　　火的确是最可爱的东西。它是单身汉的最好伴侣。寂寞的小房里面，什么东西都是这么寂静的，无生气的，现出呆板板的神气，惟一有活气的东西就是这个无聊赖地走来走去的自己。虽然是个甘于寂寞的人，可是也总觉得有点儿怪难过。这时若使有一炉活火，壁炉也好，站着有如庙里菩萨的铁炉也好，红泥小火炉也好，你就会感到宇宙并不是那么荒凉了。火焰的万千形态正好和你心中古怪的想象携手同舞，倘然你心中是枯干到生不出什么黄金幻梦，那么体态轻盈的火焰可以给你许多暗示，使你自然而然地想入非非。她好像但丁《神曲》里的引路神，拉着你的手，带你去进荒诞的国土。人们只怕不会做梦，光剩下一颗枯焦的心儿，一片片逐渐剥落。倘然还具有梦想的能力，不管做的是狰狞凶狠的噩梦，还是融融春光的甜梦，那么这些梦好比会化雨的云儿，迟早总能滋润你的心田。看书会使你做起梦来，听你的密友细诉衷曲也会使你做梦，晨曦，雨声，月光，舞影，鸟鸣，波纹，桨声，山色，暮霭……都能勾起你的轻梦，但是我觉得火是最易点着轻梦的东西。我只要一走到火旁，立刻感到现实世界的重压一一消失，自己浸在梦的空气之中了。有许多回我拿着一本心爱的书到火旁慢读，不一会儿，把书搁在一边，却不转睛地尽望着火。那时我觉得心爱的书还不如火这么可喜。它是一部活书。对着它真好像看着一位大作家一字字地写下他的杰作，我们站在一旁跟着读去。火是一部无始无终，百读不厌的书，你哪回看到两个形状相同的火焰呢！拜伦说："看到海而不发出赞美词的人必定是个傻子。"我是个沧海曾经的人，对于海却总是漠然地，这或者是因为我会晕船的缘故罢！我总不愿自认为傻子。但是我每回看到火，心中常想唱出赞美歌来。若使我们真有个来生，那么我只愿下世能够做一个波斯人，他们是真真的智者，他们晓得拜火。

　　记得希腊有一位哲学家——大概是 Zeno 罢——跳到火山的口里去，这种死法真是痛快。在希腊神话里，火神（Hephaestus or Vulcan）是个跛子，他又是一个大艺术家。天上的宫殿同盔甲都是他一手包办的。当我靠在炉旁时候，我常常期望有一个黑脸的跛子从烟里冲出，而且我相信这位艺术家是没有留了长头发同打一个大领结的。

　　在《现代丛书》（*Modern Library*）的广告里，我常碰到一个很奇妙的书名，那是唐南遮（D'Annunzio）的长篇小说《生命的火焰》（*The Flame of Life*）。唐南遮的著作我一字都未曾读过，这本书也是从来没有看过的，可是我极喜欢这个书名，《生命的火焰》这个名字是多么含有诗意，真是简洁地说出人生的真相。生命的确是像一朵火焰，来去无踪，无时不是动着，忽然扬焰高飞，忽然销沉将

293

熄，最后烟消火灭，留下一点残灰，这一朵火焰就再也燃不起来了。我们的生活也该像火焰这样无拘无束，顺着自己的意志狂奔，才会有生气，有趣味。我们的精神真该如火焰一般地飘忽莫定，只受里面的热力的指挥，冲倒习俗，成见，道德种种的藩篱，一直恣意下去，任情飞舞，才会迸出火花，幻出五色的美焰。否则阴沉沉地，若存若亡地草草一世，也辜负了创世主叫我们投生的一番好意了。我们生活内一切值得宝贵的东西又都可以用火来打比。热情如沸的恋爱，创造艺术的灵悟，虔诚的信仰，求知的欲望，都可以拿火来做象征。Heracleitus 真是绝等聪明的哲学家，他主张火是宇宙万物之源。难怪得二千多年后的柏格森诸人对着他仍然是推崇备至。火是这么可以做人生的象征的，所以许多民间的传说都把人的灵魂当做一团火。爱尔兰人相信一个妇人若使梦见一点火花落在她口里或者怀中，那么她一定会怀孕，因为这是小孩的灵魂。希腊神话里，Prometheus 做好了人后，亲身到天上去偷些火下来，也是这种的意思。有些诗人心中有满腔的热情，灵魂之火太大了，倒把他自己燃烧成灰烬，短命的济慈就是一个好例子。可惜我们心里的火都太小了，有时甚至于使我们心灵感到寒战，怎么好呢？

我家乡有一句土谚："火烧屋好看，难为东家。"火烧屋的确是天下一个奇观。无数的火舌越梁穿瓦，沿窗冲天地飞翔，弄得满天通红了，仿佛地球被掷到熔炉里去了，所以没有人看了心中不会起种奇特的感觉，据说尼罗王因为要看大火，故意把一个大城全烧了，他可说是知道享福的人，比我们那班做酒池肉林的暴君高明得多。我每次听到美国那里的大森林着火了，燃烧得一两个月，我就怨自己命坏，没有在哥伦比亚大学当学生。不然一定要告个病假，去观光一下。

许多人没有烟瘾，抽了烟也不觉得什么特别的舒服，却很喜欢抽烟，违了父母兄弟的劝告，常常抽烟，就是身上只剩一角小洋了，还要拿去买一盒烟抽，他们大概也是因为爱同火接近的缘故吧！最少，我自己是这样的。所以我爱抽烟斗，因为一斗的火是比纸烟头一点儿的火有味得多。有时没有钱买烟，那么拿一匣的洋火，一根根擦燃，也很可以解这火瘾。

离开北方已经快两年了，在南边虽然冬天里也生起火来，但是不像北方那样一冬没有熄过地烧着，所以我现在同火也没有像在北方时那么亲热了。回想到从前在北平时一块儿烤火的几位朋友，不免引起惆怅的心情，这篇文字就算做寄给他们的一封信吧！

十九年元旦试笔

（原载 1929 年 12 月 23 日《语丝》第 5 卷第 41 期）

赏析

梁遇春（1906—1932），原名梁驭聪，福建闽侯人，中国现代文学史上一位有才华的散文作家。散文结集有《春醪集》和《泪与笑》。

《观火》通过对"火"这一意象的描写，展现了作家梁遇春对生活的独特认识和对生命的特殊感悟。作家热爱那一团跳动的火焰，把它幻化成他想象中的生命形式，火的热烈，火的无拘无束，正是作家所追逐的精神上的热烈与自由。

在对火极力赞扬的背后，深深掩埋着作家对生命火焰最终将熄灭的无奈，对"火"的迷恋与无奈,是梁遇春散文悲剧性的一大体现。梁遇春的文正如他的人,即使是观火,也是一种把自己燃烧进去的视角。他早已知道生命的火焰最终将熄灭,变成一堆灰烬,所以这投入就带上了一丝悲壮的色彩,也早已蕴含了最为深刻的绝望与无奈。这充分体现出梁遇春的独特的人生观和世界观。

随便的格局是梁遇春散文艺术上的一大特点,散文的写法,大抵是"从其所观察到的宇宙间诸种矛盾事物身上提炼出新鲜立意之后,便围绕这个中心,加以发挥",《观火》中"火"这一事物的描写即是如此。率意的征引,是梁遇春散文艺术上的又一特点。《观火》不仅带给人哲理的启悟、情感的陶冶,而且还能让读者读到好多闻所未闻的知识,令人耳目一新。如当作者的情感被"火"点燃之后,不禁浮想联翩,想到波斯人的拜火教,想到芝诺跳火山口自焚,想到火神赫怀斯托斯的天才制作,想到唐南遮的小说《生命的火焰》,想到赫拉克利特的火是宇宙万物之源说……仅此一例就足以窥见梁遇春率意征引的风采了。

(冼 妍)

思考题

1. 此文中有很多的征引,读着它,我们仿佛进入了"杂花生树,群莺乱飞"的艺术境界。作者为什么要旁征博引这么多东西呢?结合本文谈谈作家这样做的目的何在。

2. 对"火"的迷恋与无奈,是梁遇春散文悲剧性的一大体现,仔细阅读《观火》,结合《人死观》《泪与笑》《破晓》《黑暗》《春雨》等文章,谈谈本文怎样体现作家的悲剧感。

参考文献

1. 叶朗 《中国美学史大纲》,上海人民出版社,1985。

2. 佘树森 《散文创作艺术》,北京大学出版社,1986。

3. 乌纳穆诺 《生命的悲剧意识》,北方文艺出版社,1987。

雅 舍

梁实秋

　　到四川来，觉得此地人建造房屋最是经济。火烧过的砖，常常用来做柱子，孤零零的砌起四根砖柱，上面盖上一个木头架子，看上去瘦骨磷磷，单薄得可怜；但是顶上铺了瓦，四面编了竹篦墙，墙上敷了泥灰，远远的看过去，没有人能说不像是座房子。我现在住的"雅舍"正是这样一座典型的房子。不消说，这房子有砖柱，有竹篦墙，一切特点都应有尽有。讲到住房，我的经验不算少，什么"上支下摘"、"前廊后厦"、"一楼一底"、"三上三下"、"亭子间"、"茅草棚"、"琼楼玉宇"和"摩天大厦"，各式各样，我都尝试过。我不论住在那里，只要住得稍久，对那房子便发生感情，非不得已我还舍不得搬。这"雅舍"，我初来时仅求其能蔽风雨，并不敢存奢望，现在住了两个多月，我的好感油然而生。虽然我已渐渐感觉它并不能蔽风雨，因为有窗而无玻璃，风来则洞若凉亭，有瓦而空隙不少，雨来则渗如滴漏。纵然不能蔽风雨，"雅舍"还是自有它的个性。有个性就可爱。

　　"雅舍"的位置在半山腰，下距马路约有七八十层的土阶。前面是阡陌螺旋的稻田。再远望过去是几抹葱翠的远山，旁边有高粱地，有竹林，有水池，有粪坑，后面是荒僻的榛莽未除的土山坡。若说地点荒凉，则月明之夕，或风雨之日，亦常有客到，大抵好友不嫌路远，路远乃见情谊。客来则先爬几十级的土阶，进得屋来仍须上坡，因为屋内地板乃依山势而铺，一面高，一面低，坡度甚大，客来无不惊叹，我则久而安之，每日由书房走到饭厅是上坡，饭后鼓腹而出是下坡，亦不觉有大不便处。

　　"雅舍"共是六间，我居其二。篦墙不固，门窗不严，故我与邻人彼此均可互通声息。邻人轰饮作乐，咿唔诗章，喁喁细语，以及鼾声、喷嚏声、吮汤声、撕纸声、脱皮鞋声，均随时由门窗户壁的隙处荡漾而来，破我岑寂。入夜则鼠子瞰灯，才一合眼，鼠子便自由行动，或搬核桃在地板上顺坡而下，或吸灯油而推翻烛台，或攀援而上帐顶，或在门框桌脚上磨牙，使得人不得安枕。但是对于鼠子，我很惭愧的承认，我"没有法子"。"没有法子"一语是被外国人常常引用着的，以为这话最足代表中国人的懒惰隐忍的态度。其实我的对付鼠子并不懒惰。窗上糊纸，纸一戳就破；门户关紧，而相鼠有牙，一阵咬便是一个洞洞。试问还有什么法子？洋鬼子住到"雅舍"里，不也是"没有法子"？比鼠子更骚扰的是蚊子。"雅舍"的蚊风之盛，是我前所未见的。"聚蚊成雷"真有其事！每当黄昏时候，满屋里磕头碰脑的全是蚊子，又黑又大，骨骼都像是硬的。在别处蚊子早已肃清的时候，在"雅舍"则格外猖獗，来客偶不留心，则两腿伤处累累隆起如玉蜀黍，但是我仍安之。冬天一到，蚊子自然绝迹，明年夏天——谁知道我还是否住在"雅舍"！

　　"雅舍"最宜月夜——地势较高，得月较先。看山头吐月，红盘乍涌，一霎间，清光四射，天空皎洁，四野无声，微闻犬吠，坐客无不悄然！舍前有两株梨树，等到月升中天，清光从树间筛洒而下，地上阴影斑斓，此时尤为幽绝。直到兴阑人散，归房就寝，月光仍然逼进窗来，助我凄凉。细雨蒙蒙之际，"雅舍"亦复有趣。推窗展望，俨然米氏章法，若云若雾，一片弥漫。但若大雨滂沱，我就又惶悚不安了,屋顶湿印到处都有,起初如碗大,俄而扩大如盆,继则滴水乃不绝,终乃屋顶灰泥突然崩裂,如奇葩初绽,砉然一声而泥水下注,此刻满室狼藉,抢救无及。此种经验,已数见不鲜。

"雅舍"之陈设,只当得简朴二字,但洒扫拂拭,不使有纤尘。我非显要,故名公巨卿之照片不得入我室;我非牙医,故无博士文凭张挂壁间;我不业理发,故丝织西湖十景以及电影明星之照片亦均不能张我四壁。我有一几一椅一榻,酣睡写读,均已有着,我亦不复他求。但是陈设虽简,我却喜欢翻新布置。西人常常讥笑妇人喜欢变更桌椅位置,以为这是妇人天性喜变之一征。诬否且不论,我是喜欢改变的,中国旧式家庭,陈设千篇一律,正厅上是一条案,前面一张八仙桌,一边一把靠椅,两旁是两把靠椅夹一只茶几。我以为陈设宜求疏落参差之致,最忌排偶。"雅舍"所有,毫无新奇,但一物一事之安排布置俱不从俗。人入我室,即知此是我室。笠翁《闲情偶寄》之所论,正合我意。

"雅舍"非我所有,我仅是房客之一。但思"天地者万物之逆旅",人生本来如寄,我住"雅舍"一日,"雅舍"即一日为我所有。即使此一日亦不能算是我有,至少此一日"雅舍"所能给予之苦辣酸甜,我实躬受亲尝。刘克庄词:"客里似家家似寄。"我此时此刻卜居"雅舍","雅舍"即似我家。其实似家似寄,我亦分辨不清。

长日无俚,写作自遣,随想随写,不拘篇章,冠以"雅舍小品"四字,以示写作所在,且志因缘。

赏析

梁实秋(1903—1987),祖籍河北沙河,出生于北京。现代著名散文家、文学批评家、翻译家。散文集《雅舍小品》写于1940年至1943年间,后又有续集、三集、四集,它奠定了梁实秋在中国现代散文史上的独特地位。

《雅舍》1940年写于重庆,是《雅舍小品》的开篇之作,字里行间满蕴着静处乱世、玄览人生的文人雅趣。"风来则洞若凉亭""雨来则渗如滴漏"的陋室,因往来客人的雅意,主人的雅量,观月赏景的雅兴,陈设的雅致而可爱可寄,知足自娱的豁达心境和超越现实苦况的诗意追求溢于言表。

《雅舍》以"长日无俚,写作自遣,随想随写,不拘篇章"为宗旨,涉笔成趣,语言雅洁清新,给人圆润自然,幽默亲切,敦厚隽永之感。以乐写苦,具体而微又逸兴遄飞;写景状物,其迹近而其旨远焉,境随心生,情真意切,耐人寻味。

(李从云)

思考题

1. 如何理解梁实秋在战争烽火中的人生选择?

2.《雅舍》一文内容和形式的和谐统一是如何体现的?

参考文献

1. 卢今　别一种风范——梁实秋散文创作论,《文学评论》,1994(6)。

2. 高旭东　论《雅舍小品》的审美风格及其在中国大陆的接受,《江汉论坛》,2005(1)。

3. 苏振元　梁实秋散文论,《杭州大学学报(哲学社会科学版)》,1995(4)。

4. 王尧　《乡关何处——20世纪中国散文的文化精神》,东方出版社,1996。

言志篇

林语堂

古人言士各有志，不过言志并不甚易。在言志时，无意中还是"载道"，八分为人，二分为己，所以失实。况且中国人有一种坏脾气，留学生炼牛皮，必不肯言炼牛皮之志，而文之曰"实业救国"。假如他的哥哥到美国搞农业，回来开牛奶房，也不肯言牛奶房之志，只说是"农村立国"。《论语》言志篇，子路冉有，公西华，各有一大篇载道议论，虽然"夫子哂之"，点也尚不敢率尔直言，须经夫子鼓励一番，谓"何伤乎？亦有各言其志也！"始有"春服既成"一段真正言志的话。不图方巾气者所必吐弃之小小志尚，反得孔子之赞赏。孔子之近情，与方巾气者之不近情，正可于此中看出。此姑且撇过不谈。常言男子志在四方，实则各人于大志之外，仍不免有个人所谓理想生活。要人挂冠，也常有一番言志议论，便是言其理想生活。或是归田养母，或是出洋留学，但这也不过一时说说而已。向来中国人得意时信儒教，失意时信道教，所以来去出入，都有照例文章，严格的说，也不能算为真正的言志。

据说古希腊有圣人代阿今尼思，一日正在街上滚桶中晒日，遇见亚力山大帝来问他有何所请。代阿今尼思客气的答曰：请皇帝稍为站开，不要遮住阳光，便感恩不尽了。这似乎是代阿今尼思的志愿。他是一位清心寡欲的人，冬夏只穿一件破衲，坐卧只在一只滚桶中。他说人的欲愿最少时，便是最近于神仙快乐之境。他本有一只饮水的杯，后来看见一孩子用手拿水而饮，也就毅然将杯抛弃，于是他又觉得比前少了一种挂碍，更加清净了。

代阿今尼思的故事，常叫人发笑，因为他所代表的理想，正与现代人相反。近代人是以一人的欲愿之繁多为文化进步的衡量。老实说，现在人根本就不知他所要的是什么。在这种地方，发现许多矛盾，一面提倡朴素，又一面舍不得洋楼汽车。有时好说金钱之害，有时却被财魔缠心，做出许多尴尬的事来，现代人听见代阿今尼思的故事，不免生羡慕之心，却又舍不得要看一张真正好的嘉宝的影片。于是仍有所谓言行之矛盾，及心灵之不定。

自然，要爽爽快快打倒代阿今尼思主张，并不很难。第一，代阿今尼思生于南欧天气温和之地。所以寒地女子，要穿一件皮大氅，也不必于心有愧。第二，凡是人类，总应该至少有两套里衣，可以替换。在书上的代阿今尼思，也许好像一身仙骨，传出异香来，而在实际上，与代阿今尼思同床共被，便不怎样爽神了。第三，将这种理想贯注于小学生脑中，是有害的。因为至少教育须养成学子好书之心，书是代阿今尼思所绝对不看的。第四，代阿今尼思生时，尚未有电影，也未有 Mickey Mouse 的滑稽影戏画，无论大人小孩说他不要看 Mickey Mouse 一定是已失其赤子之心，这种朽腐的魂灵，再不会于吾人文化有什么用处。总而言之，一人对于环境，能随时注意，理想兴奋，欲愿繁复，比一枯槁待毙的人，心灵上较丰富，而于社会上也比较有作为。乞丐到了过屠门而不大嚼时，已经是无用的废物了。诸如此类，不必细述。

代阿今尼思所以每每引人羡慕者，毛病在我们自身。因为现代人实在欲望太奢了，并且每不自知所欲为何物。富家妇女一天打几圈麻将，也自觉麻烦。电影明星在灯红酒绿的交际上，也自有其觉到不胜烦躁，而只求一小家庭过清净生活之时。朝朝寒食，夜夜元宵之人，也有一旦不胜其腻烦之觉悟。若西人百万富翁之青年子弟，一年渡大西洋四次，由巴黎而南美洲，而尼司，而纽约，而蒙提卡罗，实际上只在躲避他心灵的空虚而已。这种人常会起了一念，忽然跑入僧寺或尼姑庵，这是报上所常见的事实。

我想在各人头脑清净之时，盘算一下，总会觉得我们决不会做代阿今尼思的信徒，总各有几样他所求的志愿。我想我也有几种愿望，只要有志去求也并非绝不可能的事。要在各人看清他的志操，有相当的抱负，求之在己罢了，这倒不是外方所能移易。兹且举我个人的愿望如下，这些愿望十成中能得六七成，也就可算为幸福了。

我要一间自己的书房，可以安心工作。并不要怎样清洁齐整。不要一位 Story of San Michele 书中的 Madamoiselle Agathe 会拿她的揩布到处乱揩乱擦。我想一人的房间，应有几分凌乱，七分庄严中带三分随便，住起来才舒服，切不可像一间和尚的斋堂，或如府第中之客室。天罗板下，最好挂一盏佛庙的长明灯，入其室，稍有油烟气味。此外又有烟味，书味，及各种不甚了了的房味。最好是沙发上置一小书架，横陈各种书籍，可以随意翻读。种类不要多，但不可太杂，只有几种心中好读的书，及几次重读过的书——即使是天下人皆詈为无聊的书也无妨。不要理论太牵强板滞乏味之书，但也没什么一定标准，只以合个人口味为限。西洋新书可与《野叟曝言》杂陈，孟德斯鸠可与福尔摩斯小说并列。不要时髦书，T.S.Elliot，Jame Joyces 等，袁中郎有言，"读不下去之书，让别人去读"便是。

我要几套不是名士派但亦不甚时髦的长褂，及两双称脚的旧鞋子。居家时，我要能随便闲散的自由。虽然不必效顾千里裸体读经，但在热度九十五以上之热天，却应许我在佣人面前露了臂膀，穿一短背心了事。我要我的佣人随意自然，如我随意自然一样。我冬天要一个暖炉，夏天要一个水浴房。

我要一个可以依然故我不必拘牵的家庭。我要在楼下工作时，听见楼上妻子言笑的声音，而在楼上工作时，听见楼下妻子言笑的声音。我要未失赤子之心的儿女，能同我在雨中追跑，能像我一样的喜欢浇水浴。我要一小块园地，不要有遍铺绿草，只要有泥土，可让小孩搬砖弄瓦，浇花种菜，喂几只家禽。我要在清晨时，闻见雄鸡喔喔啼的声音。我要房宅附近有几棵参天的乔木。

我要几位知心友，不必拘守成法，肯向我尽情吐露他们的苦衷。谈话起来，无拘无碍，柏拉图与《品花宝鉴》念得一样烂熟。几位可与深谈的友人，有癖好，有主张的人，同时能尊重我的癖好与我的主张，虽然这些也许相反。

我要一位能做好的清汤，善烧青菜的好厨子。我要一位很老的老仆，非常佩服我，但是也不甚了了我所做的是什么文章。

我要一套好藏书，几本明人小品，壁上一帧李香君画像让我供奉，案头一盒雪茄，家中一位了解我的个性的夫人，能让我自由做我的工作。酒却与我无缘。

我要院中几棵竹树，几棵梅花。我要夏天多雨冬天爽亮的天气，可以看见极蓝的青天，如北平所见的一样。

我要有能做我自己的自由和敢做我自己的胆量。

1936 年

赏析

林语堂(1895—1976),原名和乐,后改玉堂,又改语堂,福建漳州人。中国现当代著名作家、翻译家。代表作品集有《翦拂集》《大荒集》《我的话》(上、下册)《无所不谈一、二集》等,英文论著《吾国吾民》《生活的艺术》等。

作者秉持"两脚踏东西文化,一心评宇宙文章"的文学创作理念,以开阔的文化视野与强烈的反思意识来对中国文化与社会现实进行深刻揭示与批判。本文首先分析古人"言志"时无意中还是"载道",往往无法脱开"方巾气";即便是抒发个人理想,"也不能算为真正的言志"。与之相较,古希腊圣人虽能摒弃身外物念而坚守自己的清净性灵,但与现代文化相隔膜。作者并非只是对古人的简单品评,而是将笔触落在现代社会中的国人身上。物质文明的发达,人生欲望的伸展,使得现代人迷失在物欲之中,找不到人生的方向,"于是仍有所谓言行之矛盾,及心灵之不定"。文章最后,以率直与谐趣的文字直抒胸臆,描摹自身理想的人生情状,其中并无现代人的"文明病",而是依随自我性灵与情趣的生活状态,体现了"做自己"的"自由"与"胆量"。作者所寄寓的理想生活状态与人性特质,代表了现代知识分子对于传统人文精神的反拨与更新,在与西方人文思想的比照之下,试图提出疗救现代人弊病的方法,倡导健康活泼的现代人格。

作者是现代小品文的代表作家,提倡"幽默、闲适"小品文风格,主张文章应当独抒性灵。全文以闲谈式笔调、平实质朴的语言,展开对文化的反思与自我性情的书写。作者没有刻意追求华丽的词藻与独特的构思,而是在散漫的结构与随意的行文中,凸显出小品文独抒性灵的文学功能。

(黄　芳)

思考题

1. 文中对自我理想的描摹具有何种人文主义思想?结合《论西装》《我的戒烟》等具体篇目,全面而深入体会林语堂的文化思想。

2. "幽默""闲适"的小品文风格对中国现代散文艺术流变有何意义?

参考文献

1. 王兆胜　《林语堂的文化情怀》,中国社会科学出版社,1998。

2. 施萍　《林语堂:文化转型的人格符号》,北京大学出版社,2005。

3. 范培松　《中国现代散文史》,江苏教育出版社,2008。

说　笑

钱锺书

　　自从幽默文学提倡以来，卖笑变成了文人的职业。幽默当然用笑来发泄，但是笑未必就表示着幽默。刘继庄《广阳杂记》云："驴鸣似哭，马嘶如笑。"而马并不以幽默名家，大约因为脸太长的缘故。老实说，一大部分人的笑，也只等于马鸣萧萧，充不得什么幽默。

　　把幽默来分别人兽，好像亚理士多德是第一个。他在《动物学》里说："人是唯一能笑的动物。"近代奇人白伦脱（W.S.Blunt）有《笑与死》的一首十四行诗，略谓自然界如飞禽走兽之类，喜怒爱惧，无不发为适当的声音，只缺乏表示幽默的笑声。不过，笑若为表现幽默而设，笑只能算是废物或者奢侈品，因为人类并不都需要笑。禽兽的鸣叫，仅够来表达一般人的情感，怒则狮吼，悲则猿啼，争则蛙噪，遇冤家则如犬之吠影，见爱人则如鸠之呼妇（cooing）。请问多少人真有幽默，需要笑来表现呢？然而造物者已经把笑的能力公平地分给了整个人类，脸上能做出笑容，嗓子里能发出笑声；有了这种本领而不使用，未免可惜。所以，一般人并非因有幽默而笑，是会笑而借笑来掩饰他们的没有幽默。笑的本意，逐渐丧失；本来是幽默丰富的流露，慢慢地变成了幽默贫乏的遮盖。于是你看见傻子的呆笑，瞎子的趁淘笑——还有风行一时的幽默文学。

　　笑是最流动、最迅速的表情，从眼睛里泛到口角边。东方朔《神异经·东荒经》载东王公投壶不中，"天为之笑"，张华注谓天笑即是闪电，真是绝顶聪明的想象。据荷兰夫人（Lady Holland）的《追忆录》，薛德尼·斯密史（Sidney Smith）也曾说："电光是天的诙谐（Wit）。"笑的确可以说是人面上的电光，眼睛忽然增添了明亮，唇吻间闪烁着牙齿的光芒。我们不能扣留住闪电来代替高悬普照的太阳和月亮，所以我们也不能把笑变为一个固定的、集体的表情。经提倡而产生的幽默，一定是矫揉造作的幽默。这种机械化的笑容，只像骷髅的露齿，算不得活人灵动的姿态。柏格森《笑论》（Le Rire）说，一切可笑都起于灵活的事物变成呆板，生动的举止化作机械式（Le mécanique plaque sur le vivant）。所以，复出单调的言动，无不惹笑，像口吃，像口头习惯语，像小孩子的有意模仿大人。老头子常比少年人可笑，就因为老头子不如少年人灵变活动，只是一串僵化的习惯。幽默不能提倡，也是为此。一经提倡，自然流露的弄成模仿的，变化不居的弄成刻板的。这种幽默本身就是幽默的资料，这种笑本身就可笑。一个真有幽默的人别有会心，欣然独笑，冷然微笑，替沉闷的人生透一口气。也许要在几百年后、几万里外，才有另一个人和他隔着时间空间的河岸，莫逆于心，相视而笑。假如一大批人，嘻开了嘴，放宽了嗓子，约齐了时刻，成群结党大笑，那只能算下等游艺场里的滑稽大会串。国货提倡尚且增添了冒牌，何况幽默是不能大批出产的东西。所以，幽默提倡以后，并不产生幽默家，只添了无数弄笔墨的小花脸。挂了幽默的招牌，小花脸当然身价大增，脱离戏场而混进文场；反过来说，为小花脸冒牌以后，幽默品格降低，一大半文艺只能算是"游艺"。小花脸也使我们笑，不错！但是他跟真有幽默者绝然不同。真有幽默的人能笑，我们跟着他笑；假充幽默的小花脸可笑，我们对着他笑。小花脸使我们笑，并非因为他有幽默，正因为我们自己有幽默。

所以,幽默至多是一种脾气,决不能标为主张,更不能当作职业。我们不要忘掉幽默(Humour)的拉丁文原意是液体;换句话说,好像贾宝玉心目中的女性,幽默是水做的。把幽默当为一贯的主义或一生的衣食饭碗,那便是液体凝为固体,生物制成标本。就是真有幽默的人,若要卖笑为生,作品便不甚看得,例如马克·吐温(Mark Twain)。自十八世纪末叶以来,德国人好讲幽默,然而愈讲愈不相干,就因为德国人是做香肠的民族,错认幽默也像肉末似的,可以包扎得停停当当,作为现成的精神食料。幽默减少人生的严重性,决不把自己看得严重。真正的幽默是能反躬自笑的,它不但对于人生是幽默的看法,它对于幽默本身也是幽默的看法。提倡幽默作为一个口号,一种标准,正是缺乏幽默的举动;这不是幽默,这是一本正经的宣传幽默,板了面孔的劝笑。我们又联想到马鸣萧萧了!听来声音倒是笑,只是马脸全无笑容,还是拉得长长的,像追悼会上后死的朋友,又像讲学台上的先进的大师。

大凡假充一桩事物,总有两个动机。或出于尊敬,例如俗物尊敬艺术,就收集骨董,附庸风雅。或出于利用,例如坏蛋有所企图,就利用宗教道德,假充正人君子。幽默被假借,想来不出这两个缘故。然而假货毕竟充不得真。西洋成语称笑声清扬者为"银笑",假幽默像掺了铅的伪币,发出重浊呆木的声音,只能算铅笑。不过,"银笑"也许是卖笑得利,笑中有银之意,好比说"书中有黄金屋";姑备一说,供给辞典学者的参考。

(选自《写在人生边上》,上海开明书店 1941 年 12 月初版)

赏析

钱锺书(1910—1998),字默存,号槐聚,江苏无锡人,学者、作家。出身书香门第,学贯中西。著有散文集《写在人生边上》,短篇小说集《人·兽·鬼》,长篇小说《围城》。此外,尚有诗学著作《谈艺录》,学术著作《管锥编》《七缀集》等。

作为一代幽默讽刺大师,钱锺书为文自成一体。《说笑》开门见山,"自从幽默文学提倡以来,卖笑变成了文人的职业"。幽默被提倡和推崇本是无可厚非的,但是幽默有真幽默和假幽默之分,钱锺书尖锐地指出"一般人并非因有幽默而笑,是会笑而借笑来掩饰他们的没有幽默"。在钱先生看来"真正的幽默是能反躬自笑的,它不但对于人生是幽默的看法,它对于幽默本身也是幽默的看法"。《说笑》一文,是针对 20 世纪 30 年代中期以来病态的幽默小品风而发,充分显示了作者深刻的观察力和横溢的才华,见解彻底,击到痛处,通篇显示出的机智文采足可使标榜幽默的造作为文者相形见绌。钱锺书学识渊博,深入研读过中国的史学、哲学、文学经典,同时不曾间断过对西方新旧文学、哲学、心理学等的阅览和研究,著有多部享有声誉的学术著作。在《说笑》中,古今中外的警句妙语,信手拈来,纵横潇洒,使得全文材料丰富,左右逢源,扯得很远,又收得拢。

全文推理严密,论证透彻。五段文字,环环相扣,一气呵成,既有现实的针对性,也有哲理的深度和普遍意义。行文幽默风趣,语言辛辣尖刻,文笔幽默,才华横溢。

(冼 妍)

思考题

1.《说笑》一文体现了钱锺书怎样的讽刺艺术？

2.请比较钱锺书与老舍的讽刺艺术，分析其相似与不同之处。

参考文献

1.吴福辉　《钱锺书研究（第Ⅰ辑）》，文化艺术出版社，1987。

2.司马长风　《中国新文学（下卷）》，中国文联出版社，1985。

3.钱仁康　《中外名家论喜剧、幽默与笑》，上海社会科学院出版社，1992。

给我的孩子们

丰子恺

我的孩子们！我憧憬于你们的生活，每天不止一次！我想委曲地说出来，使你们自己晓得。可惜到你们懂得我的话的意思的时候，你们将不复是可以使我憧憬的人了。这是何等可悲哀的事啊！

瞻瞻！你尤其可佩服。你是身心全部公开的真人。你什么事体都像拼命地用全副精力去对付。小小的失意，像花生米翻落地了，自己嚼了舌头了，小猫不肯吃糕了，你都要哭得嘴唇翻白，昏去一两分钟。外婆普陀去烧香买回来给你的泥人，你何等鞠躬尽瘁地抱他，喂他；有一天你自己失手把他打破了，你的号哭的悲哀，比大人们的破产，失恋，broken heart，丧考妣，全军覆没的悲哀都要真切。两把芭蕉扇做的脚踏车，麻雀牌堆成的火车，汽车，你何等认真地看待，挺直了嗓子叫"汪——""咕咕咕……"，来代替汽笛。宝姐姐讲故事给你听，说到"月亮姐姐挂下一只篮来，宝姐姐坐在篮里吊了上去，瞻瞻在下面看"的时候，你何等激昂地同她争，说"瞻瞻要上去，宝姐姐在下面看！"甚至哭到漫姑面前去求审判。我每次剃了头，你真心地疑我变了和尚，好几时不要我抱。最是今年夏天，你坐在我膝上发现了我腋下的长毛，当作黄鼠狼的时候，你何等伤心，你立刻从我身上爬下去，起初眼瞪瞪地对我端详，继而大失所望地号哭，看看，哭哭，如同对被判定了死罪的亲友一样。你要我抱你到车站里去，多多益善地要买香蕉，满满地擒了两手回来，回到门口时你已经熟睡在我的肩上，手里的香蕉不知落在那里去了。这是何等可佩服的真率，自然，与热情！大人间的所谓"沉默""含蓄""深刻"的美德，比起你来，全是不自然的，病的，伪的！

你们每天做火车，做汽车，办酒，请菩萨，堆六面画，唱歌，全是自动的，创造创作的生活。大人们的呼号"归自然！""生活的艺术化！""劳动的艺术化！"在你们面前真是出丑得很了！依样画几笔画，写几篇文的人称为艺术家，创作家，对你们更要愧死！

你们的创作力，比大人真是强盛得多哩：瞻瞻！你的身体不及椅子的一半，却常常要搬动它，与它一同翻倒在地上；你又要把一杯茶横转来藏在抽斗里，要皮球停在壁上，要拉住火车的尾巴，要月亮出来，要天停止下雨。在这等小小的事件中，明明表示着你们的小弱的体力与智力不足以应付强盛的创作欲，表现欲的驱使，因而遭逢失败。然而你们是不受大自然的支配，不受人类社会的束缚的创造者，所以你的遭逢失败，例如火车尾巴拉不住，月亮呼不出来的时候，你们决不承认是事实的不可能，总以为是爹爹妈妈不肯帮你们办到，同不许你们弄自鸣钟同例，所以愤愤地哭了，你们的世界何等广大：

你们一定想：终天无聊地伏在案上弄笔的爸爸，终天闷闷地坐在窗下弄引线的妈妈，是何等无气性的奇怪的动物！你们所视为奇怪动物的我与你们的母亲，有时确实难为了你们，摧残了你们，回想起来，真是不安心得很：

阿宝！有一晚你拿软软的新鞋子，和自己脚上脱下来的鞋子，给凳子的脚穿了，划袜立在地上，得意地叫"阿宝两只脚，凳子四只脚"的时候，你母亲喊着"龌龊了袜子！"立刻擒你到藤榻上，动手毁坏你的创作。当你蹲在榻上注视你母亲动手毁坏的时候，你的小心里一定感到"母亲这种人，何等杀风景而野蛮"吧！

瞻瞻！有一天开明书店送了几册新出版的毛边的《音乐入门》来。我用小刀把书页一张一张地裁开来，你侧着头，站在桌边默默地看。后来我从学校回来，你已经在我的书架上拿了一本连史纸印的中国装的《楚辞》，把它裁破了十几页，得意地对我说："爸爸！瞻瞻也会裁了！"瞻瞻！这在你原是何等成功的欢喜，何等得意的作品！却被我一个惊骇的"哼！"字喊得你哭了。那时候你也一定抱怨"爸爸何等不明"吧！

软软！你常常要弄我的长锋羊毫，我看见了总是无情地夺脱你。现在你一定轻视我，想道："你终于要我画你的画集的封面！"

最不安心的，是有时我还要拉一个你们所最怕的陆露沙医生来，教他用他的大手来摸你们的肚子，甚至用刀来在你们臂上割几下，还要教妈妈和漫姑擒住了你们的手脚，捏住了你们的鼻子，把很苦的水灌到你们的嘴里去。这在你们一定认为太无人道的野蛮举动吧！

孩子们！你们真果抱怨我，我倒欢喜；到你们的抱怨变为感谢的时候，我的悲哀来了！

我在世间，永没有逢到像你们样出肺肝相示的人。世间的人群结合，永没有像你们样的彻底地真实而纯洁。最是我到上海去干了无聊的所谓"事"回来，或者去同不相干的人们做了叫做"上课"的一种把戏回来，你们在门口或车站旁等我的时候，我心中何等惭愧又欢喜！惭愧我为什么去做这等无聊的事，欢喜我又得暂时放怀一切地加入你们的真生活的团体。

但是，你们的黄金时代有限，现实终于要暴露的。这是我经验过来的情形，也是大人们谁也经验过的情形。我眼看见儿时的伴侣中的英雄，好汉，一个个退缩，顺从，妥协，屈服起来，到像绵羊的地步。我自己也是如此。"后之视今，亦犹今之视昔"，你们不久也要走这条路呢！

我的孩子们！憧憬于你们的生活的我，痴心要为你们永远挽留这黄金时代在这册子里。然这真不过像"蜘蛛网落花"略微保留一点春的痕迹而已。且到你们懂得我这片心情的时候，你们早已不是这样的人，我的画在世间已无可印证了！这是何等可悲哀的事啊！

《子恺画集》代序，1926 年耶诞节作

赏析

丰子恺（1898—1975），原名丰润，浙江桐乡人，中国现代画家、散文家及翻译家。代表作品有画集《子恺漫画》（1926）、《子恺漫画全集》（1945）；散文集《缘缘堂随笔》（1931）、《车厢社会》（1935）、《缘缘堂再笔》（1937）、《缘缘堂随笔集》（1983）；译作《苦闷的象征》（1925）、《初恋》（1931）、《源氏物语》（1987）等。丰子恺以漫画享有盛誉，文学创作及翻译皆颇为丰盛，被誉为"最像艺术家"的中国现代艺术大师。

本文为《子恺画集》代序。文中以"我的孩子们！我憧憬于你们的生活"，为开始与结束语，将作者内心中对于孩童天真性情赞赏之情，进行了淋漓尽致的书写：孩子们的"真率""自然""热情"；无尽的"创作力"，无限的好奇心，都吸引作者"放怀一切地加入你们的真生活的团体"。与之相较,成人世界的"沉默""含蓄""深刻",以及为"无聊的所谓'事'"的拖累,都是"不自然的,病的,伪的"。然而,孩童时代生活毕竟短暂,"现实终于要暴露的"。作者希望借助画笔为孩子们挽留下黄金时代的痕迹,流露出不舍与无奈之情。文章表达了作者试图超越现实,追求本真生命的人生理想,体现出中国现代知识分子在风云变幻的时代情境中的文化选择及思想路向。作者一方面批判现代社会,向往理想的生命境界,具有强烈的现实批判意识;同时受中国传统文化尤其是佛教思想影响,追求人的本性,借助对童心本性的向往来抛却俗世纷扰。

文章以质朴自然的语言,细致描摹了一幅幅充满童真童趣的生活图景,如瞻瞻用芭蕉扇做脚踏车,用刀裁剪爸爸的《楚辞》,以及阿宝给凳子穿袜子等。这些常人看来顽皮的行为,在作者的笔下充满了乐趣,是孩子天真情怀与无尽创造力的体现。作者还借鉴漫画的笔法来创作散文,行文随意流畅,语言简洁凝练,情感朴实无华,具有自然真纯的艺术风格,营造出绚烂之极而又归于平淡的艺术境界。

(黄　芳)

思考题

1. 丰子恺的漫画及散文多注重描摹儿童生活世界,其中蕴含作家怎样的思想情怀,具有何种艺术风格?

2. 同是对童真的赞颂与歌咏,冰心与丰子恺的散文创作旨归有何不同?

参考文献

1. 李力　《琐屑平凡　率真纯情——论丰子恺散文特色》,《河南教育学院学报(哲学社会科学版)》,2005(1)。

2. 丰华瞻、殷琦　《丰子恺研究资料》,宁夏人民出版社,1988。

3. 夏星　《丰子恺漫画研究》,西泠印社,2004。

4. 王建华、王晓初　《"白马湖文学"研究》,上海三联书店,2007。

绿

朱自清

　　我第二次到仙岩的时候，我惊诧于梅雨潭的绿了。

　　梅雨潭是一个瀑布潭。仙岩有三个瀑布，梅雨瀑最低。走到山边，便听见花花花花的声音；抬起头，镶在两条湿湿的黑边儿里的，一带白而发亮的水便呈现于眼前了。我们先到梅雨亭。梅雨亭正对着那条瀑布；坐在亭边，不必仰头，便可见它的全体了。亭下深深的便是梅雨潭。这个亭踞在突出的一角的岩石上，上下都空空儿的；仿佛一只苍鹰展着翼翅浮在天宇中一般。三面都是山，像半个环儿拥着；人如在井底了。这是一个秋季的薄阴的天气。微微的云在我们顶上流着；岩面与草丛都从润湿中透出几分油油的绿意。而瀑布也似乎分外的响了。那瀑布从上面冲下，仿佛已被扯成大小的几绺；不复是一幅整齐而平滑的布。岩上有许多棱角；瀑流经过时，作急剧的撞击，便飞花碎玉般乱溅着了。那溅着的水花，晶莹而多芒；远望去，像一朵朵小小的白梅。微雨似的纷纷落着。据说，这就是梅雨潭之所以得名了。但我觉得像杨花，格外确切些。轻风起来时，点点随风飘散，那更是杨花了。——这时偶然有几点送入我们温暖的怀里，便倏的钻了进去，再也寻它不着。

　　梅雨潭闪闪的绿色招引着我们；我们开始追捉她那离合的神光了。揪着草，攀着乱石，小心探身下去，又鞠躬过了一个石穹门，便到了汪汪一碧的潭边了。瀑布在襟袖之间；但我的心中已没有瀑布了。我的心随潭水的绿而摇荡。那醉人的绿呀！仿佛一张极大极大的荷叶铺着，满是奇异的绿呀。我想张开两臂抱住她；但这是怎样一个妄想呀。——站在水边，望到那面，居然觉着有些远呢！这平铺着，厚积着的绿，着实可爱。她松松的皱缬着，像少妇拖着的裙幅；她轻轻的摆弄着，像跳动的初恋的处女的心；她滑滑的明亮着，像涂了"明油"一般，有鸡蛋清那样软，那样嫩，令人想着所曾触过的最嫩的皮肤；她又不杂些儿尘滓，宛然一块温润的碧玉，只清清的一色——但你却看不透她！我曾见过北京什刹海拂地的绿杨，脱不了鹅黄的底子，似乎太淡了。我又曾见过杭州虎跑寺近旁高峻而深密的"绿壁"，丛叠着无穷的碧草与绿叶的，那又似乎太浓了。其余呢，西湖的波太明了，秦淮河的也太暗了。可爱的，我将什么来比拟你呢？我怎么比拟得出呢？大约潭是很深的，故能蕴蓄着这样奇异的绿；仿佛蔚蓝的天融了一块在里面似的，这才这般的鲜润呀。——那醉人的绿呀！我若能裁你以为带，我将赠给那轻盈的舞女；她必能临风飘举了。我若能挹你以为眼，我将赠给那善歌的盲妹；她必明眸善睐了。我舍不得你；我怎舍得你呢？我用手拍着你，抚摩着你，如同一个十二三岁的小姑娘。我又掬你入口，便是吻着她了。我送你一个名字，我从此叫你"女儿绿"，好么？

　　我第二次到仙岩的时候，我不禁惊诧于梅雨潭的绿了。

2月8日，温州作

赏析

朱自清(1898—1948),原名自华,字佩弦,号秋实。现代著名散文家、诗人。主要作品有《背影》《春》《荷塘月色》。

《绿》是朱自清先生早期的游记散文《温州的踪迹》里的一篇,写于1923年,是一篇贮满诗意的美文。第一句话,"我第二次到仙岩的时候,我惊诧于梅雨潭的绿了"。起笔突兀,却点了题,使读者对本文抒写的中心一目了然。作者没有详细地描述游览的经过,而只是顺着游历的足迹,对瀑布、对梅雨亭作了简洁而形象的介绍。全文以"我第二次到仙岩的时候,我不禁惊诧于梅雨潭的绿了"一语骤然刹笔,仍然归结到"绿"字上,与开头相映照。起笔不凡,收笔利索。结尾与开头的不同处,只加了"不禁"两字,却是传神之笔。

"绿"字不仅在文章的结构上起关联作用,它更是全文情景交融的焦点。作者调动了比喻、拟人、联想等多种手法,从各个角度,波澜起伏地描绘了奇异、可爱、温润、柔和的梅雨潭水。通过比喻,不仅描绘了潭水静态的美,更形容了她那动态的美。在这饱含诗情、充满生趣的绿意中,透露出作者对生活的爱,升腾着作者向上的激情,为我们展示了一幅梅雨潭的立体画卷。

(桂晓东)

思考题

1. 仔细阅读全文,作者以"绿"为题,体现出怎样的生活情感?
2. 阅读朱自清《荷塘月色》,比较分析两篇作品在写景和抒情上的差异。

参考文献

1. 俞元桂 《中国现代散文史》,山东文艺出版社,1997。
2. 范培松 《中国现代散文史》,江苏教育出版社,1997。

钓台的春昼

郁达夫

　　因为近在咫尺,以为什么时候要去就可以去,我们对于本乡本土的名区胜景,反而往往没有机会去玩,或不容易下一个决心去玩的。正唯其是如此,我对于富春江上的严陵,二十年来,心里虽每在记着,但脚却从没有向这一方面走过。一九三一,岁在辛未,暮春三月,春服未成,而中央党帝,似乎又想玩一个秦始皇所玩过的把戏了,我接到了警告,就仓皇离去了寓居。先在江浙附近的穷乡里,游息了几天,偶而看见了一家扫墓的行舟,乡愁一动,就定下了归计。绕了一个大弯,赶到故乡,却正好还在清明寒食的节前。和家人等去上了几处坟,与许久不曾见过面的亲戚朋友,来往热闹了几天,一种乡居的倦怠,忽而袭上心来了,于是乎我就决心上钓台去访一访严子陵的幽居。

　　钓台去桐庐县城二十余里,桐庐去富阳县治九十里不足,自富阳溯江而上,坐小火轮三小时可达桐庐,再上则须坐帆船了。

　　我去的那一天,记得是阴晴欲雨的养花天,并且系坐晚班轮去的,船到桐庐,已经是灯火微明的黄昏时候了,不得已就只得在码头近边的一家旅馆的高楼上借了一宵宿。

　　桐庐县城,大约有三里路长,三千多烟灶,一二万居民,地在富春江西北岸,从前是皖浙交通的要道,现在杭江铁路一开,似乎没有一二十年前的繁华热闹了。尤其是使旅客感到萧条的,却是桐君山脚下的那一队花船的失了踪影。说起桐君山,却是桐庐县的一个接近城市的灵山胜地,山虽不高,但因有仙,自然是灵了。以形势来论,这桐君山,也的确是可以产生出许多口音生硬,别具风韵的桐严嫂来的生龙活脉。地处在桐溪东岸,正当桐溪和富春江合流之所,依依一水,西岸便瞰视着桐庐县市的人家烟树。南面对江,便是十里长洲;唐诗人方干的故居,就在这十里桐洲九里花的花田深处。向西越过桐庐县城,更遥遥对着一排高低不定的青峦,这就是富春山的山子山孙了。东北面山下,是一片桑麻沃地,有一条长蛇似的官道,隐而复现,出没盘曲在桃花杨柳洋槐榆树的中间,绕过一支小岭,便是富阳县的境界,大约去程明道的墓地程坟,总也不过一二十里地的间隔。我的去拜谒桐君,瞻仰道观,就在那一天到桐庐的晚上,是淡云微月,正在作雨的时候。

　　鱼梁渡头,因为夜渡无人,渡船停在东岸的桐君山下。我从旅馆踱了出来,先在离轮埠不远的渡口停立了几分钟,后来向一位来渡口洗夜饭米的年轻少妇,弓身请问了一回,才得到了渡江的秘诀。她说:"你只须高喊两三声,船自会来的。"先谢了她教我的好意,然后以两手围成了播音的喇叭,"喂,喂,渡船请摇过来!"地纵声一喊,果然在半江的黑影当中,船身摇动了。渐摇渐近,五分钟后,我在渡口,却终于听出了咿呀柔橹的声音。时间似乎已经入了酉时的下刻,小市里的群动,这时候都已经静息,自从渡口的那位少妇,在微茫的夜色里,藏去了她那张白团团的面影之后,我独立在江边,不知不觉心里头却兀自感到了一种他乡日暮的悲哀。渡船到岸,船头上起了几声微微的水浪清音,又铜东的一响,我早已跳上了船,渡船也已掉过头来了。坐在黑影沉沉的舱里,我起先只在静听着柔橹划水的声音,然后却在黑影里看出了一星船家在吸着的长烟管头上的烟头,最后因为被沉默压迫不过,我只好开口说话了："船家！你这样的渡我过去,该给你几个船钱?"我问。"随你先生把几个就是。"船家说话冗慢幽长,似乎已经带着些睡意了,我就向袋里摸出两角钱来。"这两角钱,就算是我的渡船钱,请你候我一会,上去烧一次夜香,我是依旧要渡过江来的。"船家的回答,只是恩恩乌乌,幽幽同牛叫似的一种鼻音,然而从继这鼻音而起的两三声轻快的喀声听来,他却已经在感到满足了,因为我也知道,乡间的义渡,船钱最多也不过是两三枚铜子而已。

到了桐君山下,在山影和树影交掩着的崎岖道上,我上岸走不上几步,就被一块乱石绊倒,滑跌了一次。船家似乎也动了恻隐之心了,一句话也不发,跑将上来,他却突然交给了我一盒火柴。我于感谢了一番他的盛意之后,重整步伐,再摸上山去,先是必须点一枝火柴走三五步路的,但得半山,路既就了规律,而微云堆里的半规月色,也朦胧地现出一痕银线来了,所以手里还存着的半盒火柴,就被我藏入了袋里。路是从山的西北,盘曲而上,渐走渐高,半山一到,天也开朗了一点,桐庐县市上的灯光,也星星可数了。更纵目向江心望去,富春江两岸的船上和桐溪合流口停泊着的船尾船头,也看得出一点一点的火来。走过半山,桐君观里的晚祷钟鼓,似乎还没有息尽,耳朵里仿佛听见了几丝木鱼钲钹的残声。走上山顶,先在半途遇着了一道道观外围的女墙,这女墙的栅门,却已经掩上了。在栅门外徘徊了一刻,觉得已经到了此门而不进去,终于是不能满足我这一次暗夜冒险的好奇怪癖的。所以细想了几次,还是决心进去,非进去不可,轻轻用手往里面一推,栅门却呀的一声,早已退向了后方开开了,这门原来是虚掩在那里的。进了栅门,踏着为淡月所映照的石砌平路,向东向南的前走了五六十步,居然走到了道观的大门之外,这两扇朱红漆的大门,不消说是紧闭在那里的。到了此地,我却不想再破门进去了,因为这大门是朝南向着大江开的,门外头是一条一丈来宽的石砌步道,步道的一旁是道观的墙,一旁便是山坡,靠山坡的一面,并且还有一道二尺来高的石墙筑在那里,大约是代替栏杆,防人倾跌下山去的用意,石墙之上,铺的是二三尺宽的青石,在这似石栏又似石凳的墙上,尽可以坐卧游息,饱看桐江和对岸的风景,就是在这里坐它一晚,也很可以,我又何必去打开门来,惊起那些老道的恶梦呢?

空旷的天空里,流涨着的只是些灰白的云,云层缺处,原也看得出半角的天,和一点两点的星,但看起来最饶风趣的,却仍是欲藏还露,将见仍无的那半规月影。这时候江面上似乎起了风,云脚的迁移,更来得迅速了,而低头向江心一看,几多散乱着的船里的灯光,也忽明忽灭地变换了一变换位置。

这道观大门外的景色,真神奇极了。我当十几年前,在放浪的游程里,曾向瓜州京口一带,消磨过不少的时日,那时觉得果然名不虚传,确是甘露寺外的江山,而现在到了桐庐,昏夜上这桐君山来一看,又觉得这江山的秀而且静,风景的整而不散,却非那天下第一江山的北固山所可与比拟的了。真也难怪得严子陵,难怪得戴征士,倘使我若能在这样的地方结屋读书,以养天年,那还要什么的高官厚禄,还要什么的浮名虚誉哩? 一个人在这桐君观前的石凳上,看看山,看看水,看看城中的灯火和天上的星云,更做做浩无边际的无聊的幻梦,我竟忘记了时刻,忘记了自身,直等到隔江的击柝声传来,向西一看,忽而觉得城中的灯影微茫地减了,才跑也似地走下了山来,渡江奔回了客舍。

第二日侵晨,觉得昨天在桐君观前做过的残梦正还没有续完的时候,窗外面忽而传来了一阵吹角的声音。好梦虽被打破,但因这同吹觱篥似的商音哀咽,却很含着些荒凉的古意,并且晓风残月,杨柳岸边,也正好候船待发,上严陵去;所以心里虽怀着了些儿怨恨,但脸上却只现出了一痕微笑,起来梳洗更衣,叫茶房去雇船去。雇好了一只双桨的渔舟,买就了些酒菜鱼米,就在旅馆前面的码头上上了船。轻轻向江心摇出去的时候，东方的云幕中间，已现出了几丝红韵，有八点多钟了，舟师急得厉害，只在埋怨旅馆的茶房，为什么昨晚不预先告诉，好早一点出发。因为此去就是七里滩头，无风七里，有风七十里，上钓台去玩一趟回来，路程虽则有限，但这几日风雨无常，说不定要走夜路，才回来得了的。

过了桐庐，江心狭窄，浅滩果然多起来了。路上遇着的来往的行舟，数目也是很少，因为早晨吹的角，就是往建德去的快班船的信号，快班船一开，来往于两埠之间的船就不十分多了。两岸全是青青的山，中间是一条清浅的水，有时候过一个沙洲，洲上的桃花菜花，还有许多不晓得名字的白色的花，正在喧闹着春暮，吸引着蜂蝶。我在船头上一口一口的喝着严东关的药酒，指东话西地问着船家，这是什么山？那是什么港？惊叹了半天，称颂了半天，人也觉得倦了，不晓得什么时候，身子却走上了一家水边的酒楼，在和数年不见的几位已经做了党官的朋友高谈阔论。谈论之余，还背诵了一首两三年前曾在同一的情形之下做成的歪诗：

> 不是尊前爱惜身，
>
> 佯狂难免假成真，
>
> 曾因酒醉鞭名马，
>
> 生怕情多累美人。
>
> 劫数东南天作孽，
>
> 鸡鸣风雨海扬尘，
>
> 悲歌痛哭终何补，
>
> 义士纷纷说帝秦。

直到盛筵将散，我酒也不想再喝了，和几位朋友闹得心里各自难堪，连对旁边坐着的两位陪酒的名花都不愿意开口。正在这上下不得的苦闷关头，船家却大声的叫了起来说：

"先生，罗芷过了，钓台就在前面，你醒醒罢，好上山去烧饭吃去。"

擦擦眼睛，整了一整衣服，抬起头来一看，四面的水光山色又忽而变了样子了。清清的一条浅水，比前又窄了几分，四围的山包得格外的紧了，仿佛是前无去路的样子。并且山容峻削。看去觉得格外的瘦格外的高。向天上地下四围看去，只寂寂的看不见一个人类。双桨的摇响，到此似乎也不敢放肆了，钩的一声过后，要好半天才来一个幽幽的回响，静，静，静，身边水上，山下岩头，只沉浸着太古的静，死灭的静，山峡里连飞鸟的影子也看不见半只。前面的所谓钓台山上，只看得见两个大石垒，一间歪斜的亭子，许多纵横芜杂的草木。山腰里的那座祠堂，也只露着些废垣残瓦，屋上面连炊烟都没有一丝半缕，象是好久好久没有人住了的样子。并且天气又来得阴森，早晨曾经露一露脸过的太阳，这时候早已深藏在云堆里了，余下来的只是时有时无从侧面吹来的阴飕飕的半箭儿山风。船靠了山脚，跟着前面背着酒菜鱼米的船夫走上严先生祠堂去的时候，我心里真有点害怕，怕在这荒山里要遇见一个干枯苍老得同丝瓜筋似的严先生的鬼魂。

在祠堂西院的客厅里坐定，和严先生的不知第几代的裔孙谈了几句关于年岁水旱的话后，我的心跳也渐渐儿的镇静下去了，嘱托了他以煮饭烧菜的杂务，我和船家就从断碑乱石中间爬上了钓台。

东西两石垒，高各有二三百尺，离江面约两里来远，东西台相去，只有一二百步，但其间却夹着一条深谷。立在东台，可以看得出罗芷的人家，回头展望来路，风景似乎散漫一点，而一上谢氏的西台，向西望去，则幽谷里的清景，却绝对的不象是在人间了。我虽则没有到过瑞士，但到了西台，朝西一看，立时就想起了曾在照片上看见过的威廉退儿的祠堂。这四山的幽静，这江水的青蓝，简直同在画片上的珂罗版色彩，一色也没有两样，所不同的，就是在这儿的变化更多一点，周围的环境更芜杂不整齐一点而已，但这却是好处，这正是足以代表东方民族性的颓废荒凉的美。

从钓台下来，回到严先生的祠堂——记得这是洪杨以后严州知府戴槃重建的祠堂——西院里饱啖了一顿酒肉，我觉得有点酩酊微醉了。手拿着以火柴柄制成的牙签，走到东面供着严先生神像的龛前，向四面的破壁上一看，翠墨淋漓，题在那里的，竟多是些俗而不雅的过路高官的手笔。最后到了南面的一块白墙头上，在离屋檐不远的一角高处，却看到了我们的一位新近去世的同乡夏灵峰先生的四句似邵尧夫而又略带感慨的诗句。夏灵峰先生虽则只知崇古，不善处今，但是五十年来，象他那样的顽固自尊的亡清遗老，也的确是没有第二个人。比较起现在的那些官迷财迷的南满尚书和东洋宦婢来，他的经术言行，姑且不必去论它，就是以骨头来称称，我想也要比什么罗三郎郑太郎辈，重到好几百倍。慕贤的心一动，醺人的臭技自然是难熬了，堆起了几张桌椅，借得了一支破笔，我也在高墙上在夏灵峰先生的脚后放上了一个陈屁，就是在船舱的梦里，也曾微吟过的那一首歪诗。

从墙头上跳将下来，又向龛前天井去走了一圈，觉得酒后的喉咙，有点渴痒了，所以就又走回到了西院，静坐着喝了两碗清茶。在这四大无声，只听见我自己的啾啾喝水的舌音冲击到那座破院的败壁上去的寂静中间，同惊雷似地一响，院后的竹园里却忽而飞出了一声闲长而又有节奏似的鸡啼的声来。同时在门外面歇着的船家，也走进了院门，高声的对我说：

"先生，我们回去罢，已经是吃点心的时候，你不听见那只公鸡在后山啼么？我们回去罢！"

一九三二年八月在上海写

（原载 1932 年 9 月 16 日《论语》第 1 期）

赏析

《钓台的春昼》是郁达夫写于 20 世纪 30 年代的著名游记散文。1931 年初，国民党加剧了对左翼文艺运动的文化围剿，"左联五烈士"被秘密杀害。郁达夫离沪避难浙江，"乡愁一动"，返乡游历。1932 年回忆旧游、感怀时政而成此文。文章以游踪为线索，以写意、抒情之笔，写富春江沿途的山光水色，写桐君山的幽谧清寂，写严子陵钓台的孤静荒颓。作者一边力图沉醉于大自然的美景中，忘却尘世纷扰；一边又情不自禁地流露出不满现实的牢骚和对民众的关怀。以对国民党"中央党帝"的愤慨和对"文化高压"的不屑贯穿全篇，字里行间流露出"三分天下二分亡，四海何人吊国殇"的哀叹。

作者善于把自然景观和人文景观融为一体，把水山与历史化为一炉，把风景与人情合为一处，景中含情，情融于景，展示了一幅幅天下独绝的奇山异水。全文由大量写景和抒情的片断互相交错、编织而成，使得这篇散文在整体上具有一种中国古典诗歌常有的情景交融的意象美。善于以比较、反衬（及适度的夸张）等手法来表现文中所描写的两处景点的静幽和秀美的特色（如作者对于钓台山一带江山景物的描绘）。

善于借景抒情，以景述情，缘情于景，舒展潇洒，意境深远，充分显示了一代名家独具慧眼领略自然的散文风范。

（冼　妍）

思考题

1. 仔细阅读全文，谈谈郁达夫散文景中含情、情融于景的写作特点。

2. 这篇散文反映了作者对现实怎样的思想感情？

参考文献

1. 周作人　《中国新文学大系·散文一集序言》，上海文艺出版社，1981。

2. 郁达夫　《中国新文学大系·散文二集序言》，上海文艺出版社，1981。

3. 阿英　《现代十六家小品》，上海光明书局，1935。

公寓生活记趣

张爱玲

　　读到"我欲乘风归去,又恐琼楼玉宇,高处不胜寒"的两句词,公寓房子上层的居民多半要感到毛骨悚然。屋子越高越冷。自从煤贵了之后,热水汀早成了纯粹的装饰品。构成浴室的图案美,热水龙头上的 H 字样自然是不可少的一部分;实际上呢,如果你放冷水而开错了热水龙头,立刻便有一种空洞而凄怆的轰隆轰隆之声从九泉之下发出来,那是公寓里特别复杂,特别多心的热水管系统在那里发脾气了。即使你不去太岁头上动土,那雷神也随时地要显灵。无缘无故,只听见不怀好意的"嗡……"拉长了半晌之后接着"訇訇"两声,活像飞机在顶上盘旋了一会,掷了两枚炸弹。在战时香港吓细了胆子的我,初回上海的时候,每每为之魂飞魄散。若是当初它认真工作的时候,艰辛地将热水运到六层楼上来,便是咕噜两声,也还情有可原。现在可是雷声大,雨点小,难得滴下两滴生锈的黄浆……然而也说不得了,失业的人向来是肝火旺的。

　　梅雨时节,高房子因为压力过重,地基陷落的原故,门前积水最深。街道上完全干了,我们还得花钱雇黄包车渡过那白茫茫的护城河。雨下得太大的时候,屋子里便闹了水灾。我们轮流抢救,把旧毛巾,麻袋,褥单堵住了窗户缝;障碍物湿濡了,绞干,换上,污水折在脸盆里,脸盆里的水倒在抽水马桶里。忙了两昼夜,手心磨去了一层皮,墙根还是汪着水,糊墙的花纸还是染了斑斑点点的水痕与霉迹子。

　　风如果不朝这边吹的话,高楼上的雨倒是可爱的。有一天,下了一黄昏的雨,出去的时候忘了关窗户,回来一开门,一房的风声雨味。放眼望出去,是碧蓝的潇潇的夜,远处略有淡灯摇曳,多数的人家还没点灯。

　　常常觉得不可解,街道上的喧哗,六楼上听得分外清楚,仿佛就在耳根底下,正如一个人年纪越高,距离童年渐渐远了,小时的琐屑的回忆反而渐渐亲切明晰起来。

　　我喜欢听市声。比我较有诗意的人在枕上听松涛,听海啸,我是非得听见电车声才睡得着觉的。在香港山上,只有冬季里,北风彻夜吹着常青树,还有一点电车的韵味。长年住在闹市里的人大约非得出了城之后才知道他离不了一些什么。城里人的思想,背景是条纹布的幔子,淡淡的白条子便是行驰着的电车——平行的,匀净的,声响的河流,泪泪流入下意识里去。

　　我们的公寓近邻电车厂,可是我始终没弄清楚电车是几点钟回家。"电车回家"这句子仿佛不很合适——大家公认电车为没有灵魂的机械,而"回家"两个字有着无数的情感洋溢的联系。但是你没看见过电车进厂的特殊情形罢?一辆衔接一辆,像排了队的小孩,嘈杂,叫嚣,愉快地打着哑嗓子的铃:"克林,克赖,克赖,克赖!"吵闹之中又带着一点由疲乏而生的驯服,是快上床的孩子,等着母亲来刷洗他们。车里灯点得雪亮。专做下班的售票员的生意的小贩们曼声兜售着面包。有时候,电车全进了厂了,单剩下一辆,神秘地,像被遗弃了似的,停在街心。从上面望下去,只见它在半夜的月光中袒露着白肚皮。

这里的小贩所卖的吃食没有多少典雅的名色。我们也从来没有缒下篮子去买过东西。（想起《依本痴情》里的顾兰君了。她用丝袜结了绳子，缚住了纸盒，吊下窗去买汤面。袜子如果不破，也不是丝袜了！在节省物资的现在，这是使人心惊肉跳的奢侈。）也许我们也该试着吊下篮子去。无论如何，听见门口卖臭豆腐干的过来了，便抓起一只碗来，蹬蹬奔下六层楼梯，跟踪前往，在远远的一条街上访到了臭豆腐干担子的下落，买到了之后，再乘电梯上来，似乎总有点可笑。

我们的开电梯的是个人物，知书达理，有涵养，对于公寓里每一家的起居他都是一本清账。他不赞成他儿子去做电车售票员——嫌那职业不很上等。再热的天，任凭人家将铃撤得震天响，他也得在汗衫背心上加上一件熨得溜平的纺绸小褂，方肯出现。他拒绝替不修边幅的客人开电梯。他的思想也许缙绅气太重，然而他究竟是个有思想的人。可是他离了自己那间小屋，就踏进了电梯的小屋——只怕这一辈子是跑不出这两间小屋了。电梯上升，人字图案的铜栅栏外面，一重重的黑暗往下移，棕色的黑暗，红棕色的黑暗，黑色的黑暗——衬着交替的黑暗，你看见司机人的花白的头。

没事的时候他在后天井烧个小风炉炒菜烙饼吃。他教我们怎样煮红米饭：烧开了，熄了火，停个十分钟再煮，又松，又透，又不塌皮烂骨，没有筋道。

托他买豆腐浆，交给他一只旧的牛奶瓶，陆续买了两个礼拜，他很简单地报告道："瓶没有了。"是砸了还是失窃了，也不得而知。再隔了些时，他拿了一只小一号的牛奶瓶装了豆腐浆来。我们问道："咦？瓶又有了？"他答道："有了。"新的瓶是赔给我们的呢还是借给我们的，也不得而知。这一类的举动是颇有点社会主义风的。

我们的《新闻报》每天早上他要循例过目一下方才给我们送来。小报他读得更为仔细些，因此要到十一二点钟才轮到我们看。英文，日文，德文，俄文的报他是不看的，因此大清早便卷成一卷插在人家弯曲的门钮里。

报纸没有人偷，电铃上的铜板却被撬去了。看门的巡警倒有两个，虽不是双生子，一样都是翻领里面竖起了木渣渣的黄脸，短裤与长统袜之间露出木渣渣的黄膝盖；上班的时候，一般都是横在一张藤椅上睡觉，挡住了信箱。每次你去看看信箱的时候总得殷勤地凑到他面颊前面，仿佛要询问："酒刺好了些罢？"

恐怕只有女人能够充分了解公寓生活的特殊优点：佣人问题不那么严重。生活程度这么高，即使雇得起人，也得准备着受气。在公寓里"居家过日子"是比较简单的事。找个清洁公司每隔两星期来大扫除一下，也就用不着打杂的了。没有佣人，也是人生一快。抛开一切平等的原则不讲，吃饭的时候如果有个还没吃过饭的人立在一边眼睁睁望着，等着为你添饭，虽不至于使人食不下咽，多少有些讨厌。许多身边杂事自有它们的愉快性质。看不到田园里的茄子，到菜场上去看看也好——那么复杂的，油润的紫色；新绿的豌豆，热艳的辣椒，金黄的面筋，像太阳里的肥皂泡。把菠菜洗过了，倒在油锅里，每每有一两片碎叶子粘在篾篓底上，抖也抖不下来；迎着亮，翠生生的枝叶在竹片编成的方格子上招展着，使人联想到篱上的扁豆花。其实又何必"联想"呢？篾篓子的本身的美不就够了么？我这并不是效忠于国社党，劝诱女人回到厨房里去。不劝便罢，若是劝，一样的得劝男人到厨房里去走一遭。当然，家里有厨子而主人不时的下厨房，是会引起厨子最强烈的反感的。这些地方我们得步步留心，不能太不识眉眼高低。

有时候也感到没有佣人的苦处。米缸里出虫，所以掺了些胡椒在米里——据说米虫不大喜欢那刺激性的气味。淘米之前先得把胡椒拣出来。我捏了一只肥白的肉虫的头当做胡椒,发现了这错误之后,不禁大叫起来,丢下饭锅便走。在香港遇见了蛇,也不过如此罢了。那条蛇我只见到它的上半截,它钻出洞来矗立着,约有二尺来长。我抱了一叠书匆匆忙忙下山来,正和它打了个照面。它静静地望着我,我也静静地望着它,望了半响,方才哇呀呀叫出声来,翻身便跑。

提起虫豸之类,六楼上苍蝇几乎绝迹,蚊子少许有两个。如果它们富于想象力的话,飞到窗口往下一看,便会晕倒了罢?不幸它们是像英国人一般地淡漠与自足——英国人住在非洲的森林里也照常穿上了燕尾服进晚餐。

公寓是最合理想的逃世的地方。厌倦了大都会的人们往往记挂着和平幽静的乡村,心心念念盼望着有一天能够告老归田,养蜂种菜,享点清福。殊不知在乡下多买半斤腊肉便要引起许多闲言闲语,而在公寓房子的最上层你就是站在窗前换衣服也不妨事!

然而一年一度,日常生活的秘密总得公布一下。夏天家家户户都大敞着门,搬一把藤椅坐在风口里。这边的人在打电话,对过一家的仆欧一面熨衣裳,一面便将电话上的对白译成了德文说给他的小主人听。楼底下有个俄国人在那里响亮地教日文。二楼的那位女太太和贝多芬有着不共戴天的仇恨,一拳十八敲,咬牙切齿打了他一上午;钢琴上倚着一辆脚踏车。不知道哪一家在煨牛肉汤,又有哪一家泡了焦三仙。

人类天生的是爱管闲事。为什么我们不向彼此的私生活里偷偷的看一眼呢,既然被看者没有多大损失而看的人显然得到了片刻的愉悦?凡事牵涉到快乐的授受上,就犯不着斤斤计较了。较量些什么呢?——长的是磨难,短的是人生。

屋顶花园里常常有孩子们溜冰,兴致高的时候,从早到晚在我们头上咕滋咕滋锉过来又锉过去,像磁器的摩擦,又像睡熟的人在那里磨牙,听得我们一粒粒牙齿在牙仁里发酸如同青石榴的子,剔一剔便会掉下来。隔壁一个异国绅士声势汹汹上楼去干涉。他的太太提醒他道:"人家不懂你的话,去也是白去。"他揎拳掳袖道:"不要紧,我会使他们懂得的!"隔了几分钟他偃旗息鼓嗒然下来了。上面的孩子年纪都不小了,而且是女性,而且是美丽的。

谈到公德心,我们也不见得比人强。阳台上的灰尘我们直截了当地扫到楼下的阳台上去。"啊,人家栏杆上晾着地毯呢——怪不过意的,等他们把地毯收了进去再扫罢!"一念之慈,顶上生出了灿烂圆光。这就是我们的不甚彻底的道德观念。

一九四三年十二月

(原载 1943 年 12 月《天地》月刊第 3 期)

赏析

张爱玲的散文创作多以别具情趣的笔调来描摹世俗生活物象,表达出对日常生活独特的审美体验与感受,并以此揭示出现代人生活的文化底蕴与人性内质。本文将叙写笔调置于都市公寓生活情境中,展开对都市生活的各种"原生态"状况的书写,其中充满了作者对于这种生活的新鲜而独特的个人感受与体验。现代人居住在公寓中,生活多有不如人意的无奈。然而即便如此,作者仍然能够从公寓生活中获得生命的愉悦,日常生活场景在作者的审美视野中都带有别样而灵动的生活情趣。此外,作者还对公寓中的各色人等进行了生动刻画,寥寥数笔,都市人的形象跃然纸上,充满了活泼泼的现代生活气息。无论是记事还是写人,作者将表层感性的生活物象与深层理性的生命意识相结合,营造出丰富的日常生活意象的审美空间,映照出作者独特的物质与精神生活图景,其中也表现了作者对现代市民生活与文化精神的体认。

本文艺术上最突出的特点是将日常生活审美化。作者运用了丰富的表现手法,对日常生活琐事进行独特的审美观照,使得平常的生活物象具有生动而别致的情趣。全文以独语体语言连缀成篇,结构流畅;行文虽漫不经心,实则前后承接,巧妙过渡,呈现出自然质朴的艺术风格。文中点缀着作者不经意间对日常生活的品评与议论,如"公寓是最合理想的逃世的地方""长的是磨难,短的是人生"等,体现出作者细腻而敏锐的艺术情思。

(黄　芳)

思考题

1. 文中对于居住在公寓里的日常生活进行了细腻而独特的书写,反映出怎样的创作内蕴与思想?

2. 文中作者在展现日常生活物象时形成了怎样的叙述风格? 与其小说叙述方式有何不同?

参考文献

1. 杨剑龙　前言:张爱玲与她的散文创作,《名作欣赏》,2009(4)。

2. 张江元　论张爱玲散文的日常化写作倾向,《广西社会科学》,2004(3)。

3. 屈雅红　评张爱玲散文的世俗性与超越性,《河南师范大学学报(哲学社会科学版)》,2003(1)。

4. 于青、金宏达编　《张爱玲研究资料》,海峡文艺出版社,1994。

戏剧编

雷雨（存目）

曹禺

赏析

曹禺(1910—1996),原名万家宝,祖籍湖北潜江,生于天津。现代戏剧家。代表剧作有《雷雨》《日出》《原野》《北京人》等。

《雷雨》创作于1933年。1934年7月该剧本由巴金任编委的《文学季刊》发表。这是曹禺在读大学时创作的处女作,一搬上舞台便被视为中国话剧艺术成熟的标志,在戏剧舞台上反复演绎,呈现出历久不衰的艺术魅力。

曹禺称:"与《雷雨》俱来的情绪蕴成我对宇宙间许多神秘的事物一种不可言喻的憧憬。""在《雷雨》里,宇宙正像一口残酷的井,落在里面,怎样呼号也难脱这黑暗的坑。"戏剧所展示的就是"宇宙里斗争的'残忍'和'冷酷'",剧中每个人物都充满着真情,但被命运之手无情地拨弄,在命运泥沼里愈是挣扎,愈是更深地被死亡所笼罩,每个人都在纠缠着,想要主宰自己,最后都落入死亡的怀抱。戏剧家正是用这种残忍和冷酷展现了现代人无法挣脱的生存困境,让善良、真诚、爱怜、忏悔的心灵反复撕裂,表达对不能把握的宇宙神秘不可知力量的莫名恐惧,引发人们对爱与恨、偶然与必然等命运根本问题作深层次的思考。

同时,《雷雨》又融合了社会悲剧、性格悲剧、命运悲剧等多种因素,戏剧以两个家庭血缘、亲缘的社会悲剧,揭露其罪恶性,为被侮辱被损害的底层掬一捧同情之泪,更是对多种悲剧交织中人的挣扎和这种挣扎的绝望性的发现,充分展现了戏剧家的悲悯情怀。

作为最具有"雷雨性格"的人物,繁漪如一朵孤傲艳丽的罂粟花在雷雨交加中孤独绽放。心气高傲的她顶着"没有了一个朋友"的压力入周公馆,被困之后试图在周萍身上寻回自己心中的梦,希望破碎之后做困兽斗,打碎一切跟整个周公馆同归于尽,表现出其性格的犀利与极端,是在绝望中抗争、爆发的悲剧女性,让人为之悚然动容。

《雷雨》在"文学性和舞台性的高度统一"上取得巨大成功,严谨的"闭锁式"戏剧结构提供了紧张、尖锐的戏剧冲突,艺术的偶然展现了命运的必然,剧中每个人物都有着各自的矛盾性格和错综复杂的情感,戏剧台词充满诗意,文学性为完美的舞台表演提供了丰富内容,形成了曹禺剧作的基本风格。

（刘成才）

思考题

1. 你认为《雷雨》的主人公是谁？如何理解《雷雨》的主题？

2. 有人认为《雷雨》一天之内让三个人死掉、两个人疯掉的剧情安排太过于戏剧化，你怎样理解作家的这种剧情安排？

参考文献

1. 朱栋霖　《曹禺：心灵的艺术》，北京大学出版社，2010。

2. 王晓枫　《雷雨》最初文本的结构、叙事和主题，《中国现代文学研究丛刊》，2010(1)。

3. 方忠　乱伦禁忌·性压抑·情的迷失——曹禺《雷雨》与欧阳子《秋叶》的对比阅读，《中国文学研究》，2007(4)。

图书在版编目（CIP）数据

中国现当代文学作品精品导读.上册 / 范钦林，靳新来，赵
江荣主编. — 上海：上海教育出版社，2016.2（2019.9重印）
ISBN 978-7-5444-5895-5

Ⅰ.①中... Ⅱ.①范... ②靳... ③赵... Ⅲ.①中国文学—现
代文学—文学欣赏 ②中国文学—当代文学—文学欣赏
Ⅳ.①I206.6

中国版本图书馆CIP数据核字(2016)第002761号

责任编辑　王　鹂
封面设计　郑　艺

中国现当代文学作品精品导读（上册）
范钦林　靳新来　赵江荣　主编

出版发行　上海教育出版社有限公司
官　　网　www.seph.com.cn
地　　址　上海市永福路123号
邮　　编　200031
印　　刷　昆山市亭林印刷有限责任公司印刷
开　　本　700×1000　1/16　印张20.5　插页3
版　　次　2016年2月第1版
印　　次　2019年9月第3次印刷
书　　号　ISBN 978-7-5444-5895-5/I·0041
定　　价　48.00 元

如发现质量问题，读者可向本社调换　电话：021-64377165